Frederick Forsyth
Des Teufels Alternative

SERIE PIPER
Band 5545

Zu diesem Buch

Sommer 1982. Die Sowjetunion steht vor einer katastrophalen Mißernte, die Bevölkerung droht zu verhungern. Im Politbüro entbrennt ein Machtkampf: Die Falken fordern die Besetzung Europas mit dem Ziel, an die Lebensmittelreserven der EG heranzukommen; die Tauben sind im Tausch gegen Weizenlieferungen aus den USA und Kanada zu Zugeständnissen bei den Abrüstungsverhandlungen bereit. Gleichzeitig verschwindet auf mysteriöse Weise der KGB-Chef, zwingen ukrainische Autonomisten eine Tupolev über Berlin zur Landung, kapert ein Terrorkommando gleicher Provenienz in der Nordsee einen Supertanker. Läßt sich die größte Ölpest aller Zeiten verhindern?

Die Krisenstäbe des Westens – Washington, London, Bonn – sind hilflos. Nur einer weiß Bescheid: Adam Munro. Er kennt das Lied der »Nachtigall«, er kennt DES TEUFELS ALTERNATIVE.

»Was Forsyth erzählt, kann schon morgen passieren. Von daher bezieht der Roman seine atemlose Spannung.« Welt am Sonntag

Frederick Forsyth, geboren 1938 in Ashford/Kent, war mit 19 Jahren jüngster Jetpilot der Royal Air Force. Er arbeitete zunächst als Journalist, dann als Auslandskorrespondent in Paris, der DDR, der Tschechoslowakei, in der Bundesrepublik, in Brüssel, Madrid, Budapest und Rom; ab 1965 Fernsehreporter der BBC, u. a. in Westafrika. Forsyth lebt als freier Schriftsteller in London.

Mit dem »Schakal«, seinem ersten Roman, wurde Forsyth auf einen Schlag berühmt. »Der Schakal«, »Die Akte ODESSA«, »Die Hunde des Krieges«, »Des Teufels Alternative«, »Das vierte Protokoll« sowie der Erzählungsband »In Irland gibt es keine Schlangen«, alle bei Piper erschienen, wurden Weltbestseller und erreichten eine Gesamtauflage von fast 28 Millionen. Vier seiner Romane wurden erfolgreich verfilmt.

Frederick Forsyth

Des Teufels Alternative

Roman

Aus dem Englischen
von Wulf Bergner

Piper
München Zürich

SERIE PIPER
SPANNUNG
Herausgegeben von Friedrich Kur

Von Frederick Forsyth liegen in der Serie Piper Spannung bereits vor:
Der Lotse (5503)
Das vierte Protokoll (5506)
Der Schakal (5511)
Die Akte ODESSA (5522)
Weitere Titel sind in Vorbereitung.

Die Originalausgabe erschien 1979 unter dem Titel
»The Devil's Alternative« bei Hutchinson & Co. Ltd., London.

ISBN 3-492-15545-6
Neuausgabe 1988
5. Auflage, 120.–139. Tausend Oktober 1988
(1. Auflage, 1.–20. Tausend dieser Ausgabe)

Umschlag: Federico Luci,
unter Verwendung einer Zeichnung von Beate Brömse
Photo Umschlagrückseite: Graham Finlayson
Satz: Salzer-Ueberreuter, Wien
Druck und Bindung: Clausen & Bosse, Leck
Printed in Germany

Für Frederick Stuart,
der von alldem noch nichts weiß

Der amerikanische Präsident las den Bericht mit einem Ausdruck wachsenden Entsetzens.

»Es ist grauenvoll«, sagte er, als er fertig war, »aber mir bleibt keine Wahl. Welche Entscheidung ich auch treffe – es werden Menschen sterben.«

Adam Munro betrachtete den Präsidenten ohne Mitgefühl. Er wußte aus langer Erfahrung, daß Politiker im Prinzip nur wenig gegen das Opfer von Menschenleben einzuwenden haben, solange die Öffentlichkeit sie persönlich nicht damit in Verbindung bringt.

»So was hat es schon früher gegeben, Mr. President«, stellte er entschlossen fest, »und es wird ohne Zweifel wieder vorkommen. Bei uns in der Firma nennen wir das ›des Teufels Alternative‹.«

Prolog

Der Schiffbrüchige wäre vor Sonnenuntergang tot gewesen, wenn ein italienischer Matrose namens Mario nicht so scharfe Augen gehabt hätte. Als der Mann gesichtet wurde, war er bereits bewußtlos. Die ungeschützte Haut seines fast nackten Körpers hatte unter der erbarmungslosen Sonne Verbrennungen zweiten Grades erlitten, und die von Meerwasser überspülten Teile waren zwischen den Salzgeschwüren weich und weiß wie die Schenkel einer verwesenden Gans.

Mario Curcio war Schiffskoch und Steward der *Garibaldi*, eines rostigen alten Frachters aus Brindisi, der an der Ostecke der türkischen Nordküste durchs Schwarze Meer stampfte, mit Kurs auf Kap Indsche und Trabzon. Dort sollte das Schiff eine Ladung Mandeln aus Anatolien an Bord nehmen.

Warum Mario ausgerechnet an diesem Morgen der letzten Aprilwoche des Jahres 1982 seinen Eimer mit Kartoffelschalen über die Leereling statt in die Müllrutsche auf dem Achterdeck kippte, hätte er nicht erklären können – allerdings fragte ihn auch keiner danach. Vielleicht kam er an Deck, um frische Schwarzmeerluft zu atmen und dem Einerlei der heißen Küchendämpfe in seiner engen Kombüse zu entrinnen; jedenfalls trat er an die Steuerbordreling und schüttete seinen Abfall in das geduldige Meer. Dann wandte er sich ab, um an seinen Arbeitsplatz zurückzuschlurfen. Nach zwei Schritten blieb er stehen, runzelte die Stirn, machte kehrt und ging, zögernd und verwirrt, an die Reling zurück.

Das Schiff lief Ostnordostkurs, um Kap Indsche zu umfahren. Als Mario, eine Hand über die Augen gelegt, nach achtern blickte, schien ihm die Mittagssonne fast genau ins Gesicht. Aber er wußte bestimmt, daß er in der blaugrauen Dünung zwischen dem Schiff und der türkischen Küste zwanzig Seemeilen südlich irgend etwas gesehen hatte. Da er es nicht mehr ausmachen konnte, trottete er übers Achterdeck, stieg die Leiter zur Brückennock hinauf und suchte die Wasserfläche erneut ab. Dann sah er es eine halbe Sekunde lang ganz deutlich zwischen den sanft wogenden Wellenbergen. Er drehte sich nach der offenen Tür des Ruderhauses um und rief: »Capitano!«

Da Mario ein einfältiger Bursche war, bedurfte es einiger Überzeugungskraft gegenüber Kapitän Ingrao; aber Ingrao war Seemann genug, um zu wissen, daß es seine Pflicht war, auf Gegenkurs zu gehen und das Wasser abzusuchen, falls auch nur der geringste Verdacht bestand, daß ein Mann in den Wellen trieb; und sein Radargerät hatte tatsächlich ein Echo angezeigt. Der Kapitän brauchte eine halbe Stunde, um die *Garibaldi* zu wenden und die Stelle zu erreichen, auf die Mario gezeigt hatte. Und dann sah er es auch.

Das Ruderboot war knapp dreieinhalb Meter lang und nicht sonderlich breit: ein leichtes Boot, das das Beiboot eines Schiffes hätte sein können. Vor der Bootsmitte befand sich eine einzelne Ducht mit einer Masthalterung. Aber das Boot hatte entweder nie einen Mast gehabt, oder er war längst über Bord gegangen. Während die *Garibaldi* mit gestoppter Maschine in der Dünung rollte, stand Kapitän Ingrao an der Brückenreling und beobachtete, wie Mario und der Bootsmann Paolo Longhi das Motorrettungsboot zu Wasser brachten. Von seinem erhöhten Standpunkt aus konnte der Kapitän in das Ruderboot hinuntersehen, als es von seinen Leuten herangeschleppt wurde.

Der Mann im Ruderboot lag in zehn Zentimeter tiefem Salzwasser auf dem Rücken. Er war hager und abgezehrt, und in seinem Gesicht standen Bartstoppeln. Er war ohne Bewußtsein, sein Kopf war auf die Seite gesunken, und er atmete keuchend. Er stöhnte ein paarmal, als er an Bord gehievt wurde und Seemannsfäuste seine verbrannten Arme und Beine anpackten.

An Bord der *Garibaldi* wurde eine Kabine ständig freigehalten, um als eine Art Lazarett benutzt werden zu können. In sie brachte man den Schiffbrüchigen. Mario wurde auf eigenen Wunsch zum Krankenpfleger des Mannes bestimmt, den er bald als sein Privateigentum betrachtete – so wie ein Junge sich besonders um einen kleinen Hund kümmert, den er vor dem Tode gerettet hat. Bootsmann Longhi gab dem Mann eine Morphiumspritze aus der Bordapotheke, um dessen Schmerzen zu lindern, und behandelte dann mit Mario den Sonnenbrand.

Als Kalabrier verstanden sie etwas davon und bereiteten das beste Sonnenbrandmittel der Welt zu. Mario brachte aus seiner Kombüse eine Schüssel mit einer Mischung aus Zitronensaft und Weinessig, einen Leinenstreifen von seinem Kopfkissenbezug und eine Schüssel mit Eiswürfeln. Er tauchte das Tuch in die Mischung, packte ein Dutzend Eiswürfel hinein und drückte es leicht auf die schlimmsten Stellen, wo die ultravioletten Strahlen fast bis auf die Knochen gedrungen waren. Dampfschwaden stiegen von dem Bewußtlosen auf, als das eisige Adstringens dem verbrannten Fleisch die Hitze entzog. Der Mann erbebte unter einem Schauer.

»Lieber Fieber bekommen als am Sonnenbrand sterben«, erklärte Mario ihm auf italienisch. Der Mann hörte nichts – und hätte auch nichts verstanden.

Auf dem Achterdeck, wo das an Bord geholte Ruderboot lag, stieß Longhi auf den Kapitän.

»Irgendwas Besonderes?« fragte der Bootsmann.

Kapitän Ingrao schüttelte den Kopf.

»Der Mann hatte nichts auf dem Leib als eine billige Unterhose ohne Etikett. Keine Uhr, keine Erkennungsmarke. Und sein Bart scheint ungefähr zehn Tage alt zu sein.«

»Das Boot war auch leer«, sagte Ingrao. »Kein Mast, kein Segel, keine Riemen. Kein Proviant und kein Wasserbehälter. Das Ding hat nicht mal einen Namen. Aber der kann auch abgeblättert sein.«

»Ein Tourist, der von einem Badeort aufs Meer hinausgetrieben worden ist?« meinte Longhi. Ingrao zuckte mit den Schultern.

»Oder ein Überlebender von einem kleinen Frachter«, sagte er. »In zwei Tagen sind wir in Trabzon. Die türkischen Behörden sollen sich darum kümmern, sobald er zu sich kommt und reden kann. Na ja, wir werden sehen. Wir müssen unseren Agenten über Funk informieren, damit er einen Krankenwagen schickt, wenn wir anlegen.«

Zwei Tage später lag der Schiffbrüchige, die meiste Zeit bewußtlos und noch immer unfähig zu sprechen, in einem weißbezogenen Bett des kleinen städtischen Krankenhauses von Trabzon.

Mario hatte seinen Schützling auf dem Transport im Krankenwagen vom Kai bis zum Hospital begleitet – gemeinsam mit dem Schiffsagenten und dem Hafenarzt, der darauf bestanden hatte, den delirierenden auf ansteckende Krankheiten zu untersuchen. Nach einer Stunde hatte Mario seinem bewußtlosen Freund Lebewohl gesagt und war an Bord zurückgekehrt, um das Mittagessen für die Besatzung zu kochen. Abends war der alte italienische Frachter bereits wieder ausgelaufen.

Am nächsten Tag stand ein anderer Mann in Begleitung eines Polizeibeamten und des Arztes am Bett des Schiffbrüchigen. Alle drei waren Türken, aber der untersetzte, breitschultrige Zivilist sprach passables Englisch.

»Er kommt durch«, sagte der Arzt, »aber noch ist sein Zustand kritisch. Hitzschlag, Verbrennungen zweiten Grades, allgemeine Entkräftung. Er scheint seit Tagen nichts gegessen zu haben und ist sehr schwach.«

»Was ist das?« fragte der Zivilist und deutete auf die Tropfe, die an die Arme des Mannes angeschlossen waren.

»Glukose zur Stärkung, Kochsalzlösung gegen den Schock«, antwortete der Arzt. »Die Seeleute haben ihm mit ihrer Sofortbehandlung wahrscheinlich das Leben gerettet. Wir haben ihn in Kamille gebadet, um den Heilungsprozeß zu fördern. Alles übrige muß er mit Allah ausmachen.«

Urmit Erdal, Gesellschafter der Schiffahrts- und Handelsfirma Erdal & Sermit, war der Unteragent von Lloyds für den Hafen Trabzon, und erleichtert hatte der Agent der *Garibaldi* den Fall des Schiffbrüchigen an ihn weitergeben. Die Lider des Kranken zuckten in dem nußbraunen, bärtigen Gesicht. Urmit Erdal räusperte sich, beugte sich über den Mann und sprach sein bestes Englisch.

»Wie ... Sie ... heißen?« fragte er langsam und deutlich.

Der Mann stöhnte und warf den Kopf von einer Seite auf die andere. Der Lloyds-Agent beugte sich noch tiefer über ihn. *»Sradscheny«*, murmelte der Kranke, *»sradscheny.«*

Erdal richtete sich auf. »Er ist kein Türke«, stellte er fest, »aber er scheint Sradscheny zu heißen. Aus welchem Land kommt man mit so einem Namen?«

Die beiden anderen zuckten mit den Schultern. »Ich benachrichtige Lloyds in London«, entschied Erdal. »Vielleicht ist dort etwas von einem im Schwarzen Meer verschollenen Schiff bekannt.«

Die Bibel aller Handelsmarinen der Welt ist *Lloyd's List.* Das Blatt erscheint täglich außer sonntags und bringt Abhandlungen, Dokumentationen und Nachrichten über ein einziges Thema – über die Schiffahrt. Ihm beigelegt ist *Lloyd's Shipping Index* mit den Bewegungen der 30 000 aktiven Handelsschiffe der Welt: Name des Schiffs, Eigner, Nationalität, Baujahr, Tonnage, letzter und nächster Hafen.

Die Redaktionen beider Blätter befinden sich in einem Gebäudekomplex am Sheepen Place in Colchester in der englischen Grafschaft Essex. Dorthin übermittelte Urmit Erdal per Fernschreiber die Schiffsbewegungen im Hafen von Trabzon und fügte eine kurze Anfrage an Lloyd's Shipping Intelligence hinzu.

Der Nachforschungsdienst überprüfte seine Unterlagen, stellte fest, daß in der letzten Zeit keine Schiffe im Schwarzen Meer als verschollen, gesunken oder auch nur als überfällig gemeldet worden waren, und gab die Anfrage an die Redaktion von *Lloyd's List* weiter. Dort machte ein Redakteur eine kurze Meldung für die erste Seite daraus und erwähnte auch den Namen, den der Schiffbrüchige genannt hatte. Die Notiz wurde am nächsten Morgen veröffentlicht.

Die Nachricht von dem nicht zu identifizierenden Mann in Trabzon fand bei den meisten Lesern, die an diesem Tag Ende April *Lloyd's List* in die Hand nahmen, nur wenig Beachtung. Aber sie fesselte die Aufmerksamkeit eines ungefähr dreißig Jahre alten Mannes, eines bewährten leitenden Angestellten einer Schiffsmaklerfirma, deren Geschäftsräume in der Crutched Friars lagen, einer kleinen Straße im Bankenviertel der Londoner City. Seine Kollegen in der Firma kannten den Mann als Andrew Drake.

Nachdem Drake die Meldung gelesen hatte, verließ er seinen

Schreibtisch und ging ins Konferenzzimmer, wo eine gerahmte Weltkarte hing, auf der die vorherrschenden Windrichtungen und Meeresströmungen eingetragen waren. Im Frühjahr und Sommer wehen die Winde über dem Schwarzen Meer hauptsächlich aus Norden, und die Strömung fließt gegen den Uhrzeigersinn von der Südküste der Ukraine an den Küsten Rumäniens und Bulgariens vorbei, wo sie nach Osten abgelenkt wird und die Schiffahrtsroute zwischen Istanbul und Kap Indsche erreicht.

Drake stellte auf einem Schmierzettel ein paar Berechnungen an. Ein kleines Boot, das etwa aus dem Gebiet der Dnjestrmündung südlich von Odessa kam, konnte bei günstigen Wind- und Strömungsverhältnissen vier bis fünf Knoten Fahrt an Rumänien und Bulgarien vorbei in Richtung Türkei machen. Aber nach drei Tagen bestand bei schlechtem Wetter die Gefahr, daß das Boot im Schwarzen Meer nach Osten abgetrieben wurde, anstatt den Bosporus zu erreichen.

Aus der Rubrik »Wetter und Navigation« in *Lloyd's List* ging hervor, daß in diesem Seegebiet vor neun Tagen tatsächlich schlechtes Wetter geherrscht hatte. Vielleicht schlecht genug, überlegte Drake, um einen unerfahrenen Seemann mit seinem Ruderboot kentern zu lassen. Dabei konnte der Mast ebenso wie das gesamte übrige Zubehör verlorengegangen sein. Selbst wenn es dem Insassen gelungen war, wieder ins Boot zu klettern, so war er doch Sonne und Wind gnadenlos ausgeliefert.

Zwei Stunden später bat Andrew Drake um eine Woche Urlaub. Er wurde ihm bewilligt, aber erst ab dem folgenden Montag, dem 3. Mai.

Drake war ziemlich aufgeregt. Er wartete auf das Wochenende und buchte bei einem Reisebüro in der Nähe einen Rückflug London–Istanbul. Er beschloß, das Ticket für den Weiterflug nach Trabzon in Istanbul zu kaufen und bar zu bezahlen. Er vergewisserte sich, daß er mit einem britischen Reisepaß kein Visum für die Türkei brauchte, und ließ sich nach Büroschluß beim Ärztedienst der British Airways in der Victoria Station vorschriftsmäßig gegen Pocken impfen.

Drake war aufgeregt, weil er es für möglich hielt, nach jahrelangem Warten endlich den Mann gefunden zu haben, den er suchte.

Im Gegensatz zu den drei Türken, die vor zwei Tagen am Bett des Schiffbrüchigen gestanden hatten, wußte *er*, aus welcher Sprache das Wort *sradscheny* kam. Er wußte auch, daß das nicht der Name des Mannes war. Der Kranke hatte das Wort »verraten« in seiner Muttersprache gemurmelt – auf ukrainisch. Das konnte bedeuten, daß der Mann ein geflüchteter ukrainischer Partisan war.

Auch Andrew Drake war, trotz seines anglisierten Namens, ein Ukrainer. Und er war ein Fanatiker.

Nach seiner Ankunft in Trabzon suchte Drake als erstes Urmit Erdal auf, dessen Namen und Adresse er sich von einem Freund bei Lloyds beschafft hatte mit der Begründung, er werde eine Woche Urlaub an der türkischen Schwarzmeerküste machen und vielleicht etwas Unterstützung brauchen, da er kein Wort Türkisch spreche. Urmit Erdal, dem Drake ein Empfehlungsschreiben vorlegen konnte, interessierte sich nicht dafür, warum der Engländer den Schiffbrüchigen, der immer noch im Krankenhaus lag, besuchen wollte. Er schrieb dem Chefarzt ein paar Zeilen, und kurz nach dem Mittagessen wurde Drake in das kleine Einzelzimmer geführt, in dem der Mann lag.

Von dem Lloyds-Agenten wußte Drake bereits, daß der Kranke zwar wieder bei Bewußtsein war, aber viel schlief und in wachem Zustand bisher noch kein einziges Wort gesagt hatte. Als Drake den Raum betrat, lag der Mann, die Augen geschlossen, auf dem Rücken. Drake zog sich einen Stuhl heran und nahm neben dem Bett Platz. Eine Zeitlang starrte er das abgezehrte Gesicht des anderen an. Nach einigen Minuten zuckten die Lider des Mannes, öffneten sich halb und sanken wieder herab. Drake wagte nicht zu beurteilen, ob der Kranke den Besucher wahrgenommen hatte, der ihn so intensiv beobachtete. Aber er wußte, daß der Mann zumindest halbwegs wach war. Langsam beugte er sich vor und sagte mit deutlicher Stimme in das Ohr des Kranken:

»Schtsche ne wmerla Ukraina.«

Die wörtliche Übersetzung lautet: »Die Ukraine ist nicht tot« – freier heißt es: »Die Ukraine bleibt bestehen.« Mit diesen Worten beginnt die ukrainische Nationalhymne, die, obwohl von den russischen Unterdrückern verboten, jedem nationalbewußten Ukrainer vertraut ist.

Der Kranke schlug die Augen auf und betrachtete Drake prüfend. Nach einigen Sekunden fragte er auf ukrainisch: »Wer sind Sie?«

»Auch ein Ukrainer«, antwortete Drake. Der Blick des anderen wurde mißtrauisch.

»Schnüffler!« fauchte er.

Drake schüttelte den Kopf. »Nein«, widersprach er gelassen. »Ich bin britischer Staatsbürger, in England geboren und aufgewachsen. Mein Vater war Ukrainer, meine Mutter Engländerin. Aber meiner tiefen Überzeugung nach bin ich ein Ukrainer wie Sie.«

Der Mann im Bett starrte hartnäckig die Zimmerdecke an.

»Ich kann Ihnen meinen in London ausgestellten Reisepaß zeigen, aber das wäre kein Beweis. Auch ein Tschekist könnte einen vorlegen, wenn er wollte, um Sie damit auf die Probe zu stellen.« Drake hatte den gängigen Ausdruck für sowjetische Geheimpolizisten und KGB-Agenten gebraucht.

»Aber Sie sind nicht mehr in der Ukraine, und hier gibt es keine Tschekisti«, fuhr er fort. »Sie sind nicht auf der Krim, nicht in Südrußland und auch nicht in Georgien angetrieben worden. Sie befinden sich auch nicht in Rumänien oder Bulgarien. Sie sind von einem italienischen Schiff aufgefischt und nach Trabzon gebracht worden. Sie sind in der Türkei – im Westen. Sie haben es geschafft!«

Die Augen des Mannes ruhten jetzt auf Drakes Gesicht: wach, verständig, hoffnungsvoll.

»Können Sie aufstehen?« fragte Drake ihn.

»Ich weiß nicht«, antwortete der Mann. Drake nickte zu dem kleinen Fenster hinüber, durch das Verkehrslärm hereindrang.

»Das KGB kann das Krankenhauspersonal als Türken verkleiden«, sagte er, »aber es kann keine ganze Stadt für einen Mann verändern, dessen Geständnis viel leichter durch die Folter zu bekommen wäre. Schaffen Sie es bis zum Fenster?«

Mit der Hilfe von Drake schaffte es der Schiffbrüchige, zum Fenster zu humpeln. Er blickte auf die Straße.

»Dort draußen fahren aus England importierte Austins und Morris«, sagte Drake. »Peugeots aus Frankreich und Volkswagen aus Deutschland. Die Texte auf den Plakatwänden sind türkisch. Dort drüben sehen Sie eine Coca-Cola-Reklame.«

Der Mann preßte einen Handrücken gegen den Mund und biß sich auf die Fingerknöchel. Er blinzelte mehrmals heftig.

»Ich hab's geschafft«, murmelte er.

»Ja«, bekräftigte Drake, »wie durch ein Wunder haben Sie's geschafft.«

»Ich heiße Miroslaw Kaminski«, sagte der Schiffbrüchige, als er wieder im Bett lag. »Ich komme aus Ternopol. Ich war der Führer einer Gruppe von sieben ukrainischen Partisanen.«

Es dauerte eine Stunde, bis er seine Geschichte erzählt hatte. Kaminski und sechs Gleichgesinnte aus dem Gebiet um Ternopol, der einstigen Hochburg des ukrainischen Nationalismus, hatten beschlossen, sich gegen die brutale Russifizierung ihrer Heimat zu wehren – gegen das in den sechziger Jahren intensivierte Programm, das in den siebziger und frühen achtziger Jahren zu einer »Endlösung« für Kunst, Literatur, Sprache und Nationalbewußtsein der Ukrainer geführt hatte. In den sechs Monaten ihrer Untergrundtätigkeit hatten sie zwei kleine Parteisekretäre – Russen, die Ternopol von Moskau aufgezwungen waren – und einen KGB-Agenten überfallen und erschossen. Dann waren sie verraten worden.

Wer immer der Verräter gewesen war – auch er war in dem Kugelhagel der KGB-Sondereinheit getötet worden, die das einsame Haus umzingelt hatte, in dem die Gruppe die nächste Operation vorbereitete. Nur Kaminski war die Flucht gelungen. Er war wie ein Tier durchs Unterholz gehetzt, hatte sich tagsüber in Scheunen und Wäldern versteckt und war nachts mit der vagen Idee, sich im Hafen von Odessa an Bord eines Schiffes aus dem Westen zu schleichen, nach Süden marschiert.

Aber Kaminski war nicht einmal in die Nähe des Hafens gelangt. Er hatte sich von Kartoffeln und Rüben auf den Feldern ernährt und in dem sumpfigen Mündungsgebiet des Dnjestr südwestlich von Odessa Zuflucht gesucht. Eines Nachts war er schließlich auf ein Fischerdorf gestoßen und hatte ein kleines Boot mit Hilfsmast und Segel gestohlen. Zum erstenmal in seinem Leben in einem Segelboot, ohne eine Ahnung von Nautik, hatte er versucht, mit Segel und Ruderpinne zurechtzukommen. Tatsächlich war es ihm gelungen, vor dem Wind zu segeln und seinen Südkurs nach dem Stand der Sonne und der Sterne zu richten.

Reines Glück hatte ihn vor einer Begegnung mit den Schnellbooten, die in den Küstengewässern der Sowjetunion patrouillierten, und der Fischereiflotte bewahrt. Sein winziges Holzboot war von den Radaranlagen an der Küste nicht geortet worden. Schließlich befand Kaminski sich irgendwo zwischen der Krim und Rumänien mit Kurs nach Süden auf dem Meer, weit entfernt von der nächsten Schiffahrtsroute, deren Verlauf er ohnehin nicht gekannt hätte. Der Sturm brach unerwartet über ihn herein. Da er das Segel nicht schnell genug reffen konnte, kenterte er und verbrauchte seine letzten Kraftreserven damit, sich eine ganze Nacht lang an dem kieloben treibenden Bootsrumpf festzuklammern. Am Morgen richtete er das Boot wieder auf und zog sich hinein. Die Kleidungsstücke, die er am Abend abgelegt hatte, um sich die Haut vom Nachtwind kühlen zu lassen, waren verlorengegangen. Auch seine wenigen rohen Kartoffeln, die offene Limonadenflasche mit Süßwasser, das Segel und das Ruder waren fort. Die Schmerzen setzten kurz nach Sonnenaufgang ein und nahmen mit der Tageshitze zu. Am dritten Tag nach dem Sturm verlor Kaminski das Bewußtsein. Als er wieder zu sich kam, lag er in einem Bett, ertrug schweigend seine Schmerzen und lauschte der Sprache, die er für Rumänisch hielt. Sechs Tage lang hatte er weder die Augen geöffnet noch den Mund aufgemacht.

Andrew Drake jubelte innerlich. Das war sein Mann, auf ihn hatte er jahrelang gewartet!

»Ich gehe in Istanbul aufs Schweizer Generalkonsulat und versuche, Ihnen vom Roten Kreuz einen vorläufigen Reisepaß ausstellen zu lassen«, sagte er, als Kaminski Anzeichen von Müdigkeit zeigte. »Falls das klappt, kann ich Sie wahrscheinlich nach England mitnehmen – zumindest mit einem Touristenvisum. Dort können wir einen Asylantrag stellen. Ich bin in drei, vier Tagen wieder da.«

Als Drake schon an der Tür war, blieb er noch einmal stehen.

»Sie können nicht wieder zurück, das ist klar«, sagte er zu

Kaminski. »Aber ich kann es, wenn Sie mir helfen. Und zurück will ich. Genau das habe ich schon immer gewollt.«

Andrew Drake benötigte in Istanbul mehr Zeit, als er veranschlagt hatte, und konnte erst am 16. Mai mit einem vorläufigen Ausweis für Kaminski nach Trabzon zurückfliegen. Er hatte seinen Urlaub nach einer langen telefonischen Auseinandersetzung mit dem Juniorchef der Maklerfirma in London verlängert bekommen. Das war ihm die Sache wert. Durch Kaminski, davon war Drake überzeugt, würde er sich den einen brennenden Wunsch seines Lebens erfüllen können.

Nach außen ein festgefügter Machtblock, hat die Sowjetunion, wie schon früher das Zarenreich, zwei schwache Punkte. Einer ist das Problem, die 250 Millionen Bürger zu ernähren; der andere wird beschönigend als »die Nationalitätenfrage« bezeichnet. In den 14 von der Russischen Sozialistischen Sowjetrepublik beherrschten Republiken leben Dutzende nichtrussischer Völker, von denen die Ukrainer das größte und wahrscheinlich auch jenes mit dem ausgeprägtesten Nationalbewußtsein sind. Im Jahre 1982 entfielen auf die Russische S. S. R. nur 120 Millionen von insgesamt 250 Millionen Einwohnern. Die nächstgrößte und reichste Sowjetrepublik war die Ukraine mit ihren 70 Millionen Menschen. Dies war der eine Grund, weshalb sie sowohl zur Zeit der Zaren als auch unter der Herrschaft des Politbüros streng kontrolliert und besonders rücksichtslos russifiziert wurde. Der zweite Grund ergab sich aus der Geschichte. Seit jeher ist die Ukraine in eine westliche und eine östliche Hälfte geteilt gewesen. Dadurch war sie zum Niedergang verurteilt. Die Westukraine erstreckt sich von Kiew bis zur polnischen Grenze. Der Ostteil ist stärker von Rußland beeinflußt, weil er jahrhundertelang unter zaristischer Herrschaft gestanden hat, während die Westukraine im gleichen Zeitraum zu Österreich-Ungarn gehört hat.

Die geistige und kulturelle Ausrichtung der Ukraine war und ist westlicher als die der übrigen Sowjetrepubliken – vielleicht mit Ausnahme der drei baltischen Staaten, die aber zu klein sind, um Widerstand zu leisten. Die Ukrainer verwenden lateinische statt kyrillischer Buchstaben; die überwältigende Mehrheit der Bevölkerung gehört der unierten, nicht der russisch-orthodoxen Kirche an. Ihre Sprache, Literatur, Kunst und ihre Bräuche sind älter als die der aus dem Norden vorgestoßenen russischen Eroberer.

Als Österreich-Ungarn 1918 zerbrach, bemühten sich die Westukrainer verzweifelt, aus den Trümmern des Kaiserreichs eine unabhängige Republik zu errichten. Aber im Gegensatz zu den Tschechen, den Slowaken und den Ungarn hatten sie keinen Erfolg, sondern wurden 1919 als Provinz Galizien von Polen annektiert. Als Hitler 1939 in Westpolen einmarschierte, rückte Stalin von Osten mit der Roten Armee vor und besetzte Galizien. Im Jahre 1941 wurde die Ukraine von den Deutschen erobert. Ein Chaos aus Hoffnung, Angst, richtigen und falschen Loyalitäten entstand. Manche Ukrainer kämpften gegen die Deutschen in der Hoffnung auf Konzessionen von Moskau; andere glaubten fälschlicherweise, es werde eine freie Ukraine geben, sobald Berlin Moskau besiegt habe, und meldeten sich zur Ukrainischen Division, die in deutschen Uniformen gegen die Rote Armee kämpfte. Wieder andere, zu denen auch Kaminskis Vater gehörte, zogen sich in die Karpaten zurück und kämpften als Partisanen erst gegen den einen Eroberer, dann gegen den anderen und schließlich wieder gegen den ersten. Sie alle verloren; Stalin siegte und vergrößerte sein Reich bis zum Bug, der neuen Ostgrenze Polens. Die Westukraine geriet unter die Herrschaft des Politbüros, des neuen Zaren, aber die alten Träume lebten weiter. Abgesehen von einer kurzen Entspannungspause am Ende der Chruschtschow-Ära waren die Bemühungen, die Ukraine ein für allemal auszulöschen, stetig intensiviert worden.

Stefan Drach, Student aus Rowno, hatte sich zur Ukrainischen Division gemeldet. Er gehörte zu denen, die Glück hatten: Er überlebte den Krieg, wurde 1945 von den Engländern in Österreich gefangengenommen und als Landarbeiter in Norfolk eingesetzt. Als 1946 das britische und das amerikanische Außenministerium übereinkamen, Stalin die zwei Millionen sowjetischen Staatsbürger auszuliefern, die später als »Opfer von Jalta« bekannt wurden, lief er Gefahr, zur Hinrichtung durch das NKWD nach Hause geschickt zu werden. Aber er hatte wieder Glück. Er hatte in Norfolk hinter einem Heuhaufen eine Erntehelferin verführt, die prompt schwanger geworden war, hatte sie geheiratet und war so sechs Monate später der Repatriierung entgangen. Von der Zwangsarbeit befreit, nützte er seine als Funker erworbenen Kenntnisse, um in Bradford, einem der Zentren der 30 000 in Großbritannien lebenden Ukrainer, ein kleines Radiogeschäft aufzumachen. Das erste Kind starb als Säugling; das zweite, ein Sohn, kam 1950 zur Welt und wurde Andrej getauft.

Andrej lernte auf den Knien seines Vaters nicht nur Ukrainisch. Er lernte auch die Heimat des Vaters lieben, die weiten Landschaften der Karpaten und Rutheniens. Und er lernte, die Russen zu hassen. Als der Junge zwölf war, kam der Vater bei einem Verkehrsunfall ums Leben. Die Mutter, der endlosen Abende, die ihr Mann mit anderen Vertriebenen vor dem Kamin im Wohnzimmer verbracht hatte, überdrüssig, weil dabei in einer Sprache, die sie nie gelernt hatte, über die Vergangenheit gesprochen worden war, änderte den Familiennamen in Drake und Andrejs Vornamen in Andrew. So besuchte der Junge als Andrew Drake Schule und Hochschule, und sein erster Reisepaß war auf den Namen Andrew Drake ausgestellt.

Seine Wiedergeburt erlebte er als junger Student an der Universität. Dort lernte er andere Ukrainer kennen, und bald beherrschte er wieder die Sprache seines Vaters. Damals, Ende der sechziger Jahre, war das kurze Aufleben nationaler Literatur in der Ukraine bereits vorüber, und die meisten ihrer Exponenten waren inzwischen in Arbeitslagern verschwunden. Drake nahm diese Entwicklung erst im nachhinein wahr, in dem Wissen, was den Autoren zugestoßen war. In den frühen siebziger Jahren las er alles, was er sich beschaffen konnte – die klassischen Werke Taras Schewtschenkos, des Gelehrten und Dichters, und jene aus der kurzen Blütezeit unter Lenin, auf die Unterdrückung und Liquidierung unter Stalin folgten. Aber vor allem las er die Werke der sogenannten »Sechziger«, die nur einige wenige Jahre hatten schreiben können, bevor Breschnew ihnen Arbeitsverbot erteilte, um den von ihnen geforderten Nationalstolz zu unterdrücken. Drake las und trauerte um Osdatschi, Tschornowil, Moros und Dsjuba; und als er die Gedichte und das Geheimtagebuch Pawel Symonenkos las – des mit 28 Jahren an Krebs gestorbenen Idealisten, der für ukrainische Studenten in der UdSSR zu einer Kultfigur geworden war –, weinte er bittere Tränen um ein Land, das er noch nie gesehen hatte.

Mit der Liebe zur Heimat seines toten Vaters wuchs Drakes Haß gegen die, die für ihn die Unterdrücker der Ukraine waren. Er verschlang die von der Widerstandsbewegung in den Westen geschmuggelten Untergrundschriften und den *Ukrainian Herald* mit seinen Berichten über Hunderte von Unbekannten, Elenden und Vergessenen, deren Schicksale nicht das weltweite Aufsehen erregten, das die großen Moskauer Prozesse gegen Daniel, Sinjawski, Orlow, Scharanski erzielten. Sein Haß wuchs mit jeder Einzelheit, die er erfuhr, bis die Personifizierung alles Bösen auf der Welt für Andrew Drake kurz KGB hieß.

Andrew war Realist genug, um den primitiven, blindwütigen Nationalismus der älteren Vertriebenen und ihre säuberliche Trennung zwischen West- und Ostukraine abzulehnen. Ebenso lehnte er ihren tiefverwurzelten Antisemitismus ab und zog es vor, die Schriften Glusmans, eines Zionisten und ukrainischen Nationalisten, einzig als Werk eines Landsmannes zu akzeptieren. Er beobachtete das Verhalten der in England und auf dem Kontinent lebenden ukrainischen Vertriebenen und stellte fest, daß es vier verschiedene Gruppen gab: die Sprachnationalisten, die sich damit begnügten, ihre Muttersprache zu sprechen und zu schreiben; die debattierenden Nationalisten, die endlos redeten, aber nie handelten; die unermüdlichen Parolenschmierer, die ihre Gastgeber irritierten, ohne dem sowjetischen Koloß zu schaden; und die Aktivisten, die vor Staatsbesuchern aus Moskau demonstrierten, von der Special Branch fotografiert und identifiziert wurden und für kurze Zeit Schlagzeilen machten.

Drake hielt von ihnen allen nichts. Er blieb unauffällig, wohlerzogen und zurückhaltend. Er ging nach Süden, nach London, und wurde dort Angestellter. Es gibt viele Angestellte, die, ohne daß ihre Kollegen etwas davon ahnen, eine geheime Leidenschaft pflegen, die ihre Ersparnisse, ihre Freizeit und ihren Urlaub verschlingt. Drake war so ein Mann. Er versammelte in aller Stille eine Gruppe von Gleichgesinnten um sich; er spürte sie auf, traf sich mit ihnen und schloß Freundschaften, ließ sie einen Treueid schwören und befahl ihnen, Geduld zu haben. Denn Andrej Drach hatte einen Traum, und, wie T. E. Lawrence gesagt hat, er war gefährlich, weil »er mit offenen Augen träumte«. Er träumte davon, eines Tages einen gewaltigen Schlag gegen die Männer im Kreml zu führen, der sie erschüttern sollte, wie zuvor noch nie sie etwas erschüttert hatte. Er wollte die Wälle ihrer Macht durchdringen und sie in ihrer eigenen Festung treffen.

Sein Traum lebte und war durch die Entdeckung Kaminskis der Wirklichkeit einen Schritt nähergerückt; und so war Drake seiner Sache sicher und zugleich aufgeregt, als sein Flugzeug erneut in Trabzon zur Landung ansetzte.

Miroslaw Kaminski sah zu Drake hinüber. »Ich weiß nicht, Andrej«, sagte er. »Ich weiß es einfach nicht. Trotz allem, was du für mich getan hast, bin ich mir nicht sicher, ob ich dir soviel Vertrauen schenken darf. Es tut mir leid, aber schließlich mußte ich mein Leben lang vorsichtig sein.«

»Miroslaw, du könntest mich weitere zwanzig Jahre kennen und würdest dann auch nicht mehr über mich wissen als jetzt. Was ich dir von mir erzählt habe, ist die reine Wahrheit. Du kannst nicht zurück, also laß mich nach Ternopol fahren. Aber ich brauche dort Kontakte. Falls du irgend jemanden kennst, der mir weiterhelfen kann . . .«

Kaminski war schließlich einverstanden.

»Ich kenne zwei Männer«, sagte er zögernd. »Sie sind nicht gefaßt worden, als meine Gruppe ausgehoben wurde. Selbst die anderen haben sie nicht gekannt. Ich hatte die beiden erst vor ein paar Monaten kennengelernt.«

»Aber sie sind Ukrainer, sind Widerstandskämpfer?« fragte Drake gespannt.

»Ja, sie sind Ukrainer. Aber das ist für sie nicht das ausschlaggebende Motiv. Auch ihr Volk hat leiden müssen. Ihre Väter sind, ebenso wie meiner, zehn Jahre lang in Arbeitslagern gewesen – aber aus einem anderen Grund. Sie sind Juden.«

»Aber sie hassen Moskau? Sie wollen auch den Kreml bekämpfen?«

»Ja, sie hassen Moskau«, bestätigte Kaminski. »Genau wie du

und ich. Sie scheinen von der sogenannten Jüdischen Verteidigungsliga angeregt worden zu sein. Sie hatten davon im Radio gehört. Genau wie wir wollen sie sich nicht länger drangsalieren lassen, sondern in Zukunft zurückschlagen.«

»Dann laß mich mit ihnen in Verbindung treten!« drängte Drake.

Als Drake am nächsten Morgen zurück nach London flog, trug er die Namen und Adressen der beiden jungen jüdischen Widerständler in Lwow in der Tasche. Innerhalb von vierzehn Tagen hatte er eine von Intourist geleitete Rundreise gebucht, die Anfang Juli nach Kiew, Ternopol und Lwow führen sollte. Außerdem hatte er in der Firma gekündigt und seine gesamten Ersparnisse abgehoben.

Ohne daß irgend jemand etwas bemerkte, begann Andrew Drake, alias Andrej Drach, seinen Privatkrieg – gegen den Kreml.

1

Mitte Mai 1982 schien eine sanft wärmende Sonne auf Washington herab. Auf den Straßen tauchten die ersten Hemdsärmel auf und im Park des Weißen Hauses blühten vor den Terrassentüren des Ovalen Zimmers die ersten dunkelroten Rosen. Aber obwohl die Türen offenstanden und der frische Duft von Gras und Blumen ins Arbeitszimmer des mächtigsten Mannes der Welt drang, konzentrierte sich die Aufmerksamkeit der vier im Raum anwesenden Männer auf andere Pflanzen in einem anderen Land.

Präsident William Matthews saß dort, wo amerikanische Präsidenten schon immer gesessen haben: mit dem Rücken zur Südwand des Arbeitszimmers, hinter einem großen, alten, kostbaren Schreibtisch mit Blick auf den klassischen Marmorkamin, der die Nordwand beherrscht. Im Gegensatz zu den meisten seiner Vorgänger hatte Matthews auf einen eigens für ihn angefertigten Stuhl verzichtet; er benutzte einen serienmäßigen Drehsessel mit hoher Rückenlehne, wie ihn jeder leitende Angestellte hätte haben können. Denn »Bill« Matthews, wie er sich auf Wahlplakaten nennen ließ, hatte in allen seinen erfolgreichen Wahlkampagnen seine durchschnittlichen, in keiner Weise übertriebenen Ansprüche in bezug auf Kleidung, Essen und Bequemlichkeit herausgestellt. Sein Stuhl, der von den zahllosen Abordnungen, die der Präsident im Ovalen Zimmer persönlich zu empfangen pflegte, gesehen wurde, mußte deshalb einfach sein. Den kostbaren alten Schreibtisch hatte Matthews von seinen Vorgängern übernommen, worauf hinzuweisen er stets bemüht war; dieses Möbel war ein Stück Tradition des Weißen Hauses geworden. Das machte sich immer gut.

Aber das war für Bill Matthews das Äußerste. Selbst im Kreis seiner engsten Mitarbeiter war die Anrede »Bill«, die er sich von jedem kleinen Wähler bieten ließ, nicht zulässig. Außerdem sparte er sich den netten Tonfall und das faltige Grinsen, Eigenschaften, die die Wähler dazu bewogen hatten, den netten Jungen von nebenan ins Weiße Haus zu entsenden. Er war nicht der nette Junge von nebenan, und seine Mitarbeiter wußten das; er war der Mann ganz oben.

Vor dem Schreibtisch des Präsidenten saßen auf Lehnstühlen die drei Männer, die darum gebeten hatten, ihn an diesem Morgen allein sprechen zu dürfen. Matthews' engster Mitarbeiter war der Vorsitzende des Nationalen Sicherheitsrates, sein Berater in Sicherheitsfragen und Vertrauter auf außenpolitischem Gebiet: Stanislaw Poklewski, ein Mann mit auffallend scharfen Gesichtszügen, in der Umgebung des Kapitols abwechselnd als »der Doc« und »dieser verdammte Polacke« bezeichnet, wurde gelegentlich angefeindet, aber nie unterschätzt.

William Matthews und Stanislaw Poklewski bildeten ein seltsames Gespann: der blonde, hellhäutige, angelsächsische Protestant aus dem tiefsten Süden der Vereinigten Staaten und der dunkle, schweigsame, fromme Katholik, der als kleiner Junge aus Krakau herübergekommen war. Aber was Bill Matthews an Verständnis für die komplexe Psychologie der Europäer im allgemeinen und der Slawen im besonderen fehlte, konnte diese von Jesuiten erzogene menschliche Rechenmaschine wettmachen, die deshalb stets sein Ohr hatte.

Und noch zwei weitere Gründe sprachen für Poklewski: Er war Bill Matthews bedingungslos ergeben und hatte keinerlei politische Ambitionen, die über dessen Schatten hinausreichten. Es gab nur einen einzigen Vorbehalt gegen ihn: Der Präsident mußte die mißtrauische Abneigung, die der Doktor für die Moskauer Machthaber empfand, stets durch die unvoreingenommeneren Beurteilungen seines aus Boston stammenden Außenministers ausgleichen.

Der Außenminister fehlte an diesem Morgen bei der Besprechung, um die Poklewski gebeten hatte. Die beiden anderen Männer vor dem Schreibtisch waren Robert Benson, der Direktor der Central Intelligence Agency, und Carl Taylor.

Es heißt oft, die National Security Agency sei für die gesamte elektronische Spionage der Amerikaner zuständig. Diese Meinung ist weit verbreitet, aber falsch. Die NSA ist für den Teil der elektronischen Überwachung und Spionage im Ausland verantwortlich, der die Vereinigten Staaten durch Abhöroperationen schützen soll. Sie belauscht Telefongespräche und überwacht den Funkverkehr. Tagtäglich fängt sie Milliarden von Wörtern aus Hunderten von Sprachen und Dialekten aus dem Äther auf, um sie aufzuzeichnen, zu entschlüsseln, zu übersetzen und zu analysieren. Aber sie setzt keine Spionagesatelliten ein. Die optische Überwachung der Erde durch Kameras in Flugzeugen und vor allem in Satelliten ist stets Aufgabe der von der U. S. Air Force und der CIA gemeinsam betriebenen National Reconnaissance Office gewesen. Carl Taylor, der diese Dienststelle leitete, war ein Zweisternegeneral des Luftwaffen-Nachrichtendienstes.

Der Präsident schob die gestochen scharfen Satellitenfotos auf seinem Schreibtisch zu einem Stapel zusammen und gab sie Taylor zurück, der aufstand, um sie entgegenzunehmen und in seinen Aktenkoffer zu legen.

»Also gut, meine Herren«, sagte Matthews langsam, »Sie haben mir gezeigt, daß die Weizenernte in einem kleinen Teil der Sowjetunion verkümmert – vielleicht sogar nur auf den hier abgebildeten wenigen Hektaren. Was beweist das?«

Poklewski sah zu Taylor hinüber und nickte. Taylor räusperte sich.

»Mr. President, ich habe mir erlaubt, eine Direktübertragung von einem unserer Condor-Satelliten vorbereiten zu lassen. Möchten Sie sie sehen?«

Matthews nickte und folgte Taylor mit den Augen, als der an die Bücherschränke vor der sanft geschwungenen Westwand trat. Dort waren seit neuestem in der untersten Reihe Fernsehapparate eingebaut, die hinter Schiebetüren aus Teakholz verschwanden, wenn der Präsident offiziellen Besuch empfing. Taylor schaltete das Gerät ein, das sich ganz links außen in der Reihe befand, und kam an den Schreibtisch zurück. Er nahm einen der sechs Telefonhörer ab, wählte eine Nummer und sagte kurz: »Vorführen.«

Präsident Matthews war über die Condor-Satelliten informiert. Sie operierten mit noch empfindlicheren Kameras und aus noch größeren Höhen als früher und konnten Objekte von der Größe eines Fingernagels aus 300 Kilometern Entfernung selbst bei

Nebel, Regen, Schnee und in absoluter Dunkelheit erfassen. Es waren die neuesten und besten Modelle.

In den siebziger Jahren war die fotografische Überwachung zwar gut, aber langsam gewesen. Die belichteten Filmpatronen mußten an bestimmten Positionen von den Satelliten ausgestoßen werden, um in ihren Schutzkapseln in freiem Fall zur Erde zu gelangen. Sie wurden mit Hilfe ihres Peilsenders aufgespürt, ins NRO-Zentrallabor geflogen, entwickelt und ausgewertet. Direktübertragungen von Satelliten waren nur möglich innerhalb der Flugabschnitte oder von einer der Relaisstationen, von denen eine gerade Verbindungslinie mit den USA hergestellt werden konnte. Bewegte sich ein Satellit aber über der Sowjetunion, verhinderte die Erdkrümmung einen Direktempfang, so daß die Beobachter warten mußten, bis der Satellit wieder ihre Station passierte.

Im Sommer 1978 fanden die Wissenschaftler die Parabel-Lösung, die es ermöglichte, jeden Himmelsspion direkt vom Weißen Haus abzufragen. Per Computer berechneten sie ein höchst kompliziertes Netz für die Flugbahnen von sechs erdumkreisenden Spionagesatelliten. Auf ein Signal hin übermittelte der jeweilige Satellit seine Bilder einem anderen Satelliten in seiner Reichweite, dieser zweite Satellit gab sie an einen dritten weiter, der das Material unter Umständen wiederum weiterreichte – wie Basketballspieler, die sich den Ball im Laufen zuspielen. Sobald die gewünschten Aufnahmen auf diese Weise in einer flachen Parabel bei einem Satelliten über den USA angelangt waren, wurden sie in die NRO-Zentrale übertragen.

Die Satelliten rasten mit 65 000 Stundenkilometern durch den Weltraum; die Erde drehte sich um ihre Achse und wies je nach geografischer Breite unterschiedliche Umfangsgeschwindigkeiten auf. Die Überlagerung all dieser Bewegungen ergab eine astronomisch hohe Anzahl von Rechenschritten, aber die Computer schafften es. Im Jahre 1980 konnte der amerikanische Präsident auf einen Knopfdruck hin Tag und Nacht jeden Quadratzentimeter der Erdoberfläche betrachten.

Das beunruhigte ihn manchmal. Poklewski dagegen stieß sich nie daran; er war dazu erzogen worden, alle privaten Gedanken und Taten im Beichtstuhl zu offenbaren. Und die Condors glichen

Beichtstühlen, mit ihm als Geistlichen, der er beinahe einmal geworden wäre.

Während der Bildschirm hell wurde, breitete General Taylor auf dem Schreibtisch des Präsidenten eine Karte der Sowjetunion aus und tippte mit dem Zeigefinger darauf.

»Was Sie jetzt sehen, Mr. President, kommt von Condor fünf. Er bewegt sich gerade zwischen Saratow und Perm nach Nordosten über dem neuen Weizenanbaugebiet und dem Schwarzerdegebiet.«

Matthews blickte zu dem Bildschirm hinüber. Der Ausschnitt eines etwa 30 Kilometer breiten Geländestreifens zog langsam vorbei. Der Boden schien kahl zu sein, wie im Herbst nach der Ernte. Taylor murmelte einige Anweisungen ins Telefon; Sekunden später verengte sich der Blickwinkel, und ein nur mehr fünf Kilometer breiter Abschnitt war zu sehen. Ein paar Bauernkaten, aus Holz gebaute Isbas, verloren in den endlosen Weiten der Steppe, schoben sich am linken Bildrand vorbei. Eine unbefestigte Straße kam ins Bild, blieb sekundenlang in der Mitte des Schirms und verschwand wieder. Taylor gab erneut leise Anweisungen, und das Bild konzentrierte sich auf einen 100 Meter breiten Geländestreifen. Die Einzelheiten traten schärfer hervor. Ein Mann mit einem Pferd tauchte auf.

»Nicht so schnell!« befahl Taylor am Telefon. Der Film rollte langsamer ab. Condor fünf behielt Höhe und Geschwindigkeit bei; in den NRO-Laboratorien wurden die Bildausschnitte verkleinert und das Wiedergabetempo verringert.

Das Bild rückte noch näher heran, wurde langsamer. An einem einzeln stehenden Baum stand ein russischer Bauer, der sich langsam die Hose aufknöpfte. Präsident Matthews war kein Mann der Technik und staunte deshalb jedesmal wieder. Da saß er an einem Frühlingstag in Washington in seinem Arbeitszimmer und beobachtete einen Mann, der irgendwo im Schatten des Urals an einen Baum urinierte. Der Bauer kam langsam am unteren Bildrand außer Sicht. Jetzt war auf dem Bildschirm ein mehrere hundert Morgen großes Weizenfeld zu sehen.

»Stop!« rief Taylor ins Telefon. Das Bild wurde langsamer, blieb stehen. »Nahaufnahme.«

Die Einzelheiten wurden größer und größer, bis der Bildschirm von etwa zwanzig jungen Weizenhalmen ausgefüllt war. Alle sahen dünn, schwach und krank aus. Matthews hatte solche Halme schon einmal gesehen; in seiner Kindheit vor fünfzig Jahren im Mittleren Westen – in einem Dürregebiet.

»Stan?« fragte der Präsident. Poklewski, der um diese Besprechung und die Vorführung gebeten hatte, wählte seine Worte sorgfältig.

»Mr. President, die Sowjetunion hat sich dieses Jahr eine Getreideernte von zweihundertvierzig Millionen Tonnen zum Ziel gesetzt. Nach Sorten lauten die Planziele folgendermaßen: hundertzwanzig Millionen Tonnen Weizen, sechzig Millionen Tonnen Gerste, vierzehn Millionen Tonnen Hafer, vierzehn Millionen Tonnen Mais, zwölf Millionen Tonnen Roggen und zwanzig Millionen Tonnen Reis, Hirse, Buchweizen und Leguminosen. Am wichtigsten sind natürlich Weizen und Gerste.«

Poklewski stand auf und trat an den Schreibtisch, auf dem noch immer die Karte der Sowjetunion ausgebreitet lag. Taylor schaltete das Fernsehgerät aus und nahm wieder Platz.

»Etwa vierzig Prozent der sowjetischen Getreideernte – ungefähr hundert Millionen Tonnen – kommen hier aus der Ukraine und dem Kubangebiet im Süden der Russischen Republik.« Poklewski umriß die Gebiete auf der Karte. »Hier wird nur Winterweizen angebaut, also Weizen, der im September und Oktober ausgesät wird. Wenn im November der erste Schnee fällt, haben die Körner bereits ausgetrieben. Der Schnee bedeckt die jungen Pflanzen und schützt sie vor den harten Frösten.«

Poklewski, der die Angewohnheit hatte, beim Sprechen auf und ab zu wandern, löste sich vom Schreibtisch und ging auf die leicht geschwungenen, wandhohen Fenster hinter dem Sessel des Präsidenten zu.

Von der Pennsylvania Avenue aus ist das Ovale Zimmer auf der Rückseite des kleinen Westflügels nicht einzusehen. Aber die nach Süden gehenden Fenster sind von dem etwa einen Kilometer entfernten Washington Monument gerade noch zu erkennen. Sie wurden für den Fall, daß ein Scharfschütze sein Glück vom Denkmal aus versuchen könnte, schon vor langem mit 15 Zentimeter dickem, grün gefärbtem Panzerglas gesichert. Als Poklewski sie erreichte, wirkte sein blasses Gesicht in dem grünlichen Licht noch blasser. Er machte kehrt und kam zurück, als Matthews sich eben mit seinem Drehsessel nach ihm umwenden wollte.

»In den ersten Dezembertagen des vergangenen Jahres hat es in der Ukraine und am Kuban überraschend getaut. Das hat es auch früher gegeben – aber so warm ist es um diese Zeit noch nie gewesen. Eine Warmluftfront ist vom Bosporus über das Schwarze Meer nach Nordosten in die Ukraine und das Kubangebiet vorgedrungen. Nach einer Woche hatte sich die fünfzehn Zentimeter hohe Schneedecke in Wasser verwandelt. Die jungen Weizen- und Gerstenhalme waren ungeschützt. Wie's der Teufel will, trat zehn Tage später das andere Extrem auf: strenger Frost mit fünfundzwanzig bis dreißig Grad unter Null.«

»Was dem Weizen bestimmt geschadet hat«, ergänzte der Präsident.

»Mr. President«, mischte sich Robert Benson von der CIA ein, »unsere besten Landwirtschaftsexperten sind sich darüber einig, daß die Sowjets von Glück sagen können, wenn sie fünfzig Prozent dieser Ernte retten können. Die schweren Schäden sind praktisch irreparabel.«

»Also das haben Sie mir eben vorgeführt?« fragte Matthews.

»Nein, Sir«, antwortete Poklewski. »Der Film zeigte den Anlaß für diese Besprechung. Die restlichen sechzig Prozent der sowjetischen Getreideernte, etwa hundertvierzig Millionen Tonnen, kommen aus neuen Anbaugebieten. Sie wurden Anfang der sechziger Jahre unter Chruschtschow erstmals unter den Pflug genommen. Es handelt sich dabei um das Schwarzerdegebiet, das an den Ural grenzt, und um kleine Regionen jenseits des Gebirges in Sibirien. Diese Anbauflächen haben wir Ihnen gezeigt.«

»Und was ist mit denen los?« fragte Matthews.

»Etwas ist merkwürdig, Sir. Mit dem sowjetischen Getreide stimmt irgendwas nicht. Bei diesen restlichen sechzig Prozent handelt es sich um Sommerweizen, der nach dem Tauwetter im März und April ausgesät worden ist. Er müßte jetzt frisch und grün auf den Feldern stehen. Statt dessen ist er dünn und verkümmert, als sei er von einer Art Mehltau befallen.«

»Ist daran auch das Wetter schuld?« fragte Matthews.

»Nein. Das Frühjahr ist in diesem Gebiet zwar ziemlich feucht gewesen, aber das war nicht weiter schlimm. Jetzt ist das Wetter ideal – warm und trocken.«

»Wie verbreitet ist dieser – Mehltau?«

Benson meldete sich wieder zu Wort. »Das wissen wir nicht, Mr. President. Wir haben ungefähr fünfzig Filme, auf denen dieses eigenartige Phänomen zu erkennen ist. Normalerweise konzentrieren wir uns auf Militäreinrichtungen, Truppenverschiebungen, neue Raketenstellungen und Rüstungsfabriken. Aber aus unseren Unterlagen geht hervor, daß die Sache ziemlich weit verbreitet sein muß.«

»Was haben Sie also vor?«

»Wenn Sie einverstanden sind, möchten wir uns ausführlicher mit diesem Problem befassen, um herauszubekommen, was es für die Sowjets bedeutet«, sagte Poklewski. »Wir müßten versuchen, sowohl Delegationen als auch Geschäftsleute in die Sowjetunion zu schicken. Wir sollten einige Beobachtungssatelliten von weniger wichtigen Zielen abziehen. Wir sind überzeugt, daß es für Amerika von lebenswichtigem Interesse ist, genau festzustellen, was da auf Moskau zukommt!«

Matthews überlegte, während er auf seine Uhr sah. In zehn Minuten sollte er eine Gruppe von Umweltschützern empfangen, die ihm eine weitere Plakette überreichen würde. Und für den späten Vormittag hatte sich der Justizminister wegen Ergänzungen zum Arbeitsrecht angesagt. Er stand auf.

»Gut, meine Herren, ich bin einverstanden. Das scheint eine Sache zu sein, über die wir informiert sein sollten. Aber in spätestens vier Wochen will ich Ergebnisse sehen!«

Zehn Tage später saß General Taylor in Robert Bensons Büro im sechsten Stock in Langley und blätterte in dem von ihm verfaßten Bericht, der zusammen mit einem dicken Stapel Fotos auf dem Couchtisch vor ihm lag.

»Eine komische Sache, Bob«, meinte er. »Ich werde einfach nicht schlau daraus . . .«

Benson, der Direktor der Central Intelligence, der DCI, wandte sich von den großen Panoramafenstern ab, die sich über die ganze Wandbreite erstrecken und nach Nordnordwesten gehen, wo der Potomac unter den Bäumen vorbeifließt. Wie seine Vorgänger genoß Benson diese Aussicht – vor allem im Frühling und Frühsommer, wenn der Wald ein Meer aus zartem Grün bildet. Er ließ sich in einen Sessel gegenüber Taylor fallen.

»Meine Landwirtschaftsexperten auch nicht, Carl. Und ich habe keine Lust, mich ans Landwirtschaftsministerium zu wenden. Was auch in Rußland passiert, wir dürfen die Sache nicht an die große Glocke hängen. Wenn ich irgendwelche Außenstehenden hinzuziehe, landet das Ganze eine Woche später bei einer Zeitung. Also, was haben Sie rausgekriegt?«

»Na ja, unsere Aufnahmen zeigen, daß der Mehltau oder was immer es ist, nicht allgemein verbreitet ist«, antwortete Taylor. »Er tritt nicht einmal flächenweise auf. Das ist eben das Verrückte! Wäre das Klima daran schuld, müßten Wetterstürze aufgetreten sein. Aber die hat es nicht gegeben. Wenn es sich um eine Pflanzenkrankheit oder um Schädlingsbefall handelte, wären zumindest bestimmte Gebiete betroffen. Aber die Streuung ist rein zufällig. Schwache, verkümmerte Pflanzen wechseln mit kräftigen, kerngesunden Trieben ab. Die Condor-Aufklärung läßt keine logische Verteilung erkennen. Wie sieht's bei Ihnen aus?«

Benson nickte zustimmend.

»Es ist tatsächlich nicht logisch. Ich habe ein paar von unseren Leuten losgeschickt, damit sie die Schäden vor Ort begutachten, aber ihre Berichte sind noch nicht da. Die sowjetische Presse läßt nichts verlauten. Meine Landwirtschaftsexperten haben sich lange mit Ihren Aufnahmen befaßt. Sie können sich die Sache nur mit einer Saatgut- oder Bodenkrankheit erklären. Aber auch sie haben keine Erklärung für die scheinbar zufällige Verteilung. Sie haben so etwas noch nie gesehen. Entscheidend ist jedoch, daß ich dem Präsidenten eine Schätzung über die für dieses Jahr zu erwartende Getreideernte vorlegen soll – und zwar bald!«

»Ich kann unmöglich jedes verdammte Weizen- und Gerstenfeld in der Sowjetunion fotografieren, selbst mit den Condors nicht«, protestierte Taylor. »Das würde Monate dauern. Habe ich soviel Zeit?«

»Auf keinen Fall!« wehrte Benson ab. »Ich brauche Informationen über die Truppenbewegungen an der chinesischen Grenze und über die Konzentrationen an den Grenzen zur Türkei und zum Iran. Außerdem ist die ständige Überwachung der Roten Armee in der DDR und der Ausbau der Stellungen für die SS 20 hinter dem Ural wichtig.«

»Unter diesen Umständen kann ich nur anhand unserer Aufnahmen Durchschnittswerte ermitteln und die auf die gesamte Sowjetunion umrechnen lassen«, sagte Taylor.

»Aber sie müssen stimmen«, betonte Benson. »Ich will keinen Reinfall wie vor fünf Jahren erleben.«

Obwohl Taylor damals noch nicht NRO-Direktor gewesen war, zuckte er bei dem Gedanken an diesen Vorfall zusammen. Im Jahre 1977 waren die amerikanischen Geheimdienste auf einen Riesenschwindel der Sowjetunion hereingefallen. Die Sachbearbeiter der CIA und des Landwirtschaftsministeriums hatten dem Präsidenten den ganzen Sommer über versichert, die sowjetische Getreideernte werde etwa 215 Millionen Tonnen betragen. Rußlandbesuchern waren prächtig wogende Weizenfelder gezeigt worden – wie sich später herausstellte, hatte es sich bei ihnen um Ausnahmen gehandelt. Luftaufnahmen waren fehlerhaft ausgewertet worden. Im Herbst hatte der damalige Parteichef Leonid Breschnew seelenruhig verkündet, die sowjetische Ernte werde sich nur auf 194 Millionen Tonnen belaufen.

Daraufhin war der Preis für amerikanischen Überschußweizen emporgeschnellt. Schließlich stand fest, daß die Russen fast 20 Millionen Tonnen Getreide würden dazukaufen müssen. Aber es war zu spät. Mit Hilfe französischer Mittelsmänner hatte Moskau bereits im Sommer Lieferverträge über die benötigten Mengen abgeschlossen – zum alten, niedrigen Preis. Durch Strohmänner hatten die Russen sogar Trockengutfrachter gechartert, die sie von ihrem Kurs auf Westeuropa in sowjetische Häfen umdirigierten. Dieser Reinfall war in Langley unter dem Codewort »Stachel« bekannt.

Carl Taylor stand auf. »Okay, Bob, dann knipse ich also fröhlich weiter.«

»Carl!« rief der DCI ihm nach, als Taylor schon im Begriff war, das Zimmer zu verlassen. »Hübsche Bildchen genügen nicht. Ich will, daß die Condors ab ersten Juli wieder Militärziele überwachen. Machen Sie mir die genaueste Ernteschätzung, die bis Ende dieses Monats möglich ist – und seien Sie lieber etwas zu vorsichtig damit. Und falls Ihre Leute *irgend etwas* entdecken, das eine Erklärung für dieses Phänomen sein könnte, nehmen Sie's sofort noch mal auf. Wir müssen irgendwie rauskriegen, was zum Teufel mit dem russischen Weizen los ist!«

Präsident Matthews' Condor-Satelliten sahen fast alles in der Sowjetunion. Aber sie konnten nicht Harold Lessing, einen der drei Ersten Sekretäre in der Handelsabteilung der Britischen Botschaft in Moskau, am nächsten Morgen an seinem Schreibtisch beobachten. Das war vielleicht ganz gut so, denn Lessing selbst hätte als erster zugegeben, daß er keinen erbaulichen Anblick bot. Er war leichenblaß und fühlte sich todkrank.

Das Hauptgebäude der Britischen Botschaft ist ein schönes altes Herrenhaus aus der Zeit vor der Oktoberrevolution, das am Maurice-Thorez-Kai an der Moskwa genau gegenüber der Südmauer des Kremls steht. In der Zarenzeit Eigentum eines reichen Zuckerhändlers, wurde es kurz nach der Revolution von den Briten für billiges Geld gekauft. Seither bemüht sich die sowjetische Regierung, die Briten da wieder hinauszubefördern. Stalin haßte das Gebäude; jeden Morgen sah er beim Aufstehen den Union Jack auf dem anderen Flußufer in der Morgenbrise flattern und ärgerte sich.

Was die Handelsabteilung betrifft, so hat sie nicht das Glück, in diesem eleganten beige-goldenen Herrenhaus zu residieren. Sie arbeitet in einem nach dem Krieg errichteten häßlichen Bürohaus, das sich drei Kilometer von der Botschaft entfernt am Kutusow-Prospekt erhebt, fast genau gegenüber dem im Zuckerbäckerstil erbauten Hotel *Ukraina*. Auf demselben Grundstück, dessen einziger Eingang von mehreren aufmerksamen Milizsoldaten bewacht wird, stehen noch ein paar heruntergekommene Apartmenthäuser, in denen die Mitarbeiter von über zwei Dutzend Botschaften wohnen. Der ganze Komplex wird *Korpus Diplomatik* oder Diplomatenlager genannt.

Harold Lessing hatte sein Büro im obersten Stock des Verwaltungsgebäudes. Als er an diesem strahlenden Maitag schließlich gegen 10 Uhr 30 ohnmächtig wurde, riß er sein Telefon mit sich zu Boden und alarmierte auf diese Weise seine Sekretärin im Nebenzimmer. Die Sekretärin, eine ruhige und tüchtige Person, verständigte den Leiter der Handelsabteilung. Auf dessen Veranlassung hin wurde Lessing, der inzwischen wieder zu sich gekommen, aber noch benommen war, auf seinem Weg aus dem Gebäude über den Parkplatz zu seiner 100 Meter entfernten Wohnung im fünften Stock des Korpus 6 von zwei jungen Attachés begleitet. Außerdem informierte der Abteilungsleiter den Kanzler in der Botschaft am Maurice-Thorez-Kai und bat ihn, den Botschaftsarzt herüberzuschicken. Nachdem Lessing in seiner Wohnung untersucht worden war, wollte der Arzt kurz nach 11 Uhr den Leiter der Handelsabteilung unterrichten. Zu seiner Überraschung schnitt ihm dieser das Wort ab und schlug vor, in die Botschaft hinüberzufahren und den Kanzler zu dem Gespräch hinzuzuziehen. Erst später erkannte der Mediziner – ein einfacher praktischer Arzt aus England, der sich für drei Jahre nach Moskau verpflichtet hatte und im Rang eines Ersten Sekretärs stand –, warum dieser Umzug nötig war. Der Botschaftskanzler ging mit ihnen in einen bestimmten Raum des Hauptgebäudes, der im Gegensatz zu den Büros der Handelsabteilung abhörsicher war.

»Lessing hat ein aufgebrochenes Magengeschwür«, erklärte der Arzt den beiden Diplomaten. »Er scheint seit Wochen, vielleicht Monaten an etwas herumgedoktert zu haben, das er für Magensäureüberschuß gehalten hat. Hat es auf Überarbeitung zurückgeführt und massenweise Tabletten geschluckt. Natürlich Unsinn; er hätte zu mir kommen sollen.«

»Muß er ins Krankenhaus?« fragte der Kanzler, während er angelegentlich die Zimmerdecke betrachtete.

»Unbedingt!« antwortete der Arzt. »Ich werde dafür sorgen, daß er noch heute nachmittag aufgenommen wird. Bei den russischen Kollegen ist er in guten Händen.«

Schweigend wechselten die beiden Diplomaten einen Blick. Der Leiter der Handelsabteilung schüttelte den Kopf. Beide Männer dachten das gleiche. Ihre Positionen bedingten, daß sie über Lessings wahre Aufgabe in der Botschaft unterrichtet waren. Der Arzt aber wußte davon nichts. Schließlich ergriff der Botschaftskanzler das Wort.

»Das ist leider nicht möglich«, sagte er höflich. »Nicht in diesem Fall. Lessing muß mit der Nachmittagsmaschine nach Helsinki geflogen werden. Können Sie dafür sorgen, daß er reisefähig ist?«

»Aber warum ...«, begann der Arzt. Er brachte seinen Satz nicht zu Ende. Plötzlich war ihm klar, warum sie für dieses Gespräch drei Kilometer weit gefahren waren. Lessing mußte der Mann des Secret Intelligence Service in Moskau sein. »Nun ja ... Er steht unter Schock und hat ungefähr einen halben Liter Blut verloren. Ich habe ihm hundert Milligramm Pethidin zur Beruhigung gegeben. Um drei Uhr nachmittags könnte er noch einmal eine Spritze bekommen. Wenn er zum Flughafen gefahren wird und jemand während des Fluges bei ihm ist, wird er wohl bis Helsinki durchhalten. Aber dort muß er sofort in ein Krankenhaus. Ich würde am liebsten selber mitfliegen, damit nichts schiefgeht. Ich könnte morgen zurückkommen.«

Der Botschaftskanzler stand auf. »Sehr gut!« meinte er entschieden. »Nehmen Sie ruhig noch einen Tag Urlaub dazu. Und meine Frau würde Ihnen gern eine kleine Einkaufsliste mitgeben, wenn Sie so freundlich wären. Ja? Vielen Dank, Doktor. Ich veranlasse alles Nötige von hier aus.«

In Zeitungen, Illustrierten und Büchern gilt seit Jahren ein bestimmtes Bürogebäude im Londoner Stadtteil Lambeth als Hauptquartier des britischen Secret Intelligence Service, auch SIS oder MI 6 genannt. Die Mitarbeiter der »Firma« amüsieren sich im stillen darüber, denn in Lambeth arbeitet nur eine tüchtige Tarnorganisation. Auf ähnliche Weise wird im Leconfield House in der Curzon Street, das noch immer als Hauptquartier der Spionageabwehr, der MI 5, gilt, eine Scheinorganisation am Leben erhalten, um ungebetene Besucher zu täuschen. In Wirklichkeit haben die Abwehragenten schon seit Jahren nicht mehr ihre Büros in der Nähe des *Playboy Clubs*.

Das eigentliche Hauptquartier des geheimsten Geheimdienstes der Welt ist ein modernes Bürogebäude aus Glas und Stahlbeton. Es wurde im Auftrag der Regierung ganz in der Nähe eines der südlichen Londoner Bahnhöfe errichtet und Anfang der siebziger Jahre bezogen.

Die Nachricht von Lessings Erkrankung erreichte den SIS-Generaldirektor nach dem Mittagessen in seinem geräumigen Arbeitszimmer in der obersten Etage, durch dessen getönte Scheiben man auf den Big Ben und die Parlamentsgebäude auf dem anderen Flußufer blickt. Am Haustelefon war der Personalchef, auf dessen Schreibtisch der Text aus der Entschlüsselungsabteilung gelandet war. Der Generaldirektor hörte aufmerksam zu.

»Wie lange ist er außer Gefecht?« fragte er schließlich.

»Sicher ein paar Monate«, antwortete der Personalchef. »Einige Wochen Krankenhausaufenthalt in Helsinki, dann eine Zeit bei sich zu Hause. Und anschließend wahrscheinlich noch drei bis vier Wochen Erholungsurlaub.«

»Sehr bedauerlich«, meinte der Generaldirektor. »Dann müssen wir ihn so schnell wie möglich ersetzen.«

Sein gutes Gedächtnis sagte ihm, daß Lessing zwei russische Agenten geführt hatte: niedrige Dienstgrade in der Roten Armee und beim sowjetischen Außenministerium – nichts Weltbewegendes, aber doch Nützliches.

»Benachrichtigen Sie mich, sobald Lessing in Helsinki sicher untergebracht ist. Und schlagen Sie mir bitte bis spätestens heute abend zwei bis drei Ersatzleute vor.«

Sir Nigel Irvine war der dritte Berufsagent, der zum Generaldirektor des SIS oder der »Firma«, wie sie in einschlägigen Kreisen heißt, aufgestiegen war.

Die weitaus größere amerikanische CIA, von Profis wie Allan Dulles aufgebaut und zum Gipfel des Erfolgs geführt, war infolge ihrer selbstherrlichen Machtausübung in den frühen siebziger Jahren schließlich der Kontrolle eines Außenstehenden, des Admirals Stanfield Turner, unterstellt worden. Eine Ironie des Schicksals wollte es, daß die britische Regierung sich zur gleichen Zeit endlich für das genaue Gegenteil entschlossen und mit der Tradition, die Firma von einem bewährten Mann aus dem

Außenministerium leiten zu lassen, gebrochen hatte. Sie ernannte einen Profi zum SIS-Generaldirektor.

Das Risiko hatte sich gelohnt. Die Firma hatte lange unter den Nachwirkungen der Affären Burgess, MacLean und Philby gelitten, und Sir Nigel war fest entschlossen, dafür zu sorgen, daß auch nach Ablauf seiner Dienstzeit die Reihe der Professionellen an der Spitze der Firma fortgesetzt würde. Aus diesem Grund war er ebenso wie jeder seiner unmittelbaren Amtsvorgänger peinlich darauf bedacht, keine ehrgeizigen Einzelkämpfer aufsteigen zu lassen.

»Wir sind ein Dienst und keine Trapeztruppe«, erklärte er den Neuen in Beaconsfield jedesmal bei der Begrüßung. »Wir sind nicht da, um Applaus einzuheimsen.«

Es war bereits dunkel, als Sir Nigel die drei Personalakten auf den Schreibtisch bekam, aber er wollte die Wahl noch an diesem Tag treffen und nahm dafür Überstunden in Kauf.

Er verbrachte eine Stunde damit, die Unterlagen durchzusehen, obwohl eigentlich schnell feststand, für wen er sich entscheiden würde. Schließlich rief er den Personalchef an, der ebenfalls noch im Hause war, und bat ihn zu sich herauf. Zwei Minuten später führte seine Sekretärin den Abteilungsleiter in sein Büro.

Sir Nigel, ein liebenswürdiger Gastgeber, schenkte seinem Besucher und sich einen Whisky-Soda ein. Nicht bereit, auf die Annehmlichkeiten des Lebens zu verzichten, hatte er sich sein Arbeitszimmer geschmackvoll eingerichtet – vielleicht als Entschädigung für seinen Fronteinsatz in den Jahren 1944/45 und die heruntergekommenen Wiener Hotels, in denen er Ende der vierziger Jahre als junger Agent der Firma gehaust hatte. Damals hatte er Russen in der sowjetisch besetzten Zone Österreichs anzuwerben versucht. Er konnte mit sich zufrieden sein: Zwei seiner damals angeworbenen Informanten, sogenannte »Schläfer«, die sich jahrelang still verhalten hatten, arbeiteten noch heute für den SIS.

Obwohl der SIS in einem modernen Gebäude aus Stahl, Beton und Glas untergebracht war, dominierte im Arbeitszimmer des Generaldirektors ein älterer, eleganterer Stil. Die Tapete war in warmem Hellbraun gehalten, der Spannteppich in dunklem

Orange. Der Schreibtisch mit dem Lehnstuhl, die beiden Besuchersessel und das schwarze Ledersofa waren echte alte Stücke.

Aus den Kunst-Beständen des Staates, die den britischen Behördenchefs für die Ausschmückung ihrer Arbeitszimmer zur Verfügung stehen, hatte Sir Nigel sich einen Dufy, einen Vlaminck und einen möglicherweise tatsächlich echten Breughel ausgesucht. Er hatte auch mit einem kleinen, exquisiten Fragonard geliebäugelt, der ihm dann aber von einem Emporkömmling aus dem Schatzamt vor der Nase weggeschnappt worden war.

Im Gegensatz zum Außenministerium, an dessen Wänden Ölporträts früherer Minister wie Canning und Grey hängen, hat die Firma von jeher eine Ahnengalerie abgelehnt. Wahrscheinlich hätten auch die auf äußerste Zurückhaltung bedachten englischen Spitzenspione wenig Wert darauf gelegt, ihre Bilder in der Öffentlichkeit zu sehen. Auch Porträts der Königin in vollem Ornat waren nicht sonderlich beliebt, während im Weißen Haus und in Langley die Wände mit signierten Fotos des jeweiligen Präsidenten bepflastert waren.

»Daß man in diesem Gebäude für Königin und Vaterland arbeitet, braucht nicht eigens unterstrichen zu werden«, war einem erstaunten CIA-Mann aus Langley einmal erklärt worden. »Wer das nicht weiß, würde ohnehin hier nicht arbeiten.«

Sir Nigel wandte sich von seinem angelegentlichen Studium der Lichter jenseits der Themse ab.

»Sieht so aus, als müßten wir Munro nehmen, nicht wahr?« fragte er.

»Ja, das glaube ich auch«, antwortete der Personalchef.

»Was für ein Mensch ist er? Ich habe seine Akte gelesen und kenne ihn nur flüchtig. Wie ist Ihr persönlicher Eindruck?«

»Er ist schweigsam.«

»Gut.«

»Neigt zum Einzelgängertum.«

»Schlecht.«

»Seine Russischkenntnisse dürften entscheidend sein«, sagte der Personalchef. »Die beiden anderen sprechen passables Russisch. Munro dagegen kann sich glatt als Russe ausgeben. Was er normalerweise nicht tut. Offiziell spricht er mit starkem Akzent und keineswegs fehlerfrei. Sobald er diese Tarnung aufgibt, ist er nicht mehr von einem Einheimischen zu unterscheiden. Bei einer so kurzfristigen Übernahme von Mäusebussard und Moorente wären hervorragende Russischkenntnisse von Vorteil.«

Mäusebussard und Moorente waren die Codenamen der beiden von Lessing rekrutierten und geführten Informanten. Russische Agenten der Firma in der Sowjetunion erhalten im allgemeinen Vogelnamen, deren Anfangsbuchstabe auf den Zeitpunkt der Rekrutierung hinweist. Die beiden mit dem Buchstaben M waren erst vor kurzem angeworben worden. Sir Nigel knurrte.

»Gut, wir nehmen Munro. Wo ist er jetzt?«

»Im Ausbildungszentrum in Beaconsfield. Gibt praktischen Unterricht.«

»Lassen Sie ihn morgen nachmittag herkommen. Da er ledig ist, kann er vermutlich sofort abreisen. Er soll nicht lange herumsitzen. Ich besorge morgen früh die Zustimmung des Außenministeriums zu seiner Ernennung als Lessings Nachfolger in der Handelsabteilung.«

Beaconsfield in Buckinghamshire liegt unmittelbar vor den Toren Londons und war früher eine beliebte Wohngegend für angesehene und reiche Londoner, die dort ihre eleganten Landhäuser hatten. Seit den siebziger Jahren dienten die meisten dieser Gebäude jedoch als Ausbildungsstätten, Erholungsheime, Management- und Marketingakademien oder auch als Sektentempel. In einem solchen Landhaus war die Russischschule der drei Teilstreitkräfte untergebracht, was kein Geheimnis war; eine andere, etwas kleinere Villa beherbergte das SIS-Ausbildungszentrum, und das war streng geheim.

Adam Munros praktischer Unterricht war nicht zuletzt deshalb beliebt, weil er eine Unterbrechung bei den langweiligen Ver- und Entschlüsselungsübungen darstellte. Die Kursteilnehmer hörten aufmerksam zu, und Munro war sich dessen bewußt.

»Gut«, sagte er an diesem Vormittag in der letzten Woche des Monats. »Jetzt sehen wir uns mal einige kniffllige Situationen an und überlegen, wie man mit ihnen fertig wird.«

Die Klasse schwieg gespannt. Routinemäßige Verfahren wurden auf die Dauer langweilig; eine schwierige Lage, die es zu meistern galt, war interessanter.

»Sie müssen ein Päckchen von einem Kontaktmann übernehmen«, sagte Munro. »Aber Sie werden von der Polizei beschattet. Wenn Sie festgenommen werden, genießen Sie als Diplomat Immunität, aber Ihr Kontaktmann hat nichts dergleichen. Er ist ohne jeden Schutz, weil er ein Einheimischer ist. Er kommt zu einem Treff, und Sie können ihn nicht mehr umbestellen. Da er weiß, daß er auffällt, wenn er sich zu lange dort herumtreibt, wartet er nicht länger als zehn Minuten auf Sie. Was tun Sie also?«

»Ich schüttle den Beschatter ab«, schlug jemand vor. Munro winkte ab.

»Sie sind erstens ein scheinbar harmloser Diplomat, kein Entfesselungskünstler. Sobald Sie den Beschatter abschütteln, verraten Sie sich als ausgebildeter Agent. Zweitens braucht Ihnen das nicht zu gelingen. Falls das KGB seine erste Garnitur einsetzt, haben Sie keine Chance – es sei denn, Sie würden in der Botschaft verschwinden. Überlegen Sie noch mal!«

»Aufgeben«, sagte ein anderer. »Nicht hingehen. Die Sicherheit des schutzlosen Kontaktmannes geht vor.«

»Richtig«, bestätigte Munro. »Aber nun kann Ihr Mann das Päckchen nicht ewig behalten, und er hat keine Ahnung, wo der nächste Übergabeversuch stattfinden soll.« Er machte eine Pause. »Oder weiß er das vielleicht doch?«

»Für den Fall, daß die erste Übergabe nicht klappt, ist ein zweiter Treff vereinbart«, schlug ein anderer Kursteilnehmer vor.

»Gut«, sagte Munro. »In der guten alten Zeit, als Sie noch nicht überwacht wurden, haben Sie ihm für so einen Fall eine ganze Reihe von Ersatztreffs genannt. Er wartet also zehn Minuten lang, und da Sie nicht aufkreuzen, geht er, nett wie er ist, zum zweiten Treffpunkt. Wie heißt dieser Vorgang?«

»Absetzen«, antwortete der Teilnehmer, der den Geistesblitz gehabt hatte, seinen Beschatter abschütteln zu wollen.

»Erstes Absetzen«, korrigierte Munro ihn. »In ein paar Monaten üben wir das alles in den Londoner Straßen, merken Sie sich also die Begriffe.« Sie kritzelten eifrig. »Gut, Sie haben einen zweiten Treff vereinbart, aber Sie werden weiterhin beschattet. Sie sind also noch nicht weitergekommen. Was passiert an dem ersten Absetztreff?«

Die Kursteilnehmer schwiegen. Munro ließ ihnen dreißig Sekunden Zeit.

»Sie kommen dort nicht mit Ihrem Kontaktmann zusammen«, erklärte er ihnen. »Sie haben ihm beigebracht, daß der zweite Treff immer ein Ort ist, an dem er Sie sehen kann, ohne daß Sie in seine Nähe kommen. Sobald Sie wissen, daß er Sie beobachtet – vielleicht von einer Terrasse oder von einem Café aus, aber immer nur von weitem –, geben Sie ihm ein Zeichen. Sie tun irgendwas: kratzen sich am Ohr, putzen sich die Nase oder lassen Ihre Zeitung fallen und heben sie wieder auf. Was bedeutet das für den Kontaktmann?«

»Daß er wie vorher vereinbart zu einem dritten Treff kommen soll.«, sagte jemand.

»Genau! Aber Sie werden *noch immer* beschattet. Wo findet der dritte Treff statt – an was für einem Ort?«

Diesmal meldete sich keiner.

»In irgendeiner Bar, einem Club oder einem Restaurant, dessen Türen und Fenster so angelegt sind, daß niemand von der Straße aus in den Raum hineinsehen kann. Warum ist das der richtige Platz für die Übergabe?«

In diesem Augenblick klopfte es, und der Ausbildungsleiter steckte den Kopf zur Tür herein. Er nickte Munro zu, der seinen Platz verließ und mit seinem Vorgesetzten auf den Flur hinausging.

»Sie sind angefordert worden«, sagte der Ausbildungsleiter halblaut. »Der Meister wünscht Sie zu sprechen. Um drei Uhr in seinem Büro. Sie können nach dem Mittagessen fahren. Bailey übernimmt den Nachmittagsunterricht.«

Munro ging leicht verwirrt in den Unterrichtsraum zurück. Der »Meister« war der halb liebevolle, halb respektvolle Spitzname für den jeweiligen Generaldirektor der Firma.

Einer der Teilnehmer machte einen Vorschlag. »Damit ich am Tisch des Kontaktmannes vorbeigehen und das Päckchen unauffällig mitnehmen kann.«

Munro schüttelte den Kopf. »Nein, nicht ganz. Unter Umständen bleibt einer Ihrer Beschatter zurück, wenn Sie das Lokal verlassen, und verhört die Kellner. Falls Sie sich Ihrem Mann direkt nähern, kann er bemerkt und möglicherweise aufgrund einer Beschreibung identifiziert werden. Hat jemand einen anderen Vorschlag?«

»Ich benütze einen toten Briefkasten in diesem Restaurant.« Munro schüttelte wieder den Kopf.

»Dazu dürften Sie kaum Zeit haben«, stellte er fest. »Ihre Beschatter betreten das Lokal Sekunden nach Ihnen. Vielleicht hat Ihr Kontaktmann, der wie vereinbart früher hereingekommen ist, nicht die vorgesehene WC-Kabine frei vorgefunden. Oder der richtige Tisch ist besetzt. Nein, da spielen zu viele Zufälle mit. Diesmal praktizieren Sie die ›Staffette‹. Passen Sie auf, ich werde es Ihnen erklären:

Als Ihr Kontaktmann beim zweiten Treff mitbekommen hat, daß Sie überwacht werden, hat er wie verabredet weitergemacht. Er hat seine Uhr auf die Sekunde genau nach einer öffentlichen Uhr oder, noch besser, der Telefonzeitansage gestellt. Sie haben inzwischen an einem anderen Ort dasselbe getan.

Zur vereinbarten Zeit sitzt er bereits in der Bar oder dem Restaurant. Sie nähern sich draußen dem Eingang. Seien Sie pünktlich auf die Sekunde. Falls Sie merken, daß es noch zu früh ist, binden Sie Ihr Schuhband neu oder sehen Sie in ein Schaufenster. Hüten Sie sich davor, ständig auf Ihre Uhr zu gucken!

Sie betreten auf die Sekunde genau die Bar und schließen die Tür hinter sich. Im gleichen Augenblick geht Ihr Kontaktmann, der rechtzeitig gezahlt hat, ebenfalls auf die Tür zu. Bis Ihre Beschatter hereinkommen, haben Sie mindestens fünf Sekunden Zeit. Wenn Sie sicher sind, daß die Tür geschlossen ist, gehen Sie in Türnähe an Ihrem Kontaktmann vorbei. Im Vorbeigehen übernehmen Sie das Päckchen – oder übergeben selbst eines. Dann setzen Sie sich an die Bar oder an einen freien Tisch. Die Gegenseite wird Sekunden später hereinkommen und achtlos an Ihrem Kontaktmann vorbeigehen, der das Lokal verläßt und untertaucht. Die Kellner können später bestätigen, daß Sie mit keinem Gast gesprochen oder sonstwie Verbindung aufgenommen haben. Sie sind an keinem Tisch stehen geblieben, und kein Gast hat an Ihrem haltgemacht. Das Päckchen in einer Innentasche Ihrer Jacke, trinken Sie in Ruhe Ihren Drink aus und kehren in die Botschaft zurück. Ihre Opponenten melden hoffentlich, daß Sie während Ihres ganzen Spaziergangs mit niemandem Kontakt aufgenommen haben.

Das war die Übergabe im Vorbeigehen ... und *das* ist die Pausenglocke. Okay, das war's für heute vormittag.«

Am Spätnachmittag desselben Tages saß Munro im Keller des Hauptquartiers der Firma allein hinter verschlossener Tür in der gesicherten Bibliothek und begann, einen ganzen Stapel hellbrauner Ordner durchzuarbeiten. Er hatte genau fünf Tage Zeit, das Material zu studieren und sich so viel einzuprägen, daß er Harold Lessing als »Gesandter« der Firma in Moskau ersetzen konnte.

Am 31. Mai flog Adam Munro nach Moskau, um seine neue Stelle anzutreten.

Munro verbrachte die erste Woche damit, sich einzugewöhnen. Nur ein paar Eingeweihte wußten, daß er nicht irgendein Berufsdiplomat war, der in aller Eile als Ersatz für Lessing geschickt worden war. Lediglich der Botschafter, der Kanzler, der Chefentschlüßler und der Leiter der Handelsabteilung waren über seine wirkliche Aufgabe informiert. Die Tatsache, daß er im ziemlich fortgeschrittenen Alter von 46 Jahren nur Erster Sekretär in der Handelsabteilung war, wurde durch seinen späten Eintritt in den diplomatischen Dienst erklärt.

Der Leiter der Handelsabteilung sorgte dafür, daß sein neuer Mitarbeiter nur einfache Vorgänge zu bearbeiten hatte. Munro war von dem Botschafter in dessen Arbeitszimmer kurz förmlich begrüßt worden, und der Botschaftskanzler hatte ihn zu einem zwanglosen Drink eingeladen. Er lernte den größten Teil des Personals kennen und wurde auf Partys mitgenommen, um zahllosen Diplomaten anderer westlicher Botschaften vorgestellt zu werden. Außerdem traf er sich mit seinem Kollegen von der amerikanischen Botschaft zu einem Erfahrungsaustausch. Der CIA-Agent bestätigte ihm, daß das »Geschäft« im Augenblick ruhig sei.

Obgleich es auffällig gewesen wäre, wenn ein Mitarbeiter der Britischen Botschaft in Moskau kein Russisch gesprochen hätte, beschränkte sich Munro in Gegenwart von Kollegen und gegenüber Russen, die er bei seiner Einführung kennenlernte, auf ein gestelztes, mit einem starken Akzent behaftetes Russisch. Auf einer Gesellschaft unterhielten sich zwei Beamte des sowjetischen Außenministeriums in seiner Nähe in ihrer Umgangssprache. Sie redeten sehr schnell, aber Munro verstand jedes Wort und übermittelte das Gespräch nach London, da es nicht uninteressant gewesen war.

Am zehnten Tag seines Aufenthalts saß Munro allein auf einer Bank in dem weitläufigen Park der Ausstellung der volkswirtschaftlichen Errungenschaften der UdSSR im Norden Moskaus. Er wollte dort mit dem von Lessing übernommenen Agenten aus der Roten Armee Kontakt aufnehmen.

Munro war 1936 als Sohn eines Edinburgher Arztes geboren worden und hatte trotz des Krieges eine gutbürgerliche, unbeschwerte Kindheit verbracht. Ab dem 13. Lebensjahr hatte er fünf Jahre lang das Fettes College, eine der besten Schulen Schottlands, besucht. Dort hatte sich gezeigt, daß der Junge ein ungewöhnlich gutes Ohr für Fremdsprachen besaß.

1954 hatte noch allgemeine Wehrpflicht bestanden. Munro war zur Armee eingezogen worden und nach der Grundausbildung zu dem ehemaligen Regiment seines Vaters gekommen: den First Gordon Highlanders. Im Spätsommer des gleichen Jahres war er nach Zypern versetzt worden und hatte im Troodosgebirge an Operationen gegen EOKA-Partisanen teilgenommen.

Auch auf der Moskauer Parkbank hatte er das Bauernhaus noch deutlich vor Augen. Sie hatten einen Tip von einem Informanten bekommen und waren die halbe Nacht lang durchs Heidekraut gekrochen, um das Haus zu umzingeln. Als es langsam hell wurde, lag Munro allein in einer Senke hinter dem etwas erhöht stehenden Haus in Stellung. Bei Tagesanbruch stürmte der größte Teil seines Zuges den Bauernhof. Die Männer liefen auf der anderen Seite den flachen Hügel hinauf, die Sonne im Rücken. Munro hörte jenseits des Gebäudes Maschinenpistolen in der kühlen Morgenluft hämmern. Im Licht der ersten Sonnenstrahlen konnte er zwei Gestalten sehen, die aus den Fenstern auf der Rückseite des Hauses kletterten und im Schatten blieben, bis ihre überstürzte Flucht in die Senke sie aus der Deckung des Gebäudes herausführte. Sie liefen genau auf Munro zu, der hinter einem umgestürzten Olivenbaum kauerte. Ihre Schritte wurden unsicher, als sie sich bemühten, auf dem Schieferboden das Gleichgewicht zu bewahren. Sie kamen näher, und einer von ihnen hielt etwas in der rechten Hand, das wie ein kurzer schwarzer Stock aussah. Selbst wenn er sie angerufen hätte, sagte Munro sich später, hätten sie in ihrem Schwung nicht mehr bremsen können. Aber damals hatte er sich das nicht gesagt. Er reagierte, wie er es in der Ausbildung gelernt hatte: Er sprang auf, als sie noch etwa 15 Meter von ihm entfernt waren, und gab zwei kurze, tödliche Feuerstöße ab.

Die Wucht der Geschosse riß die beiden von den Beinen, warf sie hoch und schmetterte sie auf den Schieferboden am Fuß des Hanges. Noch während eine blaue Korditwolke aus der Mündung seiner Maschinenpistole stieg, trat Munro vor, um auf die Leichen hinabzusehen. Er hatte erwartet, sich übergeben zu müssen oder ohnmächtig zu werden. Aber er empfand nichts – nur kalte Neugier. Er betrachtete die Gesichter. Sie waren Jungen, nicht einmal so alt wie er, und er war achtzehn.

Sein Sergeant kam durch den Olivenhain angepoltert.

»Gut gemacht, mein Sohn!« rief er. »Du hast sie erwischt!«

Munro starrte die toten Jungen an. Sie würden nie heiraten oder Kinder zeugen, niemals mehr tanzen oder die Wärme der Sonne oder des Weins genießen können. Der eine hielt noch immer die schwarze Stange umklammert – eine lange Wurst. Ein Stück davon ragte aus dem Mund des Toten. Er war gerade beim Frühstück gewesen. Munro drehte sich nach dem Sergeanten um.

»Ich gehöre euch nicht!« kreischte er. »Ich gehöre euch nicht, verflucht noch mal! Ich gehöre nur mir!«

Der Sergeant führte diesen Ausbruch auf die Anspannung wegen der ersten tödlichen Schüsse zurück und erstattete keine Meldung. Das war möglicherweise ein Fehler. Denn somit wurde nie aktenkundig, daß Adam Munro nicht bedingungslos, nicht hundertprozentig gehorsam war. Und es nie mehr sein würde.

Sechs Monate später überredete man Munro, in sich einen aussichtsreichen Offiziersanwärter zu sehen und den Dienst bei der Armee auf drei Jahre auszudehnen, um Reserveoffizier zu werden. Munro hatte Zypern satt und ging auf den Vorschlag ein. Er wurde nach England zurückversetzt und kam zur Offiziersausbildung nach Eaton Hall. Ein Vierteljahr später hatte er seinen Leutnantsstern.

Auf einem der zahllosen Fragebogen, die in Eaton Hall auszufüllen waren, hatte Munro angegeben, fließend Französisch und Deutsch zu sprechen. Als er daraufhin geprüft wurde, zeigte es sich, daß er nicht übertrieben hatte. Unmittelbar nach seiner Beförderung zum Leutnant wurde ihm vorgeschlagen, sich für den von den drei Teilstreitkräften gemeinsam abgehaltenen Russischkurs zu melden, der damals noch in »Klein-Rußland«, einem Ausbildungslager bei Bodmin in Cornwall, abgehalten wurde. Da er andernfalls in irgendeiner schottischen Kaserne Regimentsdienst zu leisten hatte, war Munro einverstanden. Nach sechs Monaten sprach er nicht nur fließend Russisch, sondern konnte sich buchstäblich für einen Russen ausgeben.

Obwohl das Regiment ihn mit allen Mitteln zu halten versuchte, nahm Munro im Jahre 1957 seinen Abschied, denn er hatte beschlossen, Auslandskorrespondent zu werden. Er hatte einige Reporter auf Zypern kennengelernt, und er fand diesen Job interessanter als irgendwelche Schreibtischhockerei. Mit 21 Jahren trat er in seiner Heimatstadt Edinburgh als Volontär in die Redaktion der Zeitung *The Scotsman* ein; zwei Jahre später ging er nach London, wo er bei der internationalen Nachrichtenagentur Reuter arbeitete, die ihre Zentrale in der Fleet Street 85 hat. Im Sommer 1960 kamen Munro seine Fremdsprachenkenntnisse erneut zustatten: Im Alter von 24 Jahren wurde er in das Westberliner Reuter-Büro versetzt, wo er als rechte Hand des inzwischen verstorbenen Alfred Klühs fungierte.

Das war der Sommer vor dem Bau der Berliner Mauer gewesen. Nach drei Monaten hatte Munro Walentina kennengelernt – die einzige Frau, die er jemals wirklich geliebt hatte . . .

Ein Mann setzte sich neben ihn auf die Bank und hustete. Munro schrak aus seinen Erinnerungen auf. Vor zwei Wochen hast du noch hoffnungsvolle Jungspione ausgebildet, sagte er sich, und jetzt vergißt du die einfachsten Regeln: Vor dem Treff nicht unaufmerksam werden!

Munro trug das vereinbarte Erkennungszeichen, eine Krawatte mit weißen Punkten. Trotzdem warf der Russe ihm einen unsicheren Blick zu. Er schob sich langsam eine Zigarette zwischen die Lippen, ohne den Mann neben sich aus den Augen zu lassen. Ein uralter Trick, der immer noch funktioniert: Munro griff nach seinem Feuerzeug und hielt die Flamme an das Zigarettenende.

»Ronald ist vor zwei Wochen an seinem Schreibtisch zusammengebrochen«, sagte er ruhig und gedämpft. »Wahrscheinlich Magengeschwüre. Vielleicht können Sie mir eine Auskunft geben: Ist es wahr, daß der Ostankino-Fernsehturm das höchste Bauwerk Moskaus ist?«

Der russische Offizier in Zivil stieß den Rauch aus und entspannte sich. Diese Frage war mit Lessing, den er nur als Ronald gekannt hatte, für so einen Fall vereinbart worden.

»Ja«, antwortete er. »Der Turm ist fünfhundertvierzig Meter hoch.«

Er hielt eine zusammengefaltete Zeitung in der Hand und legte sie jetzt auf die Bank zwischen sich und Munro. Der Regenmantel, den Munro auf den Knien liegen hatte, rutschte und fiel zu Boden. Munro hob ihn auf, legte ihn wieder zusammen und bedeckte damit die Zeitung. Die beiden Männer nahmen keine Notiz voneinander, während der Russe seine Zigarette rauchte. Schließlich stand er auf, trat die Kippe aus und beugte sich dabei leicht nach vorn.

»Heute in vierzehn Tagen«, flüsterte Munro. »In der Toilette unter Block G im Neuen Staatszirkus. Während der Clown Popow auftritt. Die Vorstellung beginnt um halb acht.«

Der Offizier drehte sich wortlos um und schlenderte davon. Munro beobachtete gelassen noch zehn Minuten lang seine Umgebung. Niemand interessierte sich für ihn. Er nahm seinen Regenmantel und die Zeitung mit dem darin versteckten Umschlag und fuhr mit der U-Bahn zum Kutusow-Prospekt zurück. Der Umschlag enthielt eine Liste mit den neuesten Offiziersversetzungen.

2

Während Adam Munro an diesem 10. Juni gegen 11 Uhr vormittags in der U-Bahn-Station am Revolutionsplatz umstieg, rollte 30 Meter über ihm im Südwesten in einer Entfernung von 400 Metern ein Konvoi aus einem Dutzend chromblitzender schwarzer SIL-Limousinen durch das Borowitski-Tor in der Kremlmauer. Das sowjetische Politbüro versammelte sich zu einer Sitzung, die Geschichte machen würde.

Der Kreml hat die Form eines Dreiecks, dessen Scheitelpunkt im Norden liegt und vom Sobakin-Turm beherrscht wird. Der Komplex ist auf allen Seiten durch eine 15 Meter hohe Mauer geschützt, die, mit 18 Türmen bestückt, vier Tore aufweist.

Die südlichen zwei Drittel dieses Dreiecks sind Touristengebiet, in dem wohlgeordnete Besuchergruppen die Kathedralen, Paläste und Säle der längst verstorbenen Zaren bewundern. An diesen Bezirk schließt sich ein breiter Asphaltstreifen an, auf dem Wachtposten patroullieren: eine unsichtbare Trennlinie, die kein Tourist überschreiten darf. Die Kolonne der handgefertigten Limousinen dagegen surrte an diesem Morgen über die freie Fläche. Sie bewegte sich auf die drei Gebäude im Nordteil des Kremls zu.

Das kleinste dieser Gebäude befindet sich auf der Ostseite. Es ist das Kremltheater. Zur Hälfte dahinter versteckt liegt das Ministerratsgebäude, das scheinbar der Regierungssitz ist, da die Minister dort ihre Sitzungen abhalten. Aber die eigentliche Regierungsgewalt liegt in der UdSSR nicht beim Ministerrat, sondern beim Politbüro, jenem kleinen, unantastbaren Führungsgremium, das die Spitze des Zentralkomitees der KPdSU, der Kommunistischen Partei der Sowjetunion, bildet.

Das dritte Gebäude ist das größte. Es ragt an der Westmauer unmittelbar hinter den Mauerzinnen auf und blickt über den Alexander-Garten, der sich unterhalb der Mauer erstreckt. Der Grundriß des Bauwerks, ein langes, schmales Rechteck, ist nach

Norden ausgerichtet. In seinem südlichen Teil befindet sich die Rüstkammer, ein Museum für historische Waffen. Den nördlichen Flügel kann man nur von außen betreten, nachdem man ein Tor in dem hohen schmiedeeisernen Gitter zwischen Ministerratsgebäude und Arsenal passiert hat. Die Limousinen rollten durch dieses Tor und hielten vor dem Eingang des geheimnisumwitterten Gebäudes.

Im Nordflügel des Arsenals, eines innen offenen Rechtecks, befindet sich ein schmaler, in Nord-Süd-Richtung verlaufender Innenhof, der den Komplex in zwei noch schmalere Wohn- und Büroblocks teilt. Sie sind, wenn man das Dachgeschoß mitzählt, vierstöckig. Im zweiten Stock des östlichen Bürogebäudes liegt der auf den Innenhof hinausführende und so vor neugierigen Blicken sichere Raum, in dem das Politbüro jeden Donnerstagmorgen zusammentritt, um über 250 Millionen Sowjetbürger zu herrschen, und Dutzende weiterer Millionen, die sich einbilden, außerhalb des Sowjetreiches zu leben.

Es ist in der Tat ein Reich. Obwohl die Russische Sozialistische Sowjetrepublik theoretisch nur eine von 15 gleichberechtigten Republiken der Sowjetunion ist, regiert das Rußland der Zaren – der alten wie der neuen – in Wirklichkeit mit eiserner Faust die 14 nichtrussischen Republiken. Auf drei Säulen ist die russische Macht aufgebaut: auf der Roten Armee, zu der auch Luftwaffe und Marine gehören; auf dem Komitee für Staatssicherheit (KGB), dem 100 000 Mitarbeiter, 300 000 Mann starke bewaffnete Truppen und 600 000 Spitzel angehören; und auf den Parteiorganisationen der KPdSU, die von der Arktis bis zum Pamir, vom Harz bis zum Japanischen Meer Arbeit, Gedanken, Aufenthalt, Studium und Freizeit der Parteikader kontrollieren.

Der Raum im Arsenalgebäude, in dem das Politbüro zusammentritt, ist ungefähr 15 Meter lang und 7 Meter breit – nicht gerade groß im Verhältnis zu der Macht, die er umschließt. Er prunkt in dem bei den Parteibossen beliebten schweren Marmordekor, aber der wichtigste Einrichtungsgegenstand ist ein langer, mit grünem Flanell bezogener Tisch. Dieser Tisch ist T-förmig.

Der Morgen des 10. Juni 1982 war ungewöhnlich, denn die

Mitglieder des Politbüros hatten keine Tagesordnung, sondern nur eine Einladung zu einer außerordentlichen Sitzung erhalten. Und die Männer, die sich jetzt um den Tisch versammelten, um ihre Plätze einzunehmen, witterten mit dem scharfen Spürsinn für Gefahr, der ihnen allen zu ihrer Spitzenposition verholfen hatte, daß etwas Außergewöhnliches geschehen sein mußte.

Am Kopfende des Tisches saß auf seinem angestammten Platz in der Mitte der wichtigste Mann des Politbüros: Maxim Rudin. Nach außen hin lag seine führende Rolle in seinem Amt als sowjetischer Staatspräsident begründet. Aber abgesehen vom Wetter gibt es in der Sowjetunion nichts, was tatsächlich so ist, wie es erscheint. Rudins eigentliche Macht beruhte auf seiner Position als Generalsekretär der Kommunistischen Partei der Sowjetunion. Damit war er gleichzeitig auch Vorsitzender des Zentralkomitees und des Politbüros.

Der 71jährige Rudin war schroff, wortkarg und unglaublich gerissen; ohne die letztgenannte Eigenschaft hätte er nie den Platz eingenommen, auf dem vor ihm schon Stalin (der das Politbüro nur sehr selten einberufen hatte), Malenkow, Chruschtschow und Breschnew gesessen hatten. Links und rechts wurde er von je zwei Privatsekretären flankiert – von Männern, die ihm absolut ergeben waren. Hinter ihm an der Nordwand des Raumes standen in jeder Ecke ein kleiner Tisch. An dem einen saßen zwei Stenografen: ein Mann und eine Frau, die jedes Wort mitschrieben. An dem anderen waren zwei Männer über die sich langsam drehenden Spulen eines Tonbandgeräts gebeugt, das die Gespräche mitschnitt und gegebenenfalls zur Kontrolle herangezogen wurde. Ein zweites Gerät stand bereit, damit beim Spulenwechsel keine Unterbrechung entstand.

Das Politbüro bestand aus 13 Mitgliedern, und die restlichen zwölf Männer verteilten sich jeweils zu sechst an den beiden Längsseiten des Tisches, auf dem Notizblöcke, Wasserkaraffen und Aschenbecher bereitgestellt waren. Am unteren Tischende stand an der Breitseite ein einzelner Stuhl. Die Mitglieder des Politbüros vergewisserten sich, daß niemand aus ihrer Runde fehlte. Der leere Stuhl war der Anklagestuhl, auf dem ein Mann nur bei seinem letzten Auftritt in diesem Raum saß – ein Mann, der anhören mußte, wie seine ehemaligen Kollegen ihn verrieten; ein Mann, den Schande, Ruin und – vor nicht allzu langer Zeit – der Tod vor der Schwarzen Mauer der Lubjanka erwarteten. In der Regel wird der Verurteilte unter einem Vorwand hingehalten, um dann beim Betreten des Raumes alle Plätze bis auf den Anklagestuhl besetzt zu finden. In diesem Augenblick weiß er alles. Aber am Morgen des 10. Juni war der Stuhl leer. Und das Politbüro war vollzählig versammelt.

Rudin lehnte sich zurück und musterte die zwölf mit halbgeschlossenen Augen, während der Rauch seiner Zigarette an seinem Gesicht vorbeistrich. Er bevorzugte noch immer die altmodischen russischen Papyrossi mit dem langen dünnen Pappmundstück, das mit Daumen- und Zeigefingernagel zweimal eingekerbt wird, um den Rauch zu filtern. Seine Mitarbeiter hatten gelernt, ihm eine Zigarette nach der anderen zu reichen – und seine Ärzte, den Mund zu halten.

Links an der Längsseite des Tisches saß Rudins Schützling, Wassili Petrow, der mit seinen 49 Jahren für seinen Posten als Leiter der Abteilung Parteiorganisation beim Generalsekretariat des Zentralkomitees verhältnismäßig jung war. Auf ihn konnte Rudin sich in der bevorstehenden Krise verlassen. Neben Petrow saß Dmitri Rykow, Außenminister mit langer Erfahrung, der zu Rudin halten würde, weil ihm nichts anderes übrigblieb. Sein Nachbar war Juri Iwanenko, ein schlanker, eiskalter 53jähriger Mann, der seinen eleganten Londoner Maßanzug so zu tragen wußte, als wolle er damit seine Kultiviertheit gegenüber einer Gruppe von Männern betonen, die alle westlichen Einflüsse verachteten. Iwanenko, von Rudin persönlich zum KGB-Vorsitzenden gemacht, würde sich schon deshalb auf die Seite des sowjetischen Staatspräsidenten schlagen, weil die Opposition von Männern kommen würde, die ihn haßten und auf seinen Sturz hinarbeiteten.

Auf der gegenüberliegenden Seite des Tisches saß Jefrem Wischnajew, mit 55 Jahren ebenfalls noch jung für seine Position – wie die Hälfte der Mitglieder dieses Politbüros in der Ära nach Breschnew. Der hagere, asketische, säuerliche Parteitheoretiker, Geißel der Dissidenten und Abweichler, Bewahrer der reinen

Lehre, war ein Mann, der sich in pathologischem Haß gegen den kapitalistischen Westen verzehrte. Rudin war sich darüber im klaren, daß der Widerstand hauptsächlich von Wischnajew ausgehen würde. Neben ihm saß Marschall Nikolai Kerenski, der 63jährige Verteidigungsminister und Oberbefehlshaber der Roten Armee. Er ließ sich bei seinen Entscheidungen grundsätzlich von den Interessen der Roten Armee leiten.

Zu den übrigen sieben gehörte Komarow, der für die Landwirtschaft zuständig war und jetzt blaß dahockte, weil er – wie Rudin und Iwanenko – ungefähr wußte, was kommen würde. Der KGB-Vorsitzende zeigte keine Regung, und die anderen waren ahnungslos.

Es begann, als Rudin einem der Kreml-Prätorianer, die am anderen Ende des Raumes die Tür bewachten, ein Zeichen gab, den Mann hereinzulassen, der vor Angst zitternd im Vorzimmer wartete. »Ich möchte Ihnen Professor Iwan Iwanowitsch Jakowlew vorstellen, Genossen«, knurrte Rudin, als der Mann verschüchtert ans Tischende trat und mit seinem Bericht in den schweißnassen Händen darauf wartete, daß ihm das Wort erteilt wurde. »Professor Jakowlew ist unser führender Agronom und Getreidespezialist im Landwirtschaftsministerium, außerdem Mitglied der Akademie der Wissenschaften. Er wird uns einen Vortrag halten. Fangen Sie an, Genosse Professor.«

Rudin, der Jakowlews Bericht einige Tage zuvor in der Abgeschiedenheit seines Arbeitszimmers gelesen hatte, lehnte sich zurück und starrte über den Professor hinweg die Zimmerdecke an. Iwanenko zündete sich bedächtig eine westliche Kingsize-Filterzigarette an. Komarow wischte sich den Schweiß von der Stirn und betrachtete dann seine Hände. Der Professor räusperte sich.

»Genossen«, begann er zögernd. Keiner der Anwesenden hatte etwas gegen diese Anrede einzuwenden. Der Wissenschaftler holte tief Luft, starrte auf seine Unterlagen und begann mit seinem Bericht.

»Im vergangenen Dezember und Januar ließen die Meßwerte unserer Wettersatelliten einen ungewöhnlich feuchten Winter und ein ebenso feuchtes Frühjahr erwarten. Aufgrund dieser Daten, gemäß anerkannter und bewährter wissenschaftlicher Methoden, wurde im Landwirtschaftsministerium entschieden, unser Saatgetreide für die Frühjahrsaussaat vorbeugend zu beizen, um Pilzinfektionen zu verhindern, die sonst wahrscheinlich wegen der hohen Feuchtigkeit aufgetreten wären. Dieses Verfahren ist schon oft angewendet worden.

Die dafür ausgewählte Saatbeize bestand aus zwei Komponenten: einer quecksilberorganischen Verbindung, die Pilzerkrankungen am keimenden Getreide verhindert, und dem Pestizid ›Lindan‹, das gleichzeitig gegen Vogelfraß eingesetzt wird. Der wissenschaftliche Beirat war sich darüber einig, daß sechseinviertel Millionen Tonnen ausgesät werden mußten, weil die Sowjetunion wegen der starken Verluste durch Frostschäden im vergangenen Winter mindestens hundertvierzig Millionen Tonnen Sommergetreide benötigen würde.«

Alle Augen waren jetzt auf Jakowlew gerichtet. Es herrschte absolute Stille. Komarow starrte bedrückt auf die Tischplatte. Er war für die Landwirtschaft verantwortlich. Immer wieder sah einer der anderen unauffällig zu ihm hinüber. Sie witterten Blut. Der Professor schluckte mühsam und fuhr fort:

»Bei einem Verbrauch von fünfundfünfzig Gramm Beizmittel pro Tonne Saatgut lag der Gesamtbedarf an dieser Quecksilberverbindung bei rund dreihundertfünfzig Tonnen. Vorrätig waren jedoch nur siebzig Tonnen. Deshalb beauftragte man die Pflanzenschutzmittelfabrik in Kuibyschew, umgehend die erforderlichen zweihundertachtzig Tonnen der Beize herzustellen.«

»Gibt es dafür nur eine Fabrik?« wollte Petrow wissen.

»Ja, Genosse. Die benötigten Mengen rechtfertigen keine zweite. Die Fabrik in Kuibyschew ist ein großes chemisches Werk, das Insektizide, Unkrautvertilgungsmittel, Kunstdünger und so weiter herstellt. Für die Produktion von zweihundertachtzig Tonnen Beizmittel kann man normalerweise nicht ganz vierzig Stunden veranschlagen.«

»Weiter!« befahl Rudin.

»Ein bedauerlicher Zufall wollte es, daß in der Fabrik gerade die jährliche Überholung der maschinellen Anlagen durchgeführt wurde. Die Zeit wurde knapp. Das Beizmittel mußte an die hundertsiebenundzwanzig über die Sowjetunion verteilten Beizstationen geschickt werden, damit dort das Getreide behandelt und rechtzeitig zu Beginn der Frühjahrsaussaat an die Sowchosen und Kolchosen ausgeliefert werden konnte. Deshalb wurde ein energischer junger Funktionär aus Moskau nach Kuibyschew entsandt, um die Produktion voranzutreiben. Er scheint die Arbeiter angewiesen zu haben, die Überholung einzustellen und statt dessen die Produktion wiederaufzunehmen.«

»Aber nicht rechtzeitig genug?« knurrte Marschall Kerenski.

»Doch, Genosse Marschall, das Werk hat die Produktion sofort wiederaufgenommen, obwohl die Überholungsarbeiten noch nicht abgeschlossen waren.

Aber dann trat eine Funktionsstörung auf: Ein Dosierventil versagte. ›Lindan‹ ist eine äußerst stark wirkende Chemikalie, und das Mengenverhältnis zwischen ihr und der quecksilberorganischen Verbindung muß sorgfältig abgestimmt werden. Obwohl das ›Lindan‹-Ventil nach der Anzeige am Kontrollpult nur zu einem Drittel geöffnet war, hatte es sich in Wirklichkeit in voll geöffnetem Zustand festgefressen.«

»Und die Qualitätskontrolle?« fragte einer der Anwesenden, der in einer Kolchose aufgewachsen war. Der Professor schluckte wieder und wünschte sich, er könne unauffällig nach Sibirien ins Exil verschwinden, anstatt noch länger dieser Folter ausgesetzt sein zu müssen.

»Eine unglückliche Verkettung von Zufall und Irrtum«, gestand er. »Der für Analysen und Qualitätskontrollen zuständige Chemiker hat während der Betriebsstillegung in Sotschi Urlaub gemacht. Er ist telegrafisch zurückbeordert worden, aber da in Kuibyschew dichter Nebel herrschte, mußte er von einem Ausweichflughafen mit dem Zug weiterfahren. Als er endlich ankam, war die Produktion bereits abgeschlossen.«

»Das Beizmittel ist nicht getestet worden?« fragte Petrow ungläubig. Der Professor wirkte noch elender als zuvor.

»Der Chemiker bestand darauf, Qualitätsproben zu machen. Der junge Moskauer Funktionär wollte die gesamte Produktion sofort zum Versand bringen. Meinung stand gegen Meinung. Schließlich kam es zu einem Kompromiß. Der Chemiker wollte jeden zehnten Sack untersuchen – insgesamt zweihundertachtzig

Proben. Der Funktionär beharrte darauf, er müsse sich mit einem begnügen. Dabei ist der dritte Fehler passiert.

Die neuen Säcke waren alle in derselben Lagerhalle gestapelt, in der die Reserve von siebzig Tonnen aus der Produktion des Vorjahres lagerte. Einer der Lagerarbeiter, der den Auftrag erhielt, einen einzelnen Sack ins Labor zu bringen, lud einen von den alten auf. Als die Untersuchung ergab, daß das Beizmittel die vorgeschriebene Zusammensetzung hatte, wurde die gesamte Produktion versandt.«

Damit endete Jakowlews Bericht. Es gab nichts hinzuzufügen. Er hätte versuchen können, seinen Zuhörern zu erklären, daß eine Verkettung von drei Fehlern – einer Maschinenpanne, einer Fehlentscheidung zweier Männer, die unter Druck gestanden hatten, und die Schlampigkeit eines Lagerarbeiters – die Katastrophe bewirkt habe. Aber das war nicht seine Aufgabe, und er hatte nicht die Absicht, lahme Ausreden für andere Leute vorzubringen.

Das Schweigen, das auf seinen Vortrag folgte, war mörderisch.

Wischnajew schien sich als erster von seinem Schock erholt zu haben.

»Wie wirkt sich eine Überdosis ›Lindan‹ in dieser Quecksilberverbindung aus?« fragte er.

»Genosse, sie verkehrt die Schutzwirkung in einen toxischen Effekt auf die keimende Saat. Die Triebe sind dünn, verkümmert, braungesprenkelt – wenn sie nicht gleich eingehen. Von solchen Pflanzen ist buchstäblich kein einziges Korn zu erwarten.«

»Und wieviel von der Frühjahrsaussaat ist davon betroffen?« erkundigte sich Wischnajew eisig.

»Ungefähr vier Fünftel, Genosse. Die in Reserve gehaltenen siebzig Tonnen waren völlig in Ordnung. Aber die gesamten zweihundertachtzig Tonnen der diesjährigen Produktion sind wegen des festgefressenen Dosierventils falsch zusammengesetzt gewesen.«

»Und die giftige Beize ist bei der Behandlung des Saatgetreides verbraucht worden?«

»Ja, Genosse.«

Zwei Minuten später durfte der Professor sich zurückziehen

und war anschließend sofort vergessen. Wischnajew wandte sich an Komarow.

»Entschuldigen Sie meine Unwissenheit, Genosse, aber Sie scheinen etwas früher über diese Affäre informiert gewesen zu sein. Was ist aus dem Funktionär geworden, der an diesem – Schlamassel schuld ist?«

Er benutzte einen derben russischen Ausdruck, der sich auf einen Haufen Hundedreck bezog. Iwanenko mischte sich ein.

»Wir halten ihn in Gewahrsam«, sagte er. »Zusammen mit dem Chemiker, der seine Pflichten vernachlässigt hat, dem Lagerarbeiter, der einfach nur geistig minderbemittelt ist, und den Wartungstechnikern, die behaupten, sie hätten auf ihre Forderung hin die schriftliche Anweisung erhalten, die Überholung vorzeitig zu beenden.«

»Dieser Funktionär, hat der gestanden?« fragte Wischnajew.

Iwanenko sah im Geist vor sich den gebrochenen Mann im Keller der Lubjanka.

»Rückhaltlos«, bestätigte er.

»Ist er ein Saboteur, ein faschistischer Agent?«

»Nein«, antwortete Iwanenko seufzend. »Nur ein Dummkopf; ein ehrgeiziger Apparatschik, der sich bei der Erfüllung seiner Aufgaben selbst übertreffen wollte. Was ihn betrifft, können Sie völlig beruhigt sein. Wir wissen inzwischen genau, was in seinem Kopf vorgeht.«

»Dann noch eine letzte Frage, damit wir alle das Ausmaß dieser Sache richtig begreifen.« Wischnajew wandte sich erneut an den unglücklichen Komarow. »Wir wissen bereits, daß wir statt mit den erwarteten hundert Millionen Tonnen Winterweizen nur mit fünfzig Millionen Tonnen rechnen können. Wie wird voraussichtlich der Ertrag an Sommergetreide im kommenden Oktober sein?«

Komarow sah zu Rudin hinüber, der kaum merklich nickte.

»Anstelle des Plansolls von hundertvierzig Millionen Tonnen Sommergetreide können wir bei nüchterner Einschätzung nur mit fünfzig Millionen Tonnen rechnen«, sagte er leise.

Die Versammelten schwiegen betroffen.

»Das bedeutet einen Gesamtertrag von hundert Millionen Tonnen aus beiden Ernten«, flüsterte Petrow. »Ein Defizit von hundertvierzig Millionen Tonnen! Fünfzig, sogar siebzig Millionen Tonnen hätten wir verkraften können. Das haben wir schon früher geschafft; wir haben einfach durchgehalten und aufgekauft, was wir kriegen konnten. Aber solche Mengen ...«

Rudin schloß die Sitzung.

»Wir stehen hier vor einem Problem, das nicht minder schwerwiegend ist als das des chinesischen oder amerikanischen Imperialismus. Ich schlage vor, wir vertagen uns und versuchen inzwischen, Lösungsvorschläge zu erarbeiten. Daß diese Nachricht auf keinen Fall nach außen dringen darf, versteht sich von selbst. Wir kommen heute in einer Woche wieder zusammen.«

Als die 13 Politbüromitglieder und Rudins Mitarbeiter sich erhoben, wandte sich Petrow an den teilnahmslosen Iwanenko. »Das bedeutet keine Lebensmittelknappheit«, murmelte er, »das bedeutet Hunger!«

Auf dem Weg zu ihren SIL-Limousinen, bei denen die Chauffeure warteten, wurde ihnen langsam klar, daß ein unscheinbarer Agronomieprofessor soeben eine Zeitbombe unter eine der beiden Supermächte der Erde gelegt hatte.

Als Adam Munro eine Woche später auf einem Rangplatz im Bolschoitheater am Karl-Marx-Prospekt saß, dachte er nicht an Krieg, sondern an die Liebe – wenn auch nicht wegen der aufgeregten Botschaftssekretärin neben ihm, die ihn dazu überredet hatte, sie ins Ballett einzuladen.

Munro machte sich nicht viel aus Ballett, obwohl er zugab, daß ihm die Musik teilweise gefiel. Die Anmut der Entrechats und Fouettes – oder des Herumgehopses, wie er es nannte – ließ ihn kalt. Beim zweiten Akt von *Giselle* wanderten seine Gedanken wieder einmal nach Berlin.

Es war eine hinreißende Affäre gewesen, die große Liebe seines Lebens. Er war vierundzwanzig, fast fünfundzwanzig, und sie neunzehn, schwarzhaarig und wunderschön. Wegen ihrer Arbeit mußten sie die Sache geheimhalten und sich in finsteren Seitenstraßen treffen, wo Munro sie, ohne daß sie von jemandem gesehen wurden, in sein Auto einsteigen lassen konnte, um sie zu seiner kleinen Wohnung im Westen Charlottenburgs mitzunehmen.

Sie hatten miteinander geschlafen und miteinander geredet; sie hatte für ihn gekocht, und dann hatten sie wieder miteinander geschlafen.

Keiner von beiden war verheiratet, und dennoch trafen sie sich heimlich, als müßten sie ihre Liebe vor der Welt verstecken. Das hatte ihrer Beziehung anfangs einen besonderen Reiz verliehen. Aber im Sommer 1961, als die Wälder in und um Berlin in frischem Grün prangten, als man auf den Seen Boot fahren und an den Stränden baden konnte, war dieses Versteckspiel beklemmend geworden. Damals hatte er sie gebeten, ihn zu heiraten, und sie hatte beinahe eingewilligt. Sie hätte es vielleicht schließlich wirklich noch getan, aber dann kam der 13. August mit dem Bau der Mauer.

Die Dinge hatten sich schon in der Woche zuvor angekündigt, und in jenen Tagen traf sie ihre Entscheidung. Sie liebten sich zum letztenmal. Sie erklärte ihm, sie könne ihre Eltern nicht dem Schicksal ausliefern, das ihnen andernfalls drohe: der Schande, dem Verlust der Vertrauensstellung ihres Vaters und der Zwangsräumung der hübschen Wohnung ihrer Mutter, auf die sie in der schlechten Zeit viele Jahre lang gewartet hatte. Sie konnte nicht die Schul- und Berufslaufbahn ihres jüngeren Bruders zerstören und sich nicht mit dem Gedanken abfinden, ihre geliebte Heimat nie wiedersehen zu dürfen.

Sie verließ ihn. Im Schatten verborgen, beobachtete er, wie sie durch die letzte Lücke in der Mauer in den Ostteil der Stadt zurückschlüpfte: traurig, einsam und mit gebrochenem Herzen – und sehr, sehr schön.

Er hatte sie nie wiedergesehen und nie von ihr gesprochen, sondern die Erinnerung an sie in sich aufbewahrt, wie es seiner ruhigen, verschlossenen Art entsprach. Er hatte nie verraten, daß er eine Russin namens Walentina, Sekretärin und Protokollführerin der sowjetischen Delegation bei der Berliner Viermächtekonferenz, geliebt hatte und noch immer liebte. Und das war, wie Munro recht gut wußte, ein eklatanter Verstoß gegen die Dienstvorschriften.

Nach dem Abschied von Walentina hatte Berlin seinen Reiz für Munro verloren. Ein Jahr später wurde er nach Paris versetzt, nach weiteren zwei Jahren kehrte er nach London zurück und vertrieb sich die Zeit in der Reuter-Zentrale in der Fleet Street. Eines Tages besuchte ihn ein Mann, den er in Berlin kennengelernt hatte, ein Zivilist, der dort im britischen Hauptquartier in Hitlers altem Olympiastadion gearbeitet hatte. Sie aßen zusammen zu Abend, wobei noch ein dritter Mann zu ihnen stieß. Als sie beim Kaffee waren, entschuldigte sich Munros Berliner Bekannter und ging. Der Neuankömmling war freundlich und unverbindlich. Aber beim zweiten Cognac kam er zur Sache.

»Einige meiner Mitarbeiter in der Firma«, sagte er mit entwaffnender Schüchternheit, »haben überlegt, ob Sie uns einen kleinen Gefallen tun könnten.«

Damals hatte Munro zum erstenmal den Ausdruck »Firma« gehört. Später lernte er die gesamte Terminologie. Für die Eingeweihten der anglo-amerikanischen Allianz der Nachrichtendienste – einer eigenartigen und streng gehüteten, aber letzten Endes doch lebenswichtigen Allianz – war der SIS stets »die Firma«. Seine Angestellten bezeichneten die bei MI 5 für Spionageabwehr zuständigen Mitarbeiter als »die Kollegen«. Die CIA in Langley, Virginia, war »die Company«, und ihr Personal setzte sich aus »den Cousins« zusammen. Auf der anderen Seite arbeitete »die Opposition« in ihrem Hauptquartier im Haus Nr. 2 am Moskauer Dserschinskiplatz, der nach Felix Dserschinski, Lenins Geheimpolizeichef und Gründer der alten Tscheka, benannt worden ist. Dieses Gebäude hieß »das Zentrum«, und das Gebiet östlich des Eisernen Vorhangs war »der Block«.

Das Treffen in dem Londoner Restaurant fand im Dezember 1964 statt, und der Vorschlag, der Munro später in einer winzigen Wohnung in Chelsea näher erläutert wurde, betraf einen »kleinen Ausflug in den Block«. Munro unternahm ihn im Frühjahr 1965 während der Leipziger Messe, über die er für seine Agentur zu berichten hatte. Es war der reinste Horrortrip gewesen.

Munro war in Leipzig pünktlich aufgebrochen und nach Dresden gefahren, wo der Treff in der Nähe des Albertinums stattfinden sollte. Das Päckchen in der Innentasche seiner Jacke schien den Umfang von fünf Bibeln zu haben, und Munro hatte das Gefühl, von allen Seiten angestarrt zu werden. Der Volksarmeeoffizier, der wußte, wo in den sächsischen Hügeln die Russen ihre taktischen Raketen stationiert hatten, kam eine halbe Stunde zu spät, und in dieser Zeit interessierten sich tatsächlich zwei Vopos für Munro. Der Austausch der Päckchen im Schutz der Büsche eines benachbarten Parks klappte reibungslos. Anschließend ging Munro zu seinem Wagen zurück und machte sich in Richtung Südwesten auf den Weg, um über das Hermsdorfer Kreuz den Grenzübergang nach Bayern zu erreichen. Aber in den Außenbezirken von Dresden übersah ein einheimischer Fahrer ein Vorfahrtsschild und rammte Munros vorderen rechten Kotflügel. Munro hatte nicht einmal Zeit gehabt, das Päckchen in sein Versteck zwischen Rücksitz und Kofferraum zu legen; er hatte es noch in der Innentasche seines Blazers.

Munro verbrachte zwei nervenaufreibende Stunden auf dem nächsten Polizeirevier. Jeden Moment fürchtete er, die Aufforderung zu hören: »Bitte, mein Herr, zeigen Sie den Inhalt Ihrer Taschen vor!« Er trug genug auf seiner Brust, um für 25 Jahre ins Arbeitslager Potma geschickt zu werden. Schließlich durfte er gehen. Mittlerweile war die Autobatterie leer, und vier Vopos mußten ihn anschieben.

Das rechte vordere Achslager quietschte erbärmlich, so daß die Volkspolizisten Munro vorschlugen, in Dresden zu übernachten und den Schaden beheben zu lassen. Munro entschuldigte sich damit, daß sein Visum um Mitternacht ablaufe – was stimmte –, und fuhr los. Zehn Minuten vor Mitternacht erreichte er den Grenzübergang Hirschberg an der Saale. Er hatte die gesamte Strecke mit Tempo 30 und immer lauter quietschendem Vorderrad zurückgelegt. Als er die Kontrolle auf der bayerischen Seite passierte, war er in Schweiß gebadet.

Ein Jahr später kündigte er bei Reuter, nachdem ihm angeboten worden war, die Einstellungsprüfung für den Öffentlichen Dienst nachzuholen. Er war 29 Jahre alt.

Nur wer diese Prüfung bestanden hat, kann in Großbritannien Beamter werden. Sobald die Ergebnisse feststehen, sucht sich als erstes das Schatzamt unter den Besten seine Mitarbeiter aus und hat somit Gelegenheit, mit Hilfe untadeliger akademischer Referenzen die britische Volkswirtschaft durcheinanderzubringen. Das Außenministerium hat die nächste Wahl. Da Munro hervorragend abgeschnitten hatte, konnte er in den Auswärtigen Dienst eintreten, der eine beliebte Tarnung für Mitarbeiter der Firma ist.

In den 16 darauffolgenden Jahren hatte er sich auf Wirtschaftsaufklärung spezialisiert und – obwohl er noch nie dort gewesen war – auf die Sowjetunion. Er war in die Türkei, nach Österreich und nach Mexiko geschickt worden. Im Jahre 1967 hatte er, knapp 31 Jahre alt, geheiratet. Aber nach den Flitterwochen wurde die Ehe nach und nach recht lieblos und endete schließlich sechs Jahre später in einer unauffälligen Scheidung. Natürlich hatte er seither Affären gehabt, die der Firma alle bekannt waren, aber er war ledig geblieben.

Eine Liebesaffäre in seinem Leben hatte Munro der Firma verschwiegen. Sowohl diese Beziehung als auch die Tatsache, daß Munro darüber geschwiegen hatten, hätte zu einer fristlosen Entlassung geführt, wenn sie bekanntgeworden wären. Beim Eintritt in den SIS hatte er wie jeder andere Bewerber einen umfassenden Lebenslauf schreiben müssen und war anschließend von einem Experten in einem Gespräch überprüft worden.

Diese Prozedur wiederholte sich alle fünf Dienstjahre. Zu den wichtigsten Punkten zählten naturgemäß alle persönlichen oder gesellschaftlichen Kontakte mit Bewohnern anderer Länder, vor allem aber des Ostblocks.

Als Munro zum erstenmal danach gefragt wurde, begehrte etwas in seinem Inneren auf – wie damals in dem Olivenhain auf Zypern. Er wußte, daß er loyal war, daß er sich nie mit Walentina erpressen lassen würde, selbst wenn die Opposition davon wissen sollte, was seiner Überzeugung nach nicht der Fall war. Sollte jemals der Versuch gemacht werden, ihn damit zu erpressen, würde er alles gestehen und seinen Abschied nehmen, aber niemals nachgeben. Er wollte nicht, daß andere Leute, und schon gar nicht die Mitarbeiter in der Personalkartei, ihre Nasen in seine höchstprivaten Angelegenheiten steckten. Ich gehöre nur mir! Deshalb antwortete er auf diese Frage mit Nein und verstieß damit gegen die Vorschriften. Nachdem er einmal gelogen hatte, mußte er bei seiner Lüge bleiben. Er wiederholte sie in 16 Jahren insgesamt dreimal. Das hatte bisher keine Folgen gehabt und würde auch nie welche haben. Davon war Munro überzeugt. Seine

Affäre war ein Geheimnis, tot und begraben. Und das sollte auch so bleiben.

Wäre Munro weniger tief in seine Gedanken versunken gewesen, hätte ihm, da er nicht wie seine Begleiterin von dem Ballett gefesselt war, etwas auffallen müssen. Von einer Loge hoch oben auf der linken Seite des Theaters aus wurde er beobachtet. Aber bevor die Kronleuchter zur Pause aufflammten, war diese Loge leer.

Die 13 Männer, die sich am nächsten Tag im Kreml um den Konferenztisch im Sitzungsraum des Politbüros versammelten, waren ebenso niedergedrückt wie wachsam. Sie ahnten, daß der Bericht des Agronomieprofessors zu Flügelkämpfen führen würde, wie es sie seit dem Sturz Chruschtschows nicht mehr gegeben hatte.

Rudin beobachtete die anderen wie üblich durch die schwankende Rauchsäule seiner Zigarette. Petrow von der Abteilung Parteiorganisation saß links von ihm und hatte Iwanenko vom KGB neben sich. Rykow vom Außenministerium blätterte in seinen Unterlagen; Wischnajew, der Theoretiker, und Kerenski, der Marschall, hockten verbissen schweigend da. Rudins Blick wanderte über die sieben anderen, während er zu erraten versuchte, auf welche Seite sie sich schlagen würden, falls es zum offenen Kampf käm.

Da waren die drei Nichtrussen: Witautas, der Balte aus Wilna; Tschawadse, der Georgier aus Tiflis; und Muchamed, der Tadschick – ein mohammedanischer Orientale. Ihre Aufnahme ins Politbüro war ein Trostpflaster für die Minoritäten gewesen, wobei jeder von ihnen seinen Preis hatte zahlen müssen. Rudin wußte, daß sie alle drei völlig russifiziert waren. Der Preis war hoch gewesen, höher als für einen Großrussen. Jeder von ihnen war Erster Parteisekretär seiner Republik gewesen, und zwei waren es noch immer. Sie hatten ihre Landsleute rücksichtslos unterdrückt und Dissidenten, Nationalisten, Dichter, Schriftsteller, Künstler, Intellektuelle und Arbeiter vernichtet, die es gewagt hatten, gegen die absolute Herrschaft Großrußlands aufzubegehren. Keiner von ihnen konnte ohne den Schutz Moskaus in seine Heimat zurückkehren; alle drei würden sich im Ernstfall auf die Seite schlagen, die ihnen ihr Überleben garantieren konnte – also auf die Seite des Siegers. Rudin legte keinen Wert auf Flügelkämpfe, aber er rechnete damit, seit er in seinem Arbeitszimmer Professor Jakowlews Bericht gelesen hatte.

Damit blieben noch vier übrig. Sie alle waren Russen: Komarow, der sich offenbar äußerst unwohl fühlende Verantwortliche für die Landwirtschaft; Stepanow, der Gewerkschaftschef; Schuschkin, der Verbindung zu sämtlichen ausländischen kommunistischen Parteien hielt; und Petrjanow, der für Wirtschaftsfragen und den Industrieplan zuständig war.

»Genossen«, begann Rudin langsam, »Sie alle haben Zeit gehabt, den Bericht Professor Jakowlews zu studieren. Und Sie kennen alle den Bericht des Genossen Komarow, in dem er feststellt, daß im nächsten Herbst unsere Getreideernte um fast hundertvierzig Millionen Tonnen hinter dem Plansoll zurückbleiben wird. Ich schlage vor, die wichtigste Frage zuerst zu behandeln. Kann die Sowjetunion ein Jahr lang mit nicht mehr als hundert Millionen Tonnen Getreide überleben?«

Die Diskussion dauerte eine Stunde lang. Sie wurde scharf und erbittert geführt, aber das Ergebnis stand außer Zweifel. Eine derartige Getreideknappheit mußte zu Entbehrungen führen, wie sie zuletzt im Zweiten Weltkrieg aufgetreten waren. Selbst wenn der Staat sich auch nur mit einer minimalen Menge an Getreide eindeckte, um die Städte mit Brot zu versorgen, blieb dem Land fast nichts. Sobald es zu schneien beginnen würde, müßte alles Vieh geschlachtet werden, weil es für die Tiere dann weder Grün- noch Getreidefutter gab. Eine Generation würde vergehen, bis die Herden ihre jetzige Größe wieder erreicht hätten. Beließ man dem Land jedoch ein Minimum an Getreide, mußten die Städte Hunger leiden.

Rudin brach schließlich die Diskussion ab.

»Nehmen wir einmal an, wir entschlössen uns, den Getreidemangel, dem einige Monate später die Fleischverknappung folgen müßte, auf uns zu nehmen«, sagte er. »Wie würde sich das auf die Disziplin der Bevölkerung auswirken?«

Petrow brach das darauffolgende Schweigen. Über die Millionen Drähte des Parteiapparats waren Informationen zu ihm gedrungen, nach denen in der Bevölkerung bereits eine gewisse Unruhe herrschte. Er gab zu, daß in der letzten Zeit vereinzelte Tumulte stattgefunden und die Parteiaustritte sich gemehrt hatten. Angesichts einer regelrechten Hungersnot würden viele Parteikader sich wahrscheinlich mit dem Proletariat solidarisieren.

Die Nichtrussen nickten zustimmend. In ihren Republiken war der Zugriff durch die Zentrale nie so fest gewesen wie in der Russischen SSR.

»Wir könnten die sechs osteuropäischen Randrepubliken ausnehmen«, schlug Petrjanow vor, ohne sich die Mühe zu machen, die Osteuropäer als Genossen und Brüder zu bezeichnen.

»Polen und Rumänien würden sofort in Flammen aufgehen«, wandte Schuschkin ein. »Ungarn würde wahrscheinlich folgen.«

»Die Rote Armee würde schon mit ihnen fertig!« knurrte Marschall Kerenski.

»Nicht mit dreien gleichzeitig, nicht mehr heutzutage«, widersprach Rudin.

»Außerdem würden wir bestenfalls zehn Millionen Tonnen sparen«, stellte Komarow fest. »Das reicht nicht!«

»Genosse Stepanow?« fragte Rudin.

Der Chef der staatlich kontrollierten Gewerkschaft wählte seine Worte vorsichtig.

»Sollte es diesen Winter zu einer wirklichen Hungersnot kommen, die sich über das Frühjahr bis in den Sommer hinein erstreckt«, sagte er, während er seinen Bleistift betrachtete, »wäre der Ausbruch von Unruhen, möglicherweise in großem Maßstab, nicht mit Sicherheit auszuschließen.«

Iwanenko, der schweigend dasaß, die westliche Filterzigarette zwischen Daumen und Zeigefinger seiner rechten Hand, roch mehr als nur Tabakrauch. Er hatte schon oft Angst gewittert: bei Verhaftungen, in Vernehmungslokalen und in den Korridoren seines Hauptquartiers. Er witterte sie auch jetzt. Er und die Männer um ihn herum waren mächtig, privilegiert und geschützt. Aber er wußte über sie alle Bescheid; er hatte ihre Akten. Und er, der keine Angst um sich selbst hatte, weil die Seelenlosen keine Angst empfinden, wußte auch, daß sie alle etwas stärker fürchteten als den Krieg: daß das sowjetische Proletariat, das die Entbehrungen geduldig, ruhig und stumpf ertrug, in Wut geraten könnte ...

Alle Augen ruhten auf ihm. Öffentliche »Fälle von Ungehorsam« und deren Niederschlagung fielen in seinen Zuständigkeitsbereich.

»Ich könnte mit einem Nowotscherkassk fertig werden«, sagte er ruhig. Einige Mitglieder holten erschrocken tief Luft. »Selbst zehn oder zwanzig wären zu bewältigen. Aber auch unter Aufbietung aller Kräfte wäre das KGB nicht fünfzig gewachsen.«

Die Erwähnung von Nowotscherkassk klang wie eine düstere Prophezeiung – was Iwanenko beabsichtigt hatte. Am 2. Juni 1962, vor fast genau 20 Jahren, war es in der großen Industriestadt Nowotscherkassk zu einem spontanen Arbeiteraufstand gekommen. Zwei Jahrzehnte hatten nicht genügt, um die Erinnerung daran verblassen zu lassen.

Alles hatte damit angefangen, daß zufällig zur gleichen Zeit ein Ministerium die Preise für Fleisch und Butter heraufsetzte, während ein anderes die Löhne in den riesigen NEWS-Lokomotivwerken um 30 Prozent kürzte. Das führte zu Unruhen, in deren Verlauf die wütenden Arbeiter für drei Tage die Macht in der Stadt an sich rissen – ein in der Sowjetunion unerhörtes Ereignis. Ebenso unerhört war, daß sie die örtliche Parteispitze durch Mißfallenskundgebungen dazu brachten, sich vor Angst zitternd in ihrer Zentrale einzuigeln, daß sie einen sowjetischen Generaloberst niederschrien, bewaffnete Einheiten angriffen und Panzer so lange mit Schlamm bewarfen, bis die Sehschlitze verstopft und die Fahrzeuge zum Halten gezwungen waren.

Die Reaktion Moskaus war furchtbar. Alle Eisenbahnstrecken, alle Straßen und Wege, alle Telefonleitungen von und nach Nowotscherkassk wurden gesperrt. Die Stadt wurde völlig abgeschnitten, um zu vermeiden, daß Nachrichten nach draußen gelangten. Zwei Divisionen der KGB-Spezialtruppen waren nötig, um die Unruhen zu beenden und die Aufständischen niederzumachen. Auf den Straßen wurden 86 Zivilisten erschossen und über 300 verwundet. Keiner von ihnen kehrte je wieder heim, keiner wurde in der Stadt begraben. Nicht nur die Verletzten, sondern auch sämtliche Angehörigen der Toten oder verwundeten Männer, Frauen und Kinder wurden in Arbeitslager deportiert.

Nie sollten sie nach ihren Verwandten fragen und so die Erinnerung an den Aufstand wachhalten können. Alle Spuren waren ausgelöscht worden, aber selbst nach zwei Jahrzehnten erinnerten die Mächtigen im Kreml sich noch immer gut daran.

Nachdem Iwanenko seine Bombe hatte platzen lassen, war wieder Schweigen eingetreten. Rudin brach es schließlich.

»Nun gut. Die Schlußfolgerung scheint festzustehen: Wir müssen mehr Getreide im Ausland kaufen als je zuvor. Genosse Komarow, wieviel müssen wir mindestens kaufen, um eine Katastrophe zu vermeiden?«

»Genosse Generalsekretär, wenn wir der Landbevölkerung das Allernötigste belassen und die staatliche Getreidereserve von dreißig Millionen Tonnen restlos aufbrauchen, müssen wir fünfundfünfzig Millionen Tonnen einführen. Das entspricht dem gesamten amerikanischen und kanadischen Überschuß in einem guten Erntejahr«, antwortete Komarow.

»Soviel verkaufen die uns nie!« rief Kerenski dazwischen.

»Die Amerikaner sind keine Dummköpfe, Genosse Marschall«, warf Iwanenko ruhig ein. »Durch ihre Condor-Satelliten müssen sie bereits gemerkt haben, daß mit unserem Sommergetreide irgend etwas nicht in Ordnung ist. Aber sie kennen weder die Art noch die Größe des Schadens. Jedenfalls jetzt noch nicht. Im Herbst dürften sie dagegen eine ziemlich gute Vorstellung davon haben. Und sie sind geldgierig, unendlich geldgierig. Ich kann die Förderraten in unseren Goldbergwerken in Sibirien und am Kolyma erhöhen, indem ich noch mehr Arbeitskräfte aus den Lagern von Mordowia hinschaffen lasse. Das Geld für solche Getreidekäufe können wir aufbringen.«

»Ich stimme Ihnen in dem einen Punkt zu«, sagte Rudin, »aber nicht in dem anderen, Genosse Iwanenko. Die Amerikaner mögen den Weizen haben, und wir das Gold, aber es besteht eine gewisse Wahrscheinlichkeit, daß sie diesmal Konzessionen verlangen werden.«

Bei dem Wort »Konzessionen« zuckten alle zusammen.

»Was für Konzessionen?« fragte Marschall Kerenski mißtrauisch.

»Das wird man erst bei den Verhandlungen erfahren«, antwortete Rudin, »aber wir müssen mit dieser Möglichkeit rechnen. Unter Umständen verlangen sie Zugeständnisse auf militärischem Gebiet . . .«

»Niemals!« brüllte Kerenski und sprang mit zornrotem Gesicht auf.

»Uns bleibt kaum eine andere Möglichkeit«, wandte Rudin ein. »Soviel ich verstanden habe, sind wir uns darüber einig, daß wir keine allgemeine Hungersnot riskieren dürfen. Sie würde die Entwicklung in der Sowjetunion und den weltweiten Vormarsch des Marxismus-Leninismus um ein Jahrzehnt zurückwerfen – wenn nicht sogar noch weiter. Wir brauchen Getreide; das steht fest. Falls die Imperialisten Zugeständnisse auf militärischem Gebiet erpressen, müssen wir uns unter Umständen damit abfinden, daß uns das um zwei bis drei Jahre zurückwirft. Sobald wir uns aber wieder erholt haben, werden wir dafür sorgen, daß wir um so größere Fortschritte machen!«

Ein allgemeines zustimmendes Murmeln war zu hören. Rudin war dicht davor, sich mit seiner Auffassung durchzusetzen. Da schlug Wischnajew zu. Als das Stimmengewirr abebbte, stand er langsam auf.

»Genossen, die vor uns liegenden Probleme«, begann er, »sind groß und in ihren Folgen unabsehbar. Ich schlage vor, wir sollten vorerst noch keine bindenden Schlußfolgerungen ziehen. Ich schlage vor, wir vertagen uns auf heute in zwei Wochen. In der Zwischenzeit denken wir über alles, was heute gesagt wurde, nach.«

Seine List wirkte. Er hatte Zeit gewonnen, wie Rudin insgeheim befürchtet hatte. Die Versammlung stimmte mit zehn gegen drei Stimmen dafür, sich ohne Beschluß zu vertagen.

Juri Iwanenko hatte das Gebäude verlassen und wollte eben in seine wartende Limousine steigen, als er eine Hand auf seinem Arm spürte. Neben ihm stand ein hünenhafter Major der Kremlgarde in einer tadellosen maßgeschneiderten Uniform.

»Genosse Vorsitzender, der Genosse Generalsekretär möchte Sie in seinen Privaträumen sprechen«, sagte der Mann halblaut, wandte sich um, ohne ein weiteres Wort zu verlieren, und ging voraus durch den Korridor, der sich parallel zum Haupteingang erstreckt. Iwanenko folgte ihm. Während er dem Major in der gutsitzenden Uniformjacke, den hellbraunen Breeches und den blitzblanken Stiefeln auf den Fersen blieb, wurde ihm plötzlich bewußt, daß die Verhaftung eines Politbüromitglieds, das auf dem Strafstuhl hatte Platz nehmen müssen, durch seine eigenen KGB-Spezialtruppen vorgenommen werden würde. Offiziell wurden diese Truppen mit ihren leuchtendgrünen Schulterstreifen und Mützenbändern sowie dem Schwert-und-Schild-Abzeichen des KGB über den Mützenschirmen Grenztruppen genannt.

Aber falls er, Iwanenko, verhaftet werden sollte, würde dafür nicht das KGB zuständig sein, wie es schon vor fast 30 Jahren als nicht zuverlässig genug gegolten hatte, um Lawrenti Beria festzunehmen. Das würden diese eleganten, hochmütigen Kremlgardisten, die Prätorianer am Sitz der höchsten Staatsmacht, übernehmen. Vielleicht der selbstbewußte Major vor ihm, der sich bestimmt kein Gewissen daraus machen würde.

Sie erreichten den Privataufzug und fuhren in den zweiten Stock hinauf, wo Iwanenko in Maxim Rudins Wohnung geführt wurde.

Stalin hatte von der Außenwelt abgeschirmt mitten im Kreml gewohnt, Malenkow und Chruschtschow dagegen hatten mit dieser Gewohnheit gebrochen und sich ebenso wie die meisten ihrer Vertrauten lieber in Luxusapartments in einem von außen unscheinbaren Gebäudeblock am Ende des Kutusow-Prospekts etabliert. Auch Rudin hatte dort gelebt, war aber nach dem Tod seiner Frau vor zwei Jahren in den Kreml gezogen.

Die Vierzimmerwohnung eines der mächtigsten Männer der Welt war recht bescheiden: Wohnzimmer, Eßzimmer, Arbeitszimmer, Schlafzimmer, dazu eine Einbauküche und ein Bad, das mit Marmor ausgekleidet war. Rudin, dem jeder Luxus fremd war, lebte allein, umsorgt von einer ältlichen Haushälterin und dem allgegenwärtigen Mischa, einem schweigsamen ehemaligen Berufssoldaten. Als Iwanenko das Arbeitszimmer betrat, zu dem Mischa ihm die Tür aufhielt, sah er Wassili Petrow vor Rudins Schreibtisch sitzen. Rudin bot Iwanenko mit einer Handbewegung einen Sessel an und begann ohne lange Vorrede.

»Ich habe Sie beide hergebeten, weil sich, wie wir alle recht gut wissen, etwas zusammenbraut«, polterte er. »Ich bin alt und rauche zuviel. Vor zwei Wochen bin ich bei den Quacksalbern in Kunzewo gewesen. Sie haben mich untersucht. Jetzt wollen sie, daß ich mich weiteren Untersuchungen unterziehe.«

Petrow warf Iwanenko einen schnellen Blick zu.

Der KGB-Vorsitzende verzog keine Miene. Er wußte von dem Besuch in dieser Spezialklinik, die südwestlich von Moskau in den Wäldern lag; einer der dortigen Ärzte hielt ihn auf dem laufenden.

»Wir wissen, daß die Nachfolgefrage in der Luft hängt«, fuhr Rudin fort. »Und wir wissen – oder sollten es wissen –, daß Wischnajew darauf abzielt, mein Nachfolger zu werden.«

Er wandte sich an Iwanenko.

»Falls er mein Nachfolger wird, Juri Alexandrowitsch, was ich ihm zutraue, sind Sie erledigt. Er ist von Anfang an dagegen gewesen, daß ein Berufsgeheimdienstler den KGB-Vorsitz übernimmt. Deshalb wird er Sie durch seinen eigenen Mann, durch Kriwoi ersetzen.«

Iwanenko legte die Fingerspitzen aneinander und erwiderte Rudins Blick. Vor drei Jahren hatte Rudin mit der alten sowjetischen Tradition gebrochen, einen Parteibonzen an die Spitze des KGB zu stellen. Schelepin, Semitschastni, Andropow – sie alle waren Parteifunktionäre gewesen, die dem KGB von außen aufoktroyiert worden waren. Nur dem Profi Iwan Serow wäre es beinahe gelungen, durch ein Meer von Blut an die Spitze zu gelangen. Dann hatte Rudin unter Andropows engsten Mitarbeitern Iwanenko ausgewählt und seine Ernennung zum neuen KGB-Vorsitzenden durchgesetzt.

Das war nicht der einzige Bruch mit der Tradition gewesen. Iwanenko war für die Position des mächtigsten Polizeichefs und Oberspions der Welt verhältnismäßig jung gewesen. Außerdem hatte er vor zwanzig Jahren als Agent in Washington gearbeitet, was für die Fremdenhasser im Politbüro ein bleibender Grund zum Mißtrauen war. Er hatte im Privatleben viel für westliche Eleganz übrig. Und er sollte – aber darüber wagte niemand zu sprechen – gewisse persönliche Zweifel an der Unfehlbarkeit der Parteilinie hegen. Zumindest in Wischnajews Augen war das absolut unverzeihlich.

»Falls Wischnajew jetzt oder später an die Macht kommen sollte, sind auch Sie erledigt, Wassili Alexejewitsch«, wandte sich Rudin an Petrow. In privaten Gesprächen redete er seine beiden Schützlinge mit ihren Vornamen an, niemals aber während der Politbürositzungen.

Petrow nickte, um zu zeigen, daß er verstand, was Rudin meinte. Anatoli Kriwoi und er hatten gemeinsam in der Abteilung Parteiorganisation des Generalsekretariats des Zentralkomitees gearbeitet. Kriwoi war älter und konnte auf mehr Dienstjahre zurückblicken. Er hatte damit gerechnet, Abteilungsleiter zu werden, aber als es den Posten zu besetzen galt, hatte Rudin sich für Petrow entschieden, der dann erwartungsgemäß ins Politbüro aufgestiegen war. In seiner Erbitterung hatte Kriwoi sich Wischnajew angeschlossen und war nicht nur Stabschef, sondern auch die rechte Hand des Parteitheoretikers geworden. Trotzdem hatte er es noch immer auf Petrow abgesehen.

Weder Iwanenko noch Petrow hatten vergessen, daß Wischnajews Vorgänger, Michail Suslow, die Mehrheit zusammengebracht hatte, die 1963 nötig gewesen war, um Chruschtschow zu stürzen. Rudin wartete, bis seine Worte sich gesetzt hatten.

»Juri, Sie wissen, daß Sie nicht mein Nachfolger werden können – nicht mit Ihrer Vergangenheit.« Iwanenko nickte; in dieser Beziehung machte er sich keine Illusionen. »Aber«, fuhr Rudin fort, »wenn Sie und Wassili zusammenarbeiten und hinter mir stehen, können Sie unser Land gemeinsam auf geradem Kurs halten. Nächstes Jahr trete ich ab, so oder so. Und wenn's soweit ist, wünsche ich mir Wassili als Nachfolger.«

Die beiden jüngeren Männer schwiegen angespannt. Keiner von beiden konnte sich daran erinnern, daß irgendein Vorgänger Rudins so offen über seine Nachfolge gesprochen hätte. Stalin war nach einem Herzanfall von seinem eigenen Politbüro erledigt worden, das er eben hatte liquidieren wollen; Beria hatte die Macht an sich gerissen und war erschossen worden; Malenkow und Chruschtschow waren in Ungnade gefallen; Breschnew hatte sie alle bis zur letzten Minute im unklaren gelassen.

Rudin stand auf, um anzudeuten, daß die Besprechung zu Ende sei.

»Noch etwas«, sagte er. »Wischnajew hat irgend etwas vor. Er wird versuchen, dem Beispiel Suslows zu folgen und mich wegen dieser Getreidekrise zu Fall zu bringen. Sollte ihm das gelingen, sind wir alle erledigt – und Rußland vielleicht auch. Wischnajew ist ein Extremist: Seine theoretischen Kenntnisse sind hervorragend, aber seine praktischen Folgerungen absurd. Ich muß erfahren, was er tut, was er vorhat und wen er auf seine Seite zu bringen sucht. Beschaffen Sie mir diese Informationen. Beschaffen Sie sie mir innerhalb der nächsten vierzehn Tage.«

Das KGB-Hauptquartier, »das Zentrum«, erstreckt sich über die ganze Nordostseite des Dserschinskiplatzes am oberen Ende des Karl-Marx-Prospekts. Der riesige graue Komplex besteht aus vier um einen Lichthof gruppierten Gebäuden: Das Vorderhaus und die beiden Seitenflügel enthalten KGB-Büros, im Rückgebäude sind die Verhörräume und das Gefängnis untergebracht, die berüchtigte Lubjanka. Die Nähe dieser verschiedenen Einrichtungen zueinander macht es den Vernehmungsleuten leicht, mit ihrer Arbeit auf dem laufenden zu bleiben.

Der KGB-Vorsitzende hat sein Arbeitszimmer links vom Haupteingang im zweiten Stock. Aber seine Limousine mit Chauffeur und Leibwächter hält stets vor dem Nebeneingang. Sein Büro ist ein großer, luxuriös eingerichteter Raum mit mahagonigetäfelten Wänden und kostbaren Orientteppichen. An einer Wand hängt das vorgeschriebene Lenin-Porträt, an einer anderen ein Porträt Felix Dserschinskis. Durch die vier hohen, mit schußsicherem Glas versehenen Fenster sieht der Betrachter in der Mitte des Platzes eine weitere Darstellung des Gründers der Tscheka: eine sechs Meter hohe Bronzestatue, die mit blicklosen Augen den Karl-Marx-Prospekt in Richtung Revolutionsplatz hinabstarrt.

Iwanenko hatte eine Abneigung gegen den bombastischen, in Polstermöbeln und Brokatvorhängen schwelgenden Prunk der Büros der sowjetischen Spitzenfunktionäre, aber an der Einrichtung in seinem Arbeitszimmer konnte er nicht viel ändern. Sein Schreibtisch, von seinem Vorgänger Andropow übernommen, war das einzige Möbelstück, das ihm gefiel: ein riesiger Diplomatenschreibtisch, auf dem sieben Telefone standen. Die wichtigste Leitung war die *Kremlweka,* die ihn direkt mit dem Kreml und mit Rudin verband. Die nächstwichtigste ging von einem KGB-grünen Apparat aus: die *Wertuschka,* über die Iwanenko die übrigen Politbüromitglieder und das Zentralkomitee erreichte. Über mehrere andere Telefone konnte er per Richtfunk mit den wichtigsten KGB-Dienststellen in der Sowjetunion und den osteuropäischen Staaten sprechen. Von einem weiteren Apparat ging eine Direktleitung zum Verteidigungsministerium und der GRU, dem militärischen Geheimdienst. An diesem Apparat nahm Iwanenko am drittletzten Juninachmittag des Jahres 1982 einen Anruf entgegen, auf den er zehn Tage lang gewartet hatte. Am anderen Ende der Leitung war ein Mann, der sich Arkadi nannte. Auf Anweisung von Iwanenko hatte die Vermittlung das Gespräch sofort zum KGB-Vorsitzenden durchgestellt. Die beiden Männer sprachen nur kurz miteinander.

»Am besten unter vier Augen«, entschied Iwanenko. »Nicht jetzt, nicht am Telefon. Heute abend bei mir zu Hause.« Er legte den Hörer auf.

Die wenigsten sowjetischen Spitzenfunktionäre nehmen Arbeit mit nach Hause. Die meisten Russen unterscheiden sorgfältig zwischen Dienst und Privatleben und sind bemüht, beides nicht miteinander zu verquicken. Je höher die berufliche Stellung, desto deutlicher die Trennung. Vergleichbar den Mafiabossen, mit denen sie eine bemerkenswerte Ähnlichkeit verbindet, vermeiden die Politbüromitglieder, ihre Angehörigen mit den im allgemeinen etwas zwielichtigen Geschäften, aus denen der dienstliche Alltag besteht, in Berührung kommen zu lassen.

Iwanenko war anders – und das war der Hauptgrund für das Mißtrauen der ins Politbüro aufgestiegenen Apparatschiks. Er hatte aus einem triftigen Grund weder Frau noch Kinder. Er sonderte sich ab, während die anderen sich damit zufriedengaben, wochentags in den Apartments am Westende des Kutusow-Prospekts und an Wochenenden in benachbarten Villen bei Schukowka und Usowo zusammenzuleben. Die Mitglieder der sowjetischen Elite sind nur ungern voneinander getrennt.

Kurz nachdem Iwanenko den KGB-Vorsitz übernommen hatte, war es ihm gelungen, im Arbat, dem von Geschäftsleuten vor der Oktoberrevolution bevorzugten, zentral gelegenen Moskauer Villenviertel, ein schönes altes Haus aufzutreiben. Vom KGB abgestellte Maurer, Maler und Innendekorateure hatten es innerhalb von sechs Monaten renoviert – eine Leistung, die in der Sowjetunion nur ein Politbüromitglied bewirken kann.

Nachdem Iwanenko die frühere Eleganz der Villa wiederhergestellt hatte – allerdings unter Berücksichtigung neuester Sicherheits- und Alarmanlagen –, fiel es ihm nicht schwer, die Räume mit statusträchtigen westlichen Möbeln einzurichten. Die Küche, bei Sears Roebuck bestellt und per Luftfracht nach Moskau geliefert, war der letzte Schrei amerikanischer Vollautomation; Wohnzimmer und Schlafzimmer waren mit über Finnland importierter schwedischer Kiefer getäfelt, das Bad prunkte mit Marmor und italienischen Fliesen. Iwanenko selbst bewohnte nur den ersten Stock, in dem er sich ein abgeschlossenes Apartment hatte einrichten lassen, zu dem ein Arbeits- und Musikzimmer mit einer großen Philips-Stereoanlage und einer Bibliothek mit in der Sowjetunion verbotenen in- und ausländischen Büchern gehörte. Ein Eßzimmer, das an das Wohnzimmer anschloß, und eine Sauna neben dem Schlafzimmer nahmen die restliche Fläche der ersten Etage ein.

Das Personal – Chauffeur, Leibwächter und Kammerdiener, alles KGB-Männer – wohnte im Erdgeschoß, unter das Iwanenko die Garage hatte einbauen lassen.

In diese Villa kehrte der KGB-Vorsitzende nach Dienstschluß zurück, um seinen Besucher zu erwarten.

Arkadi, einer von Iwanenkos Spitzeln in der Armeeführung, war ein stämmiger Mann mit gesunder Gesichtsfarbe, der Zivil trug, obwohl er sich als Generalmajor in seiner gewohnten Uniform wohler gefühlt hätte. Als er in Iwanenkos Wohnzimmer saß, beugte er sich beim Reden in seinem Sessel vor, bis er auf die Vorderkante rutschte. Der KGB-Vorsitzende, entspannt zurückgelehnt, stellte einige Fragen und machte sich ab und zu Notizen. Als der General fertig war, dankte Iwanenko ihm, erhob sich und drückte auf einen Klingelknopf. Sekunden später wurde die Tür geöffnet, und Iwanenkos Kammerdiener, ein auffallend gutaussehender blonder junger Mann, erschien, um den Besucher durch den Nebenausgang hinauszubegleiten.

Iwanenko dachte lange über Arkadis Bericht nach. Er fühlte sich immer müder und niedergeschlagener. Das also waren Wischnajews Pläne! Er wollte Maxim Rudin gleich am nächsten Morgen informieren.

Nach einem ausgiebigen Bad, für das er die Duftessenzen aus London zu beziehen pflegte, schlüpfte Iwanenko in einen seidenen Schlafrock und trank langsam einen alten Cognac. Dann ging er ins Schlafzimmer hinüber, löschte alle Lampen bis auf eine Wandleuchte und streckte sich auf dem französischen Bett aus. Er griff nach dem Telefon auf seinem Nachttisch, nahm den Hörer ab und drückte auf einen der Rufknöpfe. Am anderen Ende meldete sich sofort eine Stimme.

»Walodja«, er gebrauchte eine Koseform von Wladimir, »komm bitte herauf.«

3

Der zweistrahlige Jet der polnischen Fluggesellschaft LOT kurvte über dem breiten Band des Dnjepr und setzte zur Landung auf Borispil an, dem Flughafen der ukrainischen Hauptstadt Kiew. Von seinem Fensterplatz aus blickte Andrew Drake aufgeregt auf die weitläufige Stadt unter ihm. Er spürte, daß er sich vor Anspannung verkrampfte.

Gemeinsam mit den über hundert anderen Pauschalreisenden aus London, die vormittags bereits Warschau besichtigt hatten, mußte er fast eine Stunde lang bei der Paß- und Zollkontrolle anstehen. Am Paß-Schalter schob er seinen Reisepaß durch den Schlitz unter der Trennscheibe und wartete. Der Mann in der Kabine trug die Uniform der Grenztruppen mit dem grünen Mützenband. Er betrachtete das Foto in dem Paß vor sich, dann sah er Drake fest an.

»An ... drev Drak?« fragte er. Drake nickte lächelnd.

»Andrew Drake«, verbesserte er ihn sanft. Der Uniformierte warf ihm einen wütenden Blick zu. Er prüfte das in London ausgestellte Visum, riß die für die Einreise gültige Hälfte ab und befestigte das Ausreisevisum mit einer Heftklammer in Drakes Paß. Dann gab er den Ausweis zurück. Drake war im Ostblock.

In dem Intourist-Bus, der sie vom Flughafen zu dem sechzehnstöckigen Hotel *Lybid* brachte, begutachtete Drake noch einmal seine Mitreisenden. Ungefähr die Hälfte von ihnen war ukrainischer Abstammung. Sie besuchten das Land ihrer Väter und waren aufgeregt und harmlos. Die andere Hälfte bestand aus neugierigen britischen Touristen. Alle schienen britische Reisepässe zu besitzen. Drake gehörte wegen seines englischen Namens zur zweiten Gruppe. Er hatte sich nicht anmerken lassen, daß er fließend Ukrainisch und leidlich Russisch sprach.

Im Bus lernten sie Ludmilla, ihre Intourist-Reiseführerin, kennen. Sie war Russin und redete den Fahrer auf russisch an. Obwohl der Mann ein Ukrainer war, antwortete er ihr auch auf russisch. Als der Bus den Flughafen verließ, lächelte sie strahlend und begann den Gästen die bevorstehende Rundfahrt in halbwegs gutem Englisch zu erläutern.

Drake warf einen Blick auf den Reiseplan: zwei Tage in Kiew mit Besichtigung der Kathedrale der hl. Sophia (»ein prachtvolles Beispiel russisch-kiewer Architektur, Fürst Jaroslaw der Weise liegt dort begraben«, zwitscherte Ludmilla vorn auf ihrem Platz ins Mikrofon); das Goldene Tor aus dem 10. Jahrhundert und der Wladimirhügel, die Staatsuniversität, die Akademie der Wissenschaften und der Botanische Garten.

Bestimmt würde mit keinem Wort der Brand in der Akademiebibliothek erwähnt werden, dachte Drake erbittert, bei dem 1964 unersetzliche Manuskripte, Bücher und Urkunden der ukrainischen Nationalliteratur und -kultur vernichtet worden waren; ebensowenig wie die Tatsache, daß die Feuerwehr erst nach drei Stunden gekommen war und daß es das KGB gewesen war, das die Bibliothek in Brand gesetzt hatte, um damit einen Vergeltungsschlag gegen die »Sechziger« und ihre nationalistische Literatur zu führen.

Im Anschluß an Kiew stand ein Tagesausflug mit einem Tragflügelboot nach Kaniw auf dem Programm; danach folgte ein eintägiger Aufenthalt in Ternopol, wo gewiß nicht über einen Mann namens Miroslaw Kaminski gesprochen werden würde, und anschließend ging es weiter nach Lwow.

Wie Drake erwartet hatte, hörte er auf den Straßen der stark russifizierten Hauptstadt nur Russisch. Erst in Kaniw und Ternopol wurde überwiegend Ukrainisch gesprochen. Er jubelte innerlich, als er so viele Leute diese Sprache reden hörte, und bedauerte nur, immer wieder sagen zu müssen: »Entschuldigung, sprechen Sie Englisch?« Aber er würde sich zurückhalten, bis er die beiden Adressen aufsuchen konnte, die er sich so gut eingeprägt hatte, daß er sie rückwärts hätte aufsagen können.

Achttausend Kilometer weit entfernt konferierte der amerikanische Präsident mit seinem Sicherheitsberater Poklewski, mit Robert Benson von der CIA und einem dritten Mann: Myron Fletcher, dem Chefanalytiker für sowjetische Getreideernten des Landwirtschaftsministeriums.

»Bob, sind Sie sich vollkommen sicher, daß General Taylors Condor-Aufklärung und die Agentenmeldungen diese Zahlen hier rechtfertigen?« fragte der Präsident, während sein Blick noch einmal über die Zahlenkolonnen vor ihm glitt.

Der Bericht, den der CIA-Chef ihm vor fünf Tagen durch Stanislaw Poklewski hatte vorlegen lassen, basierte auf einer Unterteilung der gesamten Sowjetunion in hundert Getreideanbaugebiete. In jedem dieser Gebiete war ein Quadrat von zehn Kilometer Seitenlänge unter die Lupe genommen und auf Getreideschäden hin untersucht worden. Aus diesen Einzelanalysen hatten Sachbearbeiter den voraussichtlichen Gesamtertrag hochgerechnet.

»Mr. President, unsere Zahlen sind eher zu optimistisch«, erwiderte Benson. »Wir gestehen den Sowjets eine bessere Getreideernte zu, als sie eigentlich erwarten dürfen.«

Der Präsident sah zu dem Mann aus dem Landwirtschaftsministerium hinüber.

»Dr. Fletcher, erklären Sie einem Laien, wie Sie zu diesem Ergebnis kommen?«

»Nun, Mr. President, es beginnt damit, daß man von der Bruttoernte mindestens zehn Prozent abziehen muß, um die tatsächlich verwertbaren Getreidemengen zu erhalten. Manche Fachleute gehen sogar von zwanzig Prozent aus. Diese bescheidenen zehn Prozent setzen sich zusammen aus Flüssigkeitsgehalt, Fremdkörpern wie Steinen, Sand, Staub und Erde, Transportverlusten und Verlusten durch ungeeignete Lagerung, die, wie wir wissen, in der Sowjetunion schon immer ein großes Problem gewesen ist.

Von der verbleibenden Menge muß man wiederum den Bedarf der Landbevölkerung und der landwirtschaftlichen Produktion abziehen, ehe wir die Anzahl von Mio-Tonnen haben, die der Staat für die Ernährung der Menschen in den Städten und Industriegebieten zur Verfügung hat. Sie finden meine Aufstellung dazu auf Blatt zwei meines Berichts.«

Präsident Matthews blätterte in den vor ihm liegenden Papieren und prüfte die Zahlen. Sie lauteten:

1. *Saatgetreide:* für die kommende Herbst- und Frühjahrssaat benötigte Getreidemenge	10 Millionen Tonnen
2. *Nahrungsmittel:* für die Landbevölkerung in Sowchosen und Kolchosen sowie in allen Gemeinden (Weilern, Dörfern, Kleinstädten) mit bis zu 5 000 Einwohnern	28 Millionen Tonnen
3. *Futtermittel:* für die Winterfütterung des Viehbestandes bis zum Einsetzen des Frühjahrstauwetters	52 Millionen Tonnen
4. *Absoluter Mindestbedarf*	90 Millionen Tonnen
5. *Erforderlicher Bruttoertrag* vor Abzug von 10 Prozent unvermeidbarer Ernte- und Lagerverluste	100 Millionen Tonnen

»Ich möchte betonen, Mr. President«, fuhr Fletcher fort, »daß das keine großzügig kalkulierten Zahlen sind. Sie stellen die absoluten Mindestmengen dar, die vorhanden sein müssen, bevor Getreide für die Städte abgegeben werden kann. Falls die Rationen für Menschen herabgesetzt werden, schlachten die Bauern einfach ihr Vieh – mit oder ohne Genehmigung. Falls weniger Viehfutter zur Verfügung steht, wird das Vieh erst recht geschlachtet; dann kommt es im Winter zu einer Fleischschwemme, der drei bis vier fleischarme Jahre folgen.«

»Okay, Doktor, das leuchtet mir ein. Wie steht's mit den Reserven?«

»Wir schätzen die sowjetische Getreidereserve auf dreißig Millionen Tonnen. Daß sie ganz freigegeben wird, ist schlecht vorstellbar, aber in diesem Fall hätten die Sowjets dreißig Millionen Tonnen. Außerdem sollten sie von der diesjährigen Ernte zwanzig Millionen Tonnen für die Städte abzweigen können, für die dann insgesamt fünfzig Millionen Tonnen Getreide zur Verfügung stünden.«

Der Präsident wandte sich wieder an Benson.

»Bob, welche Mengen muß der Staat aufkaufen, um die Bevölkerung in den Städten ernähren zu können?«

»Mr. President, neunzehnhundertsiebenundsiebzig, das Jahr, in dem die Sowjets uns reingelegt haben, war für sie das seit langem schlechteste Erntejahr gewesen. Ihr Ertrag belief sich damals auf einhundertundvierundneunzig Millionen Tonnen. Sie haben achtundsechzig Millionen Tonnen Getreide von ihren Sowchosen und Kolchosen gekauft. Trotzdem mußten sie unter irgendwelchen Vorwänden noch zwanzig Millionen Tonnen von uns kaufen. Selbst im Jahre neunzehnhundertfünfundsiebzig, dem schlimmsten Jahr seit eineinhalb Jahrzehnten, haben sie siebzig Millionen Tonnen für die Städte gebraucht. Und das hat zu katastrophalen Versorgungsschwierigkeiten geführt. Zum jetzigen Zeitpunkt, mit einer größeren Bevölkerungszahl als damals, muß der Staat mindestens fünfundachtzig Millionen Tonnen Getreide aufkaufen.«

»Das heißt also«, folgerte der Präsident, »daß nach Ihren Berechnungen die Sowjets dreißig bis fünfunddreißig Millionen Tonnen Getreide importieren müssen, selbst wenn sie ihre nationale Reserve restlos aufbrauchen?«

»So ist es, Mr. President«, warf Poklewski ein. »Vielleicht sogar mehr! Und wir und die Kanadier sind die einzigen, die soviel liefern könnten. Nicht wahr, Dr. Fletcher?«

Der Experte aus dem Landwirtschaftsministerium nickte zustimmend. »Für Nordamerika ist dieses Jahr eine Rekordernte zu erwarten. Die Vereinigten Staaten und Kanada dürften einen gemeinsamen Überschuß von fünfzig Millionen Tonnen Getreide erzielen.«

Einige Minuten später wurde Dr. Fletcher hinausbegleitet. Die Diskussion ging weiter. Poklewski vertrat energisch seinen Standpunkt.

»Mr. President, diesmal heißt es handeln! Diesmal müssen wir eine Gegenleistung fordern!«

»Ein Kopplungsgeschäft?« fragte der Präsident mißtrauisch. »Ich weiß, wie Sie darüber denken, Stan. Das letzte Mal hat die Sache nicht geklappt, sondern alles nur schlimmer gemacht. Ich habe keine Lust, den Fehler mit dem Jackson-Gesetz zu wiederholen.«

Die drei Männer erinnerten sich nur ungern an diese unglückliche Gesetzesänderung. Ende 1974 hatte der Kongreß das Jackson Amendment verabschiedet, das dahingehend lautete, daß die

Sowjetunion keine weiteren Kredite für den Kauf amerikanischer Industrieausrüstungen und Handelswaren erhalten sollte, wenn sie die Auswanderung russischer Juden nach Israel behinderte. Das Politbüro unter Breschnews Führung hatte diesen Erpressungsversuch verächtlich zurückgewiesen, eine Serie von Schauprozessen inszeniert, die sich hauptsächlich gegen Juden richteten, und den sowjetischen Bedarf mit Hilfe von Handelskrediten in Großbritannien, der Bundesrepublik Deutschland und Japan gedeckt.

»Bei einer netten kleinen Erpressung kommt es darauf an«, hatte Sir Nigel Irvine, der 1975 in Washington gewesen war, zu Bob Benson gesagt, »daß man wirklich etwas hat, das für das Opfer lebenswichtig ist und das es sich nicht anderswo beschaffen kann.«

Poklewski hatte diese Bemerkung von Benson gehört und sie Präsident Matthews gegenüber wiederholt – allerdings ohne das Wort Erpressung zu verwenden.

»Mr. President, diesmal können die Sowjets ihren Weizen nicht anderswo kaufen. Unser Weizenüberschuß ist mehr als nur eine Handelsware. Er ist eine strategische Waffe! Er ist zehn Atombomberstaffeln wert. Auch wir würden nicht für Geld unsere Nukleartechnologie an Moskau verkaufen. Ich rate Ihnen dringend, machen Sie Gebrauch von den Vollmachten, die Ihnen das Shannon-Gesetz gibt.«

Eine späte Reaktion auf den »Stachel« im Jahre 1977 war 1980 die Verabschiedung des Shannon-Gesetzes durch den Kongreß gewesen. Dieses Gesetz ermächtigt die amerikanische Regierung, jedes Jahr das Vorkaufsrecht auf den amerikanischen Weizenüberschuß zu dem Durchschnittspreis zu erwerben, der am Tag der Ausübung dieses Vorkaufsrechts gilt.

Die Weizenspekulanten hatten heftig protestiert, aber die Farmer waren einverstanden gewesen. Das Gesetz ließ die weltweit geforderten Getreidepreise weniger stark schwanken. In Überschußjahren hatten die Farmer zu wenig für ihren Weizen bekommen; in Mangeljahren war der Preis unverhältnismäßig angestiegen. Die Anwendung des Shannon-Gesetzes garantierte den Farmern einen fairen Preis, auf den die Spekulanten keinen Einfluß hatten. Außerdem bildete das Shannon-Gesetz eine wirkungsvolle Waffe bei Verhandlungen der Regierung mit Kaufinteressenten anderer Staaten, gleichgültig ob sie aggressiv oder demütig und arm waren.

»Gut, ich werde das Shannon-Gesetz anwenden«, entschied Präsident Matthews, »und die Verwendung staatlicher Mittel zum Ankauf der zu erwartenden fünfzig Millionen Tonnen Weizenüberschuß genehmigen.«

Poklewski hätte am liebsten laut gejubelt.

»Das werden Sie nicht zu bereuen haben, Mr. President! Diesmal müssen die Sowjets mit Ihnen direkt verhandeln, anstatt sich unsere Lieferungen durch Mittelsmänner zu erschleichen. Diesmal sitzen sie in der Klemme. Da kommen sie nicht so ohne weiteres raus!«

Jefrem Wischnajew war anderer Meinung. Zu Beginn der Politbürositzung bat er darum, als erster sprechen zu dürfen, und fing auch gleich an:

»Genossen, keiner von uns bestreitet, daß die bevorstehende Hungersnot mit allen Mitteln abgewendet werden muß. Keiner von uns bestreitet, daß die benötigten Getreidemengen im dekadenten kapitalistischen Westen vorhanden sind. Hier ist davon die Rede gewesen, daß uns nichts anderes übrig bliebe, als uns zu erniedrigen. Daß wir möglicherweise eine Schwächung unseres Militärpotentials und, als Folge davon, eine Verzögerung beim Vormarsch des Marxismus-Leninismus hinnehmen müßten, um an diese Weizenüberschüsse heranzukommen, mit denen die Zeit bis zur nächsten Ernte zu überbrücken ist.

Genossen, ich bin anderer Auffassung. Ich fordere Sie auf, gemeinsam mit mir einen Kurs abzulehnen, der dazu führt, daß wir uns einer Erpressung beugen und unser großes Vorbild Lenin verraten. Es gibt da eine andere Möglichkeit – eine Möglichkeit, mit der wir erreichen können, daß die gesamte sowjetische Bevölkerung eine strikte Lebensmittelrationierung akzeptiert, daß es zu einem allgemeinen Aufschwung von Patriotismus und Opferbereitschaft kommt und daß die Disziplin herrscht, ohne die wir den unvermeidlichen Hunger nicht durchstehen können.

Es gibt eine Möglichkeit, die es uns erlaubt, die für diesen

Herbst zu erwartende kümmerliche Getreideernte zu verbrauchen, den Vorrat mit Hilfe unserer Reserven bis zum nächsten Frühjahr zu strecken, unsere Viehherden zu schlachten – und das alles, ohne die Amerikaner um Hilfe zu bitten. Wenn nämlich alles aufgebraucht ist, halten wir uns an Westeuropa, wo die Milch in Strömen fließt, wo es Fleisch- und Butterberge gibt, wo die Reserven von zehn reichen Staaten liegen.«

»Wir kaufen sie auf?« erkundigte sich Außenminister Rykow sarkastisch.

»Nein, Genosse«, antwortete Wischnajew sanft, »wir nehmen sie uns. Ich übergebe das Wort an Marschall Kerenski. Er hat Unterlagen mitgebracht, die er uns zu prüfen bittet.«

Zwölf dicke Ordner wurden verteilt. Kerenski behielt sein Exemplar und begann daraus vorzulesen. Rudin ließ die Unterlagen ungeöffnet liegen und rauchte gelassen. Auch Iwanenko rührte die Papiere nicht an, sondern betrachtete statt dessen nachdenklich den Marschall. Rudin und er wußten seit vier Tagen, was diese Ordner enthielten. Zusammen mit Wischnajew hatte Kerenski aus dem Safe des Generalstabs den Plan *Boris* geholt, der nach Boris Godunow, dem großen russischen Eroberer, benannt war. Dieser Plan war inzwischen auf den neuesten Stand gebracht worden.

Und er war eindrucksvoll, wie sich bei Kerenskis zwei Stunden langem Vortrag herausstellte. Im Mai nächsten Jahres würden die üblichen Frühjahrsmanöver der Roten Armee in der DDR größer als je zuvor angelegt werden. Und diesmal würde aus dem Manöver Ernst werden. Auf einen Befehl hin würden die 30 000 Panzer, Schützenpanzer, Sturmgeschütze und Amphibienfahrzeuge nach Westen vorstoßen, die Elbe überschreiten und durch die Bundesrepublik Deutschland und die Beneluxländer zu den französischen Kanalhäfen vordringen.

Als Vorauskommando würden 50 000 Fallschirmjäger über mehr als fünfzig Orten abgesetzt werden, um die wichtigsten Flughäfen und Fliegerhorste im Operationsgebiet zu besetzen. Weitere 100 000 würden mit massiver Marineunterstützung die Hauptstädte und Hauptverkehrsadern der vier skandinavischen Staaten besetzen.

Bei dem militärischen Vorstoß würden Italien und die Iberische Halbinsel ausgeklammert bleiben; die Regierungen in Rom, Madrid und Portugal, denen auch Eurokommunisten angehörten, würden von den sowjetischen Botschaftern aufgefordert werden, sich aus dem Kampf herauszuhalten, wenn sie nicht darin untergehen wollten. Innerhalb der nächsten fünf oder sechs Jahre würden diese Länder den Siegern ohnehin in den Schoß fallen. Das gleiche galt für Griechenland, die Türkei und Jugoslawien. Die Schweiz sollte umgangen, Österreich nur als Durchmarschgebiet benützt werden. Als Inseln in einem roten Meer konnten diese beiden Staaten sich ohnehin nicht mehr lange halten.

Hauptziele für Angriff und Besetzung sollten Westdeutschland, die Beneluxstaaten und Frankreich sein. Großbritannien würde zunächst durch Streiks lahmgelegt, dann durch die extreme Linke, die auf Befehl lautstark für Nichteinmischung plädieren sollte, in Aufruhr versetzt werden. London würde man warnen, daß Großbritannien von der Landkarte verschwinde, falls das britische Strike Command östlich der Elbe Atomwaffen einsetzte.

Während der gesamten Operation würde die Sowjetunion bei allen Regierungen der Welt sowie bei den Vereinten Nationen energisch einen sofortigen Waffenstillstand fordern. Sie würde behaupten, die Feindseligkeiten beschränkten sich auf Westdeutschland, seien zeitlich begrenzt und durch einen deutschen Präventivschlag auf Grund einer vermeintlichen Bedrohung Berlins ausgelöst worden – eine Behauptung, die bei den meisten Anhängern der europäischen Linken außerhalb Deutschlands Glauben finden und von ihnen weiterverbreitet werden würde.

»Und was tun die Vereinigten Staaten die ganze Zeit über?« unterbrach Petrow nach eineinhalb Stunden Kerenski, der durch diese Störung sichtlich irritiert war.

»Der Einsatz taktischer Atomwaffen über Deutschland ist nicht auszuschließen«, gab der Marschall zu, »aber dadurch werden in erster Linie Westdeutschland, Ostdeutschland und Polen zerstört, was für die Sowjetunion keinen Verlust bedeutet. Dank der Schwäche Washingtons werden weder Marschflugkörper noch Neutronenbomben eingesetzt. Die militärischen Verluste der Sowjetunion dürften im ungünstigsten Fall zwischen hunderttausend und zweihunderttausend Mann liegen. Aber das ist ein annehmbarer Prozentsatz, wenn man davon ausgeht, daß zwei Millionen Mann innerhalb der drei Teilstreitkräfte an der Operation teilnehmen werden.«

»Dauer?« fragte Iwanenko.

»Die Spitzen der vorderen motorisierten Armeen erreichen die französischen Kanalhäfen hundert Stunden nach dem Überschreiten der Elbe. Ab dann können wir uns natürlich auf einen Waffenstillstand einlassen. Die Befriedungsaktionen können trotzdem weitergehen.«

»Ist das ein realistischer Zeitplan?« wollte Petrjanow wissen.

An diesem Punkt mischte Rudin sich ein.

»O ja, er ist realistisch!« bestätigte er gelassen. Wischnajew warf ihm einen mißtrauischen Blick zu.

»Ich habe noch immer keine Antwort auf meine Frage bekommen«, stellte Petrow fest. »Was ist mit den Vereinigten Staaten? Was ist mit ihrer Atomstreitmacht? Nicht mit den taktischen, sondern mit den strategischen Nuklearwaffenträgern: Interkontinentalraketen, Fernbomber und Raketen-U-Boote.«

Alle wandten sich Wischnajew zu. Er erhob sich wieder.

»Dem amerikanischen Präsidenten gegenüber müssen gleich zu Anfang drei feierliche Versicherungen in absolut glaubhafter Form gegeben werden«, sagte er. »Erstens: Die Sowjetunion wird niemals als erste thermonukleare Waffen einsetzen. Zweitens: Falls die dreihunderttausend in Westeuropa stationierten Amerikaner in die Kämpfe eingreifen, sind schwere Verluste durch konventionelle oder taktische nukleare Waffen unvermeidbar. Drittens: Sollten die Vereinigten Staaten die Sowjetunion mit Interkontinentalraketen angreifen, werden die hundert größten amerikanischen Städte ausgelöscht.

Genossen, Präsident Matthews wird sich hüten, New York für das dekadente Paris oder Los Angeles für Frankfurt am Main aufs Spiel zu setzen! Aus diesem Grund werden die Amerikaner *nicht* mit Atomwaffen zurückschlagen.«

Es herrschte nachdenkliches Schweigen, während die Perspektiven überdacht wurden. Die reichen Vorräte an Lebensmitteln einschließlich Getreide, die Verbrauchs- und Investitionsgüter, die Technologien in Westeuropa. Der Fall Italiens, Spaniens, Portugals, Österreichs, Griechenlands und Jugoslawiens innerhalb weniger Jahre. Der Goldschatz in den Schweizer Banktresoren. Die völlige Isolierung Großbritanniens und Irlands vor der neuen sowjetischen Küste. Die Beherrschung aller Länder der arabischen und dritten Welt, ohne daß ein weiterer Schuß abgegeben werden mußte. Es war eine berauschende Vorstellung!

»Ein schöner Plan«, meinte Rudin schließlich. »Aber er steht und fällt mit einer Voraussetzung: daß die Vereinigten Staaten uns nicht mit Atombomben belegen, wenn wir versprechen, unsererseits nicht mit Kernwaffen anzugreifen. Mich würde interessieren, ob Genosse Wischnajew das garantieren kann. Kurz gesagt: Ist das eine feststehende Tatsache oder eine blinde Hoffnung?«

»Mehr als eine Hoffnung!« knurrte Wischnajew. »Eine realistische Berechnung. Als Kapitalisten und bourgeoise Nationalisten denken die Amerikaner immer an sich selbst zuerst. Sie sind Papiertiger – schwach und unentschlossen. Vor allem sind sie Feiglinge, wenn sie mit einer Situation konfrontiert werden, die sie das eigene Leben kosten kann.«

»Sind sie das wirklich?« fragte Rudin nachdenklich. »Gut, Genossen, lassen Sie mich versuchen, das bisher Gesagte zusammenzufassen. Genosse Wischnajews Plan ist durch und durch realistisch; aber er basiert auf seiner Hoffnung – entschuldigen Sie, Genosse –, auf seiner Berechnung, daß die Amerikaner ihre strategischen Kernwaffen nicht einsetzen werden. Wären wir jemals zuvor dieser Auffassung gewesen, hätten wir bestimmt die unterdrückten Massen Westeuropas längst vom Faschismus-Kapitalismus befreit und zum Marxismus-Leninismus hingeführt. Ich persönlich habe keine neuen Entwicklungen bemerkt, die die Einschätzung des Genossen Wischnajew rechtfertigen würden.

Zudem haben weder er noch der Genosse Kerenski jemals mit Amerikanern zu tun gehabt, noch sind sie je im Westen gewesen. Ich kenne den Westen aus eigener Anschauung und bin anderer Meinung. Vielleicht kann Genosse Rykow uns etwas dazu sagen?«

Der Außenminister war kreidebleich.

»Das alles erinnert an Chruschtschow – an die Zeit der Kubakrise! Ich beschäftige mich seit dreißig Jahren mit Außenpolitik. Unsere Botschafter in aller Welt berichten mir, nicht dem Genossen Wischnajew. Keiner von ihnen – nicht ein einziger! –, keiner meiner Amerikaexperten, und ich selbst auch nicht, zweifelt im geringsten daran, daß der amerikanische Präsident unter diesen Umständen Kernwaffen gegen die Sowjetunion einsetzen würde. Dabei geht es nicht darum, Städte gegeneinander aufzurechnen. Auch er wäre sich darüber im klaren, daß das Ergebnis eines solchen Krieges die nahezu unbeschränkte Weltherrschaft durch die Sowjetunion sein könnte. Das wäre das Ende Amerikas als Supermacht, als Großmacht... als ernstzunehmender Machtfaktor überhaupt. Nein, die Amerikaner verwüsten die Sowjetunion, bevor sie uns Westeuropa – und damit die Welt – überlassen!«

»Ich möchte darauf hinweisen«, warf Rudin ein, »daß wir sie nicht daran hindern könnten. Unsere mit Laserstrahlen operierenden Abwehrsatelliten sind noch nicht einsatzreif. Eines Tages werden wir zweifellos Interkontinentalraketen auf dem Scheitel ihrer Flugbahn zerstören können, bevor sie uns erreichen. Aber vorläufig noch nicht. Nach letzten Berechnungen unserer Experten – unserer Experten, Genosse Wischnajew, nicht unserer Optimisten – würde ein anglo-amerikanischer Nuklearangriff etwa hundert Millionen Sowjetbürgern, hauptsächlich Großrussen, das Leben kosten und sechzig Prozent unseres Staatsgebiets zwischen Polen und dem Ural unbewohnbar machen. Aber lassen Sie uns fortfahren. Genosse Iwanenko, Sie haben Erfahrung mit dem Westen. Was meinen Sie?«

»Im Gegensatz zu den Genossen Wischnajew und Kerenski kontrolliere ich Hunderte von Agenten im gesamten kapitalistischen Westen«, stellte Iwanenko fest. »Ihre Berichte sind fast gleichlautend. Auch ich zweifle keine Sekunde daran, daß die Amerikaner zurückschlagen würden.«

»Gut, dann lassen Sie mich zusammenfassen«, sagte Rudin schroff. »Diese Spiegelfechterei muß ein Ende haben. Verhandeln wir mit den Amerikanern wegen Weizenankäufen, müssen wir unter Umständen in Bedingungen einwilligen, die uns fünf Jahre zurückwerfen. Nehmen wir die Hungersnot auf uns, werden wir vielleicht um zehn Jahre zurückgeworfen. Beginnen wir einen europäischen Krieg, riskieren wir unsere Vernichtung oder werden jedenfalls um zwanzig bis vierzig Jahre zurückgeworfen.

Ich bin kein glänzender Theoretiker wie Genosse Wischnajew, aber wenn ich mich recht erinnere, betonen Marx und Lenin in ihren Schriften einen Punkt ganz besonders: Obwohl die Weltherrschaft des Marxismus stets mit allen Mitteln gefördert werden soll, darf ihr Fortschreiten nicht dadurch gefährdet werden, daß man ein sinnloses Risiko eingeht. Meiner Ansicht nach aber enthält dieser Plan ein sinnloses Risiko. Deshalb schlage ich vor, daß wir . . .«

»Ich schlage vor, daß wir abstimmen«, unterbrach Wischnajew sanft.

Darauf wollte er also hinaus! Kein Mißtrauensantrag gegen mich, dachte Rudin, der kommt später, wenn er diese Runde verliert. Jetzt war der Flügelkampf offen ausgebrochen. Rudin hatte seit Jahren nicht mehr so deutlich das Gefühl gehabt, um sein Leben zu kämpfen. Falls er unterlag, gab es für ihn keinen geruhsamen Lebensabend, keine Villen und Privilegien, wie Mikojan sie gehabt hatte. Auf ihn warteten Amtsenthebung, Verbannung und vielleicht ein Genickschuß. Aber er bewahrte seine Haltung. Er stellte seinen Antrag zuerst. Eine Hand nach der anderen fuhr in die Höhe.

Rykow, Iwanenko und Petrow stimmten für ihn und für Verhandlungen mit den Amerikanern. Die weiter unten Sitzenden zögerten noch. Wen hatte Wischnajew auf seine Seite ziehen können? Was hatte er ihnen versprochen?

Stepanow und Schuschkin hoben die Hände. Als letzter folgte zögernd Tschawadse, der Georgier. Rudin brachte den Gegenantrag – Krieg im Frühjahr – zur Abstimmung. Wischnajew und Kerenski waren selbstverständlich dafür. Komarow, der Landwirtschaftsminister, schloß sich ihnen an. Schweinehund! dachte Rudin. Schließlich sitzen wir nur wegen deines verdammten Ministeriums in der Patsche! Wischnajew mußte Komarow eingeredet haben, Rudin werde ihn auf jeden Fall abservieren – deshalb glaubte der Mann vermutlich, er habe nichts zu verlieren. Du täuschst dich, mein Freund! dachte Rudin mit unbewegter Miene. Ich werde dir die Eingeweide herausreißen! Petrjanow hob die Hand. Dafür ist ihm der Posten des Ministerpräsidenten versprochen worden, überlegte Rudin sich. Witautas, der Balte, und Muchamed, der Tadschik, stimmten ebenfalls für Krieg. Der Tadschik mußte wissen, daß die Orientalen im Falle eines Atomkriegs über den Trümmern herrschen würden. Der Balte war bestochen worden.

»Auf jeden Antrag fallen sechs Stimmen«, sagte Rudin ruhig. »Und ich stimme für Verhandlungen.«

Zu knapp, dachte er, viel zu knapp!

Die Sitzung wurde aufgehoben, als die Sonne bereits unterging. Aber alle waren sich darüber im klaren, daß der Kampf weitergehen würde; jetzt konnte sich keiner mehr zurückziehen, keiner konnte mehr neutral bleiben.

Erst am fünften Reisetag erreichte die Gruppe Lwow, wo sie im Intourist-Hotel untergebracht wurde. Bisher hatte Drake alle Führungen mitgemacht, aber dieses Mal entschuldigte er sich mit Kopfschmerzen und gab vor, lieber in seinem Zimmer bleiben zu wollen. Als die Reisegruppe mit dem Bus zur Nikolauskirche abgefahren war, zog er sich unauffälliger an und schlüpfte aus dem Hotel.

Kaminski hatte ihm erklärt, was er anziehen mußte, um nicht aufzufallen: eine leichte, nicht allzu elegante Hose, ein billiges Sporthemd mit offenem Kragen, Socken und Sandalen. Ausgerüstet mit einem Stadtplan, machte sich Drake zu Fuß in die überbevölkerte, ärmliche Arbeitervorstadt Lewandiwka auf. Er zweifelte nicht einen Moment daran, daß die beiden Männer, die er dort suchte, ihn mit allergrößtem Mißtrauen behandeln würden. Und das war kaum überraschend, wenn man ihre Herkunft und die Lebensumstände berücksichtigte, die sie geprägt hatten. Drake rief sich ins Gedächtnis zurück, was Miroslaw Kaminski ihm im Krankenhaus von Trabzon erzählt hatte.

In der Nähe von Kiew liegt die Schlucht Babi Jar, in der die SS über 50 000 Juden ermordet hatte, als 1941/42 die Ukraine von den Deutschen besetzt gewesen war. Dort hielt am 29. September 1966 der berühmteste ukrainische Dichter der Gegenwart, Iwan Dsjuba, eine Rede, die insofern bemerkenswert war, als sich hier ein ukrainischer Katholik scharf gegen den Antisemitismus wandte.

In der Ukraine ist der Antisemitismus stets weit verbreitet gewesen, und die jeweiligen Herrscher – Zaren, Stalinisten, Nazis, wieder Stalinisten und ihre Nachfolger – haben ihn kräftig gefördert.

Dsjuba begann seine lange Ansprache mit der Erinnerung an die dahingeschlachteten Juden von Babi Jar und einer nachdrücklichen Verdammung des Nationalsozialismus und des Faschismus. Aber im Verlauf der Rede zeigte sich, daß er auch gegen alle jene Gewaltregime sprach, die trotz ihrer technischen Errungenschaften den menschlichen Geist vergewaltigen und die darüber hinaus versuchen, ihren Opfern einzureden, dies sei normal.

»Wir sollten jede Gesellschaft deshalb nicht an ihren äußerlichen technischen Leistungen messen«, sagte er, »sondern sie danach beurteilen, welche Stellung und Bedeutung sie dem Menschen einräumt, welchen Wert sie der Würde des Menschen und der Seele des Menschen beimißt.«

Inzwischen begriffen auch die Tschekisti, die sich unter die schweigenden Zuhörer gemischt hatten, daß der Dichter keineswegs von Hitlers Deutschland sprach: Er sprach von der Sowjetunion des Politbüros. Kurz nach dieser Rede wurde er verhaftet.

Der Mann, der in dem Keller des Kiewer KGB-Gebäudes die Verhöre überwachte, der die beiden brutalen Schergen mit den langen schweren Pferdepeitschen kommandierte, war ein auffällig junger Oberst aus der Zweiten Hauptverwaltung in Moskau. Er hieß Juri Iwanenko.

Während der Ansprache in Babi Jar hatten zwei kleine Jungen, beide ungefähr zehn Jahre alt, in der ersten Reihe neben ihren Vätern gestanden. Sie kannten sich damals noch nicht; sie sollten sich erst sechs Jahre später auf einer Baustelle kennenlernen und Freundschaft schließen. Der eine hieß Lew Mischkin, der andere Dawid Lasareff.

Auch die Teilnahme der Väter von Lew und Dawid an dieser Versammlung war registriert worden, und als sie Jahre danach eine Ausreisegenehmigung nach Israel beantragten, wurden sie beide wegen antisowjetischer Umtriebe vor Gericht gestellt und zu vielen Jahren Arbeitslager verurteilt.

Ihre Familien verloren ihre Wohnungen, ihre Söhne hatten keine Aussicht, je studieren zu können. Überdurchschnittlich intelligent, waren sie dazu verdammt, sich ihren Lebensunterhalt als einfache Arbeiter zu verdienen. Beide waren mittlerweile 26 Jahre alt.

Diese Männer suchte Drake jetzt in den heißen und staubigen Seitenstraßen von Lewandiwka.

Bei der zweiten Adresse wurde Drake fündig: Er traf Dawid Lasareff an, der ihn, nachdem Drake sich vorgestellt hatte, mit äußerstem Mißtrauen empfing. Aber Lasareff war damit einverstanden, seinen Freund Mischkin zu einem Treffen mitzubringen, da Drake dessen Namen und Adresse ohnehin bereits kannte.

Abends lernte Drake auch Lew Mischkin kennen. Die beiden Männer behandelten ihn fast feindselig. Er erzählte ihnen die Geschichte von Miroslaw Kaminskis Flucht und Rettung und berichtete dann über sich selbst. Als einzigen Beweis konnte er ein Foto vorlegen, das ihn mit Kaminski zeigte; ein Krankenpfleger hatte es in Trabzon mit Drakes Polaroidkamera aufgenommen. Auf dem Bild hielt Kaminski eine türkische Tageszeitung hoch, auf der das Erscheinungsdatum deutlich zu erkennen war. Drake hatte mit dieser Zeitung seinen Koffer ausgelegt und konnte sie Lasareff und Mischkin zeigen.

»Hört mal«, sagte er schließlich, »wenn Miroslaw in der Sowjetunion angetrieben und vom KGB verhaftet worden wäre, wenn er gesungen und eure Namen verraten hätte und wenn ich vom KGB wäre, würde ich euch kaum um eure Hilfe bitten.«

Die beiden jüdischen Arbeiter waren bereit, seinen Vorschlag eine Nacht lang zu überdenken. Drake konnte nicht wissen, daß Mischkin und Lasareff schon seit Jahren einen Wunsch hegten, der seinem eigenen Traum nahekam: sich mit einem einzigen gewaltigen Schlag an der Kremlhierarchie zu rächen. Aber sie waren nahe daran, aufzugeben, weil es aussichtslos war, ohne Hilfe von außen etwas unternehmen zu wollen.

Der Wunsch nach einem Verbündeten außerhalb der Grenzen der UdSSR bewog die beiden schließlich dazu, in den frühen Morgenstunden mit einem Händedruck ihren Entschluß zu besiegeln, den Anglo-Ukrainer ins Vertrauen zu ziehen. Nachmittags trafen sie sich zum zweitenmal; Drake hatte einen weiteren Ausflug ausfallen lassen. Um nicht belauscht werden zu können, machten sie einen Spaziergang durch die weiten, ungepflasterten Straßen in den Außenbezirken der Stadt, während sie sich leise auf ukrainisch unterhielten. Die jungen Männer offenbarten Drake, daß sie ebenfalls den Wunsch hegten, Moskau einen Schlag zu versetzen.

»Die Frage ist nur: wie?« meinte Drake. Lasareff, der ruhigere von beiden, antwortete.

»Iwanenko«, sagte er. »Er ist der bestgehaßte Mann in der Ukraine.«

»Was wollt ihr mit ihm?« fragte Drake.

»Umbringen.«

Drake blieb verblüfft stehen und starrte den schwarzhaarigen, ernsten jungen Mann an.

»Ihr würdet nicht mal in seine Nähe kommen!« sagte er schließlich.

»Letztes Jahr hatte ich hier in Lwow zu tun«, sagte Lasareff. »Ich bin Anstreicher, verstehst du? Wir mußten die Wohnung eines Parteibonzen renovieren. Dieser Mann hatte damals eine kleine alte Frau zu Besuch. Aus Kiew. Als sie wieder weg war, hat seine Frau uns erzählt, wer sie gewesen ist. Später habe ich im Briefkasten einen in Kiew abgestempelten Brief gesehen und ihn eingesteckt. Er war von der alten Frau. Und auf dem Brief stand ihre Adresse.«

»Und wer war sie?« fragte Drake.

»Seine Mutter.«

Drake dachte nach. »Es ist kaum zu glauben, daß solche Leute Mütter haben«, meinte er. »Aber ihr müßt möglicherweise ihre Wohnung lange beobachten, ehe er sie einmal besucht.«

Lasareff schüttelte den Kopf. »Sie ist der Köder«, sagte er und entwickelte seine Idee. Drake war von ihrer Ungeheuerlichkeit betroffen.

Vor seiner Reise in die Ukraine hatte er sich seinen Schlag gegen den Kreml auf die verschiedenste Weise ausgemalt – aber niemals so. Die Ermordung des KGB-Vorsitzenden würde das Politbüro in seinem Innersten treffen und die gesamte Machtstruktur des Kreml mit Haarrissen durchziehen.

»Ja, das könnte klappen«, gab er zu.

Falls es klappte, darüber war sich Drake im klaren, würde das Attentat sofort vertuscht werden. Wenn die Sache aber irgendwie bekannt wurde, war die Wirkung auf die Öffentlichkeit, vor allem in der Ukraine, nicht abzusehen.

»Das könnte zu dem größten Aufstand führen, den es jemals hier gegeben hat«, meinte er.

Lasareff nickte.

»Was braucht ihr dazu?« fragte Drake.

Lasareff zählte die einzelnen Gegenstände auf. Drake nickte.

»Das läßt sich alles im Westen beschaffen«, sagte er. »Aber wie bekommen wir es ins Land?«

»Odessa«, warf Mischkin ein. »Ich habe eine Zeitlang im Hafen gearbeitet. Korruption und Schwarzhandel blühen da nur so. Mit jedem westlichen Schiff kommen Matrosen, die zusammen mit den örtlichen Schiebern einen schwunghaften Handel mit türkischen Lederjacken, Lammfellmänteln und amerikanischen Jeans treiben. Wir könnten uns dort mit dir treffen. Der Hafen liegt in der Ukraine; wir brauchen also keine Inlandsreisepässe.«

Als sie sich trennten, stand der Plan fest. Drake würde die benötigten Dinge beschaffen und auf dem Seeweg nach Odessa bringen. Er versprach, Mischkin und Lasareff rechtzeitig durch einen in der Sowjetunion aufgegebenen Brief von seiner Ankunft zu unterrichten. Der Brieftext würde unverfänglich sein. In Odessa wollten sie sich in einem Café treffen, das Mischkin aus seiner Zeit als Hafenarbeiter kannte.

»Noch zwei Punkte«, sagte Drake. »Wenn es vorbei ist, ist die die weltweite Information über die Tat das Entscheidende – fast so wichtig wie die Tat selbst. Und das bedeutet, daß ihr selbst vor die Weltöffentlichkeit treten müßt. Nur ihr könnt die Einzelheiten nennen, die der Welt beweisen, daß ihr die Wahrheit sagt. Aber das setzt voraus, daß ihr von hier in den Westen entkommt.«

»Das versteht sich von selbst«, murmelte Lasareff. »Uns hält hier nichts mehr. Wir haben wie unsere Väter versucht, nach Israel auszuwandern, aber unsere Anträge sind abgelehnt worden.

Diesmal gehen wir – mit oder ohne Genehmigung. Sobald diese Sache vorbei ist, werden wir nach Israel fliehen. Nur da können wir uns jemals wieder sicher fühlen. Und dort werden wir bekanntgeben, was wir getan haben, und die Schweinehunde im Kreml und im KGB bei ihrem eigenen Volk in Verruf bringen.«

»Und noch etwas«, fuhr Drake fort. »Wenn es geklappt hat, müßt ihr mich durch einen verschlüsselten Brief oder eine Postkarte informieren. Für den Fall, daß etwas mit eurer Flucht schiefgeht. Dann werde ich versuchen, dafür zu sorgen, daß die Weltöffentlichkeit die Wahrheit erfährt.«

Sie vereinbarten, daß eine harmlos klingende Postkarte an eine postlagernde Adresse in London geschickt werden sollte. Nachdem sie sich die letzten Einzelheiten eingeprägt hatten, verabschiedeten sie sich voneinander, und Drake schloß sich wieder seiner Reisegruppe an.

Zwei Tage später war Drake wieder in London. Als erstes kaufte er sich ein umfassendes Buch über Handfeuerwaffen. Als zweites schickte er ein Telegramm an einen Freund in Kanada – einen der besten Männer auf der Liste, die er im Lauf der Jahre zusammengestellt hatte und auf der Emigranten standen, die wie Drake davon träumten, ihren Haß ins Lager des Feindes zu tragen. Und als drittes begann er mit den Vorbereitungen für den nächsten Schritt. Er wollte das notwendige Geld durch einen Bankraub beschaffen.

Biegt man in den südöstlichen Außenbezirken Moskaus am Ende des Kutusow-Prospekts nach rechts auf die Rublewostraße ab, erreicht man nach 20 Kilometern das kleine Dorf Uspenskoje im Herzen der Datschengegend. In den riesigen Kiefern- und Birkenwäldern um Uspenskoje liegen Weiler wie Usowo und Schukowka, wo die Landhäuser der sowjetischen Oberschicht stehen. In unmittelbarer Nähe der Uspenskojer Brücke über die Moskwa befindet sich ein Badestrand, an dem sich im Sommer die weniger privilegierten, aber doch recht wohlhabenden Moskauer aus der Klasse der Autobesitzer tummeln.

Auch die Diplomaten aus dem Westen pflegen dort zu baden, und das Uferstück gehört zu den wenigen Orten, an denen Ausländer wirklich mit Moskauer Familien zusammenkommen. Selbst die Routinebeschattung der Diplomaten durch das KGB scheint an Sonntagnachmittagen im Hochsommer nachzulassen.

Adam Munro kam am Nachmittag des 11. Juli 1982, einem Sonntag, mit einer Gruppe britischer Botschaftsangehöriger dorthin. Einige von ihnen davon waren verheiratet, andere, jüngere als er, alleinstehend. Kurz vor 15 Uhr ließen sie ihre Badetücher und Picknickkörbe unter den Bäumen zurück und liefen die niedrige Uferböschung zum Sandstrand hinunter, um zu schwimmen. Als Munro zurückkam, hob er sein zusammengerolltes Handtuch auf und begann sich abzutrocknen. Dabei flatterte etwas zu Boden.

Er hielt inne und bückte sich danach. Es war eine kleine weiße Karte, etwa halb so groß wie eine Postkarte. Auf einer Seite stand in kyrillischer Schreibmaschinenschrift: »Drei Kilometer nördlich von hier steht eine verlassene Kapelle im Wald. Wir treffen uns dort in einer halben Stunde. Bitte! Es ist sehr dringend.«

Munro zwang sich zu einem Lächeln, als eine Botschaftssekretärin auf ihn zukam und ihn um eine Zigarette bat. Während er ihr Feuer gab, ging er im Geist sämtliche Möglichkeiten durch, die ihm einfielen. Ein Dissident, der ihm Untergrundliteratur übergeben wollte? So was machte eine Menge Ärger. Eine religiöse Gruppe, die um Asyl in der Botschaft bitten wollte? Die Amerikaner hatten das 1978 erlebt und endlose Scherereien gehabt. Eine Falle des KGB, um den SIS-Mann in der Botschaft zu identifizieren? Damit mußte man immer rechnen. Kein Sekretär der Handelsabteilung würde eine Einladung annehmen, die jemand in seinem Handtuch versteckt hatte, nachdem man ihn offenbar beschattet und aus dem umliegenden Wald beobachtet hatte. Andererseits war so etwas für KGB-Maßstäbe zu primitiv. Die Opposition würde eher einen angeblichen Überläufer mit Informationsmaterial zu Munro schicken und die Übergabe heimlich fotografieren. Von wem stammte also diese geheimnisvolle Aufforderung?

Munro zog sich rasch an, obwohl er noch unschlüssig war, ob er die Einladung annehmen sollte.

Als er in die Schuhe schlüpfte, stand sein Entschluß fest. Sollte sich das Ganze als eine Falle erweisen, dann hatte er nie eine

Nachricht bekommen, sondern nur einen Waldspaziergang gemacht. Zur Enttäuschung seiner hoffnungsvollen Sekretärin brach er allein auf. Nach 100 Metern blieb er stehen, holte sein Feuerzeug hervor und verbrannte die Karte, deren Asche er mit dem Fuß in den mit Kiefernnadeln bedeckten Waldboden trat.

Mit Hilfe der Sonne und seiner Uhr ermittelte Munro die Richtung, die er einzuschlagen hatte. Sein Weg führte rechtwinklig vom Badestrand fort. Nach zehn Minuten kam er an einen Abhang, von dem aus er in reichlich einem Kilometer Entfernung die Zwiebelkuppel einer Kapelle sah.

In den Wäldern um Moskau gibt es Dutzende solcher kleinen Kapellen, einst von Landbewohnern errichtet und jetzt zum größten Teil verfallen, mit Brettern vernagelt und verlassen. Die kleine Kirche, der Munro sich näherte, stand auf einer Lichtung. Er machte unter den letzten Bäumen halt und beobachtete die Kapelle. Niemand war zu sehen. Vorsichtig wagte er sich ins Freie. Als er nur noch wenige Meter von der verschlossenen Kirchentür entfernt war, sah er im Schatten des Torbogens die Gestalt. Er blieb wie angewurzelt stehen, und beide starrten sich minutenlang an.

Es gab eigentlich nichts zu sagen, deshalb flüsterte er nur ihren Namen: »Walentina.« Sie trat aus dem Schatten und erwiderte: »Adam.«

Einundzwanzig Jahre, dachte er verwundert, sie muß inzwischen vierzig sein. Aber sie sah aus wie dreißig: noch immer schwarzhaarig, schön und seltsam traurig.

Sie setzten sich auf einen verfallenen Grabstein und sprachen von alten Zeiten. Walentina erzählte Munro, sie sei wenige Monate nach ihrer Trennung von Ostberlin nach Moskau zurückgekehrt und habe weiterhin als Protokollführerin bei der Partei gearbeitet. Mit 23 Jahren hatte sie einen jungen Armeeoffizier mit guten Beförderungschancen geheiratet. Nach sieben Jahren hatten sie ein Kind bekommen und waren zu dritt glücklich gewesen. Ihr Mann hatte Karriere gemacht, weil ein Onkel von ihm ein hoher Offizier in der Roten Armee war – was auch in der Sowjetunion keineswegs schadet. Der Junge war jetzt zehn.

Vor fünf Jahren war ihr Mann, damals bereits Oberst, beim

Auskundschaften rotchinesischer Truppenansammlungen am Ussuri mit dem Hubschrauber tödlich verunglückt. Um ihren Schmerz zu betäuben, hatte Walentina wieder zu arbeiten begonnen. Der Onkel ihres Mannes hatte seinen Einfluß geltend gemacht und ihr eine gutbezahlte Vertrauensstellung verschafft, die mit wertvollen Privilegien verbunden war: Einkaufsmöglichkeiten in besseren Lebensmittelläden, gute Restaurants, eine größere Wohnung, ein eigenes Auto – alles Annehmlichkeiten, die mit dem Aufstieg innerhalb des Parteiapparats verbunden sind.

Vor zwei Jahren schließlich hatte man ihr nach einer besonderen Überprüfung eine Position innerhalb der kleinen geschlossenen Gruppe von Protokollführern und Schreibkräften im Politbürosekretariat angeboten, einer Unterabteilung vom Generalsekretariat des Zentralkomitees.

Munro holte tief Luft. Sie hatte es weit gebracht und bekleidete eine ausgesprochene Vertrauensstellung.

»Wer ist der Onkel deines verstorbenen Mannes?« erkundigte er sich.

»Kerenski«, murmelte sie.

»Marschall Kerenski?« fragte er. Sie nickte. Munro atmete langsam aus. Kerenski, der Superfalke. Als er wieder Walentina ansah, standen Tränen in ihren Augen. Sie blinzelte heftig und schien dem Weinen nahe zu sein. Impulsiv legte er ihr einen Arm um die Schultern, und sie lehnte sich an ihn. Er roch ihr Haar, roch den gleichen süßen Duft, der ihn vor zwei Jahrzehnten gerührt und erregt hatte.

»Was hast du?« fragte er sanft.

»O Adam, ich bin so unglücklich!«

»Um Himmels willen, warum denn? Du hast doch alles!«

Walentina schüttelte langsam den Kopf und setzte sich auf. Sie vermied seinen Blick und starrte statt dessen quer über die Lichtung in den Wald.

»Adam, ich habe mein Leben lang, von Kindheit an, geglaubt. Ich bin wirklich gläubig gewesen! Noch während wir zusammen in Berlin waren, habe ich noch an das Gute, an die Richtigkeit des Sozialismus geglaubt. Selbst in schweren Zeiten, in Zeiten der Entbehrung, in denen der Westen in Konsumgütern schwamm, während wir nichts hatten, habe ich an die kommunistische Gesellschaftsordnung geglaubt, die wir Russen eines Tages der ganzen Welt bringen würden. Es war ein Ideal, das uns allen eine Welt ohne Faschismus, ohne Geldgier, ohne Ausbeutung und ohne Krieg schenken würde.

So ist es mir beigebracht worden, und daran habe ich wirklich geglaubt. Es ist mir wichtiger gewesen als alles andere: als du, als unsere Liebe, als mein Mann und mein Sohn. Es hat mir mindestens ebensoviel bedeutet wie dieses Land, wie Rußland, das ein Teil meiner Seele ist.«

Munro kannte den glühenden Patriotismus der Russen, der sie dazu brachte, alles Leid und alle Entbehrungen zu ertragen, der sie alle Opfer auf sich nehmen ließ und der so gelenkt werden konnte, daß sie den Kremlherren bedingungslos gehorchten.

»Was ist passiert?« fragte er ruhig.

»Sie haben alles verraten. Sie verraten andauernd alles. Mein Ideal, mein Volk und mein Vaterland.«

»Sie?« wiederholte Munro. Walentina zog und zerrte an ihren Fingern, als wolle sie sie abreißen.

»Die Parteibonzen«, antwortete sie erbittert. »Die *Natschalstwo.*«

Munro hatte schon zweimal eine radikale Abkehr von früheren Überzeugungen miterlebt. Der Fanatismus eines enttäuschten Gläubigen kann zu seltsamen Extremen führen.

»Ich habe sie verehrt, Adam. Ich respektierte sie. Ich achtete sie. Jetzt lebe ich schon seit Jahren in ihrer Nähe. Ich lebe in ihrem Schatten, bekomme Geschenke von ihnen und werde mit Privilegien überhäuft. Ich kenne sie aus nächster Nähe, im Privatleben; ich weiß, wie sie über das Volk reden, das sie verachten. Sie sind verderbt, korrupt und grausam. Was sie berühren, verwandelt sich in Asche.«

Munro setzte sich rittlings auf den Grabstein, um Walentina in die Arme nehmen zu können. Sie schluchzte leise. »Ich kann nicht mehr, Adam, ich kann einfach nicht mehr«, murmelte sie an seiner Schulter.

»Soll ich versuchen, dich in den Westen zu bringen?«

Er wußte, daß ihn das seine Karriere kosten würde, aber diesmal war er entschlossen, Walentina nicht wieder fortzulassen. Sie war dieses Opfer wert, sie war jedes Opfer wert. Sie machte sich von ihm frei, das Gesicht tränenüberströmt.

»Ich kann nicht, Adam. Ich kann nicht fort. Ich muß an Sascha denken.«

Schweigend nahm er sie wieder in seine Arme. In seinem Kopf tobte es.

»Woher hast du gewußt, daß ich in Moskau bin?« fragte er vorsichtig.

Diese Frage schien sie nicht zu überraschen. Aber es war in jedem Fall naheliegend, daß Munro sich dafür interessierte.

»Vor einem Monat hat mich ein Kollege aus dem Büro ins Ballett eingeladen«, antwortete sie schluchzend. »Wir hatten eine Loge. Als die Lampen erloschen, glaubte ich, mich geirrt zu haben. Aber als sie zur Pause wieder angingen, wußte ich, du warst es wirklich. Daraufhin hielt ich es keine Minute länger dort aus. Ich habe Kopfschmerzen vorgetäuscht und bin nach Hause gefahren.«

Sie trocknete ihre Augen, der Tränenausbruch schien vorüber zu sein.

»Adam«, wollte sie schließlich wissen, »hast du geheiratet?«

»Ja«, sagte er. »Lange nach Berlin. Aber die Ehe hat nicht gehalten. Ich bin schon seit Jahren geschieden.«

Sie rang sich ein schwaches Lächeln ab. »Ich bin froh«, sagte sie. »Ich bin froh, daß es keine andere Frau gibt. Das ist nicht sehr logisch, oder?«

Munro lächelte ihr zu.

»Nein«, bestätigte er. »Wirklich nicht. Aber ich höre es gern. Können wir uns in Zukunft öfters sehen?«

Ihr Lächeln verflog; statt dessen trat ein gehetzter Ausdruck in ihre Augen. Sie schüttelte ihre schwarzen Locken.

»Nein, Adam, nicht sehr oft«, wehrte sie ab. »Man vertraut mir, und ich genieße Privilegien, aber wenn ich einen Ausländer in meiner Wohnung empfange, würde das sehr bald bemerkt und gemeldet werden.

Auch in deiner Wohnung ist es nicht möglich. Diplomaten werden beschattet – aber das weißt du ja. Auch die Hotels werden beobachtet, und man kann hier nicht einfach eine Wohnung mieten. Wir können uns nicht treffen, Adam, das ist einfach ausgeschlossen!«

»Walentina, du hast mich wiedersehen wollen. Du hast die Initiative ergriffen. Nur um mit mir über alte Zeiten zu plaudern? Wenn dir dein Leben hier nicht gefällt, wenn du die Männer, für die du arbeitest, verabscheust ... Wenn du wegen Sascha nicht fortkannst – was willst du dann tun?«

Sie war sichtlich um Fassung bemüht und dachte eine Zeitlang nach. Als sie sprach, klang ihre Stimme ganz ruhig.

»Adam, ich will versuchen, sie an etwas zu hindern. Ich will versuchen, sie an etwas zu hindern, das sie zu tun im Begriff sind. Wahrscheinlich habe ich im Unterbewußtsein schon seit Jahren mit diesem Gedanken gespielt, aber seitdem ich dich im Bolschoitheater gesehen und mich an alle unsere Freiheiten in Berlin erinnert habe, muß ich ständig daran denken. Jetzt steht mein Entschluß fest. Vielleicht kannst du mir eine Frage beantworten: Gibt es in eurer Botschaft einen Geheimdienstoffizier?«

Munro verschlug es den Atem. Er hatte früher zwei heimliche Überläufer geführt – einen aus der Sowjetischen Botschaft in Mexico City, den anderen in Wien. Der Russe in Mexiko hatte sein Land verraten, weil – wie bei Walentina – seine Achtung vor den Kremlherrschern in Haß umgeschlagen war; der andere war aus Verbitterung über seine angeblich zu langsame Beförderung übergelaufen. Der erste Mann war schwieriger zu führen gewesen.

»Ja, wahrscheinlich«, antwortete er langsam. »Es muß wohl einen geben, nehme ich an.«

Walentina wühlte in ihrer Umhängetasche, die in den Kiefernadeln zu ihren Füßen stand. Sie hatte ihre Entscheidung getroffen und schien nun fest entschlossen zu sein, ihr Vorhaben in die Tat umzusetzen. Sie holte einen dicken Umschlag heraus.

»Ich möchte, daß du ihm das hier gibst, Adam. Versprich mir, ihm nie zu erzählen, von wem das kommt. Bitte, Adam! Ich habe Angst vor dem, was ich tue. Ich kann keinem Menschen trauen – keinem außer dir.«

»Ich verspreche es«, sagte Munro. »Aber wir müssen uns wiedersehen. Ich kann es nicht ertragen, dich noch einmal durch die Lücke in der Mauer verschwinden zu sehen.«

»Nein, das kann ich auch nicht. Aber versuch nicht, mich zu Hause zu erreichen. Ich wohne in einer abgeschlossenen Siedlung für hohe Funktionäre. Es gibt nur einen Eingang, und der wird bewacht. Und du darfst auch nicht versuchen, mich anzurufen. Die Gespräche werden abgehört. Und ich bin nicht bereit, mit anderen Angehörigen eurer Botschaft zusammenzutreffen – nicht einmal mit dem Geheimdienstchef.«

»Einverstanden«, sagte Munro. »Aber wann können wir uns wiedersehen?«

Sie überlegte kurz. »Ich kann nicht immer fort. Sascha beansprucht den größten Teil meiner Freizeit. Aber ich habe ein eigenes Auto und werde nicht beschattet. Morgen muß ich für zwei Wochen verreisen, aber wir können uns in vier Wochen hier treffen, wieder am Sonntag.« Walentina sah auf ihre Uhr. »Ich muß gehen, Adam. Ich bin übers Wochenende bei Freunden zu Gast, die hier in der Nähe eine Datscha haben.«

Er küßte sie auf den Mund, wie früher. Und ihr Kuß war so süß, wie er es immer gewesen war. Sie stand auf und wollte quer über die Lichtung davongehen.

»Walentina, was ist das hier?« fragte er und hielt den Umschlag hoch.

»Ich stelle die Wortprotokolle der Politbürositzungen zusammen – für jedes Mitglied eines«, antwortete sie. »Und die Zusammenfassungen für die Kandidaten des Politbüros. Dazu stehen mir Tonbandaufzeichnungen zur Verfügung. Das da ist eine Tonbandkopie der Sitzung vom zehnten Juni.«

Dann verschwand sie unter den Bäumen. Munro setzte sich auf den Grabstein und starrte den Umschlag in seiner Hand an.

»Verdammt noch mal!« sagte er.

4

Adam Munro saß in einem verschlossenen Raum der Britischen Botschaft am Maurice-Thorez-Kai und hörte sich die letzten Sätze des Tonbandes an, die aus dem Lautsprecher vor ihm drangen. Munro hatte den Botschaftskanzler gebeten, den Raum, der gegen die elektronischen Abhörgeräte der Russen gesichert war, für ein paar Stunden benützen zu dürfen.

»... diese Nachricht auf keinen Fall nach außen dringen darf, versteht sich von selbst. Wir kommen heute in einer Woche wieder zusammen.«

Maxim Rudins Stimme verstummte. Das Band lief lautlos weiter und stoppte dann von selbst. Munro schaltete das Gerät aus. Er lehnte sich zurück und stieß einen gedehnten leisen Pfiff aus.

Falls diese Aufnahme echt war, übertraf sie alles, was Oleg Penkowski vor zwanzig Jahren geliefert hatte. Mit dem Namen Penkowski verbanden sich bei SIS und CIA liebevoll ausgeschmückte Erinnerungen, die für das KGB um so bitterer waren. Penkowski war ein GRU-Oberst mit Zugang zu geheimsten Informationen gewesen, der sich, enttäuscht von der Kremlhierarchie, erst an die Amerikaner und danach an die Engländer gewandt hatte, um ihnen Material anzubieten.

Die Amerikaner hatten abgelehnt, weil sie eine Falle fürchteten. Die Briten waren darauf eingegangen und hatten Penkowski zweieinhalb Jahre lang »geführt«, bis er vom KGB entlarvt, verurteilt und hingerichtet worden war. Aber bis dahin hatte er eine reiche Ernte an Geheiminformationen eingebracht, vor allem zur Zeit der Kubakrise im Oktober 1962. In diesem Monat hatte der Westen Präsident Kennedy ungeteilte Bewunderung gezollt für seine geschickte Verhandlungstaktik in der harten Konfrontation mit Nikita Chruschtschow wegen der Stationierung sowjetischer Raketen auf Kuba. Die Öffentlichkeit hatte allerdings nicht gewußt, daß die Amerikaner dank Penkowski genau über die Stärken und Schwächen der Position des sowjetischen Führers im Bilde waren.

Als alles vorbei war, gab es keine sowjetische Rakete mehr auf Kuba, Chruschtschow war gedemütigt, Kennedy ein Held und Penkowski unter Verdacht. Er wurde im November festgenommen. Innerhalb eines Jahres, nach einem Schauprozeß, war er tot. Ebenfalls innerhalb eines Jahres war Chruschtschow von seinen eigenen Kollegen gestürzt worden – vorgeblich wegen seines Versagens in der Getreidepolitik, in Wirklichkeit wegen seines Abenteuertums, das ihnen Angst machte. Und im selben Winter, 1963, starb auch Kennedy, nur 13 Monate nach seinem Triumph. Der Demokrat, der Despot und der Spion waren von der Weltbühne abgetreten. Aber selbst Penkowski, der so entscheidende Vorgänge ausgelöst hatte, war nie bis ins Politbüro vorgedrungen.

Munro nahm die Tonbandspule vom Abnahmegerät und packte sie sorgfältig wieder ein. Professor Jakowlews Stimme kannte er natürlich nicht, und sein Bericht nahm den größten Teil des Tonbands ein. Aber in der anschließenden Diskussion hatten zehn Stimmen gesprochen, von denen sich mindestens drei identifizieren ließen. Rudins polternder Baß war nur allzu vertraut; Wischnajews helle Stimme hatte Munro bei Fernsehübertragungen von Parteikongressen gehört und Marschall Kerenskis bellenden Ton kannte er von Maiparaden.

Er wußte, daß er das Tonband nach London bringen mußte, damit dort eine Stimmenanalyse vorgenommen werden konnte. Aber das stellte ihn vor das Problem, seine Herkunft angeben zu müssen. Er war sich darüber im klaren, daß es heißen würde: »Warum Sie, Munro? Wie ist sie auf Sie gekommen?«, falls er das heimliche Treffen im Wald so schilderte, wie es gewesen war. Dieser Frage konnte er unmöglich ausweichen, aber es war ebenso unmöglich, sie zu beantworten. Die einzige Lösung bestand darin, eine glaubwürdige und nicht überprüfbare andere Quelle zu erfinden.

Munro war erst seit sechs Wochen in Moskau, aber seine perfekten Russischkenntnisse, von denen niemand etwas ahnte, hatten sich schon mehrmals bezahlt gemacht. Vor vierzehn Tagen hatte er sich auf einem Empfang der Tschechoslowakischen Botschaft mit einem indischen Attaché unterhalten, als er auf ein halblaut geführtes Gespräch zwischen zwei Russen hinter sich aufmerksam wurde. »Der Schweinehund ist richtig verbittert«, hatte einer der beiden gesagt. »Glaubt, er hätte Abteilungsleiter werden müssen.«

Munro hatte die Blickrichtung der beiden verfolgt und festgestellt, daß sie offenbar über einen Russen auf der gegenüberliegenden Seite des Raumes sprachen. Anhand der Gästeliste ließ sich feststellen, daß dieser Mann Anatoli Kriwoi war, die rechte Hand des Parteitheoretikers Wischnajew. Worüber konnte er wohl so verbittert sein? Munro suchte in seinen Unterlagen und fand Kriwois Lebenslauf. Er hatte in der ZK-Abteilung Parteiorganisation gearbeitet; kurz nach der Ernennung Petrows zum Abteilungsleiter war Kriwoi jedoch in Wischnajews Stab übergewechselt. Enttäuschung? Persönliche Schwierigkeiten mit Petrow? Verbittert, weil er übergangen worden war? Alle drei Möglichkeiten kamen in Frage, und alle drei waren für einen ausländischen Geheimdienstchef interessant.

Kriwoi, überlegte Munro. Vielleicht. Warum eigentlich nicht? Kriwoi mußte zumindest Zugang zu Wischnajews Wortprotokollen haben, vielleicht kam er sogar an die Tonbänder heran. Und er hielt sich zur Zeit vermutlich in Moskau auf, sein Chef war jedenfalls da. Wischnajew hatte eine Woche zuvor zum Begrüßungskomitee für den DDR-Ministerpräsidenten gehört.

»Tut mir leid, Anatoli, du bist soeben übergelaufen«, murmelte Munro, steckte den dicken Umschlag in die Innentasche seiner Jacke und lief die Treppe hinunter, um mit dem Botschaftskanzler zu sprechen.

»Ich muß leider mit dem Mittwochsack nach London«, erklärte er dem Diplomaten. »Die Sache ist wichtig und unaufschiebbar.«

Der Botschaftskanzler stellte keine Fragen. Er kannte Munros Aufgaben und versprach ihm, die Reise zu arrangieren. Der diplomatische Sack, der tatsächlich ein Sack ist oder zumindest aus mehreren Segeltuchbeuteln besteht, wird jeden Mittwoch von Moskau nach London geflogen – und zwar stets mit British Airways, niemals mit Aeroflot. Ein Queen's Messenger, einer der Männer, die von London aus unter dem Schutz ihrer Insignien mit Krone und Windhund um die Welt fliegen, um Diplomatenpost zu befördern, holt ihn ab. Das streng geheime Material wird in einem Aktenkoffer transportiert, der an das linke Handgelenk des Kuriers gekettet ist; die weniger wichtigen Schriftstücke werden in Segeltuchbeuteln untergebracht, die der Kurier persönlich im Laderaum des Flugzeugs verstaut, wo sie sich dann bereits auf britischem Boden befinden. Auf dem Rückflug von Moskau wird der Kurier stets von einem Botschaftsangehörigen begleitet.

Dieser Begleitdienst ist sehr beliebt, weil man dabei auf einen Sprung nach London kommt, Einkäufe machen und nett ausgehen kann. Der Zweite Sekretär, der diesmal turnusmäßig an der Reihe gewesen wäre, ärgerte sich, stellte aber keine Fragen.

Am folgenden Mittwoch startete der Airbus 300-B der British Airways von dem neuen, zur Olympiade im Jahr 1980 gebauten Flughafen und nahm Kurs auf London. Der neben Munro sitzende Kurier, ein kleiner, eleganter pensionierter Armeemajor, widmete sich sofort seinem Hobby: Er entwarf Kreuzworträtsel für eine große Londoner Tageszeitung.

»Man muß sich mit etwas beschäftigen auf diesen endlosen Flügen«, erklärte er Munro. »Wir haben alle unsere Jet-Hobbys.«

Munro grunzte etwas und betrachtete über die Tragflächenkante hinweg das unter ihnen zurückbleibende Zentrum von Moskau. Irgendwo dort unten in diesem sonnendurchglühten Häusermeer lebte und arbeitete die Frau, die er liebte, inmitten ihrer Landsleute, die sie verraten hatte. Sie war schutzlos und völlig allein.

Betrachtet man Norwegen losgelöst von seinem östlichen Nachbarn Schweden, könnte man glauben, eine riesige, vorgeschichtliche versteinerte Hand vor sich zu haben, die von der Arktis aus nach Dänemark und Großbritannien greift. Es ist eine rechte Hand, die mit der Handfläche nach unten im Meer liegt und den nach Osten weisenden kurzen Daumen an den Zeigefinger gedrückt hält. In dem Spalt zwischen Daumen und Zeigefinger liegt die norwegische Hauptstadt Oslo.

Im Norden erstrecken die zersplitterten Unterarmknochen sich tief in die Arktis bis Tromsö und Hammerfest und sind so schmal, daß die Entfernung zwischen der norwegischen Küste und der schwedischen Grenze an einigen Stellen nur 65 Kilometer beträgt. Auf einer Reliefkarte sieht die Hand aus, als sei sie von einem gigantischen Götterhammer zerschmettert worden, der Knochen und Knöchelchen in Tausende von Splittern zertrümmert hat. Nirgends ist diese Zertrümmerung auffälliger als an der Westküste, entlang der Handkante.

Dort ist das Land in unzählige Bruchstücke aufgelöst, zwischen die das Meer gedrungen ist, um Tausende von Buchten und Fjorde zu bilden, an denen die Berge steil ins glitzernde Wasser abfallen. Von diesen Fjorden kamen vor eineinhalb Jahrtausenden die Männer eines Stammes, der die besten Seeleute hervorbrachte, die jemals einen Kiel zu Wasser gelassen oder ein Segel vor den Wind gesetzt haben. Bevor ihr Zeitalter endete, segelten sie nach Grönland und Amerika, eroberten Irland, besiedelten Großbritannien und die Normandie, erreichten auf Beutezügen Spanien und Marokko und navigierten zwischen Island und dem Mittelmeer. Sie waren Wikinger, deren Nachfahren noch heute an den norwegischen Küsten leben und fischen.

Ein Mann dieses Schlages war Thor Larsen, Kapitän auf großer Fahrt, der an diesem Nachmittag Mitte Juli in der schwedischen Hauptstadt Stockholm auf dem Rückweg vom Verwaltungsgebäude seiner Reederei zum Hotel am Königsschloß vorbeischritt. Die Entgegenkommenden machten ihm freiwillig Platz, denn er war, blauäugig und bärtig, fast einen Meter neunzig groß und nahm in diesem alten Stadtviertel mit seiner Breite den ganzen Bürgersteig ein. Als Kapitän ohne Schiff trug er Zivil. Trotzdem war er zufrieden, denn seit seinem Besuch in der Hauptverwaltung der Nordia Line am Schiffskai durfte er hoffen, bald ein neues Kommando zu bekommen.

Nachdem er auf Kosten der Reederei an einem sechsmonatigen Fortbildungslehrgang für Computernavigation und Supertankertechnologie teilgenommen hatte, sehnte Larsen sich danach, wieder zur See zu fahren. Er war in die Hauptverwaltung gebeten worden, um von der Sekretärin des Besitzers, Vorstandsvorsitzenden und Geschäftsführers der Nordia Line eine Einladung zum Abendessen ausgehändigt zu bekommen. Diese Einladung galt auch für Larsens Frau, die telefonisch benachrichtigt worden war und auf Kosten der Reederei mit dem Flugzeug aus Norwegen herüberkommen sollte. Der Alte stürzt sich in Unkosten! dachte Larsen. Anscheinend hat er was Besonderes vor...

Er holte seinen Leihwagen vom Hotelparkplatz jenseits der Brücke am Nybroviken und fuhr die 37 Kilometer zum Flughafen hinaus.

Als Lisa Larsen mit ihrer Reisetasche durch den Zoll kam, begrüßte ihr Mann sie mit der Tapsigkeit eines aufgeregten Bernhardiners, schloß sie in die Arme und schwenkte sie wie ein kleines Mädchen herum. Sie war klein und zierlich und hatte dunkle, leuchtende Augen, weiche kastanienbraune Locken und eine schlanke Figur, der man ihre 38 Jahre nicht ansah. Larsen vergötterte seine Frau. Zwanzig Jahre zuvor, als er noch ein schlaksiger Zweiter Offizier gewesen war, hatten sie sich an einem eisigen Wintertag in Oslo kennengelernt. Lisa war auf der glatten Straße ausgerutscht, und er hatte sie wie eine Puppe aufgehoben und wieder auf die Füße gestellt.

Ihre mit Pelz eingefaßte Kapuze hatte ihr bis fast an die rote Nasenspitze gereicht, und als sie sich bei ihm bedankte, sah er nur ihre Augen, die ihn unter dem verschneiten Pelz an die blanken Augen einer Schneemaus in einem Winterwald erinnerten. Seit damals war sie für ihn die »Schneemaus« geblieben.

Larsen fuhr mit seiner Frau nach Stockholm zurück. Den Weg über sprachen sie von ihren beiden Kindern und dem Haus, das weit entfernt an der norwegischen Westküste in Alesund stand.

Zum Abendessen fuhren sie zu dem berühmten *Aurorakeller*, der in den Kellerräumen unter einem Patrizierhaus in der Stockholmer Altstadt eingerichtet worden ist. Als Thor und Lisa Larsen die schmale Treppe hinunterstiegen, wurden sie unten bereits von Leonard, dem Besitzer, erwartet.

»Herr Wennerström ist schon da«, sagte er und führte sie in eines der Nebenzimmer, eine kleine gemütliche Höhle mit einem 500 Jahre alten gemauerten Kreuzgewölbe und einem schimmernden schweren alten Holztisch, auf dem Kerzen in schmiedeeisernen Leuchtern brannten. Als sie hereinkamen, stand Harald Wennerström, Larsens Reeder, schwerfällig auf, umarmte Lisa und schüttelte ihrem Mann die Hand.

Harald, »Harry« Wennerström hatte es bei den Seeleuten Skandinaviens schon zu Lebzeiten zu fast legendärer Berühmtheit gebracht. Er war jetzt 75 Jahre alt, sein Haar war grau und sein Gesicht mit den buschigen Augenbrauen faltig geworden. Als er kurz nach dem Zweiten Weltkrieg nach jahrelangem Auslandsaufenthalt in seine Heimatstadt Stockholm zurückgekehrt war, hatte er von seinem Vater ein halbes Dutzend kleiner Frachter geerbt. In den darauffolgenden 35 Jahren hatte er die größte unabhängige Tankerflotte außerhalb Griechenlands und Hongkongs aufgebaut. Die Nordia Line war seine Schöpfung; Wennerström hatte schon Mitte der fünfziger Jahre begonnen, von Trockengutfrachtern auf Tanker umzustellen, war weitblickend genug gewesen, Schiffe für den Ölboom der sechziger Jahre bauen zu lassen, und hatte auf sein Urteilsvermögen vertraut – auch wenn er damit oft gegen den Strom gekommen war.

Beim Essen sprach Wennerström nicht übers Geschäft, sondern erkundigte sich vor allem nach Larsens Kindern. Seine eigene 40jährige Ehe war vor vier Jahren mit dem Tod seiner Frau zu Ende gegangen; sie war kinderlos geblieben. Aber wenn er einen Sohn gehabt hätte, hätte er ihn sich wie den großen Norweger gewünscht, der ihm gegenübersaß wie das Inbild eines Seemanns.

Der nach skandinavischer Art in Sole und Dill gebeizte Lachs war ausgezeichnet, und die Ente aus den Stockholmer Marschen zerging fast auf der Zunge. Erst als sie nach dem Essen beim Wein saßen – Wennerström hielt sich an Mineralwasser, weil »die verdammten Ärzte einem heutzutage nichts mehr erlauben« –, kam er zur Sache.

»Vor drei Jahren, das heißt im Jahre neunzehnhundertundneunundsiebzig, habe ich drei Prognosen gestellt, Thor. Als erstes habe ich vorhergesagt, daß die Solidarität der OPEC, der Organisation erdölexportierender Länder, das Jahr neunzehnhundertzweiundachtzig nicht überdauern würde. Als zweites habe ich prophezeit, daß der amerikanische Präsident mit seinen Bemühungen, den Ölverbrauch der Vereinigten Staaten zu drosseln, Schiffbruch erleiden würde. Und der dritte Punkt war, daß die Sowjetunion sich von einem Ölexporteur in einen Ölimporteur verwandeln würde. Ich bin als verrückt bezeichnet worden, aber ich habe recht behalten.«

Thor Larsen nickte. Durch die Gründung der OPEC, die im Winter 1973 die Vervierfachung der Ölpreise bewirkt hatte, war eine weltweite Rezession ausgelöst worden, die den Volkswirtschaften des Westens beinahe das Genick gebrochen hatte. Gleichzeitig hatte das Tankergeschäft eine sieben Jahre andauernde Flaute erlebt; Millionen von Tonnen Tankerraum blieben ungenützt – wertlos, unwirtschaftlich und verlustbringend. Nur ein kühner Geist konnte schon damals die Ereignisse der Jahre 1979 bis 1982 vorausahnen: das Zerbrechen der OPEC, weil die arabische Welt in einander befehdende Gruppen zerfiel, die Revolution im Iran, die Teilung Nigerias und der Wettlauf der radikalen ölproduzierenden Länder, ihr Öl um jeden Preis zu verkaufen, um ihre Rüstung finanzieren zu können; das steile Ansteigen des amerikanischen Ölverbrauchs, das auf der Überzeugung jedes Durchschnittsamerikaners basierte, Gott habe ihm das Recht gegeben, die Bodenschätze der Erde für sein persönliches Wohlbefinden zu verbrauchen; und schließlich der Rückgang der sowjetischen Erdölförderung wegen unzulänglicher technischer Ausrüstung, durch den die Sowjetunion gezwungen war, Öl einzuführen. Diese drei Faktoren führten zu dem Tankerboom, der sich jetzt – im Sommer 1982 – abzeichnete.

»Wie Sie wissen«, fuhr Wennerström fort, »habe ich letztes Jahr im September einen neuen Supertanker in Japan bestellt. Die anderen Reeder haben mich für verrückt gehalten: Die Hälfte meiner Flotte liegt im Stromstad-Sund vor Anker, und ich gehe hin und ordere einen neuen Tanker! Aber ich bin durchaus nicht verrückt. Sie kennen doch die Entwicklung der East Shore Oil Company?«

Larsen nickte erneut. Diese kleine Ölgesellschaft in Louisiana war vor einem Jahrzehnt in den Besitz eines dynamischen jungen Mannes namens Clint Blake übergegangen. In diesen zehn Jahren war sie so sehr gewachsen, daß sie sich schon fast mit den sieben Schwestern, den sieben anderen Erdölriesen der Welt, messen konnte.

»Im Sommer nächsten Jahres will Clint Blake auf den europäischen Markt vorstoßen. Dort gibt's verdammt viel Konkurrenz, aber er fühlt sich ihr gewachsen. Er will die europäischen Autobahnen mit einem Netz von mehreren tausend Tankstellen überziehen, die sein Benzin verkaufen. Dafür braucht er Transporttanker. Und die hab' ich. Ebenso einen Siebenjahresvertrag für den Transport von Rohöl aus dem Mittleren Osten nach Westeuropa. Er baut bereits eine eigene Raffinerie in Rotterdam – neben Esso, Mobil und Chevron. Das ist was für den neuen Tanker. Er ist riesig, ultramodern und teuer, aber er wird sich bezahlt machen. Bei fünf oder sechs Fahrten pro Jahr zwischen dem Persischen Golf und Rotterdam ist er in fünf Jahren amortisiert. Aber das ist nicht der Grund, weshalb ich dieses Schiff bauen lasse. Es soll der größte und beste Tanker werden: mein Flaggschiff, mein Denkmal. Und Sie werden sein Skipper.«

Thor Larsen saß schweigend da. Lisas Hand stahl sich über den Tisch zu seiner und drückte sie leicht. Larsen war sich darüber im klaren, daß er als Norweger noch vor zwei Jahren niemals Kapitän eines schwedischen Schiffs hätte werden können. Aber seit dem Göteborger Abkommen, das Wennerström letztes Jahr mit durchgesetzt hatte, konnte ein schwedischer Reeder für seine außergewöhnlich bewährten Schiffsoffiziere aus dem übrigen skandinavischen Raum die Verleihung der schwedischen Staatsbürgerschaft beantragen, um ihnen einen Kapitänsposten anbieten zu können. Wennerströms Antrag für Larsen war angenommen worden.

Der Kaffee wurde serviert, und sie tranken ihn genußvoll.

»Ich lasse den Tanker von Ischikawajima-Harima in Japan bauen«, sagte Wennerström. »Das ist die einzige Werft der Welt, die das schafft. Ihr Trockendock ist groß genug.«

Beide Männer wußten, daß Tanker schon lange nicht mehr auf Helligen gebaut und wie früher von Stapel gelassen wurden. Die Größe und das Gewicht waren zu gewaltig. Statt dessen wurden die Giganten jetzt in Trockendocks gebaut, die durch das Öffnen der Dockschleusen geflutet werden konnten, so daß das fertiggestellte Schiff von den Helgen aufschwamm.

»Der Bau ist am vierten November begonnen worden«, berichtete Wennerström. »Die Kiellegung war am dreißigsten Januar. Inzwischen nimmt das Schiff Formen an. Es soll am ersten November schwimmen und am zweiten Februar – nach drei Monaten am Ausrüstungskai und auf Probefahrten – in Dienst gestellt werden. Und Sie stehen dann auf der Brücke, Thor.«

»Danke«, sagte Larsen. »Welchen Namen wollen Sie dem Tanker geben?«

»Ah, ganz recht. Darüber habe ich schon nachgedacht. Erinnern Sie sich an die Sagas?«

Thor Larsen dachte an seine Kindheit Anfang der vierziger Jahre in dem kleinen Fischerhaus in Alesund zurück, als die deutschen Patrouillen auf der Straße vorbeimarschiert waren, während seine Mutter ihm die Geschichten von den großen Helden der nordischen Mythologie vorgelesen hatte, die Sagas.

»Es soll einen Namen tragen, der Nörd, dem Gott der Schifffahrt, gefällt«, sagte Wennerström ruhig. Er umklammerte sein Wasserglas und starrte in die Flamme der Kerze vor ihm. »Denn Nörd wacht über Feuer und Wasser, die beiden Feinde eines Tankerkapitäns.«

Das Wasser in seinem Glas und die Kerzenflamme spiegelten sich in den Augen des Alten, wie sich 1942 Feuer und Wasser in seinen Augen gespiegelt hatten, als er mitten im Atlantik, vier Kabellängen von seinem brennenden Tanker – seinem ersten Kommando – entfernt, hilflos in einem Rettungsboot gehockt und miterlebt hatte, wie seine Besatzung um ihn herum im Meer verbrannte.

Thor Larsen starrte seinen Reeder an. Er konnte sich nicht vorstellen, daß der Alte wirklich an diese Mythen glaubte; Lisa als Frau wußte, daß das sein voller Ernst war. Wennerström lehnte sich schließlich zurück, schob das Wasserglas ungeduldig fort und schenkte sich ein Glas Rotwein ein.

»Das Schiff soll den Namen der Tochter Nörds tragen – der Schönsten aller Göttinnen. Wir wollen es Freyja nennen.« Er hob sein Glas. »Auf die ›Freyja‹.«

Alle drei tranken.

»Wenn sie ausläuft«, sagte Wennerström, »wird die Welt noch nie ihresgleichen gesehen haben. Und wenn sie eines Tages abgewrackt ist, wird die Welt ihresgleichen nie wieder sehen.«

Larsen wußte, daß die beiden größten Tanker der Welt, die

französischen Shell-Tanker *Bellamya* und *Batillus*, jeweils ein Fassungsvermögen von über einer halben Million Tonnen hatten.

»Wie groß wird die ›Freyja‹?« erkundigte sich Larsen. »Wieviel Rohöl kann sie transportieren?«

»Richtig, das habe ich zu erwähnen vergessen«, antwortete der alte Reeder verschmitzt. »Sie befördert eine Million Tonnen Rohöl.«

Thor Larsen hörte, wie seine Frau neben ihm erschrocken tief Luft holte.

»Ein großer Tanker«, sagte er schließlich. »Ein sehr großer Tanker.«

»Der größte Tanker, den die Welt je gesehen hat«, bestätigte Wennerström.

Zwei Tage später landete auf dem Londoner Flughafen Heathrow ein Jumbo-Jet aus Toronto. Zu den Passagieren gehörte ein gewisser Asamat Krim, in Kanada geborener Sohn eines Emigranten, der seinen Namen wie Andrew Drake anglisiert hatte und jetzt Arthur Crimmins hieß. Er gehörte zu den Männern, die Drake schon vor Jahren als zuverlässige Gesinnungsgenossen kennengelernt hatte.

Drake wartete auf ihn am Zollausgang und fuhr anschließend mit ihm in seine Wohnung in der Bayswater Road.

Asamat Krim war ein kleiner, schwarzhaariger, drahtiger Krimtatar. Sein Vater hatte, im Gegensatz zu Drakes Vater, im Zweiten Weltkrieg *mit* der Roten Armee statt gegen sie gekämpft. Aber seine Treue zu Rußland war ihm nicht gelohnt worden. Nachdem er in deutsche Gefangenschaft geraten war, waren er und seine Volksgenossen von Stalin als Kollaborateure der Deutschen angeklagt worden. Die Beschuldigung entbehrte jeder Grundlage, sie lieferte Stalin jedoch einen Vorwand, die gesamte tatarische Nation in die Wildnis des Ostens zu deportieren. Zehntausende waren in den ungeheizten Viehwaggons erfroren; weitere Tausende hatten in Ermangelung warmer Kleidung und ausreichender Nahrung in den Eiswüsten Kasachstans und Sibiriens den Tod gefunden.

Tschingris Krim hatte in einem deutschen Arbeitslager von dem Tod seiner Familie erfahren. 1945 war er von den Kanadiern befreit worden. Er hatte Glück gehabt und war nicht nach Rußland zurückgeschickt worden, um hingerichtet oder zu Zwangsarbeit verurteilt zu werden. Ein kanadischer Offizier, ein ehemaliger Rodeoreiter aus Calgary, der eines Tages auf einem österreichischen Gestüt die Reitkünste des Tataren bewundert hatte, war sein Freund geworden. Der Kanadier hatte dafür gesorgt, daß Krim offiziell nach Kanada auswandern durfte. Dort hatte der Tatar geheiratet und einen Sohn bekommen. Asamat war jetzt 30 Jahre alt. Er haßte wie Drake den Kreml wegen der Leiden, die der Generation seines Vaters zugefügt worden waren.

Andrew Drake erklärte ihm seinen Plan in seiner kleinen Wohnung, und der Tatar war bereit, mitzumachen. Gemeinsam legten sie die letzten Einzelheiten ihres Plans fest, sich die benötigten Mittel durch einen Bankraub in Nordengland zu beschaffen.

Der Mann, dem Adam Munro im Hauptquartier Bericht erstattete, war Barry Ferndale, der als Leiter der russischen Abteilung die unmittelbare Dienstaufsicht über den Agenten in Moskau hatte. Vor Jahren war Ferndale selbst im Außendienst gewesen und hatte mitgeholfen, Oleg Penkowski auszufragen, wenn der russische Informant als Begleiter sowjetischer Handelsdelegationen nach Großbritannien gekommen war.

Ferndale war klein, rundlich, rosig und fidel. Seinen scharfen Verstand und sein umfangreiches Wissen über die Verhältnisse in der Sowjetunion versteckte er hinter einer heiteren Unbekümmertheit und scheinbaren Naivität.

In seinem Büro im dritten Stock des Hauptquartiers der Firma hörte Ferndale sich das Moskauer Tonband von Anfang bis Ende an. Danach begann er, vor Aufregung hin und her rutschend, eifrig seine Brille zu putzen.

»Ach du meine Güte! Junge, Junge! Eine außergewöhnliche Sache. Das ist unbezahlbar.«

»Falls es echt ist«, wandte Munro vorsichtig ein. Ferndale zuckte zusammen, als sei das ein ganz neuer Gedanke.

»Ah, ja, natürlich. Falls es echt ist. Aber jetzt müssen Sie mir erzählen, wie Sie daran gekommen sind.«

Munro erstattete sorgfältig Bericht. Seine Darstellung entsprach in allen Einzelheiten der Wahrheit – bis auf die Tatsache, daß er behauptete, das Tonband von Anatoli Kriwoi erhalten zu haben.

»Kriwoi, ja, ja, kenne ich natürlich«, stimmte Ferndale zu. »Gut, ich lasse die Aufnahme übersetzen und spiele sie dem Meister vor. Vielleicht ist das wirklich eine ganz große Sache. Aber Sie können nicht schon morgen nach Moskau zurück, das verstehen Sie? Wissen Sie, wo Sie wohnen können? In Ihrem Club? Ausgezeichnet. Hervorragend. Gut, gut, gehen Sie nur, essen Sie anständig zu Abend, und bleiben Sie ein paar Tage im Club erreichbar.«

Ferndale rief seine Frau in dem bescheidenen Reihenhaus in Pinner an, um ihr mitzuteilen, er könne leider nicht heimkommen, sondern werde in der Stadt übernachten. Sie kannte seinen Beruf und war an solche Überstunden gewöhnt.

Allein in seinem Büro, verbrachte Ferndale die Nacht damit, an der Übersetzung des Tonbandtextes zu arbeiten. Er sprach fließend Russisch – allerdings ohne Munros scharfes Unterscheidungsvermögen für Nuancen zu besitzen, das einen wirklich zweisprachigen Menschen auszeichnet. Er verstand jedoch Jakowlews Bericht vollständig, und auch von der kurzen, verwirrten Reaktion der 13 Politbüromitglieder entging ihm kein Wort.

Am nächsten Morgen um 10 Uhr rief Ferndale, der nachts kein Auge zugetan hatte, aber frisch rasiert war, gefrühstückt hatte und so rosig wie immer aussah, Sir Nigel Irvines Sekretärin an und bat um einen Termin beim Meister. Der Generaldirektor empfing ihn fünf Minuten später.

Sir Nigel las schweigend die Übersetzung, ließ sie auf die Schreibtischplatte sinken und betrachtete das Tonband, das vor ihm lag.

»Ist es echt?« fragte er.

Barry Ferndale hatte jeden Anschein von Harmlosigkeit abgelegt. Er hatte Nigel Irvine jahrelang als Kollegen gekannt, und weder dessen Beförderung noch die Erhebung in den Ritterstand hatten etwas an ihrem freundschaftlichen Verhältnis geändert.

»Keine Ahnung«, sagte er nachdenklich. »Die Aufnahme muß

sorgfältig geprüft werden. Aber ich halte es nicht für unmöglich, daß sie echt ist. Adam hat mir erzählt, daß er diesen Kriwoi vor etwas über zwei Wochen auf einem Empfang in der Tschechoslowakischen Botschaft kennengelernt hat. Falls Kriwoi mit dem Gedanken gespielt hat, demnächst überzulaufen, wäre das seine Chance gewesen. Penkowski ist genauso vorgegangen: Er hat einen Diplomaten auf neutralem Boden kennengelernt und später einen Geheimtreff vereinbart. Er ist natürlich mit äußerstem Mißtrauen beobachtet worden, bis seine Informationen sich als zutreffend erwiesen hatten. Das schlage ich auch diesmal vor.«

»Woran denken Sie im einzelnen?« fragte Sir Nigel.

Ferndale begann wieder, seine Brille zu putzen. In Kollegenkreisen hieß es, das Tempo seiner kreisenden Bewegungen mit dem Taschentuch auf den Gläsern sei direkt proportional zu seiner Denkgeschwindigkeit. Ferndale putzte mit einer geradezu wütenden Energie.

»Ich denke zuerst an Munro«, antwortete er. »Für den Fall, daß das Ganze eine Falle ist, die beim zweiten Treffen zuschnappen soll, möchte ich ihn auf Urlaub hierbehalten, bis wir mit dem Tonband fertig sind. Wer weiß, vielleicht versucht die Opposition, einen internationalen Zwischenfall zu provozieren.«

»Hat er noch Urlaub gut?« fragte Sir Nigel.

»Ja, zum Glück. Er ist Ende Mai so überstürzt nach Moskau versetzt worden, daß er noch Anspruch auf vierzehn Tage hat.«

»Dann soll er ihn jetzt nehmen. Aber ich möchte, daß er sich regelmäßig meldet. Und er soll in Großbritannien bleiben, Barry. Ich will nicht, daß er ins Ausland fährt, bevor diese Sache geklärt ist.«

»Als nächstes kommt das Tonband«, fuhr Ferndale fort. »Die Aufnahme zerfällt in zwei Abschnitte: Jakowlews Bericht und die Stimmen der Politbüromitglieder. Soviel ich weiß, haben wir keine zweite Aufnahme von Jakowlew. Folglich ist auch kein Stimmvergleich möglich. Was er sagt, klingt ziemlich technisch. Ich möchte das von Fachleuten prüfen lassen, die auf Pflanzenschutzmittel spezialisiert sind. Im Landwirtschaftsministerium gibt es eine sehr tüchtige Abteilung, die sich mit so etwas beschäftigt. Niemand braucht zu erfahren, weshalb uns das interessiert, aber ich möchte bestätigt haben, daß dieser Betriebsunfall mit dem Dosierventil möglich ist.«

»Erinnern Sie sich an die Akte, die uns die Cousins vor einem Monat geliehen haben?« fragte der Generaldirektor. »Die mit den Condor-Satellitenfotos?«

»Natürlich.«

»Vergleichen Sie die Erkenntnisse aus der Satellitenaufklärung mit den Aussagen Jakowlews. Wie geht's weiter?«

»Der zweite Teil enthält die Stimmen der Politbüromitglieder«, antwortete Ferndale. »Ich möchte ihn in Bruchstücke zerlegen, weil niemand zu wissen braucht, wovon die Rede ist. Das Sprachlabor in Beaconsfield könnte die Texte auf Wortwahl, Satzbau, umgangssprachliche Wendungen, Dialektausdrücke und dergleichen hin untersuchen. Aber das Entscheidende ist der Vergleich der Stimmanalysen.«

Sir Nigel nickte. Beide Männer wußten, daß menschliche Stimmen, zerlegt in eine Reihe elektronisch aufgezeichneter Schwingungen und Impulse, so individuell wie Fingerabdrücke sind. Es gibt nicht zwei völlig gleiche.

»Einverstanden«, sagte er. »Aber ich bestehe auf zwei Punkten, Barry. Im Augenblick wissen nur Sie, ich und Munro von dieser Sache. Für den Fall, daß es sich um ein Täuschungsmanöver handelt, wollen wir keine falschen Hoffnungen wecken; ist es keines, haben wir's mit einer Bombe zu tun. Keiner der Techniker darf die ganze Aufnahme hören. Und zweitens will ich den Namen Anatoli Kriwoi nicht wieder hören. Bestimmen Sie einen Decknamen für diesen Informanten, und verwenden Sie ihn in Zukunft.«

Zwei Stunden später, während der Mittagszeit, rief Barry Ferndale Munro in seinem Club an. Da ihr Gespräch mitgehört werden konnte, benützten sie die üblichen Redewendungen aus dem Geschäftsleben.

»Der Vertriebsleiter ist mit Ihrem Verkaufsbericht sehr zufrieden«, teilte Ferndale Munro mit. »Er legt großen Wert darauf, daß Sie zwei Wochen Urlaub nehmen. Wir werden die Unterlagen inzwischen prüfen und die zukünftige Verkaufsstrategie festlegen. Haben Sie sich schon überlegt, wo Sie gern Ferien machen würden?«

Munro hatte keine bestimmte Vorstellung, aber er entschied sich rasch. Dies war keine Bitte, dies war ein Befehl.

„Ich möchte mal wieder für einige Zeit nach Schottland«, antwortete er. »Ich wollte schon immer mal im Sommer von Lochaber die Küste entlang nach Sutherland wandern.«

Ferndale war begeistert. »Das Hochland, die Schluchten von ›Bonnie Scotland‹. Um diese Jahreszeit besonders hübsch. Für mich sind lange Wanderungen noch nie was gewesen, aber Sie haben bestimmt Spaß daran. Rufen Sie von unterwegs mal an – sagen wir jeden zweiten Tag. Sie haben doch meine private Telefonnummer?«

Eine Woche später traf Miroslaw Kaminski mit seinen vom Roten Kreuz ausgestellten Reisedokumenten in England ein. Er war mit dem Zug quer durch Europa gefahren; Drake, dessen finanzielle Reserven allmählich erschöpft waren, hatte die Fahrkarte bezahlt.

Kaminski wurde mit Krim bekannt gemacht; dann erhielt er seine Anweisungen.

»Du lernst Englisch«, befahl ihm Drake. »Morgens, mittags und abends. Aus Büchern und von Kassetten, schneller, als du jemals etwas gelernt hast. In der Zwischenzeit besorge ich dir anständige Papiere. Du kannst nicht ewig mit deinem Ausweis vom Roten Kreuz durch die Gegend fahren. Aber bis du einen neuen Paß hast und soviel Englisch kannst, daß du überall durchkommst, bleibst du in der Wohnung.«

Adam Munro war zehn Tage lang durchs Hochland von Inverness, Ross und Cromarty gewandert und hatte schließlich Sutherland County erreicht. Aus der Kleinstadt Lochinver, die durch den North Minch von der westlich liegenden Insel Lewis getrennt ist, rief er zum sechstenmal Barry Ferndale unter dessen Privatnummer an.

»Freut mich, daß Sie anrufen«, sagte Ferndale am anderen Ende der Leitung. »Könnten Sie ins Büro zurückkommen? Der Chef möchte Sie sprechen.«

Munro versprach ihm, innerhalb einer Stunde aufzubrechen, um mit dem Zug nach Inverness zu fahren. Von dort aus konnte er nach London fliegen.

In seinem Haus in einem Vorort von Sheffield, der großen Stahlstadt in Yorkshire, verabschiedete Norman Pickering sich an diesem herrlichen Morgen Ende Juli mit einem Kuß von seiner Frau und seiner Tochter und fuhr in die Bankfiliale, die er leitete.

Zwanzig Minuten später hielt ein Transporter mit der Aufschrift einer Elektrogerätefirma vor dem Haus. Zwei Männer in weißen Kitteln stiegen aus. Während der eine einen großen Karton zur Haustür schleppte, ging der andere, einen Schreibblock in der Hand, voraus und klingelte an der Eingangstür. Mrs. Pickering machte auf, und die beiden Männer betraten das Haus. Keiner der Nachbarn achtete darauf.

Zehn Minuten später kam der Mann mit dem Schreibblock wieder heraus und fuhr davon. Sein Kollege blieb offenbar da, um das gelieferte Gerät zu installieren und zu testen.

Dreißig Minuten später parkte der Lieferwagen zwei Ecken von der Bank entfernt. Der Fahrer, der jetzt statt des weißen Kittels einen dunkelgrauen Flanellanzug trug, betrat, einen großen Koffer in der Hand, die Bank. Er gab einer der jungen Damen am Schalter einen Umschlag, den sie, als sie sah, daß er an Mr. Pickering persönlich adressiert war, in das Zimmer des Filialleiters trug. Der Herr vor dem Schalter wartete geduldig.

Zwei Minuten später öffnete Mr. Pickering seine Tür und blickte suchend in die Schalterhalle. Er entdeckte den wartenden Geschäftsmann.

»Mr. Partington?« fragte er. »Kommen Sie doch bitte herein.«

Andrew Drake sprach erst, als die Tür sich hinter ihm geschlossen hatte. Sein Tonfall verriet nicht mehr, daß er aus Yorkshire stammte, sondern hatte einem gutturalen europäischen Akzent Platz gemacht. Sein Haar war karottenrot, und eine schwere Hornbrille mit getönten Gläsern tarnte seine Augen.

»Ich möchte ein Konto eröffnen«, sagte er, »und gleich etwas Geld abheben.«

Pickering war verwirrt; das hätte auch einer seiner Angestellten erledigen können.

»Es handelt sich um ein großes Konto und eine große Abhebung«, betonte Drake. Er legte einen Scheck auf den Schreibtisch. Es war ein Bankscheck von der Art, wie sie auf den Schaltertischen aufliegen. Er war auf eine Filiale von Pickerings Bank im Londoner Stadtteil Holborn bezogen und lautete auf 30 000 Pfund.

»Aha«, sagte Pickering. Für solche Summen war allerdings der Filialleiter zuständig. »Und die Abhebung?«

»Zwanzigtausend Pfund in bar.«

»Zwanzigtausend Pfund in bar?« wiederholte Pickering. Er griff nach dem Telefon. »Ich muß natürlich in Holborn anrufen ... «

»Nein, das dürfte überflüssig sein«, unterbrach Drake ihn und schob ihm die neueste Ausgabe der Londoner *Times* über den Schreibtisch zu. Pickering starrte sie verständnislos an. Was Drake ihm als nächstes gab, ließ den Bankkaufmann noch größere Augen machen. Es war ein mit einer Polaroidkamera aufgenommenes Foto. Er erkannte seine Frau, von der er sich vor einer Stunde verabschiedet hatte: Sie saß mit ängstlich aufgerissenen Augen in seinem Sessel am Kamin. Im Hintergrund war ein Teil des Pickeringschen Wohnzimmers zu erkennen. Seine Frau hielt ihre kleine Tochter mit einem Arm eng an sich gedrückt. Auf ihren Knien lag die gleiche Ausgabe der *Times*, die er jetzt vor sich auf dem Schreibtisch hatte.

»Vor einer halben Stunde aufgenommen«, sagte Drake.

Pickerings Magennerven verkrampften sich. Das Bild war keineswegs ein fotografisches Meisterwerk, aber die Männerschulter im Vordergrund und die auf seine Familie gerichtete abgesägte Schrotflinte waren deutlich genug.

»Falls Sie Alarm schlagen«, erklärte Drake ihm ruhig, »kommt die Polizei hierher, nicht zu Ihnen nach Hause. Bevor die Polizisten in Ihr Büro eindringen, sind Sie tot. In genau sechzig Minuten drückt der Mann, den Sie hier auf dem Foto sehen, ab, falls ich ihn bis dahin nicht angerufen und ihm mitgeteilt habe, daß ich mit dem Geld in Sicherheit bin. Halten Sie das bitte nicht für eine leere Drohung; wir sind beide bereit, unser Leben zu opfern. Wir gehören zur Roten-Armee-Fraktion.«

Pickering schluckte trocken. Unter seinem Schreibtisch, 20 Zentimeter von seinem Knie entfernt, war ein Knopf angebracht, mit dem er unauffällig die Polizei alarmieren konnte. Er betrachtete das Foto erneut und nahm das Knie weg.

»Rufen Sie Ihren Kassierer herein«, wies Drake ihn an. »Er soll das Konto eröffnen, den Scheck gutschreiben und die dreißigtausend Pfund hereinbringen. Sagen Sie ihm, daß Sie mit London telefoniert haben und daß alles in Ordnung ist. Falls er sich über die Barauszahlung wundert, erklären Sie ihm, daß das Geld für eine große Werbekampagne mit Geldpreisen in bar bestimmt ist. Reißen Sie sich zusammen und spielen Sie Ihre Rolle glaubwürdig!«

Der Kassierer war etwas überrascht, aber sein Chef schien ganz ruhig zu sein – vielleicht etwas bedrückt, aber ansonsten normal. Und der Kunde in dem dunkelgrauen Anzug sah unbekümmert und freundlich aus. Beide hatten sogar ein Glas von Pickerings Sherry vor sich stehen. Allerdings hatte der Geschäftsmann seine dünnen Handschuhe anbehalten, was bei so warmem Wetter seltsam war. Ein halbe Stunde später brachte der Kassierer das Geld aus dem Tresor, legte es auf den Schreibtisch des Filialleiters und verließ das Büro.

Drake packte es bedächtig in seinen Aktenkoffer.

»Wir haben noch dreißig Minuten Zeit«, erklärte er Pickering. »In fünfundzwanzig Minuten rufe ich bei Ihnen zu Hause an. Mein Freund läßt Ihre Frau und Ihr Kind unversehrt zurück. Sollten Sie vorher Alarm schlagen, schießt er erst und versucht dann, der Polizei zu entkommen.«

Nachdem Drake gegangen war, saß Pickering eine halbe Stunde lang wie erstarrt da. Drake rief schon nach fünf Minuten von einer Telefonzelle aus in dem Haus des Filialleiters an. Krim nahm den Anruf entgegen, sah grinsend zu der an Händen und Füßen mit Heftpflaster gefesselten Frau hinüber, die auf dem Teppich lag, und verließ das Haus. Weder er noch Drake benützten jetzt den am Tag zuvor gestohlenen Lieferwagen. Krim fuhr mit einem in der Nähe bereitstehenden Motorrad davon. Drake holte einen Sturzhelm aus dem Lieferwagen, um seinen feuerroten Haarschopf zu tarnen, und bestieg ebenfalls ein in der nächsten Straße abgestelltes Motorrad. Beide hatten Sheffield innerhalb von 30 Minuten verlassen. Sie ließen ihre Motorräder im Norden von London stehen und trafen sich in Drakes Wohnung, wo Drake sich die rote Farbe aus dem Haar wusch und die Hornbrille zertrümmerte.

Am nächsten Morgen flog Munro von Aberdeen aus mit der Frühmaschine nach Süden. Nachdem die Plastiktabletts abgeräumt waren, bot die Stewardeß die neuesten Londoner Tageszeitungen an. Munro saß in einer der letzten Reihen, weshalb er auf die *Times* und den *Telegraph* verzichten und sich mit dem *Daily Express* zufriedengeben mußte. Auf der ersten Seite wurde in großer Aufmachung berichtet, daß zwei Unbekannte, wahrscheinlich deutsche RAF-Angehörige, bei einem Bankraub in Sheffield 20 000 Pfund erbeutet hatten.

»Verdammte Mistkerle!« sagte neben Munro der englische Arbeiter, der zu seiner Schicht auf einer Nordseebohrinsel mußte. Er tippte auf die Schlagzeile. »Verdammte Kommunisten. Ich würde sie alle aufhängen lassen.«

Munro bestätigte, daß man diesem Gedanken in Zukunft ernstlich nähertreten müsse.

Von Heathrow aus fuhr er mit dem Taxi bis in die Nähe seines Büros. Er wurde sofort in Barry Ferndales Arbeitszimmer geführt.

»Adam, alter Junge, Sie sehen ja wie neu aus.«

Ferndale bot Munro einen Sessel und Kaffee an.

»Und nun zu Ihrem Tonband. Sie kommen sicher schon halb um vor Neugierde, was? Tatsache ist, mein Lieber: Es ist echt. Gar keine Frage. Alles paßt zusammen. Im sowjetischen Landwirtschaftsministerium sind etliche Köpfe gerollt. Sechs oder sieben hohe Funktionäre sind gefeuert worden – darunter vermutlich auch der arme Jakowlew, der wohl in der Lubjanka gelandet sein dürfte.

Das sind nur zusätzliche Indizien. Vor allem aber sind die Stimmen echt. Daran haben unsere Labortechniker nicht den geringsten Zweifel. Und jetzt kommt der Knüller: Einer unserer Leute hat von Leningrad aus mit dem Auto einen Ausflug aufs Land gemacht. Dort oben im Norden wird nicht viel Getreide angebaut, aber hier und da gibt es Weizenfelder. Unser Mann hat zum Austreten gehalten und dabei einen kranken Weizenhalm ausgerissen. Das Ding ist vor drei Tagen mit dem diplomatischen Sack gekommen. Ich habe gestern das Untersuchungsergebnis vom Labor erhalten: In der Wurzel dieses Halms ist tatsächlich eine Überdosis ›Lindan‹ festgestellt worden.

Na, was sagen Sie dazu? Sie sind fündig geworden, wie unsere amerikanischen Cousins das zu nennen pflegen. Eine hochkarätige Sache. Der Meister will Sie übrigens sprechen. Sie fliegen heute abend nach Moskau zurück.«

Munros Gespräch mit Sir Nigel war freundlich, aber kurz.

»Gut gemacht«, sagte der Meister anerkennend. »Der nächste Treff soll in zwei Wochen stattfinden, nicht wahr?«

Munro nickte.

»Falls die Operation länger andauert«, fuhr Sir Nigel fort, »ist es nur gut, daß Sie in Moskau neu sind. Kein Mensch wird sich wundern, wenn Sie ein paar Jahre bleiben. Aber für den Fall, daß Ihr Informant sich die Sache anders überlegt, möchte ich, daß Sie mehr fordern. Quetschen Sie ihn richtig aus! Brauchen Sie dabei irgendwelche Unterstützung?«

»Nein, vielen Dank«, wehrte Munro ab. »Nachdem der Mann sich einmal darauf eingelassen hat, besteht er darauf, nur mit mir zu sprechen. Ich möchte ihn nicht gleich wieder verscheuchen, indem ich andere mit ins Spiel bringe. Er kann wahrscheinlich auch nicht wie Penkowski in den Westen kommen. Wischnajew reist nie, deshalb hat auch Kriwoi keinen Grund dazu. Ich muß ihn auch in Zukunft allein betreuen.«

Sir Nigel nickte. »Gut, dann machen Sie das auch.«

Als Munro sich verabschiedet hatte, blätterte Sir Nigel in der Akte auf seinem Schreibtisch, die Munros Personalunterlagen enthielt. Er hegte gewisse Befürchtungen. Dieser Mann war ein Einzelgänger, der nicht gut in einem Team arbeitete. Ein Mann, der zur Erholung allein in den schottischen Bergen wanderte.

In der Firma gab es ein geflügeltes Wort: Es gibt alte Agenten und verwegene Agenten, aber es gibt keine alten verwegenen Agenten. Sir Nigel war ein alter Agent und wußte Vorsicht zu schätzen. Diese Sache war unerwartet gekommen und hatte ihn überrascht. Und sie entwickelte sich schnell. Andererseits war das Tonband echt – das stand außer Zweifel. Ebenso echt wie die Aufforderung auf seinem Schreibtisch, sich an diesem Abend in der Downing Street bei der Premierministerin einzufinden. Sobald es sich erwiesen hatte, daß das Tonband in Ordnung war, hatte er selbstverständlich den Außenminister informiert. Daraufhin war diese Einladung gekommen.

Die schwarze Tür der Downing Street Nr. 10, des Amtssitzes der britischen Premierminister, gehört vielleicht zu den bekanntesten Türen der Welt. Sie befindet sich im hinteren Drittel einer kleinen, von Whitehall abzweigenden Sackstraße, die eigentlich nur eine Sackgasse ist, und ist zwischen den imposanten Häuserblocks des Schatzamtes und des Außenministeriums eingezwängt.

Vor dieser Tür mit der schlichten weißen Zahl 10 und dem Messingklopfer, die von einem einzelnen, unbewaffneten Polizisten bewacht wird, strömen Touristen zusammmen, um sich gegenseitig zu fotografieren und das Kommen und Gehen von Kurieren und Prominenten zu beobachten.

Tatsächlich wird der Haupteingang vor allem von den Wortgewaltigen benützt; die Einflußreichen neigen dazu, durch den Nebeneingang zu gehen. Das Haus, kurz Nummer 10 genannt, steht rechtwinklig zu dem anschließenden Kabinettsgebäude; die rückwärtigen Hausecken berühren einander fast und umschließen eine kleine, von schwarzen Eisenstäben eingefaßte Rasenfläche. Wo die Ecken beinahe zusammentreffen, führt ein unauffälliger Durchgang zu einer schmalen Seitentür. Diese Tür benützten an jenem letzten Juliabend der SIS-Generaldirektor und der Kabinettssekretär Sir Julian Flannery. Die beiden Männer wurden sofort in den ersten Stock und, am Kabinettsaal vorbei, ins Arbeitszimmer der Premierministerin geführt.

Die Premierministerin hatte die ihr vom Außenminister übermittelte Abschrift der Tonbandaufzeichnung aus dem Politbüro gelesen.

»Haben Sie die Amerikaner schon informiert?« fragte sie ohne Umschweife.

»Noch nicht, Ma'am«, antwortete Sir Nigel. »Wir wissen erst seit drei Tagen zuverlässig, daß die Aufnahme echt ist.«

»Ich möchte, daß Sie das persönlich übernehmen«, sagte die Premierministerin. Sir Nigel verbeugte sich leicht. »Die politischen Folgen dieses bevorstehenden katastrophalen Getreidemangels in der Sowjetunion sind noch gar nicht abzusehen, und die Vereinigten Staaten sollten als der größte Weizenproduzent der Welt von Anfang an auf dem laufenden gehalten werden.«

»Ich möchte verhindern, daß die Cousins unserem Agenten in irgendeiner Weise ins Handwerk pfuschen«, betonte Sir Nigel. »Der Mann muß wahrscheinlich äußerst behutsam geführt werden. Ich bin dafür, daß wir den Fall ohne Hilfe von außen bearbeiten.«

»Würden die Amerikaner denn versuchen, sich einzumischen?« fragte die Premierministerin.

»Unter Umständen ja, Ma'am. Wir haben Penkowski gemeinsam geführt, obwohl wir es waren, die ihn angeworben hatten. Aber das hatte seine guten Gründe. Diesmal plädiere ich dafür, allein zu arbeiten.«

Die Premierministerin brauchte nicht lange, um den politischen Wert eines Agenten zu erkennen, der Zugang zu den Sitzungsprotokollen des Politbüros hatte.

»Falls Druck ausgeübt werden sollte«, sagte sie, »verständigen Sie mich bitte. Ich werde dann persönlich mit Präsident Matthews darüber sprechen. Einstweilen bitte ich Sie, morgen nach Washington zu fliegen, um das Tonband oder zumindest eine Kopie davon zu überbringen. Ich werde heute abend ohnehin noch mit Präsident Matthews telefonieren.«

Sir Nigel und Sir Julian standen auf, um zu gehen.

»Noch etwas«, sagte die Premierministerin. »Ich verstehe natürlich, daß Sie auch vor mir die Identität des Agenten geheimhalten müssen. Werden Sie Robert Benson mitteilen, wer er ist?«

»Ganz sicher nicht, Ma'am.« Der SIS-Generaldirektor hätte sich nicht nur standhaft geweigert, seiner Premierministerin oder dem Außenminister den Namen des Russen zu verraten, er würde ihnen nicht einmal von Munro erzählen, der diesen Agenten angeworben hatte. Die Amerikaner wußten wahrscheinlich, wer Munro war, nicht aber, wen er führte. Und die Cousins würden Munro auch nicht in Moskau beschatten – dafür wollte er persönlich sorgen!

»Dann trägt dieser russische Überläufer wahrscheinlich einen Decknamen«, sagte die Premierministerin. »Darf ich ihn erfahren?«

»Selbstverständlich, Ma'am. Der Informant wird in allen unseren Akten nur als ›Nachtigall‹ bezeichnet.«

Der Zufall hatte es gewollt, daß die Nachtigall der erste Singvogel mit dem Anfangsbuchstaben N in der Decknamenliste für sowjetische Agenten war, aber das konnte die Premierministerin nicht wissen. Sie lächelte zum erstenmal.

»Wie ungemein passend!«

5

Am 1. August, einem regnerischen Tag, startete kurz nach 10 Uhr eine altgediente, aber bequeme vierstrahlige VC-10 des Royal Air Force Strike Command auf dem Fliegerhorst Lyneham in Wiltshire und nahm Kurs auf Irland und den Atlantik. Sie hatte wahrhaftig nicht viele Passagiere an Bord: einen Air Chief Marshal, der erst am Vorabend erfahren hatte, daß ausgerechnet dieser Tag der beste Termin für sein Gespräch im Pentagon in Washington sei, um die bevorstehenden gemeinsamen Manöver der Jabo-Geschwader von USAF und RAF zu koordinieren, und einen Zivilisten in einem schäbigen Trenchcoat.

Der hohe Offizier hatte sich dem Zivilisten, mit dessen Anwesenheit er nicht gerechnet hatte, vorgestellt und erfahren, daß sein Mitreisender ein Mr. Barrett aus dem Außenministerium war, der in der Britischen Botschaft in der Massachusetts Avenue zu tun hatte. Mr. Barrett war angewiesen worden, diesen VC-10-Flug wahrzunehmen, um den Steuerzahlern die Kosten für ein Rückflugticket zu ersparen. Der Luftwaffenoffizier erfuhr nie, daß die RAF-Maschine allein wegen dieses Mannes unterwegs war.

Auf einem anderen Kurs südlich der VC-10 flog ein Jumbo-Jet der British Airways von London nach New York. Zu den über 300 Passagieren gehörte Asamat Krim, alias Arthur Crimmins, kanadischer Staatsbürger. Mit einer Hüfttasche voll Geld flog er nach Westen, um dort einzukaufen.

Acht Stunden später setzte 15 Kilometer südöstlich von Washington die VC-10 sicher auf der Landebahn der Andrews Air Force Base in Maryland auf. Während das Heulen der Triebwerke auf dem Vorfeld verklang, rollte ein Dienstwagen des Pentagons an die Gangway. Ein USAF-Zweisternegeneral sprang heraus. Zwei Militärpolizisten nahmen Haltung an, als der Air Chief Marshal die Treppe herunterkam, an deren Fuß sein Empfangskomitee wartete. Innerhalb von fünf Minuten war alles vorbei: Der Dienstwagen fuhr nach Washington davon, die »Weißhelme«

marschierten weg, und die Faulen und Neugierigen auf dem Luftwaffenstützpunkt machten sich wieder an ihre Arbeit.

Niemand achtete auf den Mittelklassewagen mit zivilem Kennzeichen, der zehn Minuten später zu der abgestellten VC-10 hinausfuhr, zumindest niemand, dem die merkwürdige Dachantenne aufgefallen wäre, die ein CIA-Fahrzeug verrät. Niemand kümmerte sich um den verknitterten Zivilisten, der unmittelbar darauf die Treppe herabtrottete und sofort in den Wagen stieg. Und niemand sah die Limousine den Stützpunkt verlassen.

Der Company-Mann in der Amerikanischen Botschaft am Londoner Grosvenor Square war am Abend zuvor benachrichtigt worden, und auf seine verschlüsselte Mitteilung hin hatte Langley diesen Wagen entsandt. Der Fahrer trug Zivil und gehörte zu den unteren CIA-Angestellten, aber der Mann auf dem Rücksitz, der den Besucher aus London begrüßte, war der Leiter der Abteilung Westeuropa, die dem Deputy Director of Operations unmittelbar unterstellt war. Er sollte den Engländer abholen, weil er ihn aus seiner Zeit als CIA-Chef in London gut kannte. Und schließlich mag niemand die zweite Garnitur.

»Freut mich, Sie wiederzusehen, Nigel«, sagte er, nachdem er sicher war, daß es sich bei dem Angekommenen tatsächlich um den Mann handelte, den sie erwartet hatten.

»Wie nett von Ihnen, daß Sie mich abholen, Lance«, antwortete Sir Nigel Irvine, der recht gut wußte, daß das nichts mit Nettigkeit zu tun hatte; es war eine Pflichtübung. Im Wagen drehte sich das Gespräch um London, ihre Familien, das Wetter. Die Frage »Was ist der Anlaß Ihres Besuchs?« unterblieb. Die Limousine fuhr über den Capital Beltway, überquerte den Potomac auf der Woodrow Wilson Memorial Bridge und steuerte dann in Richtung Westen auf Virginia zu.

In den Außenbezirken von Alexandria bog der Fahrer nach rechts auf den George Washington Memorial Parkway ab, der sich am Westufer des Flusses entlangzieht. Als sie am National Airport und dem Heldenfriedhof Arlington vorbeifuhren, blickte Sir Nigel durch das Fenster auf der rechten Seite. Dort lag Washington, wo er vor vielen Jahren als Angehöriger der Britischen Botschaft SIS-Verbindungsmann zur CIA gewesen war. Das waren harte Zeiten gewesen: Die Philby-Affäre hatte noch immer Wellen geschlagen, so daß selbst der Wetterbericht als geheim eingestuft worden war, wenn die Briten sich für ihn interessierten. Sir Nigel dachte an den Inhalt seines Aktenkoffers und gestattete sich ein schwaches Lächeln.

Nachdem sie dreißig Minuten gefahren waren, bogen sie von der Schnellstraße ab, überquerten sie auf einer Brücke und fuhren in ein Waldgebiet hinein. Sir Nigel erinnerte sich an das kleine Schild, auf dem schlicht BPR-CIA stand, und fragte sich erneut, was dieser Wegweiser sollte. Entweder wußte man, wo das CIA-Hauptquartier lag, oder man wußte es nicht, und wer es nicht wußte, den ging es ohnehin nichts an.

Sie hielten bei der Wache am Tor des zwei Meter hohen Maschendrahtzauns, der Langley umgibt, und Lance zeigte seinen Ausweis vor. Dann fuhren sie weiter, bogen nach links ab und kamen an dem scheußlichen Konferenzzentrum vorbei, das wegen seines Aussehens der Iglu genannt wird.

Das Hauptquartier der Company besteht aus fünf Gebäuden, die eine Art Andreaskreuz bilden: ein Block in der Mitte und an dessen vier Ecken je ein weiterer Block. Der Iglu ist an das Eckgebäude angebaut, das dem Eingangstor am nächsten liegt. Als der Wagen an dem etwas tiefer stehenden Mittelgebäude vorbeikam, fiel Sir Nigel der imposante Haupteingang auf mit dem großen Siegel der Vereinigten Staaten im Boden davor, das mit Terrazzosteinen ausgelegt ist. Sir Nigel wußte, daß das der Eingang für Abgeordnete, Senatoren und andere unerwünschte Gäste war. Die Limousine rollte weiter, bog nach rechts ab und fuhr an der Rückseite des Gebäudes entlang.

Dort führt eine durch ein stählernes Fallgatter gesicherte Rampe ein Stockwerk tiefer in das erste Kellergeschoß. Hier befindet sich ein kleiner exklusiver Parkplatz für nicht mehr als zehn Fahrzeuge. Die schwarze Limousine kam zum Stehen, und Lance übergab Sir Nigel seinem Vorgesetzten Charles »Chip« Allen, dem Deputy Director of Operations. Er und Sir Nigel kannten sich ebenfalls gut.

An der hinteren Wand der Parkgarage ist ein kleiner mit Stahltüren versehener Aufzug eingebaut, der von zwei Männern bewacht wird. Chip Allen wies seinen Gast aus, unterschrieb für ihn und benützte eine magnetisierte Plastikkarte, um die Lifttüren zu öffnen. Der Aufzug brachte sie leise summend in den sechsten Stock, in dem die Büros des CIA-Direktors liegen. Nach Verwendung einer weiteren Magnetkarte konnten sie den Lift verlassen und standen nun in einem Flur mit drei Türen. Allen klopfte an die mittlere. Bob Benson, der bereits verständigt worden war, kam heraus, um seinen britischen Besucher zu begrüßen.

In seinem Zimmer führte Benson Sir Nigel an dem großen Schreibtisch vorbei zu der Sitzgruppe vor dem beigen Marmorkamin. Im Winter hatte der CIA-Direktor gern ein prasselndes Kaminfeuer, aber im August ist Washington nicht der richtige Ort dafür, und die Klimaanlage arbeitete auf Hochtouren. Benson zog einen Reispapiervorhang quer durch den Raum, um die Sitzecke vom Büroteil abzutrennen, und nahm seinem Gast gegenüber Platz. Kaffee wurde serviert. Als die beiden Männer wieder allein waren, fragte Benson endlich: »Was führt Sie nach Langley, Nigel?«

Sir Nigel trank einen Schluck Kaffee und lehnte sich zurück.

»Wir haben«, sagte er undramatisch, »uns die Dienste eines neuen V-Mannes gesichert.«

Er sprach fast zehn Minuten lang, bevor der CIA-Direktor ihn unterbrach.

»Im Politbüro?« erkundigte Benson sich. »Mitten im Politbüro, meinen Sie?«

»Sagen wir: mit Zugang zu Wortprotokollen von Politbürositzungen«, antwortete Sir Nigel.

»Haben Sie etwas dagegen, daß ich Chip Allen und Ben Kahn hinzuziehe?«

»Durchaus nicht, Bob. Die beiden müßten ohnehin innerhalb der nächsten Stunde informiert werden. Das erspart uns unnötige Wiederholungen.«

Bob Benson stand auf, ging zu einem Telefon, das auf dem Couchtisch stand, und rief seine Sekretärin an. Nachdem er aufgelegt hatte, starrte er durch das Panoramafenster auf den riesigen Wald hinab. »Heiliger Jesus«, flüsterte er.

Es war Sir Nigel keineswegs unangenehm, daß seine beiden alten Kontaktpersonen beim CIA von Anfang an informiert werden sollten. Anders als bei Organisationen, die wie das KGB sowohl Geheimdienst als auch Geheimpolizei umfassen, ist die Arbeit bei den reinen Geheimdiensten in zwei Sparten aufgeteilt: in die »Beschaffung« von Informationen und in die »Auswertung«. Bei der »Auswertung« werden die Vergleiche, Kombinationen, Deutungen und Analysen der riesigen Massen angelieferter Rohinformationen vorgenommen.

Beide Abteilungen müssen ihr Geschäft verstehen. Sind die Informationen falsch, kann die beste Analyse der Welt nur Unsinn ergeben; taugt die Auswertung nichts, sind alle Anstrengungen der Materialsammler vergebens. Politiker müssen wissen, was andere Nationen – befreundete oder feindliche – tun, und möglichst auch, was sie zu tun beabsichtigen. Was sie tun, läßt sich heutzutage leicht feststellen, nicht aber, was sie zu tun beabsichtigen. Deshalb werden die besten Überwachungssatelliten niemals einen brillanten Analytiker ersetzen können, dem vertrauliches Material von der inneren Führungsspitze eines anderen Landes zur Verfügung steht.

In der CIA herrschen unter dem Direktor, der unter Umständen aus der Politik kommt, zwei Männer: der Deputy Director of Organisation, der für die »Beschaffung« zuständig ist, und der Deputy Director of Intelligence, der für die »Auswertung« verantwortlich ist. Die Arbeit der Beschaffer inspiriert die Thrillerautoren; die Auswertung ist weniger spektakulär: Sie umfaßt die mühsame, langwierige, methodische, oft langweilige, aber stets unersetzliche Kleinarbeit.

DDO und DDI arbeiten Hand in Hand und müssen sich aufeinander verlassen können. Benson, der als Politiker an die Spitze der CIA gelangt war, hatte Glück gehabt: Sein DDO war Chip Allen, USNR, ein ehemaliger Football-Spieler; DDI war Ben Kahn, ein ehemaliger Schachmeister jüdischer Abstammung. Die beiden ergänzten sich auf geradezu ideale Weise. Nach fünf Minuten saßen sie mit Irvine und Benson in dessen Büro zusammen.

Der britische Spionagechef sprach fast eine Stunde lang, ohne unterbrochen zu werden. Dann lasen die drei Amerikaner die Übersetzung der von Nachtigall gelieferten Tonbandaufnahme und starrten die Bandspule in ihrer Plastikhülle geradezu gierig an. Als Sir Nigel geendet hatte, herrschte kurzes Schweigen. Chip Allen ergriff als erster das Wort.

»Dagegen ist Penkowski ein kleiner Fisch«, sagte er.

»Sie werden die Aufnahme natürlich prüfen wollen«, stellte Sir Nigel nüchtern fest. Keiner widersprach. Freundschaft hin, Freundschaft her, aber...

»Es hat uns zehn Tage Zeit gekostet, aber wir wollten ganz sichergehen. Jede einzelne Stimme ist überprüft worden. Die Informationen über die plötzlichen Umbesetzungen im sowjetischen Landwirtschaftsministerium haben wir Ihnen bereits per Kabel übermittelt. Und Sie haben natürlich Ihre Condor-Aufnahmen. Oh, noch etwas ...«

Er holte einen Klarsichtbeutel mit einer Weizenpflanze aus seinem Aktenkoffer.

»Einer unserer Leute hat sie auf einem Feld bei Leningrad ausgerissen.«

»Ich lasse sie in unserer Landwirtschaftsabteilung untersuchen«, sagte Benson. »Noch was, Nigel?«

»Eigentlich nicht«, antwortete Irvine. »Na ja, vielleicht ein paar Kleinigkeiten ...«

»Heraus damit!«

Sir Nigel holte tief Luft. »Der russische Aufmarsch in Afghanistan macht uns Sorgen. Wir fürchten, daß die Sowjets einen Vorstoß über die Pässe gegen Pakistan und Indien vorbereiten. Wenn Sie veranlassen könnten, daß die Condor-Satelliten sich dort umsehen ...«

»Wird gemacht«, versprach Benson ihm, ohne zu zögern.

»Der nächste Punkt betrifft den sowjetischen Überläufer, den Sie vor zwei Wochen aus Genf geholt haben«, fuhr Irvine fort. »Er scheint ziemlich viel über Sowjetagenten in der britischen Gewerkschaft zu wissen.«

»Wir haben Ihnen die entsprechenden Vernehmungsprotokolle geschickt«, sagte Allen hastig.

»Aber wir möchten ihn gern selbst vernehmen«, erklärte Sir Nigel ihm. Allen sah zu Kahn hinüber. Der zuckte mit den Schultern.

»Okay«, stimmte Benson zu. »Können wir direkt Verbindung mit Nachtigall aufnehmen?«

»Nein, leider nicht«, sagte Sir Nigel. »Dieser Fall liegt anders. Die Nachtigall befindet sich in einer kritischen, äußerst gefährdeten Situation. Außerdem will ich sie nicht mehr als unbedingt notwendig belästigen, damit sie sich die Sache nicht doch noch anders überlegt. Sie bekommen alles, was sie uns liefert. Aber Sie müssen sich raushalten. Ich versuche, größere Lieferungen in kürzeren Abständen zu erreichen, aber das kostet Zeit und Mühe.«

»Wann soll die nächste Übergabe stattfinden?« fragte Allen.

»Heute in einer Woche. Zumindest ist für diesen Tag ein Treff vereinbart. Ich hoffe, daß dabei neues Material übergeben wird.«

Sir Nigel verbrachte die Nacht in einem bewachten CIA-Landhaus in Virginia, und am nächsten Tag flog »Mr. Barrett« mit seinem Air Chief Marshal nach London zurück.

Drei Tage später reiste Asamat Krim von Pier 49 des New Yorker Hafens an Bord der ältlichen *Queen Elizabeth II* nach Southampton ab. Er hatte sich für eine Seereise statt für einen Flug entschlossen, weil er glaubte, sein eigentliches Gepäck eher durch den Zoll in einem Hafen als durch die Kontrollen auf einem Flughafen bringen zu können.

Er hatte alles gekauft, was sie brauchten. Eines seiner Gepäckstücke war ein Aluminiumkoffer, wie ihn Berufsfotografen für ihre Kameras und Objektive benützen. Der Metallkoffer ließ sich nicht durchleuchten, sondern mußte auf herkömmliche Weise durchsucht werden. Die Innenauskleidung aus Schaumstoff, von der die Kameras und Objektive stoßfest umhüllt wurden, war auf den Kofferboden geklebt. Darunter verbarg sich ein zweiter Boden. In dem Zwischenraum waren zwei Pistolen mit Magazinen versteckt.

Ein weiteres Gepäckstück, das in einem kleinen Schrankkoffer zwischen Anzügen und Hemden lag, war eine Aluminiumröhre mit Schraubverschluß. Was sie enthielt, sah aus wie eine Art Teleobjektiv von etwa zehn Zentimeter Durchmesser. Krim rechnete damit, daß jeder gewöhnliche Zollbeamte, der auf diese Aluminiumröhre stieß, ihren Inhalt für ein Superteleobjektiv halten würde. Um diesen Eindruck zu erhärten, hatte er eine ganze Sammlung von Tierfotos, die auf freier Wildbahn gemacht worden waren, neben das »Objektiv« in seinen Koffer gelegt.

Am 8. August, einem Sonntag, herrschte in Moskau glühende Hitze, und alle, die nicht an den Fluß und an die Seen hinausfahren konnten, drängten statt dessen in die zahlreichen Schwimmbäder, vor allem in jenes, das für die Olympischen Sommerspiele 1980 angelegt worden war. Die Angehörigen der Britischen Botschaft waren zusammen mit Kollegen von einem Dutzend anderer Gesandtschaften an der Moskwa oberhalb der Uspenskojer Brücke. Auch Adam Munro war mit hinausgefahren.

Er bemühte sich, so sorglos wie die anderen zu wirken, aber das war schwer. Allzu oft sah er auf seine Uhr, und schließlich zog er sich an.

»Oh, Adam, Sie wollen doch nicht schon zurückfahren? Der Nachmittag ist noch lang!« rief ihm eine der Sekretärinnen zu. Er rang sich ein bedauerndes Lächeln ab.

»Die Pflicht ruft«, antwortete er, »die Industrie- und Handelskammer Manchester steht uns ins Haus!«

Munro ging zwischen den Bäumen hindurch zu seinem Wagen, verstaute sein Badezeug, sah sich unauffällig um und sperrte sein Auto ab. Hier liefen so viele Männer in Sandalen, leichten Hosen und offenen Hemden herum, daß einer mehr oder weniger nicht auffiel; und zum Glück schienen KGB-Agenten niemals ihre Jakken abzulegen. In seiner Nähe sah niemand auch nur im entferntesten so aus, als gehöre er zur Opposition. Munro ging in nördlicher Richtung durch den Wald.

Walentina erwartete ihn im Schatten unter den Bäumen. Er freute sich, sie wiederzusehen, aber sein Magen verkrampfte sich vor Aufregung. Sie war zu unerfahren, um zu merken, ob sie beobachtet wurde, und vielleicht war man ihr gefolgt. Seine diplomatische Immunität würde ihn vor Schlimmerem als einer Ausweisung bewahren, aber die Sache würde Staub aufwirbeln. Selbst das war Munro egal; er fürchtete das, was man Walentina antun würde, falls sie irgendwann geschnappt werden sollte. Was immer ihre Beweggründe waren – was sie tat, war Hochverrat. Er schloß sie in die Arme und küßte sie. Zitternd erwiderte sie den Kuß.

»Hast du Angst?« fragte Munro.

»Ein bißchen«, antwortete sie nickend. »Hast du dir das Tonband angehört?«

»Ja, bevor ich es weitergegeben habe. Das hätte ich wahrscheinlich nicht tun sollen, aber ich hab's trotzdem getan.«

»Dann weißt du, was uns bevorsteht! Als ich ein sehr kleines Mädchen war, in den Jahren nach dem Krieg, habe ich den Hunger in diesem Land miterlebt. Es war schlimm, aber die Deutschen waren schuld daran gewesen. Wir haben es durchgestanden. Unsere Führer haben uns geholfen; sie haben sich bemüht, unsere Lage zu bessern.«

»Vielleicht werden sie auch diesmal damit fertig«, meinte Munro ohne große Überzeugungskraft. Walentina schüttelte heftig den Kopf.

»Sie versuchen es nicht mal!« brach es aus ihr hervor. »Ich sitze da, höre ihre Stimmen und schreibe die Wortprotokolle. Sie streiten sich nur und versuchen, ihre eigene Haut zu retten.«

»Und dein Onkel, Marschall Kerenski?« fragte er ruhig.

»Der ist ebenso schlimm wie alle anderen. Onkel Nikolai ist damals zu meiner Hochzeit gekommen. Ich habe ihn nett und freundlich gefunden. Natürlich war er das, denn da hatte es sich um sein Privatleben gehandelt. Jetzt höre ich zu, wie er in seinem Amt auftritt; da ist er wie alle anderen – brutal und zynisch. Jeder versucht nur, den anderen auszustechen und noch mehr Macht an sich zu reißen. Das Volk soll der Teufel holen! Ich müßte mit den Wölfen heulen, aber ich kann es nicht. Und ich will es nicht!«

Munro sah über die Lichtung, hatte statt der Kiefern Olivenbäume vor sich und hörte einen Jungen in Uniform schreien: »Ich gehöre nur mir!« Seltsam, überlegte er, daß die mächtigsten Systeme manchmal mit ihren Anforderungen zu weit gingen und dadurch die Macht über ihre eigenen Diener verloren. Nicht sehr oft, aber gelegentlich.

»Ich könnte dich hier rausholen, Walentina«, sagte er. »Ich müßte aus dem diplomatischen Dienst ausscheiden, aber es wäre nicht der erste Fall dieser Art. Sascha ist jung genug, um anderswo aufwachsen zu können.«

»Nein, Adam, das klingt verlockend, aber ich kann nicht mit. Wie diese Sache auch ausgeht – ich gehöre in dieses Land, ich muß bleiben. Vielleicht eines Tages ... Ich weiß es nicht.«

Wortlos nahm er ihre Hand, und eine Zeitlang saßen sie so nebeneinander. Walentina brach schließlich das Schweigen.

»Haben eure ... Geheimdienstleute das Tonband nach London geschickt?«

»Ich nehme es an. Ich habe es dem Mann in unserer Botschaft gegeben, der meiner Ansicht nach vom Geheimdienst ist. Er hat mich gefragt, ob noch weitere Bänder zu erwarten seien.«

Walentina nickte zu ihrer Umhängetasche hinüber.

»Diesmal ist's nur eine Abschrift. Ich kann keine Tonbänder mehr beschaffen. Sobald sie abgeschrieben sind, kommen sie in einen Safe, zu dem ich keinen Schlüssel habe. Aber ich habe das Wortprotokoll der Politbürositzung mitgebracht, die in der Zwischenzeit stattgefunden hat.«

»Wie schmuggelst du das Material heraus?«

»Nach jeder Sitzung werden die Tonbänder und Stenogramme unter Bewachung in das Gebäude des Zentralkomitees gebracht«, antwortete sie. »Dort arbeiten wir in einem eigens gesicherten Büro – fünf Kolleginnen und ich. Unter einem Aufseher. Wenn die Wortprotokolle fertig sind, werden die Tonbänder weggesperrt.«

»Wie bist du dann an das erste herangekommen?«

Sie zuckte mit den Schultern.

»Wir haben einen neuen Aufseher – er ist erst seit einem Monat da. Sein Vorgänger hat die Sicherheitsbestimmungen lascher gehandhabt. Neben unserem Büro liegt ein Tonstudio, in dem von den Aufnahmen eine Kopie angefertigt wird, bevor sie in den Safe kommen. Letzten Monat bin ich dort einmal lange genug allein gewesen, um die Kopie zu stehlen und durch eine Leerspule zu ersetzen.«

»Durch eine Leerspule?« rief Munro aus. »Das fällt doch auf, sobald das Band abgespielt wird!«

»Das ist unwahrscheinlich«, beschwichtigte sie ihn. »Sobald sie mit den Tonbandaufnahmen verglichen worden sind, werden die Wortprotokolle als offizielle Unterlagen benutzt. Mit dieser Spule habe ich Glück gehabt: Ich konnte sie in meiner Einkaufstasche unter Lebensmitteln aus dem ZK-Laden herausschmuggeln.«

»Wirst du denn nicht durchsucht?«

»Fast nie. Man vertraut uns, Adam; wir sind die Elite des neuen Rußland. Die Protokolle sind einfacher zu beschaffen. Im Büro trage ich unter meiner Kleidung ein altmodisches Mieder. Als ich das Protokoll der letzten Junisitzung fotokopieren mußte, habe ich eine zusätzliche Kopie gemacht und danach das Zählwerk um einen Satz zurückgestellt. Die zusätzliche Kopie habe ich in mein Mieder gesteckt.«

Munro wurde fast schlecht angesichts des Risikos, das sie einging.

»Worüber haben sie auf der Sitzung gesprochen?« fragte er und deutete auf die Umhängetasche.

»Über die Konsequenzen«, antwortete Walentina. »Was passieren wird, wenn die Hungersnot ausbricht. Was die Bevölkerung mit ihnen anstellen wird. Aber ... inzwischen ist das Politbüro nochmals zusammengetreten. Anfang Juli. Ich konnte das Protokoll nicht kopieren, weil ich mir freigenommen hatte. Und es wäre zu auffällig gewesen, wenn ich meinen Urlaub verschoben hätte. Aber nach meiner Rückkehr habe ich mit einer Kollegin gesprochen, die das Tonband abgeschrieben hat. Auf meine Frage nach dem Inhalt ist sie blaß geworden und hat sich geweigert, darüber zu sprechen.«

»Kannst du dieses Protokoll beschaffen?«

»Ich will es versuchen. Ich muß warten, bis das Büro leer ist, um eine Kopie machen zu können. Danach stelle ich das Zählwerk zurück, damit niemand merkt, daß das Kopiergerät benützt worden ist. Aber das geht nicht vor Anfang September; dann habe ich wieder Spätschicht und arbeite allein im Büro.«

»Wir sollten uns hier nicht mehr treffen«, sagte Munro. »Feste Treffpunkte sind gefährlich.«

Er erklärte ihr eine Stunde lang die Vorsichtsmaßnahmen, die sie beachten mußte, falls sie sich weiterhin treffen wollten. Schließlich gab er ihr etwa zwanzig eng mit Schreibmaschine beschriebene Blätter, die er unter seinem weiten Hemd im Hosenbund versteckt hatte.

»Hier steht alles. Du mußt die Anweisungen auswendig lernen und dann verbrennen. Am besten spülst du die Asche im Klo runter.«

Fünf Minuten später zog Walentina ein sauber in kyrillischer Schrift getipptes Protokoll aus ihrer Umhängetasche, drückte Munro die Blätter in die Hand und verschwand zwischen den Bäumen, um zu ihrem Wagen zu laufen, den sie etwa einen Kilometer entfernt auf einem sandigen Weg abgestellt hatte.

Munro zog sich in das Halbdunkel unter dem Türbogen der kleinen Kapelle zurück. Er holte eine Rolle Klebeband aus der Tasche, ließ die Hose herunter und befestigte die Fotokopien an den Oberschenkeln. Nachdem er die Hose wieder hochgezogen hatte, spürte er bei jedem Schritt das Papier an seinen Schenkeln, aber unter seiner weitgeschnittenen russischen Hose zeichneten sich die Blätter nicht ab.

Bis Mitternacht hatte Munro das Protokoll in der Stille seiner Wohnung ein dutzendmal gelesen. Am nächsten Mittwoch wurde es in dem an das Handgelenk des Kuriers geketteten Aktenkoffer nach London geflogen: in einem festen, versiegelten Umschlag, adressiert an den SIS-Verbindungsmann im Außenministerium persönlich.

Die in den Rosengarten hinausführenden Glastüren des Weißen Hauses waren fest geschlossen, und nur das Summen der Klimaanlage war in der Stille des Ovalen Zimmers zu hören. Die schönen Frühsommertage waren längst vorbei, und in der schwülen Washingtoner Augusthitze öffnete niemand Fenster und Türen.

Auf der anderen Seite des Gebäudes bewunderten schwitzende Touristen von der Pennsylvania Avenue aus das vertraute Bild des Haupteingangs des Weißen Hauses mit seinen Säulen, der Flagge und der geschwungenen Zufahrt. Andere standen Schlange, um an einer Führung durch dieses amerikanische Nationalheiligtum teilzunehmen. Keiner von ihnen würde bis in den schmalen Westflügel vordringen, in dem Präsident Matthews mit seinen Beratern konferierte.

Vor seinem Schreibtisch saßen Stanislaw Poklewski und Robert Benson. Der dritte Mann war Außenminister David Lawrence, Rechtsanwalt aus Boston und Exponent der bürgerlichen Gesellschaft an der Ostküste.

Präsident Matthews klappte den vor ihm liegenden Ordner zu. Die englische Übersetzung des ersten Protokolls aus dem Politbüro kannte er natürlich schon längst; was er eben gelesen hatte, war die Auswertung durch seine Experten.

»Bob, mit Ihrer Schätzung, daß dreißig Millionen Tonnen Getreide fehlen würden, haben Sie bemerkenswert gut gelegen«, meinte er anerkennend. »Jetzt scheinen die Russen im Herbst mit einer Fehlmenge von fünfzig bis fünfundfünfzig Millionen Tonnen rechnen zu müssen. Und Sie haben keinen Zweifel daran, daß dieses Protokoll wirklich aus dem Politbüro stammt?«

»Mr. President, wir haben alles überprüft. Die Tonbandstimmen sind echt; der überhöhte Lindangehalt in den Wurzeln der Weizenpflanze ist echt; die Entlassungen im sowjetischen Landwirtschaftsministerium sind echt. Unserer Ansicht nach kann kein ernstlicher Zweifel mehr daran bestehen, daß die Aufnahme eine Sitzung des Politbüros wiedergibt.«

»Wir müssen diese Sache richtig anpacken«, sagte der Präsident nachdenklich. »Wir dürfen uns auf keinen Fall verkalkulieren. Das ist eine einmalige Gelegenheit!«

»Mr. President«, begann Poklewski, »das alles bedeutet, daß die Sowjets nicht nur vor ernsten Versorgungsschwierigkeiten stehen, wie wir angenommen hatten, als Sie letzten Monat vom Shannon-Gesetz Gebrauch gemacht haben. Die Sowjetunion steht vor einer Hungersnot.«

Ohne es zu ahnen, wiederholte er ungefähr die Worte, die Petrow an Iwanenko vor zwei Monaten nach Schluß der Politbürositzung gerichtet hatte. Präsident Matthews nickte langsam.

»Darüber sind wir uns einig, Stan. Die Frage ist nur: Was tun?«

»Lassen Sie sie hungern!« drängte Poklewski. »Das ist der größte Fehler, den sie gemacht haben, seit Stalin im Frühjahr 1941 alle Warnungen des Westens vor einem deutschen Angriff in den Wind geschlagen hat. Diesmal steht der Feind im Inneren der Sowjetunion. Deshalb sollen sie selbst damit fertigwerden.«

»David?« fragte der Präsident seinen Außenminister.

Lawrence schüttelte den Kopf. Die Meinungsverschiedenheiten zwischen dem Superfalken Poklewski und dem vorsichtigen Bostoner waren berühmt.

»Ich bin anderer Meinung, Mr. President«, sagte er schließlich. »Ich bezweifle vor allem, daß wir uns eingehend genug mit den möglichen Veränderungen befaßt haben, die eintreten könnten, falls in der Sowjetunion im nächsten Frühjahr ein Chaos ausbrechen sollte. Meiner Auffassung nach handelt es sich dabei nicht nur um die Frage, ob wir die Sowjets in ihrem eigenen Saft schmoren lassen wollen. Eine derartige Katastrophe zieht massive weltweite Folgen nach sich.«

»Bob?« fragte Präsident Matthews.

Der CIA-Direktor saß in Gedanken versunken da. »Wir haben Zeit, Mr. President«, antwortete er. »Die Sowjets wissen, daß Sie Ihr Vorkaufsrecht letzten Monat genützt haben. Sie wissen, daß sie zu Ihnen kommen müssen, wenn sie Getreide kaufen wollen. Wie Außenminister Lawrence gesagt hat, sollten wir uns wirklich mit den Perspektiven befassen, die sich aus einer Hungersnot in der Sowjetunion ergeben könnten. Damit können wir sofort beginnen. Früher oder später muß der Kreml die Initiative ergreifen – und dann haben wir alle Trümpfe in der Hand. Wir wissen, wie schwierig die Lage der Sowjets ist; sie haben keine Ahnung, daß wir das wissen. Wir haben den Weizen, die Condors, die Nachtigall, und wir haben Zeit, viel Zeit. Wir können uns in aller Ruhe überlegen, wie wir unsere Trümpfe ausspielen wollen.«

Lawrence nickte und betrachtete Benson mit neuem Respekt. Poklewski zuckte mit den Schultern. Präsident Matthews traf seine Entscheidung.

»Stan, ich möchte, daß Sie sofort im Nationalen Sicherheitsrat einen Krisenstab zusammenstellen. Er soll klein sein und absolut geheim bleiben. Sie, Bob und David, der Vorsitzende der Vereinigten Stabschefs, der Verteidigungsminister, der Finanzminister und der Landwirtschaftsminister. Ich will wissen, welche Auswirkungen eine Hungersnot in der Sowjetunion weltweit haben wird. Ich muß es wissen, und zwar bald.«

Eines der Telefone auf seinem Schreibtisch klingelte: die Direktverbindung zum Außenministerium. Präsident Matthews warf Lawrence einen fragenden Blick zu.

»Rufen Sie mich an, David?« fragte er lächelnd.

Der Außenminister stand auf und nahm den Hörer ab. Er lauschte einige Minuten, dann legte er ihn wieder auf.

»Mr. President, die Dinge entwickeln sich schneller, als wir gedacht haben. Vor zwei Stunden hat in Moskau Außenminister Rykow Botschafter Donaldson ins Ministerium bitten lassen. Im Auftrag der Regierung hat er ihm den Wünsch der Sowjetunion übermittelt, bis Anfang nächsten Jahres fünfundfünfzig Millionen Tonnen Getreide von den Vereinigten Staaten zu kaufen.«

Einige Sekunden lang war nur das Ticken der Kaminuhr auf dem Marmorsims zu hören.

»Was hat Donaldson geantwortet?« fragte der Präsident.

»Natürlich nur, daß er das Ersuchen nach Washington weiterleiten werde«, antwortete Lawrence, »und daß Rykow davon ausgehen könne, Ihre Entscheidung in absehbarer Zeit zu erhalten.«

»Meine Herren«, sagte Matthews, »ich brauche Ihre Informationen so schnell wie möglich. Ich kann meine Antwort bestenfalls vier Wochen hinauszögern. Spätestens am fünfzehnten September muß ich antworten. Bis dahin muß ich wissen, womit wir es hier zu tun haben. Unter Berücksichtigung aller Möglichkeiten!«

»Mr. President, wir rechnen in den nächsten Tagen mit weiterem Material von der Nachtigall. Vielleicht gibt es Aufschluß darüber, wie der Kreml das Problem sieht.«

Präsident Matthews nickte. »Bob, falls tatsächlich Material eintreffen sollte, möchte ich sofort eine Übersetzung davon auf den Schreibtisch bekommen.«

Als in Washington die Besprechung beim Präsidenten in der Abenddämmerung endete, war es in Großbritannien schon lange dunkel. Aus dem Polizeibericht ging später hervor, daß in der Nacht vom 11. auf den 12. August Dutzende von Diebstählen und Einbrüchen verübt worden waren, aber der Fall, der die Polizei am meisten verblüffte, war der Diebstahl aus einem Waffengeschäft in der hübschen Kleinstadt Taunton in der Grafschaft Somerset.

Die Täter mußten bereits an einem der Tage zuvor als scheinbar harmlose Kunden das Geschäft aufgesucht und dabei das Kabel der Alarmanlage durchschnitten haben. Daraufhin hatten sie das Scherengitter am Hintereingang des Ladens in aller Ruhe mit einem Bolzenschneider knacken können.

Die Ladenkasse war nicht aufgebrochen worden, auch die übliche Beute – Schrotflinten, deren Lauf abgesägt wurde und die dann für Banküberfälle benützt wurden – hatten die Einbrecher verschmäht. Der Geschäftsinhaber stellte fest, daß nur ein einziges Jagdgewehr fehlte: eines seiner besten Stücke, ein finnisches Kleinkalibergewehr der Marke Sako – das Präzisionsschußmodell Hornet 22. Ebenfalls verschwunden waren zwei Schachteln Remington-Munition für diese Waffe: stumpfe Weichkerngeschosse mit hoher Geschwindigkeit und beträchtlicher Verformbarkeit beim Aufprall.

In seiner Wohnung in Bayswater saß Andrew Drake mit Miroslaw Kaminski und Asamat Krim zusammen und begutachtete die auf dem Couchtisch liegende Ausrüstung. Sie bestand aus zwei Pistolen mit je zwei vollen Magazinen, dem Gewehr mit zwei Schachteln Munition und dem Bildverstärker.

Es gibt zwei Arten von Nachtsichtgeräten: das Infrarotzielgerät und den Bildverstärker. Wer nachts schießen will, bevorzugt eher den Bildverstärker. Krim, in Westkanada aufgewachsen und ehemaliger Fallschirmjäger, hatte gut gewählt.

Das Infrarotzielgerät arbeitet mit einem Infrarotlichtstrahl, der entlang der Visierlinie ausgesandt wird und das Ziel beleuchtet, das im Okular als grünliche Silhouette erscheint. Da das Infrarotzielgerät für das menschliche Auge unsichtbares Licht aussendet, braucht es eine Batterie als Stromquelle. Der Bildverstärker dagegen sammelt alles Restlicht, das selbst in der Dunkelheit noch vorhanden ist, und konzentriert es – vergleichbar der riesigen Netzhaut eines Uhus, die ebenfalls das Restlicht auffängt und ihn eine vorüberhuschende Maus erkennen läßt, die ein Mensch nicht sehen würde. Der Bildverstärker kommt ohne Stromquelle aus.

Die ursprünglich für militärische Zwecke entwickelten kleinen Bildverstärker hatten Ende der siebziger Jahre das Interesse der gigantischen amerikanischen Sicherheitsindustrie erweckt und wurden von Nachtwächtern und anderem Bewachungspersonal benützt. Anfang der achtziger Jahre waren leistungsstärkere Modelle, die sich als Zielgerät auf einem Gewehrlauf montieren ließen, in Amerika frei im Handel erhältlich. Ein Gerät dieser Art hatte Asamat Krim, als Teleobjektiv getarnt, mitgebracht.

In den Gewehrlauf waren bereits Rillen eingefräst, die als Führung für ein aufsteckbares Zielfernrohr dienten. Krim hatte einen Schraubstock an der Kante des Küchentischs befestigt und war jetzt dabei, die Halterung des Bildverstärkers abzufeilen, damit sie in diese Rillen paßte.

Während Krim arbeitete, stattete Barry Ferndale zwei Kilometer von ihm entfernt der Amerikanischen Botschaft am Grosvenor Square einen Besuch ab. Er war dort mit dem Leiter der CIA-Operationsabteilung London verabredet, der als Botschaftsangehöriger getarnt war.

Ihr Treffen war kurz und herzlich. Ferndale holte einen Packen Papier aus dem Aktenkoffer und übergab ihn dem Amerikaner.

»Frisch aus der Presse, mein Lieber«, sagte er. »Leider ein bißchen viel. Die Russen sind ganz schön redselig, was? Na, jedenfalls viel Vergnügen damit!«

Es war die englische Übersetzung der zweiten Lieferung der Nachtigall. Der Amerikaner wußte, daß er den Text selbst verschlüsseln und durchgeben mußte. Außer ihm durfte ihn niemand sehen. Er bedankte sich bei Ferndale und machte sich auf eine lange Nacht gefaßt.

Der CIA-Mann war nicht der einzige, der in dieser Nacht auf seinen Schlaf verzichten mußte. Weit von ihm entfernt, im ukrainischen Ternopol, verließ ein KGB-Agent in Zivil die Unteroffizierskantine neben der KGB-Kaserne und machte sich zu Fuß auf den Nachhauseweg. Sein Rang war zu niedrig, als daß er einen Dienstwagen hätte benützen dürfen, und sein eigenes Auto stand in der Nähe seiner Wohnung. Aber das störte ihn nicht; die Nacht war angenehm warm, und er hatte einen netten Abend mit Kollegen verbracht.

Wahrscheinlich bemerkte er deshalb nicht die beiden Gestalten in einem Hauseingang auf der anderen Straßenseite: zwei Männer, die offenbar die Kantine beobachtet hatten und sich jetzt zunickten.

Es war Mitternacht, und Ternopol kennt selbst in warmen Augustnächten kein Nachtleben. Der Geheimpolizist verließ die Hauptstraße, um durch den Schewtschenko-Park zu gehen, dessen Bäume ein fast geschlossenes Blätterdach über den schmalen Fußwegen bildeten. Es war die längste Abkürzung in seinem Leben. Mitten im Park hörte er rasche Schritte hinter sich; er drehte sich halb um, wurde von dem Gummiknüppel, der auf seinen Hinterkopf zielte, an der Schläfe getroffen, und brach zusammen.

Als er wieder zu sich kam, war es schon fast Tag. Er war in die Büsche geschleppt und beraubt worden. Geldbörse, Schlüsselbund, Essenmarken und Dienstausweis fehlten. Polizei und KGB ermittelten mehrere Wochen lang wegen dieses höchst ungewöhnlichen Überfalls, aber die Täter wurden nicht gefaßt. Tatsächlich hatten die beiden Ternopol bereits mit dem ersten Morgenzug verlassen und waren wieder zu Hause in Lwow.

Präsident Matthews führte selbst den Vorsitz bei den Beratungen des Krisenstabs über die zweite Lieferung der Nachtigall. Die Stimmung war allgemein gedrückt.

»Meine Analytiker haben bereits einige der möglichen Folgen ausgearbeitet, die eine im kommenden Winter oder Frühjahr ausbrechende Hungersnot in der Sowjetunion haben könnte«, teilte Benson den sieben Männern im Ovalen Zimmer des Präsidenten mit. »Aber ich glaube nicht, daß einer von ihnen es gewagt hätte, soweit wie das Politbüro zu gehen und einen allgemeinen Aufruhr vorauszusagen. Das ist in der Sowjetunion unvorstellbar!«

»Für meine Leute gilt das gleiche«, stimmte Außenminister Lawrence zu. »In dem Protokoll ist davon die Rede, daß das KGB nicht imstande wäre, die Bevölkerung in Schach zu halten. Ich kann mir nicht vorstellen, daß diese Möglichkeit bei unseren Überlegungen in Betracht gezogen worden wäre.«

»Was soll ich also Maxim Rudin wegen der fünfundfünfzig Millionen Tonnen Getreide sagen?« fragte der Präsident.

»Mr. President, sagen Sie nein«, drängte Poklewski. »Hier bietet sich uns eine einmalige Gelegenheit. So eine Chance haben wir vielleicht nie mehr. Sie haben Maxim Rudin und das gesamte Politbüro in der Hand.

Zwei Jahrzehnte lang hat die amerikanische Regierung immer wieder den Sowjets bei ihren wirtschaftlichen Schwierigkeiten geholfen. Jedesmal sind sie danach noch aggressiver gewesen. Jedesmal haben sie sich anschließend noch stärker in Afrika, Asien und Südamerika engagiert. Jedesmal ist den Ländern der Dritten Welt eingeredet worden, die Sowjets hätten sich aus eigener Kraft von ihren Rückschlägen erholt, und das marxistische Wirtschaftssystem funktioniere.

Diesmal kann der Welt bewiesen werden, daß das marxistische Wirtschaftssystem nicht funktioniert und nie funktionieren wird. Ich rate Ihnen dringend, diesmal hart, wirklich hart zu verhandeln. Sie können für jede Tonne Weizen ein Zugeständnis verlangen. Sie können fordern, daß die Sowjets sich aus Afrika, Asien und Südamerika zurückziehen. Und wenn Rudin nicht darauf eingeht, können Sie ihn stürzen.«

»Würde das hier –« Präsident Matthews tippte auf das Politbüroprotokoll. »– würde das Rudins Sturz bewirken?«

Als David Lawrence antwortete, widersprach keiner in der Runde.

»Sollte die hier von Politbüromitgliedern geschilderte Entwicklung tatsächlich in der Sowjetunion eintreten«, sagte er, »würde es Rudin wie Chruschtschow ergehen. Er würde in Ungnade fallen.«

»Nützen Sie diese Gelegenheit!« forderte Poklewski den Präsidenten auf. »Nützen Sie sie! Rudin hat keine Alternative. Er muß mit Ihren Bedingungen einverstanden sein. Und falls er nicht zustimmt, stürzen Sie ihn.«

»Und sein Nachfolger . . .« begann der Präsident.

»Der sieht, was Rudin zugestoßen ist, und läßt sich das eine Lehre sein. Jeder Nachfolger muß die von uns festgelegten Bedingungen akzeptieren.«

Präsident Matthews fragte die übrigen Sitzungsteilnehmer nach ihrer Meinung. Außer Lawrence und Benson stimmten alle Poklewski zu. Matthews traf seine Entscheidung – die Falken hatten gesiegt.

Das sowjetische Außenministerium Ecke Smolensker Ringstraße und Arbatstraße ist eines von sieben nahezu gleichen Gebäuden in dem von Stalin bevorzugten Zuckerbäckerstil: ein neugotischer brauner Sandsteinbau, der nach dem Entwurf eines verrückten Konditors erbaut zu sein scheint.

Am vorletzten Tag des Augusts fuhr der Cadillac Fleetwood des in Moskau residierenden amerikanischen Botschafters vor dem Haupteingang des Ministeriums vor. Ein Wachtposten führte Mr. Myron Donaldson in den dritten Stock zu dem luxuriösen Arbeitszimmer des altgedienten sowjetischen Außenministers Dmitri Rykow. Die beiden kannten sich gut; vor seiner Berufung nach Moskau hatte Donaldson sein Land bei den Vereinten Nationen vertreten, wo Rykow eine bekannte Erscheinung war. Dort wie hier hatten sie sich einander schon oft freundschaftlich zugetrunken. Aber diesmal handelte es sich um ein rein dienstliches Treffen. Donaldson hatte seinen Botschaftskanzler mitgebracht, und Rykow hatte fünf Abteilungsleiter um sich versammelt.

Donaldson trug seine Verbalnote langsam und deutlich auf englisch vor. Rykow sprach gut Englisch, trotzdem flüsterte an seinem rechten Ohr ein Simultandolmetscher die russische Übersetzung.

Präsident Matthews ging in seiner Botschaft mit keinem Wort darauf ein, daß er von der Weizenkatastrophe wußte, und äußerte kein Erstaunen über den Anfang des Monats übermittelten Wunsch der Sowjetunion, die gigantische Menge von 55 Millionen Tonnen Getreide von den USA zu kaufen. Er drückte in gemessenem Tonfall sein Bedauern darüber aus, daß die Vereinigten Staaten von Amerika sich nicht in der Lage sähen, der Union der Sozialistischen Sowjetrepubliken die gewünschten Getreidemengen zu verkaufen.

Der Botschafter machte kaum eine Pause, sondern kam sofort zum zweiten Teil der Note, der scheinbar in keinem Zusammenhang mit dem ersten stand, obwohl er sich nahtlos daran anschloß. Präsident Matthews gab seiner Enttäuschung Ausdruck, daß das im Winter 1980 geschlossene SALT-III-Abkommen nicht wesentlich zum Abbau der Spannungen zwischen den Großmächten beigetragen habe. Er hoffe, SALT IV, für das erste Gespräche im kommenden Herbst und Winter angesetzt waren, werde mehr bewirken und der Welt den Weg zu einem dauerhaften Frieden bahnen. Das war alles.

Botschafter Donaldson legte den vollen Text seiner Note auf Rykows Schreibtisch, nahm den formell kühlen Dank des grauhaarigen, graugesichtigen sowjetischen Außenministers entgegen und ging.

Andrew Drake verbrachte den größten Teil des Tages damit, Bücher zu wälzen. Er wußte, daß Asamat Krim irgendwo in den Hügeln von Wales unterwegs war, um das Jagdgewehr mit dem Bildverstärker einzuschießen. Miroslaw Kaminski bemühte sich, sein inzwischen recht passables Englisch noch zu verbessern. Drakes Probleme konzentrierten sich auf den südukrainischen Hafen Odessa.

Sein erstes Nachschlagewerk war die rotgebundene *Lloyd's Loading List*, ein wöchentlich erscheinendes Verzeichnis sämtlicher in europäischen Häfen beladener Schiffe, die in alle Welt auslaufen. Aus dem Verzeichnis ging hervor, daß es keinen regelmäßigen Dienst von Nordeuropa nach Odessa gab; aber Drake entdeckte eine kleine, unabhängige Mittelmeerreederei, die auch einige Schwarzmeerhäfen anlief. Sie hieß Salonika Line und unterhielt zwei Schiffe.

Als nächstes schlug Drake den blaugebundenen *Lloyd's Shipping Index* auf und suchte die Spalten ab, bis er die betreffenden Schiffe gefunden hatte. Er lächelte. Die angeblichen Eigner der beiden Schiffe der Salonika Line waren zwei in Panama registrierte Firmen mit jeweils nur einem Schiff, was ziemlich sicher bedeutete, daß die »Eignerfirma« lediglich aus einem Messingschild an einem Anwaltsbüro in Panama City bestand.

In dem dritten Nachschlagewerk, dem braungebundenen *Greek Owner's Directory*, wurde als Bevollmächtigte der Eigner eine griechische Firma in Piräus, dem Hafen Athens, genannt. Drake wußte, was das bedeutete. Spricht man über ein Schiff unter panamaischer Flagge mit einem griechischen Bevollmächtigten, spricht man in neunundneunzig von hundert Fällen mit dem Schiffseigner selbst. Sie tarnen sich als »Agenten«, um nicht für die kleinen Sünden der »Auftraggeber« verantwortlich gemacht zu werden. Zu diesen kleinen Sünden gehören beispielsweise zu niedrige Heuer und schlechte Unterkünfte für die Besatzungen, nicht seetüchtige Schiffe und unzulängliche Sicherheitsbestimmungen, dafür aber sehr genaue Wertangaben für den Fall eines versicherten Totalverlustes, und gelegentlich grobe Nachlässigkeit beim Abpumpen von Ölrückständen.

Trotzdem gefiel Drake die Salonika Line aus einem bestimmten Grund: Zwar dürfen auf griechischen Schiffen zweifellos nur griechische Offiziere fahren, aber die Mannschaften sind oft bunt zusammengewürfelt und brauchen außer ihrem Paß keine weiteren Papiere. Und die Salonika Line lief Odessa an.

Maxim Rudin beugte sich vor, legte die russische Übersetzung des ablehnenden Bescheids aus Washington auf seinen Couchtisch und betrachtete seine drei Gäste nachdenklich. Draußen wurde es bereits dunkel, aber Rudin bevorzugte gedämpftes Licht in seinem Arbeitszimmer am Nordende des Arsenalgebäudes im Kreml.

»Erpressung!« sagte Petrow wütend. »Glatte Erpressung!«

»Natürlich«, stimmte Rudin zu. »Was haben Sie erwartet? Vielleicht Mitgefühl?«

»Dahinter steckt dieser verdammte Poklewski«, sagte Rykow. »Aber das kann nicht Matthews' letztes Wort sein. Ihre Condors und unsere Absicht, ihnen fünfundfünfzig Millionen Tonnen Getreide abzukaufen, müssen ihnen gezeigt haben, wie schlimm es um uns steht.«

»Glauben Sie, daß sie irgendwann doch noch zu Verhandlungen bereit sind?« fragte Iwanenko.

»Ja, das glaube ich«, bestätigte der Außenminister. »Aber sie werden die Verhandlungen so lange wie möglich hinauszögern. Sie werden abwarten, bis die Hungersnot sich bemerkbar macht, um dann demütigende Zugeständnisse als Preis für das Getreide zu erzwingen.«

»Hoffentlich nicht allzu demütigende«, murmelte Iwanenko. »Wir haben im Politbüro nur eine Mehrheit von sieben zu sechs Stimmen, und mir wäre es recht, wenn wir sie behalten würden.«

»Mir etwa nicht?« polterte Rudin. »Früher oder später muß ich Dmitri Rykow an den Verhandlungstisch schicken, damit er für uns kämpft – aber ich kann ihm keine einzige Waffe mitgeben.«

Am letzten Tag des Monats flog Andrew Drake von London nach Athen, um dort seine Suche nach einem Schiff mit dem Bestimmungshafen Odessa fortzusetzen.

Am gleichen Tag verließ ein zu einem Wohnmobil umgebauter Kleinbus, wie ihn Studenten für ihre Reisen bevorzugen, die englische Hauptstadt in Richtung Dover an der Kanalküste, um über Frankreich nach Athen zu fahren. Unter dem Wagenboden versteckt befanden sich die Waffen, die Munition und der Bildverstärker. Da der Drogenhandel in entgegengesetzter Richtung verlief – vom Balkan nach Frankreich und England –, waren die Zollkontrollen in Dover und Calais eine bloße Formsache.

Am Steuer saß Asamat Krim mit seinem kanadischen Paß und einem internationalen Führerschein. Neben ihm saß Miroslaw Kaminski mit neuen, wenn auch nicht ganz legal erworbenen britischen Papieren.

6

In der Nähe der Uspenskojer Brücke über die Moskwa liegt das Restaurant *Russische Isba.* Es ist im Stil der Isbas, der russischen Holzbauernhäuser, gehalten. Die Innen- und Außenwände bestehen aus Kieferbrettern, die an Holzpfosten genagelt sind. Die Ritzen und Spalten werden mit Lehm aus dem Fluß abgedichtet.

Die Isbas sehen recht primitiv aus und sind es, was die sanitären Anlagen betrifft, auch oft, aber sie halten in den eisigen russischen Wintern die Wärme besser als alle Beton- und Ziegelbauten. Das *Isba*-Restaurant, in ein Dutzend kleiner Speisezimmer unterteilt, ist innen warm und gemütlich. Im Gegensatz zu den Angestellten der Moskauer Restaurants erhält hier das Personal eine Gewinnbeteiligung in Form von Prämien. Das bewirkt einen starken Kontrast zu den durchschnittlichen russischen Lokalen: Das Essen ist gut und wird schnell und zuvorkommend serviert.

Hier hatte sich Adam Munro für Samstag, den 4. September, mit Walentina verabredet. Sie hatte sich von einem Bekannten zum Abendessen einladen lassen und vorgeschlagen, in dieses Restaurant zu gehen. Munro hatte eine der Sekretärinnen aus der Botschaft eingeladen und einen Tisch auf ihren Namen reservieren lassen. Aus dem Verzeichnis der Tischreservierungen war auf diese Weise weder Munros noch Walentinas Anwesenheit an diesem Abend abzulesen.

Sie aßen in verschiedenen Speisezimmern, entschuldigten sich um Punkt 21 Uhr bei ihren Begleitern, auf die Toilette gehen zu müssen, verließen ihre Tische und trafen sich auf dem Parkplatz. Munro, dessen Wagen wegen des CD-Schildes und dem Botschaftskennzeichen für einen Treff zu auffällig war, folgte Walentina zu ihrem Schiguli. Walentina war sichtlich bedrückt und rauchte hastig eine Zigarette.

Munro kannte von seinen früheren Informanten die ständige Anspannung, die nach einigen Wochen voller Vorwände und Täuschungsmanöver an den Nerven zu zerren beginnt.

»Es hat geklappt«, sagte sie schließlich. »Vor drei Tagen. Das Protokoll der Sitzung Anfang Juli. Ich wäre beinahe erwischt worden.«

Munro nickte nervös. Er war sich darüber im klaren, daß im Moskauer politischen Apparat niemand wirkliches Vertrauen genoß – auch wenn Walentina sich einbildete, innerhalb der Partei eine Vertrauensstellung zu bekleiden. Sie balancierten beide auf einem Drahtseil – wobei er seine diplomatische Immunität als Netz hatte.

»Was ist passiert?« fragte er.

»Jemand kam in den Raum. Ein Wachtposten. Ich hatte eben das Kopiergerät abgestellt und saß gerade wieder an meiner Schreibmaschine. Er war sehr freundlich. Aber er lehnte sich gegen das Kopiergerät. Das war noch warm. Ich glaube nicht, daß der Mann etwas gemerkt hat. Aber ich habe Angst gehabt. Und das war nicht das einzige, was mir Angst eingejagt hat. Ich konnte das Protokoll erst zu Hause lesen – vorher habe ich es nur so schnell wie möglich fotokopiert. Adam, es ... es ist schrecklich!«

Sie schloß das Handschuhfach auf und nahm einen dicken Umschlag heraus, den sie Munro gab. Die Übergabe ist im allgemeinen der Augenblick, in dem die Beschatter zugreifen – der Augenblick, in dem Schritte im Kies knirschen, Türen aufgerissen und Insassen herausgezerrt werden. Aber nichts dergleichen geschah.

Munro sah auf seine Uhr. Fast zehn Minuten. Zu lange. Er steckte den Umschlag in die Innentasche seiner Jacke.

»Ich will versuchen, die Erlaubnis zu bekommen, dich herauszuholen«, sagte er. »So kannst du nicht mehr lange weitermachen. Andererseits kannst du nicht einfach in dein früheres Leben zurückkehren. Nicht mit dem, was du weißt. Und ich kann nicht so weiterleben, weil ich weiß, daß du in der Stadt und in Gefahr bist – und daß wir uns lieben. Ich habe nächsten Monat Urlaub. Sobald ich in London bin, kümmere ich mich darum.«

Diesmal widersprach Walentina nicht – ein erstes Anzeichen dafür, daß ihre Kräfte zu schwinden begannen.

»Einverstanden«, sagte sie. Wenige Sekunden später hatte die Dunkelheit zwischen den Autos sie verschluckt. Munro sah sie vor dem beleuchteten Restauranteingang auftauchen und in der *Isba* verschwinden. Er ließ ihr zwei Minuten Vorsprung, dann kehrte er zu seiner Begleiterin zurück, die ihn bereits ungeduldig erwartete.

Es war 3 Uhr morgens, als Munro den Plan *Boris,* Marschall Kerenskis Plan für die Eroberung Westeuropas, zu Ende gelesen hatte. Er schenkte sich einen doppelten Cognac ein und starrte die Blätter auf dem Wohnzimmertisch an. Walentinas gutmütiger, freundlicher Onkel Nikolai hatte hat sich unmißverständlich ausgedrückt.

Munro verbrachte zwei Stunden damit, eine Europakarte anzustarren. Bei Sonnenaufgang war er ebenso wie Kerenski davon überzeugt, daß Westeuropa mit konventionellen Waffen zu erobern war. Zweitens war er wie Rykow davon überzeugt, daß das zu einem Atomkrieg führen würde. Und drittens war er davon überzeugt, daß die sechs Politbüromitglieder, die anderer Meinung waren, sich nur durch die tatsächlich stattfindende Katastrophe würden umstimmen lassen.

Er stand auf und trat ans Fenster. Im Osten wurde es über den Kremltürmen hell. Für die Moskauer begann ein Sonntag wie jeder andere. Zwei Stunden später würde er für die Londoner und wiederum fünf Stunden später für die New Yorker beginnen.

Soweit Munro zurückdenken konnte, war der normale Ablauf der Sommersonntage von einem empfindlichen Gleichgewicht abhängig gewesen; einem Gleichgewicht des Glaubens an die Macht und Willensstärke der feindlichen Supermacht, einem Gleichgewicht der Glaubwürdigkeit, einem Gleichgewicht des Schreckens – aber immerhin war es ein Gleichgewicht gewesen. Er erschauerte. Nicht wegen der Morgenkühle. Er erschauerte wegen der Erkenntnis aus den Papieren hinter ihm auf dem Tisch. Das alte Schreckgespenst war aus dem Schatten getreten: Das Gleichgewicht drohte zerstört zu werden.

Andrew Drake war an diesem Sonntag bei Sonnenaufgang in erheblich besserer Laune, denn ihm hatte der Samstagabend erfreulichere Nachrichten gebracht.

Jedes Teilgebiet menschlichen Wissens – sei es noch so klein, sei es noch so verborgen – hat seine Experten und seine Anhänger. Und jede dieser Gruppen scheint einen Treffpunkt zu haben, an dem man zusammenkommt, um zu schwatzen, zu diskutieren, Informationen auszutauschen und die neuesten Gerüchte zu verbreiten.

Die Schiffsbewegungen im östlichen Mittelmeer sind wohl kaum ein Thema, mit dem man sich akademische Ehren erwirbt, aber sie sind sehr interessant für gestrandete arbeitslose Seeleute. Das Informationszentrum für solche Schiffsbewegungen ist das kleine Hotel *Cavo d'Oro*, das an einem der Jachtbecken im Hafen Piräus steht.

Drake hatte bereits die Geschäftsräume der Agenten – und vermutlichen Eigner – der Salonika Line ausgemacht, aber er wußte, daß er nichts Ungeschickteres tun konnte, als sich dort vorzustellen.

Statt dessen nahm er sich ein Zimmer im *Cavo d'Oro*, gab sich als arbeitsuchender Seemann aus, verbrachte die meiste Zeit an der Bar, wo Kapitäne, Schiffsoffiziere, Bootsmänner, Agenten, Schiffsmakler und Stellungsuchende bei Drinks zusammensaßen und die letzten Neuigkeiten untereinander austauschten. Am Samstagabend fand Drake seinen Mann: einen Bootsmann, der früher bei der Salonika Line gefahren war. Nach einer halben Flasche Retsina erhielt Drake die gewünschte Auskunft.

»Die ›MS Sanadria‹ läuft ziemlich regelmäßig Odessa an«, erfuhr er. »Sie ist ein lahmer alter Kahn. Der Kapitän heißt Nikos Thanos. Soviel ich weiß, ist sie gerade im Hafen.«

Die *Sanadria* war tatsächlich im Hafen; Drake entdeckte sie im Laufe des Vormittags. Sie war ein etwa 5 000 BRT großer Frachter des im Mittelmeer noch häufigen Dreiinseltyps: rostig und nicht allzu sauber. Drake hätte sich selbst an einem Dutzend Lecks nicht gestört, wenn ihre nächste Reise nur ins Schwarze Meer und nach Odessa führte.

Bei Sonnenuntergang fand er den Kapitän der *Sanadria*. Bis dahin hatte er in Erfahrung gebracht, daß sowohl Thanos als auch alle seine Offiziere von der griechischen Insel Chios stammten. Die meisten dieser von Griechen geführten Schiffe gleichen Familienunternehmen: Der Kapitän und seine Offiziere sind im allgemeinen auf derselben Insel zu Hause und oft miteinander verwandt. Drake sprach kein Griechisch, aber zum Glück wird die internationale Schiffahrtssprache Englisch auch in Piräus gesprochen, so daß er sich mit dem Kapitän verständigen konnte.

Nordeuropäer streben nach der Arbeit heim, Frau und Kindern zu. Levantiner zieht es ins Café, wo man Freunde treffen und schwatzen kann. In Piräus ist das Mekka der Caféhocker die Hafenstraße Akti Miaouli; dort und in der näheren Umgebung findet man fast nur Reedereikontore und Cafés.

Alle diese Cafés haben ihr Stammpublikum und sind ständig überfüllt. Kapitän Thanos gehörte zu den Stammgästen von *Mikis Café*, einem zur Straße hin offenen Lokal. Dort fand Drake ihn bei dem üblichen Mokka, einem Glas Wasser und einem Ouzo. Thanos war klein, breitschultrig und nußbraun, hatte lockiges schwarzes Haar und tagealte Bartstoppeln.

»Kapitän Thanos?« fragte Drake. Der Mann sah mißtrauisch zu dem Engländer auf und nickte.

»Nikos Thanos von der ›Sanadria‹?« Der Kapitän nickte erneut. Die drei Männer an seinem Tisch unterbrachen ihr Gespräch und musterten den Fremden. Drake lächelte.

»Mein Name ist Andrew Drake. Darf ich Sie zu einem Ouzo einladen?«

Kapitän Thanos machte mit dem rechten Zeigefinger eine Bewegung, die sein Glas und die Gläser seiner Begleiter einschloß. Drake, der noch immer stand, winkte einen Kellner heran und bestellte fünfmal das gleiche. Mit einem Nicken forderte Thanos ihn auf, sich zu ihnen an den Tisch zu setzen. Drake wußte, daß er nur langsam vorankommen und vielleicht Tage brauchen würde. Aber er wollte nichts überstürzen. Er hatte sein Schiff gefunden.

Bei der Besprechung, die fünf Tage später im Ovalen Zimmer des Weißen Hauses stattfand, herrschte eine äußerst gespannte Atmosphäre. Alle sieben Mitglieder des Krisenstabs sowie Präsident Matthews waren anwesend. Alle hatten die halbe Nacht lang das Protokoll der Politbürositzung gelesen, auf der Marschall Kerenski seinen Kriegsplan entwickelt und Wischnajew nach der Macht gegriffen hatte. Alle acht Männer waren erschüttert. Ihre Aufmerksamkeit konzentrierte sich jetzt auf den Vorsitzenden der Vereinigten Stabschefs, General Martin Craig.

»Die entscheidende Frage lautet: Ist das so durchführbar, General?« sagte Präsident Matthews.

»Wenn Sie einen konventionellen Krieg quer durch Westeuropa vom Eisernen Vorhang bis zu den Kanalhäfen meinen, bei dem unter Umständen sogar nukleare Gefechtsfeldwaffen eingesetzt werden – ja, das ist durchführbar, Mr. President.«

»Könnte der Westen seine Verteidigungsfähigkeit bis zum Frühjahr soweit steigern, daß dieser Plan fehlschlagen müßte?«

»Diese Frage ist nicht so einfach zu beantworten, Mr. President. Wir könnten selbstverständlich mehr Truppen nach Europa verlegen und mehr Waffen rüberschicken. Dann hätten die Sowjets eine gute Ausrede, ihrerseits aufzurüsten – falls sie dazu jemals eine Ausrede brauchen. Unsere europäischen Verbündeten verfügen nicht über die gleichen Reserven wie wir; sie haben die Stärke, Bewaffnung und Einsatzbereitschaft ihrer Streitkräfte in den letzten zehn Jahren soweit herabgesetzt, daß das Gleichgewicht zwischen NATO und Warschauer Pakt auf konventionellem Gebiet sich nicht in knapp neun Monaten herstellen läßt. Die Ausbildung junger Soldaten und die Produktion neuer Raketen würden erheblich länger dauern.«

»Dann sind wir also wieder dort, wo wir zu Beginn des Zweiten Weltkriegs gewesen sind«, meinte der Finanzminister trübselig.

»Wie steht's mit dem Einsatz von Nuklearwaffen?« fragte Matthews ruhig. General Craig zuckte mit den Schultern.

»Falls die Sowjets mit allen zur Verfügung stehenden Kräften angreifen, ist der atomare Gegenschlag unvermeidlich. Da wir bereits gewarnt sind, könnten wir den sowjetischen Vorstoß nach Westen verzögern und Kerenskis Hundertstundenplan durcheinanderbringen. Aber ob wir den Gegner aufhalten könnten – die ganze verdammte Rote Armee mitsamt der Marine und Luftwaffe –, ist eine andere Frage. Bis wir die beantworten können, würde es wahrscheinlich ohnehin schon zu spät sein. Deshalb müssen wir Atomwaffen einsetzen. Es sei denn, Sir, wir geben Europa und unsere dort stationierten dreihunderttausend Mann auf.«

»David?« fragte der Präsident.

Außenminister Lawrence tippte auf den vor ihm liegenden Ordner.

»Ich bin wohl zum erstenmal in meinem Leben der gleichen Meinung wie Dmitri Rykow. Hier geht's nicht nur um Westeuropa. Wenn Europa fällt, können der Balkan, das östliche Mittelmeer, die Türkei, der Iran und die arabischen Staaten sich nicht halten. Vor zehn Jahren haben wir fünf Prozent unseres Erdöls eingeführt; vor fünf Jahren waren es schon fünfzig Prozent. Inzwischen sind es zweiundsechzig Prozent, und unser Bedarf steigt weiter. Ganz Nord- und Südamerika könnte bei Höchstförderung lediglich fünfundfünfzig Prozent unseres Bedarfs decken. Wir brauchen das arabische Öl, sonst sind wir so erledigt wie Europa, ohne daß ein Schuß fallen müßte.«

»Vorschläge, meine Herren?« fragte der Präsident.

»Die Nachtigall ist wertvoll, aber jetzt nicht mehr unersetzlich«, stellte Stanislaw Poklewski fest. »Warum vereinbaren wir kein Treffen mit Rudin und legen die Karten auf den Tisch? Wir kennen den Plan ›Boris‹, wir wissen, was damit beabsichtigt ist. Und wir werden Gegenmaßnahmen ergreifen, um seine Durchführung zu verhindern. Sobald Rudin dem Politbüro das erklärt, wird man dort erkennen, daß das Überraschungsmoment verloren ist, ohne das dieser Krieg nicht zum Ziel führen kann. Damit ist die Nachtigall erledigt – aber auch der Plan ›Boris‹!«

Bob Benson schüttelte energisch den Kopf.

»So einfach ist die Sache bestimmt nicht, Mr. President. Meiner Ansicht nach geht es nicht darum, Rudin oder Rykow zu überzeugen. Im Politbüro ist ein erbitterter Machtkampf ausgebrochen. Es geht um Rudins Nachfolge. Und sie stehen vor einer Hungersnot. Wischnajew und Kerenski haben einen begrenzten Krieg vorgeschlagen, um an die Nahrungsmittelreserven Westeuropas heranzukommen und die sowjetische Bevölkerung zur Disziplin zwingen zu können. Was erreichen wir, wenn wir Rudin gegenüber unser Wissen preisgeben? Nichts! Es könnte sogar seinen Sturz bedeuten. Wischnajew und seine Gefolgsleute würden an die Macht kommen; sie haben keine Ahnung vom Westen und unserer Reaktion auf einen Angriff. Selbst wenn das Überraschungsmoment verloren ist, könnten sie sich angesichts der bevorstehenden Hungersnot für den Krieg entscheiden.«

»Ich bin der gleichen Meinung wie Bob«, sagte David Lawrence. »Die Lage ist vergleichbar der Japans vor vierzig Jahren. Das Ölembargo hat damals den Sturz der gemäßigten Konoya-Fraktion bewirkt. Statt ihrer haben wir General Tojo vorgesetzt bekommen – was zu Pearl Harbor geführt hat. Würde Maxim Rudin jetzt gestürzt, rückte wahrscheinlich Jefrem Wischnajew auf dessen Platz. Und nach diesen Unterlagen hier hieße das: Krieg.«

»Dann darf Maxim Rudin nicht fallen«, stellte Präsident Matthews fest.

»Mr. President, ich protestiere!« rief Poklewski erregt. »Soll das heißen, daß die Anstrengungen der Vereinigten Staaten jetzt dahin gehen sollen, Maxim Rudins Hals zu retten? Können wir denn vergessen, was er getan hat, können wir denn die Menschen vergessen, die unter seiner Herrschaft liquidiert worden sind, damit er an die Spitze des sowjetischen Machtapparates vorstoßen konnte?«

»Tut mir leid, Stan!« Präsident Matthews' Ton duldete keinen Widerspruch. »Letzten Monat habe ich zugestimmt, daß die Vereinigten Staaten der Sowjetunion das Getreide verweigert, das sie zur Abwehr einer Hungersnot braucht. Zumindest so lange, bis die Auswirkungen dieser Hungersnot abzuschätzen waren. Ich kann nicht länger bei meiner Weigerung bleiben, weil ich glaube, daß wir jetzt eine Vorstellung von diesen Auswirkungen haben.

Meine Herren, ich werde heute abend ein persönliches Schreiben an den sowjetischen Staats- und Parteichef aufsetzen, in dem ich vorschlage, daß David Lawrence und Dmitri Rykow sich an einem neutralen Ort zu Gesprächen treffen. Damit sie über SALT vier reden und über *alle anderen Probleme von beiderseitigem Interesse*.«

Als Andrew Drake nach seinem zweiten Treffen mit Kapitän Thanos ins *Cavo d'Oro* zurückkam, fand er eine Nachricht vor. Asamat Krim teilte ihm mit, daß er und Kaminski soeben in dem vereinbarten Hotel angekommen waren.

Eine Stunde später war Drake bei ihnen. Der Kleinbus war an

keiner Grenze durchsucht worden. Im Laufe des Abends ließ Drake die Waffen und die Munition von Kaminski und Krim, die ihn getrennt besuchten, in sein Zimmer im *Cavo d'Oro* bringen. Als alles sicher weggeschlossen war, lud er die beiden zum Abendessen ein. Am nächsten Morgen flog Krim nach London zurück. Er wollte in Drakes Apartment wohnen und dort auf dessen Anruf warten. Kaminski blieb in einer kleinen Pension in einer Seitenstraße in Piräus. Dort lebte er nicht behaglich, aber anonym.

Während die drei Verschwörer aßen, konferierte in Washington der amerikanische Außenminister mit dem irischen Botschafter.

»Wenn mein Treffen mit Außenminister Rykow Erfolg haben soll«, sagte David Lawrence, »müssen wir ungestört verhandeln können. Die Angelegenheit muß absolut diskret behandelt werden! Reykjavik auf Island wäre zu auffällig; Keflavik, unser Stützpunkt, gilt praktisch als amerikanisches Gebiet. Das Treffen muß auf neutralem Boden stattfinden. In Genf gibt es zu viele neugierige Beobachter; das gleiche gilt für Stockholm und Wien. Helsinki scheidet aus demselben Grund wie Island aus. Irland liegt in der Mitte zwischen Moskau und Washington, und Ihre Landsleute respektieren den Wunsch nach Ungestörtheit.«

In dieser Nacht gingen verschlüsselte Meldungen zwischen Washington und Dublin hin und her. Die irische Regierung erklärte sich innerhalb von 24 Stunden bereit, das Außenministertreffen zu organisieren, und machte beiden Seiten Terminvorschläge. Wenige Stunden später war Präsident Matthews' persönliches Schreiben an Staatspräsident Rudin unterwegs zu dem amerikanischen Botschafter in Moskau.

Beim dritten Anlauf gelang es Andrew Drake, mit Kapitän Nikos Thanos unter vier Augen zu sprechen. Der alte Grieche war inzwischen überzeugt, daß der junge Engländer irgend etwas von ihm wollte, aber er ließ sich seine Neugier nicht anmerken. Drake lud ihn wie üblich zu Kaffee und Ouzo ein.

»Kapitän«, begann Drake, »ich habe ein Problem und glaube, daß Sie mir helfen können, es zu lösen.«

Thanos zog eine Augenbraue hoch, starrte aber schweigend in seinen Kaffee.

»Irgendwann gegen Ende dieses Monats verläßt die ›Sanadria‹ Piräus, um Istanbul und das Schwarze Meer anzulaufen. Soviel ich weiß, legen Sie auch in Odessa an.«

Thanos nickte. »Wir laufen am dreißigsten September aus und haben auch Ladung für Odessa an Bord.«

»Ich will nach Odessa«, sagte Drake. »Ich muß nach Odessa.«

»Sie sind Engländer«, stellte Thanos fest. »Es gibt Pauschalreisen nach Odessa. Sie können hinfliegen. Sowjetische Schiffe machen Kreuzfahrten, auf denen sie auch in Odessa anlegen. Fahren Sie da mit.«

Drake schüttelte den Kopf.

»So einfach ist die Sache nicht«, sagte er. »Kapitän Thanos, ich bekäme kein Touristenvisum für Odessa. Mein Antrag würde in Moskau bearbeitet – und abgelehnt – werden.«

»Und warum wollen Sie hin?« fragte Thanos mißtrauisch.

»Ich habe ein Mädchen in Odessa«, behauptete Drake. »Meine Verlobte. Ich will sie rausholen.«

Der Grieche schüttelte nachdenklich den Kopf. Seine Vorfahren auf Chios hatten schon zu Homers Zeiten im östlichen Mittelmeer Gelegenheitsschmuggel betrieben, und Thanos kannte den schwunghaften Schwarzhandel in Odessa. Seine eigene Besatzung kam zu einem hübschen Nebenverdienst, indem sie Luxusartikel, wie Nylonstrümpfe, Parfüm und Lederjacken, unter der Hand im ukrainischen Hafen verkaufte. Aber Menschenschmuggel war etwas ganz anderes, und Thanos hatte nicht die Absicht, sich in so etwas hineinziehen zu lassen.

»Sie verstehen mich falsch, glaube ich«, fuhr Drake fort. »Ich will meine Verlobte keineswegs an Bord der ›Sanadria‹ rausholen. Am besten erkläre ich Ihnen erst einmal alles.«

Er legte ein Foto auf den Tisch, das ihn mit einem bemerkenswert hübschen Mädchen am Geländer der Potemkintreppe zeigte, die die Stadt mit dem Hafen verbindet. Thanos' Interesse erwachte sofort wieder, denn die junge Frau war wirklich sehenswert.

»Ich studiere an der Universität Bradford und schreibe eine Doktorarbeit über russische Literatur«, behauptete Drake. »Letztes Jahr bin ich sechs Monate lang als Austauschstudent an der Universität Odessa gewesen. Dort habe ich Larissa kennengelernt. Wir haben uns verliebt. Wir wollten heiraten.«

Wie die meisten Griechen war Nikos Thanos auf seine romantische Ader stolz. Drake hatte genau das Richtige getroffen.

»Warum haben Sie sie nicht geheiratet?« fragte der Kapitän.

»Die sowjetischen Behörden haben uns die Erlaubnis verweigert«, erzählte Drake. »Ich wollte Larissa natürlich nach England mitnehmen. Sie hat eine Ausreisegenehmigung beantragt, aber die ist abgelehnt worden. Dann habe ich mich von London aus um eine Ausreiseerlaubnis für sie bemüht – vergebens. Im Juli dieses Jahres habe ich genau das getan, was Sie mir vorgeschlagen haben: Ich habe eine Pauschalreise in die Ukraine gebucht – nach Kiew, Ternopol und Lwow.«

Er schlug seinen Reisepaß auf und zeigte Thanos die Stempel der Kiewer Paßkontrolle.

»Sie ist nach Kiew gekommen, um mich wiederzusehen. Jetzt hat sie mir geschrieben, daß sie ein Kind bekommt. Deshalb muß ich sie jetzt so schnell wie möglich heiraten.«

Kapitän Thanos wußte, was sich gehörte. Auch sein Volk handelte seit undenklicher Zeit nach dieser Regel. Er betrachtete noch einmal das Foto. Er konnte nicht wissen, daß die junge Frau eine Londonerin war, die sich in einem Atelier in der Nähe des Bahnhofs King's Cross vor einem vergrößerten Detail aus einem Intourist-Plakat hatte aufnehmen lassen.

»Wie wollen Sie sie rausholen?« fragte er.

»Im Oktober«, sagte Drake, »verläßt das sowjetische Passagierschiff ›Litwa‹ den Hafen von Odessa. An Bord werden sehr viele Jugendliche sein, Komsomolzen, die in der Nachsaison eine Bildungsreise durchs Mittelmeer machen dürfen.«

Thanos nickte. Er kannte die *Litwa* gut.

»Ich kann nicht mehr in die Sowjetunion, weil ich mich allzu hartnäckig um eine Ausreisegenehmigung für Larissa bemüht habe. Normalerweise dürfte meine Verlobte diese Kreuzfahrt nicht mitmachen. Aber in der dortigen Außenstelle des Innenministeriums gibt es einen Beamten, der gern über seine Verhältnisse lebt. Er sorgt dafür, daß Larissa mit einwandfreien Papieren mitreisen kann. Wenn das Schiff dann in Venedig anlegt, erwarte ich sie. Aber der Beamte will dafür zehntausend Dollar. Ich habe das Geld – aber ich muß es ihr bringen.«

Die Geschichte überzeugte Kapitän Thanos. Er kannte die Korruptheit der Beamten im Süden der Ukraine, auf der Krim und in Georgien, an der auch der Kommunismus nicht viel geändert hatte. Daß ein Beamter einige Papiere »besorgte«, wenn er dafür genügend Devisen erhielt, um seinen Lebensstandard erhöhen zu können, war ganz normal.

Eine Stunde später waren sie sich einig. Für 5000 Dollar war Thanos bereit, Drake für diese Reise als Hilfsmatrosen anzuheuern.

»Wir laufen am dreißigsten September aus«, erklärte er dem Engländer, »und sind voraussichtlich am neunten oder zehnten Oktober in Odessa. Halten Sie sich am Dreißigsten um sechs Uhr abends am Liegeplatz der ›Sanadria‹ bereit. Sie müssen warten, bis der Beauftragte des Hafenagenten von Bord gegangen ist, dann kommen Sie rauf, bevor der Zoll aufkreuzt.«

Vier Stunden später erreichte Asamat Krim in Drakes Londoner Wohnung ein Anruf aus Piräus. Drake nannte ihm das Datum, das Mischkin und Lasareff wissen mußten.

Am 20. September erhielt Präsident Matthews ein persönliches Schreiben von Maxim Rudin. In seiner Antwort erklärte sich der sowjetische Führer mit dem für den 24. September in Irland geplanten Geheimtreffen zwischen Lawrence und Rykow einverstanden.

Präsident Matthews schob Lawrence den Brief über den Schreibtisch hinweg zu. »Er vergeudet keine Zeit.«

»Er hat auch keine zu vergeuden«, antwortete der Außenminister. »Die Vorbereitungen laufen. Zwei meiner Leute sind nach Irland geflogen, um sich darum zu kümmern. Unser Botschafter in Dublin wird auf dieses Schreiben hin morgen seinen sowjetischen Kollegen aufsuchen, um mit ihm die letzten Einzelheiten zu besprechen.«

»In Ordnung, David«, sagte der amerikanische Präsident. »Sie wissen, was davon abhängt.«

Asamat Krim stand vor einem Problem. Er mußte aus der Sowjetunion einen Brief oder eine Postkarte an Mischkin schicken, mit russischem Text und russischen Briefmarken. Er konnte nicht auf ein Touristenvisum vom sowjetischen Generalkonsulat in London warten. So etwas konnte bis zu vier Wochen dauern.

Mit Drakes Hilfe ließ sich die Angelegenheit verhältnismäßig einfach regeln.

Vor 1980 war der wichtigste Flughafen von Moskau, Scheremetjewo, verhältnismäßig klein, trist und unansehnlich gewesen. Aber für die Olympischen Sommerspiele hatte die sowjetische Regierung ein großartiges neues Abfertigungsgebäude errichten lassen, mit dem Drake sich eingehend befaßt hatte.

Die Einrichtungen des neuen Abfertigungsgebäudes für Langstreckenflüge von und nach Moskau waren mustergültig. Überall auf dem Flughafen priesen zahlreiche Tafeln die Errungenschaften sowjetischer Technik; es fehlte jedoch der Hinweis, daß Moskau diesen Bau einer westdeutschen Firma hatte übertragen müssen, weil kein sowjetisches Bauunternehmen die Qualität und die pünktliche Fertigstellung hätte garantieren können. Die Deutschen hatten mit dem Auftrag gutes Geld verdient. Da in ihrem Vertrag rigorose Konventionalstrafen für den Fall vorgesehen waren, daß die Bauarbeiten nicht rechtzeitig zu Beginn der Sommerspiele abgeschlossen sein würden, hatten sie nur zwei einheimische Baustoffe verwendet – Sand und Wasser. Alles andere war mit Zügen und auf Lastwagen aus der Bundesrepublik Deutschland herangeschafft worden, um den Fertigstellungstermin nicht zu gefährden.

In den großen Wartehallen für Flugreisende waren Briefkästen aufgestellt worden für jene Passagiere, die vergessen hatten, ihre Ansichtskarten in Moskau aufzugeben. Alle Briefe, Postkarten, Telegramme und Telefongespräche, die in die Sowjetunion gehen oder aus ihr heraus, werden vom KGB kontrolliert. So gewaltig diese Aufgabe auch ist, wird sie doch bewältigt. Die neuen Wartehallen auf dem Flughafen Scheremetjewo werden sowohl für internationale Flüge als auch für Langstreckenflüge innerhalb der Sowjetunion benützt.

Krims Postkarte stammte aus der Londoner Aeroflot-Vertretung. Eine gültige sowjetische Briefmarke, die für eine Inlandssendung genügte, war in dem großen Londoner Briefmarkenhaus Stanley Gibbons gekauft worden. Die eine Seite der Karte zeigte eine farbige Abbildung des Überschallpassagierflugzeugs Tupolev Tu 144, auf der anderen stand auf russisch: »Bin mit dem Parteikomitee unserer Fabrik nach Chabarowsk unterwegs. Große Aufregung. Hätte fast vergessen, Dir zu schreiben. Alles Gute zu Deinem Geburtstag am 10.! Dein Vetter Iwan.« Die Postkarte war an Lew Mischkin in Lwow adressiert.

Da Chabarowsk tief im Osten Sibiriens fast am Japanischen Meer liegt, hätte eine Reisegruppe, die mit Aeroflot dorthin unterwegs war, das gleiche Abfertigungsgebäude wie die nach Japan fliegenden Passagiere benützt.

Asamat Krim buchte bei Aeroflot in London einen Flug nach Tokio, der über Moskau führte. In sein Ticket wurde kein festes Rückflugdatum eingetragen. Auf dem Flughafen Scheremetjewo hatte er zwei Stunden Aufenthalt. Hier warf er seine Postkarte ein. Anschließend nahm er die Maschine nach Tokio, wechselte auf dem Flughafen Narita zu Japan Air Lines über und flog nach London zurück.

Die Postkarte wurde von einem KGB-Mann auf dem Flughafen gelesen, der annahm, sie sei von einem Russen an seinen ukrainischen Vetter geschrieben worden. Da beide offenbar in der UdSSR lebten und arbeiteten, schickte er sie weiter. Die Mitteilung kam drei Tage später in Lwow an.

Während der übermüdete und unter der Zeitverschiebung leidende Krim von Japan zurückflog, kurvte ein Kurzstreckenjet der nationalen norwegischen Fluggesellschaft Braathens SAFE hoch über Alesund und setzte zur Landung auf dem städtischen Flughafen der flachen Insel jenseits der Bucht an. Von einem Fensterplatz aus betrachtete Thor Larsen das Land unter sich. Jedesmal war er ein bißchen aufgeregt, wenn er die kleine Stadt liegen sah, in der er aufgewachsen war und die immer seine Heimat bleiben würde.

Hier war er 1935 auf die Welt gekommen: in einer Fischerhütte im alten Stadtteil Buholmen, die inzwischen dem Bau einer Schnellstraße zum Opfer gefallen war. Vor dem Krieg war Buholmen das Fischerviertel gewesen, ein Labyrinth aus Holzhütten in Grau, Blau und Ockergelb. Von der Hütte seines Vaters hatte – wie bei allen anderen in der gleichen Reihe – ein schmaler Hof bis zum Sund hinuntergeführt. Dort hatten die hölzernen Landungsstege gelegen, an denen die selbständigen Fischer ihre kleinen Kutter festmachten, wenn sie vom Meer zurückkamen; dort hatten Teer, Harz, Farbe, Salzlake und Fisch die Gerüche seiner Kindheit gebildet.

Als Kind hatte er auf dem Landungssteg seines Vaters gesessen, die großen Schiffe beobachtet, wenn sie langsam am Storneskaia anlegten, und von den Häfen geträumt, die sie jenseits der fremden Meere anlaufen mochten. Mit sieben Jahren konnte er bereits mit seinem eigenen kleinen Boot einige hundert Meter weit in den Fjord hinausrudern, bis zu der Linie, wo der Sulagipfel seinen Schatten auf das glitzernde Wasser legte.

»Er wird ein Seemann«, meinte sein Vater, der ihn zufrieden vom Landungssteg aus beobachtete. »Kein Fischer, der in heimischen Gewässern bleibt, sondern ein Seemann.«

Thor war fünf Jahre alt, als die Deutschen nach Alesund kamen: große Männer in grauen Uniformen und schweren Stiefeln. Erst mit sieben Jahren erlebte er den Krieg. Es war Sommer, und sein Vater ließ ihn während der Ferien mit zum Fischen hinausfahren. Zusammen mit den übrigen Kuttern der Alesunder Fischereiflotte befand das Boot seines Vaters sich weit draußen auf See, wo die Flotte von einem deutschen Schnellboot bewacht wurde. Nachts wachte Thor auf, weil Stiefel übers Deck trampelten. Im Westen waren Lichtpunkte zu erkennen: die Topplaternen der Fischereiflotte von den Orkneys.

Neben dem Kutter seines Vaters tanzte ein kleines Ruderboot auf den Wellen, und die Besatzung stapelte Fischkisten um. Mit großen Augen sah der Junge, wie ein blasser, erschöpfter junger Mann unter den Kisten im Laderaum hervorkam und mit Hilfe der Männer in das Ruderboot kletterte. Kurze Zeit später verschwand es in der Dunkelheit in Richtung auf die andere Flotte:

Ein Mitglied der Widerstandsbewegung war nach England unterwegs, um dort als Funker ausgebildet zu werden. Thor mußte seinem Vater versprechen, niemals ein Wort über das Gesehene zu verlieren. Eine Woche später peitschten am Abend Gewehrschüsse durch Alesund, und seine Mutter forderte ihn auf, besonders brav zu beten, weil der Lehrer tot sei.

Als Jugendlicher, der schneller aus den Kleidungsstücken herauswuchs, als seine Mutter sie nähen konnte, interessierte Thor sich ebenfalls für Funkgeräte und baute sich in zweijähriger Arbeit ein eigenes Kurzwellengerät. Sein Vater starrte es staunend an; es überstieg sein Fassungsvermögen. Thor war 16 Jahre alt, als er 1951 am zweiten Weihnachtsfeiertag den SOS-Ruf eines mitten im Atlantik in Seenot geratenen Schiffs auffing. Die Ladung der *Flying Enterprise* war verrutscht, und der Frachter hatte bei stürmischer See schwere Schlagseite.

Die ganze Welt, allen voran ein junger Norweger, verfolgte 16 Tage lang mit angehaltenem Atem, wie Kurt Carlsen, amerikanischer Kapitän dänischer Abstammung, sich weigerte, sein sinkendes Schiff zu verlassen, und es mühsam durch Stürme hindurch nach Osten in Richtung Südengland steuerte. Thor hatte stundenlang mit aufgesetztem Kopfhörer in seiner Dachkammer gesessen, durchs Giebelfenster auf die aufgewühlte See vor der Fjordmündung gestarrt und versucht, dem alten Frachter durch bloße Willensanstrengung in den Hafen zu helfen. Am 10. Januar 1952 sank die *Flying Enterprise* schließlich doch noch – nur 57 Seemeilen vor Falmouth.

Thor Larsen hörte, wie sie sank, empfing die Meldungen der Hochseeschlepper, von denen sie eskortiert worden war, und atmete erleichtert auf, als ihr unerschütterlicher Kapitän gerettet wurde. Der Junge nahm seinen Kopfhörer ab, legte ihn weg und ging zu seinen Eltern hinunter, die beim Essen saßen.

»Ich weiß jetzt, was ich werden will«, teilte er ihnen mit. »Ich werde Kapitän.«

Einen Monat später trat er in die Handelsmarine ein.

Das Flugzeug landete und rollte vor dem freundlichen kleinen Empfangsgebäude mit dem Teich neben dem Parkplatz aus. Thors Frau Lisa holte ihren Mann ab; mit ihr im Wagen saßen seine sechzehnjährige Tochter Kristina und Kurt, sein vierzehnjähriger Sohn. Während der kurzen Fahrt über die Insel zur Fähre, hinüber nach Alesund und zu ihrem Bungalow in dem ruhigen Vorort Bogneset schwatzten sie wie die Stare.

Es war schön, wieder daheim zu sein. Er wollte mit Kurt im Borgundfjord angeln, wie sein Vater früher mit ihm zum Angeln hinausgefahren war; sie würden während dieser letzten Sommertage Picknick machen, entweder an Bord ihres kleinen Kabinenkreuzers oder auf einer der runden grünen Inseln im Sund. Larsen hatte drei Wochen Urlaub; dann mußte er nach Japan fliegen, um im Februar das Kommando über das größte Schiff der Welt zu übernehmen. Er hatte die Holzhütte in Buholmen weit hinter sich gelassen, aber Alesund blieb seine Heimatstadt; und für diesen Nachkommen der Wikinger gab es auf der ganzen Welt keinen Ort, der damit zu vergleichen war.

Am Abend des 23. September startete eine Grumman Gulfstream in den Farben eines bekannten amerikanischen Konzerns von der Andrews Air Force Base und nahm mit Zusatztanks Kurs nach Osten, wo jenseits des Atlantiks der irische Flughafen Shannon lag. In den Unterlagen der irischen Flugsicherung wurde dieser Flug als privater Charterflug bezeichnet. Als die Maschine in Shannon landete, wurde sie im Dunkeln auf einen abgelegenen Teil des Vorfeldes gelotst und dort von fünf schwarzen Limousinen mit geschlossenen Vorhängen umringt.

Außenminister David Lawrence und seine sechs Mitarbeiter wurden von dem amerikanischen Botschafter und dem Botschaftskanzler begrüßt. Dann verließen die fünf Limousinen das eingezäunte Flughafengelände durch eine Nebenausfahrt. Sie rollten durch das schlafende Land nach Osten in Richtung County Meath.

In der gleichen Nacht tankte eine zweistrahlige Tupolev Tu 134 der Aeroflot auf dem Ostberliner Flughafen Schönefeld, bevor sie nach Westen über die Bundesrepublik Deutschland und die Niederlande in Richtung Großbritannien und Irland weiterflog. Offiziell handelte es sich dabei um einen Aeroflot-Sonderflug für eine Handelsdelegation, die nach Dublin unterwegs war. Die britischen Fluglotsen übergaben den »Sonderflug« ihren irischen Kollegen, als die Maschine die Küste von Wales passierte. In Irland übernahm die militärische Flugsicherung die Tupolev, die zwei Stunden vor Tagesanbruch auf dem Luftwaffenstützpunkt Baldonnel bei Dublin landete.

Dort wurde die Tu 134 zwischen zwei Hangars außer Sichtweite der Hauptgebäude abgestellt und von dem sowjetischen Botschafter, dem Staatssekretär im irischen Außenministerium und sechs Limousinen empfangen. Außenminister Rykow und seine Begleiter stiegen in die Wagen, hinter deren Vorhängen sie vor neugierigen Blicken sicher waren, und fuhren davon.

In der herrlichen Grafschaft Meath steht unweit der Kleinstadt Slane hoch über dem Ufer des Boyne das Schloß Slane Castle, der Stammsitz der Familie Conyngham, der Earls von Mount Charles. Die irische Regierung hatte den jungen Earl diskret gebeten, mit seiner hübschen Gattin eine Woche lang auf Staatskosten in ein Luxushotel an der Westküste zu ziehen und sein Schloß einige Tage zur Verfügung zu stellen. Der Graf war einverstanden gewesen. Das Schloßrestaurant wurde wegen Umbaus geschlossen, das Personal erhielt eine Woche Urlaub, eine bewährte Dubliner Firma stellte neues Personal, und irische Kriminalbeamte verteilten sich unauffällig rund um Slane Castle.

Nachdem die beiden Wagenkolonnen vor dem Schloß vorgefahren waren, wurden die Parktore geschlossen. Falls die Einheimischen irgend etwas gemerkt hatten, waren sie höflich genug, nicht darüber zu sprechen.

Die beiden Außenminister trafen sich in dem Speisezimmer vor dem Marmorkamin von Adam zu einem herzhaften Frühstück.

»Dmitri, ich freue mich, Sie wiederzusehen«, sagte David Lawrence und streckte dem sowjetischen Außenminister die Hand entgegen. Rykow schüttelte sie herzlich. Sein Blick wanderte über die Porträts der Conynghams an den Wänden und über das Silber, das ein Geschenk Georgs IV. war.

»So lebt ihr dekadenten bourgeoisen Kapitalisten also«, meinte er. Lawrence lachte schallend.

»Ich wollte, Sie hätten recht, Dmitri, ich wollte, Sie hätten recht!«

Um elf Uhr setzten sich die beiden Männer mit ihren Beratern in dem von Johnston errichteten prächtigen gotischen Rundbau der Bibliothek an den Verhandlungstisch. Die Zeit für Scherze war vorbei.

»Herr Außenminister«, begann Lawrence formell, »wir scheinen auf beiden Seiten Probleme zu haben. Unseres betrifft das fortdauernde Wettrüsten zwischen Ihrer und unserer Nation, das scheinbar durch nichts aufzuhalten oder auch nur zu verlangsamen ist und das uns große Sorgen macht. Ihres betrifft offenbar die diesjährige Getreideernte in der Sowjetunion. Ich hoffe, daß wir gemeinsam eine Möglichkeit finden, unsere jeweiligen Probleme zu mindern.«

»Das hoffe ich ebenfalls, Herr Außenminister«, antwortete Rykow vorsichtig. »Was sind Ihre Vorstellungen?«

Zwischen Athen und Istanbul gibt es nur einen Direktflug pro Woche: Jeden Dienstag startet eine Maschine der Sabena um 14 Uhr auf dem Athener Flughafen Hellinikon und landet um 16 Uhr 45 in Istanbul. Am Dienstag, den 28. September, war Miroslav Kaminski an Bord, um für Andrew Drake einen Posten Lammfell- und Wildlederjacken für den schwarzen Markt in Odessa einzukaufen.

Am gleichen Nachmittag berichtete Außenminister Lawrence vor dem Krisenstab des Nationalen Sicherheitsrates im Ovalen Zimmer des Weißen Hauses.

»Mr. President, meine Herren, ich glaube, wir haben erreicht, was wir wollten – vorausgesetzt, daß Rudin sich weiterhin im Politbüro durchsetzen und die Zustimmung erwirken kann.

Unser Vorschlag lautet: Die Sowjets und wir entsenden jeweils zwei Delegationen zur Wiederaufnahme von Verhandlungen über die Begrenzung strategischer Rüstung. Die Konferenz soll wieder in Irland stattfinden. Die irische Regierung hat sich bereit erklärt, die benötigten Verhandlungsräume und Unterkünfte zur Verfügung zu stellen, sobald von beiden Seiten das Einverständnis vorliegt.

Jeweils eine Delegation beider Staaten verhandelt über umfangreiche Maßnahmen zur Rüstungsbegrenzung. Das ist unsere große Chance! Dmitri Rykow hat mir zugesagt, daß bei diesen Verhandlungen nichts ausgeklammert bleibt: weder strategische Atomwaffen, Weltraumwaffen, internationale Kontrollen, taktische Nuklearwaffen, konventionelle Waffen noch Truppenabbau und Reduzierung der Streitkräfte beiderseits des Eisernen Vorhangs.«

Die anderen sieben Männer murmelten überrascht und zustimmend. Noch nie waren die amerikanisch-russischen Abrüstungsverhandlungen so umfassend gewesen. Falls sich auf allen Gebieten eine wirkliche, kontrollierte Entspannung erzielen ließe, käme solch ein Abkommen einem Friedensvertrag gleich.

»Da diese Gespräche für die Öffentlichkeit der eigentliche Anlaß für die Konferenz sind, müssen die üblichen Pressemitteilungen ausgegeben werden«, fuhr Lawrence fort. »Im Hintergrund verhandeln jedoch auf einer zweiten Konferenz technische Experten darüber, zu welchen Preisen – die wahrscheinlich unter den Weltmarktpreisen liegen werden – wir den Sowjets bis zu fünfundfünzig Millionen Tonnen Getreide, Konsumgütertechnologie, Computer und Ölgewinnungstechnologie verkaufen werden.

In jedem Gesprächsstadium halten die beiden Delegationen jeder Seite Verbindung miteinander. Machen die anderen Konzessionen bei der Abrüstungsfrage, machen wir Zugeständnisse im Preis für das Getreide.«

»Wann soll's losgehen?« wollte Poklewski wissen.

»Das ist das Überraschende«, antwortete Lawrence. »Normalerweise arbeiten die Russen sehr langsam. Diesmal scheinen sie's eilig zu haben. Sie wollen in vierzehn Tagen anfangen.«

»Großer Gott, wie sollen wir das in so kurzer Zeit schaffen?« rief der Verteidigungsminister, dessen Amt die Hauptlast zu tragen haben würde.

»Wir müssen es schaffen«, sagte Präsident Matthews. »Solch eine Chance kommt nie wieder! Außerdem steht unsere SALT-Delegation seit Monaten abrufbereit. Wir müssen nur noch dafür sorgen, daß die Ministerien für Landwirtschaft, Handel und Technologie so schnell wie möglich eingeschaltet werden. Wir müssen eine Delegation einberufen, die über Verkauf von Nahrungsgütern und Technologie verhandelt. Erledigen Sie das bitte, meine Herren. Sofort!«

Maxim Rudin informierte sein Politbüro am nächsten Tag auf etwas andere Weise.

»Sie haben angebissen«, berichtete er von seinem Platz am Quertisch aus. »Sobald sie in dem einen Konferenzraum eine Konzession in bezug auf Getreide oder Technologie machen, finden wir uns in dem anderen Konferenzraum zu einer Minimalkonzession bereit. Wir können unser Volk ernähren, ohne mehr als den Mindestpreis zahlen zu müssen. Schließlich sind die Amerikaner noch nie imstande gewesen, uns Russen am Verhandlungstisch zu übertreffen.«

Die anderen murmelten zustimmend.

»Was für Konzessionen?« knurrte Wischnajew. »Wie weit werden die Sowjetunion und der weltweit siegreiche Marxismus-Leninismus dadurch zurückgeworfen?«

»Was Ihre erste Frage betrifft«, erwiderte Rykow, »erfahren wir das erst, wenn wir verhandeln. Und die zweite läßt sich einfach beantworten: Erheblich weniger weit, als durch eine Hungersnot.«

»Über zwei Punkte sollte Klarheit herrschen, bevor wir entscheiden, ob wir verhandeln oder nicht«, sagte Rudin. »Zum einen wird das Politbüro während der Verhandlungen ständig auf dem laufenden gehalten; sollte also der Fall eintreten, daß der geforderte Preis zu hoch ist, können wir die Konferenz abbrechen. Ich wäre dann bereit, dem Kriegsplan des Genossen Wischnajew zuzustimmen. Zum anderen braucht keine der Konzessionen, die wir machen, um das Getreide zu bekommen, allzu lange vorzuhalten, wenn erstmal die Lieferungen eingetroffen sind.«

Einige der Politbüromitglieder grinsten. Solche »Realpolitik« waren sie gewöhnt – wie sie bewiesen hatten, als sie das alte Helsinki-Abkommen über Entspannung und Abrüstung in eine Farce verwandelt hatten.

»Gut«, stimmte Wischnajew zu, »aber ich meine, wir sollten genau festlegen, bis zu welcher Grenze unsere Delegationen mit ihren Zugeständnissen gehen dürfen.«

»Dagegen habe ich nichts einzuwenden«, sagte Rudin.

Anderthalb Stunden lang berieten die Mitglieder des Politbüros. Als die Männer abstimmten, erreichte Rudin die gleiche knappe Mehrheit wie beim letztenmal: sieben gegen sechs Stimmen.

Am letzten Tag des Septembers stand Andrew Drake im Schatten eines Portalkrans und beobachtete, wie die Luken der *Sanadria* dichtgemacht wurden. Als Decksladung transportierte sie Elevatoren für Odessa: gewaltige Saugheber, die Getreide aus den Laderäumen von Frachtern direkt in Silos fördern konnten. Die Sowjetunion versuchte offenbar, ihre Anlagen zur Getreideentladung zu vergrößern, überlegte Drake sich, ohne für solche Maßnahmen die Gründe zu kennen. Unter Deck standen Gabelstapler für Istanbul und Landmaschinen für Varna in Bulgarien – Frachtgüter aus Amerika, die in Piräus umgeladen worden waren.

Drake sah, wie sich der Bevollmächtigte des Agenten mit Handschlag von Kapitän Thanos verabschiedete und von Bord ging. Thanos suchte mit den Augen den Kai ab und entdeckte Drake, der, seinen Seesack über der Schulter und einen Koffer in der Hand, eilig zum Schiff ging.

Im Navigationsraum hinter dem Ruderhaus übergab Drake seinen Reisepaß und die Impfbescheinigungen. Er unterschrieb die Schiffsartikel und wurde Mitglied der Decksmannschaft. Während er in seiner Kabine seine Habseligkeiten verstaute, trug Kapitän Thanos ihn in die Besatzungsliste ein. Unmittelbar darauf kam ein griechischer Zollbeamter an Bord. Die beiden Männer setzten sich wie üblich zu einem Glas Schnaps zusammen.

»Diesmal habe ich einen Mann mehr als sonst«, sagte Thanos beiläufig. Der Zollbeamte warf einen Blick auf die Besatzungsliste und die vor ihm liegenden Seefahrtsbücher und Reisepässe. Die meisten Männer an Bord waren Griechen, aber Thanos hatte auch sechs Ausländer angeheuert. Drakes britischer Paß war besonders auffällig. Der Beamte griff danach und blätterte ihn durch. Zwischen den Seiten steckte ein Fünfzigdollarschein.

»Ein Arbeitsloser«, behauptete Thanos, »der in die Türkei und von dort aus weiter nach Indien will. Ich hab mir gedacht, daß ihr vielleicht ganz froh seid, ihn loszuwerden.«

Fünf Minuten später lagen die Ausweise der Besatzungsmitglieder wieder in ihrem Holzkasten, und die Schiffspapiere trugen den Ausreisevermerk. In der Abenddämmerung machte die *Sanadria* die Leinen los und lief nach Süden, bevor sie auf Nordostkurs ging und die Dardanellen ansteuerte.

Unter Deck hockte die Besatzung in der schmuddeligen Mannschaftsmesse. Einer der Männer hoffte, daß niemand unter seine Matratze sehen werde, weil er darunter ein Gewehr versteckt hatte: ein Sako Hornet 22. In Moskau ließ der Mann, dem der Anschlag galt, sich ein ausgezeichnetes Abendessen schmecken.

7

Während in Politiker- und Geheimdienstkreisen in Washington und Moskau hektische Betriebsamkeit herrschte, stampfte die alte *Sanadria* unbeirrt nach Nordosten in Richtung Dardanellen und Istanbul.

Am zweiten Tag sah Drake die kahlen braunen Hügel von Gallipoli vorbeigleiten und die Meerenge, die die europäische Türkei von der asiatischen trennt, sich zum Marmarameer erweitern. Kapitän Thanos, der diese Gewässer wie seinen Hinterhof auf Chios kannte, war sein eigener Lotse.

Zwei sowjetische Kreuzer liefen an ihnen vorbei: Sie waren von Sewastopol zum Mittelmeer unterwegs, um Manöver der amerikanischen Sechsten Flotte zu beobachten. Kurz nach Sonnenuntergang kamen die funkelnde Lichterkette von Istanbul und die Bosporusbrücke in Sicht. Die *Sanadria* blieb während der Nacht vor Anker liegen und lief am nächsten Morgen in den Hafen ein.

Während die Gabelstapler ausgeladen wurden, ließ Andrew Drake sich von Kapitän Thanos seinen Paß geben und ging an Land. Er traf sich wie verabredet mit Miroslaw Kaminski in der Innenstadt und nahm einen großen Packen Lammfell- und Wildlederjacken in Empfang. Thanos zog die Augenbrauen hoch, als der Engländer damit an Bord zurückkam.

»Willst du deine Freundin warmhalten?« erkundigte er sich. Drake schüttelte den Kopf und grinste.

»Die Kameraden haben mir erzählt, daß viele Seeleute damit in Odessa Geld verdienen«, antwortete er. »Deshalb wollte ich eigene Ware mitnehmen.«

Der Kapitän war keineswegs überrascht. Er wußte, daß ein halbes Dutzend seiner Matrosen ähnlich beladen an Bord zurückkommen würde, um die begehrten Jeans und Lederjacken in Odessa für das Fünffache des Kaufpreises an die Schwarzmarktschieber abzugeben.

Dreißig Stunden später tuckerte die *Sanadria* durch den Bosporus, ließ das Goldene Horn achteraus zurück und nahm mit ihren Landmaschinen Kurs auf Varna.

Genau westlich von Dublin liegt County Kildare mit Curragh, dem irischen Zentrum für Pferderennen, und der verschlafenen Kleinstadt Celbridge. Am Rand von Celbridge steht die größte und schönste Palladio-Villa ganz Irlands: Castletown House. Mit Einverständnis des amerikanischen und des sowjetischen Botschafters hatte die irische Regierung Castletown House als Tagungsort für die Abrüstungsgespräche vorgeschlagen.

Kolonnen von Stukkateuren, Malern, Elektrikern und Gärtnern hatten eine Woche lang Tag und Nacht an der Ausstattung der beiden Säle für die Parallelverhandlungen gearbeitet, wobei niemand wußte, warum eine zweite Konferenz vorbereitet werden sollte.

Allein die Fassade des Hauptgebäudes von Castletown House ist 47 Meter lang. An ihren beiden Enden führen überdachte Säulengänge zu den Seitenflügeln. In einem von ihnen liegen die Küche und die Personalunterkünfte; dort sollten die amerikanischen Sicherheitsbeamten untergebracht werden. In dem anderen befinden sich über den Stallungen weitere Wohnräume; hier würden die russischen Leibwächter einquartiert werden.

Das Hauptgebäude sollte nicht nur als Tagungszentrum, sondern auch als Unterkunft für die Diplomaten dienen, die im zweiten Stock in den Gästezimmern wohnen würden.

Die Räume im ersten Stock neben der Galerie dienten als Schreibzimmer, in denen Stenotypistinnen und Phonotypistinnen arbeiteten. Nur die beiden Delegationsführer und ihre engsten Mitarbeiter würden allabendlich in ihre jeweiligen Botschaften zurückfahren, um abhörsicher nach Washington und Moskau berichten zu können.

Diesmal verzichtete man auf Geheimhaltung – mit Ausnahme auf das Verhandlungsthema der Parallelkonferenz. Die Außenminister David Lawrence und Dmitri Rykow standen im Blickpunkt weltweiten Interesses, als sie in Dublin eintrafen und von dem irischen Premierminister begrüßt wurden. Nach dem üblichen Händeschütteln vor den Fernsehkameras fuhren sie von Dublin aus in zwei Wagenkolonnen nach Castletown.

Am 8. Oktober mittags betraten die beiden Staatsmänner und ihre zwanzig Berater die 46 Meter lange, im pompejanischen Stil mit Wedgewood-Blau ausgemalte Long Gallery. Der Raum wurde von einem mattglänzenden georgianischen Tisch in der Mitte beherrscht, an dessen Längsseiten die beiden Delegationen jetzt Platz nahmen. Neben den Außenministern saßen die Experten für Abrüstungsfragen, Waffensysteme, Atomtechnik, Raketen- und Panzerwaffen.

Die beiden Außenminister waren sich bewußt, daß ihre einzige Aufgabe darin bestand, die Konferenz offiziell zu eröffnen. Nach den Eröffnungsansprachen und dem Festlegen der Tagesordnung würden sie heimfliegen und die eigentlichen Verhandlungen den Delegationsleitern überlassen: Professor Iwan I. Sokolow, der die sowjetischen Interessen vertrat, und dem ehemaligen Staatssekretär im Verteidigungsministerium Edwin J. Campbell, den die USA entsandt hatte.

Ein Stockwerk darunter, im Erdgeschoß, nahmen die Teilnehmer der Parallelkonferenz schweigend ihre Plätze im großen Speisesaal ein. Die Vorhänge an den Fenstern waren zugezogen, weil die Herbstsonne blendete. Hier waren hauptsächlich Fachleute für Getreide, Erdöl, Computer und Industrieausrüstungen versammelt.

Im ersten Stock begrüßten Dmitri Rykow und David Lawrence jeweils in einer kurzen Ansprache die andere Delegation. Sie gaben der Hoffnung und der Zuversicht Ausdruck, daß die Konferenz dazu beitragen werde, die Probleme einer bedrohten, von Furcht gezeichneten Welt zu mindern. Dann vertagten sie sich zum Mittagessen.

Nach dem Essen zog Rykow sich vor seiner Abreise nach Moskau zu einem Gespräch unter vier Augen mit Professor Sokolow zurück.

»Sie kennen unsere Position, Genosse Professor«, sagte Rykow. »Sie ist offen gestanden nicht gut. Die Amerikaner werden versuchen, möglichst viel herauszuholen. Ihre Aufgabe ist es, ständig Widerstand zu leisten, um unsere Konzessionen auf ein Mindestmaß zu beschränken. Aber wir brauchen das Getreide! Trotzdem muß jedes Zugeständnis in bezug auf eine Truppen- und Waffenreduzierung in Osteuropa mit dem Präsidium des Zentralkomitees abgestimmt werden. Das Politbüro besteht darauf, wichtige Zusagen selbst zu genehmigen oder abzulehnen.«

Er verschwieg dabei, daß die wichtigen Gebiete die waren, die einen möglichen sowjetischen Vorstoß nach Westeuropa hinein behindern konnten, und daß Maxim Rudins politische Karriere an einem seidenen Faden hing.

In einem anderen Salon am entgegengesetzten Ende von Castletown House sprach David Lawrence mit Edwin J. Campbell. Der Raum war, ebenso wie Rykows Salon, von Elektronikern des eigenen Landes nach »Wanzen« abgesucht worden.

»Ich überlasse alles weitere Ihnen, Ed. Die Lage ist hier anders als in Genf. Die Probleme der Sowjets lassen keine endlosen Verzögerungen, Vertagungen und Rückfragen in Moskau zu. Ich schätze, daß die Sowjets innerhalb von sechs Monaten zu einer Einigung mit uns kommen müssen. Sonst kriegen sie das Getreide nicht.

Andererseits wird Sokolow Ihnen einen zähen Kampf liefern. Wir wissen, daß jedes Zugeständnis in Abrüstungsfragen von Moskau genehmigt werden muß, aber Moskau wird sich rasch entscheiden müssen, weil sonst die Zeit knapp wird.

Noch etwas, Ed. Wir wissen, daß wir Maxim Rudin keine zu hohen Forderungen stellen dürfen; er könnte darüber stürzen. Aber falls er das Getreide nicht bekommt, stürzt er möglicherweise auch. Es kommt darauf an, den richtigen Mittelweg zu finden und möglichst viele Zugeständnisse herauszuholen, ohne eine Revolte im Politbüro zu provozieren.«

Campbell nahm seine Brille ab und rieb sich den Nasenrücken. Er hatte vier Jahre damit verbracht, als SALT-Unterhändler zwischen Washington und Genf hin und her zu pendeln, und wußte aus Erfahrung, wie schwierig es war, mit den Russen zu verhandeln.

»Das klingt alles ganz gut, David. Aber Sie wissen ja, daß sie ihre eigene innere Position nie preisgeben. Mir wäre verdammt viel damit geholfen, wenn ich wüßte, wie weit ich gehen kann und wo ihr Verhandlungsspielraum zu Ende ist.«

David Lawrence öffnete seinen Aktenkoffer und nahm einen Stapel Papiere heraus. Er hielt sie Campbell hin.

»Was ist das?« fragte Campbell. Lawrence wählte seine Worte sorgfältig.

»Vor elf Tagen hat das vollzählige Moskauer Politbüro Rudin und Rykow zur Aufnahme dieser Verhandlungen ermächtigt – aber nur mit sieben gegen sechs Stimmen. Im Politbüro gibt es eine Gegenbewegung, die die Verhandlungen ablehnt und Rudin stürzen will. Nachdem die Politbüromitglieder sich wegen der Gespräche mit uns geeinigt hatten, haben sie genau festgelegt, was Professor Sokolow zugestehen darf und was nicht. Werden diese Grenzen überschritten, wird Rudin wahrscheinlich gestürzt werden. Und das würde uns schwere, sehr schwere Probleme bringen.«

»Und was sollen diese Unterlagen hier?« fragte Campbell und hielt die Blätter hoch.

»Die sind gestern abend aus London eingetroffen«, antwortete Lawrence. »Es ist das Wortprotokoll dieser Politbürositzung.«

Campbell starrte die Papiere verblüfft an.

»Großer Gott«, flüsterte er, »jetzt können wir ihnen unsere Bedingungen diktieren ...«

»Nein, nicht ganz«, korrigierte Lawrence ihn. »Wir können das Maximum dessen fordern, was die gemäßigte Fraktion im Politbüro durchzusetzen vermag. Verlangen wir zuviel, stehen wir am Schluß vielleicht mit leeren Händen da.«

Der Besuch der britischen Premierministerin und ihres Außenministers zwei Tage später in Washington wurde in der Presse als »zwanglos« beschrieben. Die erste Frau, die das Amt des britischen Premierministers bekleidete, wollte eine Rede auf der Jahresversammlung der English-speaking Union halten und bei dieser Gelegenheit dem amerikanischen Präsidenten einen Höflichkeitsbesuch abstatten.

Aber der eigentliche Zweck dieses Besuches war eine Zusammenkunft im Ovalen Zimmer des Weißen Hauses, wo Präsident Matthews, neben sich seinen Sicherheitsberater Stanislaw Poklewski und seinen Außenminister David Lawrence, die britischen Gäste ausführlich über den hoffnungsvollen Beginn der Castletown-Konferenz unterrichtete. Die Tagesordnung sei ungewöhnlich schnell angenommen worden, berichtete der Präsident.

Die beiden Delegationen hatten sich auf drei Themenkomplexe geeinigt, ohne daß die Sowjets wie sonst gegen jeden Punkt und jedes Komma Einspruch erhoben hätten.

Präsident Matthews gab der Hoffnung Ausdruck, daß nach jahrelangen erfolglosen Gesprächen nun die Verhandlungen in Castletown zu einer umfassenden Abrüstung entlang des Eisernen Vorhangs zwischen der Ostsee und dem Ägäischen Meer führen würden.

Der entscheidende Punkt wurde erst angesprochen, als das Treffen der beiden Regierungschefs fast beendet war.

»Wir halten es für unerläßlich, Ma'am, daß die Geheiminformationen, ohne die unser Konferenzziel wahrscheinlich gefährdet wäre, uns weiterhin wie bisher erreichen.«

»Sie meinen die Nachtigall«, stellte die britische Premierministerin energisch fest.

»Ganz recht, Ma'am«, bestätigte Matthews. »Es ist unbedingt erforderlich, daß die Nachtigall weiterarbeitet.«

»Ich habe Verständnis für Ihren Standpunkt, Mr. President«, erwiderte die Premierministerin ruhig. »Aber ich glaube, daß es sich dabei um eine äußerst riskante Angelegenheit handelt. Ich schreibe Sir Nigel nicht vor, was er als Leiter seines Dienstes zu tun und zu lassen hat. Dafür habe ich zuviel Respekt vor seinem Urteilsvermögen. Aber ich werde tun, was ich kann.«

Erst nach der offiziellen Verabschiedungszeremonie vor dem Hauptportal des Weißen Hauses, bei der die britischen Besucher mit einem Dauerlächeln für die Kameras der Journalisten zu ihren Limousinen begleitet wurden, konnte Stanislaw Poklewski seinen Gefühlen Luft machen.

»Auf der ganzen Welt gibt es kein noch so gefährliches Risiko für einen russischen Agenten, das mit dem Erfolg oder Mißerfolg der Verhandlungen in Castletown vergleichbar wäre!« ereiferte er sich.

»Richtig«, stimmte Bill Matthews zu, »aber ich weiß von Bob Benson, daß das Risiko darin besteht, daß die Nachtigall jetzt enttarnt werden könnte. Würde sie gefaßt, wüßte das Politbüro, welche Informationen bisher weitergegeben worden sind. In diesem Fall würden die Sowjets die Castletown-Konferenz platzen lassen.

Deshalb muß Nachtigall entweder zum Schweigen gebracht oder aus Rußland herausgeholt werden – aber erst nach Abschluß des neuen Vertrages. Und das kann noch ein halbes Jahr dauern.«

Während die Sonne in Washington noch hoch am Himmel stand, ankerte die *Sanadria* in der Abenddämmerung auf der Reede im Hafen von Odessa. Nachdem das Rasseln der Ankerkette verklungen war, herrschte auf dem Frachter Stille. Nur das Summen der Generatoren im Maschinenraum und das leise Zischen einer undichten Dampfleitung auf Deck waren zu hören. Andrew Drake lehnte auf der Back an der Reling und sah zu, wie in Stadt und Hafen die Lichter angingen.

Westlich des Schiffs bildeten der Ölhafen und die Raffinerie – beide durch einen Maschendrahtzaun gesichert – den nördlichsten Bereich der Hafenanlage. Im Süden wurde der Hafen durch den schützenden Wall der seewärts ausgreifenden Mole begrenzt. Etwa 40 Kilometer jenseits der Mole lag die sumpfige Dnjestrmündung, wo Miroslaw Kaminski fünf Monate zuvor ein Boot gestohlen und die verzweifelte Flucht in die Freiheit gewagt hatte. Ihm war es zu verdanken, daß Andrew Drake – Andrej Drach – in das Land seiner Väter heimgekehrt war. Und diesmal war er bewaffnet gekommen.

Am Abend erhielt Kapitän Thanos die Mitteilung, er werde am nächsten Morgen an einen Liegeplatz am Kai geschleppt. Zollbeamte und der Gesundheitsinspektor kamen an Bord. Sie verbrachten eine Stunde in Thanos' Kabine und tranken seinen erstklassigen Scotch, den er für diesen Anlaß reserviert hatte. Das Schiff wurde nicht durchsucht. Drake beobachtete, wie der Zollkutter wieder ablegte, und fragte sich, ob Thanos ihn verraten hatte. Nichts wäre einfacher gewesen: Drake würde beim Landgang verhaftet werden, und Thanos behielt seine 5 000 Dollar.

Drake war sich darüber im klaren, daß alles davon abhing, ob Thanos ihm glaubte, daß er seiner Verlobten Geld bringen wollte. In diesem Fall hatte der Grieche keinen Grund, ihn zu verraten, denn das war ein ganz alltägliches Vergehen; seine eigenen Matrosen brachten auf jeder Reise Schmuggelware nach Odessa, und Dollarscheine waren nur eine andere Art von Schmuggelgut. Und falls jemand das Gewehr und die Pistolen entdeckt hätte, wäre es am einfachsten gewesen, sie ins Meer zu werfen und den Engländer nach der Rückkehr in Piräus von Bord zu jagen. Trotzdem brachte Drake abends keinen Bissen herunter und konnte nachts nicht schlafen.

Bei Sonnenaufgang kam der Lotse an Bord. Die *Sanadria* lichtete Anker und wurde langsam an den Wellenbrechern vorbei von einem Schlepper an ihren Liegeplatz bugsiert. Drake hatte gehört, daß dieser Hafen von allen eisfreien Häfen der Sowjetunion der am häufigsten angelaufene sei und es oft lange Liegezeiten gab, bevor die Schiffsladungen gelöscht werden konnten. Aber offenbar wurden die Elevatoren dringend gebraucht. Er konnte nicht ahnen, wie dringend. Sobald die Hafenkräne ihre Arbeit begannen, erhielt die Freiwache Landurlaub.

Auf See hatte Drake sich mit dem Schiffszimmermann angefreundet: einem Griechen mittleren Alters, der Liverpool kannte und eifrig bemüht war, seine zwanzig Worte Englisch anzubringen. Er hatte sie zu seiner eigenen Begeisterung jedesmal wiederholt, wenn er und der Engländer sich an Bord begegnet waren, und Drake hatte ihm jedesmal aufmunternd und anerkennend zugenickt. Drake hatte Konstantin mit einer Mischung aus Englisch und Zeichensprache erklärt, er habe in Odessa eine Freundin, der er Geschenke mitbringen wolle. Das fand Konstantin ganz richtig. Sie stapften mit einem Dutzend Kameraden die Gangway hinunter und marschierten zur Hafenausfahrt. Drake trug eine seiner besten Lammfelljacken, obwohl es ziemlich warm war. Konstantin hatte eine Segeltuchtasche mit zwei Flaschen besonders gutem Scotch umhängen.

Das gesamte Hafengebiet ist von der Stadt und deren Einwohnern durch einen hohen Maschendrahtzaun mit Stacheldrahtkrone und Bogenlampen abgeriegelt. Tagsüber stehen die Hafentore offen, und die Durchfahrt ist lediglich durch einen rot-weißen Schlagbaum gesperrt, an dem die hereinkommenden und hinausfahrenden Lastwagen von einem Zollbeamten und zwei Milizionären kontrolliert werden.

Mitten in der Einfahrt steht ein langes, schmales Abfertigungsgebäude mit zwei Türen, von denen die eine diesseits, die andere jenseits des Maschendrahtzauns liegt. Die Männer der *Sanadria* betraten das Gebäude unter Konstantins Führung durch die Hafentür. Hinter einer langen Theke wartete ein Zollbeamter; die Paßkontrolle war mit einem weiteren Beamten und einem Milizionär besetzt. Alle drei wirkten verschlampt und schienen sich außerordentlich zu langweilen. Konstantin ging auf den Zollbeamten zu und stellte seine Umhängetasche auf die Theke. Der Uniformierte öffnete sie und zog eine Flasche Whisky heraus. Konstantin machte ihm ein Zeichen, daß er sie als Geschenk behalten solle. Der Zollbeamte rang sich freundliches Nicken ab und stellte die Flasche unter die Theke.

Konstantin legte Drake einen muskulösen Arm um die Schultern und deutete auf den Engländer.

»Dreek«, sagte er breit grinsend. Der Zollbeamte gab durch ein Nicken zu erkennen, daß er verstand, daß der andere ein Freund des Griechen war und als solcher behandelt werden sollte. Drake grinste ebenfalls übers ganze Gesicht. Er trat einen Schritt zurück und musterte den Uniformierten wie ein Maßschneider. Dann trat er vor, schlüpfte aus seiner Lammfelljacke und hielt sie dem Mann hinter der Theke hin, während er ihm bedeutete, daß sie beide die gleiche Größe hätten. Der Zollbeamte machte sich nicht die Mühe, die Jacke anzuprobieren; sie war ein gutes Stück und mindestens ein Monatsgehalt wert. Er lächelte dankend, legte die Jacke unter die Theke und ließ die ganze Gruppe mit einer Handbewegung passieren.

Der Paßbeamte und der Milizionär zeigten keinerlei Überraschung. Die zweite Flasche Whisky war für sie bestimmt. Die Besatzungsmitglieder gaben ihre Seefahrtsbücher ab – Drake legte seinen Reisepaß hin – und erhielten dafür einen Landausweis aus der Ledertasche, die der Beamte umhängen hatte. Wenige Minuten später traten die Männer der *Sanadria* am anderen Ende des Abfertigungsgebäudes in den Sonnenschein hinaus.

Drake war in einem kleinen Café im Hafenviertel verabredet. Es lag in einer der alten kopfsteingepflasterten Straßen unweit des Puschkindenkmals, wo das Gelände vom Hafen zur Stadt hinauf ansteigt. Er fand es nach halbstündigem Umherirren, nachdem er sich von seinen Kameraden mit der Ausrede getrennt hatte, er sei mit seiner Freundin verabredet.

Konstantin hatte nichts dagegen; er mußte sich mit seinen

Freunden aus der Unterwelt in Verbindung setzen, um seinen Seesack voller Jeans loszuwerden.

Kurz nach Mittag erschien Lew Mischkin an dem Treffpunkt. Wachsam und vorsichtig setzte er sich an einen freien Tisch, ohne sich anmerken zu lassen, daß er Drake erkannte. Als er seinen Kaffee ausgetrunken hatte, stand er auf und verließ das Lokal. Drake folgte ihm. Erst als die beiden den breiten, am Meer entlangführenden Primorski-Boulevard erreicht hatten, verlangsamte Mischkin seine Schritte, so daß Drake ihn einholen konnte. Sie sprachen im Gehen miteinander.

Drake war bereit, noch am gleichen Abend die Pistolen in seinem Hosenbund und den Bildverstärker in einer Umhängetasche zwischen zwei klirrenden Whiskyflaschen versteckt herauszuschmuggeln. Um diese Zeit pflegten viele Besatzungen westlicher Schiffe den Zoll zu passieren, um den Abend in den Hafenbars zu verbringen. Damit die Pistolen in seinem Gürtel nicht auffielen, würde Drake wieder eine Lammfelljacke tragen, und in der Abendkühle war es ganz verständlich, daß er die Jacke zugeknöpft ließ. Mischkin und sein Freund wollten in der Dunkelheit am Puschkindenkmal auf Drake warten, um die Waffen zu übernehmen.

Kurz nach 20 Uhr kam Drake mit der ersten Ladung durch den Zoll. Er salutierte grinsend vor dem Zollbeamten, der ihn weiterwinkte, während er seinem Kollegen an der Paßkontrolle etwas zurief. Der andere Mann nahm Drakes Paß entgegen, gab ihm einen Landausweis und deutete mit dem Kinn nach der offenen Tür, wo die Lichter von Odessa funkelten. Drake war durch!

Er hatte das Puschkindenkmal schon fast erreicht und konnte bereits erkennen, wie sich das Haupt des Dichters von dem Nachthimmel abhob, als zwei Gestalten sich aus der Dunkelheit unter den Platanen lösten.

»Hat's Schwierigkeiten gegeben?« fragte Lasareff.

»Keine«, sagte Drake.

»Los, wir haben keine Zeit zu verlieren!« drängte Mischkin. Beide Männer trugen Aktentaschen, wie alle sowjetischen Männer sie zu tragen scheinen. Diese Taschen enthalten keineswegs Akten, sondern sind das männliche Gegenstück zu den »Vielleicht-Taschen«, den Einkaufsnetzen der sowjetischen Frauen. Diese Taschen verdanken ihren Namen der von jedem Sowjetbürger gehegten Hoffnung, auf einen Gebrauchsartikel zu stoßen, vor dem sich noch keine Schlange gebildet hat oder der noch nicht am Ausgehen ist. Mischkin, dessen Aktentasche größer war, ließ sich den Bildverstärker geben; Lasareff übernahm die Pistolen, die Reservemagazine und die Schachtel mit Gewehrmunition.

»Wir laufen morgen abend aus«, berichtete Drake. »Ich muß das Gewehr am Vormittag rausschmuggeln.«

»Verdammt noch mal«, sagte Lasareff zu Mischkin, »bei Tag ist das schwierig. Lew, du kennst dich hier am besten aus. Wo können wir uns treffen?«

Mischkin überlegte. »Ich weiß einen Durchgang zwischen zwei Kranreparaturwerkstätten«, sagte er schließlich.

Er beschrieb Drake die schmutziggrauen Werkstätten in der Nähe der Dockanlagen. »Der Durchgang ist kurz und schmal. Er führt vom Meer weg auf eine Wand zu. Du betrittst ihn um Punkt elf Uhr vom Hafen her. Wir kommen dir aus der anderen Richtung entgegen. Sollte sich außer uns noch jemand in ihm aufhalten, gehst du weiter, marschierst eine Runde um den Block und nimmst dann einen neuen Anlauf. Sobald wir allein sind, übernehmen wir das Gewehr.«

»Wie bringst du's raus?« wollte Lasareff wissen.

»In einem Seesack zwischen Lammfelljacken«, antwortete Drake.

»Los, wir müssen verschwinden!« drängte Mischkin. »Ich höre jemand kommen!«

Als Drake an Bord der *Sanadria* zurückkehrte, hatten andere Zollbeamte Dienst, und er mußte eine Leibesvisitation über sich ergehen lassen. Aber er hatte keine Schmuggelware bei sich. Am nächsten Morgen bat er Kapitän Thanos um Sonderurlaub, um so lange wie möglich mit seiner Verlobten zusammensein zu können. Thanos nickte verständnisvoll und ließ ihn gehen. Beim Zoll erlebte Drake einen unangenehmen Augenblick. Er wurde aufgefordert, seinen Tascheninhalt vorzuzeigen. Er stellte seinen Seesack ab, gehorchte wortlos und brachte vier Zehndollarscheine zum Vorschein. Der Zollbeamte, der schlechter Laune zu sein schien, drohte ihm mit dem Zeigefinger und beschlagnahmte die Devisen. Dafür ignorierte er den Seesack. Lammfelljacken waren anscheinend zulässige Schmuggelware; Dollarscheine waren es nicht.

Der schmale Durchgang war leer. Mischkin und Lasareff kamen von der einen Seite, Drake von der anderen. Mischkin beobachtete die Straße hinter Drake; als die Männer aneinander vorbeigingen, sagte er »Her damit!«, und Drake verlagerte den Seesack auf Lasareffs Schulter.

»Macht's gut!« sagte er im Weitergehen. »Wir sehen uns in Israel.«

Sir Nigel Irvine gehörte drei Clubs im Westen Londons an. Er entschied sich für *Brook's*, als er Barry Ferndale und Adam Munro zum Abendessen einlud. Wie üblich, wurde das ernste Thema des Abends erst angeschnitten, nachdem sie den Speisesaal verlassen und sich in die Bibliothek zurückgezogen hatten, wo Kaffee, Portwein und Zigarren gereicht wurden.

Sir Nigel hatte den Oberkellner gebeten, ihm seine Lieblingsecke bei den auf die St. James Street hinausführenden Fenstern zu reservieren, und die vier großen ledernen Klubsessel standen für die Gäste bereit. Munro trank Cognac mit Wasser; Ferndale und Sir Nigel hatten sich eine Karaffe des hervorragenden Clubportweins auf das Tischchen zwischen ihnen stellen lassen. Schweigen herrschte, während der Kaffee getrunken und die Zigarren angezündet wurden. Von den Wänden blickten die »Dilettantes«, eine Gruppe von Lebemännern des 18. Jahrhunderts, auf sie herab.

»Wo drückt Sie der Schuh, Adam?« erkundigte Sir Nigel sich schließlich. Munro sah kurz zur nächsten Sitzgruppe hinüber, wo sich zwei hohe Beamte unterhielten. Falls die beiden gute Ohren hatten, konnten sie das Gespräch mithören. Sir Nigel hatte Munros Blick bemerkt.

»Solange wir nicht schreien, hört uns niemand«, stellte er gleichmütig fest. »Ein Gentleman belauscht keinen Gentleman, der mit einem Gentleman etwas zu besprechen hat.«

Munro dachte einen Moment lang nach.

»Wir tun's«, sagte er ruhig.

»Das ist etwas anderes«, widersprach Ferndale. »Das ist unser Beruf.«

»Also gut«, sagte Munro. »Ich möchte die Nachtigall herausholen.«

Sir Nigel betrachtete das glühende Ende seiner Zigarre.

»So, so«, meinte er. »Aus einem bestimmten Grund?«

»Zum einen weil sie überfordert ist«, antwortete Munro. »Das Originaltonband der Junisitzung ist gestohlen und durch eine Leerspule ersetzt worden. Dieser Tausch könnte entdeckt werden – das zehrt Nachtigall an den Nerven. Zum anderen besteht die Gefahr, daß unser Informant enttarnt wird. Diese Gefahr wird mit jeder Lieferung größer. Wir wissen inzwischen, daß Maxim Rudin um sein politisches Überleben kämpft, außerdem will er seinen Nachfolger selbst bestimmen können. Falls die Nachtigall unvorsichtig wird oder auch nur Pech hat, kann ihr das den Kopf kosten.«

»Das kann jedem Hochverräter passieren«, warf Ferndale ein. »Das ist Berufsrisiko. Penkowski ist auch geschnappt worden.«

»Das ist der springende Punkt!« sagte Munro. »Penkowski hatte praktisch alles geliefert, was er liefern konnte. Die Kubakrise war beigelegt. Die Russen konnten den von ihm angerichteten Schaden nicht wiedergutmachen.«

»Spricht das nicht dafür, Nachtigall auf dem Posten zu belassen?« fragte Sir Nigel. »Sie kann doch noch eine Menge für uns tun.«

»Vielleicht ist auch das Gegenteil der Fall«, antwortete Munro. »Wenn wir Nachtigall herausholen, erfährt der Kreml nie von den Lieferungen an uns. Wird der Informant geschnappt, bringen sie ihn zum Reden. Sein Geständnis genügt, um Rudin zu stürzen. Und das zu einem Zeitpunkt, wo der Westen größtes Interesse daran haben sollte, daß Rudin bleibt.«

»Allerdings!« bestätigte Sir Nigel. »Ich weiß, was Sie meinen. Hier geht es darum, die Risiken richtig einzuschätzen. Holen wir Nachtigall heraus, überprüft das KGB wahrscheinlich alle Unterlagen der letzten Monate. Dabei dürfte die Sache mit dem verschwundenen Tonband aufkommen, die darauf hindeuten würde, daß Nachtigall vor seiner Flucht noch mehr Material geliefert hat. Wird der Informant jedoch gefaßt, sieht das Ganze noch schlimmer aus; denn dann bringt man ihn dazu, das uns gelieferte Material genau anzugeben. Das könnte durchaus zu Rudins Sturz führen. Wischnajew käme wahrscheinlich auch nicht ungeschoren davon, aber bestimmt würde die Castletown-Konferenz platzen. Es gibt eine dritte Möglichkeit: Wir belassen Nachtigall an Ort und Stelle, bis ein Abrüstungsvertrag geschlossen worden ist. Danach sind die Kriegstreiber im Politbüro machtlos. Es ist keine einfache Entscheidung.«

»Ich möchte den Informanten herausholen«, beharrte Munro. »Oder er soll wenigstens auf Tauchstation gehen und die Lieferungen einstellen.«

»Ich möchte, daß er weitermacht«, sagte Ferndale. »Zumindest bis Castletown vorbei ist.«

Sir Nigel überdachte noch einmal das Für und Wider.

»Ich bin heute nachmittag bei der Premierministerin gewesen«, sagte er schließlich. »Sie hat sich mit einer Bitte, einer dringenden Bitte, an mich gewandt, wobei sie auch im Namen des amerikanischen Präsidenten gesprochen hat. Ich kann diese Bitte im Augenblick nicht abschlagen – es sei denn, Nachtigall befände sich in unmittelbarer Gefahr, enttarnt zu werden. Die Amerikaner halten es für unerläßlich, von Nachtigall über die sowjetische Verhandlungsposition in Castletown informiert zu werden, damit sie einen möglichst günstigen Vertrag aushandeln können. Sie rechnen damit, daß sich die Konferenz bis zum Ende des Jahres hinzieht.

Aber ich mache Ihnen einen Vorschlag. Barry, Sie bereiten einen Plan vor, auf Grund dessen wir Nachtigall herausholen können. Der Plan muß jederzeit durchführbar sein. Sobald der Nachtigall der Boden unter den Füßen zu heiß wird, holen wir sie heraus. Umgehend! Aber im Augenblick sind die Verhandlungen in Castletown und die Niederschlagung der Gruppe um Wischnajew vorrangig. Noch drei bis vier Lieferungen, dann wird die Konferenz sowieso im Abschlußstadium sein. Die Sowjets müssen bis Februar, spätestens März, den Vertrag über die Getreidelieferungen unter Dach und Fach bringen. Danach kann Nachtigall in den Westen kommen, Adam, und ich bin davon überzeugt, daß die Amerikaner sich ihr gegenüber auf die übliche Weise dankbar erweisen werden.«

Das Abendessen in Maxim Rudins Wohnung im Kreml verlief in einer privateren Atmosphäre als jenes im Londoner *Brook's Club*. Die übervorsichtigen Kremlherrscher haben noch nie darauf vertraut, daß ein Gentleman nicht das Gespräch eines anderen Gentleman belauscht. Nur der schweigsame Mischa war in Hörweite, als Rudin in seinem Lieblingssessel im Arbeitszimmer Platz nahm und Iwanenko und Petrow mit einer Handbewegung bedeutete, sich ebenfalls zu setzen.

»Was halten Sie von der heutigen Sitzung?« wollte Rudin ohne weitere Einleitung von Petrow wissen. Der Leiter der ZK-Abteilung Parteiorganisation zuckte mit den Schultern.

»Wir haben uns durchgesetzt«, antwortete er. »Rykows Bericht war hervorragend. Aber wir müssen trotzdem ziemlich große Zugeständnisse machen, wenn wir das Getreide wollen. Und Wischnajew ist noch immer auf seinen Krieg versessen.«

»Wischnajew hat's auf meinen Stuhl abgesehen«, sagte Rudin barsch. »Das ist sein einziger Ehrgeiz. Der eigentliche Kriegstreiber ist Kerenski. Er will seine Streitkräfte einsetzen, bevor er zu alt dafür wird.«

»Das kommt letztlich aufs gleiche heraus«, meinte Iwanenko. »Falls Wischnajew Sie stürzt, wird er Kerenski so verpflichtet sein, daß er dessen Plan zur Lösung all unserer Probleme nicht ablehnen kann – was er wohl auch gar nicht will. Er läßt Kerenski im Frühjahr oder Frühsommer seinen Krieg führen. Gemeinsam vernichten die beiden dann alles, was zwei Generationen mühsam aufgebaut haben.«

»Was haben Sie gestern von Ihren Leuten erfahren?« fragte Rudin. Er wußte, daß Iwanenko zwei seiner erfahrensten Residenten in der Dritten Welt zur persönlichen Berichterstattung nach Moskau gerufen hatte. Der eine kontrollierte die Untergrundarbeit in Afrika; der andere leitete die Geheimoperationen im Mittleren Osten.

»Gute Nachrichten«, sagte Iwanenko. »Die Kapitalisten machen schon so lange eine miserable Afrikapolitik, daß ihre Position allmählich unhaltbar wird. In Washington und London sind noch immer die Liberalen am Ruder – also auch in den Außenministerien. Sie beschäftigen sich ausschließlich mit Südafrika und vergessen dabei völlig Nigeria und Kenia. Beide Länder sind kurz davor, uns zuzufallen. Die Franzosen im Senegal sind da hartnäckiger. Was den Mittleren Osten betrifft, so können wir meiner Ansicht nach damit rechnen, daß Saudi-Arabien innerhalb von drei Jahren kommunistisch wird. Es ist völlig eingeschlossen.«

»Wie sieht der Zeitplan aus?« fragte Rudin.

»In ein paar Jahren, spätestens bis neunzehnhundertneunzig, haben wir das Erdöl und die Schiffahrtswege unter unserer Kontrolle. Washington und London werden in scheinbarer Sicherheit gewogen, was sich bereits jetzt positiv auswirkt.«

Rudin stieß den Rauch seiner Zigarette aus und zerdrückte die Kippe in dem Aschenbecher, den Mischa ihm hinhielt.

»Ich erlebe das nicht mehr«, sagte er, »aber ihr beide werdet es erleben. Innerhalb eines Jahrzehnts wird der Westen ausgehungert sein, ohne daß wir einen einzigen Schuß abzugeben brauchen. Um so wichtiger ist es jetzt, Wischnajew rechtzeitig Einhalt zu gebieten.«

Vier Kilometer südwestlich des Kremls steht in einer engen Schleife der Moskwa unweit des Leninstadions das neue Kloster der Hl. Jungfrau. Sein Haupteingang befindet sich genau gegenüber dem größten Berioska-Laden, in dem reiche und privilegierte Sowjetbürger und Ausländer gegen Devisen Luxusartikel kaufen können, die für die breite Masse unerschwinglich sind.

Zum Klostergelände gehören zwei Seen und ein Friedhof, der für Besucher geöffnet ist. Der Pförtner am Eingangstor wird kaum jemanden aufhalten, der einen Blumenstrauß im Arm trägt.

Adam Munro stellte seinen Wagen auf dem Berioska-Parkplatz ab, zwischen Autos, deren Kennzeichen auf die Privilegien ihrer Besitzer hinwiesen.

»Wo verstecken Sie einen Baum?« hatte sein Ausbilder die Kursteilnehmer gefragt. »In einem Wald. Und wo verstecken Sie einen Kiesel? An einem Flußufer. Achten Sie immer darauf, daß alles natürlich bleibt.«

Munro überquerte die Straße und betrat mit seinem Nelkenstrauß den Friedhof. Nach kurzer Zeit stieß er auf Walentina, die an dem kleineren See auf ihn wartete. Mit den letzten Oktobertagen war der erste kalte Wind von den Steppen im Osten gekommen, der bleigraue Wolkenfetzen vor sich hertrieb. Die Wasserfläche war gekräuselt.

»Ich habe mich in London erkundigt«, sagte Adam sanft. »Sie haben mir erklärt, es sei im Augenblick zu gefährlich. Wenn sie dich jetzt herausholten, würde die Sache mit dem Tonband auffliegen – und damit wäre klar, daß Protokolle weitergegeben worden sind. Sie fürchten, daß das Politbüro dann die Konferenz abbrechen und auf Wischnajews Plan zurückgreifen könnte.«

Ein leichtes Zittern überfiel Walentina. Wegen des eisigen Windes am See oder aus Angst vor ihren eigenen Machthabern? Munro wußte es nicht. Er legte einen Arm um ihre Schultern und zog sie an sich.

»Wahrscheinlich haben sie recht«, meinte sie leise. »Zumindest verhandelt das Politbüro jetzt, um uns Nahrung und Frieden zu sichern, anstatt sich auf einen Krieg vorzubereiten.«

»Rudin und seine Gruppe scheinen es damit ernst zu meinen«, vermutete er. Aber sie winkte ab.

»Sie sind genauso schlimm wie die anderen«, sagte sie. »Wenn sie nicht unter Druck stünden, wären sie nicht verhandlungsbereit.«

»Aber sie stehen unter Druck«, meinte Munro. »Die Getreideernte wird jetzt eingeholt. Sie wissen, vor welche Wahl sie gestellt sind. Ich glaube, die Welt bekommt ihren Friedensvertrag.«

»Dann hätte sich mein Einsatz gelohnt«, sagte Walentina. »Ich will nicht, daß Sascha wie ich zwischen Trümmern aufwächst oder mit der Waffe in der Hand leben muß.«

»Dazu wird es nicht kommen«, sagte Munro. »Glaub mir, Liebling, er wird in der Freiheit, im Westen aufwachsen – mit dir, seiner Mutter, und mit mir, seinem Stiefvater. Meine Vorgesetzten haben sich einverstanden erklärt, dich im Frühjahr herauszuholen.«

Sie sah mit einem hoffnungsvollen Leuchten in den Augen zu ihm auf.

»Im Frühjahr? O Adam, wann im Frühjahr?«

»Die Verhandlungen können nicht allzu lange dauern. Die Sowjetunion braucht das Getreide spätestens im April. Bis dahin sind sämtliche Vorräte, einschließlich der Reserven, erschöpft. Sobald der Vertrag ausgehandelt ist, vielleicht schon vor seiner Unterzeichnung, wirst du mit Sascha herausgeholt. Bitte riskier von nun an nicht mehr so viel wie bisher. Liefere nur noch das wichtigste Material für die Castletown-Konferenz.«

»Ich habe ein Protokoll dabei.« Sie versetzte ihrer Umhängetasche einen leichten Stoß. »Es ist zehn Tage alt. Darin ist von so vielen technischen Dingen die Rede, daß ich es kaum verstehe. Auf der Sitzung ging es um die zulässige Verringerung mobiler SS 20.«

»Taktische Raketen mit Atomsprengköpfen: höchst zielsicher und höchst mobil, auf Selbstfahrlafetten montiert und in ganz Osteuropa in Wäldern und unter Tarnnetzen versteckt.«

Vierundzwanzig Stunden später war das Protokoll nach London unterwegs.

Am 29. Oktober ging in der Innenstadt von Kiew eine alte Dame auf dem Weg zu ihrer Wohnung die Swerdlowstraße entlang. Sie stammte aus einer Bauernfamilie und war auf dem Land aufgewachsen. Das mochte der Grund dafür sein, daß sie es selbst als Mittsiebzigerin noch vorzog, kurze Strecken zu Fuß zurückzulegen, obwohl ihr eine Limousine mit Chauffeur zustand. Aber weil ihre Freundin, bei der sie den Abend verbracht hatte, nur zwei Häuserblocks von ihrer eigenen Wohnung entfernt wohnte, hatte sie dem Fahrer freigegeben. Kurz nach zehn Uhr überquerte sie die Straße vor dem Haus, in dem ihre Wohnung lag.

Das Auto kam zu schnell, als daß sie es hätte rechtzeitig wahrnehmen können. Eben war die Straße noch leer gewesen bis auf zwei Fußgänger in etwa 100 Meter Entfernung; im nächsten Augenblick, als sie sich auf der Mitte der Fahrbahn befand, raste der Wagen mit aufgeblendeten Scheinwerfern und quietschenden Reifen auf sie zu. Sie erstarrte. Der Fahrer schien direkt auf sie zuzusteuern. Im letzten Moment riß er den Wagen zur Seite. Sie wurde von einem Kotflügel erfaßt und in den Rinnstein geschleudert. Ohne anzuhalten, raste das Auto die Swerdlowstraße in Richtung Kreschtschatik-Boulevard davon. Undeutlich hörte sie noch die herbeihastenden Schritte der Passanten, die ihr zu Hilfe kamen. Dann verlor sie das Bewußtsein.

An diesem Abend kehrte Edwin J. Campbell, der amerikanische Delegationsleiter bei der Castletown-Konferenz, müde und niedergeschlagen in die Residenz des Botschafters in Phoenix Park zurück. Die Vereinigten Staaten stellten ihrem Gesandten in Dublin eine elegante, von Grund auf modernisierte Villa zur Verfügung, deren schönstes Gästezimmer Edwin J. Campbell erhalten hatte. Er freute sich auf ein ausgedehntes heißes Bad und sein Bett.

Er hatte eben seinen Mantel ausgezogen und seinem Gastgeber guten Abend gesagt, als ihm ein Kurier aus der Botschaft einen dicken braunen Umschlag überreichte. Der Inhalt bewirkte, daß Campbell in dieser Nacht kaum zum Schlafen kam. Aber der Aufwand lohnte sich.

Am nächsten Tag nahm der Amerikaner in Castletown House in der Long Gallery am Verhandlungstisch Platz und sah ausdruckslos zu Professor Iwan I. Sokolow hinüber.

Okay, Professor, dachte er, ich weiß, wie weit Sie mit Ihren Zugeständnissen gehen dürfen. Dann wollen wir mal mit der Arbeit anfangen.

Es dauerte 48 Stunden, bis der sowjetische Delegierte sich damit einverstanden erklärte, die Zahl der taktischen Atomraketen des Typs SS 20 in Osteuropa auf die Hälfte zu reduzieren. Sechs Stunden später wurde im Speisesaal ein Protokoll unterzeichnet, in dem die USA sich verpflichteten, der UdSSR Ölbohr- und Ölgewinnungstechnologien im Werte von 200 Millionen Dollar zu überlassen, zu Ausverkaufspreisen.

Die alte Dame war immer noch bewußtlos, als sie mit einem Krankenwagen in das Kiewer Oktoberkrankenhaus in der Karl-Liebknecht-Straße 39 eingeliefert wurde, und blieb es bis zum nächsten Morgen. Als sie endlich erklären konnte, wer sie war, ließ die erschrockene Krankenhausverwaltung sie sofort in ein

Einzelzimmer verlegen, das sich rasch mit Blumen füllte. Im Laufe des Tages wurde sie von dem besten Kiewer Chirurgen operiert, der ihren Oberschenkelknochen nagelte.

In Moskau wurde Iwanenko von seinem Adjutanten angerufen. Angespannt lauschte er, dann sagte er ohne zu zögern:

»Ja, ich verstehe. Sagen Sie ihr, daß ich sofort komme. Was? Gut, dann eben, wenn sie aus der Narkose aufgewacht ist. Morgen abend? Ja, bereiten Sie alles vor.«

Am Abend des letzten Oktobertages war es bitter kalt. In der Rosa-Luxemburg-Straße, die an der Rückseite des Oktoberkrankenhauses vorbeiführt, war niemand unterwegs. Zwei große schwarze Limousinen parkten vor dem Hintereingang des Gebäudes, den der KGB-Vorsitzende dem großartigen Portal an der Vorderfront vorgezogen hatte.

Die Krankenhausanlage befindet sich auf einer leichten Anhöhe, die von Bäumen umgeben ist. Schräg gegenüber auf der anderen Straßenseite war ein Erweiterungsbau errichtet worden, dessen noch nicht fertiggestellte Obergeschosse über die Baumkronen hinausragen. Die beiden Männer, die dort oben zwischen Zementsäcken hockten und sich ihre klammen Hände rieben, ließen die schwarzen Limousinen, die von einer einzelnen trüben Birne über dem Krankenhauseingang beleuchtet wurden, nicht aus den Augen.

Der Mann, der nur noch sieben Sekunden zu leben hatte und der jetzt die Treppe herabkam, hatte sich für die wenigen Schritte über den Gehsteig zu der warmen Limousine in einen langen Mantel mit Pelzkragen gehüllt und dicke Handschuhe angezogen. Er hatte zwei Stunden bei seiner Mutter verbracht, sie getröstet und ihr versichert, die Schuldigen würden gefunden werden, wie der verlassene Wagen bereits gefunden worden war ...

Der Mann wurde von einem Adjutanten begleitet, der vorauslief und die Lampe über dem Eingang ausschaltete. Die Tür und der Gehsteig lagen im Dunkeln. Erst jetzt näherte Iwanenko sich der Tür, die einer seiner sechs Leibwächter aufhielt, und verließ das Gebäude. Sofort wurde er von vier weiteren Leibwächtern umringt und war nur noch ein Schatten unter Schatten.

Der SIL stand mit laufendem Motor zur Abfahrt bereit. Iwanenko ging rasch auf den Wagen zu und blieb, während die hintere Tür geöffnet wurde, eine Sekunde lang stehen. Er starb, als die Kugel aus dem Jagdgewehr seine Stirn durchschlug, das Scheitelbein zersplitterte, am Hinterkopf austrat und in der Schulter des Adjutanten steckenblieb.

Nicht einmal eine volle Sekunde lag zwischen dem Knall des Gewehrs, dem dumpfen Einschlag des Geschosses und dem ersten Aufschrei von Oberst Kukuschkin, des dienstältesten Leibwächters. Bevor Iwanenko auf dem Gehsteig zusammensackte, hatte ihn der Oberst unter den Armen gepackt und auf den Rücksitz der Limousine gezerrt. Die Wagentür war noch nicht geschlossen, als der Oberst dem verwirrten Chauffeur zurief: »Losfahren, fahren Sie los!«

Als der SIL mit quietschenden Reifen anfuhr, bettete Kukuschkin das blutende Haupt des KGB-Vorsitzenden in seinen Schoß. Er dachte hastig nach. Der Verletzte mußte in ein Krankenhaus eingeliefert werden, aber welches war für diesen Mann geeignet? Als die Limousine am Ende der Rosa-Luxemburg-Straße war, schaltete der Oberst die Innenbeleuchtung ein. Was er sah – und er hatte in seiner Dienstzeit viel gesehen –, genügte. Sein Chef würde nie mehr ein Krankenhaus brauchen. Kukuschkins nächster Gedanke stellte sich aufgrund seines Berufs automatisch ein: Niemand durfte von dem Attentat erfahren! Das Undenkbare war geschehen, aber das durfte nur ein kleiner Kreis Auserwählter wissen. Kukuschkin verdankte seine Karriere seiner Geistesgegenwart. Er beobachtete, wie die zweite Limousine, in der die Leibwächter saßen, hinter ihnen aus der Rosa-Luxemburg-Straße herausschoß, und wies den Chauffeur an, nach drei Kilometern in einer ruhigen Seitenstraße zu parken.

Nachdem der Oberst seinen blutdurchtränkten Zivilmantel ausgezogen hatte, ließ er den SIL mit zugezogenen Vorhängen unter Bewachung der Leibwächter zurück und fuhr mit der zweiten Limousine davon. Von einer Kaserne aus, wo sein Ausweis und sein Dienstgrad ihm augenblicklich Zutritt zum Büro des Kommandanten verschafften, telefonierte er über eine Direktleitung mit dem Kreml. Nach fünfzehn Minuten war die Verbindung hergestellt.

»Ich muß den Genossen Generalsekretär sprechen. Es ist dringend!« Da der Anruf über eine Direktleitung kam, konnte die Telefonistin sicher sein, daß es sich nicht um den Scherz eines anonymen Anrufers handelte. Sie verband Kukuschkin mit einem Angestellten im Arsenalgebäude, der ihn warten ließ, während er über das Haustelefon mit Maxim Rudin sprach. Rudin befahl, den Anruf durchzustellen.

»Ja?« knurrte er in die Sprechmuschel. »Hier ist Rudin.«

Kukuschkin hatte noch nie mit dem Staats- und Parteichef gesprochen, obwohl er ihn schon oft aus nächster Nähe erlebt hatte. Er erkannte den Generalsekretär an der Stimme. Der Oberst schluckte mühsam, holte tief Luft und begann mit seinem Bericht.

Am anderen Ende hörte Rudin aufmerksam zu, stellte zwei kurze Fragen, erteilte einige knappe Befehle und legte den Hörer auf. Dann drehte er sich nach Wassili Petrow um, der ihn am Abend aufgesucht hatte und sich nun gespannt und besorgt nach vorn beugte.

»Er ist tot!« Rudin war fassungslos. »Kein Herzschlag. Erschossen. Juri Iwanenko. Der Vorsitzende des KGB ist soeben hinterrücks ermordet worden!«

Die Uhr im Erlöser-Turm schlug Mitternacht, und eine schlafende Welt trieb langsam in einen Krieg hinein.

8

Seit jeher ist das KGB offiziell dem sowjetischen Ministerrat unterstellt. In der Praxis jedoch untersteht es dem Politbüro.

Die Routinearbeit des KGB, die Ernennung seiner Offiziere, alle Beförderungen und die strenge Schulung jedes einzelnen Mitarbeiters werden vom Politbüro durch die ZK-Abteilung Parteiorganisation überwacht. Jeder KGB-Angehörige wird unabhängig von seiner Stellung ohne Unterlaß beobachtet, ausgehorcht und in den Akten festgehalten; in der Sowjetunion werden selbst die Wachhunde bewacht. Deshalb ist es unwahrscheinlich, daß dieser umfassendste und mächtigste Kontrollapparat jemals außer Kontrolle gerät.

Das Tarnunternehmen, das Maxim Rudin unmittelbar persönlich angeordnet hatte, wurde nach Juri Iwanenkos Ermordung von Wassili Petrow geleitet.

Rudin hatte Oberst Kukuschkin am Telefon befohlen, mit den beiden Limousinen sofort nach Moskau zurückzufahren, ohne unterwegs eine Essens- oder Erholungspause einzulegen. Der SIL mit der Leiche Iwanenkos sollte an abgeschiedenen Plätzen mit Benzin aus Kanistern aufgetankt werden, das von den Männern mit dem anderen Wagen besorgt werden mußte.

Als die Wagen die Außenbezirke von Moskau erreichten, wurden sie auf dem schnellsten Weg zur Klinik des Politbüros in Kunzewo geleitet, wo der Leichnam mit dem zertrümmerten Schädel in aller Stille in einem Kiefernwäldchen auf dem Klinikgelände in einem unbezeichneten Grab beigesetzt wurde. Die Totengräber waren Iwanenkos eigene Leibwächter, die anschließend in demselben Wäldchen in einer Kremlvilla unter Hausarrest gestellt wurden. Dort wurden sie nicht von KGB-Angehörigen, sondern von Soldaten der Kremlgarde bewacht.

Nur Oberst Kukuschkin wurde nicht aus dem Verkehr gezogen. Er war in das Büro von Wassili Petrow im Gebäude des Zentralkomitees beordert worden.

Der Oberst war ein ängstlicher Mann, und als er Petrows Büro verließ, wirkte er nicht viel mutiger. Petrow hatte ihm eine einzige Chance gegeben, sein Leben und seine Karriere zu retten: Er sollte das Tarnunternehmen leiten.

Kukuschkin veranlaßte in der Klinik die Schließung einer ganzen Abteilung und forderte von der KGB-Zentrale am Dscherschinskiplatz neue Leute an, die die Räume zu bewachen hatten. Zwei KGB-Ärzte wurden nach Kunzewo abkommandiert, um in dieser Abteilung einen Patienten zu betreuen. Sie fanden nur ein leeres Bett vor. Obwohl niemand außer ihnen Zugang zu dem Krankenzimmer hatte, verlangten die beiden Mediziner, die gerade soviel wußten, um Angst zu haben, alle Instrumente und Arzneien für die Behandlung eines Herzanfalls.

Innerhalb von 24 Stunden existierte Juri Iwanenko nur mehr in der hermetisch verschlossenen Abteilung dieser geheimen Klinik an der Straße von Moskau nach Minsk.

Ein einziger Mann wurde in diesem frühen Stadium mit in das Geheimnis eingeweiht. Von Iwanenkos sechs Stellvertretern, die alle ihre Büros in der Nähe seines Arbeitszimmers im zweiten Stock der KGB-Zentrale hatten, war einer sein offizieller Stellvertreter als KGB-Vorsitzender. Petrow ließ General Konstantin Abrassow zu sich kommen und informierte ihn über das Attentat – eine Nachricht, die den General erschütterte, wie ihn in seiner dreißigjährigen Geheimdienstlaufbahn noch nichts erschüttert hatte. Ihm blieb keine andere Wahl, als einer Fortsetzung der Maskerade zuzustimmen.

Im Kiewer Oktoberkrankenhaus wurde die Mutter des Ermordeten von KGB-Männern abgeschirmt. Wie bisher erhielt sie auch weiterhin täglich Genesungswünsche von ihrem Sohn.

Die drei Bauarbeiter, die am Morgen nach dem Attentat in dem halbfertigen Neubau des Krankenhauses ein Jagdgewehr mit Bildverstärker gefunden hatten, wurden zusammen mit ihren Familien in ein Arbeitslager deportiert. Zwei Kriminalbeamte kamen mit dem Flugzeug aus Moskau, um einen Fall von Rowdytum zu untersuchen. Oberst Kukuschkin begleitete sie. Man sagte ihnen, ein Schuß sei auf den fahrenden Wagen eines hiesigen Parteifunktionärs abgegeben worden; die Kugel habe die Windschutzscheibe durchschlagen und sei in der Polsterung der Rücksitze steckengeblieben. Man zeigte den Beamten tatsächlich ein Geschoß; es war jenes, das man aus der Schulter von Iwanenkos Adjutant entfernt hatte. Die beiden Beamten erhielten den Auftrag, die Rowdys unter Wahrung strengster Geheimhaltung aufzuspüren und zu identifizieren. Einigermaßen verwirrt und bedrückt machten sie sich an die Untersuchung. Die Arbeit an dem Krankenhausanbau wurde eingestellt und die Baustelle abgeriegelt. Die Beamten erhielten alle technischen Geräte, die sie sich wünschen konnten. Das einzige, was sie nicht bekamen, war eine wahrheitsgemäße Erklärung.

Als das Täuschungsmanöver in allen Einzelheiten perfekt war, suchte Petrow Rudin auf, um ihm selbst Bericht zu erstatten. Dem alten Vorsitzenden fiel die schwierigste Aufgabe zu: Er mußte dem Politbüro mitteilen, was wirklich geschehen war.

Der Bericht Dr. Fletchers vom Landwirtschaftsministerium, der Präsident William Matthews zwei Tage später vorlag, übertraf sogar noch die Erwartungen des von ihm geleiteten Krisenstabs. Die Getreideernte in Nordamerika war wegen des günstigen Wetters nicht nur hervorragend – sie brach alle bisherigen Rekorde. Selbst nach Abzug des voraussichtlichen Eigenbedarfs, selbst unter Berücksichtigung der Hilfslieferungen an bedürftige Länder würde der Überschuß in Amerika und Kanada zusammen fast 60 Millionen Tonnen betragen.

»Mr. President, Sie haben gewonnen«, sagte Stanislaw Poklewski. »Sie können diesen Überschuß jederzeit zum Preis vom Juli aufkaufen. Angesichts der Fortschritte auf der Castletown-Konferenz legt Ihnen der Haushaltsausschuß bestimmt nichts in den Weg.«

»Das will ich hoffen!« antwortete der Präsident. »Falls wir in Castletown Erfolg haben, sparen wir im Verteidigungshaushalt mehr, als wir bei diesem Getreidegeschäft verlieren. Aber wie sieht's mit der sowjetischen Ernte aus?«

»Wir befassen uns gerade damit«, sagte Bob Benson. »Die Condor-Satelliten bewegen sich ständig über der Sowjetunion, und unsere Analytiker berechnen die Ernteerträge für jedes einzelne

Gebiet. Wir werden Ihnen voraussichtlich nächste Woche einen Bericht vorlegen können. Wir vergleichen unsere Analyse mit den Meldungen unserer Agenten. Auf diese Weise können wir ziemlich genaue Angaben machen – mit einer Abweichung von höchstens fünf Prozent.«

»Stellen Sie den Bericht so schnell wie möglich fertig«, sagte der Präsident. »Ich muß genau wissen, wie es um die Sowjets bestellt ist. Dazu gehört auch die Reaktion des Politbüros auf die eigene Getreideernte. Ich muß die sowjetischen Stärken und Schwächen kennen. Diese Informationen müssen Sie mir beschaffen, Bob.«

In der Ukraine wird niemand so schnell vergessen, wie KGB und Miliz im Winter des Jahres 1982 gegen alle jene vorgingen, bei denen auch nur der geringste Verdacht auf eine nationalistische Haltung bestand.

Während die zwei Kriminalbeamten im Auftrag von Oberst Kukuschkin sorgfältig die Passanten vernahmen, die an dem Abend, an dem Iwanenkos Mutter angefahren worden war, auf der Swerdlowstraße unterwegs gewesen waren, während sie den gestohlenen Wagen, mit dem die alte Dame angefahren worden war, genau unter die Lupe nahmen, und das Gewehr, den Bildverstärker und die Umgebung des Krankenhausneubaus untersuchten, machte General Abrassow Jagd auf Nationalisten.

Hunderte wurden in Kiew, Ternopol, Lwow, Kanew, Rowno, Schitomir und Winniza festgenommen. Die örtlichen KGB-Stellen, die durch Kommandos aus Moskau verstärkt wurden, führten die Verhöre durch, die sich scheinbar mit gelegentlichen Fällen von Rowdytum wie dem Überfall auf einen KGB-Agenten im August in Ternopol befaßten. Einige der ranghöheren Vernehmer wußten, daß es bei diesen Ermittlungen auch um einen Schuß ging, der Ende Oktober in Kiew gefallen war – aber das war schon alles.

In dem ärmlichen Lwower Arbeiterviertel Lewandiwka schlenderten Dawid Lasareff und Lew Mischkin bei einer ihrer seltenen Zusammenkünfte durch die verschneiten Straßen. Sie wußten, daß eines Tages auch für sie der Zeitpunkt kam, da sie, wie ihre Väter, in Arbeitslager geschickt werden würden. Auf ihre Ausweise war das Wort Jude gestempelt – wie bei weiteren drei Millionen sowjetischer Juden. Früher oder später würde das KGB seine Aufmerksamkeit nicht mehr auf die Nationalisten, sondern auf die Juden richten. In dieser Beziehung ändert sich in der Sowjetunion nie viel.

»Ich habe Andrej Drach gestern die Postkarte geschickt, um ihm mitzuteilen, daß wir unser erstes Ziel erreicht haben«, berichtete Mischkin. »Wie sieht's bei dir aus?«

»Bisher ganz gut«, antwortete Lasareff. »Vielleicht läßt der Druck bald nach.«

»Diesmal nicht, fürchte ich«, sagte Mischkin. »Wir müssen bald fliehen, wenn wir eine Chance haben wollen. Die Häfen kommen nicht in Frage. Es muß ein Flugzeug sein. Wir treffen uns nächste Woche am gewohnten Platz. Ich sehe zu, was ich inzwischen über den Flughafen rauskriegen kann.«

Weit im Norden donnerte ein Jumbo-Jet der SAS auf der Polarroute von Stockholm nach Tokio. Zu den Passagieren in der Ersten Klasse gehörte Kapitän Thor Larsen, der zu seinem neuen Schiff unterwegs war.

Maxim Rudin erstattete dem Politbüro trocken und mit rauher Stimme Bericht. Aber keine Schauspielkunst der Welt hätte die Aufmerksamkeit seiner Zuhörer mehr fesseln oder die Männer in größeren Schrecken stürzen können. Seitdem ein Jahrzehnt zuvor am Borowitski-Tor des Kremls ein Armeeoffizier das Magazin seiner Pistole in Richtung auf Leonid Breschnews Limousine leergeschossen hatte, ließ sich das Gespenst des bewaffneten Einzelgängers, der den um die Herrscher errichteten Sicherheitswall durchbrach, nicht mehr vertreiben. Jetzt war es aus seinem Schattendasein herausgetreten und hockte hämisch grinsend an ihrem grünbespannten Konferenztisch.

Diesmal nahm keiner der persönlichen Mitarbeiter Rudins an der Sitzung teil. Die Tonbandgeräte auf dem Tisch in der Ecke blieben ausgeschaltet, und weder die Protokollanten noch die Wachen waren anwesend. Nachdem Rudin seine Erklärung abgegeben hatte, erteilte er das Wort Petrow, der die umfangreichen Maßnahmen zur Tarnung des Verbrechens schilderte und über die laufende geheime Fahndung berichtete, die das Ziel hatte, die Mörder zu identifizieren und zu liquidieren, sobald sie alle ihre Komplicen preisgegeben hatten.

»Aber Sie haben sie noch nicht gefaßt?« knurrte Stepanow.

»Das Attentat hat erst vor fünf Tagen stattgefunden«, stellte Petrow gelassen fest. »Nein, wir haben sie noch nicht. Aber selbstverständlich kriegen wir sie. Sie können nicht entkommen, wer sie auch sein mögen. Und wenn sie gefaßt sind, werden sie alle ihre Komplicen verraten. Dafür sorgt General Abrassow. Jeder, der von den Ereignissen in der Rosa-Luxemburg-Straße weiß, wird ausgeschaltet. Auf diese Weise bleibt keine Spur zurück.«

»Und bis dahin?« fragte Komarow.

»Bis dahin«, sagte Rudin, »muß mit unverbrüchlicher Solidarität daran festgehalten werden, daß der Genosse Iwanenko einen schweren Herzanfall erlitten hat und auf einer Intensivstation liegt. Über einen Punkt müssen wir uns klar sein: Die Sowjetunion kann und wird es nicht zulassen, wegen des Vorfalls in der Rosa-Luxemburg-Straße von der ganzen Welt gedemütigt zu werden. Bei uns gibt es keine Lee Harvey Oswalds und wird es nie welche geben!«

Die anderen murmelten zustimmend. Sie waren sich mit Rudin darüber einig, daß eine Demütigung dieser Art für die Sowjetunion untragbar wäre.

»Aber es war eine Waffe aus dem Westen, nicht wahr?« erkundigte Schuschkin sich. »Kann der Westen hinter dem Attentat stehen?«

»Das halte ich für nahezu ausgeschlossen«, antwortete Außenminister Rykow. »Keine westliche Regierung, keine Regierung der Dritten Welt wäre so verrückt, ein derartiges Verbrechen zu unterstützen. Wir haben schließlich auch nichts mit der Ermordung Kennedys zu tun gehabt. Vielleicht stehen dahinter Emigranten. Vielleicht sowjetfeindliche Fanatiker. Aber keine Regierung.«

»Wir ermitteln auch gegen Emigrantengruppen im Ausland«, berichtete Petrow. »Natürlich diskret. In die meisten Gruppen haben wir längst unsere Leute eingeschleust. Bisher ist noch nichts gemeldet worden. Das Gewehr, die Munition und der Bildverstärker stammen aus dem Westen und sind dort ohne Einschränkungen im Handel erhältlich. Zweifellos sind sie in die Sowjetunion geschmuggelt worden. Das bedeutet, daß die Attentäter sie selbst hereingeschmuggelt oder Hilfe von außen erhalten haben. General Abrassow ist wie ich der Ansicht, daß wir als erstes die Täter fassen müssen. Sie werden uns dann schon ihre Lieferanten verraten. Alles Weitere übernimmt die Fünfte Hauptverwaltung.«

Jefrem Wischnajew hörte aufmerksam zu, ohne sich jedoch an der Diskussion zu beteiligen. An seiner Stelle brachte Kerenski die Unzufriedenheit der Dissidentengruppe zum Ausdruck. Aber weder er noch Wischnajew versuchten, erneut über die Castletown-Konferenz oder einen Krieg im Frühjahr 1983 abstimmen zu lassen. Sie waren sich darüber im klaren, daß bei Stimmengleichheit die Stimme des Vorsitzenden den Ausschlag gab. Rudin war seinem Sturz einen Schritt näher gekommen, aber noch war er nicht gefallen.

Das Politbüro einigte sich darauf, dem KGB und den oberen Ebenen des Parteiapparats mitzuteilen, Juri Iwanenko habe einen Herzanfall erlitten und liege im Krankenhaus. Sobald die Mörder gefaßt und mitsamt ihren Komplicen liquidiert waren, konnte Iwanenko in aller Stille einem Herzschlag erliegen.

Rudin wollte eben seine Mitarbeiter und die Stenografen hereinrufen, um die Sitzung offiziell zu eröffnen, als Stepanow, der ursprünglich für Rudin und Verhandlungen mit den USA gestimmt hatte, die Hand hob.

»Genossen, ich würde es als schwere Niederlage für unser Land ansehen, wenn es Juri Iwanenkos Mördern gelingen sollte, ins Ausland zu fliehen und dort ihre Tat zu verkünden. Sollte das geschehen, könnte ich nicht länger die Politik der Verhandlungen und der Abrüstungskonzessionen als Gegenleistung für amerikanisches Getreide unterstützen. Ich würde dann für den Vorschlag des Genossen Wischnajew stimmen.«

Totenstille.

»Ich auch«, sagte Schuschkin.

Acht zu vier, dachte Rudin, während er ausdruckslos über den Konferenztisch sah. Acht zu vier, wenn diese beiden Scheißkerle jetzt überlaufen!

»Ich nehme das zur Kenntnis, Genossen«, sagte er ungerührt. »Aber die Öffentlichkeit wird nichts erfahren. Absolut nichts!«

Zehn Minuten später wurde die Sitzung mit dem allgemeinen Ausdruck des Bedauerns über die plötzliche Erkrankung des Genossen Iwanenko offiziell eröffnet. Danach begann die Diskussion über die neuesten Zahlen der diesjährigen Getreideernte.

Jefrem Wischnajews SIL-Limousine schoß aus dem Borowitski-Tor in der Südwestecke des Kremls geradeaus über den Manegeplatz. Der Verkehrspolizist auf dem Platz, der über Sprechfunk benachrichtigt worden war, daß die Politbüromitglieder den Kreml verließen, hatte den gesamten Verkehr gestoppt. Sekunden später rasten die langen, schwarzen Wagen die Frunzestraße entlang, am Verteidigungsministerium vorbei zu den Luxuswohnungen am Kutusow-Prospekt.

Im letzten Wagen saß Marschall Kerenski neben Wischnajew, der ihn eingeladen hatte, mit ihm zu fahren. Die Trennscheibe zwischen dem geräumigen Fond und dem vorderen Teil war schalldicht geschlossen. Vorhänge schützten vor den neugierigen Blicken der Passanten.

»Er wackelt schon«, knurrte Kerenski.

»Nein«, sagte Wischnajew, »er ist dem Sturz einen Schritt näher gekommen und ohne Iwanenko viel schwächer, aber er fällt noch lange nicht. Du darfst Maxim Rudin nicht unterschätzen. Er wird wie ein in die Enge getriebener Bär kämpfen, bevor er unterliegt – aber er wird fallen, weil er fallen muß!«

»Uns bleibt nicht mehr viel Zeit«, stellte Kerenski fest.

»Weniger Zeit als du denkst«, antwortete Wischnajew. »In Wilna ist es in der letzten Woche wegen Lebensmittelknappheit zu Unruhen gekommen. Unser Freund Witautas, der im Juli für uns gestimmt hat, wird allmählich nervös. Er wollte schon die Seiten wechseln, obwohl ich ihm eine sehr attraktive Villa neben meiner eigenen in Sotschi angeboten habe. Jetzt hält er wieder zu uns, und Schuschkin und Stepanow stimmen vielleicht beim nächsten Mal ebenfalls zu unseren Gunsten.«

»Aber nur wenn die Mörder entkommen oder das Attentat im Ausland bekannt wird«, wandte Kerenski ein.

»Richtig. Und genau das muß passieren.«

Kerenski wandte sich abrupt dem Theoretiker zu, und sein rosiges Gesicht unter der weißen Mähne lief ziegelrot an.

»Wir sollen die Wahrheit preisgeben? Sie der ganzen Welt enthüllen? Das können wir nicht!« explodierte er.

»Richtig, das können wir nicht. Es gibt zu wenig Eingeweihte, und mit vagen Gerüchten läßt sich nichts ausrichten. Sie könnten zu leicht widerlegt werden. Ein Schauspieler, der genau wie Iwanenko aussieht, könnte gefunden, ausgebildet und zu öffentlichen Auftritten geschickt werden. Deshalb müssen andere uns diese Arbeit abnehmen. Sie müssen stichhaltige Beweise vorlegen. Iwanenkos Leibwächter sind in den Händen der Kremlgarde. Folglich bleiben nur die Mörder selbst übrig.«

»Aber wir wissen nicht, wo sie sich verstecken«, sagte Kerenski, »und werden sie auch nicht finden. Das KGB erwischt sie früher.«

»Wahrscheinlich, aber wir sollten es wenigstens versuchen«, sagte Wischnajew. »Über eines müssen wir uns im klaren sein, Nikolai: Wir kämpfen nicht mehr um die Herrschaft über die Sowjetunion. Wir kämpfen um unser Leben, wie Rudin und Petrow. Zuerst die Mißernte, jetzt das Attentat auf Iwanenko. Noch ein Skandal, Nikolai, nur noch ein einziger, dann stürzt Rudin, selbst wenn er keine Schuld tragen sollte. Es muß noch einen weiteren Skandal geben. Wir müssen dafür sorgen, daß es dazu kommt.«

Thor Larsen stand in Overall und Schutzhelm in der Kabine eines Portalkrans hoch über dem Trockendock im Zentrum der Ischikawajima-Harima-Werft und sah auf den gigantischen Schiffsleib hinab, der eines Tages die *Freya* sein würde.

Selbst drei Tage nach der ersten Besichtigung verschlug ihre Größe ihm noch immer den Atem. Als er ausgebildet worden war, hatte es keine Tanker über 30 000 Tonnen gegeben; erst 1956 war ein Tanker mit höherer Tragfähigkeit in Dienst gestellt worden. Für solche Schiffe mußte eine eigene Klasse gefunden werden: die der Supertanker. Als dann die 50 000-Tonnen-Grenze durchbrochen wurde, ging es wieder darum, eine neue Klasse zu gründen: die der VLCC, der Very Large Crude Carriers. Und als Ende der sechziger Jahre auch die 200 000-Tonnen-Grenze überschritten wurde, war die neue Klasse der ULCC, der Ultra Large Crude Carriers, entstanden.

Auf See war Larsen einmal einem der französischen 550 000-Tonnen-Giganten begegnet. Die Besatzung war an Deck zusammengelaufen, um den Riesen zu bewundern. Das Schiff, das jetzt unter ihm lag, würde doppelt so groß werden. Wennerström hatte recht, wenn er sagte, die Welt habe so etwas noch nie gesehen und werde es auch nie wieder zu sehen bekommen.

Die *Freya* war 515 Meter lang und von Speigatt zu Speigatt 90 Meter breit. Ihre Aufbauten ragten fünf Stockwerke hoch in die Luft. Vom Deck, von dem er einen Ausschnitt sehen konnte, maß ihr Rumpf 36 Meter bis zum Kiel, der den Boden des Trokkendocks berührte. Jeder ihrer sechzig Tanks war größer als ein Filmtheater. In ihrem Rumpf, unter den Aufbauten, waren bereits die vier Dampfturbinen eingebaut worden, die insgesamt 90 000 WPS abgaben und nun bereitstanden, um die Doppelschrauben anzutreiben, deren sechs Meter hohe Bronzeflügel undeutlich unter dem Heck zu erkennen waren.

Über den Rumpf der *Freya* krochen ameisengleich Gestalten: Die Werftarbeiter verließen für kurze Zeit das Schiff, während das Dock vollief. Sie hatten fast auf den Tag genau zwölf Monate an dem Monstrum gearbeitet, seinen Rumpf zusammengeschweißt, -genietet und -geschraubt. Riesige Bauteile aus extrahartem Stahl waren von Portalkränen in vorausberechnete Positionen gehoben worden und hatten dem Rumpf und den Aufbauten Form verliehen. Als die Männer die Seile und Ketten, Leinen und Taue von dem Schiff einholten, lag die *Freya* endlich allen Blicken offen da: versehen mit 20 Schichten Rostschutzfarbe, bereit für das Meer.

Schließlich waren nur mehr die Helligen übrig, auf denen die *Freya* ruhte. Die Männer, die dieses größte Trockendock der Welt in Chita bei Nagoya an der Isebucht gebaut hatten, hätten sich nie träumen lassen, daß es einmal so verwendet werden würde. Es war das einzige Dock, das einen Millionentonner aufnehmen konnte, und die *Freya* war das erste und das letzte Schiff dieser Größe, das dort gebaut werden sollte. Arbeiter versammelten sich an den Absperrungen, um die Feierlichkeiten zu verfolgen.

Die religiöse Zeremonie dauerte eine halbe Stunde. Ein Schintopriester erflehte den Segen der Götter für die Erbauer, die Ausrüster und die zukünftige Besatzung des Schiffes, damit sie zu Lande und zu Wasser vor Gefahren sicher waren. Thor Larsen nahm barfüßig an dem Gottesdienst teil, zusammen mit seinem Leitenden Ingenieur und seinem Ersten Offizier, dem Schiffsbaumeister des Reeders, der die Bauarbeiten von Anfang an überwacht hatte, und dem Schiffsbaumeister der Werft.

Kurz vor Mittag wurden die Schleusen geöffnet, und der Westpazifik stürzte tosend in das Dock.

Der Werftdirektor hatte zu einem Bankett eingeladen. Als es vorüber war, kehrte Thor Larsen ans Trockendock zurück. Stig Lundquist, sein Erster Offizier, und Björn Erikson, sein Leitender Ingenieur, beide aus Schweden, begleiteten ihn.

»Sagenhaft«, sagte Lundquist bewundernd, während das Wasser an dem Rumpf der *Freya* emporstieg.

Kurz vor Sonnenuntergang ächzte die *Freya* wie eine erwachende Riesin, bewegte sich eine Handbreit, ächzte wieder, löste sich von den Helligen und schwamm auf. Die 4 000 japanischen Werftarbeiter auf dem Dockgelände brachen ihr diszipliniertes Schweigen und schrien begeistert auf. Hunderte von weißen Schutzhelmen wurden in die Luft geworfen; die Handvoll Skandinavier stimmte in den Jubel ein. Alle schüttelten sich die Hände und klopften sich gegenseitig auf den Rücken. Die Riesin lag geduldig da, als spüre sie, daß ihre Zeit erst kommen werde.

Am nächsten Tag wurde sie aus dem Dock zum Ausrüstungskai geschleppt, wo sie drei Monate lang erneut Tausende von Arbeitern beherbergen sollte, die wie besessen schuften würden, um sie für das Meer jenseits der Bucht auszurüsten.

Sir Nigel las die letzten Zeilen des von Nachtigall gelieferten Protokolls, klappte die Akte zu und lehnte sich zurück.

»Na, was halten Sie davon, Barry?«

Barry Ferndale hatte die meiste Zeit seines Berufslebens damit verbracht, die Sowjetunion, ihre Herrscher und ihre Machtstruktur zu studieren. Er hauchte seine Brillengläser noch einmal an, um sie dann zu polieren.

»Das ist ein weiterer Schlag, den Maxim Rudin überstehen muß«, antwortete er. »Iwanenko ist einer seiner treuesten Anhänger. Und er ist ungewöhnlich klug. Wenn er jetzt im Krankenhaus liegt, muß Rudin auf einen seiner fähigsten Berater verzichten.«

»Behält Iwanenko seine Stimme im Politbüro?« wollte Sir Nigel wissen.

»Möglicherweise kann er sich vertreten lassen, falls es zu einer weiteren Abstimmung kommen sollte, aber das ist nicht entscheidend. Selbst wenn es bei einer Abstimmung sechs zu sechs stünde, würde die Stimme des Vorsitzenden den Ausschlag geben. Die Gefahr besteht darin, daß einer oder zwei Unschlüssige auf die andere Seite überlaufen könnten. Solange Iwanenko auf den Beinen gewesen ist, hat er selbst in diesen Kreisen Angst und Schrecken verbreitet. Iwanenko im Sauerstoffzelt dürfte weniger angsteinflößend wirken.«

Sir Nigel schob Ferndale die Akte über den Schreibtisch zu.

»Barry, ich möchte, daß Sie damit nach Washington fliegen. Sie statten den Cousins selbstverständlich nur einen Höflichkeitsbesuch ab. Aber versuchen Sie, sich mit Ben Kahn zum Essen zu treffen, um mit ihm unter vier Augen seinen und unseren Eindruck zu vergleichen. Diese Sache wird allmählich verdammt riskant.«

»Wie wir die Sache sehen, Ben«, sagte Ferndale zwei Tage später nach dem Abendessen zu Kahn in dessen Haus in Georgetown, »hängt Maxim Rudins Schicksal an einem seidenen Faden, weil er das halbe Politbüro gegen sich hat. Und dieser Faden wird allmählich extrem dünn.«

Die Füße gegen das Holzfeuer im Klinkerkamin gestreckt, starrte der Deputy Director (Intelligence) der CIA in seinen Cognacschwenker.

»Da kann ich Ihnen nicht widersprechen, Barry«, antwortete er zurückhaltend.

»Außerdem meinen wir, daß Rudin gestürzt werden könnte, falls es ihm nicht gelingt, dem Politbüro weiterhin die Konzessionen abzuringen, die er auf der Castletown-Konferenz machen muß. Dann käme es wegen des Nachfolgers zu einem Kampf, der vom gesamten Zentralkomitee entschieden würde. Und dort hat Jefrem Wischnajew leider nicht nur viel Einfluß, sondern auch viele Freunde.«

»Richtig«, bestätigte Kahn. »Aber das gilt auch für Wassili Petrow. Vielleicht noch mehr als für Wischnajew.«

»Zweifellos«, stimmte Ferndale zu. »Petrow könnte der nächste Vorsitzende werden. Aber um das zu erreichen, braucht er den Rückhalt durch Rudin, der freiwillig abgetreten sein müßte. Und er braucht Iwanenkos Unterstützung, der mit dem KGB Marschall Kerenskis Einfluß aufwiegen würde.«

Kahn lächelte zu seinem Gast hinüber.

»Sie ziehen bei Ihrem Spiel mit vielen Bauern, Barry. Was haben Sie vor?«

»Ich wollte nur ein paar Eindrücke austauschen«, antwortete Ferndale.

»Gut, tauschen wir also Eindrücke aus. Wir in Langley denken so ziemlich das gleiche wie Sie. Außenminister Lawrence ist ebenfalls Ihrer Ansicht. Stan Poklewski dagegen will den Sowjets in Castletown noch mehr zusetzen. Der Präsident steht in der Mitte – wie meistens.«

»Aber Castletown ist für ihn ziemlich wichtig, oder?« erkundigte sich Ferndale.

»Sogar sehr wichtig. Ende nächsten Jahres läuft seine Amtszeit aus. In dreizehn Monaten finden Präsidentschaftswahlen statt. Bill Matthews möchte mit Glanz abtreten und einen umfassenden Abrüstungsvertrag hinterlassen.«

»Wir glauben aber . . .«

»Aha«, sagte Kahn, »jetzt wollen Sie mit Ihrem Springer ziehen, nehme ich an.«

Ferndale zuckte grinsend mit den Schultern.

»Wir glauben«, sagte er, »daß die Castletown-Konferenz platzen würde, wenn Rudin jetzt entmachtet wird. Unserer Meinung nach braucht er etwas von Ihrer Seite, was die Wankelmütigen seines Flügels davon überzeugt, daß er in Castletown Erfolg hat und daß er deshalb unterstützt werden sollte.«

»Konzessionen?« fragte Kahn. »Wir haben letzte Woche die endgültigen Zahlen von der sowjetischen Getreideernte bekommen. Die Russen sitzen auf einem Pulverfaß – so hat Poklewski es zumindest ausgedrückt.«

»Er hat recht«, gab Ferndale zu. »Und das Pulverfaß kann jeden Moment explodieren. Genau darauf wartet der liebe Genosse Wischnajew mit seinem Kriegsplan. Wir wissen alle, was das nach sich ziehen würde.«

»Ja, so sieht es aus«, sagte Kahn. »Das ist im großen und ganzen auch meine Interpretation der Nachtigall-Unterlagen. Ich bereite gerade eine Ausarbeitung für den Präsidenten vor. Er braucht sie nächste Woche, wenn er und Benson mit Lawrence und Poklewski zusammenkommen.«

»Das sind also die Zahlen der diesjährigen sowjetischen Getreideernte, die vor einem Monat abgeschlossen worden ist?« fragte Präsident Matthews.

Er sah zu den vier Männern hinüber, die vor seinem Schreibtisch saßen. In dem Marmorkamin an der gegenüberliegenden Wand knisterte ein offenes Feuer und unterstrich den Eindruck behaglicher Wärme in dem Raum, dessen Heizkörper voll aufgedreht waren. An diesem Novembermorgen waren die weiten Rasenflächen vor den Fenstern zum erstenmal weiß von Rauhreif gewesen. Als Südstaatler hatte William Matthews es gern warm.

Robert Benson und Dr. Myron Fletcher nickten gleichzeitig. David Lawrence und Stanislaw Poklewski studierten noch einmal das Material.

»Wir haben aus allen Quellen geschöpft, um diese Zahlen zu erhalten, Mr. President«, sagte Benson. »Sämtliche Angaben sind äußerst sorgfältig miteinander verglichen worden. Wir können uns um höchstens fünf Prozent hin oder her irren – nicht um mehr.«

»Und wie wir von der Nachtigall wissen, stimmt sogar das Politbüro mit uns überein«, bemerkte der Außenminister.

»Insgesamt hundert Millionen Tonnen«, murmelte der Präsident nachdenklich. »Das reicht ihnen bis Ende März, wenn sie den Gürtel energisch enger schnallen.«

»Im Januar müssen sie anfangen, das Vieh zu schlachten«, ergänzte Poklewski. »Wenn sie überleben wollen, müssen sie in spätestens einem Monat weitreichende Zugeständnisse in Castletown machen.«

Der Präsident legte den Bericht über die sowjetische Getreideernte weg und griff nach Ben Kahns Ausarbeitung, die der CIA-Direktor ihm vorgelegt hatte. Jeder der fünf Männer hatte sich bereits mit der Analyse auseinandergesetzt. Benson und Lawrence hielten sie für richtig; Dr. Fletcher war nicht nach seiner Meinung gefragt worden; Poklewski hatte sich gegen sie ausgesprochen.

»Wir wissen so gut wie die Sowjets, daß sie sich in einer verzweifelten Lage befinden«, stellte Matthews fest. »Die Frage ist nur: Wieviel können wir von ihnen fordern?«

»Wie Sie vor einigen Wochen gesagt haben, Mr. President«, antwortete Lawrence, »müssen wir hart verhandeln, um das Beste für Amerika und die freie Welt herauszuholen. Verhandeln wir aber zu hart, zwingen wir Rudin dazu, die Gespräche abzubrechen, um sich vor seinen eigenen Falken zu retten. Wir müssen einen gangbaren Mittelweg finden. Ich glaube, daß wir bei einem Punkt angelangt sind, wo eine freundliche Geste gegenüber den Sowjets angebracht wäre.«

»Weizen?«

»Futtermittel, damit sie nicht alles Vieh zu schlachten brauchen«, schlug Benson vor.

»Was schlagen Sie vor, Dr. Fletcher?« fragte der Präsident.

Der Mann aus dem Landwirtschaftsministerium zuckte mit den Schultern.

»Wir könnten jederzeit liefern, Mr. President«, bestätigte er. »Und ein großer Teil der sowjetischen Handelsflotte Sowfracht ist auslaufbereit. Wir schließen das aus der Tatsache, daß die Schiffe nicht unterwegs sind, obwohl sie wegen ihrer subventionierten Frachtraten alle beschäftigt sein müßten. Sie sind über die Schwarzmeerhäfen und entlang der russischen Pazifikküste verteilt. Sie können nach Amerika auslaufen, sobald der Befehl aus Moskau kommt.«

»Bis wann spätestens muß diese Entscheidung gefallen sein?« fragte Präsident Matthews.

»Bis Neujahr«, antwortete Benson. »Wenn sie wissen, daß sie Hilfe bekommen, brauchen sie das Vieh nicht zu schlachten.«

»Ich rate Ihnen dringend, nicht weich zu werden!« sagte Poklewski beschwörend. »Bis März sind sie verzweifelt!«

»Verzweifelt genug, um soweit abzurüsten, daß der Frieden für ein Jahrzehnt gesichert ist, oder verzweifelt genug, um einen Krieg anzufangen?« fragte Matthews. »Meine Herren, bis Weihnachten treffe ich meine Entscheidung. Im Gegensatz zu Ihnen muß ich die Zustimmung der Vorsitzenden von fünf Senatsausschüssen einholen: Verteidigung, Landwirtschaft, Außenpolitik, Wirtschaft und Haushalt. Und dort darf ich nicht von der Nachtigall erzählen, stimmt's, Bob?«

Der CIA-Direktor schüttelte den Kopf.

»Nein, Mr. President. Kein Wort darf darüber fallen. Im Senat gibt es zu viele Mitarbeiter, zu viele undichte Stellen. Wenn jetzt bekannt würde, was wir tatsächlich wissen, könnte das katastrophale Folgen haben.«

»Gut, dann bis Weihnachten.«

Am 15. Dezember erhob sich Professor Iwan I. Sokolow im Castletown House und begann, das Typoskript einer Rede vorzulesen. Getreu ihrer langen Tradition als Bewahrerin und Förderin des Weltfriedens und eingedenk ihrer oftmals wiederholten Bekenntnisse zur friedlichen Koexistenz sei die Sowjetunion nunmehr bereit ...

Edwin J. Campbell, der dem sowjetischen Kollegen am Verhandlungstisch gegenüber saß, beobachtete ihn mit gewissem Mitgefühl. Nach zwei Monaten harter Arbeit hatte sich zwischen den beiden Delegationsleitern ein recht gutes persönliches Verhältnis entwickelt – soweit das mit ihren Positionen und ihren Pflichten zu vereinbaren war.

In Verhandlungspausen hatten sie sich gegenseitig in den Aufenthaltsräumen besucht. In dem sowjetischen Salon, in dem außer der Moskauer Delegation selbstverständlich auch KGB-Agenten anwesend waren, hatten sie sich freundlich, aber etwas steif unterhalten. Im amerikanischen Salon, in den er ohne Begleitung gekommen war, war Sokolow so weit aufgetaut, daß er Campbell Urlaubsfotos von seinen Enkeln an einem Schwarzmeerstrand gezeigt hatte. Als führendes Mitglied der Akademie der Wissenschaften wurde der Professor für seine Treue gegenüber der Partei und ihrer Sache reichlich belohnt: Er verfügte über eine Limousine mit Chauffeur, eine Stadtwohnung, eine Datscha, ein Ferienhaus am Meer und durfte in den Berioskaläden einkaufen. Campbell machte sich keine Illusionen darüber, daß Sokolow bezahlt wurde – für seine Loyalität und für seine Bereitschaft, seine Fähigkeiten in den Dienst eines Regimes zu stellen, das Zehntausende in die Arbeitslager verbannte. Sokolow gehörte zu den *Natschalstwo,* den Bonzen. Aber selbst die *Natschalstwo* haben Enkel.

Der amerikanische Delegationsleiter hörte dem Russen mit wachsendem Erstaunen zu.

Du armer alter Mann, dachte er. Was dich das kosten muß!

Als der andere mit seiner Rede fertig war, stand Edwin J. Campbell auf und dankte dem Professor für seine Ausführungen, die er im Namen der Vereinigten Staaten mit höchster Aufmerksamkeit zur Kenntnis genommen habe. Er beantrage eine Vertagung, weil die amerikanische Regierung Gelegenheit haben müsse, ihre Position zu überdenken. Innerhalb einer Stunde befand sich Campbell in der Amerikanischen Botschaft in Dublin, um David Lawrence die verblüffende Rede Sokolows zu übermitteln.

Einige Stunden später griff Lawrence im Außenministerium in Washington nach einem Telefonhörer und rief Präsident William Matthews über die Direktleitung an.

»Mr. President, ich kann Ihnen mitteilen, daß die Sowjetunion vor sechs Stunden in Irland in drei wesentlichen Punkten nachgegeben hat. Sie betreffen die Verringerung der Interkontinentalraketen mit Nuklearsprengköpfen, die Verminderung der in Osteuropa stationierten Panzerdivisionen und einen allgemeinen Truppenabbau entlang der Elbe.«

»Danke, David«, sagte Matthews. »Das ist ja großartig! Dafür sollten wir uns erkenntlich zeigen, finde ich.«

Das Birken- und Lärchenwaldgebiet südwestlich von Moskau, in dem die sowjetische Elite ihre Datschas hat, ist nur wenig über 250 Quadratkilometer groß. Die Führungsschicht bleibt gern eng beieinander. Kilometerlang verlaufen hier die Straßen zwischen grüngestrichenen Stahlgittern, hinter denen die Besitztümer der Spitzenfunktionäre liegen. Wer über diese Zäune klettert oder durch ein offenstehendes Tor fährt, wird in Sekundenschnelle von Wachtposten abgefangen, die hinter den Bäumen auftauchen.

Im Mittelpunkt dieses Wohngebietes liegt, jenseits der Uspenskojer Brücke, das kleine Dorf Schukowka. Der Ort wird Schukowka-Dorf genannt, um ihn von zwei anderen, jüngeren Siedlungen in der Nähe zu unterscheiden: Sowmin Schukowka, wo die Parteigrößen ihre Wochenendvillen haben, und Akademik Schukowka mit den Wochenendhäusern der Schriftsteller, Künstler, Musiker und Wissenschaftler, die Gnade vor den Augen der Partei gefunden haben.

Auf dem anderen Flußufer liegt die noch exklusivere Siedlung Usowo. In ihrer Nähe bewohnt der sowjetische Staats- und Parteichef eine Luxusvilla inmitten eines über 100 Hektar großen strengbewachten Waldstücks.

In dieser Villa saß Maxim Rudin am Weihnachtsabend in seinem Lieblingssessel und streckte die Füße vor dem riesigen Kamin aus Granitblöcken aus, in dem klobige Kiefernscheite prasselten. Derselbe Kamin hatte schon Leonid Breschnew und Nikita Chruschtschow gewärmt. Weihnachten hatte Maxim Rudin seit über fünfzig Jahren nicht mehr gefeiert.

Der Feuerschein flackerte über die holzgetäfelten Wände des Arbeitszimmers und beleuchtete das Gesicht Wassili Petrows, der Rudin gegenübersaß. Neben Rudins Sessel stand ein Tischchen mit einem Aschenbecher und einem halbvollen Schwenkglas mit armenischem Cognac. Petrow betrachtete es mißbilligend, weil er wußte, daß sein alternder Beschützer keinen Alkohol trinken sollte. Rudin hielt die unvermeidliche Zigarette zwischen Daumen und Zeigefinger.

»Wie kommen die Ermittlungen voran?« fragte er.

»Langsam«, gab Petrow zu. »Daß die Täter von außerhalb unterstützt worden sind, steht außer Zweifel. Wir wissen, daß das Nachtsichtgerät in New York gekauft worden ist. Das finnische Gewehr stammt aus einer nach Großbritannien exportierten Serie. Wir wissen nicht, in welchem Laden es gekauft worden ist, aber es ist vermutlich ganz legal im freien Handel erworben worden.

Die Schuhabdrücke auf der Baustelle sind mit denen aller dort beschäftigten Arbeiter verglichen worden. Dabei sind zwei Abdrücke entdeckt worden, die von Fremden stammen müssen. Die Nacht war feuchtkalt, so daß die Fußspuren sich im Zementstaub gut gehalten haben. Wir wissen ziemlich sicher, daß es zwei Männer gewesen sein müssen.«

»Dissidenten?« fragte Rudin.

»Höchstwahrscheinlich. Und natürlich geisteskrank.«

»Nein, Wassili, heben Sie sich das für Parteiversammlungen auf. Verrückte knallen einfach drauflos oder opfern ihr Leben. Dieses Attentat aber ist von irgend jemandem in monatelanger Arbeit vorbereitet worden. Von irgend jemandem – innerhalb oder außerhalb der Sowjetunion –, der zum Schweigen gebracht werden muß, bevor er sein Geheimnis verraten kann. Wo liegt der Schwerpunkt Ihrer Nachforschungen?«

»Bei den Ukrainern«, antwortete Petrow. »Wir haben alle ukrainischen Gruppen in Deutschland, England und Amerika unterwandert. Aber keiner unserer Leute hat je auch nur andeutungsweise von einem solchen Attentatsplan gehört. Ich persönlich glaube, daß die Täter noch in der Ukraine sind. Es ist unbestreitbar, daß Iwanenkos Mutter ihnen als Köder gedient hat. Wer aber kann gewußt haben, daß diese Frau seine Mutter war? Kein Parolenschmierer in New York. Kein Stammtischnationalist in Frankfurt. Kein Flugblattverteiler in London. Nein, das muß ein Einheimischer gewesen sein, ein Einheimischer mit Verbindung ins Ausland. Wir konzentrieren uns derzeit auf Kiew. Mehrere hundert Männer, die in Arbeitslagern gewesen und nach Kiew und Umgebung zurückgekehrt sind, werden im Augenblick vernommen.«

»Finden Sie die Täter, Wassili, und machen Sie sie stumm!« Maxim Rudin wechselte, wie es seine Art war, unvermittelt das Thema. »Gibt's was Neues aus Irland?«

»Die Amerikaner haben die Gespräche fortgesetzt, ohne auf unsere Initiative einzugehen«, sagte Petrow.

Rudin schnaubte. »Dieser Matthews ist ein Trottel! Wieweit, denkt er, können wir denn noch gehen, bevor wir den Rückzug antreten müssen?«

»Er muß mit den sowjetfeindlichen Senatoren zurechtkommen«, gab Petrow zu bedenken, »und mit diesem katholischen Faschisten Poklewski. Und er kann natürlich nicht wissen, daß wir im Politbüro mit dem Rücken zur Wand kämpfen.«

Rudin knurrte. »Falls er uns bis Neujahr nichts anbietet, kommen wir bei der nächsten Abstimmung Anfang Januar nicht mehr durch . . .«

Er griff nach seinem Glas, trank einen Schluck Cognac und stellte das Glas mit einem Seufzer der Erleichterung zurück.

»Halten Sie das für richtig?« fragte Petrow besorgt. »Die Ärzte haben Ihnen doch schon vor fünf Jahren den Alkohol verboten.«

»Der Teufel soll die Ärzte holen!« sagte Rudin. »Deshalb habe ich Sie überhaupt kommen lassen. Ich kann Ihnen mitteilen, daß ich garantiert nicht an Lungenkrebs oder Leberversagen sterben werde.«

»Freut mich«, murmelte Petrow unsicher.

»Aber das ist noch nicht alles. Ich trete am dreißigsten April von allen meinen Ämtern zurück. Überrascht Sie das?«

Petrow saß sekundenlang wie erstarrt da. Er hatte zweimal miterlebt, wie die Mächtigen abtraten. Zuerst Chruschtschow, der in Ungnade fiel, verstoßen wurde und fortan eine Unperson war. Dann Breschnew, der den Zeitpunkt seines Abganges selbst bestimmt hatte. Petrow hatte die Erschütterungen gespürt, die unweigerlich auftreten, wenn der mächtigste Tyrann der Welt einem anderen weichen muß. Aber noch nie hatte er es aus dieser Nähe erlebt. Diesmal war er der designierte Nachfolger – es sei denn, die anderen hinderten ihn daran, den ihm bestimmten Platz einzunehmen.

»Ja«, antwortete er vorsichtig, »das überrascht mich.«

»Im April berufe ich eine Sitzung des Zentralkomitees ein«, fuhr Rudin fort, »um meinen Rücktritt bekanntzugeben. Am ersten Mai wird ein neuer Mann die Parade auf dem Roten Platz vor dem Mausoleum abnehmen. Ich möchte, daß Sie dort stehen. Im Juni findet der nächste Parteitag statt, auf dem mein Nachfolger eine programmatische Rede zu halten hat. Ich möchte, daß Sie sie halten. Das habe ich Ihnen schon vor Wochen gesagt.«

Petrow wußte seit dem Gespräch in der Kremlsuite, in dessen Verlauf Rudin ihn zu seinem Nachfolger bestimmt hatte, daß er diese Position einnehmen sollte. Iwanenko, zynisch und wachsam wie immer, hatte mit ihnen zusammengesessen. Aber der Leiter der Abteilung Parteiorganisation hatte nicht geahnt, daß alles so schnell gehen würde.

»Ich kann das Zentralkomitee nur dann dazu bringen, Ihrer Nominierung zuzustimmen, wenn ich ihm das bieten kann, was es sich am sehnlichsten wünscht: Getreide. Wie unsere Chancen stehen, brauche ich Ihnen ja wohl nicht zu erläutern. Falls Castletown scheitert, wird Wischnajew mein Nachfolger.«

»Warum so bald?« fragte Petrow.

Rudin hielt sein Glas hoch. Mischa tauchte aus dem Hintergrund auf und schenkte Cognac nach.

»Ich habe gestern den Befund aus Kunzewo bekommen«, antwortete Rudin. »Die Ärzte haben mich seit Wochen immer wieder untersucht. Jetzt sind sie sich ihrer Sache sicher. Ich richte mich nicht durch Zigaretten oder Cognac zugrunde. Ich habe Leukämie. Die Ärzte geben mir noch sechs bis zwölf Monate. Das heißt also, daß dies mein letzter Silvester sein wird. Und falls es zu einem Atomkrieg kommt, ist es vielleicht auch für Sie das letzte.

In den nächsten hundert Tagen müssen wir Getreidelieferungen von den Amerikanern bekommen und die Affäre Iwanenko endgültig aus der Welt schaffen. Die Zeit läuft uns verflucht schnell davon. Die Karten liegen offen auf dem Tisch, und wir haben keine Trümpfe mehr auszuspielen.«

Am 28. Dezember boten die Vereinigten Staaten der Sowjetunion offiziell zehn Millionen Tonnen Futtergetreide an – zur sofortigen Lieferung zu Weltmarktpreisen und ohne Anrechnung auf die in Castletown zu vereinbarenden Liefermengen.

Am Silvestertag startete eine zweistrahlige Tupolev Tu 134 vom Flughafen Lwow zu einem Flug nach Minsk. Knapp nördlich der Grenze zwischen der Ukraine und Weißrußland, hoch über den Pripjetsümpfen, stand ein nervös wirkender junger Mann von seinem Platz auf und näherte sich der Stewardeß, die, mehrere Sitzreihen von der zum Cockpit führenden Stahltür entfernt, mit einem Passagier sprach.

Da die Toiletten sich im Heck der Maschine und nicht vorne befanden, richtete sie sich auf, als der junge Mann näherkam. Im nächsten Augenblick riß er sie zu sich herum, schlang ihr den linken Arm um den Hals, zog eine Pistole und drückte sie ihr gegen die Rippen. Die Stewardeß kreischte. Die Passagiere schrien durcheinander. Der Entführer schleppte die Stewardeß bis zu der geschlossenen Cockpittür. Im Türrahmen war eine Gegensprechanlage eingebaut, über die die Stewardeß mit den Piloten sprechen konnte. Die Piloten der sowjetischen Maschinen haben Anweisung, die Tür im Falle einer Entführung unter keinen Umständen zu öffnen.

Etwa in der Mitte der Passagierkabine stand ein Fluggast mit einer Pistole in der Hand auf. Er kauerte sich im Gang nieder, umklammerte den Griff seiner Waffe mit beiden Händen und zielte auf den Entführer, der die Stewardeß immer noch an sich gepreßt hielt und von ihrem Körper gedeckt war.

»Halt, KGB!« rief er. »Keine Bewegung!«

»Die Piloten sollen die Tür aufmachen!« verlangte der Entführer.

»Kommt nicht in Frage!« antwortete der bewaffnete KGB-Flugbegleiter.

»Wenn nicht aufgemacht wird, bring ich sie um!« schrie der Mann.

Die Stewardeß war eine mutige Frau. Sie trat nach dem Entführer, traf sein Schienbein, riß sich los und flüchtete zu dem KGB-Mann. Der Entführer stürzte hinter ihr her. Das war ein Fehler. Kaum hatte er drei Sitzreihen passiert, als ein Mann von seinem Gangplatz aufsprang und den Entführer mit einem Faustschlag in den Nacken zu Boden streckte. Bevor sich der junge Mann aufrappeln konnte, hatte sein Angreifer bereits die Pistole aufgehoben und bedrohte ihn damit. Der Entführer setzte sich langsam auf, starrte seine Waffe an, verbarg das Gesicht in den Händen und begann leise zu schluchzen.

Der KGB-Agent hielt seine Pistole weiterhin schußbereit, als er an der Stewardeß vorbeitrat und sich dem Retter näherte.

»Wer sind Sie?« fragte er. Der andere griff in die Innentasche seiner Jacke, zog eine lederne Ausweishülle hervor und klappte sie auf.

Der Flugbegleiter starrte den KGB-Ausweis an.

»Sie sind nicht aus Lwow«, stellte er fest.

»Ternopol«, bestätigte der andere. »Ich habe Urlaub und bin auf dem Weg nach Hause. Deshalb trage ich keine Waffe. Aber ich habe eine gute Rechte.« Er grinste.

Der KGB-Mann aus Lwow nickte.

»Danke, Genosse. Halten Sie ihn inzwischen weiter in Schach.« Er trat an die Gegensprechanlage, berichtete der Besatzung von dem Vorfall und forderte sie auf, die Polizei in Minsk zu verständigen.

»Kann man sich den Kerl mal ansehen?« fragte eine Lautsprecherstimme.

»Natürlich«, antwortete der KGB-Agent. »Jetzt ist er ungefährlich.«

Das Türschloß klickte. Dann wurde die Tür einen Spalt weit geöffnet, und der Bordingenieur sah mit ängstlicher Neugier nach draußen.

Der KGB-Mann aus Ternopol reagierte äußerst merkwürdig. Er wandte sich von dem vor ihm auf dem Boden hockenden jungen Mann ab, gab seinem Kollegen einen Schlag mit der Pistole auf den Hinterkopf, stieß ihn beiseite, rannte den Gang entlang und erreichte die Cockpittür. Im nächsten Augenblick war er hindurch und drängte den Bordingenieur ins Cockpit zurück. Der Entführer stand auf, nahm die Pistole des benommenen Flugbegleiters an sich – das KGB-Standardmodell Tokarew 9 mm –, folgte dem anderen durch die Stahltür und warf sie hinter sich ins Schloß. Damit war die Tür automatisch verriegelt.

Zwei Minuten später nahm die Tupolev auf Verlangen der mit Pistolen bewaffneten Entführer Dawid Lasareff und Lew Mischkin Kurs auf Berlin, das gerade noch innerhalb der Reichweite der Maschine lag. Flugkapitän Rudenko war blaß vor Zorn, als er die Maschine nach Westen steuerte. Sein Kopilot Watutin beantwortete langsam die aufgeregten Anfragen der Beamten im Kontrollturm Minsk, die die plötzliche Kursänderung bemerkt hatten.

Noch bevor die Verkehrsmaschine die sowjetisch-polnische

Grenze überflogen hatte, wußten Minsks Turm und vier weitere Verkehrsflugzeuge auf der gleichen Frequenz, daß die Tupolev sich in der Hand von Entführern befand. Als die Maschine Warschau überflog, war Moskau bereits informiert.

150 Kilometer westlich von Warschau schoß eine Kette von sechs in Polen stationierten sowjetischen MiG 23 von Steuerbord an die Verkehrsmaschine heran. Der Kettenführer erstattete über Funk Bericht.

An seinem Schreibtisch im Verteidigungsministerium in der Moskauer Frunzestraße nahm Marschall Nikolai Kerenski einen dringenden Anruf an dem Apparat entgegen, der ihn mit dem Hauptquartier der sowjetischen Luftwaffe verband.

»Wo?« blaffte er.

»Über Posen«, antwortete eine Stimme. »Dreihundert Kilometer vor Berlin. Noch fünfundzwanzig Minuten Flugzeit.«

Der Marschall überlegte. Dies konnte der Skandal sein, den Wischnajew gefordert hatte. Was zu tun war, stand außer Zweifel: Die Tu 134 mußte mitsamt ihrer Besatzung und den Passagieren abgeschossen werden. Später konnte man behaupten, die Entführer hätten in der Kabine um sich geschossen und die Maschine zum Absturz gebracht. Das war in den vergangenen zehn Jahren zweimal passiert.

Dann erteilte er seine Befehle. Fünf Minuten später erreichten sie den Kettenführer, der mit seiner MiG 23 dicht neben dem Tragflächenende der Verkehrsmaschine hing.

»Jawohl, Genosse Oberst«, sagte er, als der Horstkommandant ihm seine Anweisungen gegeben hatte. Eine Viertelstunde später überflog die Tupolev die Oder-Neiße-Grenze und begann mit dem Landeanflug auf Berlin. Die MiGs lösten ihre Formation auf und flogen zu ihrem Stützpunkt zurück.

»Ich muß Berlin mitteilen, daß wir kommen«, sagte Flugkapitän Rudenko zu Mischkin. »Falls die Landebahn nicht frei ist, gibt's ein Unglück.«

Mischkin starrte den stahlgrauen, wolkenverhangenen Winterhimmel an. Er war noch nie geflogen, aber was der Pilot sagte, klang vernünftig.

»Gut«, stimmte er zu, »durchbrechen Sie die Funkstille und teilen Sie Tempelhof mit, daß wir kommen. Keine Fragen, sondern nur diese Feststellung.«

Flugkapitän Rudenko beugte sich nach vorn, stellte die neue Frequenz ein und begann zu sprechen.

»Tempelhof, Westberlin. Tempelhof, Westberlin. Hier ist Aeroflot Flug drei-fünf-eins . . .«

Er sprach Englisch, die internationale Sprache der Flugsicherungsdienste. Mischkin und Lasareff beherrschten nur wenige Brocken Englisch, die sie aus westlichen Rundfunksendungen aufgeschnappt hatten. Mischkin drückte Rudenko die Mündung seiner Pistole in den Nacken.

»Keine Tricks!« warnte er ihn auf ukrainisch.

Im Kontrollturm des Ostberliner Flughafens Schönefeld wechselten die beiden Fluglotsen einen überraschten Blick. Sie wurden auf ihrer eigenen Frequenz gerufen, aber mit »Tempelhof« angesprochen. Daß eine Aeroflotmaschine freiwillig in Westberlin landen wollte, war ausgeschlossen – und außerdem war Tempelhof schon seit fünf Jahren nicht mehr der Westberliner Zivilflughafen. Tempelhof war wieder amerikanischer Luftwaffenstützpunkt geworden, nachdem der zivile Luftverkehr nach Tegel verlegt worden war. Der erste der beiden Ostdeutschen, der sich von seiner Verblüffung erholt hatte, griff nach dem Mikrofon.

»Aeroflot drei-fünf-eins, hier Tempelhof. Frei zur Landung auf Runway null-sieben, QNH eins-null-eins-zwo, Wind . . .«

Flugkapitän Rudenko schluckte trocken, bevor er diese Angaben wiederholte und das Fahrwerk sowie die Klappen ausfuhr. Die Tu 134 befand sich im Anflug auf den Zentralflughafen der DDR. In 1 200 Fuß Höhe durchstießen sie die tiefe Wolkendecke und sahen die Platzbefeuerung vor sich. Die Maschine sank auf 500 Fuß.

Mischkin starrte mißtrauisch durch die regennassen Scheiben nach vorn. Er hatte schon viel von Westberlin gehört: von Lichtreklamen, Autoschlangen auf den Straßen, vom Großstadtleben auf dem Kurfürstendamm und von dem Flughafen Tempelhof, der mitten in der Stadt liegen sollte. Aber dieser Flughafen lag auf dem Lande!

»Die haben uns reingelegt!« rief er Lasareff zu. »Das hier ist der Osten!« Er rammte Rudenko die Mündung seiner Pistole in den Nacken. »Durchstarten«, schrie er, »durchstarten, oder ich schieße!«

Der ukrainische Flugkapitän biß die Zähne zusammen und setzte den Landeanflug fort. Mischkin griff über seine Schulter und versuchte, das Steuer zurückzuziehen. Der Doppelknall verschmolz fast zu einem, so daß später nicht mehr festzustellen war, welcher der erste gewesen war. Mischkin behauptete, der Aufschlag des Fahrwerks auf der Piste habe den Schuß ausgelöst. Kopilot Watutin sagte dagegen aus, der Entführer habe noch vor dem Aufsetzen der Maschine geschossen. Die allgemeine Verwirrung war so groß, daß die Reihenfolge sich nie mehr genau feststellen ließ.

Die Kugel durchschlug Rudenkos Halswirbel und tötete ihn auf der Stelle. Bläulicher Rauch breitete sich im Cockpit aus, während Watutin durchzustarten versuchte und seinem Bordingenieur zubrüllte, er brauche mehr Schub. Die Triebwerke kreischten lauter als die Passagiere, während die Tu 134 noch zweimal schwer aufsetzte und dann, mühsam um Auftrieb kämpfend, an Höhe gewann. Watutin hielt den Bug hoch, versuchte das Rollen zu dämpfen und wünschte sich nichts sehnlicher als mehr Triebwerksleistung, während Vorstädte, Ostberlin und die Berliner Mauer unter ihnen vorbeihuschten.

Als die Tu 134 zur Landung auf dem Flughafen Tempelhof ansetzte, schwebte sie nur zwei Meter über den letzten Hausdächern vor dem Rollfeld ein.

Der schreckensbleiche junge Kopilot spürte Lasareffs Pistole im Nacken und knallte das Flugzeug auf die Runway. Mischkin verhinderte, daß der blutüberströmte Körper des toten Flugkapitäns nach vorn aufs Steuer sank. Die Tupolev kam nach drei Viertel der Landebahn zum Stehen – wie durch ein Wunder mit intaktem Fahrwerk.

Staff Sergeant Leroy Coker war ein patriotischer Mann. Er hockte in der Kälte am Lenkrad seines Jeeps mit der Aufschrift *Air Police,* hatte den Pelz seiner Parka dicht ums Gesicht gezogen und dachte sehnsüchtig an seine warme Heimat Alabama.

Als die landende Maschine mit heulenden Triebwerken, ausgefahrenen Klappen und verriegeltem Fahrwerk über die letzten Hausdächer anschwebte, murmelte er einen Fluch und setzte sich ruckartig auf. Er war noch nie in Rußland gewesen – nicht einmal im Osten der geteilten Stadt –, aber er hatte schon viel über die dort drüben gelesen. Er wußte wenig vom Kalten Krieg, aber er wußte recht gut, daß die Kommunisten eines Tages mit einem Überraschungsangriff Erfolg haben würden, wenn Männer wie Leroy Coker nicht wachsam waren. Außerdem erkannte er ein Hammer-und-Sichel-Symbol, wenn er es vor sich hatte.

Coker sprang aus seinem Jeep. Als das Flugzeug zum Stehen gekommen war, riß er seinen Karabiner hoch, zielte kurz und zerschoß den Reifen des Bugrades.

Mischkin und Lasareff ergaben sich drei Stunden später. Sie hatten ursprünglich vorgehabt, die Besatzung als Geiseln an Bord zu behalten, die Passagiere freizulassen, drei Persönlichkeiten des öffentlichen Lebens aus Westberlin mitzunehmen und nach Tel Aviv weiterzufliegen. Aber ein neues Bugrad für die Tupolev Tu 134 war nicht aufzutreiben; die Russen hätten jedenfalls keines geliefert. Und als bekannt wurde, daß Rudenko erschossen worden war, weigerte die USAF sich, den Entführern ein amerikanisches Flugzeug zu stellen. Die Tupolev war von Scharfschützen umringt – die Entführer hatten keine Chance, mit Geiseln zu einer anderen Maschine zu gelangen. Nach einer einstündigen Unterredung mit dem Stützpunktkommandanten und einem rasch herbeigeholten Dolmetscher verließen sie das Flugzeug mit erhobenen Händen.

Am gleichen Abend wurden sie offiziell den Westberliner Justizbehörden übergeben.

9

Der sowjetische Botschafter in Washington war von eisiger Unverbindlichkeit, als er Lawrence am 2. Januar 1983 im Außenministerium gegenüberstand.

Der amerikanische Außenminister empfing ihn auf Ersuchen der Sowjets, wobei »Drängen« das bessere Wort gewesen wäre.

Der Botschafter verlas den förmlichen Protest seiner Regierung mit ausdrucksloser Stimme. Als er fertig war, legte er den Text auf den Schreibtisch des Amerikaners. Lawrence, der genau gewußt hatte, welchen Inhalt diese Protestnote haben würde, hatte seine Antwort von seinen Rechtsberatern, die jetzt zu dritt hinter seinem Sessel standen, aufsetzen lassen.

Lawrence gab darin zu, daß die Siegermächte aufgrund des Viermächteabkommens in Berlin besondere Rechte hätten. Jedoch sei die Zuständigkeit für zivil- und strafrechtliche Verfahren, die nicht unter die Militärgerichtsbarkeit der Westmächte fielen, schon seit langem den Westberliner Justizbehörden übertragen worden. Die Entführung der sowjetischen Verkehrsmaschine, fuhr er fort, sei zwar ein abscheuliches Verbrechen, aber es sei nicht von US-Bürgern verübt worden, habe sich nicht gegen US-Bürger gerichtet und sei nicht auf dem US-Stützpunkt Tempelhof begangen worden. Deshalb falle es unter die Zivilgerichtsbarkeit, und die amerikanische Regierung habe keine Möglichkeit gesehen, die ausländischen Täter und Tatzeugen innerhalb Westberlins festzuhalten, obwohl die Verkehrsmaschine auf einem USAF-Stützpunkt gelandet sei.

Ihm bleibe daher nichts anderes übrig, als den sowjetischen Protest zurückzuweisen.

Der Botschafter hörte sich die Ausführungen schweigend an. Dann erwiderte er, er könne diese amerikanische Erklärung nicht akzeptieren und weise sie zurück. Er werde seiner Regierung entsprechend Bericht erstatten. Nach diesen Worten verließ er das Außenministerium und kehrte in seine Botschaft zurück.

In einer kleinen Wohnung im Londoner Stadtteil Bayswater saßen an diesem Tag drei Männer und starrten auf die Zeitungen, die um sie herum auf dem Fußboden verstreut waren.

»Eine Katastrophe!« knurrte Andrew Drake. »Eine einzige Katastrophe! Die beiden hätten längst in Israel sein müssen. Dort wären sie innerhalb eines Monats entlassen worden und hätten ihre Pressekonferenz geben können. Wozu mußten sie den Flugkapitän erschießen?«

»Wenn er in Schönefeld gelandet wäre und sich geweigert hätte, nach Westberlin weiterzufliegen, wären sie sowieso erledigt gewesen«, stellte Asamat Krim fest.

»Sie hätten ihn niederschlagen können«, schnaubte Drake.

»In der Hitze des Gefechts . . .« meinte Kaminski. »Was tun wir jetzt?«

»Können die Pistolen uns verraten?« wollte Drake von Krim wissen. Der kleine Tatar schüttelte den Kopf.

»Vielleicht läßt sich feststellen, wo sie gekauft worden sind«, antwortete er. »Aber von dort führt keine Spur zu mir. Ich habe mich nicht ausweisen müssen.«

Drake ging in Gedanken versunken auf dem Teppich auf und ab.

»Ich glaube nicht, daß sie ausgeliefert werden«, sagte er schließlich. »Die Sowjets werfen ihnen vor, das Flugzeug entführt, Rudenko erschossen, den KGB-Flugbegleiter angegriffen und den KGB-Agenten in Ternopol überfallen zu haben. Dabei ist der tödliche Schuß auf den Flugkapitän das Hauptverbrechen. Trotzdem kann ich mir nicht vorstellen, daß die westdeutsche Regierung zwei Juden zur Hinrichtung an die Sowjetunion ausliefern wird. Sie werden jedoch vor Gericht gestellt und verurteilt werden. Wahrscheinlich bekommen sie lebenslänglich. Miroslaw, packen sie dann über Iwanenko aus?«

Der ukrainische Flüchtling schüttelte den Kopf.

»Bestimmt nicht, wenn sie noch einen Funken Verstand haben«, antwortete er. »Nicht in Westberlin. Denn dann müßten die Deutschen sich die Sache vermutlich doch anders überlegen und die beiden ausliefern. Aber wahrscheinlich würden sie ihnen kein Wort glauben, weil Moskau Iwanenkos Tod abstreiten und als Beweis einen Doppelgänger präsentieren würde. In Moskau dagegen würde man ihnen glauben und sie liquidieren lassen, was ziemlich einfach sein dürfte, weil die Deutschen ihre Geschichte nicht für wahr halten und die beiden nicht unter Sonderbewachung stellen würden. Lew und David hätten keine Chance – deshalb werden sie den Mund halten.«

»Das nützt uns nichts«, stellte Krim fest. »Der Zweck der Übung war schließlich, dem sowjetischen Machtapparat einen demütigenden Schlag zu versetzen. *Wir* können diese Pressekonferenz nicht geben; uns fehlen die winzigen Einzelheiten, mit denen sich die Welt überzeugen ließe. Das können nur Mischkin und Lasareff.«

»Dann müssen wir sie dort rausholen«, sagte Drake entschlossen. »Wir müssen ein zweites Unternehmen starten, mit dem wir erreichen, daß sie nach Tel Aviv geflogen werden, und das ihnen Leben und Freiheit garantiert. Sonst ist alles umsonst gewesen.«

»Was tun wir jetzt?« wiederholte Kaminski.

»Wir denken nach«, antwortete Drake. »Wir machen einen Plan und führen ihn durch. Wir lassen nicht zu, daß sie in Berlin hinter Gefängnisgittern verschimmeln – nicht mit ihrem Geheimnis! Aber wir müssen uns beeilen, denn Moskau wird nicht lange brauchen, um die richtigen Schlüsse zu ziehen. Die Sowjets haben jetzt eine Spur; sie werden bald wissen, wer Iwanenko erschossen hat. Dann werden sie zuschlagen. Wir müssen ihnen zuvorkommen.«

Der Zorn des sowjetischen Botschafters in Washington verblaßte vor der Wut seines Bonner Kollegen, als der russische Diplomat zwei Tage später dem deutschen Außenminister gegenüberstand. Die Weigerung der Bundesregierung, die beiden Mörder den sowjetischen oder den DDR-Behörden auszuliefern, sei ein flagranter Bruch der bisher freundschaftlichen Beziehungen der beiden Staaten und könne nur als feindseliger Akt aufgefaßt werden, behauptete der Botschafter.

Dem Bundesaußenminister war dabei zutiefst unbehaglich zumute. Insgeheim wünschte er sich, die Tupolev wäre auf der Landebahn in Ostberlin stehengeblieben. Er sparte sich den Hinweis, die Sowjetunion solle sich, da sie stets darauf bestanden habe, Westberlin sei kein Teil der Bundesrepublik Deutschland, in diesem Fall an den Berliner Senat wenden.

Der Botschafter trug seine Argumente zum drittenmal vor: Die Täter seien Sowjetbürger, die Opfer seien Sowjetbürger, die Verkehrsmaschine habe als sowjetisches Territorium zu gelten, die Entführung habe sich im sowjetischen Luftraum abgespielt, und der Mord sei auf oder wenigstens unmittelbar über dem Zentralflughafen der DDR verübt worden. Deshalb seien die Täter in der Sowjetunion oder zumindest in der DDR vor Gericht zu stellen.

Der Außenminister machte ihn höflich darauf aufmerksam, daß es international üblich sei, Flugzeugentführer in dem Land, in dem sie gelandet seien, vor Gericht zu stellen, falls der betreffende Staat darauf bestehe. Damit solle selbstverständlich nicht der geringste Zweifel an der Korrektheit eines sowjetischen Gerichtsverfahrens zum Ausdruck gebracht werden.

Ganz im Gegenteil! dachte er im stillen. In der Bundesrepublik waren Regierung, Presse und Öffentlichkeit gleichermaßen davon überzeugt, daß eine Auslieferung für Mischkin und Lasareff Verhöre durch das KGB, einen Schauprozeß und schließlich den Tod durch Erschießen bedeuten würde. Außerdem waren die beiden Männer Juden, was die Sache nicht einfacher machte.

In den ersten Januartagen ist die Presse meistens dankbar für jede Nachricht, und so walzten die deutschen Zeitungen den Vorfall begeistert aus. Die konservative und auflagenstarke Springer-Presse vertrat nachdrücklich den Standpunkt, die beiden Entführer müßten trotz der Schwere ihrer Tat einen fairen Prozeß erhalten, der nur in der Bundesrepublik gewährleistet sei. Die bayerische CSU, von der die Regierungskoalition abhing, schlug in die gleiche Kerbe. Bestimmte Kreise versorgten die Presse mit präzisen Angaben über die neuesten KGB-Unterdrückungsmaßnahmen in dem Gebiet um Lwow, aus dem die Entführer kamen, wobei sie mit gruseligen Details nicht sparten – was den Lesern den Gedanken suggerieren sollte, die Flucht vor diesem Terror sei nur allzu gerechtfertigt gewesen, auch wenn die Anwendung von Gewalt zu bedauern sei. Und nachdem erst vor kurzem wieder ein hoher Bonner Beamter als Ostagent enttarnt worden war, konnte die Regierung kaum damit rechnen, mit einer allzu nachgiebigen Haltung gegenüber Moskau bei der Bevölkerung Beifall zu finden. Und da Landtagswahlen vor der Tür standen ...

Der Minister hatte seine Anweisungen vom Bundeskanzler erhalten. Er teilte dem Botschafter mit, Mischkin und Lasareff würden so rasch wie möglich in Westberlin vor Gericht gestellt; mit ihrer Verurteilung zu längeren Haftstrafen sei zu rechnen.

Die Politbürositzung gegen Ende der Woche verlief stürmisch. Die Tonbandgeräte waren erneut ausgeschaltet, die Stenografen nicht im Raum.

»Empörend!« fauchte Wischnajew. »Ein weiterer Skandal, der dem Ansehen der Sowjetunion in der Weltöffentlichkeit größten Schaden zufügen wird. Das hätte nie passieren dürfen!«

Er deutete damit an, daß das nur wegen der unaufhaltsam erlahmenden Führungskraft Maxim Rudins möglich gewesen sei.

»Es wäre auch nicht passiert«, erwiderte Petrow, »wenn die Jäger des Genossen Marschall die Verkehrsmaschine nach alter Sitte über Polen abgeschossen hätten.«

»Die Verbindung zwischen der Jägerleitstelle und dem Kettenführer ist unterbrochen gewesen«, behauptete Kerenski. »So was kommt nur einmal in einer Million Fällen vor!«

»Ein günstiger Zufall«, stellte Rykow eisig fest. Er wußte aus dem Bericht seines Botschafters, daß Mischkin und Lasareff vor Gericht gestellt werden sollten, was bedeutete, daß die Welt in Kürze erfuhr, wie die beiden sich zuerst einen KGB-Ausweis verschafft hatten und dann zu den Piloten ins Cockpit vorgedrungen waren.

»Besteht die Möglichkeit«, fragte Petrjanow, ein Anhänger Wischnajews, »daß diese beiden Männer die Mörder Iwanenkos sind?«

Die Atmosphäre war plötzlich elektrisch geladen.

»Nein, bestimmt nicht!« antwortete Petrow nachdrücklich. »Wir wissen, daß die beiden aus Lwow, nicht aus Kiew stammen. Es sind Juden, denen die Ausreise verweigert worden war. Wir ermitteln natürlich weiter, aber bisher ist kein Zusammenhang zu erkennen.«

»Sollte einer erkennbar sein, werden wir selbstverständlich benachrichtigt?« fragte Wischnajew.

»Das versteht sich von selbst, Genosse«, knurrte Rudin.

Die Protokollführer wurden hereingerufen, und die Diskussion drehte sich im weiteren Verlauf der Sitzung um die Ergebnisse von Castletown und den Kauf der zehn Millionen Tonnen Futtergetreide. Wischnajew ging einer Auseinandersetzung aus dem Weg. Rykow bemühte sich, den Nachweis zu führen, die Sowjetunion erhalte das benötigte Getreide im Tausch gegen minimale Zugeständnisse in Abrüstungsfragen – eine Behauptung, der Marschall Kerenski energisch widersprach. Aber Komarow mußte zugeben, daß das bevorstehende Eintreffen von zehn Millionen Tonnen Futtergetreide ihn in die Lage versetzte, sofort die gleiche Menge aus den Reserven freigeben zu können, wodurch das Abschlachten von Vieh im ganzen Land vermieden werden konnte. Maxim Rudins Flügel und seine hauchdünne Mehrheit blieben intakt.

Nach der Sitzung zog der alternde Staats- und Parteichef Wassili Petrow beiseite.

»Besteht denn nun irgendeine Verbindung zwischen den beiden Juden und Iwanenkos Ermordung, oder nicht?« fragte er ihn.

»Möglicherweise«, gab Petrow zu. »Wir wissen natürlich, daß sie den Überfall in Ternopol verübt haben, was zu beweisen scheint, daß sie Lwow irgendwann einmal verlassen haben, um ihre Flucht vorzubereiten. Wir haben ihre Fingerabdrücke aus dem Flugzeug, die mit Abdrücken in ihren Wohnungen übereinstimmen. Wir haben noch keine Schuhe gefunden, deren Abdrücke mit den in Kiew am Tatort festgestellten übereinstimmen, aber wir suchen weiter. Und noch etwas: Wir haben einen Teil eines Handabdrucks aus dem Wagen, mit dem Iwanenkos Mutter angefahren worden ist. Wir versuchen jetzt, uns komplette Handabdrücke von den Entführern aus Berlin zu beschaffen. Falls sie übereinstimmen . . .«

»Bereiten Sie einen Plan vor, einen Plan für alle Fälle, eine Durchführbarkeitsstudie«, wies Rudin ihn an. »Lassen Sie feststellen, ob die beiden in ihrem Westberliner Gefängnis liquidiert werden können. Und noch etwas: Falls sich nachweisen läßt, daß sie Iwanenkos Mörder sind, teilen Sie das nur mir mit, nicht dem Politbüro. Wir liquidieren sie und informieren erst dann die Genossen.«

Petrow schluckte angestrengt. Das Politbüro zu hintergehen, hieß mit dem höchsten in der Sowjetunion möglichen Einsatz zu spielen. Ein riskanter Drahtseilakt ohne Netz. Er erinnerte sich daran, was Rudin ihm vor zwei Wochen in Usowo am Kaminfeuer eröffnet hatte. Da im Politbüro bei Stimmengleichheit ein Patt herrschte, Iwanenko tot war und zwei aus ihrer sechsköpfigen Fraktion abspringen wollten, hatten sie keine Trümpfe mehr auszuspielen.

»Wird gemacht«, sagte er.

Der Bundeskanzler empfing seinen Justizminister Mitte Januar in seinem Arbeitszimmer im Kanzleramt neben dem alten Palais Schaumburg. Der deutsche Regierungschef stand an seinem wandhohen Fenster und sah durch die getönte Scheibe auf den hartgefrorenen Schnee hinaus. In dem modernen neuen Regierungsgebäude am Bundeskanzlerplatz war es so warm, daß die Männer ihre Jackets abgelegt hatten. Die feuchte Januarkälte drang nicht bis ins Innere des Gebäudes.

»Wie steht die Sache Mischkin/Lasareff?« erkundigte sich der Bundeskanzler.

»Sie ist ein bißchen merkwürdig«, erklärte der Justizminister. »Die beiden sind aufgeschlossener, als man eigentlich hätte erwarten dürfen. Sie scheinen es darauf anzulegen, möglichst rasch vor Gericht gestellt zu werden.«

»Ausgezeichnet!« meinte der Kanzler zufrieden. »Genau das wollen wir. Kurz und knapp – dann haben wir's hinter uns. Und in welcher Beziehung sind die beiden – aufgeschlossen?«

»Ein politisch rechtsstehender Staranwalt hat sich erboten, ihre Verteidigung zu übernehmen. Sein Honorar wäre durch Spenden aufgebracht worden – möglicherweise von deutscher Seite, möglicherweise von der Jüdischen Verteidigungsliga. Die beiden haben aber dankend abgelehnt. Der Mann wollte den Prozeß zu einer flammenden Anklage gegen das Sowjetregime nutzen und den KGB-Terror gegen Juden in der Ukraine mit allen Einzelheiten anprangern.«

»Ein *rechter* Anwalt projüdisch?«

»Alles Wasser auf ihre Mühle. Schlagt die Russen, wo ihr könnt – das kennen wir ja«, sagte der Justizminister. »Mischkin und Lasareff wollen sich jedenfalls schuldig bekennen und lieber mildernde Umstände für sich in Anspruch nehmen. Sie bestehen darauf. Falls sie glaubhaft machen können, der Schuß habe sich versehentlich gelöst, als die Maschine in Schönefeld auf der Landebahn aufsetzte, stehen ihre Chancen nicht schlecht. Ihr neuer Verteidiger will erreichen, daß die Anklage nicht auf Mord, sondern auf fahrlässige Tötung lautet.«

»Das ist vertretbar, glaube ich«, meinte der Kanzler. »Was haben sie unter diesen Voraussetzungen zu erwarten?«

»Zehn bis fünfzehn Jahre, wenn man die Flugzeugentführung einbezieht«, antwortete der Minister. »Bei guter Führung ist natürlich eine vorzeitige Entlassung möglich. Die beiden sind jung, Mitte Zwanzig. Sie können mit dreißig wieder frei sein.«

»Das ist in fünf Jahren! Ich mache mir wegen der nächsten fünf Monate Sorgen. Erinnerungen verblassen. In fünf Jahren existieren die beiden nur noch in Archiven.«

»Sie geben alles zu, aber sie beharren darauf, den Schuß nicht vorsätzlich abgegeben zu haben. Sie sagen, die Flugzeugentführung sei für sie die einzige Möglichkeit gewesen, nach Israel zu kommen. Und sie wollen sich rückhaltlos schuldig bekennen – solange die Anklage auf fahrlässige Tötung lautet.«

»Einverstanden«, entschied der Kanzler. »Das wird den Russen nicht gefallen, aber das soll uns nicht hindern. Für Mord würden sie lebenslänglich bekommen, aber das sind heutzutage auch nur noch fünfzehn Jahre.«

»Die beiden haben noch einen Wunsch geäußert«, berichtete der Minister. »Sie wollen nach dem Prozeß in ein Gefängnis in der Bundesrepublik verlegt werden.«

»Warum?«

»Sie haben offenbar Angst vor der Rache des KGB. Sie glauben, in der Bundesrepublik sicherer zu sein als in Westberlin.«

»Unsinn!« schnaubte der Kanzler. »Sie werden in Berlin verurteilt und sitzen ihre Strafe dort ab. Die Russen würden nicht einmal im Traum daran denken, in einem Berliner Gefängnis mit ihnen abzurechnen. Das würden sie nicht wagen. Natürlich könnten wir die beiden nach einem Jahr stillschweigend verlegen. Aber nicht gleich zu Anfang!« Er nickte dem Minister zu. »Ich verlasse mich auf Sie. Sehen Sie zu, daß das Verfahren rasch und schmerzlos abgewickelt wird, wenn die beiden mitmachen. Und sorgen Sie dafür, daß die Presse mich vor den Wahlen nicht weiter belästigt – und daß der russische Botschafter mir vom Hals bleibt!«

In Chita beschien eine blasse Wintersonne die *Freya*, die seit zweieinhalb Monaten am Ausrüstungskai lag. In diesen 75 Tagen hatte sie sich völlig verwandelt. Sie hatte Tag und Nacht still dagelegen, während die winzigen Lebewesen, die sie erbaut hatten, über sie hinwegkletterten und bei ihr aus und ein gingen. Hunderte Kilometer von Leitungen, Kabeln, Rohren und Schläuchen waren verlegt worden. Die komplexen elektrischen Systeme des Schiffes waren angeschlossen und geprüft worden, und ein gigantisches Labyrinth aus Pumpen und Rohrleitungen hatte seine Funktionsfähigkeit bewiesen.

Die computergesteuerten Geräte, die dazu bestimmt waren, die Tanks des Schiffes zu füllen oder zu leeren, die Maschinenanlagen in Betrieb zu setzen oder abzustellen, das Schiff wochenlang auf Kurs zu halten und die Sterne über der *Freya* und den Meeresboden unter ihr zu beobachten, waren eingebaut worden.

Die Kühl- und Vorratsräume, aus denen sich ihre Besatzung monatelang ernähren sollte, waren fertig installiert; das gleiche galt für Möbel, Türgriffe, Glühbirnen, Toiletten, Herde, Heizkörper, Klimaanlage, Kino, Sauna, die drei Bars und zwei Messen, Betten, Kojen, Teppichböden und Kleiderschränke.

Die fünfgeschossigen Aufbauten waren aus einem leeren Gehäuse in ein Luxushotel verwandelt worden; Brücke, Funkkabine und Computerraum hatten sich aus leeren, hallenden Sälen zu einem Komplex aus leise summenden Datenspeichern, Rechnern und Kontrollsystemen entwickelt.

Als die letzten Arbeiter ihr Werkzeug mitnahmen und von Bord gingen, war die *Freya*, was Größe, Maschinenleistung, Tragfähigkeit, Luxus und technische Raffinesse betraf, das Größte dessen, was der Mensch jemals aufs Wasser gesetzt hatte.

Die übrigen Mitglieder der dreißigköpfigen Besatzung waren zwei Wochen zuvor mit dem Flugzeug eingetroffen, um sich mit jedem Quadratzentimeter des Schiffs vertraut zu machen. Zur Besatzung der *Freya* gehörten: Kapitän Thor Larsen, ein Erster Offizier, ein Zweiter Offizier und ein Dritter Offizier; der Leitende Ingenieur, ein Erster Ingenieur, ein Zweiter Ingenieur und der Elektroingenieur, der ebenfalls den Rang eines Ersten Ingenieurs bekleidete. Weiterhin zählten der Funkoffizier und der Chefsteward zu den Schiffsoffizieren. Die übrigen zwanzig Männer waren: ein Koch, vier Stewards, drei Feuerwehr-Maschinisten, ein Mechaniker-Maschinist, ein Funker, neun Matrosen und ein Mann für die Pumpen.

Zwei Wochen vor der Indienststellung verließ die *Freya* den Ausrüstungskai und wurde in die Isebucht hinausgeschleppt. Dort wühlten ihre riesigen Doppelschrauben das Wasser auf, als sie mit eigener Kraft zur ersten Probefahrt in den Westpazifik auslief. Für Offiziere und Mannschaft sowie für das Dutzend japanischer Techniker an Bord bedeutete diese Probefahrt zwei Wochen angestrengtester Arbeit, weil sämtliche Systeme im Hinblick auf alle denkbaren Betriebszustände getestet werden mußten.

Die *Freya* war 170 Millionen Dollar wert, als sie an diesem Morgen aus der Bucht auslief, und die Männer auf den vor Nagoya stehenden Fischkuttern beobachteten sie mit ehrfürchtigem Staunen.

Zwanzig Kilometer außerhalb von Moskau liegt das Touristendorf Archangelskoje mit Museum und einem Feinschmeckerrestaurant, das für seine echten Bärensteaks berühmt ist. In der letzten Januarwoche hatte Adam Munro sich dort einen Tisch reservieren lassen und war mit einer Sekretärin aus der Britischen Botschaft hinausgefahren.

Er wählte jeweils eine andere Begleiterin, weil keiner etwas auffallen sollte; und falls die junge Dame, die diesmal in seiner Gesellschaft war, sich fragte, warum er bei einer Temperatur von minus 25 Grad auf vereisten Straßen in dieses abgelegene Nest fuhr, so äußerte sie sich zumindest nicht darüber.

Im Restaurant war es jedenfalls warm und gemütlich, und als Munro sich entschuldigte, um eine Packung Zigaretten aus seinem Wagen zu holen, dachte sich das Mädchen nichts dabei.

Als Munro auf den Parkplatz hinaustrat, traf ihn ein eisiger Windstoß. Er schauderte und ging rasch zu dem Auto, dessen Scheinwerfer kurz aufgeblinkt hatten.

Er stieg bei Walentina ein, schloß sie in die Arme und küßte sie.

»Hör zu, ich muß dir was erzählen.«

»Über uns?« fragte sie, während ihre Lippen seinen Hals unterhalb des Kinns berührten.

»Über uns. Ich habe angefragt, ob man dir bei der Flucht helfen würde. Meine Leute sind dazu bereit. Sie haben sogar schon einen Plan ausgearbeitet. Kennst du den rumänischen Schwarzmeerhafen Konstanza?«

Walentina schüttelte den Kopf.

»Ich bin noch nie dort gewesen. Ich mache immer auf der Krim Urlaub.«

»Könntest du diesmal mit Sascha nach Rumänien fahren?«

»Sicher! Rumänien gehört zum sozialistischen Lager. Eine Urlaubsreise dorthin wäre nicht ungewöhnlich.«

»Wann beginnen Saschas Osterferien?«

»In den letzten Märztagen, glaube ich. Ist das wichtig?«

»Es muß Mitte April sein«, erklärte er ihr. »Meine Leute halten es für möglich, euch mit einem Motorboot vom Strand abzuholen und an Bord eines Frachters zu bringen. Kannst du im April mit Sascha in Konstanza oder Mamaia Urlaub machen?«

»Ich werde es versuchen«, sagte Walentina. »April ... Oh, Adam, die Zeit bis dahin kommt mir so kurz vor!«

»Sie ist auch kurz, Walentina. Weniger als neunzig Tage. Noch ein bißchen Geduld, dann haben wir's geschafft. Dann beginnt ein neues Leben für uns.«

Fünf Minuten später hatte sie ihm das Wortprotokoll der Politbürositzung von Anfang Januar gegeben und war in die Nacht davongefahren. Munro stopfte sich die Blätter in den Hosenbund, knöpfte seine Jacke zu und kehrte in das Restaurant zurück.

Diesmal, schwor er sich, während er höflich Konversation mit seiner Begleiterin machte, werden wir keine Fehler machen wie 1961, diesmal wird es keinen Abschied geben. Diesmal bleiben wir für immer beisammen.

Edwin J. Campbell lehnte sich am Verhandlungstisch in der Long Gallery von Castletown House in seinem Sessel zurück und sah zu Professor Sokolow hinüber. Der letzte Tagesordnungspunkt war behandelt, das letzte Zugeständnis abgerungen. Aus dem Speisesaal im Erdgeschoß hatte ein Kurier berichtet, daß die Vereinigten Staaten sich auf der Parallelkonferenz mit vorteilhaften Einkaufsbedingungen für die sowjetischen Konzessionen revanchiert hatten.

»Das wär's einstweilen, mein Freund«, sagte Campbell. »Mehr können wir vorerst nicht tun, glaube ich.«

Der Russe sah von seinem Schreibblock auf, der mit Notizen in kyrillischer Schrift bedeckt war. Er hatte über 100 Tage lang mit Klauen und Zähnen dafür gekämpft, seinem Land die Getreidelieferungen zu sichern, die es vor der Katastrophe bewahren würden, ohne die militärische Stärke einschränken zu müssen. Er war sich darüber im klaren, daß er Zugeständnisse hatte machen müssen, die noch vier Jahre zuvor in Genf unvorstellbar gewesen wären, aber er hatte bei diesen unter Zeitdruck stehenden Verhandlungen das Beste herausgeholt, was herauszuholen war.

»Ja, Sie haben recht«, stimmte er zu. »Ich schlage vor, daß wir die Abrüstungsvereinbarungen in einem Vertragsentwurf für unsere jeweiligen Regierungen zusammenfassen.«

»Und das Handelsprotokoll gehört auch dazu«, ergänzte Campbell. »Ich nehme an, daß Ihre Regierung es ebenfalls will.«

Sokolow gestattete sich ein trockenes Lächeln.

»Ja, das glaube ich auch«, sagte er.

In der folgenden Woche bereiteten die Dolmetscher und Stenografen der beiden Delegationen den Abrüstungsvertrag und das Handelsprotokoll vor. Gelegentlich wurden die Delegationsleiter konsultiert, wenn Unklarheiten auftraten, aber im allgemeinen blieb die Ausarbeitung der Entwürfe ihren Mitarbeitern überlassen. Als die beiden umfangreichen Vertragsentwürfe fertig waren – beide in doppelter Ausfertigung –, flogen die Delegationsleiter in ihre Hauptstädte zurück, um sie dort ihren Dienstherren zu unterbreiten.

Andrew Drake ließ die Illustrierte fallen und richtete sich in seinem Sessel auf.

»Hm, vielleicht wäre das eine Idee«, meinte er.

»Was?« fragte Krim, der mit drei großen Tassen Kaffee aus der Küche hereinkam. Drake warf dem Tataren die Illustrierte zu.

»Lies den ersten Artikel«, forderte er ihn auf. Krim las ihn schweigend, während Drake seinen Kaffee schlürfte. Kaminski beobachtete die beiden.

»Du bist verrückt!« sagte Krim.

»Nein«, widersprach Drake. »Wenn wir nichts riskieren, sitzen wir in zehn Jahren noch immer hier. Dieser Plan könnte klappen. Hört zu! Mischkin und Lasareff werden in zwei Wochen vor Gericht gestellt. Daß sie verurteilt werden, steht außer Zweifel. Folglich können wir gleich jetzt mit den Vorbereitungen beginnen. Wir müssen ohnehin etwas unternehmen, wenn wir sie je befreien wollen. Also können wir auch gleich anfangen. Asamat, du bist in Kanada bei den Fallschirmjägern gewesen?«

»Drei Jahre«, antwortete Krim.

»Hast du dort einen Sprengkurs mitgemacht?«

»Sprengen und Sabotage. Ich war für ein Vierteljahr zu den Pionieren abkommandiert.«

»Und mein Steckenpferd ist schon immer Elektronik gewesen«, stellte Drake fest. »Wahrscheinlich deshalb, weil mein Vater bis zu seinem Tod eine Radiowerkstatt gehabt hat. Wir könnten es also schaffen. Wir werden Hilfe brauchen, aber wir können es schaffen!«

»Wie viele Männer brauchen wir zusätzlich?« fragte Krim.

»Einen Mann für draußen, der Mischkin und Lasareff nach ihrer Entlassung identifiziert. Das könnte Miroslaw übernehmen. Für das Unternehmen selbst brauchen wir fünf Mann als Wachen, während du und ich die eigentliche Aktion durchführen.«

»So was ist noch nie versucht worden«, meinte Krim zweifelnd.

»Deshalb ist der Überraschungseffekt um so größer. Und die Gegenwehr um so geringer.«

»Am Schluß werden wir doch geschnappt«, wandte Krim ein.

»Nicht unbedingt. Wenn's darauf ankäme, würde ich den Rückzug schon decken. Und dieser Prozeß wäre dann die Sensation des Jahrzehnts. Da Mischkin und Lasareff zu diesem Zeitpunkt bereits in Israel in Sicherheit wären, würde die ganze westliche Welt applaudieren. Die Forderung nach einer freien Ukraine würde durch die gesamte Presse außerhalb des Ostblocks gehen.«

»Kennst du fünf Leute, die mitmachen würden?«

»Ich habe seit Jahren Namen gesammelt«, antwortete Drake. »Männer, die es satt haben, immer nur zu reden. Wenn sie wüßten, was wir bereits getan haben . . . Ja, ich kann bis zum Monatsende fünf Mann zusammenhaben.«

»Okay«, sagte Krim, »da wir einmal angefangen haben, müssen wir auch weitermachen. Welchen Auftrag hast du für mich?«

»Du fährst nach Belgien«, entschied Drake. »Ich brauche eine große Wohnung in Brüssel – als Hauptquartier. Die anderen lassen wir dorthin kommen.«

Während Drake sprach, ging auf der anderen Seite der Erde die Sonne über Chita und der IHI-Werft auf. Die *Freya* lag wieder am Ausrüstungskai – diesmal jedoch mit leise summender Maschinenanlage.

Am Vorabend hatte eine längere Besprechung im Büro des Werftdirektors stattgefunden. Teilgenommen hatten daran die beiden Schiffsbaumeister, die Finanzchefs, der Werftdirektor, Harry Wennerström und Thor Larsen. Die beiden technischen Experten waren sich darüber einig gewesen, daß sämtliche Systeme des gigantischen Tankers einwandfrei arbeiteten. Wennerström hatte die Abnahme bescheinigt und durch seine Unterschrift bestätigt, daß die *Freya* den Spezifikationen seines Auftrags voll und ganz entsprach.

Damit waren weitere fünf Prozent des Kaufpreises fällig. Wennerström hatte fünf Prozent angezahlt, als der Bauvertrag unterschrieben worden war. Die Kiellegung und der Stapellauf waren ebenfalls mit jeweils fünf Prozent honoriert worden. Die restlichen 80 Prozent waren mit Zinsen in den kommenden acht Jahren zu zahlen. Aber die *Freya* gehörte praktisch ihm. Die Werftflagge war feierlich niedergeholt worden, und die blaue Flagge mit dem silbernen Wikingerhelm der Nordia Line wehte jetzt in der Morgenbrise.

Hoch auf der Brücke über dem riesigen Deck zog Harry Wennerström Thor Larsen am Arm mit sich in die Funkkabine und schloß die Tür hinter ihnen. Bei geschlossener Tür war dieser Raum völlig schalldicht.

»Jetzt sind nur noch Sie für das Schiff verantwortlich, Thor«, sagte er. »Übrigens hat sich eine kleine Änderung ergeben, was Ihre Ankunft in Europa betrifft. Ich habe nicht die Absicht, die Ladung vor der Küste in Leichter umschlagen zu lassen. Nicht auf der Jungfernfahrt der ›Freya‹. Dieses eine Mal bringen Sie sie vollbeladen an die Kais von Europort Rotterdam.«

Larsen starrte seinen Reeder ungläubig an. Beide Männer wußten recht gut, daß vollbeladene ULCC niemals in Häfen einliefen; sie ankerten weit draußen und pumpten ihre Ölladung in kleinere Tanker um, bis ihr Tiefgang soweit reduziert war, daß sie mit dem Rest einlaufen konnten. Oder sie legten an künstlichen Inseln an, die auf Stelzen weit draußen im Meer standen und von denen die Ladung über eine Pipeline an Land gepumpt wurde. Für die Besatzungen dieser Supertanker gab es nicht die Mädchen in jedem Hafen; ihr Schiff lief oft das ganze Jahr über keinen einzigen Hafen an, und die Urlauber wurden per Hubschrauber von Bord geholt und wieder zurückgebracht. Deshalb mußten ihre Unterkünfte auch besonders gemütlich und komfortabel sein.

»Der Ärmelkanal ist zu klein für das Schiff«, stellte Larsen fest.

»Sie fahren auch nicht durch den Kanal«, antwortete Wennerström. »Ihre Route führt westlich an Irland und den Hebriden vorbei, zwischen den Orkney- und den Shetland-Inseln hindurch, entlang der Zwanzig-Faden-Grenze durch die Nordsee nach Süden und vor die holländische Küste, wo Sie von Lotsen bis zur Maasmündung gebracht werden. Von Hoek van Holland aus wird die ›Freya‹ in den Europort geschleppt.«

»Für den Inneren Kanal von der K. I.-Boje bis zur Maas hat sie zuviel Tiefgang!« protestierte Larsen.

»Nein, das stimmt nicht mehr«, stellte Wennerström gelassen fest. »Die Fahrrinne ist in den letzten vier Jahren auf fünfunddreißig Meter Tiefe ausgebaggert worden. Die ›Freya‹ hat beladen dreißig Meter Tiefgang. Thor, wenn ich einen Kapitän nennen sollte, der einen Millionentonner in den Europort bringen kann, würde mir nur Ihr Name einfallen. Ich weiß, daß das eine verdammt knappe Sache wird, aber Sie müssen mir diesen letzten Triumph gönnen! Ich will, daß die Welt das Schiff sieht, Thor. Meine ›Freya‹. Ich sorge dafür, daß sie würdig empfangen wird – von der holländischen Regierung, von der Weltpresse. Alle sind meine Gäste, und alle werden sprachlos sein! Sonst bekommt niemand die ›Freya‹ zu sehen, Thor; sie wird sich immer außerhalb der Sichtweite von Land befinden.«

»Gut, meinetwegen«, sagte Larsen langsam. »Nur dieses eine Mal. Wenn alles vorbei ist, werde ich um zehn Jahre gealtert sein.«

Wennerström grinste wie ein kleiner Junge.

»Warten Sie nur, bis die anderen sie sehen! Also, am ersten April! Auf Wiedersehen in Rotterdam, Thor Larsen.«

Zehn Minuten später war er verschwunden. Mittags legte die gigantische *Freya* unter dem Jubel der japanischen Werftarbeiter vom Ausrüstungskai ab und glitt in die Bucht hinaus. Am 2. Februar um 14 Uhr erreichte sie den Pazifik und nahm Kurs auf die Philippinen, Borneo und Sumatra im Südwesten. Ihre Jungfernfahrt hatte begonnen.

Am 10. Februar trat das Politbüro in Moskau zusammen, um den in Castletown ausgehandelten Vertragsentwurf und das dazugehörige Handelsprotokoll zu billigen oder zu verwerfen. Rudin und seine Anhänger wußten, daß der Vertrag – sofern weitere Zwischenfälle ausblieben – später auch unterzeichnet und ratifiziert werden würde, wenn es ihnen gelang, seine Bedingungen auf dieser Sitzung durchzudrücken. Jefrem Wischnajew und seine Falken waren sich dieser Tatsache nicht weniger bewußt. Die Sitzung dauerte lange und war von heftigen Kontroversen geprägt.

Außenstehende vermuten oft, die großen Politiker drückten sich selbst bei nichtöffentlichen Sitzungen gewählt aus und sprächen höflich mit Kollegen und Beratern. Bei mehreren amerikanischen Präsidenten der jüngsten Zeit ist das nicht der Fall gewesen, und es traf auch nicht auf die sowjetischen Machthaber zu, die bei dieser Politbürositzung versammelt waren. Es hagelte Schimpfwörter und Beleidigungen. Nur der pedantische Wischnajew hielt sich in der Wortwahl zurück, obwohl sein Tonfall schneidend war, wenn er sich, unterstützt von seinen Anhängern, Punkt für Punkt gegen jedes einzelne Zugeständnis wandte.

Außenminister Dmitri Rykow gelang es schließlich, die Gemäßigten zu überzeugen.

»Wir haben erreicht«, sagte er, »daß uns fünfundfünfzig Millionen Tonnen Getreide zu dem annehmbaren Preis vom Juli vergangenen Jahres verkauft werden. Ohne dieses Getreide stünden wir vor einer nationalen Katastrophe. Außerdem erhalten wir modernste Technologie im Werte von fast drei Milliarden Dollar in Form von Komsumgütern, Computern und Ölbohrausrüstungen. Damit können wir die Probleme, die uns seit zwei Jahrzehnten zu schaffen machen, innerhalb von fünf Jahren meistern.

Unsere Gegenleistung besteht aus minimalen Zugeständnissen in bezug auf die Zahl unserer Raketen, Panzer und Divisionen – aus Zugeständnissen, die – wie ich ausdrücklich betone – uns keineswegs daran hindern werden, die Dritte Welt mitsamt ihren Rohstoffreserven innerhalb derselben fünf Jahre zu beherrschen. Dank der genialen Führung des Genossen Maxim Rudin haben wir die Katastrophe, die im vergangenen Mai zu drohen schien, siegreich überwunden. Würden wir den Vertrag jetzt ablehnen, würden wir nicht nur auf den Stand des letzten Jahres zurückgeworfen, sondern stünden noch schlechter da: Die Getreideernte des vergangenen Jahres ist in sechzig Tagen aufgebraucht.«

Als die Mitglieder über den Vertrag abstimmten – und damit auch über Maxim Rudins Verbleiben im Amt entschieden –, standen wieder sechs gegen sechs Stimmen. Die Stimme des Vorsitzenden gab den Ausschlag.

»Jetzt gibt es nur noch eine Möglichkeit, ihn zu stürzen«, erklärte Wischnajew Marschall Kerenski entschlossen, als sie abends in seiner Limousine nach Hause fuhren. »Irgendwas Dramatisches muß geschehen, damit einer oder zwei seiner Leute umfallen, bevor der Vertrag ratifiziert wird. Andernfalls billigt das Zentralkomitee ihn auf Empfehlung des Politbüros, wodurch seine Ratifizierung gesichert wäre. Wenn sich nur beweisen ließe, daß diese beiden verdammten Juden in Berlin Iwanenko ermordet haben ...«

Kerenski war schweigsamer als sonst. Im stillen fragte er sich, ob er nicht aufs falsche Pferd gesetzt habe. Vor einem Vierteljahr noch war er davon überzeugt gewesen, die Amerikaner würden Rudin so große Zugeständnisse abringen, daß seine Anhänger sich von ihm lossagen würden. Aber Kerenski hatte sich nun mal auf Wischnajews Seite geschlagen. Damit, daß es in zwei Monaten keine großen Übungen der Roten Armee in der DDR geben würde, hatte er sich abzufinden.

»Noch etwas«, sagte Wischnajew. »Ich bin von einem Vertrauensmann in der Klinik Kunzewo benachrichtigt worden. Maxim Rudin stirbt.«

»Stirbt?« wiederholte der Verteidigungsminister. »Wann?«

»Nicht früh genug«, antwortete der Parteitheoretiker. »Er hat noch Zeit, diesen Vertrag unter Dach und Fach zu bringen. Die Zeit zerrinnt uns unter den Händen, mein Freund, und wir können nichts dagegen tun. Es sei denn, der Fall Iwanenko bringt uns noch die Lösung.«

Zur gleichen Zeit passierte die *Freya* die Sunda-Straße. Backbord voraus lag die Java-Spitze, und an Steuerbord ragte weit achteraus die dunkle Masse der Vulkaninsel Krakatau in den Nachthimmel auf. Auf der abgedunkelten Brücke zeigten lange Reihen schwachleuchtender Instrumente Thor Larsen, dem Ersten Wachoffizier und dem Zweiten Wachoffizier alles, was sie wissen mußten, um das Schiff sicher zu führen. Drei von einander unabhängige Navigationssysteme speisten ihre Meßwerte direkt in den Bordcomputer ein, der in einem eigenen Raum hinter der Brücke installiert war. Ständige Kompaßablesungen, die bis auf eine halbe Winkelsekunde genau waren, wurden mit dem Stand der Gestirne verglichen. Auch die Gestirne von Menschenhand, die Navigationssatelliten, wurden angepeilt und lieferten Standlinien für den Computer, der Wind, Strömungen und Seegang bei seinen Ruderbefehlen an die elektrohydraulische Ruderanlage berücksichtigte.

Hoch über der Brücke rotierten unablässig zwei Radarantennen, orteten Küsten und Berge, Schiffe und Bojen und gaben die gemessenen Entfernungen dem Computer ein, der auch diese Informationen auswertete, um beim ersten Anzeichen einer Gefahr Alarm geben zu können. Das Echolot unter dem Kiel lieferte durch Ultraschallmessungen ein kontinuierliches Bild des Meeresbodens, während das in den Wulstbug eingebaute Sonar das nachtschwarze Meer fünf Kilometer weit auf Unterwasserhindernisse absuchte. Um aus voller Fahrt mit äußerster Kraft zurück zum Stillstand zu kommen, brauchte die *Freya* eine halbe Stunde und eine Strecke von drei bis vier Kilometern. So gewaltig war ihre Masse.

Vor Tagesanbruch hatte sie die Sunda-Straße passiert, und der Computer steuerte sie entlang der Hundertfadengrenze nach Nordwesten, wo die *Freya* südlich an Sri Lanka vorbeilaufen und Kurs aufs Arabische Meer nehmen würde.

Zwei Tage später, am 12. Februar, kamen acht Männer in dem von Asamat Krim in Brüssel gemieteten Apartment zusammen. Die fünf Neuankömmlinge waren von Drake verständigt worden, dem sie zum Teil schon vor Jahren aufgefallen waren und der lange mit ihnen gesprochen hatte, bis er zu der Überzeugung gekommen war, daß sie seinen Traum teilten, einen entscheidenden Schlag gegen Moskau zu führen. Zwei der fünf Männer waren in Deutschland geborene Ukrainer, deren Eltern der starken ukrainischen Volksgruppe in der Bundesrepublik angehörten. Einer war ein Amerikaner aus New York, der einen ukrainischen Vater hatte; die beiden anderen waren halb Engländer, halb Ukrainer.

Als sie hörten, was Mischkin und Lasareff getan hatten, redeten sie aufgeregt durcheinander. Und als Drake feststellte, das Unternehmen sei erst dann abgeschlossen, wenn die beiden Partisanen in Freiheit und Sicherheit waren, erhob sich kein Widerspruch. Sie berieten die ganze Nacht lang und teilten sich morgens in vier Zweiergruppen auf.

Drake und Kaminski wollten nach Großbritannien zurückfahren und die elektronischen Geräte kaufen, die Drake brauchte. Einer der Deutschen sollte mit einem der Engländer in die Bundesrepublik reisen, um dort den benötigten Sprengstoff zu beschaffen. Der zweite Deutsche, der Kontakte in Paris hatte, sollte mit dem anderen Engländer dorthin fahren, um Waffen zu kaufen oder zu stehlen. Asamat Krim machte sich mit dem Amerikaner auf die Suche nach einem geeigneten Boot. Der Amerikaner hatte im Staat New York bei einem Bootsverleih für Hochseeangler gearbeitet und wußte deshalb, welchen Bootstyp sie brauchten.

Acht Tage später wurde in dem strengbewachten Schwurgerichtssaal, der zu dem Komplex des Westberliner Gefängnisses Moabit gehört, das Verfahren gegen Lasareff und Mischkin eröffnet. Die beiden Männer saßen schweigsam und bedrückt auf der Anklagebank, wo sie von konzentrischen Sicherheitsringen umgeben waren, die von Stacheldrahtrollen auf den Gefängnismauern bis zu den im Saal verteilten Polizeibeamten reichten. Die Verlesung der Anklageschrift dauerte zehn Minuten. Die dichtbesetzte Pressebank reagierte hörbar überrascht, als die Angeklagten sich in allen Punkten schuldig bekannten. Die Staatsanwaltschaft begann mit der Vernehmung. Als sie beendet war, zog sich das Gericht zur Beratung zurück.

Die *Freya* lief langsam und ruhig durch die Straße von Hormus in den Persischen Golf ein. Bei Sonnenaufgang frischte die Brise auf und wurde zu dem kalten Schamal, der aus Nordosten Sand mitbrachte und den Horizont dunstig und verschwommen erscheinen ließ. Die meisten Mitglieder der Schiffsbesatzung kannten dieses Seegebiet recht gut, da sie schon oft hier gewesen waren, um iranisches oder arabisches Erdöl zu laden. Es waren erfahrene Tankerleute.

Auf einer Seite der *Freya* glitten die kahlen, trockenen Quoin-Inseln kaum zwei Kabellängen entfernt vorüber; auf der anderen erkannten die Offiziere auf der Brücke die öde Mondlandschaft der Halbinsel Musandam mit ihren steilen Felsen. Da die *Freya* hoch aus dem Wasser ragte, war die Fahrrinne überall reichlich tief genug. Auf der Rückfahrt, wenn sie mit Erdöl beladen war, würde die Sache anders aussehen. Dann würde der Tanker kleine Fahrt laufen, während auf der Brücke Kapitän und Erster Wachoffizier am Echolot verfolgen würden, wie der Meeresboden nur wenige Meter unter dem Kiel vorbeizog.

Die *Freya* fuhr noch immer in Ballast, wie sie aus Chita ausgelaufen war. Sie hatte 60 riesige Tanks, die in drei Reihen zu je 20 Tanks angeordnet waren. Einer davon war der Überlauftank, der lediglich die aus den 50 Ladeöltanks auslaufenden überschüssigen Mengen aufzunehmen hatte. Weitere neun waren Ballasttanks, die mit Meerwasser vollgepumpt wurden, wenn die *Freya* leer fuhr, und ihr die nötige Stabilität verliehen.

Aber ihre restlichen 50 Erdöltanks genügten vollauf. Jeder faßte 20 000 Tonnen Rohöl. Thor Larsen und seine Besatzung hatten volles Vertrauen zu den Sicherheitsvorkehrungen der *Freya* gegen eine Ölkatastrophe, als sie Abu Dhabi ansteuerten, um ihre erste Ladung an Bord zu nehmen.

Eine kleine Bar in der Pariser Rue Miollin ist das Stammlokal der Randfiguren in der Welt der Söldner und Waffenhändler. Dorthin wurden der Deutsch-Ukrainer und sein englischer Kamerad von dem französischen Kontaktmann des Deutschen begleitet.

Der Franzose verhandelte eine Dreiviertelstunde lang im Flüsterton mit einem Landsmann. Schließlich kam er zu den beiden Ukrainern zurück.

»Mein Freund könnte liefern«, erklärte er dem Deutsch-Ukrainer. »Fünfhundert Dollar pro Stück, bar auf die Hand. Jeweils ein volles Magazin wird mitgeliefert.«

»Wir nehmen sie, wenn er eine Pistole mit vollem Magazin dazugibt«, sagte der Ukrainer.

Drei Stunden später wurden in der Garage eines Hauses bei Neuilly sechs Maschinenpistolen und eine MAB 9-Millimeter-Pistole im Kofferraum des Wagens der Ukrainer verstaut. Das Geld wurde übergeben. Zwölf Stunden danach, am 24. Februar kurz vor Mitternacht, erreichten die beiden Männer ihr Apartment in Brüssel und versteckten die Waffen unten im Kleiderschrank.

Bei Sonnenaufgang am 25. Februar lief die *Freya* wieder langsam durch die Straße von Hormus zurück, und auf ihrer Brücke war ein Seufzer der Erleichterung zu hören, als das Echolot fortlaufend größere Tiefen anzeigte. Die Digitalanzeige bewegte sich rasch von 20 auf mehr als 100 Faden Tiefe. Die *Freya* erreichte allmählich wieder ihre Reisegeschwindigkeit von 15 Knoten, während sie vollbeladen nach Südwesten durch den Golf von Oman lief.

Sie war jetzt schwerfällig, weil sie das tat, wofür sie konstruiert und gebaut worden war: Sie beförderte eine Million Tonnen Rohöl zu den durstigen Raffinerien Europas und zu den Millionen von Autos, die mit Benzin und Dieseltreibstoff angetrieben werden. Der Tiefgang betrug jetzt, wie berechnet, 30 Meter. Die Warnanlagen hatten diese Tatsache registriert und wußten, welche Systeme sie auszulösen hatten, falls der Meeresboden jemals gefährlich nahekommen sollte.

Die neun Ballasttanks waren jetzt leer und dienten als Auftriebtanks. Die erste Dreierreihe weit vorn im Schiffsbug bestand aus je einem vollen Ladeöltank an Steuerbord und Backbord, zwischen denen der einzelne Überlauftank lag. Dahinter waren die ersten drei leeren Ballasttanks angeordnet. Die zweite Dreierreihe folgte mittschiffs, und die dritte befand sich am Fuß der Aufbauten, in deren fünftem Geschoß Kapitän Thor Larsen jetzt die *Freya* dem Ersten Wachoffizier übergab, bevor er in seine behagliche Kabine hinunterging, um zu frühstücken und ein Nickerchen zu machen.

Am Morgen des 26. Februar begann der Vorsitzende Richter nach einer mehrtägigen Verhandlung im Gerichtssaal des Westberliner Gefängnisses Moabit mit der Verkündung des von ihm und seinen beiden Kollegen gefällten Urteils. Die Verlesung der Urteilsbegründung dauerte über eine Stunde.

Mischkin und Lasareff hörten sich auf der durch Panzerglasscheiben gesicherten Anklagebank ausdruckslos an, was der Dolmetscher ihnen übersetzte. Von Zeit zu Zeit tranken sie aus den vor ihnen stehenden Gläsern einen Schluck Wasser. Von den dichtbesetzten Pressebänken aus wurden sie und die Richter aufmerksam beobachtet. Nur ein Journalist, der ein linksstehendes deutsches Monatsmagazin vertrat, schien sich mehr für die Wassergläser als für die Angeklagten zu interessieren.

Das Gericht vertagte sich bis nach der Mittagspause, und als es wieder zusammentrat, war der Journalist nicht mehr an seinem Platz. Er telefonierte von einer Telefonzelle außerhalb des Gebäudes aus.

Die Angeklagten waren zu je 15 Jahren Haft verurteilt worden. Sie wurden fortgebracht, um ihre Haftstrafen im Gefängnis Tegel im Nordteil der Stadt anzutreten, und der Gerichtssaal leerte sich innerhalb weniger Minuten. Putzfrauen räumten die überquellenden Papierkörbe und die leeren Karaffen und Gläser weg. Eine Frau mittleren Alters nahm sich die Anklagebank vor. Ohne von ihren Kolleginnen beobachtet zu werden, wickelte sie die Wassergläser der beiden Angeklagten in zwei Staubtücher und legte sie in ihre Einkaufstasche zu ihrer leeren Thermosflasche. Niemand achtete darauf, und keiner hätte sich darum gekümmert, selbst wenn es aufgefallen wäre.

Am letzten Tag des Monats wurde Wassili Petrow auf seine dringende Bitte hin von Maxim Rudin in dessen Kremlsuite empfangen.

»Mischkin und Lasareff«, sagte er ohne Einleitung.

»Was ist mit ihnen? Sie haben fünfzehn Jahre bekommen. Dabei hätten sie vor ein Erschießungskommando gehört!«

»Einer unserer Leute in Westberlin hat die Gläser entwendet, aus denen sie während der Verhandlung getrunken haben. Der Handabdruck an einem Glas stimmt mit dem überein, den wir in dem Wagen gefunden haben, mit dem Iwanenkos Mutter im Oktober in Kiew angefahren worden ist.«

»Dann sind sie's also gewesen! Diese Dreckskerle! Lassen Sie sie umlegen, Wassili. Liquidieren Sie sie so schnell wie möglich. Das ist ein Fall für die Abteilung ›Nasse Angelegenheiten‹.«

Das KGB, das weitgespannte und komplexe Aufgabengebiete hat, gliedert sich in großen Zügen in vier Hauptverwaltungen, sieben unabhängige Verwaltungen und sechs selbständige Abteilungen.

Die vier Hauptverwaltungen machen die Masse der KGB-Organisation aus. Eine von ihnen, die Erste Hauptverwaltung, befaßt sich ausschließlich mit nachrichtendienstlicher Tätigkeit außerhalb der UdSSR.

Zum geheimen Kern der Ersten Hauptverwaltung gehört die Abteilung V, die auch als Abteilung Exekutive Aktion bezeichnet wird. Diese Abteilung würde das KGB am liebsten völlig vor der Öffentlichkeit inner- und außerhalb der Sowjetunion verbergen, denn zu ihren Aufgaben gehören Sabotageakte, Erpressungen, Entführungen und Morde. Im KGB-Jargon trägt sie meistens den Spitznamen Abteilung *mokrie dela* oder »nasse Angelegenheiten«, weil bei ihrer Arbeit häufig Blut fließt. Dieser Abteilung V der Ersten Hauptverwaltung des KGB sollte Petrow auf Maxim Rudins Anweisung die Liquidierung Lasareffs und Mischkins übertragen.

»Das habe ich mir auch überlegt«, stimmte Petrow zu. »Noch besser wäre es vielleicht, damit Oberst Kukuschkin, den Chef von Iwanenkos Leibwache, zu beauftragen. Er hätte allen Grund, erfolgreich zu sein – um seine eigene Haut zu retten und Iwanenkos Tod und seine eigene Demütigung zu rächen. Er hat schon vor nahezu zehn Jahren eine Zeitlang für die ›Nassen Angelegenheiten‹ gearbeitet. Außerdem weiß er bereits, was in der Rosa-Luxemburg-Straße geschehen ist – er ist dabeigewesen. Und er spricht ausgezeichnet Deutsch. Bei diesem Sonderauftrag wäre er nur General Abrassow und mir unterstellt.«

Rudin nickte grimmig.

»Gut, er soll den Fall übernehmen. Er kann sich seine Leute selbst aussuchen. Abrassow stellt ihm alles Gewünschte zur Verfügung. Offiziell handelt es sich darum, den Tod von Flugkapitän Rudenko zu rächen. Aber er muß unbedingt gleich beim erstenmal Erfolg haben, Wassili. Sollte der erste Anschlag mißlingen, könnten Mischkin und Lasareff auspacken. Und als potentielle Opfer eines beinahe geglückten Mordanschlags würden sie vielleicht auch Glauben finden. Jedenfalls bei Wischnajew, und Sie wissen, was das bedeuten würde.«

»Ja, ich weiß«, bestätigte Petrow ruhig. »Das Attentat wird nicht fehlschlagen. Kukuschkin übernimmt es selbst.«

10

»Das ist das Äußerste, was zu erreichen war, Mr. President«, sagte Außenminister Lawrence. »Ich persönlich glaube, daß Campbell uns in Castletown gut vertreten hat.«

Vor dem Schreibtisch des Präsidenten im Ovalen Zimmer saßen die Minister für Auswärtiges, Verteidigung und Finanzen sowie Stanislaw Poklewski und CIA-Direktor Robert Benson. Vor den Terrassentüren pfiff ein eisiger Wind durch den Rosengarten. Der Schnee war geschmolzen, aber dieser 1. März war noch trübe und kalt.

Präsident William Matthews legte eine Hand auf den dicken Ordner vor ihm, der den Vertragsentwurf enthielt, auf den die beiden Delegationen sich in Castletown geeinigt hatten.

»Vieles davon ist mir zu technisch«, gab er zu, »aber die Zusammenfassung aus dem Verteidigungsministerium beeindruckt mich. Ich sehe die Sache folgendermaßen: Falls wir diesen Vertrag ablehnen, den das sowjetische Politbüro bereits gebilligt hat, gibt es auf keinen Fall Neuverhandlungen. Etwaige Getreidelieferungen sind für die Sowjetunion in drei Monaten ohnehin uninteressant. Bis dahin ist die Hungersnot ausgebrochen – und Rudin ist gestürzt. Dann bekommt Jefrem Wischnajew seinen Krieg, stimmt's?«

»Das scheint die logische Schlußfolgerung zu sein«, bestätigte Lawrence.

»Wie sieht's auf der anderen Seite mit unseren Zugeständnissen aus?« erkundigte Matthews sich.

»In dem geheimen Handelsprotokoll, das ein selbständiges Dokument ist«, antwortete der Finanzminister, »verpflichten wir uns, fünfundfünfzig Millionen Tonnen Getreide zu Erzeugerpreisen und kräftig subventionierte Ölbohr-, Computer- und Konsumgütertechnologie im Werte von fast drei Milliarden Dollar zu liefern. Das alles kostet die Vereinigten Staaten etwa dreieinhalb Milliarden Dollar. Andererseits müßten umfangreiche Abrüstungsmaßnahmen weit höhere Einsparungen im Verteidigungshaushalt ermöglichen.«

»Falls die Sowjets sich an ihre Verpflichtungen halten«, warf der Verteidigungsminister hastig ein.

»Aber wenn sie es tun, und wir müssen davon ausgehen, daß sie es tun«, wandte Lawrence ein, »könnten sie nach Schätzungen unserer Experten mindestens fünf Jahre lang keinen erfolgreichen konventionellen oder nuklearen Krieg in Westeuropa mehr führen.«

Präsident Matthews wußte, daß er bei den Präsidentschaftswahlen im November nicht mehr kandidieren würde. Aber wenn es ihm gelang, bei seiner Verabschiedung im Januar nächsten Jahres auch nur ein halbes Jahrzehnt Frieden zu hinterlassen – einen Zeitraum, in dem das erschöpfende Wettrüsten der siebziger Jahre zum Stillstand gekommen wäre –, war ihm ein Platz unter den großen amerikanischen Präsidenten sicher. Und das wünschte er sich im Frühjahr 1983 mehr als alles andere.

»Meine Herren«, sagte er, »wir müssen diesen Vertrag ohne Änderungen billigen. David, teilen Sie Moskau mit, daß auch wir mit den Vereinbarungen einverstanden sind, und schlagen Sie vor, daß unsere Unterhändler erneut in Castletown zusammenkommen, um den Vertrag unterschriftsreif zu machen. Bis dahin lassen wir die Getreideschiffe bereits beladen, damit sie am Tage der Vertragsunterzeichnung auslaufen können. Danke, das wäre vorerst alles.«

Am 3. März machten Asamat Krim und sein ukrainisch-amerikanischer Sachverständiger den Handel perfekt, durch den sie Besitzer eines soliden Kutters wurden. Das Boot entsprach dem von Hochseeanglern an allen Nordseeküsten bevorzugten Typ: Stahlrumpf, zwölf Meter lang, seetüchtig und aus zweiter Hand. Der Kutter war in Belgien registriert, und die beiden hatten ihn bei Ostende entdeckt.

Im Vorschiff befand sich eine Kabine, deren Dach mit dem vorderen Bootsdrittel abschloß. Ein Niedergang führte in einen kleinen Schlafraum mit einem winzigen Waschbecken und einem Propangaskocher. Die restlichen zwei Drittel des Bootes waren

Wind und Wetter ausgesetzt. Und unter den Decksplanken arbeitete ein starker Motor, der den Kutter auf der Fahrt zu den Fischgründen durch die stürmische Nordsee treiben konnte.

Krim und sein Begleiter überführten den Kutter nach Blankenberghe, einem östlich gelegenen belgischen Hafen. Dort erregte das Boot im Jachtbecken keinerlei Aufsehen; Hochseeangler mit ihren Kuttern und ihrem Angelzeug sind im Frühjahr an diesen Küsten gewohnte Erscheinungen. Der Amerikaner zog es vor, an Bord zu wohnen und den Motor zu überholen. Krim kehrte nach Brüssel zurück, wo er feststellte, daß Andrew Drake den Küchentisch als Werkbank zweckentfremdet hatte und eifrig mit eigenen Vorbereitungen beschäftigt war.

Die *Freya* hatte zum drittenmal auf ihrer Jungfernfahrt den Äquator überquert, fuhr am 7. März in die Straße von Moçambique ein und lief nach Südsüdwest zum Kap der Guten Hoffnung. Sie folgte noch immer ihrer Hundert-Faden-Linie, auf der sie reichlich 150 Meter Wasser unter dem Kiel hatte, und steuerte so einen Kurs, der seewärts der Hauptschiffahrtsrouten lag. Seitdem sie den Golf vom Oman verlassen hatte, war kein Land mehr gesichtet worden, aber am Nachmittag des 7. März passierte sie die Komoren am Nordende der Straße von Moçambique. Die Besatzung, die den leichten Wind und die ruhige See ausnützte, um auf dem 400 Meter langen Vorderdeck spazierenzugehen oder am windgeschützten Swimming-pool auf dem C-Deck in der Sonne zu liegen, sah an Steuerbord die Insel Groß-Komoro. Der Gipfel ihres dichtbewaldeten Berges war mit Wolken verhüllt, und Rauchschwaden von den Buschbränden an seinen Flanken trieben übers grüne Wasser. Gegen Abend bezog sich der Himmel mit grauen Wolken, und der Wind wurde böig. Vor der Besatzung lagen die stürmische See am Kap und eine letzte Strecke mit Nordkurs nach Europa.

Am nächsten Tag beantwortete Moskau offiziell den Vorschlag des amerikanischen Präsidenten, begrüßte seine Zustimmung zu dem Vertragsentwurf und erklärte sich damit einverstanden, daß die beiden Delegationsleiter erneut in Castletown zusammentrafen, um gemeinsam den endgültigen Vertragstext auszuarbeiten, wobei sie in ständiger Verbindung mit ihren jeweiligen Regierungen bleiben sollten.

Die Masse der sowjetischen Handelsflotte Sowfracht sowie zahlreiche bereits von der Sowjetunion gecharterte Frachter waren auf amerikanische Aufforderung schon zur Ostküste Nordamerikas unterwegs, um Getreide zu laden. In Moskau trafen die ersten Meldungen von einem Überangebot an Fleisch auf den Bauernmärkten ein. Das bedeutete, daß selbst auf Sowchosen und Kolchosen verbotenerweise Vieh geschlachtet wurde. Die letzten Nahrungs- und Futtermittelreserven würden bald verbraucht sein.

In einer privaten Botschaft an Präsident Matthews bedauerte Maxim Rudin, aus Gesundheitsgründen nicht imstande zu sein, den Vertrag selbst zu unterzeichnen – es sei denn, die Zeremonie finde in Moskau statt. Er schlug vor, den Vertrag am 10. April in Dublin von den Außenministern unterzeichnen zu lassen.

Das Kap der Guten Hoffnung war von Stürmen umtobt; der südafrikanische Sommer war vorüber, und die Herbststürme röhrten von der Antarktis gegen den Tafelberg an. Am 12. März befand die *Freya* sich mitten im Agulhas-Strom, lief durch grüne Wellenberge nach Westen und hatte den Sturmböen aus Südwesten ihre Backbordseite zugekehrt.

Hinter den Isolierglasscheiben der Brücke standen Kapitän Thor Larsen, seine beiden Wachoffiziere, der Funkoffizier, der Rudergänger und zwei weitere Besatzungsmitglieder in Hemdsärmeln. Sie hatten es warm und trocken und konnten sich in der Aura unbesiegbarer Technologie, von der die *Freya* umgeben war, sicher fühlen, während sie nach vorn sahen, wo Zwölfmeterwellen, die mit Windstärke zehn aus Südwesten herangetrieben wurden, an der Backbordseite der *Freya* hoch aufstiegen und einen Augenblick über ihr hingen, bevor sie das gigantische Deck mit seinem Labyrinth aus Leitungen und Ventilen mit wirbelnder weißer Gischt bedeckten. Während die Wellen sich brachen, war das weit entfernte Vorschiff nur wie eine Insel im Dunst zu sehen. Wenn die Gischt kraftlos durch die Speigatte und Wasserpforten ablief, schüttelte die *Freya* sich und stieß in den nächsten Wellenberg hinein. Dreißig Meter unter den Männern schoben 90 000 WPS eine Million Tonnen Rohöl wieder etwas weiter in Richtung Rotterdam. Hoch über dem Schiff segelten und kreisten die Albatrosse vom Kap, aber ihre Schreie waren hinter der Isolierverglasung nicht zu hören. Einer der Stewards servierte Kaffee.

Zwei Tage später, am Montag, dem 14. März, fuhr Adam Munro mit seinem Wagen aus dem Hof der Handelsabteilung der Britischen Botschaft und bog nach rechts auf den Kutusow-Prospekt ein, um in Richtung Stadtmitte zu fahren. Sein Ziel war das Hauptgebäude der Botschaft, wohin er vom Botschaftskanzler bestellt worden war. Bei dem Telefongespräch, das das KGB zweifellos mitgehört hatte, war es um einige offene Programmpunkte des bevorstehenden Besuchs einer Handelsdelegation aus London gegangen. In Wirklichkeit war Munro mitgeteilt worden, daß in der Schlüsselzentrale eine Nachricht für ihn lag.

Die Schlüsselzentrale in der Botschaft am Maurice-Thorez-Kai liegt im Keller und ist ein abhörsicherer Raum, der regelmäßig nach »Wanzen« abgesucht wird. Die dort arbeitenden Entschlüßler gehören zum Botschaftspersonal und haben zwangsläufig Zugang zu Vorgängen der höchsten Geheimhaltungsstufe. Trotzdem kommen manchmal Fernschreiben an, deren Kenngruppe zeigt, daß sie nicht mit der normalen Dechiffriermaschine entschlüsselt werden können. Sie werden von einem bestimmten Entschlüßler übernommen, der informiert ist, weil er informiert sein muß. Gelegentlich trugen Mitteilungen für Munro diese spezielle Kennung. Der zuständige Entschlüßler kannte Munros wahre Funktion; er mußte eingeweiht sein, um ihn notfalls vor denen schützen zu können, die nichts davon wußten.

Munro betrat die Schlüsselzentrale und nickte dem Entschlüßler zu. Die beiden Männer zogen sich in eine kleine Nische zurück, wo der andere, ein pedantischer, methodisch arbeitender Mann mit Bifokalgläsern, einen an seinem Gürtel hängenden Schlüssel benützte, um eine spezielle Dechiffriermaschine aufzuschließen. Er tippte die Nachricht aus London ein, und die Maschine spuckte den Klartext aus. Der Entschlüßler interessierte sich nicht für die Nachricht, sondern schloß sofort wieder seine Maschine ab.

Munro las den Text und lächelte zufrieden. Er merkte sich den Inhalt, bevor er das dünne Blatt Papier in einen Reißwolf steckte, der es zu winzigkleinen Schnitzeln verarbeitete. Dann bedankte er sich bei dem Entschlüßler und ging innerlich jubelnd davon. Barry Ferndale hatte ihm mitgeteilt, daß die Unterzeichnung des sowjetisch-amerikanischen Vertrags unmittelbar bevorstehe und daß die Nachtigall in der Woche vom 16. bis 23. April von der rumänischen Küste bei Konstanza abgeholt werden könne. Auch die Einzelheiten des geplanten Fluchthilfeunternehmens waren mit der Nachricht durchgegeben worden. Munro sollte sich mit Nachtigall in Verbindung setzen und sein Einverständnis zurückmelden.

Nachdem der amerikanische Präsident Rudins persönliche Botschaft erhalten hatte, sagte er zu David Lawrence:

»Da es sich hier um mehr als ein bloßes Abkommen zur Rüstungsbegrenzung handelt, müssen wir die Abmachung wohl als Vertrag bezeichnen. Und da er offenbar in Dublin unterzeichnet werden wird, dürfte er als Dubliner Vertrag in die Geschichte eingehen.«

Lawrence hatte die Regierung der Republik Irland konsultiert, die mit kaum verhehlter Begeisterung geantwortet hatte, sie sei gern bereit, die Gastgeberrolle bei der feierlichen Unterzeichnung des Vertrages durch die Außenminister der Vereinigten Staaten und der Sowjetunion am 10. April in der Saint Patrick's Hall von Dublin Castle zu übernehmen.

Matthews antwortete Rudin am 16. März und erklärte sich mit Ort und Zeitpunkt für den Abschluß des Vertrages einverstanden.

In den Hügeln bei Ingolstadt an der Donau gibt es zwei große Steinbrüche. In der Nacht vom 18. auf den 19. März wurde der Nachtwächter einer dieser Steinbrüche von vier Maskierten – von denen mindestens einer mit einer Pistole bewaffnet war, wie der Überfallene bei seiner polizeilichen Vernehmung aussagte – überfallen und gefesselt. Die Männer, die Ortskenntnis zu besitzen schienen, schlossen das Sprengstofflager mit dem Schlüssel des Nachtwächters auf und stahlen 250 Kilogramm Dynamit und eine Anzahl elektrischer Zündkapseln. Dann tauchten sie in der Nacht unter. Am 19. März, einem Samstag, wurde in dem Steinbruch nicht gearbeitet, und es dauerte fast bis Mittag, bevor der gefesselte Nachtwächter aufgefunden und der Diebstahl entdeckt wurde.

Die polizeilichen Ermittlungen wurden mit Nachdruck geführt. Sie konzentrierten sich wegen der offensichtlichen Ortskenntnis der Täter auf die gegenwärtig und früher im Steinbruch beschäftigten Arbeiter. Die Fahndung galt Linksextremisten, und ein gewisser Klimtschuk, der bis vor drei Jahren in diesem Steinbruch gearbeitet hatte, erregte weiter keine Aufmerksamkeit, weil man ihn dem Namen nach für einen Polen hielt. In Wirklichkeit ist Klimtschuk ein ukrainischer Name.

Die beiden Wagen, mit denen der Sprengstoff transportiert wurde, trafen noch am Samstagabend wieder in Brüssel ein, nachdem sie die deutsch-belgische Grenze auf der Autobahn Aachen-Lüttich passiert hatten. Wegen des starken Ausflugsverkehrs an diesem Wochenende waren sie nicht angehalten und kontrolliert worden. Man hatte sie einfach durchgewinkt.

Am Abend des 20. März lag bereits die Senegalküste hinter der *Freya,* die vom Kap aus mit Hilfe des Südostpassats und einer günstigen Strömung gut vorangekommen war. Obwohl die eigentliche Ferienzeit in Europa noch nicht begonnen hatte, lagen schon zahlreiche Urlauber an den Stränden der Kanarischen Inseln.

Die *Freya* lief weit im Westen an den Inseln vorbei, aber am 21. März konnten die Wachhabenden auf der Brücke bei Sonnenaufgang den Vulkan Pico de Teyde auf Teneriffa ausmachen – der erste Anblick von Land, seitdem die zerklüftete Küste der Kap-Provinz außer Sicht gekommen war. Als die Kanarischen Inseln achteraus zurückblieben, waren sich die Männer darüber im klaren, daß – falls nicht zufällig der höchste Berg Madeiras zu sehen sein sollte – sie als nächstes Zeichen einer nahen Küste erst die Leuchtfeuer sehen würden, die vor den wilden Küsten von Mayo und Donegal warnten.

Adam Munro hatte ungeduldig eine Woche lang auf ein Wiedersehen mit der Frau, die er liebte, gewartet, aber er konnte sie vor dem vereinbarten Treffen am Montag, dem 21. März, nicht erreichen. Als Treffpunkt hatte er den Park der Ausstellung der volkswirtschaftlichen Errungenschaften der UdSSR vorgeschlagen, dessen 238 Hektar großes Gelände in den Botanischen Garten der sowjetischen Akademie der Wissenschaften überging. Dort erwartete Walentina ihn kurz vor Mittag in einem windgeschützten Gehölz. Weil Gefahr bestand, daß ein anderer Besucher sie zufällig beobachtete, durfte Munro sie nicht küssen. Walentina war von den Nachrichten aus London begeistert.

»Ich muß dir auch etwas erzählen!« sagte sie eifrig. »Das Zentralkomitee entsendet in der ersten Aprilhälfte eine Delegation zum Parteitag der rumänischen Bruderpartei, und ich soll mitfliegen. Sascha hat ab dem Neunundzwanzigsten frei, und wir reisen am Fünften nach Bukarest ab. Nach zehn Tagen muß es dann jedem ganz normal erscheinen, wenn ich mit meinem Sohn, der sich in der Stadt langweilt, für eine Woche ans Meer fahre.«

»Gut, dann mache ich als Fluchttermin die Nacht vom achtzehnten auf den neunzehnten April fest. Auf diese Weise hast du ein paar Tage Zeit, dich in Konstanza umzusehen. Du mußt dir ein Auto mieten oder von irgend jemandem leihen und eine starke Taschenlampe kaufen. Und jetzt erkläre ich dir die einzelnen Schritte, Walentina. Merk dir alles gut, damit du nichts falsch machst!

Nördlich von Konstanza liegt das Seebad Mamaia, das das ganze Jahr über von Pauschalreisenden aus dem Westen stark besucht wird. Am achtzehnten April fährst du abends nach Mamaia und von dort aus weiter nach Norden. Genau zehn Kilometer nördlich von Mamaia führt ein Weg von der Küstenstraße nach rechts zum Strand hinunter. Von der Abzweigung aus erkennst du bereits eine Landzunge mit einem niedrigen, unten weißgestrichenen Steinturm – eine Küstenmarkierung für Fischer. Du läßt den Wagen an einer Stelle stehen, die von der Straße aus nicht einzusehen ist, und gehst an den Strand hinunter.

Um zwei Uhr morgens siehst du auf dem Meer ein Blinksignal

aufblitzen: dreimal lang und dreimal kurz. Du nimmst deine Taschenlampe, deren Lichtkegel du seitlich durch eine Pappröhre abgeschirmt hast, und gibst das Antwortsignal: dreimal kurz und dreimal lang. Das Motorboot kommt dann an den Strand, um dich und Sascha an Bord zu nehmen.

An Bord sind zwei Matrosen und ein Mann, der dich auf russisch anspricht. Du gibst dich mit dem Satz ›Die Nachtigall singt auf dem Berkeley Square‹ zu erkennen. Hast du das?«

»Ja. Wo ist der Berkeley Square, Adam?«

»In London. Er ist sehr schön – wie du. Ein Platz mit vielen Bäumen.«

»Und singen dort wirklich Nachtigallen?«

»Einem bekannten Lied nach soll dort früher eine gesungen haben. Du wirst sehen, wie schnell die Zeit vergeht, Walentina! Nur noch vier Wochen! Wenn wir in London sind, zeige ich dir den Berkeley Square.«

»Adam, ich muß dich etwas fragen: Habe ich mein Volk verraten?«

»Nein«, antwortete er entschieden, »das hast du nicht getan! Aber eure Machthaber hätten es beinahe verraten. Und hättest du das Wagnis nicht auf dich genommen, hätten Wischnajew und dein Onkel wahrscheinlich ihren Krieg bekommen. Dabei wären Rußland, Europa und Amerika auf Jahre hinaus verwüstet worden. Nein, Walentina, du hast dein Volk nicht verraten.«

»Aber mein Volk wird meine Beweggründe niemals verstehen, und es wird mir niemals verzeihen«, sagte sie. In ihre dunklen Augen schienen Tränen aufsteigen zu wollen. »Alle werden mich als Verräterin bezeichnen. Ich werde im Exil leben müssen.«

»Vielleicht ist all dieser Wahnsinn eines Tages zu Ende. Vielleicht kannst du eines Tages in deine Heimat zurück. Hör zu, Liebling, wir dürfen jetzt nicht länger hier zusammenbleiben. Nur noch eines: Ich brauche deine private Telefonnummer. Ja, ich weiß, daß wir vereinbart haben, daß ich dich nie anrufen werde. Aber ich sehe dich erst wieder, wenn du im Westen in Sicherheit bist. Sollte der Fluchtplan jedoch aus irgendeinem Grund geändert werden – was allerdings unwahrscheinlich ist –, müßte ich dich notfalls verständigen. Ich würde mich am Telefon als ein

Freund namens Gregor ausgeben, der dich wissen läßt, daß er deine Einladung zum Abendessen leider nicht annehmen kann. Falls dieser Anruf kommt, fährst du sofort zum Hotel ›Mojarski‹ am Ende des Kutusow-Prospekts, wo ich auf dem Parkplatz auf dich warte.«

Sie nickte gehorsam und gab ihm ihre Nummer. Er küßte sie auf die Wange.

»Auf Wiedersehen in London, Walentina«, sagte Munro und verschwand zwischen den Bäumen. Er war sich darüber im klaren, daß er aus der Firma ausscheiden und Sir Nigel Irvines äußerste Mißbilligung seines dienstwidrigen Verhaltens hinnehmen mußte, wenn sich herausstellte, daß sich unter dem Decknamen Nachtigall nicht Anatoli Kriwoi, sondern eine Frau verbarg, die bald Mrs. Munro sein würde. Aber dann waren bereits vollendete Tatsachen geschaffen, an denen nicht einmal der SIS-Generaldirektor mehr etwas ändern konnte.

Ludwig Jahn sah die zwei Männer, die in seiner ordentlichen Junggesellenwohnung im Westberliner Arbeiterviertel Wedding in den beiden einzigen Sesseln saßen, mit wachsender Angst an. Sie erinnerten ihn an Männer, mit denen er vor vielen Jahren einmal zu tun gehabt hatte und die er nie im Leben hatte wiedersehen wollen.

Der eine, der das Wort führte, war unzweifelhaft ein Deutscher –, das stand für Jahn fest. Nicht wissen konnte er jedoch, daß dieser Mann, Major Schulz, dem SSD, dem gefürchteten Staatssicherheitsdienst der DDR, angehörte. Jahn würde den Namen nie erfahren, aber er konnte sich denken, was das Amt dieses Mannes war.

Jahn konnte sich auch vorstellen, daß der SSD umfassende Unterlagen über jeden DDR-Bürger besaß, der in den Westen geflüchtet war – und er wußte, was das in seinem Fall hieß. Vor 30 Jahren hatte er als 18jähriger an den Bauarbeiterunruhen in Ostberlin teilgenommen, die zum Aufstand am 17. Juni 1953 geführt hatten. Jahn hatte noch Glück gehabt. Man hatte ihn zwar bei einer Massenverhaftung festgenommen, doch bald wieder nach Hause geschickt. Aber er erinnerte sich nur zu gut an den Gestank in den überfüllten Zellen und an die Gesichter der Männer, die dort herrschten. Die beiden Männer, die ihn drei Jahrzehnte später an diesem 22. März unangemeldet besuchten, hatten die gleichen Gesichter.

Nach dem 17. Juni 1953 war Jahn acht Jahre lang nicht mehr aufgefallen. Kurz vor dem Bau der Berliner Mauer, 1961, war er in den Westen geflüchtet. Seit 15 Jahren gehörte er in Westberlin dem Öffentlichen Dienst an. Er hatte als Vollzugsbeamter angefangen und war inzwischen zum Oberwachtmeister aufgestiegen, als der er für den Block zwei im Gefängnis Tegel verantwortlich war.

Der zweite Mann, der in seinem Wohnzimmer saß, beteiligte sich nicht an dem Gespräch. Jahn sollte nie erfahren, daß es sich um den sowjetischen Oberst Kukuschkin handelte, der im Auftrag der KGB-Abteilung »Nasse Angelegenheiten« nach Westberlin gekommen war.

Jahn starrte erschrocken die Fotos an, die der Deutsche aus einem großen Umschlag zog und ihm langsam nacheinander vorlegte. Eines zeigte seine verwitwete 80jährige Mutter in einer Gefängniszelle: verwirrt, entsetzt, ergeben in die Kamera blickend, auf Entlassung hoffend. Auf zwei weiteren Bildern waren seine beiden jüngeren Brüder zu sehen – mit Handschellen gefesselt in kahlen Einzelzellen, deren Mauerwerk im Hintergrund deutlich zu erkennen war.

»Außerdem gibt's natürlich noch Ihre Schwägerinnen und Ihre drei niedlichen Nichten. O ja, wir wissen, daß Sie ihnen immer großzügige Weihnachtsgeschenke machen! Wie sagen die Mädchen zu Ihnen? Onkel Ludo? Reizend! Hier, sehen Sie sich das an, Herr Jahn. Haben Sie solche Leute schon mal gesehen?«

Die nächsten Fotos waren so schrecklich, daß der rundliche Oberwachtmeister für einige Sekunden die Augen schloß. Abgezehrte Gestalten in Häftlingskleidung schlurften auf den Bildern vorbei: zerlumpt, mit kahlgeschorenen Köpfen und tief in den Höhlen liegenden Augen, die ausdruckslos in die Kamera starrten. Sie drängten sich zusammen, sie schleppten sich dahin, sie hatten ihre Füße mit Lumpen umwickelt, um sie vor der arktischen Kälte zu schützen. Sie waren stoppelbärtig, zusammengeschrumpft, kaum noch Menschen zu nennen: Insassen der Arbeitslager im Kolyma-Komplex im östlichen Sibirien, wo nördlich der Halbinsel Kamtschatka jenseits des Polarkreises Gold abgebaut wird.

»Lebenslänglich in diese ... Kurorte ... werden nur die schlimmsten Staatsfeinde geschickt, Herr Jahn. Aber mein Kollege hier kann mit einem einzigen Telefongespräch dafür sorgen, daß alle Ihre Angehörigen dorthin kommen – ja, auch Ihre liebe alte Mutter... Wollen Sie, daß er dieses Gespräch führt?«

Jahn sah zu dem zweiten Mann hinüber, der immer noch schwieg. Der Blick des anderen war so düster wie die Szenen in den Arbeitslagern.

»Nein«, flüsterte Jahn. »Nein, bitte nicht! Was wollen Sie von mir?«

Der Deutsche antwortete.

»Im Gefängnis Tegel sitzen die beiden Flugzeugentführer Mischkin und Lasareff ein. Die kennen Sie doch?«

Jahn nickte benommen. »Ja. Sie sind seit vier Wochen bei uns. Ihr Fall hat viel Staub aufgewirbelt.«

»Wo genau befinden sich die beiden?«

»In Block zwei – im obersten Stock des Ostflügels. Auf eigenen Wunsch in Einzelhaft. Sie haben Angst vor den anderen Häftlingen. Das behaupten sie zumindest. Dabei gibt es keinen vernünftigen Grund dafür. Kindermörder müssen vor ihren Mithäftlingen Angst haben, aber doch nicht diese beiden! Trotzdem bestehen sie darauf.«

»Aber Sie haben Zutritt zu ihnen, Herr Jahn?«

Jahn gab keine Antwort. Er begann zu ahnen, was seine Besucher mit den Flugzeugentführern im Sinn hatten. Die beiden Männer kamen aus dem Ostblock – und die Ukrainer waren von dort geflohen. Sein Besuch war wohl kaum gekommen, um den beiden Flüchtlingen Geburtstagsgeschenke zu überbringen.

»Sehen Sie sich die Aufnahmen noch einmal an, Jahn. Sehen Sie sich die Fotos gut an, bevor Sie mit dem Gedanken spielen, Schwierigkeiten zu machen.«

»Ja, ich kann zu ihnen, wenn ich meine Runde mache. Aber nur nachts. Tagsüber haben in diesem Stock drei Aufseher Dienst.

Zumindest einer von ihnen begleitet mich. Außerdem hätte ich keinen triftigen Grund, die Häftlinge aufzusuchen. Nachts ist es jedoch meine Aufgabe, sie zu kontrollieren.«

»Haben Sie im Augenblick Nachtschicht?«

»Nein, Tagschicht.«

»Wie lange dauert die Nachtschicht?«

»Von Mitternacht bis acht Uhr morgens. Um zweiundzwanzig Uhr wird das Licht gelöscht. Der Schichtwechsel findet um Mitternacht statt. Während der Nachtschicht kontrolliere ich den Block dreimal, wobei mich in jedem Stock der Wachhabende begleitet.«

Der Deutsche überlegte kurz.

»Mein Freund hier würde die Häftlinge gern besuchen. Wann haben Sie wieder Nachtdienst?«

»Ab Montag, den vierten April«, antwortete Jahn.

»Ausgezeichnet!« meinte der andere zufrieden. »Passen Sie also gut auf ...«

Jahn erhielt den Auftrag, aus dem Spind eines Kollegen, der gerade Urlaub hatte, eine Uniform und den Dienstausweis zu besorgen. Am Montag, dem 4. April, sollte er um 2 Uhr morgens ins Erdgeschoß herunterkommen und den Russen durch den Personaleingang einlassen. Er sollte ihn ins oberste Stockwerk begleiten und dort im Aufenthaltsraum verstecken. Dann hatte er dafür zu sorgen, daß der Diensthabende sich aus irgendeinem Grund für einige Minuten entfernen und er ihn inzwischen vertreten mußte. Während der Abwesenheit seines Kollegen würde Jahn dem Russen den Seitengang mit den Einzelzellen aufsperren und ihm seinen Generalschlüssel für beide Zellen leihen. Sobald der Russe Mischkin und Lasareff »besucht« hatte, würde der ganze Vorgang rückwärts ablaufen. Der Russe mußte sich erneut verstecken, bis der Wachhabende wieder auf seinem Posten war. Dann sollte Jahn ihn zum Personalausgang hinunterbegleiten und hinauslassen.

»Das klappt nie!« flüsterte Jahn, obwohl er wußte, daß dieser Plan keineswegs abwegig war.

Jetzt meldete sich der Russe zum erstenmal zu Wort.

»Sehen Sie zu, daß alles klappt!« forderte er Jahn in erstaunlich gutem Deutsch auf. »Sonst sorge ich persönlich dafür, daß Ihre gesamte Familie unter Bedingungen in Sibirien schuften muß, die im Vergleich zu den dort üblichen ›verschärften‹ Bedingungen ihnen wie Flitterwochen im Hotel ›Kempinski‹ vorkämen.«

Jahn lief ein kalter Schauer über den Rücken. Keiner der harten Männer in Block zwei konnte mit diesem Mann konkurrieren. Er schluckte.

»Gut, ich geb mir Mühe«, sagte er leise.

»Mein Freund kommt am Sonntag, dem dritten April, um sechs Uhr abends zu Ihnen«, fuhr der Deutsche fort. »Lassen Sie bitte kein Empfangskomitee der Polizei aufmarschieren. Das nützt Ihnen nichts. Wir haben beide einen auf einen falschen Namen ausgestellten Diplomatenpaß in der Tasche. Wir streiten einfach alles ab und werden prompt freigelassen. Beschaffen Sie bis dahin die Uniform und den Dienstausweis.«

Zwei Minuten später waren sie fort. Sie nahmen ihre Fotos mit. Aber das spielte keine Rolle. Jahn sah in seinen Alpträumen alle Einzelheiten.

Am 23. März lagen über 250 Frachter, die erste Welle der bereitgestellten Handelsflotte, an den Kais von dreißig Häfen – vom St.-Lorenz-Strom in Kanada über die nordamerikanischen Küstenstädte bis hinunter nach Carolina. Der St.-Lorenz-Strom war noch zugefroren, aber die Eisdecke wurde von den Eisbrechern in Schollen zertrümmert, so daß die Getreideschiffe zu ihren Liegeplätzen vor den Silos gelangen konnten.

Viele dieser Schiffe gehörten zu der sowjetischen Handelsflotte Sowfracht. Den nächsthöchsten Anteil stellten amerikanische Schiffe – das Getreidegeschäft war nur unter der Bedingung zustande gekommen, daß ein erheblicher Teil der zu liefernden 55 Millionen Tonnen von amerikanischen Reedereien befördert wurde.

Innerhalb von zehn Tagen sollten die Schiffe über den Atlantik nach Osten laufen: nach Murmansk und Archangelsk an der Barents-See und dem Weißen Meer, nach Leningrad am Bottnischen Meerbusen, nach Odessa, Sewastopol und Noworossisk an der Schwarzmeer-Küste. Frachter aus zehn weiteren Staaten beteiligten sich an der Aufgabe, den größten Trockenguttransport seit dem Zweiten Weltkrieg zu bewältigen. Aus 100 Silos zwischen Winnipeg und Charleston strömte eine goldene Flut von Weizen, Gerste, Hafer, Roggen und Mais in die Laderäume der Schiffe. Die Gefahr einer Hungersnot schien von der Millionenbevölkerung der Sowjetunion abgewendet.

Am 26. März stand Andrew Drake in einem Vorort von Brüssel von seiner Arbeit am Küchentisch auf und verkündete, er sei fertig.

Der Sprengstoff war in zehn Schalenkoffer verpackt worden, und die in Handtücher gewickelten Maschinenpistolen lagen in Reisetaschen. Asamat Krim bewahrte die Zündkapseln in einer mit Watte ausgelegten Zigarrenschachtel auf, von der er sich keine Sekunde lang trennte. Als es dunkel wurde, schleppten die Männer ihr schweres Gepäck zu dem in Belgien zugelassenen Kleinbus, den sie aus zweiter Hand gekauft hatten, und fuhren nach Blankenberghe ab.

Der Hafen des kleinen Seebades an der Nordsee war menschenleer, als sie ihre Ausrüstung im Schutz der Dunkelheit an Bord schafften und in der Bilge des Kutters versteckten. Es war Samstag, und nur ein Mann, der seinen Hund auf dem Kai spazierenführte, sah sie bei der Arbeit. Aber er ging gleichgültig an dem Kutter vorüber. Hochseeangler, die ihre Boote für einen Angelausflug am Wochenende beluden, waren ein gewohntes Bild – wenn es auch noch verhältnismäßig früh im Jahr und ziemlich kalt war.

Am Sonntag, dem 27. März, verabschiedete Kaminski sich von den anderen und fuhr mit dem Kleinbus nach Brüssel zurück. Er hatte den Auftrag, das Apartment blitzblank und ausgeräumt zu hinterlassen und den Bus zu einem bestimmten Platz an der holländischen Küste zu fahren. Dort sollte er ihn stehenlassen, den Zündschlüssel verstecken und anschließend mit der Fähre von Hoek van Holland über Harwich nach London zurückkehren. Der Ukrainer hatte sich seine Aufgaben gut gemerkt und war davon überzeugt, seinen Teil zum Gelingen des Vorhabens beitragen zu können.

Die übrigen sieben Männer liefen mit ihrem Boot aus dem Hafen aus, folgten der Küste nach Nordosten und drehten zwischen den holländischen Inseln Walcheren und Nord-Beveland bei. Dort blieben sie liegen und sorgten dafür, daß ihr Angelzeug gut sichtbar war. Unten in der Kabine hockte Andrew Drake vor einem starken Funkgerät, mit dem er den Sprechfunkverkehr zwischen der Schiffsleitstelle an der Maasmündung und den zahllosen ein- und auslaufenden Schiffen auf dem Fahrwasser zum Europort und dem Hafen von Rotterdam mithören konnte.

»Oberst Kukuschkin dringt in der Nacht vom dritten auf den vierten April ins Gefängnis Tegel ein, um die beiden Attentäter zu liquidieren«, berichtete Wassili Petrow an diesem Samstagmorgen Maxim Rudin im Kreml. »Ein Oberaufseher läßt ihn ein und bringt ihn zu Mischkins und Lasareffs Zellen. Wenn alles vorbei ist, läßt er ihn durch den Personalausgang wieder verschwinden.«

»Der Aufseher ist zuverlässig – einer unserer Leute?« erkundigte sich Rudin.

»Nein, aber er hat Angehörige in der Deutschen Demokratischen Republik. Er ist zur Zusammenarbeit – überredet worden. Kukuschkin versichert, daß der Mann nicht zur Polizei gehen wird. Er hat zuviel Angst.«

»Dann weiß er bereits, für wen er arbeitet. Er weiß also zuviel!«

»Kukuschkin bringt ihn ebenfalls zum Schweigen, bevor er auf die Straße hinaustritt«, versicherte Petrow. »Auf diese Weise hinterläßt er keine Spuren.«

»In acht Tagen«, knurrte Rudin. »Hoffentlich macht er seine Sache gut ...«

»Bestimmt!« antwortete Petrow. »Schließlich hat er auch eine Familie. Übermorgen in einer Woche sind Mischkin und Lasareff tot und nehmen ihr Geheimnis mit ins Grab. Ihre Komplicen werden dichthalten, um ihre eigene Haut zu retten. Und selbst wenn sie reden, wird man ihnen nicht glauben. Haltlose, hysterische Anschuldigungen! Die nimmt ihnen kein Mensch ab.«

Als die Sonne am 29. März aufging, trafen ihre ersten Strahlen die *Freya* 20 Seemeilen vor der irischen Westküste, wo der Tanker auf

Nordnordostkurs den elften Längengrad schnitt, um westlich an den Äußeren Hebriden vorbeizulaufen.

Das Radar hatte die Fischereiflotte von Killybegs schon vor einer Stunde in der Morgendämmerung erfaßt, und der Wachhabende hielt sorgfältig nach den Kuttern Ausschau. Der nächstgelegene befand sich weit im Osten auf der Steuerbordseite der *Freya*.

Die Sonne glitzerte über der Felsenküste von Donegal, die sich für die Männer auf der Brücke des Tankers, 25 Meter über dem Meer, als schmaler Strich am östlichen Horizont abzeichnete. Sie schien auf die kleinen Boote der Männer, die vor der Westküste Makrelen, Weißfische und Heringe fischten. Und sie beleuchtete den massigen Rumpf der *Freya*, die wie eine in Bewegung geratene Insel von Süden herankam und an den treibenden Kuttern und ihren leicht dümpelnden Netzen vorbeilief.

Christy O'Byrne stand in dem winzigen Ruderhaus des Kutters *Bernadette*, der ihm und seinem Bruder gehörte. Er kniff die Augen zusammen, stellte seinen Kakaobecher weg und war mit drei Schritten an der Reling. Sein Boot war dem Riesentanker am nächsten.

Hinter ihm ließen die anderen Fischer beim Anblick der *Freya* ihre Hörner ertönen, deren schrilles Pfeifen die Morgenstille zerriß. Auf der Brücke der *Freya* nickte Thor Larsen seinem Zweiten Wachoffizier zu; Sekunden später antwortete der tiefe Sirenenton der *Freya* der Killybegs-Flotte.

Christy O'Byrne lehnte an der Reling, beobachtete, wie die *Freya* den Horizont füllte, hörte ihre Turbinen tief unten im Schiffsrumpf summen und spürte, wie die *Bernadette* im Kielwasser des Tankers zu rollen begann.

»Heilige Maria, dieses Schiff!« flüsterte er. »Seht euch bloß an, wie groß das ist!«

An der irischen Ostküste waren zu diesem Zeitpunkt bereits Landsleute von O'Byrne in Dublin Castle an der Arbeit. Zwischen diesen Mauern hatten sieben Jahrhunderte lang die britischen Unterdrücker residiert. Als kleiner Junge hatte Martin Donahue auf den Schultern seines Vaters miterlebt, wie die letzten britischen

Truppen nach der Unterzeichnung des Friedensvertrages für immer aus Dublin Castle abgerückt waren. Dreiundsechzig Jahre später und kurz vor seiner Pensionierung gehörte Martin zum Reinigungspersonal des Schlosses. Auf dem leuchtendblauen Teppich der Saint Patrick's Hall schob er einen Staubsauger hin und her.

Er war nicht bei einer Amtseinführung eines irischen Präsidenten dabeigewesen, die unter dem prächtigen Deckengemälde, das Vincent Waldre 1778 gemalt hatte, stattzufinden pflegten, und würde auch nicht anwesend sein, wenn die beiden Supermächte in nunmehr zwölf Tagen den Dubliner Vertrag unter den starren heraldischen Bannern der längst verblichenen Knights of Saint Patrick unterzeichnen würden. Er hatte nur vierzig Jahre lang für sie alle saubergemacht.

Auch Rotterdam traf Vorbereitungen – aber für eine Zeremonie anderer Art. Harry Wennerström war am 30. März eingetroffen und hatte die beste Suite im *Hilton* genommen.

Er war mit seinem Privatjet gekommen, der jetzt auf dem Flughafen Schiedam am Stadtrand abgestellt war. Tagsüber war Wennerström von vier Sekretärinnen umgeben, die die letzten Vorbereitungen für das Eintreffen der Gäste überwachten, der skandinavischen und niederländischen Prominenten, Konzernherren aus Ölindustrie und Schiffahrt und der mehr als fünfzig Reporter, die am 1. April an Wennerströms Abendempfang für Kapitän Thor Larsen und seine Offiziere teilnehmen würden.

Eine ausgewählte Anzahl von Prominenten und Reportern sollte sich auf Wennerströms Einladung hin auf dem Flachdach der Schiffsleitstelle Maas Control an der äußersten Spitze der Landzunge von Hoek van Holland versammeln. Von hier aus würden sie verfolgen können, wie sechs Schlepper die *Freya* die letzten Kilometer stromaufwärts von der Maasmündung in den Calandkanal und danach in den Beerkanal und zu Clint Blakes neuer Ölraffinerie mitten im Europort bugsierten.

Während die *Freya* nachmittags ihre Systeme stillegte, würde die Gruppe in einer Wagenkolonne die 40 Kilometer lange Strecke flußaufwärts nach Rotterdam zurückfahren, wo der festliche Empfang stattfinden sollte. Vorher war eine Pressekonferenz geplant, auf der Wennerström Thor Larsen der Weltpresse vorstellen wollte. Wennerström wußte, daß Presse und Fernsehen bereits Hubschrauber gechartert hatten, um über das Einlaufen und Anlegen der *Freya* aus nächster Nähe berichten zu können.

Harry Wennerström war ein zufriedener alter Mann.

In den Morgenstunden des 30. März hatte die *Freya* die Straße zwischen den Orkney- und den Shetland-Inseln längst passiert. Sie lief nun auf Südsüdostkurs die schottisch-englische Küste entlang. Als sie die vielbefahrenen Nordseerouten erreicht hatte, hatte sie sich über Funk gemeldet und als erstes mit der Verkehrsleitstelle in Wick an der Küste von Caithness im äußersten Norden Schottlands Verbindung aufgenommen.

Wegen ihrer Größe und ihres Tiefgangs galt sie als »behindertes Schiff«. Sie hatte ihre Fahrt auf zehn Knoten herabgesetzt und befolgte die von Wick erteilten Anweisungen. Die nächsten Leitstellen hatten das Schiff bereits auf ihren Radarschirmen, vor denen hochqualifizierte Radarlotsen saßen. Die Leitstellen arbeiten mit Computersystemen, die ununterbrochen alle einlaufenden Informationen über Windverhältnisse, Gezeiten, Strömungen und die jeweils herrschende Verkehrsdichte auswerten.

Während die *Freya* auf der nach Süden führenden Route weiterkroch, wurden kleinere Schiffe von den Leitstellen angewiesen, ihr auszuweichen. Um Mitternacht passierte der Tanker Flamborough Head an der Küste von Yorkshire und steuerte dann einen östlicheren Kurs, um von England nach Holland zu gelangen. Auf ihrer Fahrt die Küste hinab war die *Freya* der Tiefwasserfahrrinne mit ihrer Mindesttiefe von 20 Faden gefolgt. Trotz der ständigen Anweisungen von Land kontrollierten Wachoffiziere auf der Brücke die Echolotpeilungen und beobachteten, wie die Untiefen und Sandbänke der Nordsee auf beiden Seiten des Tankers vorüberglitten.

Am 31. März steuerte die Riesin, die ihre Fahrt inzwischen auf fünf Knoten herabgesetzt hatte – eine Geschwindigkeit, bei der gerade noch eine Ruderwirkung auszumachen war –, genau 15 Seemeilen östlich des Outer Gabbard Lights nach Osten und lief ihren Liegeplatz für die kommende Nacht an: den Tiefwasserankerplatz auf 52 Grad nördlicher Breite. Sie lag dort 27 Seemeilen westlich der Maasmündung – 27 Seemeilen von einem triumphalen Empfang entfernt.

In Moskau war es Mitternacht. Adam Munro hatte beschlossen, von dem Empfang in der Britischen Botschaft zu Fuß nach Hause zu gehen. Der Leiter der Handelsabteilung hatte ihn im Auto zu der Einladung mitgenommen. Munros Wagen stand vor seinem Apartment am Kutusow-Prospekt.

Munro blieb mitten auf der Serafimowbrücke stehen und starrte auf das Wasser der Moskwa hinab. Rechts von ihm hatte er die beleuchtete cremefarben und weiß gestrichene Fassade der Botschaft; links über ihm ragte die dunkelrote Kremlmauer auf, hinter der das Obergeschoß und die Kuppel des großen Zarenpalastes sichtbar waren.

Er war vor zehn Monaten aus London gekommen, um seinen neuen Posten zu übernehmen. In diesem Zeitraum war ihm der größte Spionagecoup der letzten Jahrzehnte geglückt: Er hatte den einzigen Spion »geführt«, den der Westen jemals im Herzen des Kremls gehabt hatte. Die Firma würde ihm Vorwürfe machen, weil er gegen seine Dienstpflichten verstoßen und seine Vorgesetzten nicht von Anfang an über die Identität des Spions informiert hatte. Aber sie konnten nicht bestreiten, daß es ihm gelungen war, ihnen äußerst wertvolles Material zu verschaffen.

Noch drei Wochen, dann war Walentina aus dieser Stadt heraus – war in London, in Sicherheit. Auch er war dann nicht mehr hier, sondern würde den Dienst quittiert haben, um anderswo ein neues Leben zu beginnen, mit der einzigen Frau, die er liebte, die er jemals geliebt hatte und jemals lieben würde.

Er freute sich darauf, Moskau mit seinen endlosen Heimlichkeiten und der geisttötenden Eintönigkeit verlassen zu können. In zehn Tagen würden die Amerikaner ihren Abrüstungsvertrag, der Kreml sein Getreide und die dringend benötigten technologischen Einrichtungen und die Firma Dank und Anerkennung aus Downing Street und Weißem Haus bekommen. Eine Woche später würde er seine zukünftige Frau haben – und sie die ersehnte Freiheit. Munro kroch tiefer in seinen dicken Wintermantel mit dem Pelzkragen und ging über die Brücke weiter.

In Moskau war es 24 Uhr – und 22 Uhr in Holland, vor dessen Küste die *Freya* nun endlich vor Anker lag. Sie hatte von Chita nach Abu Dhabi 7 085 Seemeilen zurückgelegt. Vom Persischen Golf bis zu ihrem jetzigen Ankerplatz hatte sie weitere 12 015 Seemeilen hinter sich gebracht. Jetzt lag sie unbeweglich in der schwachen Gezeitenströmung, gehalten von einem einzelnen Buganker. Die Glieder der Ankerkette waren je fast einen Meter lang, und ihr Stahl war dicker als der Oberschenkel eines Mannes.

Wegen ihrer ›Behinderung‹ hatte Kapitän Larsen die *Freya* von den Orkney-Inseln an mit Hilfe zweier Navigationsoffiziere und des Rudergängers selbst geführt. Auch während sie über Nacht vor Anker lag, ließ er seinen Ersten Offizier Stig Lundquist, seinen Dritten Offizier Tom Keller, einen Amerikaner dänischer Abstammung, und einen Matrosen als Wache auf der Brücke zurück. Die Offiziere hatten ständig Ankerwache zu gehen, und der Matrose sollte in regelmäßigen Abständen das Deck inspizieren.

Obwohl die Maschinenanlage der *Freya* weitgehend stillgelegt war, summten eine Turbine und die Generatoren gleichmäßig weiter, um den Strom zu liefern, den sie brauchte, damit ihre Systeme arbeiteten.

Zu den Hilfsmitteln der Schiffsführung gehört auch die ständige Auswertung der Gezeiten- und Wetterinformationen. Sie gaben in dieser Nacht nicht zu der geringsten Beunruhigung Anlaß. Larsen hätte es mit Märzstürmen zu tun haben können. Statt dessen hatte ein für diese Jahreszeit ungewöhnliches stationäres Hoch über der Nordsee und dem Kanal den Küsten mildes Frühlingswetter beschert. Die See war fast spiegelglatt; eine schwache Strömung lief mit einer Geschwindigkeit von etwa einem Knoten nach Nordosten zu den West- und Ostfriesischen Inseln. Der Himmel war tagsüber überwiegend wolkenlos blau gewesen; nachts würde sich bei klarem Himmel leichter Dunst bilden, aber das Wetter versprach wieder schön zu werden.

Der Kapitän wünschte seinen Offizieren eine gute Nacht, verließ die Brücke und stieg eine Ebene tiefer aufs D-Deck hinunter, wo an Steuerbord seine Suite lag. Vier Fenster der geräumigen, behaglich eingerichteten Wohnkabine gaben den Blick zum Schiffsbug frei, weitere zwei gingen nach Steuerbord hinaus. An den Wohnraum schlossen sich Bad und Schlafraum an. Auch der Schlafraum hatte zwei Fenster nach Steuerbord. Bis auf ein Fenster in der Wohnkabine, das sich aufschrauben und öffnen ließ, waren alle Fenster in die Wand der Aufbauten eingelassen.

Vorn fielen die Aufbauten senkrecht zum Deck hinunter ab; an Steuerbord gingen die Fenster auf drei Meter breite Grätings hinaus, die von der Steuerbordreling begrenzt waren. Ein stählerner Niedergang führte – von waagrechten Grätings unterbrochen – vom Brückendeck an Larsens Kabine vorbei zum A-Deck hinab. Diese Niedergänge waren nicht überdacht, sondern Wind und Wetter ausgesetzt. Sie wurden seltener benützt als die innenliegenden Treppenhäuser, die beheizt wurden.

Thor Larsen nahm die Papierserviette von dem Teller mit kaltem Huhn und Salat, den der Chefsteward ihm hingestellt hatte, warf einen sehnsüchtigen Blick auf die Flasche Scotch im Barschrank und gab sich mit einer Tasse Kaffee aus der Kaffeemaschine zufrieden. Nach dem Abendessen beschloß er, die Kanalkarten im Hinblick auf das Einlaufen am kommenden Tag nochmals durchzuarbeiten. Es würde knapp werden, und Larsen wollte das Fahrwasser nach Möglichkeit so gut wie die beiden holländischen Lotsen kennen, die morgens um 7 Uhr 30 mit einem Hubschrauber vom Amsterdamer Flughafen Schiphol eintreffen sollten, um die Schiffsführung zu übernehmen. Eine halbe Stunde früher würde bereits ein Boot längsseits kommen und zehn Männer absetzen: die sogenannten Rigger, die die Besatzung beim Anlegemanöver unterstützen sollten.

Als die Schiffsuhr Mitternacht zeigte, setzte Larsen sich an den Schreibtisch in seinem Wohnraum und breitete die Seekarten vor sich aus.

Um 2 Uhr 50 war das Wetter kalt, aber klar. Die glatte See glitzerte im Schein des Halbmondes. Auf der Brücke tranken Stig Lundquist und Tom Keller einen Kaffee. Der Matrose stand am Radarschirm.

»Ein Boot kommt näher, Sir«, meldete er.

Tom Keller stand auf und trat an das Gerät. Auf dem Radarschirm waren etwa ein Dutzend Blips zu erkennen, manche in Ruhelage, andere in Bewegung, aber alle hielten respektvoll Abstand von der *Freya*. Nur aus Südosten schien sich ein kleines Fahrzeug dem Tanker zu nähern.

»Wahrscheinlich ein Fischkutter, der schon bei Sonnenaufgang die Fischgründe erreichen will«, meinte Keller. Lundquist sah ihm über die Schulter.

Er schaltete auf den Nahbereich um.

»Schon verdammt nahe«, stellte er fest.

Der Rudergänger des Kutters konnte die *Freya* unmöglich übersehen. Sie hatte Ankerlichter an Bug und Heck gesetzt, ihr Deck wurde von starken Scheinwerfern angestrahlt, und die Aufbauten waren innen beleuchtet. Aber der Kutter behielt seinen Kurs bei, anstatt dem Tanker auszuweichen, und lief jetzt sogar deutlich aufs Heck der *Freya* zu.

»Sieht so aus, als wolle er längsseits kommen«, sagte Keller.

»Die Rigger können's noch nicht sein«, meinte Lundquist. »Die kommen erst um sieben.«

»Vielleicht sind sie schon früher ausgelaufen, um sich auf keinen Fall zu verspäten«, meinte Keller.

»Gehen Sie runter ans Fallreep«, wies Lundquist den Matrosen an, »und sagen Sie mir, was da los ist. Setzen Sie die Kopfhörer auf, damit wir in Verbindung bleiben.«

Das Fallreep hing mittschiffs. Es war so schwer, daß es mit Stahlseilen, die über motorgetriebene Winschen liefen, von der Reling bis zum Meeresspiegel gefiert bzw. wieder bis auf Höhe der Reling gehievt werden mußte. Selbst wenn die *Freya* vollbeladen war, befand sich die Reling noch neun Meter über dem Wasserspiegel. Wenn das Fallreep hochgezogen war, konnte niemand an Bord kommen.

Eine halbe Minute später sahen die beiden Offiziere, wie der

Matrose unter ihnen an Deck erschien und nach vorn schlenderte. Am Fallreep trat er auf eine kleine Plattform, die über die Bordwand hinausragte, und sah nach unten. Gleichzeitig nahm er einen Kopfhörer aus einer dort angebrachten wetterfesten Box und setzte ihn auf. Lundquist schaltete von der Brücke aus einen starken Scheinwerfer ein, der den Matrosen beleuchtete, der weit vorn an Deck stand und ins dunkle Wasser hinabstarrte. Der Kutter war inzwischen vom Radarschirm verschwunden; er war zu nahe, um noch erfaßt zu werden.

»Was sehen Sie?« fragte Lundquist in sein Handmikrofon.

Die Stimme des Matrosen kam aus einem Lautsprecher an der Decke. »Nichts, Sir.«

Der Kutter war inzwischen so dicht an der *Freya* vorbeigelaufen, daß er ihren Rumpf unter dem Hecküberhang beinahe berührte. Sekundenlang blieb er verschwunden. Auf beiden Seiten des Hecks befand die Reling des A-Decks sich nur sechs Meter über dem Meeresspiegel. Für die zwei Männer auf dem Kabinendach des Kutters verringerte sich dieser Abstand auf drei Meter. Als ihr Boot unter dem Tankerheck hervorkam, schleuderten sie ihre an Tauen befestigten dreizinkigen Enterhaken, deren Greifer von schwarzen Schlauchstücken umhüllt waren, in die Höhe.

Beide Enterhaken fielen über die Reling und blieben an ihr hängen. Als der Kutter weiterlief, wurden die Männer, die die Taue umklammerten, vom Kabinendach gerissen, schwangen zurück und tauchten mit den Füßen ins Wasser ein. Dann kletterten sie an den Tauen hoch. Da sie ihre Maschinenpistolen auf dem Rükken trugen, hatten sie beide Hände frei. Zwei Sekunden später erschien der Kutter an der Backbordseite und steuerte das Fallreep an.

»Jetzt sehe ich das Boot«, meldete der Matrose von seiner Plattform aus. »Es sieht wie ein Fischkutter aus.«

»Das Fallreep bleibt oben, bis wir wissen, wer die Leute sind«, befahl Lundquist ihm von der Brücke aus.

Achtern kletterten die Piraten, von niemandem beobachtet, über die Reling. Beide machten ihre Enterhaken los und warfen sie ins Meer, in dem sie samt den Tauen versanken. Dann rannten die Männer auf die Steuerbordseite zu den stählernen Niedergängen und liefen die Stufen hinauf. Die Gummisohlen ihrer Schuhe machten auf dem Metall kaum ein Geräusch.

Der Kutter legte unterhalb des Fallreeps an, das acht Meter über der überfüllten Kabine hing, in der vier Männer kauerten. Der Rudergänger starrte schweigend zu dem Matrosen auf der Plattform hinauf.

»Boot ahoi!« rief der Matrose. »Wer seid ihr?«

Er bekam keine Antwort. Der Mann mit der schwarzen Überziehmütze, die nur die Augen freiließ, sah weiter wortlos zu ihm hinauf.

»Er gibt keine Antwort«, sagte der Matrose in sein Mikrofon.

»Lassen Sie den Scheinwerfer aufs Boot gerichtet«, wies der Erste Offizier ihn an. »Ich komme selbst hinunter.«

Während der Kutter anlegte, hatten Lundquist und Keller ihre ganze Aufmerksamkeit auf die Backbordseite gerichtet, wo das Fallreep hing. Plötzlich wurde hinter ihnen die an Steuerbord von der Brückennock hereinführende Tür aufgestoßen, und ein Schwall Kaltluft drang herein. Die beiden Offiziere fuhren herum. Die Tür fiel zurück ins Schloß. Vor Keller und Lundquist standen zwei Männer mit schwarzen Überziehmützen, schwarzen Rollkragenpullovern, schwarzen Trainingshosen und Bootsstiefeln. Jeder hielt eine Maschinenpistole im Anschlag.

»Sagen Sie Ihrem Matrosen, daß er das Fallreep runterlassen soll«, verlangte einer der beiden Männer auf englisch. Die Offiziere starrten ihn ungläubig an.

Der Mann richtete seine MP auf Keller.

»Ich gebe Ihnen drei Sekunden Zeit«, erklärte er Lundquist. »Dann durchlöchere ich diesen Mann.«

Lundquist lief vor Zorn rot an, griff aber nach dem Handmikrofon.

»Runter mit dem Fallreep«, befahl er dem Matrosen.

Aus dem Deckenlautsprecher drang eine körperlose Stimme. »Aber, Sir . . .«

»Schon gut, mein Junge«, unterbrach Lundquist den Matrosen. »Tun Sie, was ich Ihnen sage.«

Der junge Mann drückte schulterzuckend auf einen der Knöpfe des Schaltkastens neben dem Fallreep. Ein Elektromotor summte, und das Fallreep sank langsam in die Tiefe. Zwei Minuten später trieben fünf schwarz gekleidete Männer den Matrosen vor sich her übers Deck nach achtern. Weitere zwei Minuten verstrichen, dann waren die sechs auf der Brücke. Der Matrose hatte vor Schreck geweitete Augen. Als er die Brücke betrat, sah er, daß die Offiziere von zwei bewaffneten Männern in Schach gehalten wurden.

»Verdammt noch mal, wie . . .« begann er.

»Immer mit der Ruhe!« forderte Lundquist ihn auf. Er wandte sich auf englisch an den Mann, der bisher als einziger gesprochen hatte: »Was wollen Sie?«

»Wir möchten Ihren Kapitän sprechen«, sagte der Mann hinter der Maske. »Wo ist er?«

In diesem Augenblick ging die Tür vom inneren Treppenhaus her auf, und Thor Larsen trat in den Raum. Sein Blick fiel auf die drei Besatzungsmitglieder, die mit den Händen hinter dem Kopf dastanden, und die sieben Terroristen. In den Augen des Kapitäns glitzerte eisiges Blau, als er sich an den Mann wandte, der nach ihm gefragt hatte.

»Ich bin Thor Larsen, Kapitän der ›Freya‹«, sagte er langsam, »und wer sind Sie, verdammt noch mal?«

»Das geht Sie nichts an«, antwortete der Anführer der Terroristen. »Wir haben soeben Ihr Schiff übernommen. Sollten Ihre Offiziere und Mannschaften sich weigern, unsere Befehle auszuführen, werden wir als erstes ein Exempel an Ihrem Matrosen statuieren. Die Entscheidung darüber liegt bei Ihnen!«

Larsen sah sich langsam um. Drei der Maschinenpistolen waren auf den 18jährigen Matrosen gerichtet. Der junge Mann war kreidebleich.

»Mr. Lundquist«, sagte Larsen förmlich, »führen Sie die Befehle dieser Männer aus.« Er wandte sich erneut an den Anführer und fragte:

»Was haben Sie mit der ›Freya‹ vor?«

»Das ist schnell gesagt«, antwortete der Terrorist sofort. »Wir haben nicht die Absicht, Ihnen oder Ihrer Besatzung etwas anzutun. Sollten unsere Befehle jedoch nicht widerspruchslos ausgeführt werden, werden wir nicht zögern, ihre Ausführung zu erzwingen.«

»Und sonst noch was?« wollte Lundquist wissen.

»Innerhalb von dreißig Stunden muß die Bonner Regierung zwei unserer Freunde aus einem Westberliner Gefängnis freilassen und in ein Land ihrer Wahl ausfliegen. Tut sie das nicht, sprenge ich Sie, Ihre Besatzung, Ihr Schiff und eine Million Tonnen Rohöl in die Luft.«

11

03.00 bis 09.00 Uhr

Die sichere Methodik, mit der der Anführer der sieben maskierten Terroristen seine Männer einsetzte, ließ auf eine sorgfältige Planung des Unternehmens schließen. Er erteilte kurze Befehle in einer Sprache, die weder Kapitän Larsen noch seine Besatzungsmitglieder verstanden.

Fünf maskierte Männer trieben die beiden Offiziere und den Matrosen von den Instrumenten weg in den rückwärtigen Teil der Brücke und hielten sie dort in Schach. Der Anführer gab Larsen mit seiner Pistole ein Zeichen und sagte auf englisch:

»Wenn es Ihnen recht ist, gehen wir in Ihre Kabine, Captain.«

Larsen ging voraus. Der Terroristenanführer und einer seiner Leute stiegen hinter ihm von der Brücke zum D-Deck hinunter. Auf einem Treppenabsatz wandte sich Larsen kurz um. Er schätzte die Entfernung zu den beiden Männern ab und überlegte einen Moment lang, ob er sie überwältigen könnte.

»Versuchen Sie's lieber nicht!« warnte ihn einer der beiden Maskierten. »Kein vernünftiger Mensch nimmt's aus drei Metern Entfernung mit einer Maschinenpistole auf.«

Larsen stieg weiter die Stufen hinab. Im D-Deck befanden sich die Unterkünfte für die Offiziere. Die Suite des Kapitäns lag traditionsgemäß in der vorderen Steuerbordecke der riesigen Aufbauten. An diese Räume schloß sich auf der Backbordseite der kleine Kartenraum an, dessen Tür offenstand und den Blick auf hohe Schränke freigab. In ihnen lagen die nach Angaben der British Admirality angefertigten Seekarten, die die Orientierung auf allen Meeren und in jedem Hafen gewährleisten. Es sind die besten Karten der Welt.

Hinter dem Kartenraum lag eine geräumige Kabine, in der Konferenzen abgehalten und Besuchergruppen empfangen werden konnten. An sie schloß sich eine Luxuskabine an, die jetzt unbewohnt und deshalb abgesperrt war. Wennerström hatte sie sich reservieren lassen für den Fall, daß er einmal eine Reise mitmachen wollte. Ganz außen an Backbord befand sich eine Suite, deren Räume in der Aufteilung denen des Kapitäns entsprachen. Dort wohnte der Leitende Ingenieur.

An Larsens Räume grenzte eine kleinere Suite für den Ersten Offizier, und an die des Leitenden die Unterkunft des Chefstewards an. Die Kabinen bildeten miteinander ein innen hohles Quadrat, in dessen Mitte sich die Treppenflucht befand, über die sämtliche Decks zu erreichen waren.

Thor Larsen führte die beiden Männer in den Wohnraum seiner Suite. Der Anführer kontrollierte rasch die Schlafkabine und das Bad. Sie waren leer.

»Setzen Sie sich, Captain«, forderte er Larsen auf. Seine Stimme unter der Wollmaske klang dumpf. »Sie bleiben hier, bis ich zurückkomme. Keine Bewegung, bitte! Legen Sie die Hände mit den Handflächen nach unten auf den Tisch. Und lassen Sie sie dort!«

Nach einigen rasch in einer fremden Sprache erteilten Befehlen bezog der andere Terrorist mit seiner Maschinenpistole an der Rückwand der Kabine Stellung. Aus einer Entfernung von knapp vier Metern zielte die Mündung der Waffe genau auf den weißen Rollkragenpullover des Kapitäns. Der Terroristenanführer überzeugte sich davon, daß in den Räumen alle Vorhänge zugezogen waren. Dann verließ er die Kabine und schloß die Tür hinter sich. Die beiden anderen Bewohner dieses Decks schliefen in ihren Betten. Sie hatten von allem nichts gehört.

Minuten später war der Anführer der Terroristen wieder auf der Brücke.

»Sie kommen mit!« Er deutete mit seiner Pistole auf den Matrosen.

Der Junge warf einen flehenden Blick zu Stig Lundquist, dem Ersten Offizier.

»Wenn Sie dem Jungen etwas antun, breche ich Ihnen jeden Knochen einzeln!« sagte Tom Keller mit seinem amerikanischen Akzent. Im Kreis der Bewaffneten, der die Offiziere einschloß, bewegten sich die Mündungen zweier Maschinenpistolen etwas nach oben.

»Ihre Ritterlichkeit mag bewundernswert sein, aber Ihr Realitätssinn ist bedauerlich schwach entwickelt.« Die Stimme des Anführers drang unter seiner Maske hervor. »Niemandem geschieht etwas – es sei denn, einer von Ihnen macht eine Dummheit. Dann käme es zu einem Blutbad, und Sie wären als erster dran.«

Lundquist nickte dem Matrosen zu. »Gehen Sie mit«, wies er ihn an, »und tun Sie, was er verlangt.«

Der Matrose mußte auf der Treppe vorausgehen. Auf Höhe des D-Decks hielt der Terrorist ihn an.

»Wer wohnt hier außer dem Kapitän?« fragte er.

»An Backbord der Leitende Ingenieur und der Chefsteward«, antwortete der Junge. »An Steuerbord der Erste Offizier, aber der ist jetzt auf der Brücke.«

Hinter allen Türen war es totenstill.

»Wo ist das Farbenlager?« fragte der Terrrorist. Der Matrose drehte sich wortlos um und stieg weitere Treppen hinab. Sie passierten die Decks C und B. Einmal waren Stimmen zu vernehmen: In der Mannschaftsmesse tranken vier Besatzungsmitglieder, die nicht schlafen konnten, Kaffee und spielten Karten.

Auf dem A-Deck hatten sie die unterste Ebene der Aufbauten erreicht. Der Matrose öffnete eine nach draußen führende Tür und trat ins Freie. Der Terrorist folgte ihm. Die kalte Nachtluft ließ sie beide erschauern. Sie standen jetzt achtern hinter den Aufbauten, direkt neben dem massigen Schornstein, der 30 Meter hoch in den Nachthimmel aufragte.

Der Matrose ging über das Achterdeck zum Deckshaus – einem Stahlwürfel mit einer Kantenlänge von etwa zwei Metern. In der den Aufbauten zugekehrten Wand befand sich eine Stahltür, die durch zwei große Riegel mit Flügelmuttern gesichert war.

»Der Farbenraum ist dort unten«, sagte der Matrose.

»Machen Sie die Tür auf«, befahl der Terrorist. Der junge Mann löste die Flügelmuttern, schob den Riegel zur Seite und zog die Stahltür am Griff auf. Die Innenbeleuchtung ging an und ließ eine kleine Plattform erkennen, von der eine Treppe in den Rumpf der *Freya* hinabführte. Auf ein Zeichen mit der Pistole hin betrat der Matrose das Deckshaus. Der Maskierte blieb dicht hinter ihm. Gemeinsam stiegen sie den Niedergang hinab.

Der Niedergang führte über mehrere Absätze, von denen Stahltüren weggingen, 20 Meter in die Tiefe. Als die beiden unten angekommen waren, befanden sie sich weit unterhalb der Wasserlinie und hatten nur noch die stählernen Decksplatten zwischen sich und dem Kiel. Die Treppe endete in einem quadratischen Raum mit vier Stahltüren. Der Terrorist zeigte auf die achtern liegende.

»Wohin führt die?«

»Zur Rudermaschine.«

»Aufmachen!«

Als die Tür aufschwang, gab sie den Blick in einen hellerleuchteten hohen Maschinenraum frei. Er wurde von einem riesigen Metallgehäuse beherrscht, das sich wie ein Berg mitten im Raum erhob. In dem Gehäuse befand sich die Steuerungsmaschine, die per Computer von der Brücke aus bedient wurde. Die blaßgrün gestrichenen Wände dieses Raumes wurden vom Heck der *Freya* gebildet und waren entsprechend gewölbt. Achtern, jenseits der stählernen Rumpfplatten, hing das gewaltige Ruder im nachtschwarzen Wasser der Nordsee. Der Terrorist befahl dem Matrosen, die Tür wieder zu schließen und zu verriegeln.

Neben dem Steuerungsmaschinenraum befand sich an Backbord das Chemikalienlager, an Steuerbord das Farbenlager. Das Chemikalienlager ignorierte der Terrorist; er hatte nicht die Absicht, Männer in einen Raum zu sperren, in dem sie Zugang zu Säuren hatten. Das Farbenlager war eher dazu geeignet, Menschen gefangenzuhalten. Es war verhältnismäßig groß, geräumig und gut belüftet; der Schiffsrumpf bildete die Außenwand.

»Wohin führt die vierte Tür?« fragte der Terrorist. An ihr war kein Türgriff angebracht.

»Von achtern in den Maschinenraum«, antwortete der Matrose. »Sie ist von innen verriegelt.«

Der Maskierte warf sich mit der Schulter gegen die Tür. Sie gab nicht nach. Er schien zufrieden zu sein.

»Wie viele Männer sind an Bord?« erkundigte er sich. »Und Frauen? Keine Tricks, verstanden? Wenn sich herausstellt, daß jemand an Bord ist, den Sie nicht gemeldet haben, erschießen wir ihn.«

Der junge Mann fuhr sich mit der Zungenspitze über die trokkenen Lippen.

»Keine Frauen«, sagte er. »Auf der nächsten Reise fahren vielleicht ein paar Ehefrauen mit – aber auf der Jungfernfahrt ist so etwas nicht üblich. Mit Kapitän Larsen sind wir dreißig Mann an Bord.«

Der Terrorist hatte jetzt die Informationen, die er brauchte. Er schob den verängstigten Matrosen in das Farbenlager, schlug die Tür zu und verriegelte sie. Dann machte er sich wieder auf den Weg nach oben.

Auf dem Achterdeck angekommen, benutzte er nicht die Innentreppe, sondern rannte die äußeren Niedergänge hinauf und betrat die Brücke von der Brückennock her.

Er nickte seinen Leuten zu, die noch immer die beiden Offiziere bewachten, und erteilte weitere Befehle. Kurz darauf wurden die beiden Offiziere zusammen mit dem Leitenden Ingenieur und dem Chefsteward, die auf dem D-Deck unter der Brücke aus ihren Kabinen geholt worden waren, nach unten ins Farbenlager gebracht.

Zu diesem Zeitpunkt schlief der größte Teil der Mannschaft auf dem B-Deck in seinen Kabinen, die wesentlich kleiner als jene der Offiziere auf den Decks über ihnen waren.

Als die Besatzungsmitglieder zusammengetrieben und in den Schiffsrumpf hinuntergeführt wurden, protestierten, schimpften und fluchten sie. Der Anführer der Terroristen erklärte ihnen auf englisch, ihr Kapitän sei in seiner eigenen Kabine gefangen und werde erschossen, falls sie Widerstand leisteten. Daraufhin gehorchten die Männer.

Unten im Farbenlager wurde die Besatzung schließlich gezählt: 29 Mann. Der Koch und zwei der vier Stewards durften unter Bewachung in die Kombüse auf dem A-Deck hinaufgehen und Verpflegung holen: zwei Platten mit belegten Brötchen, einen Kasten Mineralwasser und Bier in Dosen. Zwei Eimer sollten als Toiletten dienen.

»Macht's euch gemütlich«, forderte von der Tür aus der Terroristenanführer die 29 wütenden Männer auf, die ihn aus dem Farbenlager anstarrten. »Ihr bleibt nicht lange hier unten. Höchstens dreißig Stunden.

Noch etwas: Euer Kapitän will mit dem Pumpenmann sprechen. Wer von euch ist das?«

Ein Schwede namens Martinsson trat vor.

»Ich bin der Pumpenmann.«

»Kommen Sie mit.«

Es war 4 Uhr 30.

Auf dem A-Deck befanden sich ausschließlich Räume für die einzelnen Dienstleistungen an Bord der *Freya*: Hauptküche, Tiefkühlraum, Proviantträume, Spirituosenlager, Wäscherei, Frachtkontrollraum und Feuerwache, die auch Schaumraum genannt wurde.

Darüber lag das B-Deck mit den Mannschaftsunterkünften, dem Bordkino, der Bücherei, vier Aufenthaltsräumen und einer Bar.

Das C-Deck enthielt die Kabinen der Zweiten und Dritten Offiziere, die Offiziersmesse mit dem Rauchsalon und den Bordclub mit Veranda, Swimming-pool, Sauna und Gymnastikraum.

Der Terrorist interessierte sich im Augenblick nur für den Frachtkontrollraum auf dem A-Deck. Er befahl dem Pumpenmann, ihn dorthin zu führen. Der Raum war fensterlos, vollklimatisiert und gut beleuchtet. Kein Geräusch drang herein. Die Augen des Terroristen glitten hinter seiner Maske hin und her, als er die Schalterreihen betrachtete. Schließlich heftete sich sein Blick auf den drei mal einen Meter großen Decksplan an der Wand hinter dem Kontrollpult. Auf ihm war die Aufteilung der Tanks vermerkt.

»Wenn Sie mich reinzulegen versuchen«, erklärte der Terrorist dem Pumpenmann, der am Kontrollpult Platz genommen hatte, »kostet das vielleicht einem meiner Leute das Leben – aber glauben Sie nicht, daß ich Ihre Tricks nicht durchschaue. Dann erschieße ich nicht Sie, Freundchen. Ich erschieße Ihren Kapitän Larsen. Und jetzt zeigen Sie mir, wo die Ladeöltanks und die Ballastwassertanks liegen.«

Martinsson war nicht bereit, das Leben seines Kapitäns zu riskieren. Der Pumpenmann war Mitte Zwanzig, und der Kapitän hätte sein Vater sein können. Schon zweimal war Martinsson unter Larsen gefahren – die erste Reise war seine erste Fahrt als

Pumpenmann gewesen. Ebenso wie die anderen Besatzungsmitglieder schätzte und achtete er den hünenhaften Norweger, der in dem Ruf stand, sich uneingeschränkt für seine Besatzung einzusetzen und der beste Seemann der Nordia Line zu sein. Er deutete auf die Karte.

»Hier vorn im Bug«, sagte er, »sind die Seitentanks an Backbord und Steuerbord voll Rohöl. Dazwischen liegt der Überlauftank, der ebenso wie die Auftriebtanks leer ist. Die ›Freya‹ hat noch keine Ladung gelöscht, deshalb ist es noch nicht nötig gewesen, die Ladeöltanks zu spülen und die Rückstände in diesen Tank zu pumpen. In der Reihe dahinter liegen drei Ballasttanks; auf der Strecke von Japan bis zum Persischen Golf waren sie mit Meerwasser gefüllt, jetzt sind sie leer.«

»Öffnen Sie die Ventile zwischen den drei Ballasttanks und dem Überlauftank«, forderte der Terrorist ihn auf. Martinsson zögerte. »Los, machen Sie schon!«

Martinsson drückte auf dem Kontrollpult drei quadratische Knöpfe. In einer Entfernung von mehr als 400 Metern öffneten sich daraufhin unter dem Stahldeck Ventile von der Größe eines durchschnittlichen Garagentors, und die vier Tanks mit je 20 000 Tonnen Fassungsvermögen bildeten einen einzigen Behälter. Jedes Gas und jede Flüssigkeit, die in einen dieser Tanks eindrang, konnte jetzt ungehindert in die übrigen strömen.

»Wo liegen die nächsten Ballasttanks?« fragte der Terrorist. Martinsson zeigte auf die mittschiffs liegenden Tanks.

»Hier sind drei nebeneinander«, sagte er.

»Gut, lassen Sie sie, wie sie sind«, wies ihn der Maskierte an. »Wo sind die übrigen?«

»Wir haben insgesamt neun Ballasttanks«, erklärte ihm der Pumpenmann. »Die letzte Dreierreihe liegt hier unmittelbar vor den Aufbauten.«

»Öffnen Sie die Ventile zwischen den drei Tanks.«

Martinsson gehorchte wortlos.

»Gut«, meinte der Terrorist zufrieden.»Läßt sich eine Verbindung zwischen den Ballasttanks und den Rohöltanks herstellen?«

»Nein«, antwortete Martinsson, »das ist nicht möglich. Die Ballasttanks sind ausschließlich für Ballast bestimmt – entweder enthalten sie Meerwasser oder Luft, aber niemals Öl. Für die Ladeöltanks gilt das Gegenteil. Die beiden Systeme können nicht miteinander verbunden werden.«

»Das läßt sich ändern«, sagte der Maskierte trocken. »Öffnen Sie sämtliche Ventile zwischen den Rohöltanks, so daß alle fünfzig miteinander in Verbindung stehen.«

Martinsson brauchte 15 Sekunden, um die entsprechenden Knöpfe zu drücken. Tief unten im Schiffsleib öffneten sich in dem zähflüssigen schwarzen Rohöl Dutzende von riesigen Ventilen. 50 Frachtabschnitte bildeten einen einzigen, gewaltigen Tank. Er enthielt eine Million Tonnen Erdöl. Entsetzt starrte Martinsson die Leuchtanzeigen auf seinem Schaltpult an.

»Wenn die ›Freya‹ jetzt mit einem beschädigtem Tank sinkt«, flüsterte er, »fließen eine Million Tonnen Öl aus!«

»Unter diesen Umständen täten die zuständigen Stellen gut daran, dafür zu sorgen, daß sie nicht sinkt«, meinte der Terrorist. »Wo befindet sich der Hauptschalter für die Stromversorgung der Hydraulikpumpen, mit denen die Ventile gesteuert werden?«

Martinsson zeigte auf einen Schaltkasten an der Wand dicht unter der Decke. Der Terrorist stellte sich auf die Zehenspitzen, öffnete die Tür und zog den Hebel nach unten. Nachdem er den Stromkreis auf diese Weise unterbrochen hatte, schraubte er die zehn Sicherungen heraus und steckte sie ein. Der Pumpenmann beobachtete ihn fassungslos. Jetzt konnten die Ventile nicht mehr geschlossen werden. Selbstverständlich hatte Martinsson Ersatzsicherungen, und er wußte, wo sie lagen. Aber er würde unten im Farbenlager eingesperrt sein. Kein Fremder, der den Kontrollraum betrat, würde sie rechtzeitig genug entdecken, um die lebenswichtigen Ventile schließen zu können.

Bengt Martinsson hatte während seiner Ausbildung zum Pumpenmann gelernt, daß ein Tanker nicht einfach aufs Geratewohl be- oder entladen werden darf. Werden alle Steuerbordtanks gefüllt, während die anderen leerbleiben, legt sich das Schiff auf die Seite und sinkt. Werden nur die Backbordtanks gefüllt, kentert es nach Backbord. Werden die vorderen Tanks gefüllt, ohne daß achtern ein Gewichtsausgleich herbeigeführt wird, taucht der Tanker mit dem Bug ins Wasser und reckt das Heck steil in die Höhe; das

Gegenteil tritt ein, wenn das Schiff hecklastig wird und die Bugtanks leerbleiben.

Werden die Ballasttanks in Bug und Heck jedoch geflutet, während die Mittschifftanks leerbleiben, krümmt das Schiff sich wie ein Turner, der eine Brücke macht. Tanker sind nicht für solche Belastungen konstruiert; das massive Rückgrat der *Freya* würde in der Mitte auseinanderbrechen.

»Was passiert, wenn wir die fünfzig Öltankluken öffnen?« fragte der Terrorist.

Martinsson hatte gute Lust, es darauf ankommen zu lassen. Er dachte an Kapitän Larsen, der hoch über ihm in seiner Kabine saß und mit einer Maschinenpistole bedroht wurde. Er holte tief Luft.

»Das wäre lebensgefährlich«, antwortete er. »Außer Sie hätten Sauerstoffgeräte.«

Der Pumpenmann erklärte dem Maskierten, daß die Öltanks niemals randvoll mit Rohöl gefüllt werden. In dem Raum zwischen dem hin und her schwappenden Ölsee und der Tankdecke sammelt sich ein leichtes, hochexplosives Gemisch aus Gasen an, die das Erdöl abgibt. Werden sie nicht abgelassen, verwandeln sie das Schiff in eine Bombe.

Vor Jahren war es üblich, das Gas durch Leitungen mit Überdruckventilen abzulassen: Es entwich über Deck ins Freie, wo es wegen seines geringen Gewichts sofort nach oben stieg. In letzter Zeit war ein weitaus sichereres Verfahren entwickelt worden. Nicht entzündbare Abgase der Antriebsmaschine, vor allem Kohlenmonoxid, wurden in die Tanks geleitet, verdrängten den Sauerstoff und schlossen die Oberfläche des Erdöls luftdicht ab. In einer absolut sauerstofffreien Atmosphäre kann kein Funke und erst recht kein Brand entstehen.

Auf dem Deck befand sich über jedem Tank eine kreisrunde Einstiegsluke von einem Meter Durchmesser. Öffnete sie ein ahnungsloser Laie, war er augenblicklich in eine meterhohe Gaswolke gehüllt, in der er erstickte, weil er keinen Sauerstoff mehr bekam.

»Wer ist für die Sauerstoffgeräte zuständig?« fragte der Terrorist.

»Der Erste Offizier verwaltet sie«, antwortete Martinsson. »Aber wir alle wissen, wie man mit ihnen umgeht.«

Zwei Minuten später war der Pumpenmann wieder bei seinen Kameraden im Farbenraum. Inzwischen war es fünf 5 morgens.

Während einer der Terroristen Thor Larsen in seiner Kabine bewacht und sich der Anführer mit Martinsson im Frachtkontrollraum aufgehalten hatte, war der Kutter von den übrigen fünf Terroristen entladen worden.

Zehn Sprengstoffkoffer standen mittschiffs neben dem Fallreep an Deck. Der Anführer der Terroristen sollte entscheiden, wo sie zu verstauen waren.

Auf seine knappen Befehle hin wurden die Deckel der Mannlöcher von den beiden äußeren vorderen Ballasttanks losgeschraubt und hochgeklappt. In den Einstiegsluken befanden sich Stahlleitern, die 25 Meter tief in die feuchtkalte Dunkelheit hinabführten.

Asamat Krim zog sich die Wollmaske vom Kopf, stopfte sie in seine Tasche, nahm seinen Handscheinwerfer und stieg in den ersten Tank hinunter. Zwei von den Koffern wurden an langen Leinen zu ihm hinabgelassen. Nachdem der Tatar im Licht seines Schweinwerfers einen Koffer an der Bordwand der *Freya* mit Seilen festgezurrt hatte, verteilte er den Inhalt des zweiten an den vorderen und hinteren Schotts, hinter denen jeweils 20 000 Tonnen Rohöl lagerten. Mit Sandsäcken, die die Terroristen ebenfalls mitgebracht hatten, verdämmte er die Ladungen, um ihre Sprengkraft zu konzentrieren. Nachdem Krim sich noch einmal davon überzeugt hatte, daß die Zündkapseln vorschriftsmäßig angebracht und mit der Zündmaschine verbunden waren, stieg er wieder an Deck.

Dieser Vorgang wiederholte sich in dem gegenüberliegenden Ballasttank und in den beiden Seitentanks, die unmittelbar vor den Aufbauten der *Freya* lagen. Dann hatte Asamat Krim acht der Koffer in vier Ballasttanks untergebracht. Den neunten baute er mittschiffs im Mitteltank ein – diese Sprengladung sollte dem Schiff das Rückgrat brechen.

Der zehnte Koffer wurde in den Maschinenraum hinuntergeschafft. Krim verdämmte ihn in dem Winkel zwischen der Bordwand und dem Schott, hinter dem der Farbenraum lag. Explodierte die Ladung, würden beide Wände aufgerissen werden. Jene Gefangenen, die die Detonation hinter dem zentimeterdicken Stahlschott überlebten, mußten ertrinken, wenn das Meer mit dem gewaltigen Druck, der 25 Meter unter der Wasseroberfläche herrscht, die beiden Räume überflutete.

Um 6 Uhr 15, als die ersten Sonnenstrahlen die stillen Decks der *Freya* trafen, meldete der Tatar sich bei Andrew Drake.

»Die Ladungen sind eingebaut und zündbereit, Andrej«, sagte er. »Ich bete zu Gott, daß wir sie nicht hochgehen lassen müssen.«

»Dazu wird es nicht kommen«, versicherte ihm Drake. »Aber Larsen muß überzeugt werden. Nur wenn er mit eigenen Augen gesehen hat, daß es uns ernst ist, wird er den nötigen Druck auf die Regierung ausüben. Sie muß auf unsere Forderungen eingehen. Ihr bleibt keine andere Wahl.«

Zwei Matrosen wurden aus dem Farbenraum geholt. Sie mußten Schutzkleidung und Sauerstoffmasken anlegen, das Deck von der Back bis zur Hüsing abgehen und alle 50 Mannlöcher über den Öltanks öffnen. Danach wurden sie wieder zu den übrigen Besatzungsmitgliedern gesperrt. Die Stahltür wurde hinter ihnen zugeschlagen und verriegelt. Sie sollte erst wieder geöffnet werden, wenn die beiden Häftlinge in Israel in Sicherheit waren.

Um 6 Uhr 30 betrat Andrew Drake, der noch immer seine Wollmaske trug, den Wohnraum des Kapitäns. Müde setzte er sich Thor Larsen gegenüber und erzählte ihm mit allen Einzelheiten, was die Terroristen inzwischen getan hatten. Der Norweger, der wußte, daß die Maschinenpistole seines Bewachers auf ihn gerichtet war, hörte ausdruckslos zu.

Als Drake mit seinem Bericht fertig war, zeigt er Larsen einen schwarzen Plastikkasten, den er am Gürtel befestigt hatte. Der Kasten hatte ungefähr die Maße einer kleinen Zigarrenkiste. Auf der Oberseite befand sich ein roter Knopf, neben dem eine zehn Zentimeter lange Antenne emporragte.

»Wissen Sie, was das ist, Captain?« fragte er. Larsen zuckte mit den Schultern. Er verstand genug vom Funken, um einen kleinen Sender zu erkennen.

»Das ist ein Oszillator«, erklärte ihm Drake. »Sobald ich auf diesen roten Knopf drücke, sendet das Gerät eine für unsere Ohren unhörbare Frequenz aus, die immer höher wird. In jeder der an Bord befindlichen Sprengladungen ist ein Empfänger mit einer Skala eingebaut, der dieses Signal aufnehmen kann. Während die Tonhöhe ansteigt, bewegen sich die Zeiger in den Meßinstrumenten stetig zu höheren Skalenwerten. Sobald die Zeiger anschlagen, brennen die Sicherungen der Empfänger durch und unterbrechen den Stromkreis. Diese Unterbrechung löst über ein Relais die Zündung aus. Was das bedeutet, ist Ihnen ja wohl klar?«

Thor Larsen starrte fassungslos die Maske des Mannes an, der ihm gegenüber saß. Seinem Schiff, seiner geliebten *Freya,* sollte Gewalt angetan werden, und er konnte nichts dagegen unternehmen. Seine Besatzung steckte in einem Stahlsarg, nur durch ein Schott von der Sprengladung getrennt, die sie alle zerschmettern und innerhalb von Sekunden im eisigen Meerwasser verschwinden lassen konnte.

Vor Larsens innerem Auge entstand ein Inferno. An Steuerbord und Backbord rissen die detonierenden Sprengladungen riesige Lecks in vier Ballasttanks. Tosende Wassermassen stürzten herein und füllten in Minuten die äußeren und den inneren Tank. Das Meerwasser, das ein höheres spezifisches Gewicht als Erdöl besitzt, übte den stärkeren Druck aus; es drang durch die großen Lecks in den Schotten und preßte das Öl aus den benachbarten Tanks durch die Mannlöcher nach draußen. Sechs Tanks waren mit Meerwasser überflutet.

Der Maschinenraum füllte sich innerhalb weniger Minuten mit Tausenden von Tonnen grünen Wassers. Bug und Heck sanken mindestens drei Meter ab, während mittschiffs die unbeschädigten Ballasttanks dem Rumpf Auftrieb verliehen. Die *Freya,* die Schönste unter den nordischen Göttinnen, krümmte unter Schmerzen ihren Rücken und zerbrach. Die beiden Wrackteile sanken 20 Meter tief auf den Meeresboden und blieben dort liegen, mit ihren 50 offenen Mannlöchern, aus denen eine Million Tonnen Rohöl strömte und die Nordsee mit einem Ölteppich bedeckte.

Es würde vielleicht eine Stunde dauern, bis die riesige Göttin ganz gesunken war, aber ihr Sinken war nicht aufzuhalten. In so geringer Wassertiefe ragte ihre Brücke möglicherweise noch aus dem Meer. Trotzdem könnte sie nie wieder gehoben werden. Es dauerte wahrscheinlich drei Tage, bis die gesamte Ölladung ausgeflossen war – aber zwischen 50 senkrecht aufsteigenden Rohölsäulen konnte kein Taucher arbeiten. Die Mannlöcher würden nie mehr geschlossen werden.

Das Ausströmen des Öls und die Zerstörung des Schiffs wären unwiderruflich.

Larsen starrte die Maske des Mannes an, ohne dessen Frage zu beantworten. Die Wut in ihm wuchs von Minute zu Minute, aber er beherrschte sich.

»Was wollen Sie von mir?« knurrte er. Der Terrorist warf einen Blick auf die Digitaluhr an der Kabinenwand. Sie zeigte 6 Uhr 45 an.

»Wir gehen in den Funkraum«, sagte er. »Wir sprechen mit Rotterdam. Oder vielmehr: Sie sprechen mit Rotterdam.«

27 Seemeilen östlich der *Freya* verblaßten im Licht der höhersteigenden Sonne die gelben Gasfackeln, die Tag und Nacht über den Ölraffinerien von Chevron, Shell und BP im Europort brennen. In der Nacht waren von der Brücke der *Freya* aus diese Fackeln zu sehen gewesen – und weit dahinter sogar der kalte bläuliche Schein der Straßenbeleuchtung von Rotterdam.

Die Raffinerien und das Labyrinth des Euroports, des größten Ölhafens der Welt, liegen am Südufer der Maasmündung. Am Nordufer liegt Hoek van Holland mit seinem Fährhafen und der Leitstelle Maas Control, über der sich tagein, tagaus die Radarschirme drehen.

In der Nacht zum 1. April hatte Bernhard Dijkstra die Wache in der Maas Control übernommen. Um 6 Uhr 45 reckte er sich gähnend. Um 7 Uhr war sein Dienst zu Ende, und er konnte zum Frühstück nach Hause fahren. Anschließend wollte er ein bißchen schlafen und dann von seiner Wohnung in Gravenzande herüberkommen, um das Einlaufen des neuen Supertankers mitzuerleben. So etwas passierte schließlich nicht alle Tage!

Als habe jemand seine Gedanken erraten, drang in diesem Augenblick eine Stimme aus dem Lautsprecher vor ihm.

»Maas Control, Maas Control, hier ›Freya‹. Bitte kommen.«

Der Supertanker meldete sich auf Kanal 20, dem für Tanker reservierten Sprechfunkkanal. Dijkstra beugte sich vor und schaltete das Mikrofon auf dem Pult vor sich ein.

»›Freya‹, hier Maas Control. Was können wir für Sie tun?«

»Maas Control, hier Kapitän Thor Larsen. Wo befindet sich das Boot mit meinen Riggern?«

Dijkstra warf einen Blick auf die vor ihm liegende Kladde.

»Das Boot ist vor gut eineinhalb Stunden ausgelaufen, Captain. Es müßte in zwanzig Minuten bei Ihnen sein.«

Die nächsten Worte aus dem Lautsprecher ließen Dijkstra in seinem Sessel hochfahren.

»Maas Control, hier ›Freya‹. Nehmen Sie sofort Verbindung mit dem Boot auf. Es soll in den Hafen zurücklaufen. Wir können die Mannschaft nicht an Bord lassen. Verständigen Sie auch die Maaslotsen, damit sie nicht mit dem Hubschrauber starten, ich wiederhole, nicht starten. Wir können sie nicht an Bord lassen. Es handelt sich um einen Notfall, ich wiederhole, um einen Notfall.«

Dijkstra deckte mit der Hand sein Mikrofon für einen Augenblick ab und rief einem Kollegen zu, er solle das Aufnahmegerät einschalten. Als es lief, sagte Dijkstra langsam und deutlich:

»›Freya‹, hier Maas Control. Ich habe verstanden, daß die Anlegemannschaft nicht längsseits gehen soll. Ich habe verstanden, daß die Lotsen nicht abfliegen sollen. Bestätigen Sie bitte.«

»Maas Control, hier ›Freya‹. Sie haben richtig verstanden.«

»Um was für einen Notfall handelt es sich, ›Freya‹?«

Für ein paar Sekunden trat Stille ein, als finde auf der Brücke der *Freya* weit draußen auf See eine hastige Beratung statt. Schließlich hallte Larsens Stimme wieder aus dem Lautsprecher der Leitstelle.

»Maas Control, ich kann Ihnen jetzt keine Einzelheiten mitteilen. Sollte jedoch irgend jemand versuchen, sich der ›Freya‹ zu nähern, gibt es hier Tote. Halten Sie sich bitte fern. Nach diesem Gespräch sind wir auch nicht mehr über Funk zu erreichen. Wir melden uns wieder um Punkt neun Uhr. Bitte veranlassen Sie, daß dann der Rotterdamer Hafendirektor anwesend ist. Ende.«

Ein scharfes Klicken war zu vernehmen, dann schwieg der Lautsprecher.

Dijkstra rief die *Freya* noch zwei- oder dreimal. Aber sie antwortete nicht mehr, und er gab es schließlich auf.

»Was zum Teufel hat er damit gemeint?« Dijkstra sah zu seinem Kollegen hinüber. Jan Schipper zuckte mit den Schultern.

»Die Sache kommt mir nicht geheuer vor«, sagte er. »Es klang, als ob Kapitän Larsen in Gefahr sei.«

»Er hat gesagt, daß es Tote geben könne«, Dijkstra überlegte laut. »Wieso Tote? Ist an Bord eine Meuterei ausgebrochen? Oder läuft jemand Amok?«

»Am besten tun wir, was er verlangt hat, bis wieder Klarheit herrscht«, schlug Schipper vor.

»Du hast recht«, stimmte Dijkstra zu. »Du verständigst den Direktor, und ich informiere das Boot und die beiden Lotsen in Schiphol.«

Die Barkasse mit den Riggern tuckerte mit einer gleichmäßigen Geschwindigkeit von zwölf Knoten über das ruhige Meer auf die noch drei Seemeilen entfernte *Freya* zu. Selbst aus dieser Entfernung wirkte der Supertanker bereits imposant, und die zehn Holländer, die helfen sollten, die *Freya* an ihren Liegeplatz zu bringen, reckten schon jetzt die Hälse nach ihr.

Keiner der Männer ahnte etwas, als ihr Boot über Funk angerufen wurde. Der Rudergänger meldete sich und lauschte kurz in den Hörer. Stirnrunzelnd schaltete er den Schiffsmotor aus und ließ sich die Anweisung wiederholen. Dann bestätigte er sie, legte das Ruder hart Steuerbord und brachte das Boot auf Gegenkurs.

»Wir kehren um«, erklärte er den Männern, die ihn verblüfft anstarrten. »Irgend etwas scheint passiert zu sein. Es sieht so aus, als könne euch Kapitän Larsen im Moment nicht brauchen.«

Die *Freya* blieb achteraus an der Kimm zurück, als das Boot wieder Kurs auf Hoek van Holland nahm.

Auf dem Flughafen Schiphol südlich von Amsterdam gingen die beiden Lotsen zu dem Hubschrauber der Hafenbehörde, der sie an Bord des Tankers bringen sollte. Es war ein Routineflug für sie; Hubschrauber hatten die Lotsenversetzdampfer längst verdrängt.

Der Erste Lotse, ein grauhaariger Mann, der 20 Jahre lang zur See gefahren war, das Patent als Kapitän auf Großer Fahrt besaß und seit 15 Jahren Maaslotse war, trug seinen »braunen Kasten«, ein Instrument, mit dessen Hilfe er die *Freya* bis auf einen Meter Wassertiefe genau steuern konnte. Er würde seinen Kasten an diesem Vormittag brauchen: Der Tanker fuhr beim Passieren der Untiefen nur sechs Meter über Grund und mußte anschließend durch den Inneren Kanal, der knapp 15 Meter breiter als die *Freya* war.

Als die Lotsen im Begriff waren, in den Hubschrauber zu klettern, dessen Rotorblätter sich bereits drehten, beugte sich der Pilot aus der Kanzel und machte eine abwehrende Handbewegung.

»Irgendwas scheint passiert zu sein!« Er brüllte wegen des Lärms vom Triebwerk. »Wir sollen warten! Ich stelle erst mal ab!«

Das Triebwerk verstummte; die Rotorblätter wurden langsamer und standen dann still.

»Was soll der Unsinn, verdammt noch mal?« fragte der jüngere Lotse. Der Hubschrauberpilot zuckte mit den Schultern.

»Keine Ahnung«, sagte er. »Anweisung von Maas Control. Es sieht so aus, als könne Kapitän Larsen Sie im Moment nicht brauchen.«

Dirk van Gelder, der Hafendirektor von Rotterdam, saß in seinem hübschen Landhaus bei Vlaardingen kurz vor 8 Uhr beim Frühstück, als das Telefon klingelte.

Seine Frau nahm den Hörer ab.

»Für dich!« rief sie und ging in die Küche zurück, wo die Kaffeemaschine lief. Van Gelder stand vom Frühstückstisch auf, legte seine Zeitung auf einen Stuhl und schlurfte in Pantoffeln in die Diele hinaus.

»Van Gelder«, meldete er sich. Er lauschte ein paar Sekunden. Plötzlich erstarrte er, während seine Brauen heftig zuckten.

»Hat er wirklich von Toten gesprochen?« Er fragte noch einmal nach und hörte dann wieder aufmerksam zu.

»Gut, ich komme!« Seine Stimme hatte ihre Festigkeit wiedergewonnen. »In einer Viertelstunde bin ich bei Ihnen.«

Van Gelder warf den Hörer auf die Gabel, streifte seine Pantoffeln ab und zog Schuhe und Jacke an. Zwei Minuten später öffnete er sein Garagentor. Als er in seinem Mercedes über den Kiesweg auf die Straße hinausschoß, bemühte er sich, nicht an seine geheimsten Ängste zu denken. »Großer Gott, nur keine Entführung!« murmelte er vor sich hin. »Bloß keine Entführung!«

Nachdem Kapitän Thor Larsen auf der Brücke der *Freya* den Hörer des UKW-Radiotelefons aufgelegt hatte, wurde er mit vorgehaltener Waffe zu einem Rundgang durch sein Schiff gezwungen. Im Lichtstrahl einer starken Taschenlampe sah er die großen Sprengladungen, die in den vorderen Ballasttanks weit unterhalb der Wasserlinie angebracht waren.

Als die Männer ihn über das Deck nach achtern führten, sah Larsen, wie draußen auf dem Wasser das Boot mit der Anlegemannschaft wendete und zur Küste zurückfuhr. Wenig später glitt ein kleiner Frachter auf Südkurs an der vor Anker liegenden Riesin vorbei und grüßte sie mit einem hellen Pfiff. Die *Freya* antwortete nicht.

Larsen sah auch die Sprengladungen in den Ballasttanks, die mittschiffs und achtern lagen. Den Farbenraum brauchte er nicht zu besichtigen; er wußte, wo er lag, und konnte sich vorstellen, wo dort der Sprengstoff deponiert worden war.

Um 8 Uhr 30, als Dirk van Gelder in das Gebäude der Leitstelle Maas Control stürmte, um sich die Tonbandaufnahme anzuhören, wurde Thor Larsen in seine Kabine zurückgeführt. Er hatte gesehen, daß einer der Terroristen, der sich gegen die Morgenkühle dick vermummt hatte, im Bug der *Freya* am Schanzkleid lehnte und Wache hielt. Ein zweiter war auf den Schornstein geklettert, saß auf der obersten Plattform fast 40 Meter über dem Wasserspiegel und suchte das Meer nach allen Richtungen ab. Ein dritter Mann stand auf der Brücke vor den Radarschirmen. Die technische Ausrüstung der *Freya* ermöglichte es ihm, im Umkreis von 48 Seemeilen die Wasseroberfläche und einen fast ebenso großen Bereich unter ihr zu beobachten.

Zwei von den sieben Terroristen hatten Larsen durch das Schiff geführt und ihn in seine Kabine begleitet: der Anführer und ein weiterer Mann. Zwei mußten sich irgendwo unter Deck aufhalten.

Der Anführer befahl Larsen, sich an den Tisch im Wohnraum zu setzen. Er tippte auf den Oszillator an seiner Hüfte.

»Zwingen Sie mich bitte nicht dazu, diesen roten Knopf zu drücken, Captain. Sie können sicher sein: Die Sprengladungen gehen hoch, falls jemand hier an Bord versucht, den Helden zu spielen, oder falls meine Forderungen nicht erfüllt werden. Lesen Sie jetzt bitte diesen Text hier.«

Er gab dem Kapitän einen mit Schreibmaschine getippten drei Seiten langen englischen Text. Larsen überflog ihn.

»Um neun Uhr lesen Sie die Botschaft über das Funktelefon dem Hafendirektor vor. Halten Sie sich strikt an die Vorlage. Keine Zusätze auf holländisch oder norwegisch. Keine Fragen. Nur diesen Text, verstanden?«

Larsen nickte grimmig. Die Kabinentür wurde geöffnet, und ein maskierter Terrorist kam herein. Er trug ein Tablett mit Rühreiern, Toast, Butter, Marmelade und Kaffee, das er zwischen die beiden Männer auf den Tisch stellte.

»Frühstück«, sagte der Anführer der Terroristen. Er wandte sich Larsen zu. »Essen Sie nur!«

Larsen aß nichts, sondern trank nur Kaffee. Er hatte in der vergangenen Nacht nicht geschlafen und war am Morgen zuvor um 7 Uhr aufgestanden. Seit 26 Stunden hatte er kein Auge zugetan, und voraussichtlich würde er auch nicht sobald dazu kommen. Der Kaffee hielt ihn vielleicht munter. Er vermutete, daß der Mann, der ihm gegenüber saß, ebenfalls seit über 24 Stunden nicht mehr geschlafen hatte.

Der Terroristenanführer gab dem Bewacher ein Zeichen, er könne die Kabine verlassen. Als die Tür sich hinter dem Mann schloß, war der Kapitän mit seinem Widersacher allein, aber der breite Tisch hinderte Larsen daran, sich auf den Fremden zu stürzen. Der andere hatte seine Pistole griffbereit neben sich auf den Tisch gelegt, außerdem trug er den Oszillator am Gürtel.

»Ich glaube nicht, daß wir Ihre Gastfreundschaft länger als dreißig, höchstens vierzig Stunden beanspruchen müssen«, sagte der Terrorist. »Aber wenn ich diese Wollmaske so lange tragen muß, ersticke ich. Sie haben mich noch nie gesehen und werden mich nie wieder sehen.«

Er zog sich die schwarze Wollmütze, die nur seine Augen freigelassen hatte, mit der linken Hand vom Kopf. Nun hatte Larsen einen Mann Anfang Dreißig mit braunen Augen und dunkelblondem Haar vor sich. Der Kapitän war verblüfft. Dieser Mann war seinem ganzen Auftreten nach Engländer. Aber Engländer entführten doch keine Tanker? Oder war er ein Ire? Gehörte er vielleicht der IRA an? Aber er hatte etwas von Freunden in einem deutschen Gefängnis erzählt.

Sollte er ein Araber sein? Mitglieder der PLO saßen in Deutschland in Haft. Außerdem verständigte er sich mit seinen Leuten in einer kaum bekannten Sprache. Larsen hatte zwar am Persischen Golf etwas Arabisch gehört und konnte keine Ähnlichkeit zwischen den beiden Sprachen entdecken, aber möglicherweise handelte es sich hier um einen Dialekt. Oder war der Mann doch ein Ire?

»Wie soll ich Sie nennen?« fragte er den Terroristen, den er nie als Andrej Drach oder Andrew Drake kennenlernen sollte. Der andere überlegte kurz, während er aß.

»Sie können mich ›Swoboda‹ nennen«, sagte er schließlich. »Der Name ist in meiner Heimat weit verbreitet. Und er hat auch eine Bedeutung. In meiner Sprache ist er das Wort für ›Freiheit‹.«

»Das ist kein Arabisch«, stellte Larsen fest. Der Mann lächelte zum erstenmal.

»Natürlich nicht! Wir sind keine Araber. Wir sind stolz darauf, ukrainische Freiheitskämpfer zu sein.«

»Und Sie glauben, daß Sie Ihre Freunde aus dem Gefängnis freipressen können?« fragte Larsen.

»Der Regierung bleibt keine andere Wahl«, behauptete Drake zuversichtlich. »Kommen Sie, es ist schon fast neun Uhr!«

12

09.00 bis 13.00 Uhr

»Maas Control, Maas Control, hier ›Freya‹. Bitte kommen.«

Kapitän Thor Larsens tiefe Stimme hallte durch den Kontrollraum der Leitstelle am äußersten Ausläufer von Hoek van Holland. In dem im ersten Stock gelegenen Raum waren die Vorhänge vor die großen, auf die Nordsee hinausführenden Fenster gezogen, damit die strahlende Vormittagssonne nicht die Bilder auf den Radarschirmen beeinträchtigte. Vier Männer hatten sich um das Mikrofon versammelt. Auch der Dienststellenleiter von Maas Control war inzwischen eingetroffen.

Dijkstra und Schipper hatten ihr Frühstück vergessen und taten noch immer Dienst. Hinter Dijkstra stand Dirk van Gelder bereit, um mit ihm den Platz zu tauschen, sobald der Anruf kam. An einem anderen Kontrollgerät überwachte einer der Lotsen der Tagschicht auf dem Radarschirm den Verkehr in der Maasmündung, dirigierte ein- und auslaufende Schiffe und sorgte dafür, daß sie genügend Abstand zur *Freya* hielten, deren riesiger Blip am Bildrand zu erkennen war.

Als der Anruf kam, überließ Dijkstra seinen Platz vor dem Mikrofon van Gelder. Der Hafendirektor umklammerte den Fuß des Tischmikrofons, räusperte sich und drückte auf die Sprechtaste.

»›Freya‹, hier Maas Control. Sprechen Sie bitte.«

Nicht nur in dem Gebäude, das aussah wie ein unten abgeschnittener Tower, den man an den Strand gesetzt hatte, lauschte man auf die Stimme von Kapitän Larsen. Das erste Gespräch zwischen der *Freya* und Maas Control war von zwei Schiffsfunkern aufgefangen worden, und in den vergangenen anderthalb Stunden hatte sich die Nachricht wie ein Lauffeuer unter den Funkoffizieren verbreitet. Jetzt hörte ein Dutzend von ihnen gespannt zu.

An Bord der *Freya* überlegte Larsen einen Moment lang, ob er auf Kanal 16 schalten und Radio Scheveningen um eine Sonderfrequenz zu Maas Control bitten sollte, auf der er nicht von allen Funkstationen abgehört werden konnte. Aber wer von dem Gespräch wußte, würde bald ebenfalls umschalten, deshalb blieb er auf Kanal 20.

»Maas Control, hier ›Freya‹. Ich möchte den Hafendirektor sprechen.«

»›Freya‹, hier ist der Hafendirektor Dirk van Gelder.«

»Hier ist Kapitän Thor Larsen von der ›Freya‹.«

»Ja, Kapitän Larsen, ich erkenne Ihre Stimme. Was können wir für Sie tun?«

Auf der Brücke der *Freya* tippte Drake mit dem Lauf seiner Pistole auf die Botschaft in Larsens Hand. Der Kapitän nickte, drückte auf die Sprechtaste und begann, den Text vorzulesen.

»Dies ist eine vorbereitete Erklärung. Unterbrechen Sie mich bitte nicht, und stellen Sie keine Fragen.

Die ›Freya‹ ist heute morgen um drei Uhr von bewaffneten Männern gekapert worden. Sie haben mir bewiesen, daß sie vor nichts zurückschrecken werden, um ihre Forderungen durchzusetzen.«

In der Leitstelle hörte van Gelder, wie einer der Männer hinter ihm erschrocken tief Luft holte. Er selbst hatte seit Jahren darauf gedrängt, daß Maßnahmen getroffen wurden, die diese schwimmenden Bomben vor Entführungen schützen konnten. Aber niemand hatte auf seine Warnungen gehört – und nun war es zu spät! Die Stimme drang wieder aus dem Lautsprecher. Das Aufnahmegerät war eingeschaltet, und die Tonbandspulen drehten sich.

»Meine Mannschaft wird in einem der untersten Räume des Schiffs hinter Stahltüren gefangengehalten. Sie kann sich nicht befreien. Es ist ihnen bisher kein Leid zugestoßen. Auf mich ist, während ich diesen Text verlese, eine Maschinenpistole gerichtet.

In der Nacht sind an strategisch wichtigen Punkten im Inneren der ›Freya‹ Sprengladungen angebracht worden. Ich habe diese Ladungen mit eigenen Augen gesehen und kann bestätigen, daß im Fall einer Explosion die ›Freya‹ versinken, die Besatzung augenblicklich sterben und eine Million Tonnen Rohöl in die Nordsee fließen würden.«

»Großer Gott!« ließ sich eine Stimme hinter van Gelder vernehmen. Mit einer ungeduldigen Handbewegung brachte der Hafendirektor den anderen zum Schweigen.

»Ich verlese jetzt die ersten Forderungen des Kommandos, das die ›Freya‹ besetzt hält.

Erstens: der Schiffsverkehr in folgendem Bereich muß sofort eingestellt werden: in dem Neunziggradsektor zwischen der ›Freya‹ und der holländischen Küste, dessen Mittelachse durch die jetzige Position des Tankers geht.

Zweitens: Kein Schiff darf sich außerhalb des genannten Sektors über oder unter Wasser der ›Freya‹ auf mehr als fünf Seemeilen nähern.

Drittens: Kein Flugzeug darf in Höhen unter zehntausend Fuß näher als fünf Seemeilen an die ›Freya‹ herankommen.

Ist das klar? Sie können jetzt antworten.«

Van Gelder hielt das Mikrofon krampfhaft umklammert.

»›Freya‹, hier Maas Control, Dirk van Gelder. Ja, wir haben verstanden. Ich sorge dafür, daß der Verkehr in dem Neunziggradsektor zwischen der ›Freya‹ und der holländischen Küste eingestellt wird und daß aus anderen Richtungen kein Schiff näher als fünf Seemeilen an Sie herankommt. Weiterhin verständige ich Amsterdam-Schiphol, damit alle Überflüge innerhalb eines Kreises mit einem Radius von fünf Seemeilen unter zehntausend Fuß untersagt werden. Kommen.«

Nach einer kurzen Unterbrechung meldete Larsen sich wieder.

»Wie ich soeben erfahren habe, wird jeder Verstoß gegen diese Anweisungen ohne weitere Warnung unverzüglich geahndet. Die ›Freya‹ pumpt entweder zwanzigtausend Tonnen Rohöl über Bord oder einer meiner Leute wird . . . hingerichtet. Haben Sie das verstanden? Antworten Sie bitte.«

Dirk van Gelder wandte sich an den Dienststellenleiter.

»Haben Sie gehört? Sorgen Sie dafür, daß alle Schiffe diesen Bereich verlassen! Und informieren Sie Schiphol! Keine Verkehrsmaschinen, keine Zivilflugzeuge, keine Hubschrauber mit Reportern, kapiert? Los, los, beeilen Sie sich!«

»Verstanden, Kapitän Larsen«, sagte er ins Mikrofon. »Noch etwas?«

»Ja«, antwortete die tiefe Stimme. »Die Verbindung zur ›Freya‹ wird jetzt bis zwölf Uhr unterbrochen. Ich melde mich dann wieder und möchte den holländischen Ministerpräsidenten und den westdeutschen Botschafter sprechen. Beide müssen persönlich anwesend sein. Das ist vorerst alles.«

Auf der Brücke der *Freya* nahm Drake dem Kapitän den Hörer aus der Hand und legte ihn auf. Dann machte er dem Norweger ein Zeichen, in seine Kabine zurückzukehren. Als sie wieder den breiten Tisch zwischen sich hatten, legte Drake seine Pistole aus der Hand und lehnte sich zurück. Dabei rutschte sein Pullover etwas nach oben, und Larsen sah den todbringenden Oszillator an dem Gürtel des Terroristen.

»Was tun wir jetzt?« fragte der Kapitän.

»Wir warten, während Europa allmählich durchdreht.«

»Ihnen ist klar, daß Sie nicht lebend davonkommen? Es ist Ihnen zwar gelungen, an Bord zu kommen, aber Sie können nicht mehr fort. Ihre Forderungen wird man möglicherweise erfüllen – aber wenn Sie das Schiff verlassen wollen, wird man Sie abfangen.«

»Ja, ich weiß«, sagte Drake. »Aber es macht mir nichts aus, zu sterben. Ich werde natürlich um mein Leben kämpfen, aber man wird mich töten – und ich werde töten, ehe ich es zulasse, daß mein Plan durchkreuzt wird.«

»Liegt Ihnen so viel an der Befreiung dieser beiden Männer in Westberlin?« fragte Larsen.

»Ja!« Ich kann Ihnen den Grund dafür nicht angeben, und wenn ich's täte, würden Sie ihn nicht verstehen. Hören Sie, die Menschen in meiner Heimat werden seit Jahrzehnten unterdrückt, verfolgt, eingesperrt, ermordet. Die Weltöffentlichkeit hat sich einen Dreck darum gekümmert! Jetzt drohe ich damit, einen einzigen Mann zu erschießen oder Westeuropa am Geldbeutel zu treffen – und Sie werden sehen, was das für ein Aufsehen gibt! Plötzlich droht eine Katastrophe. Aber die eigentliche Katastrophe geschieht nicht hier, jedenfalls sehe ich das nicht so – sie geschieht in meiner Heimat!«

»Wovon träumen Sie?« wollte Larsen wissen.

»Von einer freien Ukraine«, sagte Drake einfach. »Aber das läßt sich nur verwirklichen, wenn Millionen von Menschen sich erheben.«

»In der Sowjetunion?« fragte Larsen. »Ausgeschlossen! Dazu kommt es nie!«

»Es könnte dazu kommen«, widersprach Drake. »Denken Sie an die Aufstände in der DDR, in Ungarn und der Tschechoslowakei! Aber bevor es dazu kommt, müssen diese Menschen davon überzeugt werden, daß ihre Unterdrücker nicht unbesiegbar sind. Ist das geschehen, kann der Sturm losbrechen.«

»Kein Mensch wird Ihnen glauben«, sagte Larsen.

»Kein Mensch im Westen, da haben Sie recht. Es ist eigenartig: Hier glaubt niemand, daß meine Rechnung aufgeht – aber der Kreml weiß, daß sie stimmt.«

»Und für diesen ... Volksaufstand sind Sie bereit, Ihr Leben zu opfern?« fragte Larsen.

»Ja, wenn es sein muß. Es geht um meinen Traum. Ich liebe dieses Land und dieses Volk mehr als mein Leben. Das ist mein Vorteil: Hier gibt es im Umkreis von hundert Meilen keinen einzigen Menschen, der irgend etwas mehr liebt als sein Leben.«

Vierundzwanzig Stunden zuvor hätte Thor Larsen diesem Fanatiker vielleicht noch zugestimmt. Aber inzwischen war in dem bedächtigen Norweger eine Veränderung vorgegangen, die ihn selbst überraschte. Zum erstenmal in seinem Leben haßte er einen Menschen so sehr, daß er ihn am liebsten getötet hätte. Dein ukrainischer Traum ist mir egal, Mr. Swoboda, dachte er voll Zorn. Ich lasse nicht zu, daß du dafür meine Leute und mein Schiff opferst.

In Felixstowe an der Küste von Suffolk stand der Wachhabende der Küstenwache rasch vom Funkgerät auf und griff nach dem Telefon auf seinem Schreibtisch.

»Geben Sie mir das Umweltministerium in London«, befahl er der Telefonistin.

»Menschenskind, die Holländer sitzen ganz schön in der Patsche!« meinte sein Kollege, der ebenfalls das Gespräch zwischen der *Freya* und Maas Control mitgehört hatte.

»Nicht nur die Holländer«, widersprach der andere. »Sieh dir bloß die Karte an!«

An der Wand hing eine riesige Seekarte, die den südlichen Teil der Nordsee und das Nordwestende des Kanals zeigte. Gegenüber der Küste von Suffolk lag die Maasmündung. Der Wachhabende hatte in der Nacht den Ankerplatz der *Freya* mit Filzschreiber markiert: Er lag genau in der Mitte zwischen den beiden Küsten.

»Falls der Tanker hochgeht, ist die Küste zwischen Hull und Southampton ebenfalls betroffen, mein Junge!«

Wenige Minuten später sprach er mit einem der bei Ölkatastrophen zuständigen Beamten im Umweltministerium. Was der Wachhabende zu berichten hatte, veranlaßte den Beamten in London, seine erste Tasse Tee an diesem Morgen unbeachtet stehenzulassen.

Dirk van Gelder erreichte den Ministerpräsidenten zu Hause, als er gerade im Begriff war, in sein Büro zu fahren. Der Hafendirektor verlangte so dringend den Regierungschef zu sprechen, daß er schließlich mit ihm verbunden wurde.

»Jan Grayling«, meldete sich der Ministerpräsident. Während er van Gelder zuhörte, erstarrte sein Gesicht.

»Wer sind die Leute?« wollte er wissen.

»Keine Ahnung«, sagte van Gelder. »Kapitän Larsen hat eine vorbereitete Erklärung verlesen. Er durfte weder etwas ergänzen noch Fragen beantworten.«

»Vielleicht ist er zu der Behauptung, an Bord befänden sich Sprengladungen, genötigt worden«, meinte Grayling. »Vielleicht ist das Ganze ein Täuschungsmanöver.«

»Nein, das glaube ich nicht«, widersprach van Gelder. »Soll ich mit dem Tonband zu Ihnen kommen?«

»Ja, bitte sofort«, sagte der Ministerpräsident. »Ich erwarte Sie in meinem Büro.«

Graylings Verstand arbeitete auf Hochtouren, als er den Hörer auflegte und zu seiner wartenden Limousine hinausging. Wenn es sich bei der Botschaft der Terroristen um keine leere Drohung handelte, hatte dieser sonnige Frühlingsmorgen ihm die schlimmste Krise seit Beginn seiner Amtszeit beschert. Während die

Limousine anfuhr, lehnte er sich in die Polster des Wagens zurück und versuchte zu überlegen, was als erstes getan werden mußte. Selbstverständlich mußte er sofort eine Sondersitzung des Kabinetts einberufen. Die Presse würde nicht mehr lange auf sich warten lassen. Das Gespräch zwischen Tanker und Leitstelle war sicher von vielen Ohren mitgehört worden; bis 12 Uhr hatte bestimmt jemand die Zeitungen informiert.

Zahlreiche ausländische Regierungen mußten über ihre Botschaften von den Ereignissen unterrichtet werden. Und er mußte vor allem dafür sorgen, daß unverzüglich ein Krisenstab gebildet wurde. Wenigstens standen ihm seit den Entführungen durch die Südmolukker vor einigen Jahren Experten für solche Fälle zur Verfügung.

Als sein Wagen vor dem Regierungsgebäude hielt, sah Grayling auf seine Uhr. Es war 9 Uhr 30.

Das Wort »Krisenstab« lag auch in London in der Luft, ohne daß es bisher jemand ausgesprochen hatte. Sir Rupert Mossbank, der beamtete Staatssekretär im Umweltministerium, telefonierte mit Sir Julian Flannery, dem Kabinettssekretär.

»Unsere Informationen sind noch ziemlich ungenau«, sagte Sir Rupert. »Wir wissen weder, wer noch wie viele sie sind, was sie eigentlich wollen und ob sie tatsächlich Sprengladungen angebracht haben. Aber wenn vor der Maasmündung eine Million Tonnen Rohöl auslaufen sollten, hätten auch wir ziemlichen Ärger.«

Sir Julian überlegte kurz, während er aus seinem Bürofenster im ersten Stock auf Whitehall sah.

»Nett von dir, daß du mich gleich angerufen hast, Rupert«, antwortete er. »Ich informiere die Premierministerin am besten sofort. Könntest du inzwischen veranlassen, daß ein paar von euren besten Leuten eine Aufstellung über die möglichen Folgen machen, die sich bei der Explosion des Tankers ergeben könnten? Ölmengen, Verbreitungsgebiet, Strömungen, Geschwindigkeit, betroffene Küstenstriche und so weiter. Ich bin sicher, daß die Premierministerin so etwas verlangen wird.«

»Es wird bereits daran gearbeitet.«

»Ausgezeichnet! Schickst du mir die Unterlagen so schnell wie möglich herüber? Sie wird mal wieder alles ganz genau wissen wollen. Das will sie immer.«

Sir Julian hatte drei Premierministern gedient. Die jetzige Amtsinhaberin übertraf ihre beiden männlichen Vorgänger an Entschlußkraft und Verantwortungsbereitschaft bei weitem. Kein Wunder, daß es seit Jahren hieß, die Regierungspartei bestehe aus alten Weibern beiderlei Geschlechts, die zum Glück von einem richtigen Mann geführt würden: von Mrs. Joan Carpenter. Der Kabinettssekretär meldete sich bei ihr an und schritt im hellen Morgensonnenschein durch die Downing Street zum Haus Nummer 10 – zielbewußt, aber ohne Eile, wie es seine Art war.

Die Premierministerin saß seit 8 Uhr in ihrem Arbeitszimmer am Schreibtisch. Auf einem Beistelltisch stand ein Kaffeeservice aus feinem Porzellan; auf dem Teppich lagen drei geöffnete Aktenkoffer. Sir Julian bewunderte das Arbeitstempo dieser Frau: Sie arbeitete sich wie ein Reißwolf durch die hereinkommenden Akten und hatte bis 10 Uhr sämtliche Vorlagen entweder genehmigt, abgelehnt oder mit scharfsinnigen Fragen versehen.

»Guten Morgen, Ma'am.«

»Guten Morgen, Sir Julian. Ein herrlicher Tag, nicht wahr?«

»Ja, Ma'am. Leider hat er etwas äußerst Unangenehmes gebracht.«

Sir Julian nahm auf ihre Aufforderung hin Platz und schilderte ihr den Vorfall in der Nordsee. Die Premierministerin hörte aufmerksam zu, ohne ihn zu unterbrechen.

»Wenn das alles stimmt, könnte dieses Schiff – die ›Freya‹ – eine Umweltkatastrophe auslösen«, stellte sie nüchtern fest.

»Jawohl, Ma'am. Allerdings wissen wir noch nicht genau, ob sich solch ein gigantischer Tanker überhaupt mit Dynamit oder dergleichen versenken läßt. Aber darüber können uns natürlich Fachleute Auskunft geben.«

»Ich halte es für das Beste, einen Krisenstab einzuberufen«, sagte die Premierministerin. »Treffen die Informationen zu, soll er sich mit den zu erwartenden Auswirkungen beschäftigen. Erweisen sie sich als Gerücht, haben wir zumindest die Gelegenheit für eine realistische Übung wahrgenommen.«

Sir Julian zog die Augenbrauen hoch. Er wäre nie darauf gekommen, ein Dutzend Ministerien nur zu Übungszwecken zu alarmieren. Aber die Idee hatte einen gewissen Reiz.

Die Premierministerin und ihr Kabinettssekretär waren eine halbe Stunde lang damit beschäftigt, die Liste der notwendigen Experten zusammenzustellen.

Wegen Informationen über das Schiff selbst konnten sie sich an Lloyds wenden, wo es versichert war und wo bestimmt detaillierte Pläne von seinem Grund- und Aufriß vorlagen. Ein Tankerfachmann der Schiffahrtsabteilung von British Petroleum sollte diese Pläne studieren und die möglichen Auswirkungen einer Sprengung abschätzen.

Auskunft über Maßnahmen zur Bekämpfung einer Ölpest konnte am besten der Chefchemiker der Warren Spring Laboratories geben, des gemeinsam vom Handels- und Industrieministerium und dem Ministerium für Landwirtschaft, Fischerei und Ernährung betriebenen Forschungszentrums in Stevenage bei London.

Das Verteidigungsministerium sollte aus den Pioniertruppen einen Offizier, einen Sprengstoffexperten, aussuchen, und das Umweltministerium hatte Leute, die abschätzen konnten, wie die Katastrophe sich auf die Ökologie der Nordsee auswirken würde. Trinity House, die Zentrale für Lotsendienste an britischen Küsten, sollte um Auskunft über Gezeiten, Strömungen und deren Geschwindigkeiten gebeten werden. Der ständige Informationsaustausch mit ausländischen Regierungen fiel in den Aufgabenbereich des Außenministeriums, das einen Beobachter entsenden sollte.

Um 10 Uhr 30 schien die Liste vollständig zu sein. Sir Julian erhob sich, um zu gehen.

»Glauben Sie, daß die niederländische Regierung die Sache allein erledigen wird?« fragte die Premierministerin.

»Das läßt sich noch nicht absehen, Ma'am. Heute morgen haben die Terroristen angekündigt, daß sie Mr. Grayling ihre Forderungen nennen werden. Ich zweifle nicht daran, daß Den Haag sich die Lösung dieser Krise zutraut. Sollten die Forderungen jedoch unerfüllbar sein und deshalb der Tanker gesprengt werden, sind wir als Anliegerstaat auf jeden Fall betroffen.

Abgesehen davon haben wir in Europa die größte Erfahrung mit der Beseitigung von Schäden, die durch Tankerunfälle verursacht worden sind. Es ist also damit zu rechnen, daß die befreundeten Staaten jenseits der Nordsee uns um Hilfe bitten werden.«

»Dann ist es um so besser, wenn wir rechtzeitig darauf vorbereitet sind«, sagte die Premierministerin. »Noch etwas, Sir Julian. Wahrscheinlich wird es nicht dazu kommen, aber falls die Forderungen unerfüllbar sind, sollte man die Möglichkeit erwägen, das Schiff zu entern, um die Besatzung zu befreien und die Sprengladungen zu entschärfen.«

Sir Julian zuckte unbehaglich mit den Schultern. Er war sein Leben lang Beamter gewesen, seit er sein Studium in Oxford mit Auszeichnung abgeschlossen hatte. Seiner Überzeugung nach waren die meisten Probleme durch das geschriebene oder gesprochene Wort zu lösen, wenn man sich nur genügend Zeit dazu ließ. Er verabscheute jede Art von Gewaltanwendung.

»Ganz recht, Ma'am. Das wäre natürlich das äußerste Mittel. Wenn ich Sie recht verstehe, meinen Sie den harten Kurs!«

»Die Israelis haben die Geiseln in Entebbe befreit«, meinte die Premierministerin nachdenklich. »Die Deutschen haben das entführte Flugzeug in Mogadischu und die Holländer den Zug in Assen gestürmt, als ihnen keine andere Wahl mehr blieb. Nehmen wir einmal an, so eine Lage würde wieder eintreten . . .«

»Dann müßten sie wohl wieder zum gleichen Mittel greifen, Ma'am.«

»Glauben Sie, daß die holländischen Marinesoldaten einer solchen Aufgabe gewachsen wären?«

Sir Julian wählte seine Worte sorgfältig. Im Geist sah er bullige Marines in Whitehall herumstapfen. Nein, es war wirklich besser, wenn diese Leute ihre tödlichen Spiele weit draußen in Exmoor trieben!

»Wenn das Schiff auf See geentert werden müßte«, antwortete er, »käme meiner Ansicht nach eine Hubschrauberlandung nicht in Frage. Die Maschine würde von der Deckwache gesichtet, außerdem ist der Tanker natürlich mit einem Rundsichtradar ausgerüstet. Auch ein Überwasserfahrzeug könnte sich dem Schiff nicht unbeobachtet nähern. Hier handelt es sich nicht um ein abgestelltes Flugzeug oder einen stehenden Zug, Ma'am, sondern um ein Schiff, das über fünfundzwanzig Seemeilen vom Land entfernt vor Anker liegt.«

Damit war das Thema hoffentlich erledigt.

»Welche Chancen hätten bewaffnete Taucher oder Froschmänner, sich dem Tanker zu nähern?«

Sir Julian schloß kurz die Augen. Bewaffnete Froschmänner! Manche Politiker lasen anscheinend zu viele Romane.

»Bewaffnete Froschmänner, Ma'am?«

Die klaren blauen Augen beobachteten ihn unverwandt. »Soviel ich weiß«, sagte die Premierministerin laut und deutlich, »gehören unsere Kampfschwimmer zu den besten Europas.«

»Das halte ich durchaus für möglich, Ma'am.«

»Und wer ist für sie zuständig?«

»Sie gehören zum Special Boat Service, Ma'am.«

»Wer ist in Whitehall der Verbindungsoffizier zu den Special Services?«

»Ein Colonel der Royal Marines im Verteidigungsministerium. Er heißt Holmes.«

Das konnte heiter werden! Das in der Öffentlichkeit bekanntere Gegenstück des SBS, der Special Air Service oder SAS, hatte die Deutschen in Mogadischu unterstützt und war bei der Belagerung in der Balcombe Street eingesetzt worden. Harold Wilson war ganz versessen darauf gewesen, alle Einzelheiten der tödlichen Spiele zu erfahren, die diese Rauhbeine mit ihren Gegnern trieben. Jetzt würden sie eine weitere James-Bond-Nummer aufziehen.

»Bitten Sie Colonel Holmes, an den Sitzungen des Krisenstabs teilzunehmen – natürlich nur in beratender Funktion.«

»Selbstverständlich, Ma'am.«

»Und lassen Sie UNICORNE zusammentreten. Ich möchte, daß Sie den Vorsitz übernehmen, sobald die Forderungen der Terroristen bekannt sind.«

Jenseits der Nordsee hatte sich in den Niederlanden bereits am Vormittag eine hektische Aktivität entwickelt.

In seinem Amtssitz in der küstennahen Hauptstadt Den Haag

beriefen Ministerpräsident Grayling und seine Mitarbeiter einen Krisenstab ein, dessen Zusammensetzung dem von Mrs. Carpenter in London im großen und ganzen entsprach. Über zwei Punkte mußte man sich so schnell wie möglich Klarheit verschaffen.

Erstens: welches waren die Ausmaße jeder nur vorstellbaren menschlichen oder ökologischen Tragödie, die durch die Sprengung eines Tankers wie der *Freya* bewirkt werden konnte? Zweitens: welche Möglichkeiten standen der niederländischen Regierung in so einem Fall offen?

Dirk van Gelder, der Grayling das Tonband mit der Neunuhrnachricht der *Freya* gebracht hatte, fuhr auf Anweisung des Ministerpräsidenten nach Hoek van Holland zurück, um sich in der Leitstelle für den Fall bereitzuhalten, daß die Terroristen sich vor 12 Uhr meldeten.

Der Hafendirektor nahm dort um 10 Uhr 30 Harry Wennerströms Anruf entgegen. Der alte Großreeder, der in seiner Dachterrassensuite im Rotterdamer *Hilton*-Hotel erst spät gefrühstückt hatte, wußte noch nichts von den Vorgängen an Bord seines Schiffs. Niemand hatte daran gedacht, ihn zu benachrichtigen.

Wennerström rief an, um sich nach der augenblicklichen Position der *Freya* zu erkundigen. Er ging davon aus, daß sie sich bereits im Äußeren Kanal des Euroports befand, die Boje Eins passiert hatte und nun mit kleiner Fahrt und Kurs 82,5 Grad den Inneren Kanal ansteuerte. Der Reeder wollte gegen Mittag zusammen mit seinen Ehrengästen von Rotterdam abfahren, um mit ihnen beim Einlaufen der *Freya* zugegen zu sein.

Van Gelder entschuldigte sich für den unterbliebenen Anruf und erklärte Wennerström vorsichtig, was sich zwischen 7 und 9 Uhr ereignet hatte. Am anderen Ende der Leitung herrschte zunächst Schweigen. Van Gelders Nacken verkrampfte sich. Würde Wennerström jetzt das Toben anfangen, weil man dort draußen hinter dem westlichen Horizont sein Schiff gekapert hatte, das 170 Millionen Dollar gekostet hatte und mit seiner Rohölladung nahezu das Doppelte wert war? Aber der Reeder sagte nur:

»Dort draußen sind dreißig meiner Seeleute, Mr. van Gelder. Ich warne Sie: Wenn einem einzigen von ihnen etwas zustößt, weil die Forderungen der Terroristen nicht erfüllt werden, ziehe ich die niederländischen Behörden zur Verantwortung.«

»Wir tun, was in unserer Macht steht«, antwortete van Gelder, der früher selbst Kapitän gewesen war. »Der von den Terroristen verlangte Sicherheitsabstand zur ›Freya‹ wird von allen Schiffen und Flugzeugen strikt eingehalten. Ihre eigentlichen Forderungen haben die Männer noch nicht genannt. Der Ministerpräsident kommt mittags hierher, um die nächste Nachricht von Kapitän Larsen in Empfang zu nehmen.«

Harry Wennerström ließ den Hörer sinken und starrte aus dem riesigen Fenster seiner Suite nach Westen, wo sein Schiff auf See vor Anker lag.

Eine seiner Sekretärinnen betrat das Zimmer. Der alte Mann wandte sich um. »Sagen Sie alle Veranstaltungen ab: die Fahrt zu Maas Control, das Sektfrühstück, die Pressekonferenz und den Abendempfang. Ich fahre weg.«

»Wohin, Mr. Wennerström?« fragte die junge Frau überrascht.

»Zu Maas Control. Allein. Sorgen Sie dafür, daß mein Wagen vorgefahren ist, wenn ich in der Hotelhalle angekommen bin.«

Mit diesen Worten verließ der Alte seine Suite und stapfte zum Lift.

Um die *Freya* herum leerte sich die Nordsee von Schiffen. Die holländischen Radarlotsen, die eng mit ihren britischen Kollegen in Flamborough Head und Felixstowe zusammenarbeiten, leiteten den Schiffsverkehr über westlichere Routen, von denen die der *Freya* am nächsten gelegene in einem Abstand von sechs Seemeilen an dem Tanker vorbeiführte.

Östlich der *Freya* wurde in der von den Terroristen angegebenen Zone die Küstenschiffahrt eingestellt. Kein Schiff durfte Europort und Rotterdam anlaufen oder verlassen. Wütende Kapitäne, die sich über Funk bei Maas Control beschwerten, erhielten nur knappe Auskunft: Es handle sich um einen Notfall, und sie seien aufgefordert, das Seegebiet, dessen Koordinaten ihnen hiermit bekanntgegeben würden, unter allen Umständen zu meiden.

Es erwies sich als unmöglich, die Presse auszuschalten. Dutzende von Journalisten aus dem In- und Ausland hielten sich bereits in Rotterdam auf, um das für den Nachmittag angekündigte triumphale Einlaufen der *Freya* mitzuerleben. Bis 11 Uhr waren die Zeitungsleute aufmerksam geworden: die einen wegen der abgesagten gemeinsamen Fahrt nach Hoek van Holland, wo sie das Einlaufen der *Freya* in den Inneren Kanal hätten beobachten sollen, die anderen wegen der zahlreichen Hinweise von Funkamateuren, die den Tankersprechfunk abgehört hatten.

Kurz nach 11 Uhr klingelten in Harry Wennerströms Apartement pausenlos die Telefone. Aber der Reeder hatte das Hotel verlassen, und seine Sekretärinnen waren nicht informiert. Ein Teil der Journalisten wandte sich an Maas Control und wurde nach Den Haag verwiesen. In der niederländischen Hauptstadt verband man sie auf Anordnung des Ministerpräsidenten mit seinem Pressereferenten, der ihre Fragen so weit wie möglich abzuwehren versuchte.

Der auffällige Mangel an Informationen machte die Journalisten nur noch neugieriger. Sie meldeten ihren Redaktionen, daß es im Zusammenhang mit der *Freya* einen ernsthaften Zwischenfall gegeben haben müsse. Die Zeitungen entsandten daraufhin weitere Reporter, die sich vor Maas Control versammelten, aber nicht in das mit einem Maschendrahtzaun gesicherte Gelände der Leitstelle eingelassen wurden. Auch in Den Haag belagerten die Journalisten die einzelnen Ministerien, vor allem aber den Amtssitz des Ministerpräsidenten.

Die Redaktion von *De Telegraaf* erfuhr von einem Funkamateur, an Bord der *Freya* befänden sich Terroristen, die um 12 Uhr über Kanal 20 ihre Forderungen bekanntgeben wollten. Der Chefredakteur veranlaßte sofort, daß die Frequenz abgehört und ein Tonbandgerät bereitgestellt wurde, mit dem die Botschaft aufgenommen werden sollte.

Ministerpräsident Grayling telefonierte mit Konrad Voss, dem deutschen Botschafter, und berichtete ihm vertraulich von den Ereignissen vor der Maasmündung. Voss setzte sich unverzüglich mit Bonn in Verbindung. Eine halbe Stunde später teilte er dem holländischen Ministerpräsidenten mit, er werde ihn selbstverständlich nach Hoek van Holland begleiten, wie es die Terroristen verlangt hatten. Im übrigen sei die Bundesregierung selbstverständlich bereit, in jeder denkbaren Form Hilfe zu leisten.

Das niederländische Außenministerium informierte höflichkeitshalber die Botschafter aller betroffenen Staaten: Schweden, unter dessen Flagge die *Freya* fuhr und woher der größte Teil der Besatzung kam; Norwegen, Finnland und Dänemark, die ebenfalls Leute an Bord des Tankers hatten; die USA, weil vier Männer in der Mannschaft Amerikaner skandinavischer Abstammung waren und zwei Staatsbürgerschaften besaßen; Großbritannien als Anliegerstaat und weil Schiff und Ladung bei Lloyds in London versichert waren; Belgien, Frankreich und die Bundesrepublik Deutschland als Anrainerstaaten.

In neun europäischen Hauptstädten liefen die Telefone in den Ministerien, Behörden und Zeitungsredaktionen, bei Versicherungen, Schiffsmaklern und Privatleuten heiß. Für Tausende, die in staatlichen Dienststellen, Banken, Reedereien und Versicherungen, bei den Streitkräften und der Presse arbeiteten, versank die Aussicht auf ein ruhiges Wochenende an diesem Freitagvormittag in der glatten blauen Nordsee, auf der im warmen Frühlingssonnenschein eine Millionen-Tonnen-Bombe lag: die *Freya*.

Harry Wennerström hatte die Hälfte der Strecke nach Hoek van Holland zurückgelegt und Schiedam erreicht, wo auf dem Flughafen sein Privatjet abgestellt war. Der Reeder war gerade im Begriff, aus dem Ort hinauszufahren, um auf die Autobahn nach Vlaardingen zu kommen, als ihm eine Idee durch den Kopf schoß. Er griff nach dem Hörer des Autotelefons und rief seine Chefsekretärin im *Hilton* an, die noch immer damit beschäftigt war, die Anrufe der Reporter entgegenzunehmen. Als Wennerström beim dritten Versuch durchkam, gab er ihr detaillierte Anweisungen für die beiden Piloten seiner Maschine.

»Außerdem«, fügte er hinzu, »brauche ich den Namen und die Telefonnummer des Polizeichefs von Alesund. Ja, Alesund in Norwegen. Sobald Sie die Nummer haben, rufen Sie ihn an und sagen ihm, er soll in Reichweite des Telefons bleiben und meinen Anruf erwarten.«

Lloyd's Shipping Intelligence war kurz nach 10 Uhr benachrichtigt worden. Ein britischer Trockengutfrachter war um 9 Uhr in die Maasmündung eingelaufen, als die *Freya* Maas Control gerufen hatte. Der Funkoffizier hatte das Gespräch mitstenografiert und seinem Kapitän vorgelesen. Wenige Minuten später diktierte er es dem Agenten ihrer Reederei in Rotterdam, der es an die Londoner Zentrale weitergab. Die Reederei hatte Lloyds in Colchester, Essex, informiert.

Von dort aus wurde einer der Vorstandsvorsitzenden der 25 unabhängigen Versicherungsgesellschaften benachrichtigt. Das Konsortium, das die 170 Millionen Dollar teure *Freya* versicherte, mußte groß sein; ebensogroß wie die Firmengruppe, die mit Clint Blake in Texas einen Versicherungsvertrag über die eine Million Tonnen Rohöl geschlossen hatte. Aber die riesigen Werte, die der Tanker und seine Ladung darstellten, waren gering im Vergleich zu der Haftpflichtversicherung der *Freya*.

Kurz vor Mittag starrte der Vorstandsvorsitzende von Lloyds in seinem Büro hoch über der Londoner City die Zahlen auf seinem Notizblock an.

»Im schlimmsten Fall müssen wir mit einer Milliarde Dollar Verlust rechnen«, sagte er zu seinem Vorstandsassistenten. »Wer *sind* diese Leute eigentlich, verdammt noch mal?«

Der Anführer dieser Leute befand sich im Auge des Tornados. Er saß in dem Wohnraum unter der Brücke der *Freya* dem bärtigen norwegischen Kapitän gegenüber. Die Sonne schien warm durch die Fenster, deren Vorhänge geöffnet waren und den Blick über das stille Vorderdeck freigaben, das sich 400 Meter weit bis zur Back erstreckte. Am Schanzkleid im Bug war die kleine Gestalt eines Mannes zu erkennen, der die glitzernde blaue See vor dem Schiff beobachtete. So weit das Auge reichte, lag das Meer glatt da und wurde nur gelegentlich von einer flauen Brise gekräuselt.

Die Temperatur im Inneren der Kabine war gleichbleibend angenehm, denn die Klimaanlage hatte zu kühlen begonnen, als die Sonne heißer durch das Isolierglas schien.

Seit ihrem Gespräch am Morgen hatten die beiden Männer die meiste Zeit geschwiegen. Das Warten begann allmählich an den Nerven zu zerren. Beide Männer wußten, daß in den Staaten diesseits und jenseits des Kanals hektische Betriebsamkeit herrschte; man würde versuchen, möglichst genau festzustellen, was nachts an Bord der *Freya* passiert war, und überlegen, wie man nun vorgehen solle.

Larsen wußte, daß niemand etwas unternehmen würde, bevor die Terroristen nicht ihre Forderungen bekanntgegeben hatten. Der Anführer war recht geschickt vorgegangen, indem er dafür gesorgt hatte, daß die Behörden vor einem Rätsel standen. Er hatte Larsen dazu gezwungen, das Gespräch mit Maas Control zu führen, damit seine eigene Stimme nicht auf einem Tonband festgehalten und analysiert werden konnte und vielleicht einen Hinweis auf seine Herkunft oder Identität gab. Der Terrorist, der sich Swoboda nannte, blieb für die Männer, die er herausgefordert hatte, ohne Gestalt. Das würde ihr Selbstvertrauen schwächen.

Außerdem hatte er dafür gesorgt, daß der Presse reichlich Zeit blieb, von der Besetzung des Schiffes zu erfahren; er ließ sie das mögliche Ausmaß der Katastrophe, die durch die Sprengung der *Freya* hervorgerufen werden konnte, genau abschätzen. Dadurch wurden die Regierungen bereits unter Druck gesetzt, noch bevor die Forderungen der Terroristen bekannt waren. Wurden sie dann bekanntgegeben, würden sie im Vergleich zu der Drohung bescheiden wirken. Die zuständigen Leute würden unter noch stärkeren Druck geraten und kaum Zeit haben, die Forderungen zu prüfen.

Larsen, der die Forderungen bereits kannte, konnte sich nicht vorstellen, daß die Behörden sie ablehnen würden. Die Alternative war zu schrecklich. Hätte Swoboda lediglich einen Industriellen entführt, wie deutsche Terroristen Hanns-Martin Schleyer verschleppt hatten, oder einen Politiker gekidnappt, wie die Roten Brigaden Aldo Moro, hätte er seine Freunde vielleicht nicht freipressen können. Aber er hatte es in der Hand, fünf Küsten, ein Meer, dreißig Menschenleben und einen beladenen Supertanker zu vernichten.

»Warum sind diese beiden Männer so wichtig für Sie?« fragte Larsen plötzlich.

»Sie sind Freunde.«

»Nein«, widersprach Larsen. »Ich erinnere mich gut daran, im Januar gelesen zu haben, daß es sich um zwei Juden aus Lwow handelt, die keine Ausreisegenehmigung erhalten und deshalb eine sowjetische Verkehrsmaschine entführt und zur Landung in Westberlin gezwungen haben. Sollen die Ihren Volksaufstand anführen?«

»Das geht Sie nichts an!« schnitt der Terrorist das Gespräch ab. »Es ist fünf vor zwölf, Captain. Wir gehen auf die Brücke zurück.«

Auf der Brücke hatte sich nichts verändert, wenn man davon absah, daß in einer Ecke zusammengerollt ein Terrorist schlief, der noch immer seine MP umklammert hielt. Sowohl er wie der andere, der vor den Radar- und Sonarschirmen Wache hielt, waren maskiert.

Swoboda fragte ihn etwas in der Sprache, von der Larsen jetzt wußte, daß es Ukrainisch war. Der Mann schüttelte den Kopf und antwortete in der gleichen Sprache. Auf Swobodas Befehl richtete der Maskierte seine MP auf Larsen.

Swoboda trat an das Radargerät. Im Westen, Süden und Norden war das Meer im Umkreis von fünf Seemeilen frei von Schiffen. Auch im Osten war kein Blip zwischen dem Ankerplatz der *Freya* und der holländischen Küste zu erkennen. Der Terroristenanführer trat auf die Brückennock hinaus, drehte sich um und brüllte eine Frage in Richtung des Schornsteins. Larsen hörte den Mann von seinem Aussichtsplatz antworten. Swoboda kam auf die Brücke zurück.

»Kommen Sie«, forderte er den Kapitän auf, »Ihre Zuhörer warten sicher schon. Aber keine Tricks, sonst erschieße ich einen Ihrer Seeleute.«

Larsen griff nach dem Hörer und drückte auf den Sprechknopf.

»Maas Control, hier ›Freya‹. Bitte kommen.«

Er ahnte nicht, daß dieser Anruf von mehr als 50 Dienststellen aufgenommen wurde. Fünf große Nachrichtendienste hörten mit: die amerikanische National Security Agency, der britische SIS, der französische SDECE, der deutsche BND und das sowjetische KGB. Die holländischen, belgischen und schwedischen Geheimdienste gehörten ebenfalls zu den aufmerksamen Zuhörern. Schiffsfunker, Funkamateure und Journalisten saßen an ihren Empfangsgeräten, als eine Stimme aus Hoek van Holland antwortete: »›Freya‹, hier Maas Control. Bitte kommen.«

Thor Larsen warf einen Blick auf den Text, der vor ihm lag.

»Hier ist Kapitän Thor Larsen. Ich möchte den niederländischen Ministerpräsidenten sprechen.«

Aus Hoek van Holland meldete sich eine Stimme, die wie der Kapitän englisch sprach.

»Kapitän Larsen, hier ist Jan Grayling. Wie geht es Ihnen und Ihren Leuten?«

Auf der *Freya* bedeckte Swoboda Larsens Sprechmuschel mit einer Hand.

»Keine Fragen!« fauchte er. »Erkundigen Sie sich nur, ob der westdeutsche Botschafter da ist, und lassen Sie sich seinen Namen nennen.«

»Stellen Sie mir bitte keine Fragen«, sagte Larsen zu dem Ministerpräsidenten. »Ich darf nicht antworten. Ist der westdeutsche Botschafter bei Ihnen?«

In der Leitstelle wurde das Mikrofon an Konrad Voss weitergegeben.

»Hier ist der Botschafter der Bundesrepublik Deutschland«, sagte er. »Mein Name ist Konrad Voss.«

Auf der Brücke der *Freya* nickte Swoboda Larsen zu.

»Ist in Ordnung«, sagte er zufrieden. »Sie können jetzt den Text vorlesen, Captain.«

Die um das Kontrollpult in Maas Control versammelten sechs Männer – ein Ministerpräsident, ein Botschafter, ein Psychiater, ein Funktechniker, der sich für den Fall bereithielt, daß technische Störungen auftraten, der Hafendirektor und der Wachhabende lauschten atemlos. Der Sprechfunkverkehr mit den anderen Schiffen wurde jetzt über einen freien Kanal abgewickelt. Die beiden Aufnahmegeräte liefen lautlos. Der Lautstärkeregler war weit aufgedreht; Thor Larsens Stimme hallte durch den Raum.

»Ich wiederhole, was ich Ihnen heute morgen um neun Uhr mitgeteilt habe. Die ›Freya‹ befindet sich in der Hand von bewaffneten Männern. An Bord sind Sprengladungen angebracht worden, deren Explosion das Schiff zerreißen würde. Diese Sprengsätze können auf Knopfdruck gezündet werden. Ich wiederhole: Sie können auf Knopfdruck gezündet werden. Es darf kein Versuch unternommen werden, die ›Freya‹ zu entern oder anzugreifen. In einem solchen Fall würde die Sprengung sofort ausgelöst. Die

Verantwortlichen sind eher bereit zu sterben, als nachzugeben. Sollte der Versuch gemacht werden, sich der ›Freya‹ zu Wasser oder aus der Luft zu nähern, wird einer meiner Männer hingerichtet – oder zwanzigtausend Tonnen Öl werden über Bord gepumpt.

Dies sind die Forderungen: Die politischen Häftlinge Dawid Lasareff und Lew Mischkin, die sich im Augenblick im Westberliner Gefängnis Tegel befinden, sind freizulassen. Sie sind mit einer deutschen Maschine von Westberlin nach Israel auszufliegen. Der israelische Ministerpräsident muß öffentlich die Versicherung abgeben, daß die beiden Männer weder an die Sowjetunion ausgeliefert noch in die Bundesrepublik zurücküberstellt werden. Die Freilassung hat morgen früh bei Tagesanbruch zu erfolgen. Israel muß Mischkin und Lasareff Straffreiheit und bis Mitternacht freies Geleit zusichern.

Werden diese Forderungen nicht erfüllt, tragen Westdeutschland und Israel die Verantwortung für alle Folgen. Das ist unser letztes Wort. Wir nehmen erst wieder Verbindung auf, wenn unsere Forderungen erfüllt sind.«

Nachdem Larsens Stimme verklungen war, herrschte im Kontrollraum betroffenes Schweigen. Jan Grayling sah zu Botschafter Voss hinüber. Der Deutsche zuckte mit den Schultern.

»Ich muß sofort mit Bonn telefonieren«, sagte er.

»Ich kann Ihnen sagen, daß Kapitän Larsen unter beträchtlichem Streß steht«, ließ sich der Psychiater vernehmen.

»Vielen Dank!« Grayling konnte die Ironie in seiner Stimme nicht unterdrücken. »Das trifft wohl auf uns alle zu ... Meine Herren, was wir eben gehört haben, dürfte innerhalb einer Stunde an die Öffentlichkeit gedrungen sein. Ich schlage vor, daß wir in unsere Büros zurückfahren. Ich werde eine kurze Erklärung für die Einuhrnachrichten vorbereiten. Herr Botschafter, ich fürchte, daß der Druck sich jetzt auf Bonn verlagern wird.«

»Allerdings! Ich muß so schnell wie möglich in die Botschaft zurück!«

»Dann fahren Sie am besten mit mir«, schlug Grayling ihm vor. »Wir können uns unterwegs noch beraten.«

Ihre Mitarbeiter nahmen die beiden Tonbänder mit, und die

Gruppe fuhr nach Den Haag zurück, das von Hoek van Holland mit dem Auto in einer Viertelstunde zu erreichen ist. Als die Wagen abgefahren waren, stieg van Gelder auf das Flachdach hinauf, auf dem Harry Wennerström seine Ehrengäste mit Champagner und Lachsbrötchen hatte bewirten wollen, während sie dem Einlaufen der *Freya* zusahen.

Vielleicht kommt sie jetzt nie mehr, dachte van Gelder und starrte auf das blaue Wasser hinaus. Er war Kapitän in der holländischen Handelsmarine gewesen, bevor er seßhaft geworden war, um mehr Zeit für seine Familie zu haben. Als Seemann dachte er an die tief unter den Wellen in der *Freya* eingesperrte Besatzung, die hilflos wartete – auf ihre Rettung oder ihren Tod. Aber als Seemann hatte er nichts mit den Verhandlungen zu tun. Sie waren ihm jetzt aus der Hand genommen. Gewandtere Männer, die in politischen statt menschlichen Begriffen dachten, würden sie nun übernehmen.

Er rief sich den hünenhaften Kapitän vor Augen, den er von Bildern her kannte, stellte sich vor, wie Larsen den Fanatikern gegenüberstand, die mit Schußwaffen und Sprengstoff ausgerüstet waren, und fragte sich, wie der Norweger in dieser Situation reagieren mochte. Van Gelder hatte immer wieder darauf hingewiesen, daß die Supertanker ungeschützt und deshalb höchst gefährdet waren. Aber finanzielle Erwägungen hatten den Ausschlag gegeben: Die Kosten für Sicherheitseinrichtungen, die die Tanker wie Banken und Sprengstofflager – was diese Schiffe in gewisser Weise beides waren – schützen sollten, hatten sich scheinbar als zu hoch erwiesen. Die Öffentlichkeit war besorgt wegen der Flugzeuge, die auf Wohnhäuser stürzen konnten, aber sie war gleichgültig gegenüber den Tankern, die außer Sichtweite die Meere befuhren. Dies war der Grund, weshalb die Politiker nicht auf Sicherheitsmaßnahmen bestanden. Auch die Reeder waren nicht bereit, sie freiwillig einzuplanen. Weil Supertanker sich fast mühelos kapern ließen, mußten möglicherweise dreißig Seeleute wie Ratten in einem Strudel aus Öl und Wasser ersaufen.

Van Gelder warf einen letzten Blick auf die leere Kimm. »Ihr armen Schweine«, sagte er, »ihr verdammt armen Schweine! Wenn man nur auf mich gehört hätte . . .«

13

13.00 bis 19.00 Uhr

Die Reaktion der Nachrichtenmedien auf die um 9 Uhr durchgegebene erste Mitteilung der Terroristen war gedämpft und vorsichtig gewesen. Die Zuverlässigkeit der Informanten hatte nicht als sicher gelten können. Auf die um 12 Uhr übermittelten Forderungen reagierten Presse, Funk und Fernsehen geradezu hektisch.

Nach 12 Uhr gab es keinen Zweifel mehr darüber, was der *Freya* zugestoßen war und was Kapitän Larsen bei seinem Funkgespräch mit Maas Control gesagt hatte. Diesmal hatten zu viele Leute mitgehört.

Die um 10 Uhr formulierten Schlagzeilen für die Abendzeitungen wanderten in den Papierkorb. Die Schlagzeilen, die um 12 Uhr 30 in Druck gingen, waren größer und reißerischer und endeten nicht mehr mit Fragezeichen. Leitartikel wurden hastig aufgesetzt. Auf Schiffahrtswesen und Umweltschutz spezialisierte Journalisten stellten erste Berichte über die möglichen Folgen einer Sprengung der *Freya* zusammen.

An diesem Freitagmittag unterbrachen die Rundfunk- und Fernsehstationen in ganz Europa ihre Programme, um von der *Freya* zu berichten.

Um 12 Uhr 05 betrat ein Mann in Motorradkleidung mit festen Schritten die Eingangshalle des Gebäudes Fleet Street 85. Sein Gesicht war von dem Augenschirm seines Integralhelms verdeckt. Er gab einen Umschlag ab, der an den Nachrichtenredakteur der Press Association adressiert war. Niemand konnte sich später an ihn erinnern; jeden Tag kommen Dutzende solcher Boten herein.

Zehn Minuten später riß der Nachrichtenredakteur den Umschlag auf. Er enthielt einen Briefbogen, auf den der Wortlaut der vor einer Viertelstunde von Kapitän Larsen verlesenen Erklärung getippt worden war. Der Uhrzeitstempel auf dem Umschlag bewies, daß der Text schon vor dem Gespräch zwischen Larsen und Grayling geschrieben worden sein mußte. Der Nachrichtenredakteur informierte seinen Chef, und der verständigte die Polizei. Gleichzeitig ging der Text über die PA-Fernschreiber und hinauf zu Reuter, um von dort aus weltweit verbreitet zu werden.

Am Ende der Fleet Street warf Miroslaw Kaminski den Sturzhelm in eine Mülltonne, nahm ein Taxi zum Flughafen Heathrow und flog mit der 14-Uhr-Maschine nach Tel Aviv.

Um 14 Uhr verstärkte sich der von den Nachrichtenmedien auf die holländische und die deutsche Regierung ausgeübte Druck bereits. Keine der beiden Regierungen hatte Zeit, in Ruhe darüber nachzudenken, wie sie auf die Forderungen der Terroristen reagieren sollte. In beiden Hauptstädten wurden die Regierungen mit Anrufen überflutet, in denen sie aufgefordert wurden, Mischkin und Lasareff freizulassen, um die Katastrophe abzuwenden.

Kurz vor 13 Uhr telefonierte der deutsche Botschafter von Den Haag aus mit dem Außenminister in Bonn, der nach dem Gespräch den Bundeskanzler beim Mittagessen am Schreibtisch unterbrach. Der Text des um 12 Uhr gestellten Ultimatums lag in Bonn bereits in zweifacher Ausfertigung vor – einmal vom Bundesnachrichtendienst und einmal als Meldung des Nachrichtenbüros Reuter. Auch alle deutschen Zeitungsredaktionen hatten die Reuter-Meldung erhalten, und die Telefonanschlüsse des Bundespresseamts waren bereits hoffnungslos überlastet.

Um 13 Uhr 45 teilte das Bundeskanzleramt in einer Presseerklärung mit, für 15 Uhr sei eine Sondersitzung des Kabinetts einberufen worden, auf der über die Situation beraten werden solle.

Der Direktor des Gefängnisses Tegel legte seinen Telefonhörer wenige Minuten nach 14 Uhr mit stiller Ehrfurcht auf. Es kam nicht alle Tage vor, daß der Bundesminister der Justiz auf den protokollgerechten Umweg über den Regierenden Bürgermeister von Berlin verzichtete und ihn direkt anrief.

Er nahm den Hörer des zweiten Telefons ab und sprach kurz mit seiner Sekretärin. Der Berliner Justizsenator würde ihm später zweifellos dieselben Anweisungen erteilen, aber solange der Regierende Bürgermeister beim Mittagessen und damit unerreichbar war, hielt der Gefängnisdirektor sich an die Empfehlungen aus Bonn.

Drei Minuten später betrat einer der Oberaufseher sein Büro.

»Haben Sie die Vierzehnuhrnachrichten gehört?« fragte der Gefängnisdirektor.

Es war erst 14 Uhr 05. Der Aufseher erklärte, er sei auf einem Kontrollgang gewesen, als das Sprechgerät in seiner Brusttasche gesummt habe und er aufgefordert worden sei, sich beim Direktor zu melden. Nein, er habe die 14-Uhr-Nachrichten nicht gehört. Der Direktor erzählte ihm von der Forderung der Terroristen an Bord der *Freya*. Der Aufseher starrte ihn mit offenem Mund an.

»Schöne Geschichte!« meinte der Gefängnisdirektor ärgerlich. »Wahrscheinlich werden wir bald von Reportern belagert. Ich habe Anweisung gegeben, daß alle Besucher abgewiesen werden sollen. Für Presseinformationen ist allein das Rathaus zuständig.«

Was Mischkin und Lasareff betrifft, so möchte ich, daß die Wachen in ihrem Stockwerk und vor allem in ihrem Korridor verdreifacht werden. Teilen Sie auch die Kollegen ein, die eigentlich dienstfrei haben, sonst bekommen wir nicht genügend Leute zusammen. Verlegen Sie alle Häftlinge aus diesem Korridor in andere Stockwerke. Sorgen Sie dafür, daß die beiden keinerlei Kontakt mit der Außenwelt haben. Das Bundeskriminalamt schickt mehrere Leute, die sie vernehmen werden, um rauszubekommen, wer ihre Freunde in der Nordsee sind. Noch Fragen?«

Der Oberaufseher schluckte und schüttelte den Kopf.

»Wir wissen nicht, wie lange diese Krise dauern wird«, fuhr der Direktor fort. »Wann wäre Ihr Dienst heute zu Ende?«

»Um achtzehn Uhr, Herr Direktor.«

»Bis Montagmorgen, acht Uhr?«

»Nein, Herr Direktor, bis Sonntag um Mitternacht. Ab nächster Woche habe ich Nachtschicht.«

»Ich muß Sie bitten, ausnahmsweise durchzuarbeiten«, sagte der Gefängnisdirektor. »Sie erhalten selbstverständlich Sonderurlaub, wenn alles vorüber ist. Aber ich möchte, daß Sie diese Aufgabe übernehmen.«

»Jawohl, Herr Direktor. Ich kümmere mich gleich um alles.«

Der Gefängnisdirektor, der sich im Umgang mit seinen Untergebenen gerne kameradschaftlich gab, kam hinter dem Schreibtisch hervor und klopfte dem Mann auf die Schulter.

»Sie sind ein guter Kerl, Jahn. Ich wüßte gar nicht, was wir ohne Sie täten.«

Major Mark Lathams Augen ruhten auf der Startbahn vor ihm. Als vom Kontrollturm die Startfreigabe durchgegeben wurde, nickte er seinem Kopiloten zu. Mit der linken Hand schob der jüngere Offizier langsam die vier Leistungshebel nach vorn; die vier Rolls-Royce-Triebwerke in den Flügelwurzeln lieferten aufheulend 20 000 Kilogramm Startschub. Die Nimrod Mk. II startete von dem RAF-Stützpunkt Kinloss und nahm von Schottland aus Südostkurs in Richtung Nordsee und Kanal.

Der 31jährige Major im Coastal Command war sich bewußt, daß er einen der besten U-Boot-Jäger und Marineaufklärer der Welt flog. Mit ihren verbesserten Triebwerken, ihrer verfeinerten Elektronik und ihrer längeren Flugdauer konnte die Nimrod im Tiefflug langsam und ruhig dicht über die Wellen dahingleiten und getauchte U-Boote orten; sie konnte aber auch Stunden um Stunden in großen Höhen fliegen, wobei zwei Triebwerke abgestellt wurden, um Treibstoff zu sparen, und ein riesiges Seegebiet beobachten. Zwölf Männer bildeten die Besatzung des Flugzeugs.

Die Radargeräte der Maschine orteten jedes Stück Metall auf der Wasseroberfläche; die elektronischen Kameras lieferten – unabhängig vom Wetter – Tag und Nacht gestochen scharfe Bilder, mit denen die Datalink-Computer an Bord gefüttert wurden. Nachdem die Aufnahmen analysiert worden waren, wurden sie elektronisch nach Kinloss oder an ein dem Datalink-System angeschlossenes Kriegsschiff übermittelt.

An diesem sonnigen Freitag hatte Latham den Auftrag, in 15 000 Fuß Höhe über der *Freya* zu kreisen, bis er abgelöst wurde.

»Wir haben sie auf dem Bildschirm, Skipper«, meldete Lathams Radarbeobachter über die Bordsprechanlage nach vorn. Im Rumpf der Nimrod saß der Beobachter vor seinem Radarschirm, erkannte die verkehrsfreie Zone um die *Freya* herum und verfolgte, wie der große Blip, der den Tanker darstellte, in die Schirmmitte vorrückte.

»Kameras ein«, befahl der Major ruhig. Unter dem Rumpf der Nimrod drehten sich die F-126-Tageslicht-Kameras wie Geschützrohre und erfaßten die *Freya*. Entfernung und Schärfe wurden automatisch geregelt. Der Teil der Flugzeugbesatzung, der in dem fensterlosen Rumpf der Maschine hockte, sah die *Freya* jetzt auf den Bildschirmen. Von nun an konnte das Flugzeug beliebige Manöver fliegen – die Kameras würden stets auf das Schiff gerichtet bleiben und ihre Position automatisch verändern, falls es die Flugbahn der Nimrod verlangte. Selbst wenn die *Freya* Fahrt aufnehmen sollte, würden sie wie Augen, die nie zu blinzeln brauchten, auf sie gerichtet bleiben, bis neue Anweisungen kamen.

»Und senden«, fügte Latham hinzu.

Die Aufnahmen wurden über Datalink nach Großbritannien gefunkt und von dort aus nach London übermittelt. Als die Nimrod die *Freya* überflog, legte sie sich in eine Linkskurve, und Major Latham konnte selbst auf das Schiff hinunterblicken. Das Zoomobjektiv einer Kamera, die unter ihm außen in der Bordwand angebracht war, holte Einzelheiten des Schiffs heran. Sie zeigte die einsame Gestalt des maskierten Terroristen im Bug, der zu dem winzigen, silberglänzenden Flugzeug fünf Kilometer über ihm aufsah. Sie holte den zweiten Terroristen auf dem Schornstein so nahe heran, daß seine schwarze Überziehmütze den Bildschirm füllte. Der Mann hielt eine Maschinenpistole an sich gedrückt.

»Da hocken die verdammten Kerle!« rief der Kameramann. Die Nimrod beschrieb einen weiten Kreis um den Liegeplatz der *Freya*. Sie flog mit eingeschaltetem Autopiloten, hatte zwei Triebwerke abgestellt und die Leistung der beiden anderen soweit verringert, daß die maximale Flugdauer gewährleistet war. Die Maschine führte ihren Auftrag aus: Sie kreiste, beobachtete, hielt Wache und übermittelte das Gesehene nach Großbritannien.

Mark Latham übergab die Maschine seinem Kopiloten, schnallte sich los und verließ das Cockpit. Er ging nach hinten, wo ein Eßplatz für vier Personen abgeteilt war, verschwand auf der Toilette, wusch sich die Hände und holte ein Fertiggericht aus dem Mikrowellenherd. Eigentlich eine ziemlich bequeme Art der Kriegführung, dachte er.

Der vor Sauberkeit strahlende Volvo des Polizeichefs von Alesund fuhr im Stadtviertel Bogneset, das fünfzehn Autominuten vom Zentrum entfernt lag, über die mit Kies bestreute Zufahrt eines ländlichen Bungalows. Der Wagen hielt am Feldsteinfundament der Veranda.

Trygve Dahl war ein Altersgenosse von Thor Larsen. Die beiden waren gemeinsam in Alesund aufgewachsen, und Dahl war in dem Jahr, in dem Larsen zur Handelsmarine gegangen war, in den Polizeidienst getreten. Dahl kannte Lisa Larsen, seit der Freund seine junge Frau nach der Hochzeit von Oslo hierher gebracht hatte. Dahls Kinder waren mit Kurt und Kristina Larsen befreundet, gingen mit ihnen in dieselbe Schule und segelten in den langen Sommerferien mit ihnen.

Herrgott noch mal! dachte er, während er aus dem Volvo stieg. Was soll ich ihr bloß sagen?

Lisa hatte sich am Telefon nicht gemeldet, als er sie zu erreichen versucht hatte. Die Kinder mußten noch in der Schule sein. Falls Lisa beim Einkaufen war, konnte sie jemanden getroffen haben, der ihr bereits alles erzählt hatte. Dahl klingelte an der Haustür. Als niemand aufmachte, ging er ums Haus herum in den Garten.

Lisa Larsen, die ihr Gemüse selbst zog, war gerade dabei, ein Frühbeet umzugraben. Sie sah lächelnd auf, als sie Dahl um die Ecke kommen sah.

Sie weiß noch nichts! dachte er. Lisa ließ ihren Spaten stecken, zog ihre Gartenhandschuhe aus und kam ihm entgegen.

»Wie nett, daß du mal vorbeikommst, Trygve!«

»Lisa, hast du heute die Morgennachrichten gehört?«

Seine Frage überraschte sie.

»Ich habe die Achtuhrnachrichten beim Frühstück gehört«, antwortete sie. »Seitdem arbeite ich hier draußen im Garten.«

»Du bist nicht ans Telefon gegangen?«

In ihre hellbraunen Augen trat ein besorgter Ausdruck. Ihr Lächeln verschwand.

»Es ist hier draußen nicht zu hören. Hast du versucht, anzurufen?«

»Hör zu, Lisa, du mußt jetzt ganz ruhig bleiben. Mit den Kindern ist alles in Ordnung. Es handelt sich um Thor.«

Sie wurde unter ihrer Sonnenbräune blaß. Trygve Dahl schilderte ihr kurz, was seit den frühen Morgenstunden weit im Süden vor Rotterdam passiert war.

»Soviel wir wissen, ist er gesund und unverletzt. Ihm wird auch nichts zustoßen. Die Deutschen lassen diese beiden Häftlinge bestimmt frei, und dann nimmt alles ein gutes Ende.«

Lisa weinte nicht. Sie stand ruhig und gefaßt zwischen ihren Kopfsalatstauden und sagte: »Ich will zu ihm, ich will in seiner Nähe sein.«

Trygve Dahl war erleichtert. Er hatte keine andere Reaktion von ihr erwartet, aber er war trotzdem erleichtert. Jetzt konnte er alles organisieren. So etwas lag ihm mehr.

»Harry Wennerströms Jet landet in zwanzig Minuten auf dem Flugplatz«, sagte er. »Ich fahre dich hin. Der Alte hat mich vor einer Stunde angerufen. Er hat gewußt, daß du nach Rotterdam willst, um näher bei Thor zu sein. Um die Kinder brauchst du dir keine Sorgen zu machen. Ich lasse sie von der Schule abholen, bevor sie von den Lehrern erfahren können, was geschehen ist. Wir kümmern uns um sie; die beiden können bei uns bleiben.«

Zwanzig Minuten säter saß Lisa in dem Volvo des Polizeichefs, der rasch nach Alesund zurückfuhr. Dahl benützte sein Autotelefon, um die Fähre zum Flugplatz aufzuhalten.

Wenige Minuten nach 13 Uhr 30 heulte die Gulfstream II, die mit dem blau-silbernen Wappen der Nordia Line versehen war, die Startbahn hinunter, zog über der Bucht hoch und nahm im Steigflug Kurs nach Süden.

Nachdem in den siebziger Jahren die Häufigkeit von Terroranschlägen rapide zugenommen hatte, fühlte sich die britische Regierung veranlaßt, ein Routineverfahren zu entwickeln, das in solchen Fällen angewandt werden konnte. Die Grundlage für dieses Verfahren bildet der sogenannte Krisenstab. Tritt eine Krise von dem Ausmaß ein, daß mehrere Ministerien betroffen sind, wird der Krisenstab einberufen. Vertreter der Ministerien versammeln sich an einem zentral gelegenen Ort im Regierungsviertel, um Informationen auszutauschen und Entscheidungen und Maßnahmen zu koordinieren. Der Versammlungsraum liegt jenseits des Rasens von Downing Street Nr. 10, ein Stockwerk unter dem Cabinet Office in Whitehall. Hier tritt die United Cabinet

Office Review Group (National Emergency) oder UNICORNE zusammen.

Der Sitzungssaal ist von kleineren Büros umgeben: In einem befindet sich eine Telefonvermittlung, über die UNICORNE über abhörsichere Leitungen mit sämtlichen Ministerien in Verbindung steht. In einem anderen Raum laufen über Fernschreiber Meldungen der wichtigsten Presseagenturen ein; außerdem gibt es einen Fernschreib- und Funkraum und ein Schreibzimmer mit Tonbandgeräten und Fotokopierern. Sogar eine Teeküche steht zur Verfügung, in der Tee, Kaffee und Sandwiches zubereitet werden können.

Die Männer, die sich an diesem Freitag kurz nach Mittag unter dem Vorsitz des Kabinettssekretärs versammelten, vertraten alle Ministerien und Dienststellen, die nach Meinung Sir Julians von den Ereignissen in der Nordsee betroffen sein konnten.

In diesem frühen Stadium waren noch keine Minister anwesend. Regierungsbeamte, die mindestens im Rang von Unterstaatssekretären standen, vertraten Außenministerium, Innenministerium, Verteidigungsministerium, Handels- und Industrieministerium, Umweltministerium, Energieministerium und Ministerium für Landwirtschaft, Fischerei und Ernährung.

Zur Unterstützung dieser Männer war eine Reihe von Experten herangezogen worden – unter anderen drei Wissenschaftler mit Spezialkenntnissen über Sprengstoffe, Schiffbau und Umweltverschmutzung, der stellvertretende Vorsitzende des Verteidigungsstabs – ein Vizeadmiral –, Fachleute von Defence Intelligence, MI 5 und SIS, ein RAF-Oberst und ein Colonel der Royal Marines namens Tim Holmes.

»Nun, meine Herren«, begann Sir Julian Flannery, »wir haben inzwischen alle Gelegenheit gehabt, uns mit der Niederschrift der um zwölf Uhr von Kapitän Larsen verlesenen Erklärung eingehend zu beschäftigen. Ich schlage vor, daß wir mit einigen unbestreitbaren Tatsachen beginnen. Am besten gleich mit dem Schiff, mit der ... äh ... ›Freya‹. Was wissen wir über sie?«

Der Schiffbauexperte aus dem Handels- und Industrieministerium fühlte alle Augen auf sich gerichtet.

»Ich bin heute mittag bei Lloyds gewesen und habe mir den Decksplan der ›Freya‹ geben lassen«, sagte er knapp. »Ich habe ihn mitgebracht.«

Er hängte den detaillierten Plan für alle sichtbar an die Wandtafel und hielt einen zehn Minuten langen Vortrag, wobei er mit einfachen Worten Größe, Ladefähigkeit und Konstruktion der *Freya* beschrieb.

Als er geendet hatte, wurde der Fachmann aus dem Energieministerium um weitere Erläuterungen gebeten. Er ließ von einem Mitarbeiter ein eineinhalb Meter langes Modell eines Supertankers hereinbringen und auf den Tisch stellen.

»Das hier habe ich mir bei der Firma British Petroleum ausgeliehen. Es ist ein Modell ihres Supertankers ›British Princess‹ mit zweihundertfünfzigtausend Deadweight-Tonnen. Die Konstruktionsunterschiede zur ›Freya‹ sind gering; das schwedische Schiff ist nur größer.«

Anhand des Modells der *British Princess* zeigte er noch einmal die Lage der Brücke, der Kapitänssuite und der Ballast- und Ladeöltanks.

Die Männer hörten aufmerksam zu. Aber keiner war konzentrierter als Colonel Holmes, dessen Marines unter Umständen die *Freya* entern und die Geiseln würden befreien müssen. Der Colonel wußte, daß die für dieses Unternehmen ausgewählten Freiwilligen jeden Winkel der *Freya* kennen mußten, bevor sie an Bord gingen.

»Und dann ist da noch etwas«, sagte der Mann aus dem Energieministerium. »Der Tanker hat Mubarraq geladen.«

»Großer Gott!« entfuhr es einem der Anwesenden. Sir Julian nickte ihm freundlich zu.

»Ja, Dr. Henderson?«

Henderson war Wissenschaftler und arbeitete bei den Warren Springs Laboratories. Er war mit dem Vertreter des Landwirtschaftsministeriums gekommen und sprach mit unverkennbar schottischem Akzent. »Mubarraq ist nahezu das leichteste Rohöl, das es gibt. Es kommt aus Abu Dhabi und ist so leicht wie Dieselöl.«

Er holte etwas weiter aus und erklärte, daß Rohöl zwei »Fraktionen« enthalte: die »leichteren«, die verdunsteten, und die »schwereren«, die den Ölschlamm bildeten, der im Fall einer Tankerkatastrophe die Strände verschmutzt.

»Damit will ich sagen«, schloß er, »daß dieses Öl sich von Küste zu Küste ausbreiten würde, bevor die leichteren Fraktionen verdunstet wären. Die gesamte Nordsee wäre auf Wochen hinaus mit einem Ölteppich bedeckt, der die Sauerstoffzufuhr unterbricht, auf die alles Leben im Meer angewiesen ist.«

»Danke, Dr. Henderson.« Sir Julian blickte ernst.

Weitere Experten informierten über die Auswirkungen auf ihren Fachgebieten.

Der Pionieroffizier von den Royal Engineers bestätigte, daß es durchaus möglich sei, ein Schiff dieser Größe mit handelsüblichen Sprengstoffen zu zerstören – falls man die Sprengladungen richtig anzubringen wußte.

»Außerdem geht es hier um beträchtliche Gewichte«, fügte er hinzu, »genauer gesagt um eine Ölladung, die eine Million Tonnen wiegt. Reißen die Sprengungen den Rumpf an bestimmten Stellen auf, zerbricht das Schiff allein wegen der ungleichmäßigen Belastung. Zu beachten ist übrigens, daß Kapitän Larsen in seiner Erklärung gesagt hat, die Sprengsätze könnten ›auf Knopfdruck‹ gezündet werden. Er hat diesen Satz sogar wiederholt. Ich vermute, daß etwa ein Dutzend Sprengladungen in das Schiff eingebaut worden sind, die wahrscheinlich über Funk ferngezündet werden können. Darauf deutet die Formulierung ›auf Knopfdruck‹ meiner Ansicht nach hin.«

»Ist so etwas technisch möglich?« fragte Sir Julian.

»Durchaus«, antwortete der Pionier und erläuterte den Aufbau einer Funkfernzündung.

»Aber sie könnten doch auch Leitungen verwendet haben, die mit einer Zündmaschine verbunden sind?« erkundigte sich Sir Julian.

»Auch das ist wieder eine Frage des Gewichts«, erklärte ihm der Pionieroffizier. »Die Zündleitungen müßten wasserdicht ummantelt sein. Bei den benötigten Leitungslängen wäre der Kutter der Terroristen wegen des Gewichts der Kabel gesunken.«

Nachdem alle Einschätzungen des Ausmaßes der Ölkatastrophe vorgetragen worden waren, sprachen die Männer über die geringen Aussichten, die gefangengehaltene Besatzung retten zu können.

Der SIS-Vertreter gab zu, daß seine Dienststelle über keine Hinweise auf die Identität der Terroristen oder ihre Zuordnung zu einer bestimmten Organisation verfügte.

Der Mann von MI 5, der der stellvertretende Leiter der Abteilung C 4 war, die sich innerhalb dieses Dienstes ausschließlich mit Terrorismusbekämpfung im Inland befaßt, unterstrich das Ungewöhnliche der Forderungen.

»Diese Männer, Mischkin und Lasareff, sind Juden«, stellte er fest. »Flugzeugentführer, die auf der Flucht aus der Sowjetunion einen Flugkapitän erschossen haben. Wir müssen annehmen, daß die Geiselnehmer Freunde oder Bewunderer von ihnen sind. Das scheint auf militante Juden hinzuweisen. Die einzigen, die in diese Kategorie passen, sind die Mitglieder der Jüdischen Verteidigungsliga. Bisher hat sich aber diese Organisation auf Demonstrationen beschränkt. Ihre Anhänger haben mit Farbbeuteln, faulen Eiern und Tomaten geworfen. In unseren Akten finden sich seit der Irgun- und der Stern-Gang keine Juden mehr, die angedroht haben, Leute in die Luft zu sprengen, um ihre Freunde zu befreien.«

»Damit fangen sie auch doch hoffentlich nicht wieder an!« meinte Sir Julian. »Wer käme außer ihnen noch in Frage?«

Der Mann von C 4 zuckte mit den Schultern.

»Das wissen wir nicht«, gab er zu. »Nach unseren Unterlagen hat niemand durch sein Verschwinden auf sich aufmerksam gemacht, und die von Kapitän Larsen vorgelesenen Forderungen lassen ebenfalls keinen Schluß auf die Herkunft der Terroristen zu. Heute morgen habe ich an Araber und einen Moment lang sogar an Iren gedacht. Aber beide Gruppen würden keinen Finger rühren, um inhaftierte Juden zu befreien. Wir stehen vor einem Rätsel.«

Dann wurden Fotos in den Sitzungsraum gebracht, die eine Stunde zuvor von der Nimrod aufgenommen worden waren. Einige zeigten die an Deck Wache haltenden Terroristen. Die Bilder wurden aufmerksam betrachtet.

»Eine MAT neunundvierzig«, stellte Colonel Holmes fest, nachdem er die Maschinenpistole studiert hatte, die einer der Männer trug. »Eine französische Waffe.«

»Vielleicht hilft uns das weiter. Könnten die Kerle Franzosen sein?«

»Das ist nicht unbedingt gesagt, Sir Julian«, wehrte Holmes ab. »Solche Waffen gibt's in Unterweltkreisen zu kaufen. Die Vorliebe der Pariser Verbrecher für Maschinenpistolen ist berühmt.«

Um 15 Uhr 30 vertagte Sir Julian Flannery die Sitzung. Die Anwesenden waren sich darüber einig, daß es am besten sei, die Nimrod weiterhin über der *Freya* kreisen zu lassen.

Der stellvertretende Vorsitzende des Verteidigungsstabs machte den Vorschlag, ein britisches Kriegsschiff reichlich fünf Meilen westlich der *Freya* zu stationieren. Die anderen Mitglieder des Krisenstabs waren einverstanden. Falls die Terroristen im Schutz der Dunkelheit zu fliehen versuchten, würde die Nimrod sie orten und die Position des Kutters an die Marine weitergeben. Ein Kriegsschiff konnte den noch immer längsseits der *Freya* liegenden Kutter mühelos einholen.

Der Vertreter des Außenministeriums versicherte, sein Ministerium werde den Krisenstab über etwaige Entscheidungen der deutschen und der israelischen Regierung in bezug auf die Forderungen der Terroristen auf dem laufenden halten.

»Die Regierung Ihrer Majestät kann im Augenblick nicht allzuviel tun«, stellte Sir Julian fest. »Die Entscheidung liegt bei dem deutschen Bundeskanzler und dem israelischen Ministerpräsidenten. Meiner persönlichen Überzeugung nach bleibt ihnen nichts anderes übrig, als die beiden jungen Flugzeugentführer nach Israel zu entlassen – so widerwärtig es auch sein mag, einer Erpressung nachgeben zu müssen.«

Als die Männer den Raum verließen, blieb Colonel Holmes von den Royal Marines zurück. Er setzte sich wieder an seinen Platz und starrte das Modell des 250 000 tdw großen BP-Tankers an, das vor ihm auf dem Tisch stand.

»Und wenn sie nicht nachgeben?« murmelte er vor sich hin.

Er griff nach einem Lineal und maß sogfältig den Abstand zwischen Heckreling und Wasserlinie ab.

Der schwedische Pilot der Gulfstream II befand sich in einer Höhe von 15 000 Fuß über den Westfriesischen Inseln und hatte bereits Verbindung mit Rotterdam, als er sich nach der zierlichen Frau umdrehte, die der einzige Passagier in dem Flugzeug war. Er stellte ihr eine Frage, die sie nicht gleich verstand, so daß er seine Worte wiederholen mußte.

»Ich habe gefragt, ob Sie die ›Freya‹ sehen wollen«, sagte der Pilot. Lisa Larsen nickte.

Der Jet flog nach einer Kursänderung aufs Meer hinaus und legte sich fünf Minuten später in eine sanfte Rechtskurve. Lisa Larsen preßte auf ihrem Platz das Gesicht ans Fenster und starrte hinab. Tief unter ihr lag die *Freya* in der blauen See vor Anker. In der näheren Umgebung des Tankers waren keine anderen Schiffe zu sehen; er war in seiner Gefangenschaft völlig allein.

In der klaren Frühlingsluft konnte Lisa Larsen selbst aus 5 000 Meter Höhe die Brücke erkennen. Dort unten saß ihr Mann einem Terroristen gegenüber, der ihn mit einer Waffe bedrohte, und hatte eine Ladung Dynamit unter den Füßen. Sie wußte nicht, ob der Bewaffnete geistesgestört, brutal oder tollkühn war. Aber sie wußte, daß er ein Fanatiker sein mußte.

Zwei Tränen lösten sich von ihren Augen und liefen ihr über die Wangen. Die Isolierglasscheibe beschlug, als sie etwas flüsterte.

»Thor, mein Liebling, bitte komm dort heil raus.«

Die Gulfstream II nahm wieder Kurs auf Schiedam und ging in einen steilen Sinkflug über. Sie war von der mehrere Kilometer entfernten Nimrod beobachtet worden.

»Wer war das?« fragte der Radarbeobachter in die Kabine hinein.

»Wer war was?« erkundigte sich der Sonarbeobachter, der im Augenblick nichts zu tun hatte.

»Ein kleiner Jet hat sich die ›Freya‹ kurz angesehen und ist nach Rotterdam weitergeflogen.«

»Wahrscheinlich der Reeder, der nach seinem Eigentum gucken wollte«, meinte der Witzbold der Besatzung vom Funkgerät her.

An Deck der *Freya* beobachteten die beiden Terroristen die winzige Maschine, die nach Osten in Richtung holländische Küste abflog. Diesen Überflug brauchten sie ihrem Anführer nicht zu melden; er mußte in weit über 10 000 Fuß Höhe geschehen sein.

Die Kabinettssitzung begann pünktlich um 15 Uhr im Bundeskanzleramt. Der Bundeskanzler führte dabei wie üblich den Vorsitz. Er kam wie üblich sofort zur Sache.

»Eines möchte ich von Anfang an klarstellen: Wir haben es hier nicht mit einem zweiten Mogadischu zu tun. Diesmal handelt es sich nicht um ein deutsches Flugzeug mit deutscher Besatzung und überwiegend deutschen Passagieren auf dem Flughafen eines Landes, dessen Behörden bereit sind, mit uns zusammenzuarbeiten. Die ›Freya‹ ist ein schwedisches Schiff mit einem norwegischen Kapitän, das in internationalen Gewässern liegt; ihre Besatzung kommt aus fünf Staaten, unter denen auch die USA sind, ihre Ladung ist amerikanisches Eigentum, das bei einer englischen Firma versichert ist, und ihre Versenkung würde mindestens fünf Küstenstaaten treffen – nicht zuletzt auch uns.«

Nach dieser knappen Einleitung erteilte der Bundeskanzler dem Außenminister das Wort, der seinen Kollegen berichtete, Finnland, Norwegen, Schweden, Dänemark, die Niederlande, Belgien, Frankreich und Großbritannien hätten bereits sondiert, welche Absichten die Bundesregierung mit Mischkin und Lasareff habe.

»Sie sind natürlich höflich genug, keinerlei Druck auf unsere Entscheidung auszuüben«, fügte er hinzu, »aber ich zweifle nicht daran, daß sie eine Weigerung von unserer Seite, die beiden Häftlinge nach Israel ausfliegen zu lassen, als unfreundlichen Akt betrachten würden.«

»Wenn man erst einmal anfängt, sich von Terroristen erpressen zu lassen, hat die Erpresserei kein Ende mehr«, warf der Verteidigungsminister ein.

»Als vor einigen Jahren Peter Lorenz entführt worden ist, haben wir nachgegeben und dafür büßen müssen«, stellte der Außenminister fest. »Die freigelassenen Terroristen sind nach einiger Zeit aus dem Ausland zurückgekommen und haben weiteragiert. In Mogadischu sind wir hart geblieben und haben gesiegt; im Fall Schleyer sind wir ebenfalls hart geblieben und haben dann einen Toten zu beklagen gehabt. Aber alle diese Vorfälle sind sozusagen innerdeutsche Angelegenheiten gewesen. Der Fall hier liegt anders. Die Geiseln sind keine Deutschen; Schiff und Ladung gehören nicht Deutschen. Außerdem sind die in Berlin inhaftierten Flugzeugentführer keine deutschen Terroristen. Sie sind Juden, die auf dem einzigen Weg, der ihnen möglich erschien, aus der Sowjetunion geflohen sind. Das bringt uns, offen gestanden, in eine prekäre Lage.«

»Kann das Ganze nicht nur ein großes Täuschungsmanöver sein?« fragte jemand. »Vielleicht können die Geiselnehmer die ›Freya‹ gar nicht sprengen?«

Der Innenminister schüttelte den Kopf.

»Damit dürfen wir nicht rechnen. Die von den Engländern übermittelten Aufnahmen zeigen, daß tatsächlich bewaffnete maskierte Männer an Bord sind. Ich habe die Fotos dem Kommandeur von GSG neun geschickt und ihn um sein Urteil gebeten. Bedauerlicherweise hat seine Truppe keine Erfahrung, was die Annäherung an ein durch Radar und Sonar gesichertes Schiff betrifft. Für ein Enterkommando bräuchte man Taucher oder Froschmänner.«

Mit GSG 9 meinte der Innenminister die aus ausgesuchten Freiwilligen bestehende Sondereinheit des Bundesgrenzschutzes, die fünf Jahre zuvor die nach Mogadischu entführte Lufthansa-Maschine gestürmt hatte.

Die Diskussion zog sich über eine Stunde hin. War es besser, angesichts der Tatsache, daß die Geiseln nicht Deutsche, sondern Angehörige verschiedener anderer Nationen waren, die Forderungen der Terroristen zu erfüllen und die unvermeidlichen Proteste Moskaus hinzunehmen? Oder sollte man sich weigern und sie zwingen, ihre Karten auf den Tisch zu legen? Oder war es ratsam, eine gewaltsame Befreiungsaktion ernsthaft in Betracht zu ziehen und darum schon jetzt Verbindung mit den Engländern aufzunehmen? Schließlich schien sich eine Kompromißlösung, die darauf abzielte, zunächst Zeit zu gewinnen und die Entschlossenheit der Geiselnehmer auf die Probe zu stellen, durchzusetzen.

Um 16 Uhr 15 wurde an die Tür des Sitzungssaals geklopft. Der Bundeskanzler runzelte die Stirn. Er hatte sich jegliche Störung verbeten.

»Herein!« rief er scharf. Einer seiner Mitarbeiter betrat den Raum und flüsterte ihm etwas ins Ohr. Der Bundeskanzler wurde blaß.

»Großer Gott!« sagte er halblaut.

Als das Sportflugzeug, eine – wie sich später herausstellte – auf dem Flugplatz Le Touquet an der nordfranzösischen Küste gecharterte Cessna Skyhawk, seinen Anflug begann, erschien es auf den Radarschirmen dreier Bezirkskontrollstellen: London, Brüssel und Amsterdam. Es flog in niedriger Höhe nach Norden – genau auf die *Freya* zu. Mehrere Fluglotsen versuchten gleichzeitig, den Piloten zu warnen.

»Unbekannte Maschine über ... Sofort auf Gegenkurs gehen ... Sie fliegen in ein Sperrgebiet ein ... Gehen Sie sofort auf Gegenkurs und erwarten Sie weitere Anweisungen ...«

Die Anrufe erfolgten auf französisch, englisch und holländisch. Aber sie blieben wirkungslos. Das Funkgerät konnte ausgefallen sein, der Pilot konnte es aber auch abgeschaltet oder die falsche Frequenz eingestellt haben. Die Fluglotsen riefen die Maschine immer wieder, aber sie gab auch weiterhin keine Antwort.

Der Pilot der Cessna Skyhawk wandte sich verzweifelt an seinen Passagier.

»Das kostet mich meinen Pilotenschein!« rief er. »Dort unten ist der Teufel los!«

»Schalten Sie einfach ab!« antwortete der Fluggast. »Keine Angst, Ihnen passiert schon nichts! Sie haben nie was gehört, okay?«

Der Mann auf dem rechten Sitz nahm seine Kamera und stellte das Teleobjektiv ein. Er visierte den ins Bild rückenden Supertanker an. Der maskierte Ausguck am Bug des Schiffs richtete sich auf und kniff die Augen zusammen, weil die im Südwesten stehende Sonne ihn blendete. Das Sportflugzeug kam genau aus Süden. Er verfolgte den Flug der Maschine nur wenige Sekunden lang, dann holte er ein Funksprechgerät aus seinem Anorak und sprach hastig hinein.

Auf der Brücke hörte einer der Terroristen die Warnung, starrte durch die großen Scheiben nach vorn und lief dann auf die Brückennock hinaus. Jetzt hörte auch er das Brummen des Flugzeugmotors. Er stürzte ins Ruderhaus zurück, rüttelte seinen schlafenden Kameraden wach und erteilte ihm in scharfem Ton mehrere Befehle. Der Mann rannte aufs D-Deck hinunter und klopfte an die Tür von Larsens Kabine.

In der Kabine saßen Thor Larsen und Andrej Drach einander noch immer am Tisch gegenüber. Ihre unrasierten Gesichter wirkten müde, noch müder als zwölf Stunden zuvor. Auf dem Tisch lag die Pistole des Ukrainers. Dort stand jetzt auch ein Transistorradio, mit dem er die Nachrichtensendungen abhörte. Der Maskierte trat auf

Aufforderung seines Anführers ein und erstattete auf ukrainisch Meldung. Drach runzelte die Stirn und wies den Mann an, die Bewachung des Kapitäns zu übernehmen.

Er verließ die Kabine und rannte zur Brücke hinauf. Bevor er auf die Brückennock trat, zog er sich seine schwarze Mütze über. Er beobachtete, wie die Cessna den Tanker in etwa 300 Meter Höhe umkreiste. Der Fotograf mit dem großen Teleobjektiv war deutlich zu erkennen. Schließlich flog die Maschine nach Süden ab, wobei sie ständig Höhe gewann.

Der Passagier in der Cessna war hellauf begeistert.

»Phantastisch!« rief er dem Piloten zu. »Hundertprozentig exklusiv! Dafür zahlen die Illustrierten jedes Honorar!«

Andrej Drach kam ins Ruderhaus zurück und erteilte seine Befehle. Er wies den Mann im Bug über Funk an, weiterhin den Himmel und das Meer aufmerksam zu beobachten. Der Wachhabende auf der Brücke wurde nach unten geschickt, um die zwei Männer heraufzuholen, die in der Zwischenzeit geschlafen hatten. Als die drei auf die Brücke kamen, erhielten auch sie Anweisungen. Dann kehrte Drach in die Kabine zurück, schickte aber den Bewacher Larsens nicht weg.

»Ich muß den Idioten dort drüben an Land allmählich zeigen, daß ich nicht mit mir spaßen lasse, glaube ich«, sagte er zu Thor Larsen.

Fünf Minuten später verständigte der Kameramann der Nimrod seinen Kommandanten über die Bordsprechanlage.

»Dort unten geht irgendwas vor, Skipper.«

Major Latham verließ das Cockpit und ging nach hinten, wo auf mehreren Bildschirmen zu sehen war, was die Kameras aufnahmen. Zwei Männer gingen über das Deck der *Freya* – hinter sich die mächtigen Aufbauten und vor sich das langgestreckte Tankerdeck.

Der eine war ganz in Schwarz gekleidet und mit einer Maschinenpistole bewaffnet. Der andere ging vor ihm her. Er trug Tennisschuhe, eine leichte Hose und eine Nylonjacke mit drei horizontalen Rückenstreifen. Er hatte, wohl um sich vor dem auffrischenden Wind zu schützen, die Kapuze hochgeschlagen.

»Der hintere scheint einer der Terroristen zu sein, während der vordere offenbar zur Besatzung gehört«, sagte der Kameramann. Latham nickte. Im Gegensatz zu dem Mann an der Kamera konnte er keine Farben unterscheiden, weil seine Monitoren nur ein schwarzweißes Bild lieferten.

»Näher heranholen«, verlangte er, »und übertragen.«

Das Zoomobjektiv holte das Deck heran, bis der Bildschirm eine Fläche von zehn Meter Seitenlänge zeigte, in deren Mitte sich die Männer bewegten.

Kapitän Thor Larsen konnte die Farben erkennen. Er starrte ungläubig aus einem der großen Fenster seiner Kabine unter der Brücke. Der Bewaffnete hinter ihm hielt den Lauf seiner Maschinenpistole auf den weißen Rollkragenpullover des Norwegers gerichtet.

Auf halber Strecke zum Bug blieb der Mann in Schwarz, der inzwischen für die Beobachter auf der Brücke auf Streichholzgröße zusammengeschrumpft war, stehen, hob seine Waffe und zielte auf den Rücken des andern. Noch hinter den Isolierglasscheiben der Kapitänskajüte war der Feuerstoß deutlich zu hören. Der Mann in dem dunkelroten Anorak warf die Arme hoch, brach zusammen, rollte zur Seite und blieb, halb vom Catwalk verdeckt, liegen.

Thor Larsen schloß langsam die Augen. Als die Terroristen an Bord gekommen waren, hatte sein Dritter Offizier Tom Keller eine rote Nylonjacke mit drei horizontalen schwarzen Rückenstreifen getragen. Larsens Kopf sank nach vorn, bis die Stirn seine gegen die Scheibe gelegte rechte Hand berührte. Dann reckte er sich auf, drehte sich nach dem Mann um, den er als Swoboda kannte, und starrte ihn an.

Andrej Drach erwiderte seinen Blick.

»Ich habe sie gewarnt!« sagte er aufgebracht. »Ich habe vor den Konsequenzen gewarnt, und die da« – er wies mit einer Kopfbewegung in Richtung der Küste – »haben sich eingebildet, meine Forderungen ignorieren zu können. Jetzt kapieren sie hoffentlich, daß ich nicht mit mir spaßen lasse!«

Zwanzig Minuten später kamen die Fotos, die die Szene an Bord der *Freya* zeigten, in London aus einem Bildfunkempfänger. Wiederum zwanzig Minuten später lief eine Meldung über den Geiselmord als Fernschreiben im Bundeskanzleramt in Bonn ein. Inzwischen war es 16 Uhr 15.

Der Regierungschef blickte ernst in die Kabinettsrunde.

»Meine Herren, ich muß Ihnen die bedauerliche Mitteilung machen«, begann er, »daß ein Sportflugzeug vor etwa einer Stunde die ›Freya‹ in geringer Höhe überflogen hat – offenbar, um Fotos zu machen. Zehn Minuten später haben die Terroristen einen Seemann an Deck geführt und erschossen. Das britische Überwachungsflugzeug hat alles gefilmt. Der Tote liegt jetzt an Deck halb unter dem Catwalk, halb unter freiem Himmel.«

Die anderen schwiegen betroffen.

»Weiß man, wer es ist?« fragte einer der Minister leise.

»Nein, sein Gesicht ist durch die Kapuze seines Anoraks verdeckt.«

»Diese Schweine!« Der Verteidigungsminister machte seiner Empörung Luft. »Jetzt leiden in ganz Skandinavien dreißig Familien – und nicht nur eine. Diese Kerle setzen uns wirklich ganz schön unter Druck!«

»Das werden auch die vier skandinavischen Regierungen tun, und ich werde es nicht leicht haben, ihre Botschafter zu beschwichtigen«, sagte der Außenminister. »Wir haben praktisch keine andere Wahl mehr . . .«

Als der Bundeskanzler abstimmen ließ, ergab sich eine Mehrheit für den Vorschlag des Außenministers. Er erhielt den Auftrag, den deutschen Botschafter in Jerusalem anzuweisen, den israelischen Ministerpräsidenten so schnell wie möglich aufzusuchen und um die von den Geiselnehmern geforderten Zusicherungen zu bitten. Sobald die israelische Regierung die entsprechende Garantieerklärung abgegeben hatte, wollte die Bundesregierung bedauernd mitteilen, sie sehe, um weiteres Blutvergießen zu verhindern und Unschuldigen zusätzliches Leid zu ersparen, keine andere Möglichkeit, als Mischkin und Lasareff nach Israel auszufliegen.

»Die Terroristen verlangen diese Garantieerklärung aus Israel bis Mitternacht«, stellte der Bundeskanzler fest. »Und bei Tagesanbruch müssen die beiden Russen in einem Flugzeug sitzen. Wir halten jede Verlautbarung zurück, bis Jerusalem zugestimmt hat. Ohne das Einverständnis der israelischen Regierung können wir ohnehin nichts unternehmen.«

Aufgrund eines Beschlusses der betroffenen Staaten blieb die RAF-Nimrod das einzige Flugzeug am Himmel über der *Freya*. Dort zog sie unablässig ihre Kreise, beobachtete das Schiff und sendete Fernsehbilder, sobald sich unter ihr etwas Auffälliges ereignete. Die Bilder gelangten über London unverzüglich in die Hauptstädte der betroffenen Staaten.

Um 17 Uhr wurde die Wache an Bord des Tankers gewechselt. Die beiden Männer vom Bug und vom Schiffsschornstein, die dort zehn Stunden ausgehalten hatten, kamen steif und durchfroren herein, um sich aufzuwärmen, zu essen und zu schlafen. Die Nachtwache übernahmen andere, die mit Sprechfunkgeräten und starken Handscheinwerfern ausgerüstet waren.

Das Stillhalteabkommen zwischen den beteiligten Staaten galt für den Luftraum über der *Freya,* nicht auch für Schiffe. Alle Anrainerstaaten wollten die *Freya* durch ihre eigene Marine beobachten lassen. Am späten Nachmittag lief der französische leichte Kreuzer *Montcalm* unauffällig aus Süden heran und drehte fünf Seemeilen von der *Freya* entfernt bei. Von Norden her kam die holländische Fregatte *Breda,* die vor den Westfriesischen Inseln gestanden hatte, und ankerte sechs Seemeilen vor dem hilflosen Tanker.

Dort stieß die deutsche Fregatte *Brunner* zu ihr. Die beiden Kriegsschiffe lagen fünf Kabellängen voneinander entfernt und beobachteten die Schiffssilhouette am südlichen Horizont. Auch *HMS Argyll* war in Marsch gesetzt worden und nahm ihre Position genau westlich der *Freya* ein, als der Abendstern am wolkenlosen Himmel erschien.

Die *Argyll* war ein leichter, knapp 6 000 Tonnen großer Raketenkreuzer, dessen Bewaffnung aus Lenkwaffen des Typs Exocet bestand. Mit ihren modernen Gasturbinen, die neben den Dampfturbinen auf die Welle geschaltet werden konnten, war sie jederzeit auslaufbereit.

Der Datalink-Computer tief in ihrem Rumpf stand mit der am Abendhimmel kreisenden Nimrod in Verbindung. Auf einer erhöhten Heckplattform hatte die *Argyll* ihren eigenen Hubschrauber, eine Westland Wessex, mitgeführt.

Unter Wasser umgaben die Sonar-Ohren der Kriegsschiffe die *Freya* von drei Seiten; über Wasser suchten ihre Radargeräte unaufhörlich das Meer ab. Gemeinsam mit der Nimrod umgaben die Schiffe die *Freya* mit einem unsichtbaren Kokon aus Suchimpulsen. Der Supertanker lag stumm und still da, während die Sonne über England unterging.

In Westeuropa war es 17, in Israel bereits 19 Uhr, als der deutsche Botschafter in Jerusalem um eine persönliche Unterredung mit Ministerpräsident Benjamin Golen bat. Er erhielt die Auskunft, der Sabbat habe vor einer Stunde begonnen, und der Ministerpräsident halte sich als strenggläubiger Jude zu Hause auf. Trotzdem wurde die Bitte weitergeleitet, denn das Büro des Ministerpräsidenten und Golen selbst wußten recht gut, was sich in der Nordsee abspielte. Seitdem Thor Larsen um 9 Uhr die erste Erklärung verlesen hatte, war die Regierung in Jerusalem von Mossad Alijah Bet, dem israelischen Geheimdienst, auf dem laufenden gehalten worden, und seitdem die um 12 Uhr gestellten Forderungen der Terroristen bekannt waren, war die israelische Haltung in einem halben Dutzend Memoranden niedergelegt worden. Als der Sabbat um 18 Uhr abends offiziell begann, hatte Ministerpräsident Golen sie alle gelesen.

»Ich bin nicht bereit, am Sabbat ins Büro zu fahren«, erklärte er dem Mitarbeiter, der ihn anrief, »wenn ich auch im Augenblick telefoniere. Bitten Sie den Botschafter, mich zu Hause aufzusuchen.«

Zehn Minuten später hielt der Wagen des deutschen Botschafters vor dem Haus des Ministerpräsidenten in einer Vorstadt Jerusalems.

Der Botschafter wurde hereingebeten. Nach dem traditionellen Gruß »Schalom Sabbat« sagte er:

»Herr Ministerpräsident, ich störe Sie nicht gern am Sabbat, aber soviel ich weiß, ist es gestattet, den Sabbat zu brechen, wenn Menschenleben in Gefahr sind.«

Ministerpräsident Golen nickte.

»Richtig, es ist gestattet, wenn ein Menschenleben in Gefahr ist.«

»Es handelt sich in diesem Fall nicht nur um eines, sondern um viele Menschenleben«, fuhr der Botschafter fort. »Sie wissen natürlich, was in den letzten zwölf Stunden an Bord des Tankers ›Freya‹ in der Nordsee vorgegangen ist, Herr Ministerpräsident.«

Golen wußte es nur allzu genau. Die Ereignisse bereiteten

ihm ernste Sorgen, da seit Mittag feststand, daß die Terroristen keinesfalls Palästinenser sein konnten, sondern möglicherweise jüdische Fanatiker waren; wenn auch die eigenen Geheimdienste, der Auslandsnachrichtendienst Mossad und der Inlandsdienst Scherut Bitatschon – nach seinen Anfangsbuchstaben kurz Schin Bet genannt –, keine Anhaltspunkte dafür hatten, daß in der letzten Zeit einschlägig bekannte Leute plötzlich von der Bildfläche verschwunden waren.

»Ja, ich weiß, was geschehen ist, und ich bedaure ebenfalls zutiefst die Ermordung des Seemannes. Was wünscht die Bundesrepublik von Israel?«

»Herr Ministerpräsident, meine Regierung hat die Angelegenheit in einer mehrstündigen Sitzung erörtert. Obwohl ihr der Gedanke, einer terroristischen Erpressung nachzugeben, äußerst zuwider ist und obwohl sie vielleicht hart bleiben würde, wenn alle Geiseln Deutsche wären, sieht sie unter den gegenwärtigen Umständen keine andere Möglichkeit, als auf die Forderung einzugehen.

Meine Regierung ersucht den Staat Israel deshalb, Lew Mischkin und Dawid Lasareff aufzunehmen und, wie es die Terroristen verlangen, zu garantieren, daß die beiden straffrei bleiben und nicht ausgeliefert werden.«

Ministerpräsident Golen hatte sich die Antwort schon vor einigen Stunden zurechtgelegt. Das Ersuchen überraschte ihn keineswegs, und seine Haltung stand längst fest.

Er führte eine nicht sonderlich stabile Regierungskoalition und wußte recht gut, daß auch in seiner Partei die Kräfte überwogen, die über die fortdauernde Judenverfolgung in der UdSSR so erbittert waren, daß sie keineswegs Mischkin und Lasareff mit Terroristen vom Schlage der Baader-Meinhof-Bande oder der PLO-Kommandos gleichsetzten. Vielmehr empfanden sie ausgesprochenes Mitgefühl mit den Flugzeugentführern und glaubten gern, der tödliche Schuß auf den Piloten habe sich versehentlich gelöst.

»Ich möchte zuvor zwei Dinge klarstellen«, begann der Ministerpräsident. »Erstens: Obwohl Mischkin und Lasareff Juden sind, hat Israel zu keinem Zeitpunkt mit der Flugzeugentführung oder mit der Forderung nach der Freilassung der Häftlinge auch nur das geringste zu tun gehabt.«

Wer wird uns das glauben, falls die Terroristen sich ebenfalls als Juden erweisen? fragte er sich im stillen.

»Zweitens: Israel ist weder von der Notlage der Schiffsbesatzung noch von den Auswirkungen einer Sprengung des Tankers betroffen. Israel steht nicht unter Druck. Israel wird nicht erpreßt.«

»Darüber herrscht völlige Klarheit, Herr Ministerpräsident«, bestätigte der Botschafter.

»Sollte Israel sich deshalb einverstanden erklären, diese beiden Männer aufzunehmen, muß öffentlich klargestellt werden, daß dies auf ausdrücklichen und ernstlichen Wunsch der Bundesregierung geschieht.«

»Eben diesen Wunsch trage ich Ihnen jetzt im Auftrag meiner Regierung vor, Herr Ministerpräsident.«

Eine Viertelstunde später herrschte Einigkeit über das einzuschlagende Verfahren. Die Bundesregierung würde bekanntgeben, daß sie Israel um die Aufnahme der beiden Flugzeugentführer gebeten habe. Unmittelbar danach würde die israelische Regierung erklären, sie habe diesem Ersuchen widerstrebend stattgegeben. Daraufhin konnte Bonn ankündigen, die Häftlinge würden am nächsten Morgen um 8 Uhr Ortszeit freigelassen werden. Diese Verlautbarungen sollten im Abstand von jeweils 10 Minuten aufeinander folgen.

In Israel war es 19 Uhr 30 – in Europa 17 Uhr 30. In einer Stunde sollte die Bundesregierung die erste Erklärung an die Presse geben.

Überall auf dem Kontinent erschienen Extrablätter, die den Zeitungsverkäufern von den 300 Millionen Menschen, die das Drama seit den Mittagsstunden verfolgten, aus den Händen gerissen wurden. Die letzten Meldungen berichteten unter riesigen Schlagzeilen von der Erschießung des unbekannten Seemanns an Bord der *Freya* und von der Verhaftung eines französischen Fotografen und eines Piloten auf dem Flugplatz Le Touquet.

In den Rundfunknachrichten wurde gemeldet, der deutsche Botschafter in Israel habe Ministerpräsident Golen am Sabbat in dessen Privatwohnung aufgesucht und sei 35 Minuten bei ihm geblieben. Da der Botschafter Reportern gegenüber jeglichen Kommentar verweigert hatte, blühten die Spekulationen. Das Fernsehen brachte Bilder von allen, die sich vor den Kameras in Positur stellten – und viele Bilder von Leuten, die auf diese Ehre lieber verzichtet hätten. Diese waren die einzigen, die wirklich wußten, wie die Dinge standen. Die von der Nimrod gemachten Aufnahmen, die den toten Seemann zeigten, wurden von den Behörden nicht zur Veröffentlichung freigegeben.

Die Tageszeitungen schoben den Druck der ersten Seite ihrer Morgenausgaben solange wie möglich hinaus, weil sie auf eine Presseerklärung aus Bonn oder Jerusalem oder auf eine weitere Mitteilung von Bord der *Freya* hofften. Die Innenseiten der Blätter brachten Berichte über den neuen Supertanker, seine Rohölladung, über das Ausmaß der drohenden Ölkatastrophe und die vermutliche Identität der Terroristen. Leitartikel, die für die Freilassung der beiden Flugzeugentführer plädierten, füllten zahlreiche Spalten.

Ein milder, lauer Abend beschloß einen herrlichen Frühlingstag, als Sir Julian Flannery der Premierministerin in ihrem Arbeitszimmer in der Downing Street Nr. 10 Bericht erstattete. Seine Ausführungen waren knapp, umfassend und klar durchdacht – ein rhetorisches Meisterstück.

»Dann müssen wir also annehmen, Sir Julian«, sagte die Premierministerin schließlich, »daß es die Terroristen tatsächlich gibt, daß sie die ›Freya‹ wirklich in ihrer Gewalt haben, daß sie aller Wahrscheinlichkeit nach in der Lage sind, den Tanker zu sprengen und zu versenken, daß sie gegebenenfalls auch nicht davor zurückschrekken werden, ihre Drohung wahrzumachen, und daß die menschlichen, ökologischen und finanziellen Konsequenzen eine Katastrophe allergrößten Ausmaßes darstellen würden.«

»Das wäre die pessimistischste Deutung, Ma'am«, antwortete der Kabinettssekretär, »aber der Krisenstab würde eine optimistischere Einstellung für unangebracht halten.

Bisher sind nur vier Terroristen beobachtet worden: die beiden Ausgucke und ihre Ablösung. Dazu kommen unserer Meinung nach ein weiterer Mann auf der Brücke, eine Wache bei den Geiseln und der Anführer der Gruppe – zusammen mindestens sieben Mann. So wenige Leute können vielleicht nicht verhindern, daß das Schiff geentert wird, aber damit dürfen wir nicht rechnen. Möglicherweise haben sie gar keinen oder nicht genug Sprengstoff an Bord, oder das Dynamit befindet sich nicht an den richtigen Stellen, aber damit dürfen wir nicht rechnen. Der Zündmechanismus kann ausfallen, ohne daß Ersatz vorhanden ist, aber damit dürfen wir nicht rechnen. Vielleicht wollen sie keine weiteren Morde mehr verüben, aber damit dürfen wir nicht rechnen. Und vielleicht sind sie in Wahrheit gar nicht bereit, die ›Freya‹ zu sprengen und mit dem Schiff unterzugehen, aber damit dürfen wir nicht rechnen. Der Krisenstab ist der Auffassung, es wäre falsch, weniger als das Mögliche anzunehmen – und das Mögliche ist das Schlimmste.«

Eines der Telefone summte. Die Premierministerin nahm den Hörer ab. Als sie auflegte, lächelte sie Sir Julian flüchtig zu.

»Vielleicht bleibt uns das Schlimmste doch erspart«, sagte sie. »Die westdeutsche Regierung hat soeben bekanntgegeben, daß sie Israel gebeten habe, die Flugzeugentführer aufzunehmen. Israel hat sich bereit erklärt, dem deutschen Ersuchen stattzugeben. Daraufhin hat Bonn die Freilassung der beiden Häftlinge für morgen früh acht Uhr Ortszeit angekündigt.«

Die gleiche Meldung kam aus dem Lautsprecher des Transistorradios in Kapitän Thor Larsens Kabine. Drake, der den Kapitän keine Sekunde aus den Augen ließ, hatte bei herabsinkender Dämmerung Licht gemacht und die Vorhänge zugezogen. In der Kabine war es hell, warm und beinahe gemütlich. Die Kaffeemaschine war bereits fünfmal nachgefüllt worden. Beide Männer waren stoppelbärtig und müde. Aber der Seemann trauerte um einen Freund, während der fanatische Ukrainer triumphierte.

»Israel ist einverstanden!« sagte Drake. »Und ich hab gewußt, daß die Deutschen nachgeben würden! Das Risiko ist ihnen eben doch zu hoch gewesen!«

Thor Larsen hätte erleichtert aufatmen können. Sein Schiff schien gerettet zu sein. Aber Zorn und Erbitterung waren stärker.

»Die Sache ist noch nicht ausgestanden«, knurrte er.

»Doch!« widersprach Drake. »Bald ist alles vorüber. Wenn meine Freunde um acht Uhr ihre Zellen verlassen, sind sie um dreizehn, spätestens um vierzehn Uhr in Tel Aviv. Setzt man eine Stunde für die Identifizierung und die offizielle Bekanntgabe ihrer Ankunft an, müßten wir die Meldung morgen um fünfzehn oder sechzehn Uhr im Radio hören. Nach Einbruch der Dunkelheit verlassen wir dann die ›Freya‹, deren Besatzung heil und gesund zurückbleibt!«

»Bis auf Tom Keller!«

»Tut mir leid, daß das sein mußte. Aber diese Demonstration unserer Entschlossenheit war nötig. Ich hatte keine andere Wahl.«

Das Ersuchen des sowjetischen Botschafters war ungewöhnlich, sogar sehr ungewöhnlich, weil es in energischem Ton vorgetragen und mehrfach ungeduldig wiederholt wurde. Obwohl sowjetische Diplomaten einen angeblich revolutionären Staat vertreten, halten sie sich im allgemeinen peinlich genau an die vom kapitalistischen Westen festgelegten diplomatischen Gepflogenheiten.

David Lawrence fragte am Telefon mehrmals, ob es Botschafter Konstantin Kirow nicht genüge, mit ihm, dem amerikanischen Außenminister, zu sprechen. Kirow erwiderte, er habe seine Mitteilung unmittelbar Präsident Matthews zu machen. Die Angelegenheit dulde keinen Aufschub und betreffe Dinge, auf die der sowjetische Staats- und Parteichef Präsident Matthews persönlich aufmerksam zu machen wünsche.

Der Präsident war bereit, Kirow zu empfangen, und die langgestreckte schwarze Limousine mit dem Hammer-und-Sichel-Emblem fuhr am frühen Nachmittag vor dem Weißen Haus vor.

In Europa war es 18 Uhr 45, aber in Washington zeigten die Uhren erst 13 Uhr 45 an. Der Botschafter wurde unverzüglich ins Ovale Zimmer geführt, wo ihn Matthews gespannt und neugierig erwartete. Die Begrüßungsformalitäten wurden eingehalten, aber keiner der beiden Männer war, was das betraf, recht bei der Sache.

»Mr. President«, begann Kirow, »ich habe mich auf persönliche Anweisung des Vorsitzenden der Obersten Sowjets, Maxim Rudin, um dieses dringende Gespräch mit Ihnen bemüht. Ich habe den Auftrag, Ihnen eine persönliche Botschaft zu übermitteln, ohne sie irgendwie abzuändern. Sie lautet:

Sollten die Flugzeugentführer und Mörder Lew Mischkin und Dawid Lasareff aus der Haft entlassen werden und ihrer gerechten Strafe entgehen, sieht die Union der Sozialistischen Sowjetrepubliken sich außerstande, den Dubliner Vertrag zu unterzeichnen. Die Regierung der Sowjetunion wird in diesem Fall den Vertragsentwurf unwiderruflich ablehnen.«

Präsident Matthews starrte den sowjetischen Botschafter in sprachlosem Erstaunen an. Er brauchte einige Sekunden, um seine Fassung widerzugewinnen.

»Soll das heißen, daß Maxim Rudin den Vertrag einfach zerreißen würde?«

Kirow blieb steif, förmlich, unnachgiebig.

»Mr. President, das war der erste Teil der Botschaft, die ich Ihnen zu übermitteln habe. Der zweite lautet: Die Folgen werden dieselben sein, sollten Wortlaut oder Inhalt dieser Botschaft bekanntgegeben werden.«

Als der Botschafter den Raum verlassen hatte, wandte William Matthews sich hilflos an Lawrence.

»Was geht hier vor, David? Wir können die deutsche Regierung doch nicht veranlassen, ihre Entscheidung rückgängig zu machen, ohne ihr den Grund dafür zu nennen!«

»Mr. President, ich fürchte, daß Ihnen nichts anderes übrigbleiben wird. Rudin hat Ihnen keine andere Wahl gelassen.«

14

19.00 bis 24.00 Uhr

Präsident Matthews war von dieser unerwarteten und brutalen sowjetischen Reaktion wie vor den Kopf geschlagen. Er saß wartend in seinem Arbeitszimmer, während sein Sicherheitsberater Stanislaw Poklewski und CIA-Direktor Robert Benson verständigt wurden.

Als die beiden ihm zusammen mit dem Außenminister gegenübersaßen, berichtete Matthews, was Botschafter Kirow ihm mitgeteilt hatte.

»Was wollen die Russen damit erreichen, verdammt noch mal?« fragte der Präsident.

Keiner wußte eine Antwort. Sie versuchten es mit mehreren Erklärungen – darunter auch der, Maxim Rudin sei möglicherweise im Politbüro unterlegen und könne den Dubliner Vertrag nicht mehr abschließen. Er wolle darum den *Freya*-Zwischenfall als Vorwand benützen, um die Vertragsunterzeichnung platzen zu lassen.

Diese Erklärung hielten jedoch alle schließlich für unwahrscheinlich, denn ohne den Vertrag bekam die Sowjetunion nicht das Getreide, das sie so dringend brauchte. Eine weitere Überlegung ging dahin, der Tod des Aeroflot-Piloten Rudenko bedeute einen Gesichtsverlust, den der Kreml nicht hinzunehmen bereit sei. Aber auch dieser Gedanke wurde verworfen, weil völkerrechtliche Verträge im allgemeinen nicht wegen toter Flugkapitäne zerrissen werden.

Der CIA-Direktor faßte nach einer Stunde zusammen, was sie alle dachten.

»So sinnlos die ganze Sache erscheint, es muß trotzdem einen vernünftigen Grund dafür geben. Maxim Rudin würde nicht so verrückt reagieren, wenn er keinen schwerwiegenden Grund hätte – einen Grund, den wir allerdings nicht kennen.«

»Aber das hilft uns nicht bei unserer Entscheidung«, stellte Präsident Matthews fest. »Wenn wir zusehen, wie Mischkin und Lasareff entlassen werden, scheitert der bedeutendste Abrüstungsvertrag der jetzigen Generation, und wir müssen innerhalb eines Jahres mit Krieg rechnen. Wenn wir aber durchsetzen, daß die Bundesrepublik ihren Beschluß rückgängig macht und die beiden Häftlinge nicht freiläßt, bescheren wir eben dieser Generation, zumindest in Westeuropa, die größte ökologische Katastrophe.«

»Wir müssen nach einer dritten Möglichkeit suchen«, sagte David Lawrence. »Aber wo?«

»Dafür kommt ja wohl nur ein Ort in Frage«, antwortete Poklewski. »Die Lösung muß irgendwo in Moskau zu finden sein. Ich bin der Meinung, daß wir keinen Schritt aus dem Dilemma tun können, solange wir nicht wissen, was Rudin zu seiner Haltung bewegt.«

»Sie denken wahrscheinlich an die Nachtigall«, warf Benson ein. »Aber dafür reicht die Zeit nicht mehr. Wir reden nicht von Wochen oder auch nur Tagen. Uns bleiben lediglich ein paar Stunden. Mr. President, ich schlage vor, daß Sie versuchen, über den heißen Draht mit Rudin zu sprechen. Fragen Sie von Staatschef zu Staatschef, warum er wegen zweier jüdischer Flugzeugentführer so übertrieben reagiert.«

»Und wenn er sich weigert, seinen Grund zu nennen?« fragte Lawrence. »Er hätte Kirow anweisen können, uns seine Motive zu erläutern. Er hätte sie wenigstens andeuten können . . .«

Präsident Matthews hatte inzwischen einen Entschluß gefaßt.

»Gut, ich rufe Rudin an«, sagte er. »Aber falls er sich weigert, mit mir zu sprechen oder mir seine Gründe darzulegen, müssen wir annehmen, daß er in seinem eigenen Lager unter starkem Druck steht. Deshalb telefoniere ich vorher mit der britischen Premierministerin, weihe sie in den Stand der Dinge ein und bitte sie um jede Unterstützung, die sie uns durch Sir Nigel Irvine und die Nachtigall gewähren kann. Sollten alle Stricke reißen, rufe ich in Bonn an und bitte den Bundeskanzler, uns mehr Zeit zu lassen.«

Die Telefonistin im Gefängnis Tegel wollte den Anrufer schon abwimmeln, der sie bat, ihn mit Ludwig Jahn zu verbinden. In den vergangenen Stunden hatten bereits viele Reporter versucht, mit namentlich benannten Aufsehern zu telefonieren, um von ihnen Einzelheiten über Mischkin und Lasareff zu erfahren. Die Telefonistin hatte strikte Anweisung, keine Anrufer weiterzuverbinden.

Aber als der Mann ihr erklärte, er sei Jahns Cousin, und Jahn habe zu der am nächsten Tag stattfindenden Hochzeit seiner Tochter kommen wollen, gab die Telefonistin nach. Familienangelegenheiten waren schließlich etwas anderes. Sie verband den Anrufer mit Jahn, der das Gespräch in seinem Dienstzimmer entgegennahm.

»Sie erinnern sich wahrscheinlich noch an mich«, sagte die Stimme. Jahn erinnerte sich nur allzu gut an den Russen mit dem kalten Blick.

»Sie hätten mich hier nicht anrufen dürfen«, flüsterte er. »Ich kann Ihnen nicht helfen. Die Wachen sind verdreifacht und die Schichteinteilung ist verändert worden. Ich bleibe ständig im Dienst und übernachte hier im Büro. Die verschärften Maßnahmen gelten bis auf weiteres. Das bedeutet, daß jetzt niemand an die beiden Insassen herankann.«

»Lassen Sie sich lieber einen Grund einfallen, aus dem Sie für kurze Zeit das Gebäude verlassen müssen«, sagte Oberst Kukuschkin. »Ich erwarte Sie in einer Stunde.« Er nannte Jahn eine Kneipe in einer nur wenige hundert Meter vom Gefängnis entfernten Straße. Jahn kannte das Lokal nicht, aber er kannte die Straße. »In einer Stunde«, wiederholte die Stimme, »sonst ...« Der Russe legte auf.

In Berlin war es 20 Uhr und bereits dunkel.

Die britische Premierministerin saß in ihrer Privatwohnung im Obergeschoß der Downing Street Nr. 10 mit ihrem Ehemann beim Abendessen, als ihr ein persönlicher Anruf von Präsident Matthews angekündigt wurde. Sie hatte bereits an ihrem Schreibtisch Platz genommen, als das Gespräch durchgestellt wurde. Die beiden Regierungschefs kannten sich gut und waren schon ein dutzendmal zusammengetroffen, seit Großbritanniens erste Premierministerin ihr Amt angetreten hatte. In der privaten Unterhaltung nannten sie einander beim Vornamen, aber jetzt hielten sie sich an die förmliche Anrede, obwohl das verschlüsselt über den Atlantik gehende Telefongespräch nicht abgehört werden konnte. Es wurde jedoch, wie beide wußten, für die Archive aufgezeichnet.

Präsident Matthews berichtete von Rudins Botschaft.

»Um Himmels willen, warum tut er denn das?« fragte die Premierministerin.

»Das ist mir ein Rätsel, Ma'am«, antwortete die Stimme mit dem Südstaatenakzent. »Dafür gibt es keine Erklärung. Absolut keine. Noch zwei Dinge. Botschafter Kirow hat erklärt, falls der Inhalt von Rudins Botschaft bekannt werde, sei der Dubliner Vertrag ebenfalls hinfällig. Ich darf doch auf Ihre Diskretion zählen?«

»Selbstverständlich!« erwiderte sie. »Und das andere?«

»Ich habe versucht, Rudin über die Direktverbindung zu erreichen. Aber er ist nicht zu sprechen. Deshalb muß ich annehmen, daß er im Kreml vor Schwierigkeiten steht, über die er nicht reden kann. Dadurch bin ich, offen gestanden, in eine äußerst unangenehme Zwangslage geraten. Trotzdem bin ich fest entschlossen, den Vertrag zu retten. Er ist für die gesamte westliche Welt wichtig. Ich muß für ihn kämpfen. Ich darf nicht zulassen, daß zwei Flugzeugentführer in einem Berliner Gefängnis dieses Vertragswerk zunichte machen. Ich muß verhindern, daß ein paar Terroristen auf einem Tanker in der Nordsee eine Situation heraufbeschwören, die zwangsläufig in einen Weltkrieg mündet.«

»Ich bin ganz Ihrer Meinung, Mr. President«, stimmte die Premierministerin zu. »Was erwarten Sie von mir? Ich nehme an, daß Sie in Bonn mehr Einfluß haben als ich.«

»Darum geht es mir nicht, Ma'am. Wir können uns durchaus ein Bild davon machen, was eine Sprengung der ›Freya‹ für die europäischen Länder bedeuten würde, aber ich nehme an, daß Sie mehr Material und genauere Kenntnisse haben. Ich muß alle nur denkbaren Möglichkeiten und Konsequenzen für den Fall kennen, daß die Terroristen ihre Drohung wahrmachen.«

»Ja, natürlich«, sagte die britische Premierministerin. »Unsere Spezialisten haben sich inzwischen eingehend mit dem Schiff, seiner Ladung und den technischen Möglichkeiten zur Eindämmung einer Ölkatastrophe befaßt. Bisher ist noch nicht über die Möglichkeit einer gewaltsamen Geiselbefreiung gesprochen worden, aber darüber werden wir jetzt wohl reden müssen. Was wir bisher an Erkenntnissen und Schlußfolgerungen zusammengetragen haben, ist innerhalb einer Stunde zu Ihnen unterwegs. Noch etwas?«

»Ich habe noch eine Bitte, nur weiß ich nicht recht, wie ich sie formulieren soll«, antwortete William Matthews. »Für Rudins Verhalten muß es eine Erklärung geben – und solange wir die nicht haben, tappen wir im dunkeln. Wenn ich diese Krise meistern soll, muß ich Rudins Beweggründe kennen. Ich muß wissen, ob es ein dritte Alternative gibt. Ich möchte Sie bitten, Ihre Leute anzuweisen, die Nachtigall ein letztes Mal aktiv werden zu lassen und mir dann die neuesten Informationen zu überlassen.«

Die Premierministerin schwieg nachdenklich. Sie hatte sich bis zu diesem Zeitpunkt aus Prinzip nie in Sir Nigels Dienstgeschäfte eingemischt. Im Gegensatz zu einigen ihrer Vorgänger hatte sie stets darauf verzichtet, aus purer Neugier in Geheimdienstakten zu schmökern. Sie hatte den Direktoren von SIS und MI 5 doppelt soviel Mittel wie früher zur Verfügung gestellt und beide Posten mit erfahrenen Profis besetzt, die sich mit unerschütterlicher Loyalität für ihr Vertrauen revanchierten. Sie wiederum verließ sich darauf, daß die beiden ihr Vertrauen nicht mißbrauchten. Und das hatte auch keiner von beiden getan.

»Ich tue, was ich kann«, versprach sie schließlich. »Aber hier geht es immerhin um Informationen aus dem Kreml, die innerhalb weniger Stunden beschafft werden sollen. Falls das irgendwie möglich ist, werden wir nichts unversucht lassen. Das verspreche ich Ihnen.«

Nachdem sie aufgelegt hatte, bat sie ihren Mann, nicht auf sie zu warten, da sie bis spät in die Nacht hinein am Schreibtisch bleiben werde. Aus der Küche ließ sie sich eine Kanne Kaffee bringen. Dann rief sie Sir Julian Flannery zu Hause an, teilte ihm – im Hinblick auf die nicht abhörsichere Leitung – nicht mehr mit, als daß eine neue Lage eingetreten sei, und forderte ihn auf, wieder ins Büro zu kommen. Das nächste Gespräch wurde über eine abhörsichere Leitung mit dem Wachhabenden in der Zentrale der Firma geführt. Sie ließ Sir Nigel Irvine ausrichten, er möge sich umgehend in die Downing Street Nr. 10 begeben. Sie schaltete das Fernsehgerät in ihrem Arbeitszimmer ein und sah sich, während sie auf ihn wartete, die Einundzwanziguhrnachrichten der BBC an.

Die lange Nacht hatte begonnen.

Ludwig Jahn zwängte sich in die halbdunkle Nische und sank schwitzend auf die Bank. Der Russe auf der anderen Seite des Tisches beobachtete ihn kalt. Der rundliche Aufseher konnte nicht ahnen, daß der Mann, vor dem er solche Angst hatte, um sein eigenes Leben kämpfte. Aber der Russe ließ sich nichts davon anmerken. In Wirklichkeit hatte er keinen Diplomatenpaß in der Tasche. Als Gast seiner DDR-Kollegen wohnte er in einem sicheren SSD-Haus in Westberlin.

Er hörte ausdruckslos zu, als Jahn ihm die seit 14 Uhr in Kraft getretenen verstärkten Sicherheitsmaßnahmen erläuterte.

»Sie sehen also«, stellte Jahn abschließend fest, »daß ich nichts für Sie tun kann. Es ist unmöglich, Sie in diesen Flügel zu bringen. Dort haben jetzt Tag und Nacht mindestens drei Kollegen Dienst. Wer den Trakt betritt, muß seinen Ausweis vorzeigen – sogar ich, obwohl wir uns alle seit Jahren kennen. Kein neuer Mann bekäme Zutritt, ohne daß der Direktor zuvor davon verständigt würde.«

Kukuschkin nickte bedächtig.

Jahn spürte Erleichterung in sich aufsteigen. Man würde ihn in Ruhe lassen! Man würde seinen Angehörigen nichts tun! Die Sache war ausgestanden!

»Sie dürfen den Korridor natürlich betreten«, sagte der Russe. »Und Sie haben Zugang zu den Zellen.«

»Na ja, ich bin schließlich der Oberwachtmeister. Ich muß mich regelmäßig davon überzeugen, daß bei den beiden Inhaftierten alles in Ordnung ist.«

»Nachts schlafen sie wohl?«

»Vielleicht. Sie haben von der Schiffsbesetzung in der Nordsee gehört. Ihre Radios sind kurz nach Mittag eingezogen worden, aber einer der anderen Häftlinge hat ihnen die Forderungen der Entführer zugerufen, bevor der Trakt geräumt wurde. Vielleicht schlafen sie heute nacht – vielleicht aber auch nicht.«

Der Russe hatte mit ernstem, bedächtigen Kopfnicken zugehört.

»Dann übernehmen Sie die Sache selbst«, sagte er.

Jahn starrte ihn mit offenem Mund an.

»Nein! Nein!« stammelte er. »Das können Sie nicht von mir verlangen. Ich könnte keinen Menschen erschießen. Ich könnte keine ...«

Der Russe hob abwehrend die Hand und legte zwei Metallröhrchen im Füllfederhalterformat auf den Tisch.

»Sie sollen nicht schießen«, erklärte er Jahn. »Das hier sind Ihre Waffen. Sie halten das offene Ende dicht vor Mund und Nase des Schlafenden und drücken auf diesen Knopf. Der Tod tritt innerhalb von drei Sekunden ein. Das eingeatmete Blausäuregas wirkt sofort tödlich, und die Symptome sind eine Stunde später nicht mehr von denen eines Herzschlags zu unterscheiden. Nach der Tat schließen Sie die Zellen wieder ab, verlassen den Trakt, wischen Ihre Fingerabdrücke von den Röhren und legen sie in den Spind eines Kollegen, der ebenfalls Zugang zu den beiden Zellen hat. Eine einfache, saubere Sache. Und Ihnen kann niemand etwas nachweisen.«

Was Kukuschkin dem entsetzten deutschen Oberwachtmeister hingelegt hatte, war ein weiterentwickeltes Modell der Giftgaspistolen, mit denen die KGB-Abteilung für »nasse Angelegenheiten« Ende der fünfziger Jahre die beiden ukrainischen Exilpolitiker Lew Rebet und Stefan Bandera ermordet hatte. Die Waffe arbeitete immer noch nach demselben einfachen Prinzip, aber man hatte die Wirkung des Gases verstärkt. In dem Röhrchen steckte eine mit Blausäure gefüllte Glaskugel. Der Auslöser ließ einen durch Federkraft gespannten Bolzen nach vorn schnellen, der das Glas zertrümmerte. Gleichzeitig wurde die Blausäure durch Preßluft aus einem kleinen Druckbehälter zerstäubt und schoß als unsichtbare Giftgaswolke in die Atemwege des Opfers. Innerhalb einer Stunde verflüchtigte sich der verräterische Bittermandelgeruch der Blausäure, während die Muskelstarre wieder abklang, so daß das Ganze schließlich aussah wie ein simpler Herzschlag.

Da wohl niemand glaubte, daß zwei junge Männer zum selben Zeitpunkt einen tödlichen Herzanfall erleiden, würden die Behörden mit Sicherheit eine Untersuchung anordnen und dabei auch das Gefängnisgebäude durchsuchen. Die Gaspistolen im Spind von Jahns Kollegen würden den Mann unwiderlegbar belasten.

»Das ... das kann ich nicht«, flüsterte Jahn.

»Aber ich kann dafür sorgen, daß Ihre Angehörigen für den Rest ihres Lebens in einem Arbeitslager in der Arktis verschwinden«, sagte der Russe halblaut. »Und ich werde es tun! Sie stehen vor einer einfachen Entscheidung, Herr Jahn. Sie brauchen Ihre Skrupel nur für zehn Minuten zu überwinden, um ihnen allen das Leben zu retten! Denken Sie darüber nach.«

Kukuschkin griff nach Jahns Hand, drehte sie um und legte die beiden Metallröhrchen hinein.

»Denken Sie darüber nach – aber nicht zu lange«, riet er ihm. »Dann gehen Sie in die Zellen und tun's einfach. Das ist alles.«

Er stand auf und ging, nachdem er an der Theke gezahlt hatte. Einige Minuten später steckte Jahn die Gaspistolen in die Tasche seines Regenmantels und ging ins Gefängnis Tegel zurück. Um Mitternacht – in drei Stunden – würde er den diensthabenden Oberaufseher ablösen. Um 1 Uhr würde er die Zellen betreten und es tun. Er wußte, daß ihm nichts anderes übrigblieb.

Als die Abenddämmerung herabsank, schaltete die Nimrod über der *Freya* von der tagsüber benützten F-126-Kamera auf die für Nachtaufnahmen geeignete F-135-Kamera um. Sonst änderte sich nichts. Die mit Infrarot arbeitende Nachtkamera überwachte das 5 000 Meter unter ihr liegende Schiff auch bei Dunkelheit. Wenn Latham wollte, konnte er mit Hilfe des Elektronenblitzes der Infrarotkamera Standfotos machen oder den eine Million Kerzen starken Suchscheinwerfer seiner Maschine einschalten.

Die Nachtkamera war jedoch nicht empfindlich genug, um zu registrieren, daß der seit dem Spätnachmittag an Deck liegende Mann in dem roten Anorak sich langsam bewegte, unter den Catwalk kroch und sich darunter nach achtern vorarbeitete. Niemand sah ihn die Aufbauten erreichen, durch eine halboffene Tür kriechen und dahinter aufstehen.

Als der Tag anbrach, hatten die Beobachter keine andere Erklärung für das Verschwinden der Leiche, als daß sie in der Nacht über Bord geworfen worden sei.

Der Mann in dem roten Anorak betrat die Kombüse, um sich aufzuwärmen. Er zitterte vor Kälte. Dort traf er einen seiner Kameraden an, der ihm einen großen Becher heißen Kaffee einschenkte. Er trank ihn aus, stieg zur Brücke hinauf und zog wieder die schwarzen Kleidungsstücke an, mit denen er an Bord gekommen war.

»Mann, du hast gut getroffen!« sagte er zu dem Wachhabenden auf der Brücke. »Ich hab den Gasdruck der Platzpatronen durch die Jacke gespürt.«

Der andere grinste.

»Andrej hat eine realistische Erschießung befohlen«, antwortete er. »Die Sache hat übrigens geklappt: Mischkin und Lasareff werden morgen früh um acht Uhr freigelassen. Am Nachmittag sind sie bereits in Tel Aviv.«

»Sehr gut! Hoffentlich klappt Andrejs Absetzplan für uns auch so gut«, sagte der Amerikaner.

»Keine Angst, der klappt bestimmt«, versicherte sein Kamerad. »Zieh deine Maske über und bring dem Yankee im Farbenraum seine Klamotten zurück. Dann legst du dich am besten aufs Ohr. Du hast ab sechs Uhr Wache.«

Sir Julian Flannery berief den Krisenstab innerhalb einer Stunde nach seinem Gespräch mit der Premierministerin erneut ein. Sie hatte ihm inzwischen die jüngste Entwicklung der Dinge erläutert und ihn sowie Sir Nigel Irvine zum Schweigen verpflichtet. Die Mitglieder des Krisenstabes sollten lediglich erfahren, daß die angekündigte Freilassung Mischkins und Lasareffs je nach Entscheidung des deutschen Bundeskanzlers aufgeschoben oder widerrufen werden würde.

In einem anderen Raum in Whitehall wurden alle verfügbaren Informationen über die *Freya*, ihre Besatzung, ihre Ladung und das Ausmaß der möglicherweise zu erwartenden katastrophalen Schäden elektronisch direkt nach Washington übertragen.

Sir Julian hatte Glück gehabt: Keiner der wichtigsten Spezialisten des Krisenstabs wohnte mehr als 30 Autominuten von Whitehall entfernt. Die meisten waren zu Hause beim Abendessen. Keiner war übers Wochenende aufs Land gefahren. Nur zwei mußten in Restaurants verständigt werden, ein anderer war im Theater. Bis 21 Uhr 30 war der Krisenstab wieder fast vollzählig versammelt.

Es sei davon auszugehen, erklärte Sir Julian den Anwesenden, daß der Fall *Freya* inzwischen das Ausmaß einer echten Krise angenommen habe.

»Wir können damit rechnen, daß der Kanzler der Bundesrepublik einwilligen wird, die Freilassung hinauszuschieben, sobald einige andere Punkte zufriedenstellend geklärt sind. Tut er das, müssen wir damit rechnen, daß die Terroristen zumindest ihre erste Drohung wahrmachen und Rohöl von Bord der ›Freya‹ ins Meer pumpen. Wir müssen gemeinsam überlegen, wie sich der von zwanzigtausend Tonnen Öl angerichtete Schaden möglichst gering halten läßt – und was zu tun ist, wenn es sich um die fünfzigfache Menge handelt.«

Das Bild, das die anschließende Erörterung der Lage ergab, war wenig ermutigend. Die gleichgültige Haltung der Öffentlichkeit hatte eine spürbare Nachlässigkeit der politischen Instanzen in Fragen des Umweltschutzes bewirkt. Trotzdem verfügte Großbritannien über mehr Ölbindemittel und über eine größere Anzahl zur Bekämpfung von Ölkatastrophen ausgerüsteter Spezialschiffe als das gesamte übrige Europa.

»Wir müssen davon ausgehen, daß die Hauptlast der Verhinderung ökologischer Schäden uns zufallen wird«, sagte der Wissenschaftler Dr. Henderson von den Warren Springs Laboratories. »Als vor fünf Jahren die ›Amoco Cadiz‹ sank, haben die Franzosen sich geweigert, unsere Hilfe anzunehmen, obwohl wir bessere Ölbindemittel und bessere Geräte hatten als sie. Die französischen Fischer haben diese Dummheit bitter büßen müssen. Die altmodischen Detergenzien haben ebenso hohe Schäden angerichtet wie das Öl selbst – und dabei sind sie nicht einmal in ausreichenden Mengen vorhanden gewesen. Man hätte ebensogut versuchen können, einen Tiger mit einem Flitzebogen zu erlegen.«

»Ich zweifle nicht daran, daß die Deutschen, die Holländer und die Belgier sofort eine gemeinsame Bekämpfung der Ölpest vorschlagen werden«, sagte der Mann vom Außenministerium.

»Dann müssen wir darauf vorbereitet sein«, entschied Sir Julian. »Wieviel haben wir von dem Mittel vorrätig?«

Dr. Henderson aus Warren Springs konnte Auskunft geben:

»Das beste Ölbindemittel bindet in konzentrierter Form etwa das Zwanzigfache seines eigenen Volumens: Es spaltet das Rohöl in winzige Tropfen auf, die auf natürliche Weise von Bakterien vernichtet werden können. Eine Tonne dieses Mittels genügt also für zwanzig Tonnen Rohöl, und wir haben ungefähr tausend Tonnen auf Lager.«

»Also genug für einen Teppich aus zwanzigtausend Tonnen Rohöl«, stellte Sir Julian fest. »Und wenn es eine Million ist?«

»Dagegen sind wir machtlos! Selbst wenn wir die Produktion sofort anlaufen lassen, können wir doch bestenfalls nur alle vier Tage tausend Tonnen herstellen. Und für eine Million Tonnen Rohöl würden wir fünfzigtausend Tonnen Bindemittel brauchen. Diese Verrückten mit den schwarzen Masken sind, kraß formuliert, in der Lage, fast alles Leben in der Nordsee und im Kanal zu vernichten und alle Strände von Hull bis Falmouth auf unserer Seite und auf dem Kontinent von Jütland bis zur Bretagne zu verseuchen.«

Die anderen schwiegen betreten.

»Befassen wir uns also mit dem ersten Ölteppich«, schlug Sir Julian schließlich vor. »Alles andere sprengt ohnehin unsere Vorstellungskraft, fürchte ich.«

Der Krisenstab beschloß, noch in dieser Nacht die gesamten Bestände an Ölbindemittel von dem Lager in Hampshire an die Küste transportieren zu lassen. Das Energieministerium würde dafür sorgen, daß die großen Ölgesellschaften die benötigten Tankfahrzeuge in Marsch setzten, während gleichzeitig die mit Sprühgeräten ausgerüsteten Spezialschiffe, Londoner Feuerlöschboote und entsprechende Marineeinheiten in Lowestoft zusammengezogen werden sollten. Wenn alles nach Plan lief, konnte die gesamte Flottille am späten Vormittag in Lowestoft das Ölbindemittel an Bord nehmen.

»Falls die See ruhig bleibt«, sagt Dr. Henderson, »treibt der Ölteppich von der ›Freya‹ aus mit etwa zwei Knoten Geschwindigkeit auf Nordholland zu. Dadurch haben wir genügend Zeit. Beim Gezeitenwechsel müßte er wieder zurücktreiben. Sollte jedoch Wind aufkommen, würde der Teppich mit erhöhter Geschwindigkeit in Windrichtung getrieben, weil der Wind stärker als der Gezeitenstrom ist. Mit einem Teppich von zwanzigtausend Tonnen Öl müßten wir aber in jedem Fall fertig werden.«

»Aber unsere Schiffe dürfen nicht näher als auf fünf Seemeilen an die ›Freya‹ heran«, warf der stellvertretende Chef des Generalstabs ein. »Und das Seegebiet zwischen dem Tanker und der niederländischen Küste ist für uns ganz gesperrt.«

»Die Besatzung der Nimrod kann den Ölteppich beobachten«, schlug der Luftwaffenmajor vor. »Sobald er weiter als fünf Seemeilen von der ›Freya‹ entfernt ist, können Ihre Leute zu sprühen anfangen.«

»Die angedrohten zwanzigtausend Tonnen Rohöl können wir also bewältigen«, stellte der Mann vom Außenministerium fest. »Was passiert danach?«

»Nichts«, antwortete Dr. Henderson. »Danach stehen wir im Hemd da!«

»Gut, das wär's also«, sagte Sir Julian. »Wir haben heute nacht noch viel Arbeit vor uns, meine Herren.«

»Es gibt eine weitere Möglichkeit«, meldete sich Colonel Holmes von den Royal Marines zu Wort. »Die harte Option.«

Unbehagliches Schweigen breitete sich aus. Nur der Vizeadmiral und der RAF-Offizier waren sichtlich interessiert. Die Wissenschaftler und Verwaltungsleute der Runde waren an technische und administrative Probleme und dementsprechend an gewaltlose Lösungsmöglichkeiten gewöhnt. Und sie hatten den Verdacht, der grobknochige Colonel in Zivil habe keinen sehnlicheren Wunsch, als Menschen zu durchlöchern.

»Diese Option gefällt Ihnen wahrscheinlich nicht«, fuhr Holmes nüchtern fort, »aber die Terroristen haben bereits einen Seemann kaltblütig erschossen. Vermutlich schrecken sie auch nicht davor zurück, die restlichen neunundzwanzig zu ermorden. Das Schiff kostet hundertsiebzig Millionen Dollar, die Ladung ist dasselbe wert, und für die Schadenbeseitigung müßten wir mindestens das Dreifache ansetzen. Falls der deutsche Bundeskanzler die beiden Häftlinge in Berlin aus irgendwelchen Gründen nicht freilassen kann oder will, bleibt uns unter Umständen nichts anderes übrig, als zu versuchen, das Schiff zu entern und den Mann mit dem Zünder handlungsunfähig zu machen, bevor er auf den Knopf drücken kann.«

»Was schlagen Sie also vor, Colonel?« fragte Sir Julian.

»Ich schlage vor, daß Major Fallon aus Dorset herkommen soll und wir uns anhören, was er zu sagen hat«, antwortete Holmes.

Der Krisenstab beschloß, die Sitzung bis 3 Uhr zu unterbrechen. Inzwischen war es 0 Uhr 50.

Während der Krisenstab tagte, hatte die Premierministerin Sir Nigel Irvine in ihrem Arbeitszimmer empfangen.

»So stehen die Dinge also, Sir Nigel«, schloß sie. »Wenn wir keine dritte Möglichkeit finden, werden die beiden Männer freigelassen, und Maxim Rudin zerreißt den Dubliner Vertrag – oder sie bleiben im Gefängnis, und ihre Komplizen jagen die ›Freya‹ in die Luft. Im zweiten Fall besteht theoretisch die Chance, daß sie es vielleicht doch nicht zum äußersten kommen lassen, aber damit dürfen wir nicht rechnen. Und selbst wenn wir erwägen sollten, die ›Freya‹ zu stürmen, so wären die Erfolgsaussichten doch sehr gering. Um einen dritten Weg zu finden, müssen wir wissen, warum Maxim Rudin dieses Ultimatum gestellt hat und was er will. Warum spielt er mit einem so hohen Einsatz? Versucht er, den Westen in eine gigantische Katastrophe zu treiben, nur um von dem sowjetischen Ernährungsproblem abzulenken? Und hat er wirklich die Absicht, seine Drohung zu verwirklichen? Das alles müssen wir wissen.«

»Wieviel Zeit können Sie uns geben, Ma'am?« fragte der SIS-Generaldirektor. »Wieviel Zeit hat Präsident Matthews noch?«

»Leider ist zu befürchten, daß die Terroristen handeln, falls die Flugzeugentführer nicht bei Tagesanbruch freigelassen werden. Und das heißt, daß sie das Schiff sprengen. Ich hatte gehofft, Präsident Matthews bis morgen nachmittag eine erste Mitteilung machen zu können.«

»Nach allen Erfahrungen muß ich das als schlichtweg unmöglich bezeichnen, Ma'am. In Moskau ist es jetzt mitten in der Nacht. Die Nachtigall ist buchstäblich unerreichbar – es sei denn auf dem Weg über sorgfältig geplante Treffs. Der Versuch einer überstürzten Kontaktaufnahme kann dazu führen, daß der Agent enttarnt wird.«

»Ich kenne Ihre Regeln und weiß, daß ihre Einhaltung notwendig ist, Sir Nigel. Die Sicherheit eines schutzlosen Agenten geht unter allen Umständen vor. Aber hier handelt es sich um Angelegenheiten von allerhöchstem nationalen Interesse. Das Scheitern des Dubliner Vertrags oder die Zerstörung der ›Freya‹ würden Großbritannien und seine Bevölkerung auf das empfindlichste treffen. Ohne den Vertrag ist der Frieden gefährdet – wenn nicht sogar Jefrem Wischnajew an die Macht kommt, was vermutlich noch schlimmere Folgen hätte. Im anderen Fall wären die Verluste, die Lloyds – und durch Lloyds die gesamte britische Volkswirtschaft – durch die Sprengung der ›Freya‹ erleiden würde und die Verseuchung der Nordsee nur als eine nationale Katastrophe zu bezeichnen – ganz zu schweigen von dem Los der neunundzwanzig Seeleute. Ich will Ihnen keinen ausdrücklichen Befehl geben, Sir Nigel; ich bitte Sie nur, die eben genannten Risiken gegen die mögliche Gefährdung eines einzigen russischen Agenten abzuwägen.«

»Ma'am, ich tue, was ich kann. Das verspreche ich Ihnen«, sagte Sir Nigel und verabschiedete sich, um in sein Büro zu fahren.

Von einem Büro im Verteidigungsministerium aus telefonierte Colonel Holmes nach Poole in Dorset, wo der SBS – der Special Boat Service – sein Hauptquartier hat.

Major Simon Fallon wurde in der Offiziersmesse bei einem Bier ausfindig gemacht und an den Apparat geholt. Die beiden Marineoffiziere kannten sich gut.

»Hast du den Fall ›Freya‹ verfolgt?« fragte Holmes. Er hörte ein Lachen am anderen Ende der Leitung.

»Ich hab mir schon gedacht, daß du schließlich bei uns anrufen würdest«, sagte Fallon. »Was gibt's denn?«

»Die Angelegenheit sieht übel aus«, berichtete Holmes. »Unter Umständen müssen die Deutschen sich die Sache anders überlegen und die beiden Kerle in Berlin doch in Haft behalten. Der Krisenstab hat vorhin wieder getagt. Den anderen sind unsere Methoden zuwider, aber möglicherweise bleibt ihnen nichts anderes übrig. Hast du dir schon was überlegt?«

»Klar«, antwortete der Major. »Ich hab den ganzen Tag an nichts anderes gedacht. Aber ich brauche ein Schiffsmodell und den Decksplan.«

»Natürlich«, stimmte Holmes zu. »Ich habe den Plan hier – und ein gutes Modell eines ähnlichen Tankers. Sieh zu, daß du deine Leute zusammentrommelst, damit sie mit vollständiger Ausrüstung bereitstehen. Ich bitte die Marine, von Portland aus Schnellboote zu entsenden und deine Leute mitsamt der Ausrüstung an Bord zu nehmen. Sobald du einen guten Mann als Verantwortlichen eingesetzt hast, nimmst du deinen Wagen und kommst nach London. Melde dich bei mir im Verteidigungsministerium.«

»In Ordnung!« antwortete Fallon. »Unsere gesamte Ausrüstung ist bereits sortiert und verpackt. Die Marine soll so schnell wie möglich kommen. Ich bin schon unterwegs!«

Als der untersetzte Major an die Bar zurückkam, wurde er mit Schweigen empfangen. Seine Offiziere wußten, daß er mit London telefoniert hatte. Wenige Minuten später alarmierten sie die Unteroffiziere und Mannschaften und vertauschten ihre Zivilkleidung, die sie in der Offiziersmesse getragen hatten, mit den schwarzen Overalls und grünen Baretten ihrer Einheit. Kurz vor Mitternacht warteten sie auf dem Kai in dem für sie abgetrennten Teil des Marinestützpunktes auf die Boote.

Über Portland Hill im Westen ging ein heller Mond auf, als die drei Schnellboote *Sabre, Cutlass* und *Scimitar* aus dem Hafen ausliefen und Kurs auf Poole nahmen. Als die Boote Fahrt gewannen, stieg ihr Bug aus den Wellen, und ihr Heck verschwand fast im schäumenden Wasser, während das Röhren ihrer Diesel über die Bucht hallte.

Der gleiche Mond beleuchtete die Autobahn in Hampshire, auf der Major Fallons Rover-Limousine nach London raste.

»Was soll ich dem Bundeskanzler erzählen, verdammt noch mal?« wollte Präsident Matthews von seinen Beratern wissen.

In Washington war es 17 Uhr. Während es in Europa schon längst Nacht war, schien hier noch die Nachmittagssonne und ließ die aufblühenden Rosenknospen vor den Terrassentüren leuchten.

»Ich glaube, daß es falsch wäre, ihm den Inhalt von Rudins Warnung mitzuteilen«, sagte Robert Benson.

»Warum?« fragte Matthews überrascht. »Ich habe ihn der britischen Premierministerin gesagt, und sie hat bestimmt Nigel Irvine einweihen müssen.«

»Das ist nicht dasselbe«, wandte der CIA-Direktor ein. »Die Engländer können die zur Abwendung einer Ölkatastrophe notwendigen Vorbereitungen treffen, indem sie ihre Experten zusammenrufen. Das Ganze ist ein technisches Problem, dessen Lösung keinen Kabinettsbeschluß verlangt. Im Gegensatz dazu soll der deutsche Bundeskanzler aufgefordert werden, Mischkin und Lasareff in Haft zu behalten, obwohl er damit riskiert, eine Katastrophe für seine europäischen Nachbarn heraufzubeschwören. Bevor er das tut, ruft er bestimmt sein Kabinett zusammen und . . .«

»Er ist ein geradliniger Mann«, warf Lawrence ein. »Wenn er weiß, daß der Dubliner Vertrag auf dem Spiel steht, fühlt er sich bestimmt verpflichtet, auch seine Minister zu informieren.«

»Das ist eben das Problem!« fuhr Benson fort. »Dann wüßten mindestens fünfzehn Leute davon. Manche würden mit ihren Frauen oder engen Mitarbeitern darüber sprechen. Wir haben den Fall Guillaume noch nicht vergessen. In Bonn gibt's einfach zu viele undichte Stellen! Wenn die Geschichte bekannt wird, platzt der Dubliner Vertrag auf jeden Fall – unabhängig vom Verlauf der Ereignisse in der Nordsee.«

»Die Verbindung wird in einer Minute hergestellt«, drängte Matthews. »Was soll ich ihm also sagen?«

»Erzählen Sie ihm, daß Sie über Informationen verfügen, die so brisant sind, daß Sie sie nicht am Telefon weitergeben können – nicht einmal über eine abhörsichere Leitung«, schlug Poklewski vor. »Erklären Sie ihm, daß die Freilassung Mischkins und Lasareffs eine größere Katastrophe auslösen würde, als wenn die Terroristen an Bord der ›Freya‹ einige Stunden länger hingehalten werden. Bitten Sie ihn vorerst nur um einen Aufschub.«

»Für wie lange?« fragte der Präsident.

»Möglichst lange«, antwortete Benson.

»Und wenn diese Frist abgelaufen ist?« wollte Matthews wissen.

Das Gespräch mit Bonn kam. Man hatte den Bundeskanzler zu Hause erreicht, und er telefonierte von dort aus. Die beiden Männer kamen ohne Dolmetscher aus, denn der deutsche Regierungschef sprach fließend Englisch. Präsident Matthews sprach zehn Minuten lang mit ihm, und sein Gesprächspartner hörte mit wachsendem Erstaunen zu.

»Aber warum denn?« fragte er schließlich. »Die Sache hat doch wohl kaum etwas mit den Vereinigten Staaten zu tun?«

Matthews hätte ihn am liebsten eingeweiht. Aber in Washington hob Robert Benson warnend den Zeigefinger.

Matthews redete beschwörend auf den Bundeskanzler ein: »Ich bitte Sie, mir zu vertrauen. Ich kann am Telefon nicht so offen sprechen, wie ich gern möchte. Inzwischen haben sich die Dinge entscheidend verändert. Wir haben neue Erkenntnisse über die beiden Häftlinge und wissen, daß ihre Freilassung zum gegenwärtigen Zeitpunkt katastrophale Folgen hätte. Ich bitte Sie um eine Verzögerung, damit wir Zeit haben, die entsprechenden Schritte zu tun.«

Der Bundeskanzler stand in seinem Arbeitszimmer und hörte leise Musik aus dem Wohnzimmer, wo er bei einer Zigarre ein Beethoven-Konzert genossen hatte. Er war mißtrauisch. Seines Wissens war das vor Jahren verlegte Atlantikkabel, das die Regierungschefs der NATO-Staaten miteinander verband, völlig abhörsicher, weil es regelmäßig überprüft wurde. Außerdem stand der amerikanische Präsident natürlich mit seiner Bonner Botschaft in Verbindung und konnte ihm mittels eines verschlüsselten Textes eine persönliche Nachricht zukommen lassen. Der Bundeskanzler kam nicht auf die Idee, daß Washington wegen der vielen in Bonn entlarvten Ostspione nicht Gefahr laufen wollte, daß er sein Kabinett in ein Geheimnis dieser Größenordnung einweihte.

Andererseits war der Präsident der Vereinigten Staaten kein

Mann, der zu dramatischen nächtlichen Anrufen oder unsinnigen Vorschlägen neigte. Er mußte gute Gründe für seine Bitte haben. Aber der Bundeskanzler wußte, daß er die Entscheidung erst treffen konnte, wenn er sich mit seinen Ministern beraten hatte.

»Hier ist es jetzt kurz nach zweiundzwanzig Uhr«, erklärte er Matthews. »Wir haben bis Tagesanbruch Zeit. Nachts dürfte sich nichts Neues ergeben. Ich berufe eine Sondersitzung meines Kabinetts ein und trage Ihren Wunsch vor. Mehr kann ich Ihnen im Augenblick nicht versprechen.«

Damit mußte William Matthews sich zufriedengeben.

Der deutsche Regierungschef blieb noch eine Minute lang nachdenklich vor dem Telefon sitzen, nachdem er aufgelegt hatte. Er wußte nicht, was hier vorging – aber es betraf jedenfalls zwei Häftlinge, die in seinem Verantwortungsbereich, im Westberliner Gefängnis Tegel, in Einzelhaft saßen. Falls ihnen etwas zustieß, würden sämtliche Medien und die Opposition über die Bundesregierung herfallen. Und da Landtagswahlen vor der Tür standen ...

Er rief als erstes seinen Justizminister an, der ebenfalls in der Bundeshauptstadt wohnte. Das Kabinett hatte sich darauf geeinigt, daß alle Minister übers Wochenende in Bonn bleiben würden. Der Justizminister war sofort mit dem Vorschlag des Bundeskanzlers einverstanden. Die Verlegung der beiden Häftlinge aus dem alten Gefängnis Tegel in das absolut sichere Gefängnis Moabit war eine selbstverständliche Vorsichtsmaßnahme. Dort waren sie vor CIA-Agenten sicher. Der Justizminister gab die entsprechende Anweisung sofort nach Berlin weiter.

Es gibt bestimmte, scheinbar harmlose Redewendungen, mit denen der Chefentschlüßler der Britischen Botschaft in Moskau dem dortigen SIS-Residenten mitteilen kann: »Sie müssen so schnell wie möglich herkommen. London hat etwas Wichtiges für Sie.« Eine verschlüsselte Aufforderung dieser Art veranlaßte Adam Munro, um Mitternacht Moskauer Zeit – um 22 Uhr Greenwich-Zeit – aufzustehen und quer durch die Stadt zum Maurice-Thorez-Kai zu fahren.

Auf dem Rückweg in sein Büro war Sir Nigel Irvine zu der Einsicht gekommen, daß die Premierministerin mit ihrem Verlangen völlig recht hatte. Gemessen an einer Annullierung des Dubliner Vertrags in letzter Minute oder der Zerstörung und Versenkung der *Freya* mitsamt ihrer Besatzung und Ladung war es das geringere Übel, einen russischen Agenten der Gefahr der Enttarnung auszusetzen. Was er von seinem Agenten in Moskau verlangen mußte und wie er es durchsetzen würde, machte ihm kein Vergnügen. Aber bevor er das SIS-Gebäude betrat, wußte er, daß ihm keine andere Wahl blieb.

Die Nachrichtenzentrale hatte nur Routinemeldungen abzuwikkeln, als Sir Nigel hereinkam und die Nachtschicht durch seine unangemeldete Ankunft verblüffte. Die mit einem Codiergerät gesicherte Fernschreibverbindung mit Moskau wurde innerhalb weniger Minuten hergestellt. Niemand bezweifelte, daß der Meister das Recht hatte, mitten in der Nacht mit seinem Moskauer Residenten Verbindung aufzunehmen. Eine halbe Stunde später meldete der Moskauer Fernschreiber, daß Munro eingetroffen sei und auf die Mitteilung aus London warte.

Das Schlüsselpersonal in beiden Zentralen bestand aus erfahrenen, absolut zuverlässigen Leuten. Sie mußten zuverlässig sein, weil der Umgang mit Meldungen, über die Regierungen stürzen konnten, zu ihrer täglichen Routine gehörte. Von London aus ging der verschlüsselte Fernschreibtext zu einem Antennenwald bei Cheltenham, einem Ort, der eigentlich für seine Pferderennen und sein Mädchencollege bekannt ist, und wurde über das schlafende Europa hinweg einer Antenne auf dem Dach des Botschaftsgebäudes in Moskau zugefunkt. Vier Sekunden, nachdem die Worte in London getippt worden waren, erschienen sie im Klartext auf dem Fernschreiber im Keller der ehemaligen Residenz des alten Zuckerkönigs.

Dort wandte sich der Entschlüßler an Munro, der neben ihm stand.

»Der Meister persönlich«, sagte er, nachdem er die Codegruppe des Fernschreibens gesehen hatte. »Da brennt's anscheinend.«

Sir Nigel teilte Munro mit, welche Warnung Botschafter Kirow erst drei Stunden zuvor dem amerikanischen Präsidenten hatte zukommen lassen. Er mußte Munro darüber informieren, damit dieser der Nachtigall den Auftrag erteilen konnte, die Antwort auf Matthews' Frage »Warum?« zu finden.

Der Fernschreiber klapperte einige Minuten lang. Munro las den Text, der aus dem Ticker kam, mit wachsendem Entsetzen.

»Das kann ich nicht tun«, erklärte er dem teilnahmslosen Entschlüßler, über dessen Schulter hinweg er das Fernschreiben las. Als es zu Ende war, wies er ihn an:

»Antworten Sie folgendermaßen! ›Unmöglich, wiederhole, unmöglich, die gewünschten Informationen kurzfristig zu beschaffen.‹ Los, senden Sie's schon!«

Die Fernschreibdiskussion zwischen Sir Nigel Irvine und Adam Munro dauerte etwa eine Viertelstunde. Es gibt eine Möglichkeit, kurzfristig mit N. Verbindung aufzunehmen, stellte London fest. Ja, aber nur im äußersten Notfall, antwortete Munro. Dies ist ein solcher Notfall! klapperte die Maschine aus London. N. könne erst in einigen Tagen Nachforschungen anstellen, weil das Politbüro nur donnerstags zusammentrete, wandte Munro ein. Und das Protokoll der Sitzung vom vergangenen Donnerstag? fragte London. Die *Freya* ist nicht letzten Donnerstag gekapert worden, widersprach Munro.

Sir Nigel mußte schließlich etwas tun, das er lieber vermieden hätte.

»Bedaure«, kam es aus dem Fernschreiber, »Anweisung der Premierministerin kann nicht abgelehnt werden. Falls Versuch zur Abwendung der Katastrophe unterbleibt, wird Fluchthilfezusage für N. annulliert.«

Munro starrte die beiden Sätze ungläubig an. Er fand sich zum erstenmal im Netz seiner Entschlüsse gefangen, seinem Vorgesetzten in London zu verschweigen, daß sich unter dem Decknamen »Nachtigall« eine Frau verbarg, die er liebte. Sir Nigel Irvine glaubte, Nachtigall sei ein verbitterter russischer Überläufer namens Anatoli Kriwoi, die rechte Hand des Kriegstreibers Wischnajew.

»Antworten Sie folgendes«, forderte Munro den Entschlüßler auf. »›Versuche es noch heute nacht. Lehne jedoch jede Verantwortung ab, falls N. sich weigert oder bei dem Versuch enttarnt wird.‹«

Die Antwort des Meisters bestand nur aus zwei Worten. »Einverstanden. Weitermachen.« In Moskau war es 0 Uhr 30 und sehr kalt.

Um 17 Uhr 30 sank in Washington die Abenddämmerung über die Rasenflächen jenseits der Panzerglasscheiben hinter dem Sessel des Präsidenten herab, so daß das Licht eingeschaltet werden mußte. Die Gruppe im Ovalen Zimmer wartete. Sie wartete auf den deutschen Bundeskanzler, einen unbekannten Agenten in Moskau und einen maskierten Terroristen unbekannter Herkunft, der vor Europa auf einer schwimmenden Bombe saß und den Zünder am Gürtel hatte. Und sie wartete auf eine neue Alternative, die irgendeinen Weg aus dem teuflischen Dilemma zeigte.

Eines der Telefone klingelte. Stanislaw Poklewski wurde verlangt. Er meldete sich, lauschte kurz und bedeckte dann die Sprechmuschel mit der Hand, während er dem Präsidenten erklärte, was das Marineministerium auf seine eine halbe Stunde zuvor gestellte Frage geantwortet hatte.

Im südlichen Teil der Nordsee hielt sich nur ein einziges amerikanisches Kriegsschiff auf. Es hatte sich zu einem Höflichkeitsbesuch in den dänischen Hafen Esbjerg begeben und war inzwischen wieder ausgelaufen, um sich dem Geschwader der Standing Naval Force Atlantic anzuschließen, das vor Norwegen kreuzte. Das Schiff lief auf Nordwestkurs von der Küste Jütlands ab.

»Zur ›Freya‹ umdirigieren«, entschied der Präsident.

Poklewski gab den Befehl des Oberbefehlshabers an die Marine weiter, die das Kriegsschiff über STANFORLANT zum Kurswechsel aufforderte.

Kurz nach 1 Uhr morgens ging die USS *Moran,* die um diese Zeit zwischen Jütland und den Orkney-Inseln stand, auf Südkurs und lief mit hoher Fahrt durch die mondhelle Nacht zum Kanalausgang. Sie war ein mit Lenkwaffen ausgerüstetes Kriegsschiff von fast 8 000 Tonnen, das als Zerstörer galt, obwohl seine Wasserverdrängung höher als die des britischen leichten Kreuzers *Argyll* war. Bei ruhiger See lief die *Moran* knapp 30 Knoten und würde die ihr zugewiesene Position – fünf Seemeilen vor der *Freya* – gegen 8 Uhr erreichen.

Auf dem Parkplatz des Hotels *Mojarski* am Ende des Kutusow-Prospekts standen nur wenige Autos. Bis auf zwei waren alle leer.

Munro sah die Scheinwerfer eines Wagens aufblitzen und erlöschen, stieg aus seinem Auto und ging zu dem anderen hinüber. Er setzte sich neben Walentina und spürte, daß sie nervös und ängstlich war.

»Was ist los, Adam? Warum hast du mich in meiner Wohnung angerufen? Das Gespräch ist bestimmt abgehört worden!«

Er legte ihr den Arm um die Schultern. Sie zitterte.

»Ich habe von einer Telefonzelle aus angerufen«, beruhigte er sie, »und nur davon gesprochen, daß Gregor leider nicht zum Abendessen kommen kann. Das ist unverdächtig.«

»Um zwei Uhr morgens!« warf sie ihm vor. »Solche Gespräche führt man nicht um zwei Uhr morgens. Und der Nachtportier hat gesehen, daß ich weggefahren bin. Er wird mich melden.«

»Du weißt, daß mir das alles leid tut, aber hör mir bitte zu.«

Er berichtete von Botschafter Kirows Besuch bei Präsident Matthews, von der sowjetischen Drohung und dem Befehl aus London, den Grund für die unbegreifliche starre Haltung des Kremls in der Angelegenheit Lasareff/Mischkin in Erfahrung zu bringen.

»Den Grund dafür weiß ich auch nicht«, sagte Walentina einfach. »Ich habe nicht die geringste Ahnung. Vielleicht darum, weil diese Bestien den Flugkapitän Rudenko, einen Familienvater, ermordet haben.«

»Walentina, wir haben die Debatten im Politbüro jetzt ein Dreivierteljahr lang verfolgt. Der Dubliner Vertrag ist für die Sowjetunion lebenswichtig. Warum sollte Rudin ihn wegen dieser beiden Männer gefährden?«

»Das hat er nicht getan«, widersprach sie. »Der Westen kann die Ölpest bekämpfen, falls das Schiff gesprengt werden sollte. Die Kosten lassen sich aufbringen. Der Westen ist reich.«

»Liebling, an Bord sind noch neunundzwanzig Mann Besatzung. Auch diese Männer sind Familienväter. Neunundzwanzig Menschenleben sollen geopfert werden, damit zwei Männer in Haft bleiben? Es muß einen schwerwiegenden Grund geben.«

»Ich kenne ihn nicht«, versicherte Walentina ihm. »Im Politbüro ist darüber nicht gesprochen worden. Das weißt du so gut wie ich.«

Munro starrte niedergeschlagen durch die Windschutzscheibe. Er hatte wider besseres Wissen gehofft, Walentina werde die Anfrage aus Washington beantworten können, weil sie möglicherweise im ZK-Gebäude irgend etwas aufgeschnappt hatte.

Dann entschloß er sich, ihr die Wahrheit zu sagen. Als er zu Ende war, starrte sie ihn mit großen runden Augen an, in denen Tränen glitzerten.

»Sie haben es mir versprochen«, flüsterte sie. »Sie haben versprochen, mich und Sascha rauszuholen. In vierzehn Tagen.«

»Sie haben ihr Wort gebrochen«, sagte Munro. »Sie verlangen diesen letzten Gefallen.«

Walentina ließ den Kopf sinken, bis ihre Stirn auf den behandschuhten Händen ruhte, die auf dem Lenkrad lagen.

»Sie werden mich erwischen«, murmelte sie. »Ich hab solche Angst, Adam!«

»Niemand erwischt dich«, versicherte er ihr beruhigend. »Das KGB arbeitet viel langsamer, als ihr Russen denkt, und je prominenter ein Verdächtiger ist, desto behutsamer und langsamer muß es vorgehen. Wenn du uns diese letzte Information verschaffst, werde ich bestimmt erreichen, daß man euch schon in ein paar Tagen statt erst in zwei Wochen herausholt. Bitte versuch es, Walentina. Es ist unsere einzige Chance, wenn wir für immer zusammensein wollen.«

Walentina starrte in die Nacht hinaus.

»Heute abend ist das Politbüro zu einer Sitzung zusammengetreten«, sagte sie schließlich. »Ich bin nicht im Sekretariat gewesen. Es war eine kurzfristig anberaumte Sondersitzung. Normalerweise fahren die Politbüromitglieder am Freitagabend aufs Land. Die Wortprotokolle werden morgen ... nein, heute ab zehn Uhr geschrieben. Wir alle müssen auf unser Wochenende verzichten, damit sie am Montagmorgen fertig sind. Vielleicht ist auf dieser Sitzung über die Angelegenheit gesprochen worden.«

»Kannst du ins Büro, um die Stenogramme zu lesen oder dir die Tonbänder anzuhören?« fragte er.

»Mitten in der Nacht? Das wäre zu auffällig.«

»Denk dir eine Ausrede aus, Liebling. Irgendeine Ausrede. Du willst so früh wie möglich fertig werden, um doch noch aufs Land fahren zu können.«

»Gut, ich will's versuchen«, sagte Walentina. »Aber nur für dich, Adam – nicht für diese Männer in London.«

»Ich kenne diese Männer in London. Sie holen dich und Sascha heraus, wenn du ihnen noch einmal hilfst. Es ist das letzte Risiko, das du auf dich nehmen mußt – das allerletzte!«

Sie schien gar nicht zugehört zu haben, und als sie antwortete, klang ihre Stimme erstaunlich ruhig, als sei auf einmal alle Angst vor dem KGB von ihr gewichen.

»Du kennst das Spielwarengeschäft ›Djetski Mir‹. Wir treffen uns im Erdgeschoß, wo die Plüschtiere verkauft werden. Morgen früh um zehn Uhr.«

Munro stand auf dem schwarzen Asphalt und beobachtete, wie die Schlußlichter ihres Autos in der Dunkelheit verschwanden. Er hatte es getan. Man hatte ihm befohlen, es zu tun, und er hatte gehorcht. Er hatte einen Diplomatenpaß in der Tasche, der ihn davor bewahren würde, jemals die Lubjanka von innen kennenzulernen. Im schlimmsten Fall würde der britische Botschafter am Montagmorgen ins Außenministerium zitiert werden, wo Dmitri Rykow einen scharfen Protest loslassen und Munros Abberufung fordern würde. Und von Walentina verlangte er, Informationen aus dem Politbüro zu beschaffen, ohne daß sie die Möglichkeit hatte, um ihrer Sicherheit willen, wenigstens nach der üblichen Agentenroutine vorgehen zu können.

Munro sah auf die Uhr. Noch sieben Stunden: sieben Stunden voller Anspannung und nervöser Magenschmerzen. Langsam ging er zu seinem Wagen.

Ludwig Jahn stand am offenen Tor des Gefängnisses Tegel und sah dem Konvoi von Polizeifahrzeugen nach, mit dem Mischkin und Lasareff abtransportiert wurden.

Anders als Munro brauchte er nicht länger zu warten und die Anspannung bis zum nächsten Morgen zu ertragen. Für ihn hatte das Warten ein Ende.

Er ging langsam in sein Büro im ersten Stock hinauf und schloß die Tür hinter sich. Nachdem er einige Sekunden lang am offenen Fenster gestanden hatte, holte er aus und warf die erste Gaspistole weit in die Nacht hinaus.

Ludwig Jahn war dick, ältlich und außer Form. Ein Herzschlag würde als mögliche Todesursache hingenommen werden, sofern nichts gefunden wurde, was auf einen Selbstmord deutete.

Jahn beugte sich weit aus dem Fenster, dachte an seine Nichten jenseits der Mauer in Ostberlin und an ihre lachenden Gesichter, als er ihnen vor vier Monaten seine Weihnachtsgeschenke mitgebracht hatte. Er schloß die Augen, hielt sich die zweite Röhre unter die Nase und drückte auf den Knopf.

Der Schmerz traf seine Brust wie ein Keulenschlag. Die Metallröhre fiel ihm aus den kraftlosen Fingern, schlug klirrend auf der Straße auf und blieb auf der Fahrbahn liegen. Jahn sackte zusammen, rutschte vom Fensterbrett ab und war bereits tot, als er den Fußboden seines Büros berührte. Wenn er gefunden wurde, mußte es so aussehen, als habe er beim ersten Anzeichen eines Herzanfalls das Fenster geöffnet. Kukuschkin würde seinen Triumph nicht auskosten können.

Die Glockenschläge, die Mitternacht verkündeten, gingen im Motorlärm eines Lastwagens unter, dessen Hinterreifen die Metallröhre auf der Fahrbahn bis zur Unkenntlichkeit zerquetschte.

Die Besetzung der *Freya* hatte ihr erstes Opfer gefordert.

15

24.00 bis 08.00 Uhr

Das Bonner Kabinett trat um 1 Uhr morgens erneut im Bundeskanzleramt zusammen. Die Minister reagierten mit einer Mischung aus Trotz und Verbitterung auf das Ersuchen aus Washington.

»Warum nennt er uns keinen Grund, verdammt noch mal?« fragte der Verteidigungsminister. »Traut er uns etwa nicht?«

»Der Präsident hat mir versichert, einen sehr wichtigen Grund für seine Bitte zu haben – den er mir jedoch nicht einmal persönlich über die Direktverbindung anvertrauen könne«, antwortete der Bundeskanzler. »Für uns gibt's deshalb nur zwei Möglichkeiten: Wir können ihm glauben oder ihn als Lügner bezeichnen. Und letzteres zu tun, habe ich gegenwärtig keinen Anlaß.«

»Weiß er eigentlich, was die Terroristen tun werden, wenn Mischkin und Lasareff nicht bei Tagesanbruch freigelassen werden?« erkundigte sich ein anderer.

»Ja, das muß er wissen. Er kennt zumindest die Mitteilungen der ›Freya‹ an Maas Control. Die Terroristen haben bekanntlich damit gedroht, eine weiteren Mann der Besatzung zu erschießen oder zwanzigtausend Tonnen Rohöl ins Meer zu pumpen – oder beides zu tun.«

»Gut, dann überlassen wir doch ihm die Verantwortung«, drängte der Innenminister. »Warum sollen wir den Kopf hinhalten, falls es dazu kommt?«

»Das ist zu keinem Zeitpunkt beabsichtigt«, korrigierte ihn der Regierungschef, »aber damit ist die eigentliche Frage noch immer nicht beantwortet. Erfüllen wir Präsident Matthews' Bitte oder nicht?«

Die anderen schwiegen nachdenklich, bis der Außenminister die Stille brach.

»Wie lange sollen wir die Freilassung hinauszögern?«

»So lange wie möglich«, antwortete der Bundeskanzler. »Der Präsident scheint einen Plan zu verfolgen, mit dem er das gegenwärtig herrschende Patt aufheben und eine dritte Handlungsmöglichkeit erschließen will.

Aber worauf dieser Plan beruht und wie die Alternative aussehen könnte, weiß nur er allein. Er und die wenigen Leute, die er eingeweiht hat«, fügte er nicht ohne einen Anflug von Bitterkeit hinzu. »Und zu denen gehören wir im Augenblick nicht.«

»Na ja, ich persönlich finde, daß er unsere Freundschaft damit auf eine harte Probe stellt«, meinte der Außenminister, »aber ich bin dafür, daß wir ihm einen Aufschub gewähren und gleichzeitig zumindest inoffiziell durchsickern lassen, daß wir auf seinen Wunsch hin gehandelt haben.«

»Vielleicht will er die ›Freya‹ stürmen lassen«, sagte der Verteidigungsminister.

»Unsere eigenen Fachleute für derartige Unternehmen beurteilen ein solches Vorhaben als äußerst riskant«, antwortete der Innenminister. »Ein Befreiungskommando müßte zumindest die letzten drei Kilometer getaucht schwimmen, über senkrechte Stahlwände an Deck klettern, in die Aufbauten eindringen, ohne gesehen zu werden, und auf Anhieb die richtige Kabine mit dem Anführer der Terroristen finden. Falls der Mann die Fernzündung in der Hand hält, wie wir vermuten, müßte er erschossen werden, bevor er auf den Knopf drücken kann.«

»Jedenfalls ist es für einen Angriff in dieser Nacht schon zu spät«, stellte der Verteidigungsminister fest. »Dazu müßte es völlig dunkel sein, und das bedeutet mindestens zwanzig Stunden Wartezeit bis morgen abend einundzwanzig Uhr.«

Um 2 Uhr 45 beschloß die Bundesregierung endlich, Präsident Matthews' Ersuchen stattzugeben. Die Freilassung der beiden Flugzeugentführer wurde auf unbestimmte Zeit verschoben, aber das Kabinett behielt sich das Recht vor, die weitere Entwicklung kritisch zu beobachten und seine Entscheidung zu revidieren, falls die westeuropäischen Regierungen zu der Ansicht gelangen sollten, eine Fortsetzung der Haft Mischkins und Lasareffs sei nicht länger zu verantworten.

Gleichzeitig wurde der Regierungssprecher beauftragt, einigen

Journalisten, mit denen er besonders gut zusammenarbeitete, im Vertrauen zu erklären, Bonn habe diese Kehrtwendung nur auf massiven Druck Washingtons hin vollzogen.

In Washington war es 22 Uhr, als Präsident Matthews die Nachricht aus Bonn erhielt. Er bedankte sich mit einem herzlichen Telegramm bei dem Bundeskanzler und fragte David Lawrence:

»Noch keine Antwort aus Jerusalem?«

»Nein«, antwortete der Außenminister. »Wir wissen nur, daß unser Botschafter von Benjamin Golen zu einer Unterredung empfangen wird.«

Als der israelische Ministerpräsident in dieser Sabbatnacht zum zweitenmal gestört wurde, war sein ohnehin dünner Geduldsfaden dem Reißen nahe. Er empfing den amerikanischen Botschafter im Morgenmantel und begrüßte ihn ausgesprochen frostig. In Europa war es 3 Uhr, in Israel bereits 5 Uhr morgens, und die ersten Sonnenstrahlen beleuchteten die Hügel von Judäa.

Golen hörte sich ausdruckslos an, was der Botschafter ihm von Präsident Matthews auszurichten hatte. Seine unausgesprochenen Befürchtungen galten der Identität der Terroristen an Bord der *Freya*. Seit seiner Jugend, als er selbst auf dem Boden seiner Heimat gekämpft hatte, war kein Terroranschlag mehr von Juden zur Befreiung anderer Juden aus Gefängniszellen verübt worden. Damals war es darum gegangen, verurteilte jüdische Partisanen aus einem britischen Gefängnis in Akka zu befreien, und Golen hatte sich daran beteiligt. Seitdem waren 35 Jahre vergangen, und die Dinge hatten sich verändert. Inzwischen gehörte Israel zu den Staaten, die Terroranschläge, Geiselnahmen und die Erpressung von Regierungen scharf verurteilten. Und trotzdem ...

Und trotzdem würden Hunderttausende von Israelis insgeheim mit den beiden jungen Männern sympathisieren, die versucht hatten, auf die ihnen einzig mögliche Weise dem KGB-Terror zu entfliehen. Dieselben Leute – Wähler! – würden die Flugzeugentführer nicht offen als Helden bezeichnen, aber andererseits auch nicht als Mörder verurteilen. Was die maskierten Männer an Bord der *Freya* betraf, so konnten das ebenfalls Juden, möglicherweise sogar (was Gott verhüten möge!) Israelis sein. Golen hatte noch am Abend gehofft, der Fall werde innerhalb von 24 Stunden ausgestanden sein: die Berliner Häftlinge in Israel, die Terroristen gefangen oder tot. Und die Aufregung im In- und Ausland würde sich bald wieder legen.

Jetzt hörte er, daß unerwartete Schwierigkeiten aufgetreten seien und daß Mischkin und Lasareff nun doch nicht freigelassen werden sollten. Diese Nachricht war kaum dazu angetan, Golen dazu zu bewegen, dem amerikanischen Ersuchen nachzukommen, das ohnehin nicht akzeptabel war. Nachdem der Botschafter geendet hatte, schüttelte Golen den Kopf.

»Übermitteln Sie meinem guten Freund William Matthews bitte meine besten Wünsche für einen glücklichen Ausgang dieser leidigen Affäre, die hoffentlich keine weiteren Opfer mehr fordern wird«, erwiderte er. »Was jedoch Lasareff und Mischkin betrifft, so sieht meine Position folgendermaßen aus: Wenn ich mich im Namen der israelischen Regierung und des israelischen Volkes auf dringendes Ersuchen der Bonner Regierung hin öffentlich und feierlich verpflichtet habe, weder inhaftieren noch ausliefern zu lassen, muß ich mich an dieses Versprechen halten. Tut mir leid, aber ich kann mich nicht darauf einlassen, die beiden in ein deutsches Gefängnis zurückzuschicken, sobald die ›Freya‹ nicht mehr besetzt ist.«

Er brauchte dem amerikanischen Botschafter nicht zu erklären, was dieser bereits wußte – daß es hier nicht nur um die nationale Ehre seines Landes ging, sondern daß auch die Erklärung, erzwungene Versprechen seien nicht bindend, in diesem Fall nicht genügen würde. Der empörte Aufschrei der Nationalreligiösen Partei, der Gusch-Emunin-Extremisten, der Jüdischen Verteidigungsliga und der 100 000 israelischen Wähler, die in den letzten zehn Jahren aus der Sowjetunion gekommen waren, würde jeden israelischen Ministerpräsidenten davon abhalten, sein Wort zu brechen und Mischkin und Lasareff nicht freizulassen.

»Na ja, es war ja auch nur ein Versuch«, meinte Präsident Matthews, als er eine halbe Stunde später vom Ergebnis der Demarche des amerikanischen Botschafters erfuhr.

»Wieder ein ›dritter Weg‹ weniger«, stellte David Lawrence

fest, »selbst wenn Rudin sich darauf eingelassen hätte, was ich bezweifle.«

Es war eine Stunde vor Mitternacht. In fünf verschiedenen Washingtoner Ministerien brannte noch Licht; ebenso wie im Ovalen Zimmer und einem Dutzend weiterer Räume im Weißen Haus, in denen Männer und Frauen an Telefonen und Fernschreibern saßen und auf Meldungen aus Europa warteten. Die vier Männer im Arbeitszimmer des Präsidenten machten sich auf eine längere Wartezeit gefaßt. Es würde eine Weile dauern, bis die Reaktion des Terrorkommandos auf der *Freya* bekannt wurde.

Nach Ansicht der medizinischen Wissenschaft befindet der Mensch sich um 3 Uhr morgens in einem Stimmungstief: Dies ist die Stunde der Übermüdung, der langsamsten Reaktion und der trübseligsten Gefühlslage. Für die beiden Männer, die sich in der Kapitänskajüte der *Freya* gegenübersaßen, markierte diese Stunde zudem das Ende der ersten 24 Stunden seit der Besetzung des Tankers.

Beide hatten zwei Nächte lang nicht mehr geschlafen. Beide waren seit 44 Stunden wach. Beide waren blaß und hatten rot geränderte Augen.

Thor Larsen, der sich an Bord der *Freya* im ruhigen Mittelpunkt eines Wirbels weltweiter diplomatischer Aktivitäten, zahlloser Kabinettsitzungen und Konferenzen, Botschaften und Unterredungen, Planspielen und Beratungen befand, eines Wirbels, der von Moskau bis Washington die Lichter brennen ließ, spielte sein eigenes Spiel. Er setzte seine in vielen Berufsjahren erworbene Fähigkeit, lange wachzubleiben, gegen die Willenskraft des Fanatikers auf der anderen Seite des Tisches. Er wußte, daß er mit diesem Kalkül seine Besatzung und sein Schiff riskierte.

Larsen war sich darüber im klaren, daß der Mann, der sich Swoboda nannte – jünger als er und von einem inneren Feuer verzehrt, mit Nerven, die durch den Kaffee und die psychische Belastung bis zum Zerreißen angespannt waren –, ihn hätte fesseln oder einsperren lassen können, um sich selbst einige Stunden lang auszuruhen. Deshalb legte es der norwegische Kapitän darauf an, den Stolz seines Gegenübers herauszufordern. Er hoffte, daß der Mann die Herausforderung annehmen und sich weigern würde, nachzugeben und einzugestehen, daß er nicht so lange ohne Schlaf auskommen konnte wie sein Gefangener.

So war es Larsen, der durch sein Beispiel dafür sorgte, daß sie eine Tasse schwarzen Kaffees nach der anderen tranken, während er sich sonst pro Tag nur zwei bis drei Tassen Kaffee mit Milch und Zucker erlaubte. Er redete die ganze Nacht hindurch, provozierte den Ukrainer, indem er andeutete, dessen Unternehmen werde letztlich doch scheitern, und steckte zurück, wenn der andere wütend und damit gefährlich zu werden drohte. In den unzähligen Nächten, die er in seiner Ausbildungszeit gähnend durchwacht hatte, und in den langen Dienstjahren hatte der bärtige Hüne gelernt, nachts auf der Brücke hellwach zu bleiben, wenn andere dösten.

Larsen spielte sein eigenes Spiel – ohne Waffen und Munition, ohne Fernschreiber und Infrarotkameras, ohne Unterstützung und ohne Zuschauer. Alle technischen Raffinessen, die die Japaner in sein neues Schiff eingebaut hatten, nützten ihm im Augenblick nichts. Falls er den Mann, der ihm gegenübersaß, zu sehr reizte, riskierte er, daß dieser die Beherrschung verlor und ihn erschoß. Und falls der Ukrainer das Gefühl hatte, daß man seinen Forderungen nicht nachkam, konnte er jederzeit die Erschießung eines weiteren Besatzungsmitgliedes anordnen. Falls der Kapitän aber den Mann in Ruhe ließ und dieser sich zu schläfrig fühlte, konnte er sich von einem seiner Leute ablösen lassen – und das hätte erst recht alle Bemühungen Larsens zunichte gemacht.

Der Kapitän hatte noch immer Grund zu der Annahme, daß Mischkin und Lasareff bei Tagesanbruch freigelassen werden würden. Sobald die beiden wohlbehalten in Tel Aviv eingetroffen waren, würden die Terroristen die *Freya* verlassen. Oder etwa nicht? Konnten sie das überhaupt? Würden die in der Nähe liegenden Kriegsschiffe die Männer ungehindert entkommen lassen? Und selbst wenn sie Jagd auf die Terroristen machten, konnte nicht Swoboda noch die *Freya* selbst aus größerer Entfernung sprengen?

Das aber war noch nicht alles. Dieser Mann hatte einen Mann der Besatzung ermordet. Dafür wollte Thor Larsen sich rächen und wollte ihn umbringen. Deshalb sprach er die ganze Nacht lang mit seinem Gegenüber und brachte sie beide um ihren Schlaf.

Auch Whitehall schlief nicht. Der Krisenstab war um 3 Uhr erneut zusammengetreten und hörte eine Stunde lang Berichte über den gegenwärtigen Stand der Vorbereitungen an.

In Südengland waren die von Shell, British Petroleum und anderen Ölkonzernen zur Verfügung gestellten Tankzüge unterwegs, um das in Hampshire lagernde Ölbindemittel an die Küste zu transportieren. Übermüdete Fahrer rumpelten mit ihren Lastern durch die Nacht – leer nach Hampshire, voll nach Lowestoft – und beförderten Hunderte von Tonnen des Konzentrats zum Hafen in Suffolk. Um 4 Uhr waren die Lager geräumt. Die 1 000 Tonnen der nationalen Reserve waren in Richtung Ostküste unterwegs.

Ebenfalls unterwegs waren aufblasbare Schlauchsperren, die das ins Meer gepumpte Öl von der Küste fernhalten sollten, bis das chemische Mittel wirkte. Das Herstellerwerk des Emulsionsmittels arbeitete bis auf weiteres mit höchster Kapazität.

Um 3 Uhr 30 war aus Washington gemeldet worden, die Bonner Regierung habe zugestimmt, Mischkin und Lasareff vorerst weiter in Haft zu behalten.

»Weiß Matthews überhaupt, was er tut?« fragte jemand.

Sir Julian verzog keine Miene.

»Davon müssen wir ausgehen«, sagte er beschwichtigend. »Weiterhin müssen wir damit rechnen, daß die ›Freya‹ jetzt wahrscheinlich Öl ins Meer pumpt. Aber unsere nächtlichen Bemühungen sind nicht vergebens gewesen. Immerhin sind wir jetzt vorbereitet.«

»Wir müssen damit rechnen«, betonte noch einmal der Beamte aus dem Außenministerium, »daß Frankreich, Belgien und die Niederlande uns um Unterstützung im Kampf gegen eine drohende Ölpest bitten werden, sobald die deutsche Entscheidung bekannt wird.«

»Wir werden helfen, wo wir können«, versicherte Sir Julian. »Wie sieht es mit den Sprühflugzeugen und den Feuerlöschbooten aus?«

Von der Humbermündung liefen zu diesem Zeitpunkt mehrere Boote mit Südkurs nach Lowestoft, während von der Themse und dem Marinestützpunkt Lee aus weitere Feuerlöschboote zu dem Hafen an der Küste von Suffolk unterwegs waren. Aber sie waren nicht die einzigen Boote, die in dieser Nacht die englische Südküste entlangliefen.

Unter den gewaltigen Klippen von Beachy Head steuerten *Cutlass, Scimitar* und *Sabre,* die mit der Ausrüstung einer der besten Kampfschwimmereinheiten der Welt beladen waren, nach Nordosten, um an Sussex und Kent vorbei zum Liegeplatz des Kreuzers *Argyll* in der Nordsee zu laufen.

Das Hämmern ihrer Diesel brach sich an den Kreidefelsen der Südküste, und wer in Eastbourne in dieser Nacht einen leichten Schlaf hatte, hörte draußen auf See ein dumpfes Dröhnen.

Zwölf Marines vom Special Boat Service klammerten sich an die Relings der stampfenden Schnellboote und bewachten ihr Handwerkszeug – die kostbaren Kajaks und die wasserfesten Behälter mit Tauchgerät, Waffen und Sprengstoff. Die gesamte Ausrüstung wurde als Deckslast transportiert.

»Ich kann nur hoffen«, rief der Skipper der *Cutlass,* ein junger Korvettenkapitän, dem neben ihm stehenden stellvertretenden Kommandeur der Einheit zu, »daß Ihr Zeug dort hinten nicht unterwegs hochgeht!«

»Bestimmt nicht«, versicherte der Captain der Marines gelassen. »Das geht erst hoch, wenn wir's wollen.«

Major Simon Fallon studierte zur gleichen Zeit in einem Nebenraum des Konferenzsaals unter dem Cabinet Office Tag- und Nachtaufnahmen der *Freya.* Er verglich die von der Nimrod übermittelten Fotos mit dem von Lloyds zur Verfügung gestellten Decksplan und dem Modell des BP-Supertankers *British Princess.*

»Meine Herren«, sagte Colonel Holmes anschließend zu den im Hauptraum Versammelten, »ich halte es für angezeigt, daß wir uns jetzt mit einer eher unangenehmen Möglichkeit befassen, für die wir uns aber unter Umständen werden entscheiden müssen.«

»Ah, ganz recht«, meinte Sir Julian mit bedauerndem Ausdruck, »die harte Option.«

»Falls Präsident Matthews sich weiter gegen die Freilassung Mischkins und Lasareffs sträubt«, fuhr Holmes fort, »und falls die deutsche Bundesregierung sich weiterhin fügt, kann der Augenblick kommen, in dem die Terroristen erkennen, daß ihr Erpressungsversuch keinen Erfolg haben wird. In diesem Augenblick weigern sie sich möglicherweise, ihre Niederlage einzugestehen, und jagen die ›Freya‹ in die Luft. Meiner Ansicht nach dürfte es dazu nicht vor Einbruch der Dunkelheit kommen, so daß wir noch etwa sechzehn Stunden Zeit haben.«

»Warum bei Einbruch der Dunkelheit, Colonel?« fragte Sir Julian.

»Weil wir damit rechnen müssen, daß die Terroristen versuchen werden, in der allgemeinen Verwirrung zu entkommen, Sir – es sei denn, sie sind alle zum Selbstmord entschlossen, was nicht hundertprozentig auszuschließen ist. Falls sie aber lieber weiterleben wollen, dürften sie es vorziehen, das Schiff zu verlassen und die Sprengladungen erst aus sicherer Entfernung zu zünden.«

»Und was schlagen Sie vor, Colonel?«

»Als erstes müssen wir uns den Kutter vornehmen, Sir. Er liegt noch immer am Fallreep. Bei Einbruch der Dunkelheit könnte ein Froschmann zu dem Boot hinschwimmen und eine Sprengladung mit Zeitzünder am Rumpf anbringen. Sollte die ›Freya‹ hochgehen, wäre alles in einem Kilometer Umkreis gefährdet.

Deshalb schlage ich vor, daß die Zündung durch Wasserdruck ausgelöst wird: Sobald der Kutter sich in Bewegung setzt, strömt Wasser in ein Staurohr unter dem Kiel. Dieser Wasserdruck löst einen Verzögerungszünder aus, und das Boot fliegt sechzig Sekunden später in die Luft, bevor die Terroristen die Gefahrenzone um die ›Freya‹ herum verlassen haben, in der sie um ihrer eigenen Sicherheit willen nicht wagen werden, die Fernzündung zu betätigen.«

»Kann die Detonation dieser kleineren Ladung nicht auch die Sprengladungen an Bord der ›Freya‹ hochgehen lassen?« erkundigte sich jemand.

»Nein. Bei der Fernzündung muß es sich um ein Gerät handeln, das ein Funksignal aussendet. Die Sprengladung würde den Kutter der Terroristen in Fetzen reißen. Diese Detonation würde niemand überleben.«

»Aber würde der Wasserdruck nicht wie ein Finger auf den Knopf der versinkenden Fernzündung drücken?« fragte einer der Wissenschaftler.

»Nein. Unter Wasser ist das Gerät unschädlich. Es kann kein Funksignal mehr aussenden.«

»Ausgezeichnet!« meinte Sir Julian. »Läßt sich dieser Plan nicht schon vor Einbruch der Dunkelheit durchführen?«

»Nein, leider nicht«, antwortete Holmes. »Ein Kampfschwimmer hinterläßt eine Blasenspur. Bei stürmischem Wetter fällt sie vielleicht nicht auf, aber bei ruhiger See ist sie gut zu erkennen. Einer der Ausgucke könnte auf die Blasen aufmerksam werden – und wir hätten dann genau das bewirkt, was wir verhindern wollen.«

»Gut, dann eben nach Einbruch der Dunkelheit«, stimmte Sir Julian zu.

»Die Sache hat allerdings einen Haken«, fuhr Holmes fort, »und ich rate darum ab, daß wir uns ausschließlich auf die Haftladung an dem Kutter verlassen. Falls der Anführer der Terroristen bereit ist, mit der ›Freya‹ unterzugehen, was durchaus denkbar ist, schickt er nur seine Leute von Bord. Deshalb glaube ich, daß wir das Schiff nachts im Handstreich nehmen und diesen Mann erledigen müssen, bevor er auf den Knopf drücken kann.«

Der Kabinettssekretär seufzte.

»Ja, ich verstehe. Zweifellos haben Sie auch dafür einen Plan?«

»Ich persönlich habe keinen. Aber ich möchte Ihnen Major Fallon vorstellen, der den Special Boat Service kommandiert.«

Fallons Auftritt entsprach genau Sir Julians Alpträumen.

Der Major der Royal Marines war nur etwa einen Meter siebzig groß, aber seine Schultern schienen dasselbe Maß zu haben, und er gehörte offenbar zu den Männern, die so nonchalant davon sprechen, andere Menschen in ihre Bestandteile zu zerlegen, wie Lady Flannery davon sprach, Gemüse für einen ihrer berühmten provenzalischen Salate in Würfel zu schneiden.

Der friedliebende Kabinettssekretär war schon mindesten dreimal mit SAS-Offizieren zusammengekommen, aber dies war seine erste Begegnung mit dem SBS-Kommandeur, der die zweite, kleinere Spezialtruppe befehligte. Für Flannery stand fest, daß diese Kerle alle aus dem gleichen Holz geschnitzt waren.

Der SBS war ursprünglich als konventionelle Einheit aufgestellt worden, deren Sonderkommandos Angriffe auf Küstenbefestigungen von See aus unterstützen sollten. Deshalb waren die Angehörigen dieser Truppe bei den Marine Commandos rekrutiert worden. Als Grundvoraussetzung brachten diese Männer eine geradezu widerwärtige Kondition mit, außerdem waren sie erstklassige Schwimmer, Kajakfahrer, Taucher, Kletterer, Marschierer und Einzelkämpfer.

Im Laufe ihrer Spezialausbildung lernten sie Fallschirmspringen, Sprengen und einen Gegner mit dem Messer, einer Drahtschlinge oder bloßen Händen zu töten. Das und die Fähigkeit, längere Zeit unbemerkt in freier Natur zu leben, hatten sie mit ihren Kameraden vom SAS gemeinsam.

Die SBS-Männer zeichneten sich vor allem durch ihre Unterwasserleistungen aus. Sie konnten schwimmend erstaunliche Strecken zurücklegen, Sprengladungen anbringen oder ihre Schwimmausrüstung ablegen, während sie wassertraten, ohne die kleinste Welle zu erzeugen, und mit ihrem vollständigen Waffenarsenal, das am Mann getragen wurde, aus dem Meer auftauchen.

Manche ihrer Waffen waren recht primitiv: Messer und Klaviersaitendraht. Aber seit dem Aufflackern des Terrorismus Ende der sechziger Jahre hatten sie neue Spielsachen bekommen, von denen sie noch immer begeistert waren.

Alle waren erstklassige Schützen. Sie waren mit hochwertigen, handgefertigten Finlanda-Gewehren ausgerüstet, einer norwegischen Waffe, die bei vielen Kennern als das beste Gewehr der Welt gilt. Die Waffe ist normalerweise mit einem Bildverstärker, einem armlangen Zielfernrohr und einem hochwirksamen Schall- und Mündungsfeuerdämpfer ausgerüstet.

Um Türen in einer halben Sekunde zu knacken, bevorzugten diese Männer wie ihre Kameraden vom SAS abgesägte Schrotflinten, die massive Bleiladungen verschossen. Dabei zielten sie nie aufs Schloß, weil die Tür durch weitere Riegel gesichert sein konnte, sondern schossen auf beide Angeln gleichzeitig, brachen die Tür auf und eröffneten mit ihren schallgedämpften Ingram-Maschinenpistolen das Feuer auf den Gegner.

Zu ihrem Arsenal gehörte auch eine Weiterentwicklung der früher üblichen »Lähm«-Granaten: die »Blitz-Knall-Krach«-Granaten, mit denen der SAS den Deutschen in Mogadischu ausgeholfen hatte. Diese Granaten führten nicht nur zu einer momentanen Verwirrung des Gegners; sie lähmten ihn buchstäblich. Wurden sie in einen geschlossenen Raum geworfen, in dem sich Menschen aufhielten, traten in Abständen von je einer halben Sekunde folgende Wirkungen ein: Der Lichtblitz blendete die Anwesenden mindestens 30 Sekunden lang, der Knall ließ die Trommelfelle platzen, was sehr schmerzhaft war und die Konzentrationsfähigkeit erheblich minderte, und der Krach wirkte durchs Mittelohr und rief eine etwa zehn Sekunden anhaltende Paralyse sämtlicher Muskeln hervor.

Bei der Erprobung hatte einer der Männer des Marinekommandos versucht, den Abzug einer Pistole zu betätigen, die er einem Kameraden in die Rippen drückte, als die Handgranate detonierte. Er hatte nicht einmal mehr den Zeigefinger krümmen können.

Benutzte man diese Waffe gegen Geiselnehmer, sind Täter und Opfer nach der Anwendung taub, aber Trommelfelle können wieder nachwachsen – während tote Geiseln nicht wieder lebendig werden.

Während die Lähmung anhält, schießen die Retter dicht über die Köpf hinweg, bis ihre Kameraden die Geiseln zu Boden gerissen haben. Dann zielen die Schützen zwei Handbreit tiefer.

Die genaue Verteilung von Geiseln und Terroristen in einem geschlossenen Raum läßt sich mit Hilfe eines an die Tür gedrückten elektronischen Stethoskops von außen feststellen. Dazu braucht in dem Raum hinter der Tür nicht gesprochen zu werden, denn schon Atemzüge lassen sich exakt lokalisieren. Die Retter verständigen sich durch eine genau festgelegte Zeichensprache, die Mißverständnisse ausschließt.

Als Major Fallon das Modell der *British Princess* auf den Konferenztisch stellte, war er sich bewußt, daß alle gespannt zuhörten.

»Ich werde den Kommandanten des Kreuzers ›Argyll‹ bitten, der ›Freya‹ seine Breitseite zuzukehren«, begann er. »Dann werde ich die drei Schnellboote mit meinen Männern und ihrer Ausrüstung vor Tagesanbruch hier im Lee des Kreuzers anlegen lassen, wo sie selbst von dem Ausguck auf dem Schornstein der ›Freya‹ nicht gesehen werden können. Dort können wir nachmittags unbeobachtet unsere Vorbereitungen treffen. Für den Fall, daß Reporter mit gecharterten Flugzeugen unterwegs sind, möchte ich die Sperrzone erweitert haben, und die Besatzungen der Feuerlöschboote in unserer Nähe müssen angehalten werden, unsere Aktivität für sich zu behalten.«

Dagegen erhob sich kein Widerspruch. Sir Julian notierte sich die beiden Punkte.

»Die Annäherung an die ›Freya‹ erfolgt mit vier Zweimannkajaks in der Dunkelheit vor Mondaufgang bis auf drei Seemeilen an den Tanker heran. Unsere Boote sind so klein und liegen so tief im Wasser, daß sie von den Radargeräten der ›Freya‹ nicht auszumachen sind. Die Insassen tragen Taucheranzüge ohne irgendwelche Metallteile und werfen deshalb kein Radarecho zurück.

Hinter ihnen sitzen die vier Froschmänner; ihre Druckluftflaschen sind aus Metall, aber bei drei Seemeilen Entfernung ist das Radarecho nicht stärker als das einer treibenden Öltonne – kein Grund für die Wache auf der Brücke der ›Freya‹, Alarm zu schlagen. In drei Meilen Entfernung peilen die Kampfschwimmer das beleuchtete Tankerheck an und gleiten über Bord ins Meer. Sie haben Handgelenkkompasse mit Leuchtzifferblättern, nach denen sie schwimmen.«

»Warum nehmen Sie nicht den Bug?« fragte der RAF-Oberst. »Dort ist es dunkler.«

»Dort müßten wir den Ausguck auf der Back hoch über uns erledigen, ohne zu wissen, ob er mit der Brücke in Sprechfunkverbindung steht«, antwortete Fallon. »Außerdem wäre es ein verdammt langer Marsch übers Deck, das von der Brücke aus mit einem Suchscheinwerfer abgeleuchtet werden kann. Hinzu kommt, daß die Aufbauten sich aus dieser Richtung als fünfgeschossiger Wall präsentieren. Wir könnten ihn ersteigen, aber er ist von Fenstern durchbrochen, die in Kabinen führen, in denen sich möglicherweise Terroristen befinden.

Die vier Kampfschwimmer, zu denen ich selbst gehören werde, sammeln sich am Heck der ›Freya‹, wo sie unter dem Überhang zunächst nicht gesehen werden können. Ungefähr vierzig Meter über ihnen sitzt ein Ausguck auf dem Schornstein, aber wer sich so hoch über dem Meer befindet, sieht eher in die Ferne, als direkt nach unten. Damit wir in diesem Punkt möglichst sichergehen, möchte ich, daß die ›Argyll‹ eines der in der Nähe liegenden Schiffe mit dem Suchscheinwerfer abtastet, damit der Ausguck abgelenkt wird. Wir kommen am Heck aus dem Wasser, nachdem wir unsere Flossen, Tauchermasken, Luftflaschen und Bleigürtel abgeworfen haben. Wir sind barfuß und ohne Kopfbedeckung und haben nur unsere Naßtaucheranzüge an. Alle Waffen werden in einem breiten Webgurt um die Hüften getragen.«

»Wie wollen Sie mit dreißig Pfund Metall den Rumpf der ›Freya‹ hinaufklettern, nachdem Sie zuvor drei Seemeilen weit geschwommen sind?« erkundigte sich einer der Ministerialbeamten.

Fallon lächelte.

»Die Reling liegt höchstens zehn Meter über dem Wasserspiegel«, antwortete er. »Bei Übungen an Bohrinseln in der Nordsee sind wir fünfzig Meter hohe senkrechte Stahlwände in vier Minuten hinaufgeklettert.«

Er hielt es für überflüssig, seinen Zuhörern zu erklären, welche Kondition und welche Spezialausrüstung man dafür brauchte.

Wissenschaftler hatten schon vor Jahren ein bemerkenswertes Klettergerät für den SBS entwickelt. Es bestand aus suppentellergroßen Magnetplatten, deren Ränder mit Gummi gesäumt waren, damit sie sich lautlos auf Metall aufsetzen ließen. Darunter befand sich ein ringförmiger Elektromagnet von erstaunlicher Tragkraft. Dieser Magnet konnte von dem Mann, der den Handgriff auf der Oberseite der Stahlplatte umklammerte, mit dem Daumen ein- und ausgeschaltet werden. Als Stromquelle war in die Haftplatte eine starke Nickel-Kadmium-Batterie eingebaut.

Die Kampfschwimmer hatten trainiert, sich aus dem Wasser zu recken, die erste Platte anzulegen und den Strom einzuschalten. Nun haftete die Platte mit Magnetkraft an dem Stahl. Der Froschmann zog sich daran hoch und brachte die zweite Platte etwas höher an. Erst wenn sie sicher haftete, löste er die erste Platte, um sie über der zweiten anzubringen. Auf diese Weise kletterte er Hand über Hand in die Höhe und hielt sich dabei jeweils nur an einem Arm, mit dem er das Gewicht seines Körpers und der Ausrüstung hinaufziehen mußte.

Nicht nur die Magnete, sondern auch die Arme und Schultern der SBS-Leute waren so stark, daß die Kampfschwimmer notfalls auch Überhänge bewältigen konnten.

»Der erste Mann klettert mit speziellen Haftplatten hinauf«, berichtete Fallon. Das war alles, was er seinen Zuhörern in dieser Hinsicht gönnte. »Hinter sich her zieht er ein Seil. Bleibt es auf dem Achterdeck ruhig, befestigt er das Seil an der Reling, so daß die drei anderen in zwanzig Sekunden oben bei ihm sind. Hier am Fuß des Schornsteins müßte das Deckshaus etwas Schatten werfen, während über der aufs A-Deck der Aufbauten führenden Tür Licht brennen dürfte. Wir sammeln uns in diesem Schatten. Wir tragen, wie gesagt, schwarze Taucheranzüge, außerdem sind Hände, Füße und Gesichter geschwärzt.

Das erste ernstliche Risiko, entdeckt zu werden, läuft man bei dem Versuch, aus dem Schatten des Deckshauses über das beleuchtete Achterdeck zu den Aufbauten mit den Kabinen zu gelangen.«

»Und wie wollen Sie das schaffen?« fragte der Vizeadmiral, den dieser Rückfall aus dem technologischen Zeitalter in die Zeit Nelsons faszinierte.

»Gar nicht, Sir«, antwortete Fallon. »Wir halten uns auf der dem Kreuzer ›Argyll‹ abgekehrten Seite des Schornsteins auf. Der Ausguck über uns beobachtet hoffentlich den Kreuzer und kehrt uns den Rücken zu. Wir verlassen den Schatten des Deckshauses, biegen an dieser Stelle um die Ecke der Aufbauten und machen vor dem Fenster der Wäscherei halt. Wir schneiden die Scheibe lautlos mit einem kleinen Propangasbrenner heraus und klettern durchs Fenster. Die Wäscherei ist höchstwahrscheinlich nicht abgesperrt, denn wer stiehlt schon Wäsche? . . . Jetzt befinden wir uns im Inneren der Aufbauten und erreichen nach wenigen Schritten die Haupttreppe zu den übrigen Decks und zur Brücke.«

»Aber wo finden Sie den Anführer der Terroristen?« erkundigte Sir Julian sich. »Den Mann, der die Sprengladungen zünden kann?«

»Auf dem Weg nach oben horchen wir an allen Türen«, erwiderte der Major. »Wo wir Stimmen hören, reißen wir die Tür auf und erledigen jeden, den wir antreffen, mit schallgedämpften Pistolen. Zwei Mann betreten die Kabine, zwei Mann halten draußen Wache. So geht es weiter, bis wir oben sind. Auch jeden, der uns auf der Treppe begegnet, schießen wir nieder. Auf diese Weise müßten wir das D-Deck erreichen, ohne entdeckt zu werden. Dort oben müssen wir ein kalkuliertes Risiko auf uns nehmen. Eine Möglichkeit ist die Kabine des Kapitäns, für die ein Mann abgestellt wird. Er reißt die Tür auf und schießt, ohne erst zu fragen. Ein zweiter Mann übernimmt die Kabine des Leitenden Ingenieurs auf dem gleichen Deck. Er geht ebenso vor. Die beiden anderen Männer stürmen die Brücke; einer wirft unsere neuen Lähmgranaten, der andere schießt mit seiner Ingram. Die Kommandobrücke ist zu groß, als daß man Einzelziele erfassen könnte. Wir müssen sie mit der Ingram bestreichen und alle Personen im Raum erledigen, sobald die Handgranate sie paralysiert hat.«

»Was ist, wenn einer von ihnen Kapitän Larsen ist?« fragte ein Ministerialbeamter. Fallon starrte die Tischplatte an.

»Tut mir leid, aber wir haben keine Möglichkeit, Ziele zu identifizieren«, antwortete er.

»Was passiert, wenn der Anführer sich weder in einer der beiden Kabinen noch auf der Brücke aufhält? Nehmen wir einmal an, der Mann mit dem Fernzünder sei irgendwo anders. Bei einem Spaziergang auf Deck? Auf der Toilette? In einer der übrigen Kabinen?«

Simon Fallon zuckte mit den Schultern. »Dann knallt's«, sagte er lakonisch.

»Unter Deck sind neunundzwanzig Besatzungsmitglieder eingesperrt!« protestierte einer der Wissenschaftler. »Können Sie die nicht vorher von Bord holen? Oder zumindest an Deck bringen, damit sie eine Chance haben, sich schwimmend zu retten?«

»Nein, Sir. Ich habe mir bereits den Kopf darüber zerbrochen, wie wir in den Farbenraum gelangen könnten, falls die Besatzung tatsächlich im Farbenraum ist. Bei dem Versuch, den Niedergang im Deckshaus zu benützen, würden wir uns verraten: Die Türverschlüsse könnten quietschen, und durch die geöffnete Tür würde

Licht aufs Achterdeck fallen. Würden wir versuchen, im Schiffsinneren zum Maschinenraum vorzudringen, um sie auf diese Weise rauszuholen, würde ich meine ohnehin kleine Truppe zersplittern. Außerdem ist der Maschinenraum ein riesiger, in drei Ebenen unterteilter Saal. Dort unten braucht sich nur ein einziger Mann aufzuhalten, der den Anführer der Terroristen warnt, bevor wir ihn zum Schweigen bringen können – und alles wäre verloren. Ich glaube, daß unsere beste Chance darin besteht, direkt auf den Mann mit der Fernzündung zu operieren und ihn unschädlich zu machen.«

»Falls die ›Freya‹ hochgeht, können Sie und Ihre Männer doch wohl über Bord springen und zur ›Argyll‹ schwimmen?« meinte ein anderer Ministerialbeamter.

Major Fallons sonnengebräuntes Gesicht verlor für einen Augenblick den Ausdruck dienstlicher Sachlichkeit, als er den Mann anstarrte.

»Sir, falls das Schiff hochgeht, wird jeder Schwimmer in einem Umkreis von zweihundert Metern von den Strudeln in die Tiefe gerissen.«

»Entschuldigen Sie, Major Fallon«, beschwichtigte ihn der Kabinettssekretär. »Ich bin davon überzeugt, daß mein Kollege nur an Ihre eigene Sicherheit gedacht hat. Ich sehe nur eine große Schwierigkeit: Der Grad der Wahrscheinlichkeit, daß Sie den Mann mit dem Fernzünder ausschalten können, ist nicht einmal annähernd bestimmbar. Sollten Sie ihn nicht daran hindern können, die Sprengladungen zu zünden, bricht vermutlich genau die Katastrophe herein, die wir vermeiden wollen . . .«

»Ganz recht, Sir Julian«, warf Colonel Holmes ein. »Aber falls die Terroristen im Laufe des Tages drohen, die ›Freya‹ nachts zu einem bestimmten Zeitpunkt in die Luft zu sprengen, und falls die deutsche Regierung es weiterhin ablehnt, Mischkin und Lasareff freizulassen, sind wir einzig und allein auf Major Fallons Lösung angewiesen. Dann bleibt uns gar nichts anderes mehr übrig!«

Die anderen murmelten zustimmend. Sir Julian sah ein, daß Holmes recht hatte.

»Gut, dann weist das Verteidigungsministerium die ›Argyll‹

an, sich als Sichtschutz zwischen Major Fallons Schnellboote und die ›Freya‹ zu legen. Die Flugsicherung wird vom Ministerium angewiesen, den Luftraum um den Kreuzer herum freizuhalten; die übrigen beteiligten Dienststellen sorgen dafür, daß die Besatzungen etwa in der Nähe liegender Boote über Major Fallons Vorbereitungen Schweigen bewahren. Und was haben Sie persönlich vor, Major Fallon?«

Der SBS-Kommandeur sah auf seine Uhr. Es war 5 Uhr 15.

»Die Marine leiht mir einen Hubschrauber, der mich vom Heliport Battersea aufs Achterdeck der ›Argyll‹ bringt«, antwortete er. »Wenn ich jetzt hinausfahre, komme ich ungefähr gleichzeitig mit meinen Leuten an.«

»Gut, dann wollen wir Sie nicht länger aufhalten. Viel Glück und alles Gute, junger Mann.«

Die Angehörigen des Krisenstabes standen auf, als der sichtlich verlegene Major das Schiffsmodell und die Pläne und Fotos mitnahm und mit Colonel Holmes den Raum verließ, um zum Hubschrauberlandeplatz an der Themse zu fahren.

Sir Julian verließ müde den Konferenzraum, in dem blaue Rauchschwaden hingen, und schritt in die kühle Morgendämmerung eines weiteren Frühlingstages hinaus, um der Premierministerin Bericht zu erstatten.

Um 6 Uhr wurde in Bonn eine kurze Erklärung veröffentlicht, in der es hieß, nach eingehender Würdigung aller Umstände sei die Bundesregierung zu dem Schluß gekommen, es sei falsch, sich einer Erpressung zu beugen. Sie habe deshalb ihre Entscheidung, Mischkin und Lasareff um 8 Uhr freizulassen, widerrufen.

Statt dessen, hieß es in der Erklärung weiter, werde die Bundesregierung alles in ihrer Macht Stehende tun, um Verhandlungen mit den Entführern der *Freya* herbeizuführen und die Befreiung von Schiff und Besatzung auf anderem Wege zu erreichen.

Die Nachbarländer der Bundesrepublik hatten den Text dieser Erklärung erst eine Stunde vor der Veröffentlichung erhalten. In allen Hauptstädten mit Ausnahme Londons stellten sich die Regierungschefs insgeheim die gleiche Frage: »Was hat Bonn vor, verdammt noch mal?«

Inoffiziell ließ Bonn alle Regierungen jedoch auch wissen, der Sinneswandel sei auf nachdrückliche amerikanische Einflußnahme hin zustande gekommen – und man habe sich nur bereit erklärt, die Freilassung der beiden Flugzeugentführer hinauszuschieben, weil man hoffe, daß in Kürze eine Wende zum Guten eintrete.

Unmittelbar nach der Veröffentlichung der Erklärung führte der Bonner Regierungssprecher mit zwei einflußreichen deutschen Journalisten kurze Telefongespräche, in deren Verlauf er zu verstehen gab, die Regierung habe ihre Entscheidung nur unter massivem Druck Washingtons umgestoßen.

Der Rundfunk verbreitete die Erklärung aus Bonn in den ersten Nachrichtensendungen des Tages, während die Hörer zugleich in ihrer Morgenzeitung lasen, die beiden Flugzeugentführer sollten um 8 Uhr entlassen werden. Die Redaktionen waren empört und bombardierten das Bundespresseamt mit Anfragen. Aber von dort kam keine befriedigende Antwort.

Die Nachricht aus Bonn erreichte die *Freya* um 6 Uhr 30 über den BBC World Service, den Drake auf seinem Transistorradio eingestellt hatte. Der Ukrainer hörte sich die Meldung wie viele Radiohörer in ganz Europa schweigend an, bevor er wütend schrie:

»Verflucht noch mal, was bilden die Kerle sich eigentlich ein?«

»Irgendwas ist schiefgegangen«, stellte Thor Larsen lakonisch fest. »Bonn hat sich die Sache anders überlegt. Ihr Plan ist fehlgeschlagen, Mr. Swoboda.«

Drake beugte sich über den Tisch und zielte mit seiner Pistole auf das Gesicht des Norwegers.

»Sie brauchen gar nicht zu triumphieren!« rief er. »Hier geht es nicht nur um meine Freunde in Berlin oder um mich. Hier stehen Ihre Leute und Ihr kostbares Schiff auf dem Spiel! Denken Sie lieber daran!«

Er überlegte einige Minuten lang angestrengt, bevor er über die Bordsprechanlage einen seiner Männer in die Kapitänskabine beorderte. Der Maskierte sprach mit seinem Anführer ukrainisch, aber Larsen konnte den besorgten Tonfall des Gesprächs nicht überhören. Drake übertrug dem andern die Bewachung Larsens und verschwand für etwa eine Viertelstunde. Als er zurückkam, gab er dem Norweger ein Zeichen, mit ihm auf die Brücke zu gehen.

Maas Control empfing den Anruf um 6 Uhr 59. Kanal 20 blieb weiterhin ausschließlich für die *Freya* reserviert, und der Diensthabende rechnete mit einer Meldung von dem Tanker, weil er die Nachricht aus Bonn ebenfalls gehört hatte. Als die *Freya* sich meldete, lief das Tonbandgerät bereits.

Larsen verlas die Erklärung der Geiselnehmer ausdruckslos und mit müder Stimme.

»Aufgrund der empörenden Entscheidung der Bonner Regierung, ihren Beschluß, Lew Mischkin und Dawid Lasareff heute morgen um acht Uhr freizulassen, zu widerrufen, geben die Besetzer der ›Freya‹ folgendes bekannt: Sollten Mischkin und Lasareff nicht bis zwölf Uhr auf dem Luftweg nach Tel Aviv unterwegs sein, pumpt die ›Freya‹ Punkt zwölf Uhr zwanzigtausend Tonnen Rohöl in die Nordsee. Jeder Versuch, dies zu verhindern oder mit Schiffen oder Flugzeugen in das Sperrgebiet um die ›Freya‹ einzudringen, hat die sofortige Vernichtung des Tankers und seiner Besatzung zur Folge.«

Damit war die Übertragung beendet, und auf dem Kanal herrschte wieder Funkstille. Zu Fragen war keine Gelegenheit gewesen.

Nahezu 100 Funkstationen hatten die Erklärung der Geiselnehmer abgehört, und sie wurde innerhalb einer Viertelstunde von allen europäischen Rundfunksendern als Sondermeldung ausgestrahlt.

In den frühen Morgenstunden herrschte in Präsident Matthews' Arbeitszimmer die Atmosphäre eines Kriegsrats.

Die vier Männer hatten ihre Jacken ausgezogen und die Krawatten gelockert. Mitarbeiter kamen und gingen mit Fernschreiben aus der Nachrichtenzentrale des Weißen Hauses, die mit der CIA und dem Außenministerium in direkter Verbindung stand. In Washington war es 2 Uhr 15 – 7 Uhr 15 in Europa –, als Robert Benson ein Fernschreiben mit dem Text von Drakes Ultimatum vorgelegt wurde. Er gab es wortlos an Präsident Matthews weiter.

»Das war zu erwarten«, sagte der Präsident müde, »aber deswegen ist die Sache nicht weniger schlimm.«

»Wer immer dieser Mann ist – glauben Sie wirklich, daß er dazu fähig wäre?« fragte Außenminister Lawrence.

»Bisher hat er alle seine Drohungen wahrgemacht«, antwortete Stanislaw Poklewski. »Der Teufel soll ihn holen!«

»Ich nehme an, daß Mischkin und Lasareff in Tegel unter besonders strenger Bewachung stehen?« fragte Lawrence.

»Sie sind nicht mehr in Tegel«, erklärte ihm Benson. »Sie sind während der letzten Nacht ins Gefängnis Moabit verlegt worden, das moderner und sicherer ist.«

»Woher wissen Sie das, Bob?« fragte Poklewski.

»Ich lasse Tegel und Moabit überwachen, seit sich die Geiselnehmer gestern mittag von Bord der ›Freya‹ gemeldet haben«, sagte Benson.

Lawrence, der Diplomat alter Schule, sah mißbilligend auf.

»Ist das die neue Politik, daß wir sogar bei unseren Verbündeten spionieren?«

»Nicht direkt«, antwortete Benson gelassen. »Das haben wir schon immer getan.«

»Warum sind die beiden Häftlinge in ein anderes Gefängnis verlegt worden, Bob?« wollte Matthews wissen. »Fürchten die Deutschen, die Russen könnten versuchen, Mischkin und Lasareff zu erledigen?«

»Nein, Mr. President, das trauen sie eher uns zu«, sagte der CIA-Direktor.

»Ich sehe hier eine Möglichkeit, an die wir vielleicht noch nicht gedacht haben«, warf Poklewski ein. »Wenn die Terroristen zwanzigtausend Tonnen Rohöl ins Meer pumpen und damit drohen, den Tanker und die Besatzung zu vernichten, kann der auf den deutschen Bundeskanzler ausgeübte Druck unerträglich werden ...«

»Das wird er zweifellos«, meinte Lawrence.

»Ich will damit sagen, daß der Bundeskanzler unter Umständen beschließen könnte, im Alleingang zu handeln und die Flugzeugentführer ohne vorherige Konsultation freizulassen. Schließlich weiß er nicht, daß er dadurch den Dubliner Vertrag platzen ließe.«

Die anderen schwiegen eine halbe Minute lang.

»Daran kann ich ihn nicht hindern«, stellte Präsident Matthews schließlich bedrückt fest.

»Doch, das können Sie«, widersprach Benson. Die anderen drei sahen ihn gespannt an. Als er seinen Plan erläuterte, spiegelte sich in ihren Gesichtern Abscheu.

»Diesen Befehl kann ich nicht geben!« sagte der Präsident.

»Es ist ein verdammt harter Entschluß«, bestätigte Benson ruhig, »aber nur auf diese Weise können wir dem deutschen Regierungschef zuvorkommen. Wir erfahren es schließlich, wenn er plant, die Flugzeugentführer freizulassen. Wie wir das erfahren, spielt im Moment keine Rolle; wichtig ist nur, *daß* wir es erfahren. Machen wir uns doch nichts vor: Unternehmen wir nichts, platzt der Dubliner Vertrag – und das Wettrüsten geht weiter wie bisher. Vermutlich werden wir dann auch der Sowjetunion kein Getreide liefern. Und das könnte Rudins Sturz bewirken . . .«

»Deshalb kommt einem seine Reaktion um so verrückter vor!« rief Lawrence aus.

»Richtig, aber das *ist* nun mal seine Reaktion, und solange wir die Hintergründe nicht kennen, können wir nicht beurteilen, ob sie verrückt ist oder nicht«, fuhr Benson fort. »Bis wir das herausgefunden haben, können wir den Bundeskanzler vielleicht zur Zurückhaltung veranlassen, indem wir ihn vertraulich von meinem Vorschlag unterrichten.«

»Sie meinen, wir sollten Ihren Vorschlag nur dazu benützen, den Bundeskanzler unter Druck zu setzen? Ohne den Plan auszuführen?« fragte Matthews hoffnungsvoll.

In diesem Augenblick traf eine persönliche Botschaft der britischen Premierministerin für Präsident Matthews ein.

»Eine bemerkenswerte Frau«, meinte er, nachdem er den Text gelesen hatte. »Die Engländer trauen sich zu, mit den ersten zwanzigtausend Tonnen Rohöl fertig zu werden. Sie stellen ein Kommando aus Kampfschwimmern zusammen, das nach Sonnenuntergang die ›Freya‹ entern und den Terroristenanführer ausschalten soll. Ihre Erfolgsaussichten beurteilen sie gedämpft optimistisch.«

»Das bedeutet, daß wir den Bundeskanzler nur noch zwölf Stunden hinhalten müssen«, sagte Benson. »Mr. President, ich rate Ihnen dringend, den von mir vorgeschlagenen Befehl zu erteilen. Wahrscheinlich wird er nie ausgeführt werden müssen, aber wir wären zumindest vorbereitet.«

»Aber wenn es doch nötig wird, Bob? Wenn es sein muß?«

»Dann muß es sein.«

William Matthews bedeckte sein Gesicht mit den Händen und rieb sich müde die Augen.

»Mein Gott, kein Mensch dürfte dazu gezwungen werden, solche Befehle zu erteilen«, murmelte er. »Aber wenn es tatsächlich sein muß ... Bob, veranlassen Sie das Nötige.«

Die Sonne stand im Osten noch dicht über dem Horizont, der von der holländischen Küste gebildet wurde. Auf dem Achterdeck des Kreuzers *Argyll,* der der *Freya* seine Breitseite zugekehrt hatte, lehnte Major Fallon an der Reling und sah auf die drei Schnellboote hinunter, die im Lee des Kreuzers lagen. Dort waren sie den Blicken des Ausgucks auf dem Schornstein der *Freya* entzogen, so daß auf ihren Decks Fallons Kampfschwimmer ihre Kajaks vorbereiten und ihre ungewöhnliche Ausrüstung verstauen konnten. Der wolkenlos klare Himmel versprach einen weiteren warmen Frühlingstag, und das Meer lag ruhig da. Der Kommandant des Kreuzers, Kapitän zur See Richard Preston, gesellte sich zu Fallon.

Die beiden Männer betrachteten die drei schnittigen Windhunde des Meeres, auf denen Fallons Leute mit ihrer Ausrüstung in acht Stunden von Poole hierher gekommen waren. Die Boote dümpelten im Kielwasser eines Kriegsschiffs, das mehrere Kabellängen westlich an ihnen vorbeizog. Fallon hob den Kopf.

»Wer ist das?« fragte er und nickte zu dem grauen Schiff mit dem Sternenbanner am Heck hinüber.

»Die amerikanische Marine hat einen Beobachter entsandt«, antwortete Preston. »Die ›Moran‹ soll zwischen uns und der ›Montcalm‹ ankern.« Er sah auf seine Uhr.

»Sieben Uhr dreißig. In der Offiziersmesse wird jetzt das Frühstück serviert. Es würde uns freuen, wenn Sie uns Gesellschaft leisten wollten.«

Um 7 Uhr 50 wurde an die Kabinentür des Kommandanten der *Moran*, Kapitän zur See Mike Manning, geklopft.

Die *Moran* lag nach ihrer nächtlichen Gewalttour vor Anker, und Manning, der die ganze Strecke über auf der Brücke gestanden hatte, war eben dabei, sich zu rasieren. Als der Matrose hereinkam, nahm ihm der Kapitän den Funkspruch ab, ohne seine Rasur zu unterbrechen. Er warf einen Blick darauf, schaltete den Apparat ab und drehte sich nach dem jungen Mann um.

»Der Spruch ist noch verschlüsselt.«

»Ja, Sir. Er ist streng vertraulich, Sir.«

Manning schickte den Funker weg, trat an den Wandsafe und holte seine Entschlüsselungsmaschine heraus. Diese Sache mit dem Funkspruch war ungewöhnlich, aber nicht besorgniserregend. Der Kapitän stellte den Tagescode ein und begann den Text zu entschlüsseln. Als er damit fertig war, blieb er an seinem Tisch sitzen und starrte fassungslos auf das Papier vor sich. Er überprüfte noch einmal die ersten Sätze in der Hoffnung, daß sich das Ganze als schlechter Scherz erweisen würde. Aber es war kein Scherz. Der Funkspruch war über das Marineministerium und STANFORLANT an die *Moran* gegangen. Er war an Kapitän zur See Mike Manning persönlich gerichtet und enthielt einen Befehl des Präsidenten, des Oberbefehlshabers der US-Streitkräfte.

»Das kann er nicht von mir verlangen!« flüsterte Manning betroffen. »Das kann kein Mensch von einem Seemann verlangen.«

Aber der Befehl war eindeutig:

»Läßt die westdeutsche Regierung ohne vorherige Absprache mit dem amerikanischen Präsidenten die in Berlin inhaftierten Flugzeugentführer frei, ist der Tanker ›Freya‹ von der ›USS Moran‹ durch Artilleriebeschuß zu versenken, wobei im Hinblick auf die zu erwartenden Umweltschäden die Olladung in Brand zu setzen ist. Der Befehl ist nach Empfang des Codeworts ›Donnerkeil‹, wiederhole ›Donnerkeil‹, auszuführen. Dieser Funkspruch ist zu vernichten.«

Mike Manning war 44 Jahre alt, verheiratet und Vater von vier Kindern. Seine Familie lebte bei Norfolk, Virginia. Er war seit 21 Jahren Marineoffizier und hatte noch nie auch nur im Traum daran gedacht, einen Befehl zu verweigern.

Jetzt trat er ans Bullauge und sah zu der fünf Seemeilen entfernten Tankersilhouette vor der höhersteigenden Sonne hinüber. Er stellte sich vor, wie seine Leuchtgranaten in den ungepanzerten Rumpf schlugen und dieÖlladung in Brand setzten. Er stellte sich die 29 Männer vor, die tief unter der Wasserlinie in einem Stahlsarg zusammengedrängt waren, auf ihre Rettung warteten und an ihre Familien dachten. Er zerknüllte das Blatt in seiner Hand.

»Ich weiß nicht, ob ich das fertigbringe, Mr. President«, murmelte er.

16

08.00 bis 15.00 Uhr

Djetski Mir bedeutet »Kinderwelt« und ist der Name des größten Spielwarengeschäfts in Moskau: vier Geschosse voller Puppen und Eisenbahnen, Plüschtiere und Spiele. Im Vergleich zu Spielwarengeschäften im Westen ist seine Einrichtung trist und das Angebot kümmerlich, aber es ist das beste Geschäft dieser Art, das die sowjetische Hauptstadt zu bieten hat – außer den Berioska-Läden, in denen mit Devisen bezahlt werden muß und wo hauptsächlich Ausländer einkaufen.

Die Ironie des Schicksals wollte es, daß *Djetski Mir* am Dserschinskiplatz genau gegenüber dem KGB-Hauptquartier liegt, das ganz entschieden keine Kinderwelt ist. Adam Munro stand kurz vor 10 Uhr im Erdgeschoß an dem Verkaufstisch mit Plüschtieren. Wie ein Vater, der seinem Jüngsten eine Freude bereiten will, griff er nach einem Teddybären und betrachtete ihn kritisch.

Nach zwei Minuten blieb jemand neben ihm stehen. Aus dem Augenwinkel heraus erkannte Munro Walentina. Sie war auffällig blaß, und ihre vollen Lippen waren zusammengepreßt.

Sie nickte ihm zu. Als sie leise zu sprechen begann, klang ihre Stimme ruhig, fast gleichgültig.

»Wirklich hübsch, der kleine Bär. Ja, ich hab's geschafft. Es ist äußerst ernst.«

Walentina griff nach einer kleinen Handpuppe, die ein Äffchen darstellte, studierte sie ausgiebig und berichtete Munro, was sie in Erfahrung gebracht hatte.

»Das kann nicht sein!« murmelte er. »Er erholt sich von einem Herzanfall!«

»Nein. Er ist am einunddreißigsten Oktober vergangenen Jahres nachts auf einer Straße in Kiew erschossen worden.«

Zwei Verkäuferinnen, die sieben oder acht Meter von ihnen entfernt an der Wand lehnten, betrachteten das Paar interesselos und schwatzten dann weiter. Einer der wenigen Vorteile eines Einkaufsbummels in Moskau besteht darin, daß man ganz sicher sein kann, nicht von hilfsbereitem Verkaufspersonal angesprochen zu werden.

»Und die beiden in Berlin sind's gewesen?« fragte Munro.

»Ja, anscheinend«, antwortete Walentina ausdruckslos. »Man befürchtet, sie könnten von Israel aus der Welt von ihrer Tat berichten und damit die Sowjetunion unerträglich demütigen.«

»Was Maxim Rudin zu Fall brächte«, stimmte Munro leise zu. »Kein Wunder, daß er ihre Freilassung um jeden Preis verhindern will. Ihm bleibt gar nichts anderes übrig! Und du, bist du in Sicherheit?«

Walentina trat an den nächsten Verkaufstisch, auf dem Puppen lagen. Munro folgte ihr.

»Das weiß ich nicht, Adam. Ich fürchte, nein. Sie sind mißtrauisch gewesen. Niemand hat etwas zu mir gesagt, aber ich fühle es. Der Mann in der Telefonvermittlung wird deinen Anruf melden; der Pförtner wird melden, daß ich mitten in der Nacht weggefahren bin. Eines kommt zum anderen.«

»Glaub mir, Walentina, ich hole dich hier raus! So schnell wie möglich, vielleicht schon in den nächsten Tagen.«

Sie drehte sich nach ihm um und blickte ihm zum erstenmal voll ins Gesicht. Er sah, daß Tränen in ihren Augen standen.

»Es ist vorbei, Adam. Ich habe getan, worum du mich gebeten hast, und nun ist es zu spät.« Sie stellte sich auf die Zehenspitzen und küßte ihn. Die Verkäuferinnen sahen neugierig zu ihnen hinüber. »Leb wohl, mein Liebster. Es tut mir so leid, daß es so gekommen ist.«

Sie wandte sich ab, kämpfte einen Augenblick um ihre Fassung und ging durch die Glastüren auf die Straße hinaus – durch die Lücke in der Mauer in den Osten zurück. Munro stand mit einer Puppe aus Zelluloid in der Hand da, einem kleinen Milchmädchen, und starrte Walentina nach, bis sie auf dem Gehsteig aus seinem Blickfeld verschwand. Ein Mann in einem grauen Trenchcoat, der hingebungsvoll die Windschutzscheibe eines geparkten Autos geputzt hatte, richtete sich auf, nickte seinem im Wagen sitzenden Kollegen zu und schlenderte hinter ihr her.

Adam Munro fühlte siedendheiß, wie in ihm eine Woge aus Trauer und Wut aufstieg. Die Geräusche des Ladens gingen in dem lauten Rauschen in seinem Kopf unter. Seine Hand schloß sich um den Puppenkopf, ballte sich zur Faust und ließ das lächelnde rosa Gesicht unter dem Spitzenhäubchen zersplittern. Im nächsten Augenblick stand eine Verkäuferin neben ihm.

»Sie haben sie kaputtgemacht«, sagte sie. »Das kostet vier Rubel.«

Verglichen mit dem Sturm von Fragen, den die Öffentlichkeit am Nachmittag zuvor auf die Regierung in Bonn losgelassen hatte, wirkten die Vorwürfe, die am Samstagmorgen über den Bundeskanzler hereinbrachen, wie ein Hurrikan.

Im Auswärtigen Amt gingen äußerst dringende Ersuchen der Botschaften Finnlands, Norwegens, Schwedens, Frankreichs, Dänemarks, der Niederlande und Belgiens ein, in denen um Gesprächstermine für die Botschafter gebeten wurde. Allen Ersuchen wurde stattgegeben, und jeder Botschafter stellte mit diplomatischer Höflichkeit dieselbe Frage: Was, zum Teufel, geht hier vor?

Die Mitarbeiter von Presse, Rundfunk und Fernsehen wurden aus ihrem Wochenende geholt. Sie sollten den Fall erschöpfend behandeln, was nicht einfach war. Es gab keine Aufnahmen der *Freya* nach der Entführung – bis auf die des verhafteten Fotografen, dessen Fotos beschlagnahmt worden waren. Die Bilder wurden in Paris ausgewertet, aber jene von den beiden Nimrods und diese Aufnahmen erhielt die französische Regierung ohnehin.

Da es an neuen Meldungen fehlte, machten die Reporter sich auf die Jagd nach Material. Zwei clevere Engländer bestachen Angestellte des *Hilton* Hotels in Rotterdam, liehen sich ihre Uniformen aus und versuchten, in die Dachterrassensuite vorzudringen, in der Harry Wennerström und Lisa Larsen belagert wurden.

Andere Journalisten interviewten Minister, Tankerkapitäne und ehemalige Ministerpräsidenten. Die Ehefrauen der Besatzungsmitglieder, deren Anschriften inzwischen fast alle bekannt waren, versuchte man mit hohen Summen dazu zu überreden, vor der Kamera für die Rettung ihrer Männer zu beten.

Ein ehemaliger Söldnerführer erbot sich, für eine Million Dollar die *Freya* allein zu entern; vier Erzbischöfe und 17 Abgeordnete verschiedener Parteien stellten sich aus unterschiedlichen Gründen zur Verfügung, Kapitän Larsen und seine Besatzung als Geiseln abzulösen.

»Einzeln oder in ganzen Partien?« knurrte der Bundeskanzler, als er davon hörte. »Ich wollte, statt der neunundzwanzig ehrlichen Seeleute wäre William Matthews an Bord. Dann könnte ich bis Weihnachten durchhalten!«

Im Laufe des Vormittags begann die scheinbare Indiskretion des Regierungssprechers gegenüber den beiden Journalisten ihre Wirkung zu zeigen. Die Äußerungen wurden von Nachrichtenagenturen des In- und Auslands aufgegriffen und weitergegeben. Auf diese Weise sickerte allmählich durch, daß die Bundesregierung ihre ursprüngliche Entscheidung, die beiden Häftlinge wie gefordert nach Israel auszufliegen, nur unter massivem Druck von seiten der USA rückgängig gemacht habe.

Bonn weigerte sich, diese Meldung zu bestätigen, dementierte sie aber auch nicht. Die unverbindlichen Antworten des Regierungssprechers sagten den Journalisten jedoch bereits genug.

Als es in Washington hell wurde – fünf Stunden später als in Europa –, verlagerte sich der Angriffsschwerpunkt auf das Weiße Haus.

Um 6 Uhr morgens forderte die Pressemannschaft des Weißen Hauses, der Präsident müsse sich ihren Fragen stellen. Aber die Journalisten sollten sich mit einem nervösen, ausweichend antwortenden Pressesprecher begnügen – und taten es nicht. Der Pressesprecher wußte selbst nicht, was er den Journalisten erzählen sollte; aus dem Ovalen Zimmer kam nach wiederholten Anfragen lediglich die Sprachregelung, die Sache sei ein europäisches Problem, das von den Europäern nach eigenem Ermessen gelöst werden müsse. Daraufhin geriet der deutsche Bundeskanzler wieder ins Kreuzfeuer der Kritik.

»Wie lange soll das denn noch so weitergehen?« brüllte, sichtlich mitgenommen, William Matthews seine Berater an, als er um 6 Uhr 15 seinen Teller mit Rührei von sich schob, ohne einen Bissen gegessen zu haben.

Die gleiche Frage wurde an diesem unruhigen Samstagmorgen in Dutzenden von Büros in Amerika und Europa gestellt, ohne daß jemand eine Antwort wußte.

Von seiner Ranch in Texas aus telefonierte der Eigentümer der einen Million Tonnen Mubarraq, die in trügerischer Ruhe im Rumpf der *Freya* lagerten, mit Washington.

»Mir ist es verdammt egal, wie früh es ist!« fuhr er die Sekretärin im Büro des Wahlkampfmanagers der Präsidentenpartei an. »Holen Sie ihn gefälligst ans Telefon, und sagen Sie ihm, daß Clint Blake am Apparat ist, verstanden?«

Als der Wahlkampfmanager der Partei des Präsidenten sich endlich meldete, war er von düsteren Vorahnungen geplagt. Als er den Hörer auflegte, war er geradezu trübsinnig. Eine Wahlkampfspende von einer Million Dollar war ein handfestes Argument, und Blakes Drohung, das Geld zurückzuziehen und der Opposition zukommen zu lassen, war kein Scherz.

Den Texaner schien es wenig zu kümmern, daß Schiff und Ladung bei Lloyds versichert waren. Er brauchte an diesem Morgen jemanden, an dem er seine Wut auslassen konnte.

In Rotterdam telefonierte Harry Wennerström den halben Vormittag über mit Stockholm. Er rief alle seine Freunde und Bekannten in Reedereien, Banken und Ministerien an, um gemeinsam mit ihnen den schwedischen Ministerpräsidenten unter Druck zu setzen. Die Mühe lohnte sich: Der Druck wurde an Bonn weitergeleitet.

In London suchte der Vorstandsvorsitzende von Lloyds, Sir Murray Kelso, den beamteten Staatssekretär im Umweltministerium in dessen Büro in Whitehall auf. Normalerweise pflegen die hohen englischen Beamten samstags nicht an ihren Schreibtischen zu sitzen, aber dies war kein normaler Samstag. Sir Rupert Mossbank war am frühen Morgen hastig von seinem Landhaus in die Stadt zurückgefahren, nachdem bekannt geworden war, daß Mischkin und Lasareff nun doch nicht entlassen werden sollten. Er bot seinem Besucher einen Sessel an.

»Verflixte Geschichte«, sagte Sir Murray.

»Einfach scheußlich«, stimmte Sir Rupert zu.

Die beiden Ritter tranken schlückchenweise ihren Tee und knabberten Butterkekse.

»Das Dumme an der Sache ist«, fuhr Sir Murray schließlich fort, »daß es wirklich um ziemlich hohe Summen geht. Um fast eine Milliarde Dollar. Selbst wenn nicht wir, sondern die Bundesrepublik von den Küstenstaaten, die nach der Sprengung der ›Freya‹ von einer Ölkatastrophe betroffen sind, verklagt würde, müßten wir doch für den Verlust von Schiff, Ladung und Besatzung aufkommen. Das wären etwa vierhundert Millionen Dollar.«

»Die könnten Sie selbstverständlich aufbringen, oder?« fragte Sir Rupert besorgt. Lloyds war mehr als eine Versicherungsgesellschaft, es war eine Institution. Sir Ruperts Abteilung war unter anderem für die Handelsschiffahrt zuständig, und er stellte seine Frage auch aus dienstlichem Interesse.

»O ja, wir könnten sie aufbringen«, sagte Sir Murray. »Uns bliebe gar nichts anderes übrig. Aber diese vierhundert Millionen Dollar würden sich auf die britische Zahlungsbilanz dieses Jahres auswirken – sie würden die unsichtbaren Erträge schmälern. Wahrscheinlich brächten sie uns in die roten Zahlen. Und das ausgerechnet dann, wenn wir einen neuen IWF-Kredit beantragen . . .«

»Das Ganze ist ein deutsches Problem«, stellte Sir Rupert fest. »Wir haben praktisch nichts damit zu tun.«

»Trotzdem könnte man die Deutschen vielleicht ein bißchen unter Druck setzen. Natürlich sind Flugzeugentführer Verbrecher, aber warum sollte man die beiden Kerle in Berlin nicht ausnahmsweise einfach laufenlassen? Fort mit Schaden!«

»Überlassen Sie die Sache nur mir«, sagte Sir Rupert. »Ich will sehen, was ich tun kann.«

Insgeheim wußte er, daß er nichts tun konnte. Die vertrauliche Mitteilung in seinem Safe besagte, daß Major Fallon und seine Männer die *Freya* in elf Stunden entern wollten, und die Premierministerin hatte Anweisung gegeben, bis dahin nichts zu unternehmen.

Der deutsche Bundeskanzler erfuhr von dem geplanten Kommandounternehmen im Laufe des Vormittags während einer vertraulichen

Unterredung, um die der britische Botschafter gebeten hatte. Was er hörte, besänftigte ihn etwas.

»Das haben Sie also vor«, meinte er, nachdem er sich den Plan hatte erklären lassen. »Warum ist mir das nicht früher mitgeteilt worden?«

»Wir waren uns über die Durchführung des Unternehmens noch nicht im klaren«, antwortete der britische Botschafter, wie es seinen Weisungen aus London entsprach. »Wir haben die ganze Nacht hindurch an dem Plan gearbeitet. Erst in den frühen Morgenstunden konnten wir sicher sein, daß das Vorhaben durchführbar ist.«

»Wie schätzen Sie Ihre Erfolgsaussichten ein?« fragte der Bundeskanzler. Der Botschafter räusperte sich.

»Wir glauben, daß die Chancen drei zu eins für uns stehen«, antwortete er. »Die Sonne geht um neunzehn Uhr dreißig unter. Bis einundzwanzig Uhr ist es völlig dunkel. Unsere Männer entern die ›Freya‹ um zweiundzwanzig Uhr.«

Der Bundeskanzler warf einen Blick auf seine Armbanduhr. Noch zwölf Stunden. Falls die Briten mit ihrem Kommandounternehmen Erfolg haben sollten, würde man das hauptsächlich ihren Kampfschwimmern zuschreiben – aber auch ihm, weil er die Nerven bewahrt hatte. Schlug das Unternehmen fehl, fiel der Mißerfolg allein auf die Briten zurück.

»Jetzt hängt also alles von diesem Major Fallon ab. Gut, Herr Botschafter, ich bin bereit, meine Rolle in dieser Angelegenheit bis zweiundzwanzig Uhr weiterzuspielen.«

Zur Bewaffnung der *Moran* gehörten neben ganzen Batterien von Lenkwaffenstartern zwei 12,7-cm-Mehrzweck-Geschütze in Einzellafetten, die sich vorn und achtern auf dem Schiff befanden. Diese Mehrzweck-Schnellfeuergeschütze modernsten Typs waren mit einem Feuerleitradar gekoppelt und wurden von einem Richtcomputer gesteuert.

Beide Geschütze konnten ein komplettes Magazin mit 20 Granaten in rascher Schußfolge verschießen, ohne nachladen zu müssen, wobei die Munitionssorten über den Computer vorgegeben werden konnten.

Die alten Zeiten waren längst vorüber, in denen Munition aus tief im Schiff liegenden Munitionskammern gemannt, durch ein mit Dampf oder Elektrizität betriebenes Förderwerk in den Geschützturm hinaufgebracht und von schwitzenden Geschützbedienungen in die Rohre gerammt werden mußte. Auf der *Moran* wurden die einzelnen Munitionsarten vom Computer abgerufen, automatisch in die Geschütztürme gefördert und abgeschossen, ohne daß eines Menschen Hand sie berührt hätte.

Die Feuerleitung wurde von einem Radargerät übernommen: Diese bei Tag und Nacht gleichscharfen Augen des Schiffs machten ein Ziel aus, wobei sie Windstärke, Windrichtung, Entfernung und Bewegung des Ziels oder des eigenen Schiffs berücksichtigten, und ließen das einmal festgehaltene Objekt erst wieder los, wenn neue Befehle kamen. Der Computer war an das Radargerät angeschlossen und reagierte in Sekundenbruchteilen auf die minimalsten Abweichungen der *Moran*, des Ziels oder des Windes. War ein Ziel erst einmal erfaßt, mochte es sich beliebig bewegen, und auch die *Moran* konnte Kursänderungen vornehmen: Die Geschütztürme wurden automatisch nachgeführt, und die Mündungsrohre blieben stets aufs Ziel gerichtet. Schwerer Seegang konnte die *Moran* stampfen und rollen lassen; das Ziel konnte gieren und schlingern – der Computer würde die Lageänderungen ausgleichen. Selbst die Verteilung der Granaten aufs Ziel konnte im voraus bestimmt werden.

Als zusätzliche Kontrolle war im Vormars des Schiffs eine Kamera eingebaut worden, durch die der Artillerieoffizier das Ziel beobachten konnte, um gegebenenfalls neue Anweisungen an Radar und Computer zu geben.

Kapitän Mike Manning studierte die *Freya* von seinem Platz an der Reling aus mit grimmiger Konzentration. Der Präsident mußte von einem Fachmann beraten worden sein. Beim Untergang der *Freya* war die Umwelt von der einen Million Tonnen Rohöl gefährdet, die in den Schiffstanks lagerten. Wurde diese Ladung jedoch in den Tanks oder Sekunden nach der Zerstörung der *Freya* auf dem Wasser entzündet, würde sie brennen. Sie würde nicht nur brennen – sie würde explodieren!

Normalerweise ist Rohöl nur schwer entflammbar, aber wenn

die Hitzeeinwirkung groß genug ist, erreicht es seinen Flammpunkt und fängt Feuer. Die *Freya* beförderte Mubarraq, die leichteste Ölsorte, und die Leuchtgranaten, deren Magnesia-Basis beim Abbrennen mehr als 1 000 Grad Hitze entwickelte, würden beim Einschlagen in den Rumpf die Ladung sofort in Brand setzen. Etwa 90 Prozent des Rohöls würden die Wasseroberfläche gar nicht erreichen, sondern in Flammen aufgehen – in einem kilometerhohen Feuerball.

Mike Manning stellte sich vor, was von der Ladung übrigbleiben würde: auf den Wellen treibende Ölschlacken und eine riesiege schwarze Rauchwolke, die an jene gemahnte, die einst über Hiroshima gehangen hatte. Von der *Freya* würden nur noch einzelne Wrackteile zu finden sein. Aber die Umweltkatastrophe wäre auf ein zu bewältigendes Maß beschränkt.

Der Kapitän winkte seinen Artillerieoffizier, Korvettenkapitän Chuck Olsen, zu sich.

»Ich möchte, daß Sie das vordere Geschütz laden und richten«, sagte er ruhig. »Munition: drei Panzersprenggranaten, fünf Leuchtgranaten, zwei Sprenggranaten. Insgesamt zehn. Gleiche Schußfolge wiederholen. Insgesamt zwanzig.«

Olsen hatte sich die Anweisung auf einem Block notiert, den er aus seiner Uniformjacke gezogen hatte.

»Ja, Sir. Drei PS, fünf LG, zwei SG mit Wiederholung. Trefferlage?«

»Erster Schuß ins Ziel, zweiter Schuß zweihundert Meter Abstand, dritter Schuß wieder zweihundert Meter Abstand. Zurück mit Leuchtgranaten in Fünfzigmeterabständen. Danach die Sprenggranaten in Hundertmeterabstand dazwischensetzen.«

Korvettenkapitän Olsen schrieb eifrig mit. Manning starrte zu der in einer Entfernung von fünf Seemeilen ankernden *Freya* hinüber, deren Bug genau auf die *Moran* zeigte. Die Trefferfolge, die der Kapitän seinem Artillerieoffizier angegeben hatte, sah drei Granateinschläge in einer Linie zwischen Schiffsbug und Aufbauten vor, den Einsatz der Leuchtgranaten auf derselben Linie in entgegengesetzter Richtung und die Explosion der Sprenggranaten dicht bei den Aufbauten. Die Panzersprenggranaten würden das Tankerdeck aufreißen; die Leuchtgranaten würden die Ölladung in Brand setzen; die Sprenggranaten würden das brennende Rohöl in alle Seitentanks drücken.

»Alles klar, Sir. Aufschlagpunkt für die erste Granate?«

»In der Wand des Vorschiffs, zehn Meter vom Bug der ›Freya‹ entfernt.«

Olsen hielt mitten im Schreiben inne. Er starrte auf seine Notizen und sah dann zur *Freya* hinüber.

»Captain«, sagte er langsam, »wenn Sie das tun, sinkt sie nicht einfach, gerät nicht einfach in Brand und explodiert nicht einfach. Sie löst sich in ihre Atome auf!«

»Sie haben meinen Befehl gehört«, antwortete Manning ausdruckslos. Der junge Amerikaner schwedischer Abstammung, der neben ihm an der Reling stand, war blaß geworden.

»Dort drüben sind neunundzwanzig skandinavische Seeleute an Bord!«

»Das weiß ich, Mr. Olsen. Sie führen entweder meinen Befehl aus und richten das Geschütz, oder Sie teilen mir mit, daß Sie diesen Befehl verweigern.«

Der Artillerieoffizier nahm Haltung an.

»Ich lade und richte das Geschütz, Sir«, meldete er, »aber ich betätige nicht den Auslöser. Auf den Feuerknopf müssen Sie selber drücken.«

Er grüßte formell und marschierte in Richtung Artillerieleitstand davon.

Du wirst nicht schießen müssen, dachte Manning, der an der Reling stehengeblieben war. Wenn der Präsident es befiehlt, schieße ich selbst. Und danach reiche ich meinen Abschied ein.

Eine Stunde später kam die Westland Wessex von der *Argyll* herübergeschwebt und setzte mit Hilfe einer Kabelwinde einen britischen Marineoffizier auf dem Deck der *Moran* ab. Der Leutnant zur See bat um ein Gespäch mit Kapitän Manning. Er wurde in die Kabine des Amerikaners geführt.

»Mit einer Empfehlung von Kapitän Preston, Sir.« Der Leutnant übergab Manning ein Schreiben. Als der Kommandant der *Moran* es gelesen hatte, holte er tief Luft – als sei er knapp dem Tode entronnen. In dem Schreiben wurde mitgeteilt, daß britische Froschmänner um 22 Uhr die *Freya* entern wollten und daß alle beteiligten Regierungen vereinbart hatten, bis dahin nicht selbständig zu handeln.

Während die beiden Offiziere an Bord der *Moran* miteinander sprachen, überflog die Linienmaschine, die Adam Munro in den Westen zurückbrachte, die polnisch-sowjetische Grenze.

Nachdem Munro das Spielwarengeschäft am Dserschinskiplatz verlassen hatte, war er in die nächste Telefonzelle getreten und hatte den britischen Botschaftskanzler angerufen. Er hatte dem überraschten Diplomaten in verschlüsselten Sätzen zu verstehen gegeben, daß er über die verlangten Informationen verfüge, aber nicht in die Botschaft zurückkehren werde. Er sei bereits auf dem Weg zum Flughafen, um die Mittagsmaschine zu erreichen.

Der Botschaftskanzler benachrichtigte das britische Außenministerium, das den Secret Intelligence Service verständigte. Als die Aufforderung des SIS in der Botschaft eintraf, Munro solle seine Informationen per Fernschreiber durchgeben, war es zu spät. Munro ging bereits an Bord der Maschine.

»Was fällt dem Kerl ein?« wollte Sir Nigel von Barry Ferndale wissen, als er erfuhr, daß Munro auf dem Weg nach London war.

»Keine Ahnung«, antwortete Ferndale. »Vielleicht ist die Nachtigall aufgeflogen, und er mußte verschwinden, um nicht ausgewiesen zu werden. Soll ich ihn abholen?«

»Wann landet die Maschine?«

»Um Viertel vor zwei«, sagte Ferndale. »Wahrscheinlich ist es besser, wenn ich ihn abhole. Er scheint die Antwort auf Präsident Matthews' Frage zu kennen. Ich bin wirklich neugierig, was er rausgekriegt hat.«

»Ich auch«, gestand Sir Nigel. »Nehmen Sie einen Wagen mit Autotelefon, und bleiben Sie in Verbindung mit mir.«

Um 11 Uhr 45 befahl Drake einem seiner Männer, den Pumpenmann der *Freya* aus dem Farbenlager in den Frachtkontrollraum auf dem A-Deck zu bringen. Nachdem ihn ein anderer Terrorist bei der Bewachung von Thor Larsen abgelöst hatte, betrat Drake den Frachtkontrollraum und schraubte die Sicherungen ein. Die Ventile zwischen den Tanks wurden wieder geschlossen.

»Was tun Sie, wenn Sie Öl von Bord pumpen wollen?« fragte er Martinsson. »Aber denken Sie daran: Keine Tricks, sonst lasse ich Ihren Kapitän erschießen!«

»Das Leitungssystem der ›Freya‹ führt zu einem zentralen Sammelanschluß«, sagte der Pumpenmann. »Dort werden die von Land herangeführten Schlauchleitungen angekuppelt. Danach werden die Absperrventile an dem Sammelanschluß geöffnet und die Pumpen eingeschaltet.«

»Wie hoch ist die Förderleistung?«

»Zwanzigtausend Tonnen pro Stunde«, sagte der Schwede. »Damit das Schiff keine Schlagseite bekommt, werden jeweils mehrere Tanks mit dem Sammelanschluß verbunden.«

Drake hatte festgestellt, daß eine sehr schwache Strömung an der *Freya* vorbei in Richtung auf die Westfriesischen Inseln lief. Er zeigte auf einen der mittleren Backbordtanks.

»Öffnen Sie das Absperrventil dieses Tanks«, verlangte er. Martinsson zögerte, gehorchte dann aber wortlos.

»Gut«, meinte Drake zufrieden. »Sobald ich Ihnen ein Zeichen gebe, schalten Sie die Förderpumpen ein und pumpen den ganzen Tank leer.«

»Direkt ins Meer?« fragte der Pumpenmann ungläubig.

»Direkt ins Meer«, bestätigte Drake grimmig. »Es wird Zeit, daß die Deutschen endlich einmal lernen, sich dem internationalen Druck zu beugen.«

Europa hielt den Atem an, während die letzten Minuten bis 12 Uhr an diesem Samstag verstrichen. Soviel bekannt war, hatten die Terroristen bereits einen Seemann erschossen, weil der Luftraum über dem besetzten Schiff verletzt worden war. Und Punkt 12 Uhr wollten sie einen weiteren Mann erschießen oder 20 000 Tonnen Rohöl ins Meer pumpen, wenn ihre Forderungen bis dahin nicht erfüllt worden waren.

Die Nimrod, die Major Lathams Maschine um Mitternacht abgelöst hatte, war schon um 11 Uhr auf ihren Stützpunkt zurückgekehrt, weil ihr der Treibstoff ausgegangen war. Latham hatte nun wieder Dienst und kreiste mit eingeschalteten Kameras über der *Freya*.

Hoch über dem Flugzeug stand ein Condor-Satellit am Himmel und übertrug einen endlosen Strom von Bildern ins Weiße Haus, wo der übernächtigte amerikanische Präsident im Ovalen Zimmer auf einen Fernsehschirm starrte. Eben schob sich die *Freya* am unteren Rand wie ein erhobener Zeigefinger ins Bild.

In London drängten sich angesehene und einflußreiche Männer im Konferenzraum des Krisenstabs um einen Bildschirm, auf dem gezeigt wurde, was die Nimrod sah. Das Aufklärungsflugzeug übermittelte seine Bilder über den Datalink-Computer an die *Argyll*, die sie nach Whitehall sendete.

Auf den Decks der *Montcalm, Breda, Brunner, Argyll* und *Moran* standen Matrosen aus fünf Ländern und ließen schwere Marineferngläser von Hand zu Hand wandern. Ihre Offiziere hatten auf den Brücken Posten bezogen und beobachteten ebenfalls die *Freya*.

Im BBC World Service war die Glocke von Big Ben zu hören, die zwölfmal schlug. Im Konferenzraum der UNICORNE – 200 Meter vom Big Ben entfernt – rief jemand: »Großer Gott, sie pumpen Öl über Bord!«

Fünftausend Kilometer jenseits des Atlantiks beobachteten vier Amerikaner in Hemdsärmeln das gleiche Schauspiel.

Auf der Backbordseite der *Freya* schoß mittschiffs ein ekelerregender, ockergelber Rohölstrahl hervor. Er war so dick wie der Rumpf eines Mannes.

Das von den gewaltigen Pumpen der *Freya* geförderte Öl spritzte über die Backbordreling, fiel acht Meter in die Tiefe und klatschte ins Meer. Innerhalb weniger Sekunden war das blaugrüne Wasser verfärbt. Das Öl legte sich auf die Wasseroberfläche, breitete sich aus und zog langsam mit der schwachen Strömung in Richtung auf die Westfriesischen Inseln.

Sechzig Minuten lang förderten die Schiffspumpen Öl, dann war der eine Tank leer.

Ein eiförmiger Ölteppich hatte sich gebildet, dessen stumpfes Ende der holländischen Küste zugekehrt war, während er in der Nähe des Schiffs spitz zulief. Die Ölmassen lösten sich schließlich von der *Freya* und begannen zu treiben. Da die See ruhig war, zerriß der Ölteppich nicht, aber er breitete sich weiter aus, weil das leichte Rohöl auf dem Wasser schwamm. Um 14 Uhr, eine Stunde nach dem Abschalten der Pumpen, war der Teppich 15 Kilometer lang und bis zu 11 Kilometer breit.

Der Condor-Satellit über der *Freya* veränderte seine Position. In Washington schaltete Stanislaw Poklewski das Fernsehgerät aus.

»Das ist nur ein Fünfzigstel ihrer Ladung«, sagte er. »Die Leute in Europa werden toben vor Wut.«

Das Telefon klingelte, und Robert Benson ging an den Apparat. Nach einem Moment wandte sich der CIA-Mann an den Präsidenten.

»London hat sich eben mit Langley in Verbindung gesetzt. Der SIS-Mann in Moskau hat gemeldet, er habe die Antwort auf unsere Frage. Angeblich weiß er, warum Maxim Rudin den Dubliner Vertrag platzen lassen will, falls Mischkin und Lasareff freigelassen werden. Er kommt selbst nach London, um Bericht zu erstatten. In ungefähr einer Stunde landet sein Flugzeug.«

Matthews zuckte mit den Schultern.

»Wenn dieser Major Fallon und seine Kampfschwimmer in neun Stunden die ›Freya‹ entern, spielt das vielleicht keine Rolle mehr«, meinte er, »aber ich bin trotzdem neugierig.«

»Dieser Mann aus Moskau meldet sich bei Sir Nigel, der der Premierministerin Bericht erstatten wird«, sagte Benson. »Vielleicht bitten Sie die Premierministerin, Sie anschließend über den heißen Draht zu unterrichten.«

»Ja, das ist eine gute Idee«, stimmte der Präsident zu.

In Europa war es kurz nach 13 Uhr – 8 Uhr in Washington –, als Andrew Drake, der nachdenklich und schweigsam das Auspumpen des Öls verfolgt hatte, beschloß, sich erneut zu melden.

Um 13 Uhr 20 sprach Kapitän Thor Larsen wieder mit Maas Control. Er verlangte, mit dem niederländischen Ministerpräsidenten verbunden zu werden. Die Verbindung nach Den Haag kam sofort zustande; der Ministerpräsident hatte sie vorbereiten lassen, weil er hoffte, irgendwann den Anführer der Terroristen selbst sprechen zu können, um ihn im Namen der Niederlande und der Bundesrepublik Deutschland um Verhandlungen zu bitten.

»Ja, ich höre, Kapitän Larsen.« Der Niederländer und der Norweger verständigten sich auf englisch. »Hier ist Jan Grayling.«

»Haben Sie gesehen, daß zwanzigtausend Tonnen Rohöl ins Meer gepumpt worden sind?« fragte Larsen und fühlte die Pistole von Drake an der Schläfe.

»Ja, es ist entsetzlich«, antwortete Grayling.

»Der Führer der Freiheitskämpfer schlägt eine Konferenz vor.« Larsens Stimme dröhnte durch den Lautsprecher im Arbeitszimmer des Ministerpräsidenten. Das Tonbandgerät lief. Grayling warf seinen beiden Beratern einen fragenden Blick zu.

»Ich verstehe«, sagte Grayling, der durchaus nicht verstand, aber Zeit gewinnen wollte. »Was für eine Konferenz?«

»Eine Zusammenkunft mit den Vertretern der Küstenstaaten und weiterer betroffener Parteien«, las der Kapitän von dem Zettel ab, den Drake ihm gegeben hatte.

Jan Grayling hielt die Sprechmuschel mit einer Hand zu. »Der Kerl will verhandeln!« flüsterte er aufgeregt. Er sprach wieder in die Muschel: »Im Namen der niederländischen Regierung erkläre ich mich mit der Konferenz einverstanden. Ich werde hier alles Nötige veranlassen. Bitte sagen Sie das dem Führer der Freiheitskämpfer.«

Auf der Brücke der *Freya* schüttelte Drake den Kopf. Er unterbrach die Verbindung und besprach sich hastig mit Larsen.

»Nicht an Land«, erklärte der Kapitän wenig später dem Ministerpräsidenten. »Hier auf See. Wie heißt der britische Kreuzer?«

»Das ist die ›Argyll‹.«

»Das Schiff ist mit einem Hubschrauber ausgerüstet«, fuhr Larsen auf Drakes Anweisung fort. »Die Besprechung findet an Bord der ›Argyll‹ statt. Um fünfzehn Uhr. Teilnehmen sollen Sie, der deutsche Botschafter und die Kommandanten der fünf Kriegsschiffe. Sonst niemand.«

»Einverstanden«, stimmte Grayling ohne zu zögern zu. »Will der Führer der Freiheitskämpfer selbst an Bord des Kreuzers kommen? Dann müßte ich mit den Briten verhandeln, um freies Geleit für ihn zu erwirken.«

Wieder wurde die Verbindung unterbrochen. Dann ließ sich die Stimme des Kapitäns von neuem vernehmen.

»Nein, er selbst nimmt nicht daran teil. Er schickt einen Vertreter. Um fünf Minuten vor drei soll der Hubschrauber der ›Argyll‹ über der Landeplattform der ›Freya‹ schweben. An Bord dürfen nur der Pilot und ein Mann für die Winde sein, beide unbewaffnet. Der Anflug wird von unserer Brücke aus beobachtet. Die Hubschrauberbesatzung darf weder filmen noch fotografieren und soll die Mindesthöhe von zwanzig Fuß über der Plattform einhalten. Der Mann an der Winde soll einen Sitzgurt herunterlassen, in dem der Vertreter des Anführers an Bord gehievt wird, um zur ›Argyll‹ hinübergeflogen zu werden. Ist das klar?«

»Völlig«, sagte Grayling. »Darf ich fragen, wer dieser Vertreter sein wird?«

»Augenblick«, sagte Larsen und die Verbindung brach ab.

Auf der Brücke der *Freya* wandte sich Larsen an Drake.

»Na, Mr. Swoboda, wen wollen Sie an Ihrer Stelle hinschikken?«

Drake lächelte flüchtig.

»Sie werden mich vertreten«, erklärte er dem Kapitän. »Ich kenne keinen, der überzeugender darlegen kann, daß meine Drohungen in bezug auf Schiff, Besatzung und Ladung ernst gemeint sind. Und daß meine Geduld bald erschöpft ist.«

In Graylings Telefonhörer knackte es.

»Ich habe eben erfahren, daß ich den Anführer vertreten werde«, sagte Larsen. Dann war die Verbindung tot.

Jan Grayling sah auf seine Uhr.

»Viertel vor zwei«, sagte er an seine Berater gewandt. »Noch eineinviertel Stunden. Holen Sie Konrad Voss her, und sorgen Sie dafür, daß ein Hubschrauber für uns bereitgestellt wird. Und lassen Sie eine Verbindung mit der Premierministerin in London herstellen.«

Er hatte kaum geendet, als sein Privatsekretär ihm meldete, Harry Wennerström sei am Apparat. Der alte Reeder hatte inzwischen ein Funkgerät in seine Dachterrassensuite im Rotterdamer *Hilton* bringen lassen, damit er den Kanal 20 selbst überwachen konnte.

»Ich habe gehört, daß Sie mit einem Hubschrauber zur ›Argyll‹ hinausfliegen werden.« Er ersparte dem holländischen Regierungschef lange Vorreden. »Ich wäre Ihnen dankbar, wenn Sie Lisa Larsen mitnehmen könnten.«

»Ich weiß nicht recht . . .« Jan Grayling zögerte.

»Überlegen Sie nicht lange, Mann!« polterte der Schwede. »Die Terroristen brauchen nichts davon zu erfahren. Wenn die Sache schiefgehen sollte, hat seine Frau ihn wenigstens noch ein letztes Mal sehen können.«

»Bringen Sie Frau Larsen in vierzig Minuten hierher«, entschied Grayling. »Wir starten um vierzehn Uhr dreißig.«

Das Gespräch auf Kanal 20 war von sämtlichen Geheimdiensten und zahlreichen Nachrichtenredaktionen mitgehört worden. Die Telefonleitungen, die Rotterdam mit neun europäischen Hauptstädten verbanden, waren total überlastet. Die National Security Agency übermittelte dem Weißen Haus über Fernschreiber ein Wortprotokoll für Präsident Matthews. Ein junger Beamter hastete über den Rasen zwischen Cabinet Office und Downing Street Nr. 10, um der englischen Premierministerin das gleiche Protokoll zu überbringen. Der israelische Botschafter in Bonn wandte sich im Auftrag seines Regierungschefs mit der dringenden Bitte an den deutschen Bundeskanzler, man möge Kapitän Larsen fragen, ob die Terroristen Juden seien. Der Bundeskanzler versprach ihm, seinen Botschafter entsprechend zu instruieren.

Im selben Moment, in dem Jan Grayling nach dem Gespräch mit Larsen den Telefonhörer aufgelegt hatte, war der Jet, der Adam Munro von Moskau nach England zurückbrachte, auf der Landebahn Null-Eins des Londoner Flughafens Heathrow aufgesetzt.

Nachdem Barry Ferndale seinen Dienstausweis des Außenministeriums vorgezeigt hatte, war sein Chauffeur bis aufs Vorfeld gefahren. Ferndale nahm jetzt neben seinem finster blickenden Kollegen aus Moskau auf dem Rücksitz des Wagens Platz. Die Limousine war luxuriöser als die meisten Dienstwagen der Firma; sie hatte eine Trennscheibe zwischen den Vorder- und Rücksitzen und stand über Autotelefon mit der Zentrale in Verbindung.

Als der Wagen durch den Tunnel rollte, der den Flughafen mit der Autobahn M 4 verband, brach Ferndale das Schweigen.

»Eine schlimme Sache, alter Junge«, meinte er mitfühlend.

»Eine Katastrophe!« erwiderte Munro. »Die Nachtigall ist enttarnt, fürchte ich. Jedenfalls wird sie von der Opposition beschattet. Vielleicht ist sie inzwischen schon festgenommen worden.«

Ferndale nickte voller Anteilnahme.

»Verdammtes Pech«, sagte er. »Es ist immer scheußlich, wenn man einen Agenten verliert. Danach ist man selbst ganz fertig. Ich hab' früher auch ein paar verloren, wissen Sie. Einer ist elend umgekommen. Aber das gehört eben zu unserem Beruf, Adam. Auch das gehört zu dem, was Kipling als das große Spiel bezeichnet hat.«

»Alles schön und gut, aber das ist kein Spiel«, sagte Munro. »Und was das KGB der Nachtigall antun wird, ist kein Scherz.«

»Selbstverständlich nicht! Entschuldigen Sie, das hätte ich nicht sagen sollen.« Ferndale machte eine Pause, während die Limousine sich in den Verkehrsstrom einordnete. Dann setzte er von neuem an: »Aber Sie kennen die Antwort auf unsere Frage? Warum Rudin sich so krampfhaft gegen die Freilassung von Mischkin und Lasareff sträubt?«

»Die Antwort auf die Frage der Premierministerin«, korrigierte Munro. »Ja, die habe ich.«

»Und sie lautet?«

»Sie hat die Frage gestellt, also soll sie auch die Antwort hören. Ich hoffe, sie ist mit ihr zufrieden. Immerhin hat sie ein Menschenleben gekostet.«

»Das ist alles nicht so einfach, Adam, alter Junge«, wandte Ferndale ein. »Zur Premierministerin kann man nicht einfach hineinplatzen, verstehen Sie? Selbst der Meister muß um einen Termin bitten.«

»Dann fordern Sie ihn auf, sich um einen zu bemühen.« Munro zeigte auf das Autotelefon.

»Mir bleibt wohl nichts anderes übrig«, stimmte Ferndale ruhig zu. Wirklich schade, daß ein begabter Mann auf diese Weise seine Karriere zerstörte, aber Munro war offenbar nicht mehr zu helfen. Ferndale hatte nicht die Absicht, sich dem anderen in den Weg zu stellen. Der Meister hatte ihn aufgefordert, mit ihm in Verbindung zu bleiben – und genau das tat er jetzt.

Zehn Minuten später rief Sir Nigel die Premierministerin an.

»Er will die Antwort nur mir persönlich mitteilen, Sir Nigel?« fragte sie. »Ist das nicht ein bißchen ungewöhnlich?«

»Sogar äußerst ungewöhnlich, Ma'am. Genaugenommen, ist es geradezu unerhört! Mr. Munro wird sich vom Dienst trennen müssen, fürchte ich. Aber ich kann ihn nicht zum Reden zwingen – außer ich lasse ihn von Spezialisten vernehmen. Er hat einen Informanten verloren, mit dem er in den vergangenen neun Monaten Freundschaft geschlossen zu haben scheint, und ist offenbar an der Grenze seiner Belastbarkeit angelangt.«

Die Premierministerin überlegte kurz.

»Ich bedaure aufrichtig, daß mein Auftrag Mr. Munro in diese unangenehme Lage gebracht hat«, sagte sie dann. »Ich möchte mich bei ihm dafür entschuldigen. Bitten Sie Ihren Fahrer, ihn hierher zu bringen. Und kommen Sie bitte auch gleich herüber.«

Sie legte auf. Sir Nigel starrte seinen Hörer an. Diese Frau überraschte einen doch immer wieder, dachte er. Gut, mein Sohn, du sollst deinen großen Auftritt haben. Aber es ist dein letzter. Danach sind wir geschiedene Leute. Im Dienst können wir keine Primadonnen brauchen.

Auf dem Weg zu seinem Wagen überlegte Sir Nigel, daß die Antwort, so interessant sie auch sein mochte, für die Beteiligten eigentlich nicht mehr wichtig war. In sieben Stunden würden Major Fallon und drei seiner Leute heimlich die *Freya* entern und die Terroristen erledigen. Und Mischkin und Lasareff müßten bleiben, wo sie waren – 15 Jahre lang.

Um 14 Uhr wandte Drake sich in der Kapitänskabine an Thor Larsen.

»Sie fragen sich wahrscheinlich, weshalb ich diese Besprechung an Bord der ›Argyll‹ vorgeschlagen habe. Ich weiß, daß Sie dort erzählen werden, wer und wie viele wir sind, welche Waffen wir tragen und wo wir die Sprengladungen angebracht haben. Hören Sie bitte gut zu, denn was ich Ihnen jetzt sage, müssen Sie ebenfalls erzählen, wenn Sie Ihre Besatzung und Ihr Schiff retten wollen.«

Drake sprach über eine halbe Stunde lang. Thor Larsen hörte scheinbar gleichgültig zu, merkte sich aber jedes Wort. Als Drake fertig war, antwortete er:

»Gut, ich werde es ausrichten. Aber nicht etwa, weil ich Ihre Haut retten will, Mr. Swoboda, sondern weil ich nicht zulasse, daß Sie meine Besatzung und mein Schiff vernichten.«

Die Bordsprechanlage in der schallisolierten Kabine summte. Drake meldete sich, sah dann aus dem Fenster und beobachtete den anfliegenden Hubschrauber. Die Westland Wessex der *Argyll*, an deren Rumpf die Abzeichen der Royal Navy zu erkennen waren, näherte sich von der offenen See her langsam und vorsichtig der Landeplattform.

Unter den Augen von Kameras, die sein Bild über den ganzen Erdball verbreiteten, trat fünf Minuten später Thor Larsen aus den Aufbauten der *Freya* an Deck. Er hatte sich umgezogen, trug jetzt seine Kapitänsuniform mit den vier goldenen Ärmelstreifen und hatte die Schirmmütze mit dem Wikingerhelm-Emblem der Nordia Line aufgesetzt. Es war die Uniform, die er am Abend zuvor bei der Pressekonferenz in Rotterdam hätte tragen sollen. Larsen nahm die breiten Schultern zurück und begann den langen einsamen Marsch übers Deck bis zu der über 400 Meter entfernten Back, wo in zehn Meter Höhe der Hubschrauber schwebte, von dem ein Sitzgurt herabgelassen worden war.

17

15.00 bis 21.00 Uhr

Sir Nigel Irvines Dienstwagen, in dem Barry Ferndale und Adam Munro saßen, hielt nahezu auf die Sekunde genau um 15 Uhr vor der Downing Street Nr. 10. Als die beiden Männer ins Vorzimmer der Premierministerin geführt wurden, trafen sie dort Sir Nigel an. Der Meister begrüßte Munro kühl.

»Ich kann nur hoffen, daß Ihr Drängen, der Premierministerin persönlich Bericht erstatten zu dürfen, die Mühe lohnen wird, Munro«, sagte er.

»Davon bin ich überzeugt, Sir Nigel«, antwortete Munro.

Der SIS-Generaldirektor warf seinem Agenten einen prüfenden Blick zu. Der Mann wirkte erschöpft und schien von dem bedauerlichen Ende der Nachtigall mitgenommen zu sein. Aber selbst das war keine Entschuldigung für sein undiszipliniertes Verhalten. Die Tür des Arbeitszimmers wurde geöffnet, und Sir Julian Flannery erschien auf der Schwelle.

»Kommen Sie bitte herein, meine Herren.«

Adam Munro hatte bis zu diesem Tag die Premierministerin nicht persönlich kennengelernt. Obwohl Joan Carpenter in der vergangenen Nacht kaum geschlafen hatte, wirkte sie frisch und konzentriert. Sie begrüßte Sir Nigel und schüttelte Barry Ferndale und Adam Munro die Hand, als sie ihr vorgestellt wurden.

»Mr. Munro«, begann sie, »zuallererst möchte ich Ihnen versichern, wie sehr ich es bedaure, daß ich Sie in Gefahr bringen und die Enttarnung Ihres Agenten in Moskau riskieren mußte. Ich wollte, es wäre nicht nötig gewesen, aber die Antwort auf Präsident Matthews' Frage war von grundlegender internationaler Bedeutung – ich meine das sehr ernst.«

»Ich danke Ihnen, Ma'am.« Munro verbeugte sich.

Die Premierministerin berichtete, daß Thor Larsen, der Kapitän der *Freya,* in diesen Minuten auf dem Achterdeck des Kreuzers

Argyll landete, um als Vertreter des Terroristenanführers an einer Konferenz teilzunehmen, und daß um 22 Uhr vier SBS-Kampfschwimmer die *Freya* entern wollten, um die Terroristen auszuschalten, bevor diese Männer das Schiff sprengen konnten.

Als Munro das hörte, versteinerten sich seine Züge.

»Sollte dieses Unternehmen erfolgreich verlaufen, hätte man auf die Gefährdung meines Agenten verzichten können, Ma'am.«

Die Premierministerin senkte unbehaglich den Kopf.

»Ich kann nur meine Entschuldigung wiederholen, Mr. Munro. Der Plan, die ›Freya‹ zu entern, ist erst heute in den frühen Morgenstunden gefaßt worden – acht Stunden, nachdem das Ultimatum des sowjetischen Staats- und Parteichefs bei Präsident Matthews eingegangen war. Zu diesem Zeitpunkt hatten Sie bereits Verbindung mit der Nachtigall aufgenommen. Es war unmöglich, Ihren Agenten noch zurückzurufen.«

Sir Julian kam herein.

»Die Direktverbindung ist jetzt hergestellt, Ma'am«, meldete er.

Die Premierministerin bat ihre Gäste, Platz zu nehmen. In einer Ecke des Arbeitszimmers stand eine Lautsprecherbox, von der aus Kabel ins Vorzimmer hinausführten.

»Meine Herren, die Besprechung an Bord der ›Argyll‹ beginnt in diesem Augenblick. Ich schlage vor, daß wir sie uns anhören, bevor Mr. Munro uns den Grund für Rudins außergewöhnliches Ultimatum mitteilt.«

Als Thor Larsen auf der Landeplattform des britischen Kreuzers aus dem Hubschrauber kletterte, der ihn in wenigen Minuten von der *Freya* herübergebracht hatte, wurde er von dem schrillen Signal der Bootsmannspfeife empfangen, das den Lärm der Triebwerke übertönte.

Der Kommandant der *Argyll* trat vor, salutierte und streckte dem Kapitän die Hand entgegen.

»Richard Preston«, stellte er sich vor. Larsen schüttelte ihm die Hand.

»Willkommen an Bord, Captain«, sagte Preston. »Kommen Sie bitte mit in die Offiziersmesse?«

Die beiden Kapitäne gingen in die Offiziersmesse hinunter,

den größten Raum an Bord der *Argyll*, wo Preston die dort Versammelten einander vorstellte.

»Meine Herren, das hier ist Kapitän Thor Larsen ... Ministerpräsident Grayling. Soviel ich weiß, haben Sie ja schon miteinander telefoniert ... Konrad Voss, Botschafter der Bundesrepublik Deutschland ... Kapitän Desmoulins von der französischen Marine ... Kapitän de Jong ... Kapitän Hasselmann ... und Kapitän Manning.«

Mike Manning streckte dem Norweger die Hand entgegen und sah ihm direkt ins Gesicht.

»Freut mich, Sie kennenzulernen, Captain«, sagte er mit belegter Stimme. Thor Larsen warf ihm einen forschenden Blick zu, bevor er weiterging.

»Und dies hier«, sagte Preston, »ist Major Simon Fallon von den Royal Marines.«

Larsen sah auf den stämmigen Major, der seine Hand wie ein Schraubstock umklammerte. Swoboda hatte also doch recht gehabt!

Auf Prestons Aufforderung hin nahmen die Männer an dem ausgezogenen Eßtisch Platz.

»Kapitän Larsen, unsere Besprechung wird selbstverständlich auf ein Tonband aufgezeichnet. Außerdem wird unser Gespräch direkt nach Whitehall übertragen, natürlich verschlüsselt, wo die britische Premierministerin mithört.«

Larsen nickte. Er sah wieder zu dem Amerikaner hinüber; während alle anderen den Kapitän der *Freya* interessiert beobachteten, starrte der amerikanische Marineoffizier die Mahagonitischplatte an.

»Darf ich Ihnen eine Erfrischung anbieten, bevor wir anfangen?« fragte Preston. »Einen Drink? Etwas zu essen? Tee oder Kaffee?«

»Danke. Einen Kaffee. Schwarz, ohne Zucker.«

Preston sagte einem Steward Bescheid, der vor der Tür gewartet hatte und nun davoneilte.

»Wir haben uns darauf geeinigt, daß ich zu Anfang die Fragen stellen werde, die für alle betroffenen Länder von Bedeutung sind«, fuhr der Kreuzerkommandant fort. »Mr. Grayling und

Mr. Voss sind freundlicherweise damit einverstanden. Ich bitte, mich zu unterbrechen, falls ich einen Punkt übersehen sollte. Kapitän Larsen, dürfen wir Sie als erstes um eine Schilderung der Ereignisse bitten, die sich gestern in den frühen Morgenstunden an Bord der ›Freya‹ zugetragen haben?«

Erst gestern? überlegte Larsen. Richtig, am Freitagmorgen um 3 Uhr; heute war Samstag, und die Uhr über der Tür der Offiziersmesse zeigte 15 Uhr 5 an. Nur 36 Stunden. Ihm war es wie eine Woche vorgekommen.

Er schilderte mit knappen Worten die Besetzung der *Freya* durch die Terroristen, die die Nachtwache überwältigt und die Mannschaft im Farbenraum eingesperrt hatten.

»Es sind also sieben Männer?« fragte der Major von den Royal Marines. »Sie sind absolut sicher, daß es nicht mehr sind, Captain?«

»Absolut sicher«, antwortete Larsen. »Es sind sieben.«

»Und wissen Sie, wer sie sind?« wollte Preston wissen. »Juden, Araber, Mitglieder der Roten Brigade?«

Larsen starrte die erwartungsvollen Gesichter verblüfft an. Ihm wurde bewußt, daß nur er die Herkunft der Schiffsbesetzer kannte.

»Sie sind Ukrainer«, sagte er, »ukrainische Nationalisten. Ihr Anführer nennt sich Swoboda. Er behauptet, das heiße auf ukrainisch ›Freiheit‹. Untereinander sprechen sie nur ukrainisch. Jedenfalls ist es eine slawische Sprache.«

»Aber warum sind sie daran interessiert, zwei in Berlin inhaftierte russische Juden freizubekommen?« fragte der holländische Ministerpräsident aufgebracht.

»Keine Ahnung«, gab Larsen zu. »Ihr Anführer ist angeblich mit den Flugzeugentführern befreundet.«

»Moment mal!« rief Botschafter Voss. »Wir sind bisher bei unseren Überlegungen immer davon ausgegangen, daß Lasareff und Mischkin Juden sind, die nach Israel wollen. Aber die beiden stammen aus der Ukraine, aus Lwow. Möglicherweise handelt es sich auch bei ihnen um ukrainische Freiheitskämpfer.«

»Wieso glauben die Terroristen, der ukrainischen Sache zu dienen, wenn sie Mischkin und Lasareff befreien?« fragte Preston.

»Keine Ahnung«, sagte Larsen. »Swoboda äußert sich nicht darüber. Ich habe ihn danach gefragt; er hat zu einer Antwort angesetzt – und dann doch den Mund gehalten. Er hat nur behauptet, mit der Befreiung dieser beiden Männer werde dem Kreml ein schwerer Schlag zugefügt, der einen Volksaufstand zur Folge haben könne.«

Auf den Gesichtern der anderen stand blankes Unverständnis.

Sie unterbrachen für einen Moment die Diskussion, weil Larsen seinen Kaffee serviert bekam. Die folgenden Fragen, die den Decksplan, den Aufenthalt von Larsen und Swoboda und die Verteilung der Terroristen über das Schiff betrafen, waren schnell beantwortet.

Schließlich warf Preston den Männern einen fragenden Blick zu. Sie nickten. Der Kreuzerkommandant richtete sich in seinem Sessel auf.

»Ich habe Ihnen eine wichtige Mitteilung zu machen, Kapitän Larsen«, sagte er. »Heute nacht schwimmen Major Fallon und seine Leute unter Wasser zur ›Freya‹, klettern an Bord und schalten Swoboda und seine Männer aus.«

Er lehnte sich zurück, um die Wirkung dieser Ankündigung zu beobachten.

»Nein«, widersprach Thor Larsen ruhig, »das werden sie nicht tun.«

»Wie bitte?«

»Der Unterwasserangriff findet nicht statt – es sei denn, Sie wollen, daß die ›Freya‹ gesprengt wird. Diese Mitteilung habe ich Ihnen zu machen – im Auftrag von Swoboda.«

Kapitän Larsen legte den aufmerksam zuhörenden Männern dar, welche Vorsichtsmaßnahmen Swoboda treffen wollte. Schon vor Sonnenuntergang sollten sämtliche Scheinwerfer der Freya eingeschaltet werden. Der auf der Back postierte Ausguck sollte zurückgezogen werden; das gesamte Deck vom Bug bis zu den Aufbauten würde in gleißend helles Licht getaucht sein.

Sämtliche aus den Aufbauten an Deck führende Türen würden von innen abgesperrt werden. Auch die inneren Türen sollten verriegelt werden, um zu verhindern, daß jemand ins Schiffsinnere gelangen konnte, der durch eines der Fenster eingestiegen war.

Swoboda, der den Oszillator ständig bei sich trug, wollte sich in eine der über fünfzig Kabinen in den Aufbauten zurückziehen. In allen Kabinen würden die Vorhänge zugezogen sein, und in allen Kabinen würde Licht brennen.

Einer der Terroristen sollte auf der Brücke Wache halten und mit dem Ausguck auf dem Schornstein in Funkverbindung stehen. Die übrigen vier Männer sollten an der Heckreling der *Freya* Posten beziehen und die Wasseroberfläche mit starken Handscheinwerfern ableuchten. Sobald eine Blasenspur gesichtet wurde oder jemand an Bord zu klettern versuchte, würde einer der Terroristen einen Warnschuß abgeben. Der Mann auf dem Schornstein würde die Brückenwache alarmieren, die ihrerseits Swoboda über die Bordsprechanlage warnen würde. Sobald der Anführer der Terroristen diese Warnung hörte, würde er auf den roten Sprengknopf drücken.

Als Larsen seinen Bericht beendet hatte, herrschte zunächst Schweigen.

»Diese Schweinehunde!« Kapitän zur See Preston machte seinen Gefühlen Luft. Die Aufmerksamkeit der Gruppe konzentrierte sich jetzt auf Major Fallon, der Larsen prüfend betrachtete.

»Nun, Major?« fragte Grayling.

»Wir könnten über den Bug an Bord kommen«, schlug Fallon vor. Aber Larsen schüttelte den Kopf.

»Die Brückenwache würde Sie im Scheinwerferlicht sehen«, sagte er. »Sie würden schon auf halber Strecke entdeckt werden.«

»Auf alle Fälle sollten wir den Kutter mit einer Haftladung präparieren«, sagte Fallon.

»Diese Möglichkeit hat Swoboda auch schon in Betracht gezogen«, antwortete Larsen. »Das Boot wird ans Heck verholt, wo es im Scheinwerferlicht liegt.«

Fallon zuckte mit den Schultern.

»Dann bleibt nur ein Frontalangriff übrig«, meinte er. »Wir setzen mehr Männer ein, kommen schießend aus dem Wasser, erledigen die Wachen, sprengen die Tür auf und durchsuchen eine Kabine nach der anderen.«

»Ausgeschlossen!« widersprach Larsen energisch. »Bevor Sie

über die Reling kommen, hat Swoboda Sie bereits gehört und sprengt uns alle in die Luft.«

»Ja, ich bin auch der Meinung von Kapitän Larsen«, sagte Ministerpräsident Grayling. »Ich glaube nicht, daß die niederländische Regierung ein Himmelfahrtskommando billigen könnte.«

»Auch die Bundesregierung wird da kaum zustimmen«, meinte Voss.

Fallon unternahm einen letzten Versuch.

»Sie sind viel mit ihm allein, Kapitän Larsen«, stellte er fest. »Brächten Sie es fertig, ihn zu töten?«

»Ich glaube, ja!« antwortete Larsen. »Aber sparen Sie sich die Mühe, mir eine Waffe mitzugeben. Nach meiner Rückkehr werde ich gründlich durchsucht. Sollte dabei eine Waffe gefunden werden, wird ein weiterer meiner Seeleute erschossen. Ich bin nicht bereit, irgend etwas mit an Bord zu nehmen. Weder Waffen noch Gift.«

»Dann ist leider nichts zu machen, Major Fallon«, sagte Preston bedauernd. »Die harte Option dürfte damit ausscheiden.«

Er stand auf.

»Meine Herren, hat noch jemand eine Frage an Kapitän Larsen zu richten? Nein? Ich fürchte, wir können vorerst nichts unternehmen. Die Angelegenheit muß jetzt von den betroffenen Regierungen entschieden werden. Kapitän Larsen, ich danke Ihnen für Ihre Auskünfte und Ihre Geduld. Darf ich Sie jetzt in meine Kabine bitten? Dort ist jemand, der Sie sprechen möchte.«

Thor Larsen wurde von Preston hinausbegleitet. Mike Manning blickte dem Kapitän der *Freya* nach. Nachdem Major Fallons Angriffsplan gescheitert war, hatte die grauenvolle Vorstellung den Amerikaner wieder in Besitz genommen, nun doch den Befehl des Präsidenten ausführen zu müssen.

Der Kreuzerkommandant führte den Norweger zu seiner Kabine. Lisa Larsen erhob sich von dem Sessel vor dem Bullauge, durch das sie die verschwommene Silhouette der *Freya* angestarrt hatte.

»Thor«, sagte sie. Larsen stieß die Tür mit dem Fuß hinter sich zu. Er breitete die Arme aus, als Lisa auf ihn zulief, und fing seine Frau auf.

»Hallo, kleine Schneemaus.«

Im Arbeitszimmer der Premierministerin in der Downing Street Nr. 10 hatte man die Übertragung von Bord der *Argyll* aufmerksam verfolgt.

»Verdammter Mist!« sagte Sir Nigel und drückte damit aus, was sie alle dachten. Die Premierministerin wandte sich an Munro.

»Was Sie in Erfahrung gebracht haben, Mr. Munro, scheint jetzt doch für uns von größter Wichtigkeit zu sein. Falls es uns gelingt, mit Hilfe Ihrer Informationen aus dieser Sackgasse herauszukommen, hat sich das Risiko, das Sie eingehen mußten, doch gelohnt. Mit einem Wort: Was ist in Maxim Rudin gefahren?«

»Ganz einfach, Ma'am: Seine Führungsrolle im Politbüro ist äußerst gefährdet. Wie wir alle wissen, ist sie das schon seit Monaten ...«

»Ja, aber das liegt an seiner Bereitschaft, den Amerikanern bei der Rüstungsfrage Konzessionen einzuräumen!« unterbrach ihn die Premierministerin. »An diesem Punkt setzt Wischnajew an, um Rudin zu Fall zu bringen.«

»Ma'am, Jefrem Wischnajew kämpft um die Führung der Sowjetunion. Er kann nicht mehr zurück. Er wird mit allen Mitteln versuchen, Rudin zu stürzen, denn falls ihm das nicht gelingt, wird Rudin ihn nach der Unterzeichnung des Dubliner Vertrags innerhalb einer Woche vernichten. Die beiden in Berlin inhaftierten Männer können Wischnajew die Argumente liefern, die er braucht, um ein oder zwei weitere Politbüromitglieder auf seine Seite, auf die Seite der Falken zu ziehen.«

»Wieso sollen diese Männer das können?« fragte Sir Nigel.

»Indem sie reden. Indem sie den Mund aufmachen. Indem sie Israel lebend erreichen und dort eine Pressekonferenz geben. Indem sie die Sowjetunion öffentlich demütigen.«

»Aber sie demütigen die Sowjetunion doch nicht durch die Ermordung irgendeines Flugkapitäns?« fragte die Premierministerin.

»Nein, nicht dadurch. Flugkapitän Rudenko ist wirklich nur aus Versehen erschossen worden. Die beiden mußten in den Westen kommen, um ihre eigentliche Tat weltweit bekanntgeben zu können. Am einunddreißigsten Oktober vergangenen Jahres haben

Mischkin und Lasareff auf einer Straße in Kiew den KGB-Vorsitzenden Juri Iwanenko ermordet.«

Sir Nigel Irvine und Barry Ferndale setzten sich ruckartig auf.

»Das ist es also!« sagte Ferndale, der Fachmann für sowjetische Angelegenheiten. »Ich hatte geglaubt, er sei in Ungnade gefallen.«

»Nicht in Ungnade – in ein Grab«, sagte Munro. »Das Politbüro weiß natürlich Bescheid, und einer oder zwei von Rudins Anhängern haben gedroht, zu Wischnajew überzulaufen, falls die Attentäter entkommen und die Sowjetunion demütigen sollten.«

»Halten Sie das vom sowjetischen Standpunkt aus für plausibel, Mr. Ferndale?« fragte die Premierministerin.

Ferndale hatte seine Brille abgenommen und polierte mit geradezu wütender Energie die Gläser mit seinem Taschentuch.

»Durchaus, Ma'am!« sagte er aufgeregt. »Innen- wie außenpolitisch. In Krisenzeiten wie dieser, wo eine Hungersnot droht, ist es von entscheidender Wichtigkeit, daß das KGB die Bevölkerung – vor allem die nichtrussische – einschüchtert, um sie unter Kontrolle zu halten. Sollte die Angst in der Bevölkerung schwinden, sollte das schreckliche KGB zur Witzblattfigur werden, könnten die Folgen vernichtend sein – aus der Sicht des Kremls, versteht sich.

Für die Außenpolitik ist es von grundlegender Bedeutung, daß vor allem die Staaten der Dritten Welt von der Unbesiegbarkeit des Kremls überzeugt bleiben, damit Moskau seine bisherige Stellung halten und weiter ausbauen kann.

Diese beiden Männer sind für Maxim Rudin eine Zeitbombe, die seit der Besetzung der ›Freya‹ tickt und jeden Augenblick hochgehen kann.«

»Warum erfährt der deutsche Bundeskanzler dann nichts von Rudins Ultimatum?« fragte Munro. »Er würde einsehen, daß der Dubliner Vertrag, der nicht zuletzt auch sein Land betrifft, wichtiger ist als die ›Freya‹.«

»Weil selbst die Tatsache, daß Rudin ein Ultimatum gestellt hat, geheimgehalten werden muß«, sagte Sir Nigel. »Wenn sie bekannt würde, wäre aller Welt klar, daß es bei der Besetzung des Tankers um mehr als den Tod eines Flugkapitäns gehen muß.«

»Das ist alles sehr interessant, meine Herren«, sagte die Premierministerin, »aber es trägt nicht dazu bei, das Hauptproblem zu lösen. Präsident Matthews hat die Wahl zwischen zwei Möglichkeiten: Er gibt sein Einverständnis, daß die Bundesregierung Mischkin und Lasareff freiläßt, und verzichtet auf den Dubliner Vertrag. Oder er besteht darauf, daß die beiden Männer in Haft bleiben, und opfert die ›Freya‹, wodurch er den Haß von einem Dutzend europäischer Länder und die Verachtung der ganzen Welt auf sich zieht.

Er hat es sogar mit einer dritten Möglichkeit versucht und Ministerpräsident Golen gebeten, die beiden Flugzeugentführer wieder den deutschen Behörden zu übergeben, sobald die Terroristen von Bord der ›Freya‹ gegangen sind. Man hoffte, auf diese Weise Maxim Rudin zufriedenstellen zu können. Das wäre vielleicht auch gelungen, aber Golen hat rundweg abgelehnt. Diese Lösung scheidet also aus.

Dann haben wir versucht, eine dritte Möglichkeit zu entwikkeln: Die ›Freya‹ sollte geentert und befreit werden. Das ist nun ebenfalls nicht durchzuführen. Ich fürchte, daß es keine weiteren Alternativen mehr gibt – es sei denn, man entschließt sich zu dem, was die Amerikaner vorzuhaben scheinen.«

»Und das wäre?« fragte Munro.

»Die ›Freya‹ in Brand zu schießen«, sagte Sir Nigel Irvine. »Wir haben keinen Beweis für unsere Vermutung, aber das Buggeschütz der ›Moran‹ ist auf die ›Freya‹ gerichtet worden.«

»Es *gibt* eine dritte Möglichkeit«, sagte Munro. »Sie ließe sich verwirklichen, und sie wäre im Sinne des sowjetischen Staats- und Parteichefs.«

»Dann nennen Sie sie uns bitte«, forderte die Premierministerin ihn auf. Munro sprach knapp fünf Minuten lang. Danach herrschte Schweigen.

»Ich finde Ihren Plan geradezu abstoßend«, sagte Mrs. Carpenter schließlich.

»Bei allem Respekt, Ma'am: Ich habe es auch als abstoßend empfunden, meinen Agenten dem KGB ausliefern zu müssen«, antwortete Munro ungerührt. Ferndale warf ihm einen warnenden Blick zu.

»Stehen uns denn überhaupt solche teuflischen Mittel zur Verfügung?« wollte Mrs. Carpenter von Sir Nigel wissen. Der Leiter des britischen Geheimdienstes betrachtete seine Fingerspitzen.

»Ich glaube, daß unsere Spezialisten so etwas zur Verfügung stellen könnten«, antwortete er ruhig.

Die Premierministerin holte tief Luft.

»Zum Glück ist das keine Entscheidung, die ich zu treffen habe. Das ist Präsident Matthews' Angelegenheit. Wir müssen ihm diesen Vorschlag wohl machen – aber nur unter vier Augen. Wären Sie bereit, diesen Plan selbst auszuführen, Mr. Munro?«

Munro dachte an Walentina, die auf die Straße hinausgegangen war, wo die Männer in den grauen Trenchcoats gewartet hatten.

»Ja«, antwortete er, »ohne mit der Wimper zu zucken.«

»Uns bleibt nicht mehr viel Zeit«, sagte die Premierministerin kühl, »wenn Sie noch heute abend in Washington sein wollen. Sir Nigel, was schlagen Sie vor?«

»Um siebzehn Uhr startet eine Concorde auf der neuen Route nach Boston«, sagte er. »Sie könnte auf Wunsch des Präsidenten nach Washington umgeleitet werden.«

Mrs. Carpenter sah auf ihre Uhr. Es war inzwischen kurz vor 16 Uhr.

»Machen Sie sich auf den Weg, Mr. Munro! Ich teile inzwischen Präsident Matthews mit, welche Informationen Sie aus Moskau mitgebracht haben, und bitte ihn, Sie zu empfangen. Dann können Sie ihm Ihren makabren Vorschlag selbst erläutern – falls er Sie auf so kurzfristige Anmeldung hin empfängt.«

Lisa Larsen hielt ihren Mann auch nach fünf Minuten noch fest umarmt. Er fragte sie nach den Kindern. Sie hatte erst vor zwei Stunden mit ihnen telefoniert. Da Samstag war, hatten sie keine Schule gehabt. Sie fühlten sich bei den Dahls wohl.

Nachdem dieses Thema erschöpft war, sprach das Ehepaar über das, was seine Gedanken beherrschte.

»Thor, was geschieht jetzt?«

»Das weiß ich auch nicht. Ich begreife nicht, warum die Deutschen sich weigern, die beiden Flugzeugentführer freizulassen. Ich begreife nicht, was die Amerikaner dagegen einzuwenden haben. Ich sitze mit Ministerpräsidenten und Botschaftern zusammen, aber die können mir auch keine Erklärung geben.«

»Was passiert, wenn diese Männer nicht freigelassen werden? Glaubst du, daß der Terroristenanführer – es dann tut?« fragte sie.

»Vielleicht«, meinte Larsen nachdenklich. »Ich glaube, daß er es versuchen wird. Und falls er es versucht, muß ich ihn daran hindern. Das muß ich einfach!«

»Warum helfen die anderen Kapitäne dir nicht?«

»Sie können mir nicht helfen. Niemand kann mir helfen. Ich muß es allein schaffen, sonst schafft es keiner.«

»Ich traue dem amerikanischen Kapitän nicht«, flüsterte sie. »Ich habe ihn gesehen, als ich an Bord gekommen bin. Er hat mir nicht ins Gesicht blicken können.«

»Nein, das bringt er nicht über sich – bei mir auch nicht. Er hat Befehl, die ›Freya‹ in Brand zu schießen.«

Lisa löste sich aus der Umarmung und sah mit vor Schreck geweiteten Augen zu ihrem Mann auf.

»Nein, das kann er nicht!« sagte sie. »Kein Mensch kann das einem anderen antun!«

»Er wird es tun, wenn er muß. Ich weiß nicht bestimmt, ob er den Befehl dazu hat, aber ich vermute es. Sein Buggeschütz ist auf uns gerichtet. Wenn die Amerikaner davon überzeugt sind, daß ihnen nichts anderes übrigbleibt, werden sie entsprechend handeln. Mit dem Abbrennen derÖlladung wäre die Umweltverschmutzung in Grenzen gehalten und die Erpressung erledigt.«

Lisa klammerte sich bebend an ihn. Sie begann zu weinen.

»Ich hasse ihn!« sagte sie leise. Thor Larsen streichelte ihr Haar. Ihr kleiner Kopf verschwand fast in seiner mächtigen Pranke.

»Du darfst ihn nicht hassen«, sagte er. »Er hat seine Befehle. Alle haben ihre Befehle. Sie alle führen nur das aus, was von ihren Regierungen beschlossen wird.«

»Das ist mir egal! Ich hasse sie alle!«

Thor lachte, während er sie beruhigend streichelte.

»Tust du mir einen Gefallen, Schneemaus?«

»Jeden!«

»Flieg nach Hause zurück. Bleib nicht länger hier. Du gehörst nach Alesund zu Kurt und Kristina. Bereitet dort alles für meine Heimkehr vor. Sobald die Sache überstanden ist, komme ich nach Hause. Du mußt daran glauben.«

»Warum kommst du nicht gleich jetzt mit?«

»Du weißt, daß ich zurück auf die ›Freya‹ muß. Meine Zeit ist abgelaufen.«

»Geh nicht zurück«, bat sie ihn. »Dort bringen sie dich um.«

Lisa schnüffelte laut; sie bemühte sich, nicht zu weinen, um ihm nicht weh zu tun.

»Die ›Freya‹ ist mein Schiff«, sagte er ruhig. »Ich bin für ihre Besatzung verantwortlich. Du weißt, daß ich sie nicht im Stich lassen darf.«

Er ließ seine Frau in ihrem Sessel zurück.

In dem Augenblick, in dem Thor Larsen die Kabine des Kreuzerkommandanten der *Argyll* verließ, fuhr die Limousine, die Adam Munro zu seinem Flugzeug bringen sollte, durch die Menschenmenge in der Downing Street, die sich versammelt hatte, um in dieser Krisensituation vielleicht einen Blick auf das eine oder andere Staatsoberhaupt zu erhaschen. Der Wagen bog über den Parliament Square zur Cromwell Road ab und fuhr dann auf der Schnellstraße nach Heathrow.

Fünf Minuten später bestieg Thor Larsen wieder den Hubschrauber, von dem aus er auf die Landeplattform der *Freya* abgeseilt werden sollte.

Kapitän zur See Preston und die vier anderen Kommandanten standen am Rand der Landeplattform des Kreuzers. Jetzt hob die Westland Wessex ab.

»Meine Herren!« sagte Preston. Fünf Hände wurden grüßend an fünf goldbestickte Mützenschirme gelegt.

Mike Manning sah, daß der bärtige Norweger ihn bis zuletzt anstarrte.

Er weiß alles! dachte er entsetzt. Großer Gott, er weiß alles!

Thor Larsen wurde an Bord der *Freya* von einem bewaffneten Terroristen in die Kapitänssuite geführt. Swoboda saß an seinem gewohnten Platz. Er forderte Larsen mit einer Handbewegung auf, sich ihm gegenüber an den Tisch zu setzen.

»Haben die Leute Ihnen geglaubt?« fragte der Ukrainer.

»Ja«, sagte Larsen, »sie haben mir geglaubt. Und Sie haben recht gehabt. Nachts sollten Froschmänner angreifen. Inzwischen ist das Unternehmen abgeblasen worden.«

Drake schnaubte verächtlich.

»Das ist ihr Glück«, sagte er. »Hätten sie's versucht, hätte ich, ohne zu zögern, auf diesen Knopf gedrückt, auch wenn das Selbstmord gewesen wäre. Ich hätte keine Alternative gehabt.«

Präsident Matthews hatte eine Viertelstunde lang mit der britischen Premierministerin telefoniert. Um 11 Uhr 50 legte er schließlich den Hörer auf und sah zu seinen drei Beratern hinüber, die das Gespräch über den Telefonlautsprecher mitgehört hatten.

»Das war's also«, sagte er. »Die Briten haben den Nachtangriff abgeblasen. Wieder eine Hoffnung weniger. Jetzt bleibt uns wohl doch nichts anderes mehr übrig, als die ›Freya‹ in die Luft zu jagen. Ist die ›Moran‹ in Position?«

»Feuerbereit in Position«, bestätigte Stanislaw Poklewski.

»Es sei denn, dieser Munro macht einen brauchbaren Vorschlag«, sagte Robert Benson. »Empfangen Sie ihn, Mr. President?«

»Bob, ich empfange sogar den Teufel persönlich, wenn er mir einen Ausweg aus diesem Dilemma zeigen kann«, antwortete Matthews.

»Immerhin steht jetzt eines fest«, sagte David Lawrence. »Maxim Rudin hat nicht übersteigert reagiert. Ihm ist letztlich gar nichts anderes übriggeblieben. In seinem Kampf gegen Jefrem Wischnajew hat er schon alle Trümpfe ausgespielt. Wie mag den beiden Ukrainern bloß gelungen sein, Juri Iwanenko zu erschießen?«

»Wir müssen annehmen, daß ihnen der Mann geholfen hat, der jetzt die Terroristen an Bord der ›Freya‹ anführt«, sagte Benson. »Den möchte ich gern in die Finger bekommen!«

»Um ihn umzubringen, was?« fragte Lawrence angewidert.

»Falsch!« antwortete Benson. »Um ihn anzuheuern. Er ist energisch, einfallsreich und rücksichtslos. Er hat erreicht, daß zehn europäische Regierungen nach seiner Pfeife tanzen.«

Es war 12 Uhr in Washington und 17 Uhr in London, als die Concorde nach Boston mit heulenden Triebwerken über die Startbahn des Flughafens Heathrow fegte, ihr stelzenähnliches Fahrgestell einklappte, den nach unten geneigten spitzen Bug aufrichtete und im Steigflug die Schallmauer durchbrach.

Normalerweise durfte die Schallmauer erst weit über dem Atlantik durchbrochen werden, aber für diesen Flug lag eine Ausnahmegenehmigung von Downing Street Nr. 10 vor. Der Flugkapitän nahm die Leistung der vier heulenden Olympus-Triebwerke nach dem Start kaum zurück, und 72 Tonnen Schub jagten die Maschine in die Stratosphäre. Die Concorde würde für die Strecke von London nach Washington drei Stunden benötigen, zwei Stunden weniger als die Sonne. Als sie sich bereits mitten über dem Atlantik befanden, erklärte der Flugkapitän mit höflichem Bedauern seinen Passagieren, die einen Direktflug nach Boston gebucht hatten, die Maschine müsse »aus betrieblichen Gründen« auf dem Dulles International Airport von Washington kurz zwischenlanden und werde dann nach Boston weiterfliegen.

Erst um 21 Uhr Moskauer Zeit – in Westeuropa war es 19 Uhr – gelang es Jefrem Wischnajew, zu einem persönlichen Gespräch zu Maxim Rudin vorzudringen, obwohl er bereits den ganzen Tag über das für einen Samstag höchst ungewöhnliche Treffen lautstark gefordert hatte.

Der alte sowjetische Diktator erklärte sich damit einverstanden, seinen Chefideologen im Konferenzraum des Politbüros im zweiten Stock des Arsenalgebäudes zu empfangen.

Wischnajew brachte Marschall Nikolai Kerenski als Verstärkung mit, mußte aber feststellen, daß auch Rudin seine Verbündeten, Dmitri Rykow und Wassili Petrow, hinzugezogen hatte.

»Wie ich sehe, scheinen nur wenige dieses herrliche Frühlingswochenende auf dem Lande zu genießen«, stellte der Parteitheoretiker bissig fest. Rudin zuckte mit den Achseln.

»Ich hatte zwei Freunde zum Abendessen eingeladen«, sagte er. »Was führt Sie um diese Zeit in den Kreml, Genossen?«

Weder Mitarbeiter noch Wachen waren bei dieser Unterredung zugegen. Die fünf mächtigsten Männer der Sowjetunion saßen sich unter den Kugellampen, die von der hohen Decke herabhingen, gegenüber. Sie gerieten in immer erregtere Konfrontation.

»Verrat!« zischte Wischnajew. »Verrat, Genosse Generalsekretär.«

Das Schweigen war unheimlich, bedrohlich.

»Wessen Verrat?« fragte Rudin. Wischnajew beugte sich über den Tisch, bis ihre Gesichter kaum noch einen halben Meter voneinander entfernt waren.

»Der Verrat zweier dreckiger Juden aus Lwow«, fauchte er. »Der Verrat zweier Männer, die jetzt in Berlin hinter Gittern sitzen. Zweier Männer, deren Freilassung eine Bande von Mördern an Bord eines Tankers in der Nordsee fordert. Der von Lasareff und Mischkin verübte Verrat.«

»Ich gebe zu«, antwortete Rudin langsam, »daß die Ermordung von Flugkapitän Rudenko eine . . .«

»Wollen Sie nicht auch zugeben«, unterbrach Wischnajew ihn drohend, »daß diese beiden Männer Juri Iwanenko ermordet haben?«

Maxim Rudin mußte sich beherrschen, nicht zu Wassili Petrow hinüberzusehen. Irgend etwas war schiefgegangen. Irgendwo gab es eine undichte Stelle.

Petrow preßte die Lippen zusammen, bis sie nur noch einen schmalen Strich bildeten. General Abrassow kontrollierte jetzt das KGB für ihn, und Petrow wußte, daß der Kreis der Eingeweihten klein war, sehr klein sogar. Seiner Überzeugung nach konnte nur Oberst Kukuschkin der Verräter sein: der Mann, der als Iwanenkos Leibwächter versagt hatte und der es danach nicht einmal geschafft hatte, die Mörder seines Herrn zu liquidieren. Nun mußte er versucht haben, seine Karriere – und sein Leben – dadurch zu retten, daß er auf die andere Seite übergelaufen war und sich Wischnajew anvertraut hatte.

»Dieser Verdacht besteht allerdings«, gab Rudin vorsichtig zu. »Aber er ist noch nicht bewiesen.«

»Soviel ich weiß, *ist* das eine bewiesene Tatsache!« sagte Wischnajew. »Diese beiden Männer sind einwandfrei als die Mörder unseres lieben Genossen Juri Iwanenko identifiziert worden.«

Er weiß anscheinend gar nicht mehr, daß er Iwanenko früher gehaßt und zum Teufel gewünscht hat, dachte Rudin grimmig.

»Darüber brauchen wir nicht weiter zu diskutieren«, wehrte er ab. »Die beiden Männer werden sowieso wegen des Mordes an dem Aeroflot-Flugkapitän von uns liquidiert.«

»Vielleicht auch nicht!« widersprach Wischnajew in gutgespielter Empörung. »Offenbar wollen die Deutschen sie freilassen und nach Israel abschieben. Der Westen ist schwach und kann den Terroristen an Bord der ›Freya‹ nicht lange Widerstand leisten. Falls diese beiden Männer lebend nach Israel kommen, packen sie dort aus. Und ich glaube, Genossen, daß wir alle wissen, was sie sagen werden.«

»Was verlangen Sie also?« fragte Rudin. Wischnajew stand auf. Kerenski folgte seinem Beispiel und erhob sich ebenfalls.

»Ich fordere eine außerordentliche Versammlung des Politbüros, die morgen abend um neun Uhr in diesem Raum stattfinden soll. Wir wollen über ein Thema von größter nationaler Bedeutung beraten. Das ist doch mein Recht, Genosse Generalsekretär?«

Rudin nickte langsam. Er sah unter buschigen Augenbrauen zu Wischnajew auf.

»Ja, das ist Ihr Recht«, sagte er.

»Dann treffen wir uns also morgen abend um dieselbe Zeit«, sagte Wischnajew und stapfte hinaus. Der Marschall, der kein Wort gesagt hatte, folgte ihm.

Rudin wandte sich an Petrow.

»Oberst Kukuschkin?« fragte er.

»Sieht so aus. Er weiß jedenfalls alles.«

»Besteht irgendeine Möglichkeit, Mischkin und Lasareff im Gefängnis zu liquidieren?«

Petrow schüttelte den Kopf.

»Nicht bis morgen. Die Zeit ist zu kurz, um ein neues Unternehmen aufzuziehen. – Gibt es keine Möglichkeit, den Westen noch mehr unter Druck zu setzen, damit die beiden nicht freigelassen werden?«

»Nein«, antwortete Rudin knapp. »Ich habe gegenüber Matthews alle zur Verfügung stehenden Mittel angewandt. Mehr kann ich nicht tun. Jetzt hängt alles von dem amerikanischen Präsidenten ab – von ihm und dem verdammten Kanzler in Bonn.«

»Morgen werden Wischnajew und seine Gefolgsleute uns Kukuschkin vorführen und verlangen, daß wir uns seinen Bericht anhören«, stellte Rykow nüchtern fest. »Wenn Mischkin und Lasareff bis dahin schon in Israel sind . . .«

Um 20 Uhr mitteleuropäischer Zeit gab Andrew Drake durch Kapitän Thor Larsen sein letztes Ultimatum bekannt.

Am nächsten Morgen um 9 Uhr, also in 13 Stunden, werde die *Freya* 100 000 Tonnen Rohöl ins Meer pumpen, falls Mischkin und Lasareff bis dahin nicht mit dem Flugzeug nach Tel Aviv unterwegs seien. Um 20 Uhr werde die *Freya* gesprengt, falls die beiden Ukrainer bis dahin nicht in Israel eingetroffen seien.

»Jetzt reicht's aber!« rief der deutsche Bundeskanzler, als er zehn Minuten nach dem Gespräch zwischen der *Freya* und Maas Control von dem Ultimatum unterrichtet wurde. »Was bildet sich Präsident Matthews eigentlich ein? Dieses Affentheater mache ich nicht länger mit! Wir lassen die beiden Kerle einfach laufen.«

Um 20 Uhr 20 gab die Bundesregierung bekannt, Mischkin und Lasareff würden am nächsten Morgen um 8 Uhr entlassen werden.

Um 20 Uhr 30 traf auf der *Moran* ein Funkspruch ein, der ausschließlich für Kapitän zur See Mike Manning bestimmt war. Der Klartext lautete: »Fertigmachen zum Feuerbefehl morgen 07.00 Uhr.«

Der Kapitän zerknüllte den Zettel mit dem entschlüsselten Text und starrte aus dem Bullauge seiner Kabine zur *Freya* hinüber. Die Besetzer hatten sämtliche Scheinwerfer eingeschaltet, und der Tanker war in helles Licht getaucht: ein todgeweihtes, hilfloses Schiff, das darauf wartete, von einem seiner beiden Scharfrichter erledigt zu werden.

Während Thor Larsen das Ultimatum der Terroristen verlas, schwebte die Concorde mit Adam Munro an Bord über die Absperrung des Washingtoner Flughafengeländes zur Landung ein: Klappen und Fahrwerk ausgefahren, den spitzen Bug gesenkt – ein deltaförmiger Raubvogel, der sich auf die Landebahn niederzulassen versuchte.

Die verwirrten Passagiere, die wie Goldfische aus den winzigen Fenstern des Flugzeugs starrten, stellten verblüfft fest, daß ihre Maschine nicht zum Empfangsgebäude rollte, sondern mit laufenden Triebwerken auf einem Abstellplatz neben dem Rollweg hielt. Dort wartete neben einer Fahrtreppe eine schwarze Limousine.

Ein einzelner Fluggast, der weder Mantel noch Handgepäck bei sich hatte, erhob sich aus einer der vorderen Sitzreihen, ging zu der inzwischen geöffneten Tür und lief die Gangway hinunter. Sekunden später wurde die Fahrtreppe zurückgezogen, die Flugzeugtür geschlossen, und die Maschine startete nach Boston.

Nachdem Munro von zwei muskulösen jungen Männern zu der Limousine geführt worden war, mußte er als erstes seinen Reisepaß abgeben. Die beiden FBI-Agenten studierten das Formular eingehend, während der Wagen über den Rollweg und das Vorfeld zu einem kleinen Hubschrauber fuhr, der mit laufendem Triebwerk vor einem Hangar stand.

Die Agenten waren höflich, aber unerbittlich. Sie hatten ihre Anweisungen. Bevor Munro in den Hubschrauber steigen durfte, wurde er gründlich nach Waffen abgetastet. Nachdem die Männer sich davon überzeugt hatten, daß er unbewaffnet war, gingen sie mit ihm an Bord des Hubschraubers, der sofort startete. Sie flogen über den Potomac nach Washington und steuerten dort die weiten Rasenflächen des Weißen Hauses an. Um 15 Uhr 30, eine halbe Stunde nach der Landung der Concorde, setzten sie, kaum 100 Meter von den Fenstern des Ovalen Zimmers entfernt, auf.

Die beiden Männer begleiteten Munro über den Rasen zu der schmalen Zufahrt zwischen dem Hauptgebäude, einer viktorianischen Monstrosität mit Säulen, Giebeln und einer verwirrenden Vielfalt von Fenstern, und dem viel kleineren Westflügel, einem quadratischen glatten Kasten, der sich aus einer kleinen Senke erhob.

Munro wurde zu einer schmalen Tür im Kellergeschoß geführt,

hinter der an einem einfachen Tischchen ein Polizeibeamter saß. Die FBI-Agenten legten Munros und ihre Ausweise vor. Munro war überrascht: dies alles unterschied sich zu sehr von der prächtigen Fassade des Haupteingangs, die von den Touristen bewundert und von den Amerikanern verehrt wurde.

Der Polizeibeamte telefonierte kurz. Einige Minuten später trat eine Sekretärin aus dem Aufzug. Sie führte die drei Männer über den Korridor zu einer schmalen Treppe, über die sie ins Erdgeschoß gelangten. In der Eingangshalle, die mit kostbarem Teppichboden ausgelegt war, erwartete sie ein junger Mann aus dem Stab des Präsidenten. Als er den unrasierten Engländer in dem verknitterten Anzug sah, zog er die Augenbrauen hoch.

»Kommen Sie bitte gleich mit, Mr. Munro«, sagte er und ging voraus. Die beiden FBI-Agenten und die Sekretärin blieben zurück.

Munro wurde durch einen Korridor geführt, in dem eine kleine Lincolnbüste stand. Mitarbeiter aus dem Stab des Präsidenten kamen ihnen entgegen und gingen grußlos vorbei. Munros Begleiter bog plötzlich nach links in einen Gang ein und blieb kurz darauf vor einem weiteren Polizeibeamten stehen, der an seinem Schreibtisch neben einer weißen, in Quadrate unterteilten Tür saß, die flach in die Wand eingelassen war. Der Beamte blätterte ausgiebig in Munros Reisepaß, betrachtete dessen Inhaber mit deutlichem Mißfallen und drückte auf einen Knopf unter der Tischplatte. Als der elektrische Türöffner summte, drückte der junge Mann neben Munro gegen die Tür, hielt sie auf und ließ dem Engländer den Vortritt. Munro machte zwei Schritte und fand sich in dem Ovalen Zimmer wieder. Hinter ihm schloß sich die Tür mit leisem Klicken.

Die vier Männer, die in dem Raum versammelt waren, hatten offenbar auf ihn gewartet. Ihre Augen waren auf ihn gerichtet, der nun mit dem Rücken zu der geschlossenen Tür stand. Munro erkannte William Matthews, obwohl dies nicht der Präsident war, den seine Wähler kannten: Er sah müde, erschöpft und zehn Jahre älter aus als der lächelnde, selbstsichere und energische Mann auf den Wahlplakaten.

Robert Benson stand auf und ging dem Gast entgegen.

»Ich bin Bob Benson«, stellte er sich vor. Er führte Munro zum Schreibtisch des Präsidenten. William Matthews lehnte sich über die Tischplatte und schüttelte dem Engländer die Hand. Dann wurde Munro dem Außenminister und dem Sicherheitsberater vorgestellt, deren Gesichter er von Pressefotos kannte.

»So«, sagte der Präsident und starrte den britischen Geheimdienstmann über seinen Schreibtisch hinweg neugierig an, »Sie sind also der Mann, der die Nachtigall führt?«

»Geführt hat, Mr. President«, sagte Munro. »Ich muß leider annehmen, daß unser Informant vor zwölf Stunden dem KGB in die Hände gefallen ist.«

»Das tut mir leid«, antwortete Matthews. »Sie wissen, was für ein schreckliches Ultimatum mir der sowjetische Staats- und Parteichef im Zusammenhang mit dieser Tankergeschichte gestellt hat? Ich mußte wissen, warum er das getan hat.«

»Jetzt wissen wir's«, sagte Poklewski, »aber das hilft uns auch nicht viel weiter. Es beweist nur, daß Rudin in der Klemme steckt – genau wie wir. Es ist unglaublich: Juri Iwanenko wird auf offener Straße von zwei Dilettanten erschossen! Aber wir stecken nicht weniger tief in dieser Sache . . .«

»Mr. Munro, wir brauchen Ihnen nicht zu erklären, wie wichtig der Dubliner Vertrag ist und daß ein Krieg droht, falls Jefrem Wischnajew an die Macht kommen sollte«, sagte David Lawrence. »Sie haben wahrscheinlich alle Wortprotokolle aus dem Politbüro gelesen, die Ihnen die Nachtigall übergeben hat?«

»Ja, ich kenne den Originaltext«, sagte Munro. »Ich weiß, was für beide Seiten auf dem Spiel steht.«

»Und wie, in Gottes Namen, können wir uns aus dieser Lage befreien?« fragte Präsident Matthews. »Ihre Premierministerin hat mich gebeten, Sie zu empfangen, damit Sie uns einen Plan unterbreiten, der nicht am Telefon besprochen werden kann. Deswegen sind Sie doch hier?«

»Ja, Mr. President.«

In diesem Augenblick klingelte eines der Telefone. Benson meldete sich, hörte kurz zu und legte langsam auf.

»Die Sache spitzt sich allmählich zu«, berichtete er. »Dieser Swoboda hat eben damit gedroht, morgen früh um neun Uhr –

um vier Uhr Washingtoner Zeit – hunderttausend Tonnen Rohöl von der ›Freya‹ ins Meer zu pumpen. Das wäre in ziemlich genau zwölf Stunden.«

»Was schlagen Sie also vor, Mr. Munro?« fragte Präsident Matthews.

»Mr. President, in diesem Fall gibt es nur zwei Möglichkeiten: Mischkin und Lasareff werden freigelassen und dürfen nach Israel fliegen, wo sie nach ihrer Ankunft eine Pressekonferenz abhalten und Maxim Rudin und den Dubliner Vertrag vernichten; oder sie bleiben in Haft, was bedeutet, daß die ›Freya‹ zerstört wird oder mitsamt der Besatzung zerstört werden muß.«

Er erwähnte bewußt nicht, welchen Verdacht die Briten in bezug auf die *Moran* hegten, aber Poklewski warf dem mit unbeweglicher Miene neben ihm sitzenden Benson einen forschenden Blick zu.

»Das wissen wir, Mr. Munro«, sagte der Präsident.

»Die eigentlichen Befürchtungen des sowjetischen Staats- und Parteichefs gelten nicht Mischkins und Lasareffs Ausreise nach Israel«, fuhr der Brite fort. »Ihm geht es darum, daß die beiden Männer keine Gelegenheit erhalten, öffentlich zu verkünden, was vor fünf Monaten auf einer Straße in Kiew geschehen ist.«

William Matthews seufzte. »Das war auch schon unser Gedanke«, sagte er. »Wir haben Ministerpräsident Golen gebeten, Mischkin und Lasareff ins Land zu lassen, bis zur Räumung der ›Freya‹ von der Außenwelt abzuschirmen und danach entweder ins Gefängnis Moabit zurückzuschicken oder sie mindestens zehn Jahre in Israel zu inhaftieren. Aber darauf hat er sich nicht eingelassen. Er hat uns erklärt, er fühle sich an seine einmal gegebene Zusage gebunden. Er nimmt sie bestimmt nicht zurück! Tut mir leid, daß Sie vergebens hergekommen sind, Mr. Munro.«

»Das ist es auch nicht, was mir vorschwebt«, sagte Munro. »Ich habe meinen Vorschlag während des Fluges über den Atlantik präzisiert und schriftlich festgehalten.«

Er zog einen ganzen Packen eng beschriebener Briefbogen mit dem Kopf der British Airways aus der Innentasche seiner Jacke und legte sie auf den Schreibtisch.

Der amerikanische Präsident las den Bericht mit einem Ausdruck wachsenden Entsetzens.

»Es ist grauenvoll!« sagte er, als er fertig war, »aber mir bleibt keine Wahl. Welche Entscheidung ich auch treffe – es werden Menschen sterben.«

Adam Munro betrachtete den Präsidenten ohne Mitgefühl. Er wußte aus langer Erfahrung, daß Politiker im Prinzip nur wenig gegen das Opfer von Menschenleben einzuwenden haben, solange die Öffentlichkeit sie persönlich nicht damit in Verbindung bringt.

»So was hat es schon früher gegeben, Mr. President«, stellte er entschlossen fest, »und es wird ohne Zweifel wieder vorkommen. Bei uns in der Firma nennen wir das ›des Teufels Alternative‹.«

Präsident Matthews gab den Bericht wortlos an Robert Benson weiter, der ihn rasch überflog.

»Hervorragend!« meinte er anerkennend. »Das könnte sogar klappen. Aber haben wir noch genug Zeit?«

»Die technischen Voraussetzungen für das Unternehmen sind vorhanden«, sagte Munro. »Die Zeit ist knapp, aber sie wird reichen. Ich muß spätestens um sieben Uhr Ortszeit in Berlin sein – also in zehn Stunden.«

»Aber was nützt uns unser Entschluß, wenn wir nicht wissen, ob Maxim Rudin mitmacht?« fragte der Präsident. »Ohne sein Einverständnis wäre der Dubliner Vertrag trotzdem hinfällig.«

»Uns wird nichts anderes übrigbleiben, als ihn um seine Zustimmung zu bitten«, sagte Poklewski; er hatte den Bericht inzwischen ebenfalls gelesen und gab ihn an David Lawrence weiter. Der Außenminister legte die Papiere auf den Schreibtisch, als fürchte er, sich daran die Finger schmutzig gemacht zu haben.

»Ich finde diesen Plan widerwärtig«, sagte er. »Nie wird die amerikanische Regierung einem solchen Vorschlag zustimmen können.«

»Ist es etwa weniger schlimm, untätig zuzusehen, wie die Besatzung der ›Freya‹ bei lebendigem Leibe verbrennt?« fragte Munro herausfordernd.

Wieder klingelte das Telefon. Als Benson aufgelegt hatte, wandte er sich an den Präsidenten.

»Meiner Überzeugung nach bleibt uns gar nichts anderes mehr übrig, als zu versuchen, Maxim Rudins Einverständnis einzuholen«, sagte er. »Der deutsche Bundeskanzler hat soeben bekanntgegeben, daß Mischkin und Lasareff morgen früh um acht Uhr Ortszeit freigelassen werden sollen. Er sei unter keinen Umständen bereit, diese Entscheidung rückgängig zu machen.«

»Dann müssen wir es riskieren«, sagte Matthews. »Aber ich will die Verantwortung nicht allein übernehmen. Maxim Rudin muß mit dem Plan ebenfalls einverstanden sein. Er muß gewarnt werden. Am besten rufe ich ihn an.«

»Mr. President«, wandte Munro ein, »der sowjetische Staats- und Parteichef hat vermieden, Ihnen sein Ultimatum über den heißen Draht zu stellen. Er hat offenbar Grund, selbst seinen engsten Mitarbeitern im Kreml zu mißtrauen. Bei solchen Flügelkämpfen innerhalb des Politbüros wechseln manchmal auch untere Chargen die Fronten und beliefern den bisherigen Gegner mit Geheiminformationen. Ich halte es für richtiger, ihm diesen Vorschlag persönlich zu unterbreiten. Andernfalls könnte Rudin sich gezwungen sehen, ihn abzulehnen.«

»Aber wenn Sie heute abend in Moskau sind, können Sie doch morgen früh nicht rechtzeitig in Berlin sein?« fragte Poklewski.

»Doch, das könnte klappen«, sagte Benson. »Auf der Andrews Air Force Base ist eine Black Bird stationiert. Mit der wären diese Strecken schnell genug zu schaffen.«

Präsident Matthews hatte sich entschieden.

»Bob, Sie begleiten Mr. Munro zur Andrews Base. Sorgen Sie dafür, daß die Black Bird in einer Stunde startklar ist. Ich rufe inzwischen Maxim Rudin an und bitte ihn, der Maschine die Einfluggenehmigung zu erteilen und Mr. Munro als meinen persönlichen Beauftragten zu empfangen. Noch etwas, Mr. Munro?«

Munro nahm einen Zettel aus seiner Brieftasche.

»Ich muß Sie bitten, diese Nachricht an Sir Nigel Irvine zu übermitteln, damit er in London und Berlin die nötigen Vorbereitungen treffen lassen kann«, sagte er.

»Gut, dafür wird gesorgt«, sagte der Präsident. »Auf Wiedersehen, Mr. Munro. Und alles Gute!«

18

21.00 bis 06.00 Uhr

Die FBI-Agenten blieben zurück, als der Hubschrauber vom Rasen des Weißen Hauses abhob. Diesmal beförderte der Pilot außer dem geheimnisvollen Engländer in dem verknitterten Anzug auch den CIA-Direktor. Als sie über die Stadt flogen, sahen sie den Potomac in der tiefstehenden Nachmittagssonne glitzern. Der Pilot ging auf Südostkurs zur Andrews Air Force Base.

Im Ovalen Zimmer des Weißen Hauses telefonierte Stanislaw Poklewski mit dem Kommandeur des Luftwaffenstützpunktes und berief sich in jedem Satz auf Präsident Matthews. Die Proteste des Offiziers wurden allmählich schwächer. Der Sicherheitsberater gab den Hörer schließlich an den Präsidenten weiter.

»General, hier spricht William Matthews. Ich erteile Ihnen folgenden Befehl: Sie weisen Colonel O'Sullivan an, sofort einen Direktflug Washington–Moskau auf der Polarroute vorzubereiten. Die Freigabe zum Einflug in den sowjetischen Luftraum erhält der Colonel über Funk, bevor er Grönland verläßt.«

Ohne ein weiteres Wort beendete der Präsident das Gespräch. Dann griff er nach dem roten Telefon auf seinem Schreibtisch, um Maxim Rudin über die Direktverbindung zu erreichen.

Auf dem Luftwaffenstützpunkt war der Kommandeur persönlich zur Stelle, als der Hubschrauber landete. Nur die Anwesenheit des CIA-Direktors, den er vom Sehen kannte, konnte den Luftwaffengeneral dazu bewegen, den unbekannten Engländer in das schnellste Aufklärungsflugzeug der Welt steigen zu lassen. Obwohl dieser Flugzeugtyp bereits seit zehn Jahren im Einsatz war, wurde er wegen seiner hochkomplizierten technischen Ausrüstung immer noch als streng geheim eingestuft.

»Mir bleibt nichts anderes übrig«, sagte der Luftwaffengeneral schließlich. »Aber ich muß Sie darüber informieren, daß Colonel O'Sullivan über diesen Auftrag einigermaßen verärgert ist.«

Was das betraf, hatte er allerdings recht. Während Adam Munro mit Druckanzug, Stiefeln und Jethelm ausgerüstet wurde, hockte Colonel George T. O'Sullivan im Navigationsraum, paffte eine Zigarre und studierte die ONC-Karten der Arktis und der nördlichen Sowjetunion. Sullivan war es egal, daß der CIA-Direktor einen höheren Rang als er selbst bekleidete: er hatte keine Lust, deshalb nach Bensons Pfeife zu tanzen.

»Wollen Sie mir im Ernst befehlen, mit diesem Vogel über Grönland und Skandinavien geradewegs nach Rußland hineinzufliegen?« fragte er empört.

»Nein, Colonel«, sagte Benson gelassen, »das befiehlt Ihnen der Präsident der Vereinigten Staaten.«

»Ohne meinen Navigator? Mit irgendeinem gottverdammten Tommy?«

»Der gottverdammte Tommy hat dem sowjetischen Staats- und Parteichef Rudin eine persönliche Botschaft von Präsident Matthews zu überbringen, die ihn noch heute erreichen muß und die nicht in anderer Form übermittelt werden kann«, sagte Benson.

Colonel O'Sullivan starrte ihn an.

»Also gut, meinetwegen«, knurrte er schließlich, »wenn die Sache so wichtig ist . . .«

Um 17 Uhr 40 wurde Adam Munro in den Hangar geführt, in dem die Maschine von einem Dutzend Flugzeugmechanikern startklar gemacht wurde.

Munro hatte schon viel von der Lockheed SR-71 gehört, die ihren Spitznamen »Black Bird« ihrem schwarzen Anstrich verdankte; er hatte Fotos von ihr gesehen, aber das Flugzeug selbst noch nie zu Gesicht bekommen. Es war wirklich eindrucksvoll. Die zweisitzige Maschine war nahezu 33 Meter lang – die Länge entsprach der einer Boeing 737 mit 100 Sitzplätzen – und hatte weit hinten angesetzte messerdünne Deltaflügel, deren Spannweite 17 Meter betrug.

Die langgestreckten, schlanken Triebwerke saßen weit draußen an den Tragflächen: Pratt & Whitney-Triebwerke des Baumusters JT-11-D, die mit eingeschaltetem Nachbrenner je 15 Tonnen Schub liefern konnten. Aus den Triebwerken ragten drehbare Seitensteuerflossen heraus; die Höhenruder waren zwischen den

Triebwerken angeordnet, und die Querruder saßen an den Außenflügeln. Rumpf und Triebwerke hatten Ähnlichkeit mit einem langen und zwei kurzen Bleistiften, die durch die Tragflächen miteinander verbunden waren.

Das Hoheitsabzeichen – der fünfzackige US-Stern in einem weißen Kreis – und die Aufschrift U.S. Air Force gaben die Nationalität der Maschine an; im übrigen war die SR-71 vom Bug bis zum Heck schwarz.

Zwei Mann des Bodenpersonals halfen Munro auf den engen Rücksitz, in den er tiefer und tiefer hinabsank, bis der Cockpitrand sich über seinem Kopf befand. Durch die zwei Fenster in der Haube würde er nur den Himmel über sich sehen.

Der Mann, der im Normalfall auf diesem Platz zu sitzen pflegte, hätte – im Gegensatz zu Munro – etwas anfangen können mit der verwirrenden Vielfalt von Radarschirmen, ECM-Systemen und Kameraschaltern, die in seinem Gesichtsfeld eingebaut waren. Die SR-71, die in Höhen operieren konnte, die für die meisten Abfangjäger und Flugabwehrraketen unerreichbar waren, wurde in erster Linie als Fernaufklärer eingesetzt.

Die Schläuche, die von Munros Druckanzug herabhingen, wurden mit den Bordsystemen verbunden: Funk, Sauerstoff und Druckluft. Munro beobachtete, wie Colonel O'Sullivan vor ihm auf den Pilotensitz glitt und sich mit geübten Griffen selbst an das lebenswichtige System anschloß. Die Bordsprechanlage wurde eingeschaltet, und O'Sullivans Stimme dröhnte in Munros Kopfhörern.

»Sind Sie Schotte, Mr. Munro?«

»Ja«, sagte Munro in sein Mikrofon.

»Ich bin Ire«, sagte der Colonel. »Sind Sie katholisch?«

»Was soll ich sein?«

»Ich habe gefragt, ob Sie katholisch sind!«

Munro überlegte kurz. Er fühlte sich eigentlich keiner Religionsgemeinschaft verbunden.

»Nein«, antwortete er. »Ich gehöre der Kirche von Schottland an.«

Der Colonel schnaubte verächtlich.

»Großer Gott, nach zwanzig Jahren Dienst bei der amerikanischen Luftwaffe muß ich Chauffeur für einen schottischen Protestanten spielen!«

Die beiden Cockpithauben wurden geschlossen und verriegelt. Ein Zischen verriet, daß der Druck in der Kabine erhöht wurde. Dann wurde die 77 Tonnen schwere SR-71 von einem gelben Schlepper auf das im Abendsonnenschein liegende Vorfeld gezogen.

Als die Triebwerke angelassen wurden, ließ ihr Röhren die Männer auf dem Rollfeld zusammenzucken, obwohl sie Gehörschützer trugen. In der Kabine des Flugzeugs war nur ein gedämpftes Pfeifen zu hören.

Colonel O'Sullivan verlangte die Startfreigabe. Er erhielt sie, noch, während er mit seiner scheinbar endlosen Prüfliste beschäftigt war. Als die Black Bird am Anfang der Startbahn einen Moment verharrte und leicht auf dem Fahrwerk wippte, sagte O'Sullivan:

»Egal, zu welchem Gott Sie beten – fangen Sie jetzt damit an, und halten Sie sich fest.«

Im nächsten Augenblick hatte Munro das Gefühl, von hinten von einem Lastwagen angefahren worden zu sein; aber was er an seinem Rücken spürte, war der Schalensitz, in dem er angeschnallt war. Er sah keine Gebäude vorbeiflitzen, an denen er die Geschwindigkeit des Flugzeugs hätte abschätzen können. Er hatte nur den wolkenlosen, blaßblauen Himmel über sich. Bei 150 Knoten hob das Bugfahrwerk ab; eine halbe Sekunde später war auch das Hauptfahrwerk in der Luft, und O'Sullivan holte das komplette Fahrgestell ein.

Die Maschine ging in einen immer steileren Steigflug über, bis ihre Triebwerksauslässe senkrecht nach unten auf Maryland zeigten. Munro lag auf dem Rücken, während seine Füße in die Luft ragten, und spürte den gleichmäßigen Druck der Lehne gegen sein Rückgrat, als die Black Bird in den Himmel hinaufraste, der bald dunkelblau, dann violett und schließlich schwarz wurde.

Colonel O'Sullivan mußte auch die Navigation übernehmen: Er befolgte die Anweisungen des Flugzeugcomputers und überprüfte die Werte, die auf einem Bildschirm vor ihm erschienen: Höhe, Geschwindigkeit, Steiggeschwindigkeit, Steuerkurs, Außen-

und Innentemperatur, Triebwerks- und Ausströmtemperaturen, Sauerstoffverbrauch und gegenwärtige Machzahl.

Irgendwo unter der Black Bird blieben Philadelphia und New York wie Spielzeugstädte zurück. Als die Maschine über den Nordrand des Staates New York flog, durchbrach sie die Schallmauer und stieg und beschleunigte weiter. In einer Höhe von 80 000 Fuß – acht Kilometer über der Flughöhe der Concorde – stellte Colonel O'Sullivan die Nachbrenner ab und ging in den Geradeausflug über.

Obwohl die Sonne noch nicht untergegangen war, hatte Munro pechschwarzen Himmel über sich. In dieser Höhe war die Streuung der Luftmoleküle, die das Sonnenlicht reflektierten, so gering, daß der Himmel lichtlos erschien. Aber schon die Reibung zwischen diesen wenigen Molekülen und dem dahinrasenden Flugzeug genügte, um die Titaniumhaut der SR-71 zum Glühen zu bringen. Als unter der Maschine der Bundesstaat Maine und die kanadische Grenze vorbeizogen, hatte die Black Bird ihre Reisegeschwindigkeit erreicht. Sie betrug nahezu Mach 3.

Im Cockpit herrschte eine angenehme Temperatur.

»Darf ich reden?« fragte Munro.

»Klar«, antwortete der Pilot lakonisch.

»Wo sind wir jetzt?«

»Über dem Sankt-Lorenz-Golf«, sagte O'Sullivan. »Nach Neufundland unterwegs.«

»Wie weit ist es nach Moskau?«

»Von Washington aus sind's siebentausendachthundertdreizehn Kilometer.«

»Und wie lange dauert der Flug?«

»Drei Stunden und fünfzig Minuten.«

Munro rechnete nach. Sie waren um 18 Uhr Washingtoner Zeit gestartet – um 23 Uhr mitteleuropäischer Zeit. In Moskau war es bereits 1 Uhr morgens. Sie würden gegen 5 Uhr Moskauer Zeit landen.

Falls Rudin mit dem Plan einverstanden war, konnte die Black Bird vielleicht auch die Strecke nach Berlin fliegen. Auf diese Weise wären zwei Stunden gewonnen, und er würde Berlin bei Tagesanbruch erreichen.

Nach knapp einer Stunde Flugzeit blieb Cape Harrison, die äußerste Spitze Kanadas, tief unter der SR-71 zurück; die Maschine war nun über dem Nordatlantik und nahm Kurs auf Cape Farewell, die Südspitze Grönlands.

»Präsident Rudin, bitte, hören Sie mich an!« William Matthews sprach über den sogenannten »heißen Draht«, der trotz dieser Bezeichnung nichts mit einer Telefonleitung gemein hat. Aus dem Lautsprecher auf dem Schreibtisch drang im Augenblick nur leises Murmeln: Die Männer im Ovalen Zimmer hörten den Moskauer Simultandolmetscher, der Rudin die Worte des amerikanischen Präsidenten auf russisch zuflüsterte.

»Maxim Andrejwitsch, ich glaube, Sie und ich sind zu erfahrene Politiker und haben zu schwer und zu lange daran gearbeitet, unseren Völkern den Frieden zu sichern, als daß wir uns nun unser Werk von einer Mörderbande auf einem Tanker in der Nordsee zerstören lassen.«

Wieder ließ sich im Lautsprecher einige Sekunden lang das Murmeln vernehmen, dann war Rudins Stimme zu hören. Der sowjetische Staats- und Parteichef sprach russisch, und ein Konferenzdolmetscher aus dem Außenministerium flüsterte Matthews die Übersetzung zu.

»Wenn Sie das vermeiden wollen, müssen Sie der Erpressung Einhalt gebieten und den Tanker in die Luft sprengen. Ich kann nicht mehr tun, als ich bereits getan habe.«

Robert Benson warf dem Präsidenten einen warnenden Blick zu. Rudin brauchte nicht zu erfahren, daß der Westen bereits über Iwanenkos Schicksal Bescheid wußte.

»Wenn ich den Tanker vernichten lasse, wäre das auch mein Ende. Aber vielleicht gibt es doch noch eine andere Lösung. Ich bitte Sie inständig, meinen Abgesandten zu empfangen, der bereits auf dem Luftweg nach Moskau unterwegs ist. Er hat ihnen einen Vorschlag zu machen, der uns beide aus dieser mißlichen Lage befreien könnte.«

»Wer ist dieser Amerikaner?« fragte Rudin.

»Er ist kein Amerikaner, sondern ein Engländer«, antwortete Präsident Matthews. »Er heißt Adam Munro.«

Am anderen Ende herrschte sekundenlang Schweigen, bevor Rudin widerwillig sagte:

»Geben Sie meinen Mitarbeitern den Flugplan durch – Höhe, Geschwindigkeit und Kurs. Ich sorge dafür, daß die Maschine unbehelligt einfliegen kann. Sobald der Mann gelandet ist, soll er zu mir kommen. *Spakoinjo notsch,* William.«

»Er wünscht Ihnen eine gute Nacht, Mr. President«, sagte der Dolmetscher.

»Das soll wohl ein Witz sein?« meinte William Matthews. Er nickte Benson zu. »Geben Sie seinen Leuten die nötigen Informationen über den Flugweg der Maschine, und weisen Sie die Black Bird an, nach Moskau weiterzufliegen.«

In Europa war Mitternacht. An Bord der *Freya* begann für die Geiseln und die Terroristen der dritte Tag der Besetzung. Es sollte der letzte sein. Bevor es wieder Mitternacht schlug, waren Mischkin und Lasareff in Israel – oder die *Freya* war ohne Rücksicht auf die Menschen an Bord vernichtet.

Trotz seiner ursprünglich angekündigten Absicht, während der Nacht eine andere Kabine aufzusuchen, war Drake in der Kapitänssuite geblieben. Er war überzeugt davon, daß die Royal Marines nicht angreifen würden, nachdem sie von den Sicherheitsvorkehrungen der Besetzer gehört hatten.

Im Tagesraum saßen er und Thor Larsen sich an dem breiten Tisch gegenüber. Beide Männer befanden sich am Rande der totalen Erschöpfung. Larsen kämpfte gegen die Wellen der Müdigkeit an, die ihn dazu zwingen wollten, den Kopf auf die Arme zu legen und zu schlafen. Er spielte sein privates Spiel weiter: Er versuchte, Swoboda am Schlafen zu hindern, indem er ihn zu irgendwelchen Antworten provozierte.

Er wußte inzwischen, daß Swoboda sich am ehesten dazu hinreißen ließ, seine letzte Nervenkraft zu verbrauchen, wenn das Gespräch auf die Russen kam.

»Ich glaube nicht an Ihren Volksaufstand, Mr. Swoboda«, erklärte der Kapitän dem Terroristen. »Ich bezweifle, daß die Russen sich jemals gegen die Machthaber im Kreml auflehnen werden. Die Männer im Kreml mögen rücksichtslose Tyrannen sein, aber sobald sie mit dem Schreckgespenst einer Fremdherrschaft drohen, können sie auf den grenzenlosen russischen Patriotismus bauen.«

Der Norweger fürchtete einen Augenblick lang, zuviel riskiert zu haben. Swoboda war vor Wut blaß geworden, und seine rechte Hand verkrampfte sich um den Griff der Pistole.

»Der Teufel soll diesen Patriotismus holen!« brüllte er und sprang auf. »Ich hab es satt, im Westen immer wieder von dem wunderbaren russischen Patriotismus zu hören!

Was für ein Patriotismus ist das, der nur von der Zerstörung anderer Völker lebt? Wie steht es mit *meinem* Patriotismus, Captain? Was ist mit der Liebe, die die Ukrainer für ihre unterdrückte Heimat empfinden? Was ist mit den Georgiern, Armeniern, Litauern, Estländern und Letten? Steht diesen Menschen kein Patriotismus zu? Muß denn alles dieser grenzenlosen, widerwärtigen Liebe zu Mütterchen Rußland untergeordnet werden?

Ich hasse diesen verfluchten Patriotismus! Er ist die Rechtfertigung für die Unterdrückung – schon seit Iwan dem Schrecklichen und Peter dem Großen. Er kann nur fortbestehen, solange die Nachbarvölker unterjocht und versklavt werden.«

Der Ukrainer war halb um den Tisch herumgekommen und stand jetzt vor Larsen, heftig mit der Pistole gestikulierend. Er hatte sich durch das laute Sprechen verausgabt und keuchte vor Anstrengung. Als er sich schließlich wieder in der Gewalt hatte und zu seinem Sessel zurückging, deutete er mit dem Pistolenlauf wie mit einem Zeigefinger auf den Kapitän:

»Eines Tages, vielleicht schon bald, wird das russische Reich zerbrechen. An einem nicht mehr fernen Tag werden die Rumänen sich auf *ihren* Patriotismus besinnen – und die Polen und die Tschechen ebenso. Dann werden die Deutschen und Ungarn folgen. Und die Balten und Ukrainer, die Georgier und Armenier. Das russische Reich wird zerfallen, wie das Römische Reich und das Britische Empire zerfallen sind, weil ihre Herrscher in ihrem Machtanspruch unersättlich waren.

Innerhalb der nächsten zwanzig Stunden werde ich selbst den Meißel ansetzen und einen gigantischen Hammer schwingen, um einen Block aus diesem Gefüge herauszubrechen. Wenn Sie oder andere sich mir in den Weg stellen, kostet Sie das Ihr Leben. Ich rate Ihnen, mir das zu glauben!«

Der Terrorist legte die Pistole zurück auf den Tisch und sprach ruhiger weiter.

»Jedenfalls hat die deutsche Regierung sich bereit erklärt, meine Forderungen zu erfüllen. Sie wird ihre Entscheidung nicht ein zweites Mal rückgängig machen. Diesmal *werden* Mischkin und Lasareff Israel erreichen.«

Thor Larsen beobachtete den jungen Mann aufmerksam. Diese Provokation war riskant gewesen, der andere hätte beinahe geschossen. Aber er hatte auch Konzentrationsschwächen erkennen lassen; er war unvorsichtig gewesen und nahe an Larsen herangetreten. Vielleicht beim nächsten Mal? Vielleicht bei einem letzten Versuch in der grauen Stunde vor Tagesanbruch? Vielleicht ...

Die ganze Nacht über waren zwischen Washington und Omaha dringende verschlüsselte Meldungen hin und her gegangen. Von Omaha aus wurden die zahllosen Radarstationen benachrichtigt, die einen elektronischen Wall um die Sowjetunion bilden und die Augen und Ohren der westlichen Allianz sind. Unzählige Augenpaare hatten auf den Bildschirmen den Blip der Black Bird verfolgt, die wie eine Sternschnuppe östlich von Island in Richtung Skandinavien weiterzog und Moskau ansteuerte. Da die Beobachter rechtzeitig informiert worden waren, gaben sie nicht Alarm.

Auf der anderen Seite des Eisernen Vorhangs informierte Moskau die sowjetischen Radarstationen über die einfliegende amerikanische Maschine und sorgte so dafür, daß der Alarmstart der Abfangjäger unterblieb. Vom Bottnischen Meerbusen bis nach Moskau wurde ein Luftkorridor freigehalten, und die Black Bird hielt sich an diese Route.

Ein Fliegerhorst schien die Meldung aus Moskau nicht empfangen zu haben; oder er hatte sie empfangen, aber nicht für echt gehalten; oder aber er hatte vom Verteidigungsministerium einen Befehl erhalten, der die Anweisungen aus dem Kreml aufhob.

Im Norden der Arktis starteten östlich von Kirkenes zwei Jäger des Typs MiG 25 im Schnee und stießen auf Abfangkurs in die

Stratosphäre vor. Es waren zwei Maschinen des Typs 25 E, die im Vergleich zu den in den siebziger Jahren gebauten MiG 25 A moderner, schneller und stärker bewaffnet waren.

Diese Abfangjäger erreichten eine Geschwindigkeit von Mach 2,8 und hatten eine Dienstgipfelhöhe von 80 000 Fuß. Die sechs Luft-Luft-Raketen des Typs *Acrid*, die jede der Maschinen unter ihren Tragflächen mitführte, konnten noch 20 000 Fuß darüber hinaussteigen. Die beiden Jäger rasten mit eingeschalteten Nachbrennern in den Nachthimmel hinauf und stiegen über 10 000 Fuß in der Minute.

Die SR-71 hatte über Finnland Kurs auf den Ladogasee und Leningrad genommen, als Colonel O'Sullivan in sein Mikrofon knurrte.

»Wir haben Gesellschaft.«

Munro schrak aus seinem Halbschlaf. Obwohl er nichts mit den komplizierten Apparaturen der SR-71 anfangen konnte, war das Bild auf dem kleinen Radarschirm vor ihm deutlich genug. Es zeigte zwei Blips, die rasch näherkamen.

»Wer ist das?« Er hatte ein flaues Gefühl im Magen. Maxim Rudin hatte den Flug der Black Bird persönlich genehmigt. Er würde sie doch jetzt nicht abschießen lassen? Oder versuchte es jemand anderes?

Colonel O'Sullivan beobachtete ebenfalls die zu ihnen aufschließenden Blips.

»MiG fünfundzwanzig«, stellte er fest. »Auf sechzigtausend Fuß und rasch steigend. Diese gottverdammten Russen! Ich hab' ja gewußt, daß ihnen nicht zu trauen ist!«

»Kehren Sie nach Schweden um?« fragte Munro.

»Nein«, antwortete der Colonel lakonisch. »Der Präsident der Vereinigten Staaten hat mir befohlen, Sie nach Moskau zu bringen, also bringe ich Sie dorthin.«

Colonel O'Sullivan schaltete die beiden Nachbrenner ein, und Munro hatte das Gefühl, einen Tritt in den Rücken zu bekommen, als die Geschwindigkeit des Flugzeugs ruckartig zunahm. Der Machmeter kletterte nach oben, näherte sich Mach 3 und überschritt diesen Wert schließlich. Die Blips auf dem Radarschirm kamen nicht mehr näher heran.

Die Black Bird ging in den Steigflug über, verließ ihre Reiseflughöhe von 80 000 Fuß und stieg in der dünnen Luft noch höher.

Unter ihr beanspruchte Major Pjotr Kusnezow, der Rottenführer, seine Tumanski-Einwellentriebwerke bis zur Grenze ihrer Leistungsfähigkeit. Die beiden Strahlturbinen waren Spitzenprodukte sowjetischer Technologie – aber sie lieferten annähernd 2 500 Kilopond weniger Schub als die Triebwerke der amerikanischen Maschine über ihm. Außerdem waren die MiGs 25 E durch die unter den Tragflächen hängenden Lenkwaffen behindert, deren Luftwiderstand die Geschwindigkeit des Abfangjägers herabsetzte.

Trotzdem stiegen die MiGs auf über 70 000 Fuß und hatten die SR-71 schon fast in Reichweite. Major Kusnezow machte seine sechs Lenkwaffen scharf und wies den anderen Piloten über Funk an, seinem Beispiel zu folgen.

Die Black Bird war inzwischen fast 90 000 Fuß hoch. Colonel O'Sullivan konnte auf dem Radarschirm erkennen, daß seine Verfolger nahezu in Reichweite ihrer Luft-Luft-Raketen waren. Auf gerader Strecke hätte die Black Bird die MiGs abgehängt, weil sie schneller und höher flog, aber die Abfangjäger schnitten ihren Kurs in einem Winkel, der sie in Reichweite bringen mußte.

»Wenn ich wüßte, daß das zwei Begleitmaschinen sind«, sagte der Colonel zu Munro, »ließe ich sie rankommen. Aber ich traue diesen Russen nie!«

Munro war unter seinem Druckanzug in Schweiß gebadet. Er kannte das Material der Nachtigall; O'Sullivan wußte nicht einmal von der Existenz des Informanten.

»Das sind keine Begleitflugzeuge«, sagte er. »Sie haben Befehl, mich abzuschießen.«

»Was Sie nicht sagen?« fragte O'Sullivan gedehnt. »Das sieht den verdammten Kerlen ähnlich. Aber der Präsident der Vereinigten Staaten will, daß Sie lebend ankommen, Tommy – in Moskau.«

Der Pilot drückte auf eine ganze Batterie von Knöpfen, um die elektronische Abwehr auszulösen. Unsichtbare Wellen breiteten sich ringförmig um die durch die Nacht rasende Black Bird aus und störten in weitem Umkreis den Radarempfang. O'Sullivan hatte seinen Verfolgern Sand in die Augen gestreut.

Der kleine Bildschirm vor Major Kusnezow zeigte plötzlich nur noch Schneegestöber, wie ein defektes Fernsehgerät, dessen Röhre gleich durchbrennen wird. Die Digitalanzeige, von der der Major ablesen konnte, wann er sich seinem Opfer so weit genähert hatte, daß er seine Raketen abschießen konnte, ließ erkennen, daß noch 15 Sekunden Flugzeit bis zum Abschuß fehlten. Nun wurde der angezeigte Wert wieder größer, und Major Kusnezow mußte erkennen, daß er sein Ziel irgendwo in der eisigen Stratosphäre verloren hatte.

Eine halbe Minute später kippten die beiden Jäger über die linke Tragfläche ab und flogen zu ihrem Stützpunkt in der Arktis zurück.

Einer der fünf Flughäfen in der Umgebung von Moskau – Wnukowno II – ist für den allgemeinen Verkehr gesperrt. Er bleibt für die Parteielite reserviert, deren Jetflotte dort von der Luftwaffe gewartet und einsatzbereit gehalten wird. Um 5 Uhr Ortszeit setzte Colonel O'Sullivan in Wnukowno II die Black Bird sicher auf russischem Boden auf.

Als die langsam abkühlende Maschine auf dem ihr zugewiesenen Abstellplatz ausrollte, wurde sie von Offizieren umringt. Die Männer trugen Wintermäntel und Pelzmützen, denn auch noch am 3. April war es in Moskau bitter kalt. Der Colonel betätigte die Hydraulik der Cockpithauben. Als die beiden Flügel hochgeklappt waren, starrte er die uniformierte Gruppe vor dem Flugzeug erschrocken an.

»Russen!« sagte er. »Die machen sich überall an meinem Vogel zu schaffen.« Er löste seine Gurte und stand auf. »He, laßt gefälligst eure Pfoten von der Maschine, verstanden?«

Adam Munro verließ den erbitterten Colonel, der zu verhindern versuchte, daß die sowjetische Luftwaffe entdeckte, wo sich die Einfüllstutzen der Treibstofftanks befanden, und ging in Begleitung von zwei Angehörigen der Kremlgarde zu der wartenden Limousine.

Auf der Fahrt konnte er den Druckanzug mit seinem Straßenanzug austauschen, den er während des Flugs zusammengerollt zwischen den Knien gehabt hatte und der inzwischen völlig verknittert war.

Eine Dreiviertelstunde später schoß der SIL hinter zwei Motorrädern, deren Fahrer ihm die Straßen nach Moskau freigemacht hatten, durchs Borowitski-Tor in den Kreml, rollte am großen Zarenpalast vorbei und hielt vor dem Nebeneingang des Arsenalgebäudes. Adam Munro wurde 2 Minuten vor 6 Uhr in die Privatwohnung des sowjetischen Staats- und Parteichefs geführt. Maxim Rudin erwies sich als ein alter Mann im Schlafrock, der ein Glas heiße Milch in der Hand hielt. Er bot seinem Besucher mit einer Handbewegung einen Stuhl an. Die Tür hinter Munro schloß sich geräuschlos.

»So, Sie sind also Adam Munro«, sagte Maxim Rudin. »Welchen Vorschlag hat Präsident Matthews mir denn zu machen?«

Munro saß auf seinem harten Stuhl und blickte über den Schreibtisch zu dem Staats- und Parteichef hinüber. Er hatte den mächtigsten Mann der Sowjetunion mehrmals bei offiziellen Anlässen gesehen, aber noch nie aus solcher Nähe erlebt. Der alte Mann sah müde und überanstrengt aus.

Obwohl Rudin kein Englisch sprach, hatte er keinen Dolmetscher hinzugezogen. Er mußte sich in der Zwischenzeit nach Munro erkundigt haben und wußte vermutlich recht gut, daß sein Besucher ein britischer Diplomat war, der perfekt Russisch sprach.

»Der Vorschlag, den ich Ihnen im Auftrag des amerikanischen Präsidenten zu unterbreiten habe«, antwortete Munro, »betrifft eine Möglichkeit, die Terroristen an Bord der ›Freya‹ zu veranlassen, das Schiff zu räumen, ohne daß sie ihren Zweck erreicht haben.«

»Eines möchte ich von Anfang an klarstellen, Mr. Munro: Eine Freilassung Mischkins und Lasareffs kommt für uns nicht in Frage.«

»Darüber wollte ich auch nicht reden, Genosse Vorsitzender. Ich dachte, wir könnten über Juri Iwanenko sprechen.«

Rudin erwiderte ausdruckslos Munros Blick. Dann trank er langsam einen Schluck Milch.

»Einer der beiden Häftlinge *hat* nämlich bereits etwas verlauten lassen«, behauptete Munro. Um überzeugender argumentieren zu können, mußte er Rudin klarmachen, daß er wußte, was Iwanenko zugestoßen war. Aber solange noch Hoffnung bestand, daß Walentina nicht verhaftet worden war, durfte er nicht zugeben, daß seine Informationen direkt aus dem Kreml stammten.

»Zum Glück hat er mit einem unserer Leute gesprochen«, fuhr Munro fort. »Die Sache ist streng vertraulich behandelt worden.«

»Mit einem Ihrer Leute?« wiederholte Rudin langsam. »Ah, ich verstehe. Wie viele sind eingeweiht?«

»Der Generaldirektor meiner Organisation, die britische Premierministerin, Präsident Matthews und drei seiner engsten Berater. Keiner der Eingeweihten hat die Absicht, sein Wissen öffentlich preiszugeben. Nicht die geringste.«

Rudin machte ein nachdenkliches Gesicht.

»Läßt sich das auch von Mischkin und Lasareff behaupten?« fragte er.

»Das ist das eigentliche Problem«, gab Munro zu. »Das ist das Problem, seitdem die Terroristen, die übrigens ukrainische Emigranten sind, die ›Freya‹ besetzt halten.«

»Ich habe dem amerikanischen Präsidenten bereits meine Meinung gesagt. In dieser Situation gibt es nur einen Ausweg: die ›Freya‹ muß vernichtet werden. Das würde ein paar Menschenleben kosten, aber viele Unannehmlichkeiten ersparen.«

»Noch weniger Unannehmlichkeiten hätte es natürlich gegeben, wenn die Verkehrsmaschine mit den beiden Mördern abgeschossen worden wäre«, sagte Munro.

Rudin warf ihm einen forschenden Blick zu.

»Das ist ein Fehler gewesen«, sagte er ausdruckslos.

»War es auch ein Fehler, daß unsere Black Bird beinahe von zwei MiGs abgeschossen worden wäre?«

Der alte Russe hob ruckartig den Kopf.

»Davon habe ich nichts gewußt!« sagte er mit Nachdruck. Diesmal glaubte Munro ihm sogar.

»Ich behaupte, daß die Vernichtung der ›Freya‹ nichts nützen würde«, fuhr er fort. »Das eigentliche Problem wäre dadurch nicht gelöst. Vor drei Tagen waren Lasareff und Mischkin verhältnismäßig unbedeutende Flüchtlinge, die ein Flugzeug entführt hatten und nun ihre fünfzehn Jahre absitzen müssen. Jetzt sind sie Berühmtheiten. Die Weltöffentlichkeit glaubt, die beiden sollen um ihrer selbst willen befreit werden. Wir dagegen kennen den wahren Grund.

Wird die ›Freya‹ vernichtet, wird sich die ganze Welt fragen, weshalb diese beiden Männer um jeden Preis hinter Gittern bleiben sollten. Bisher ahnt noch niemand, daß nicht ihre Inhaftierung, sondern ihr Schweigen wichtig ist. Sobald die ›Freya‹ mitsamt ihrer Ladung und der Besatzung in Brand gesetzt wird, haben die beiden Häftlinge keinen Grund mehr, weiterhin zu schweigen. Und wenn sie auspacken, wird die Welt ihnen glauben. Wegen der ›Freya‹. Es ist uns also nicht damit geholfen, Lasareff und Mischkin einfach im Gefängnis zu halten.«

Rudin nickte langsam.

»Sie haben recht, junger Mann. Die Deutschen würden ihnen Gehör verschaffen und ihnen ihre Pressekonferenz ermöglichen.«

»Damit ist zu rechnen«, sagte Munro. »Deshalb mache ich Ihnen folgenden Vorschlag ...«

Er schilderte Rudin denselben Handlungsablauf, den er in den letzten zwölf Stunden bereits Mrs. Carpenter und Präsident Matthews vorgetragen hatte. Der Russe ließ weder Überraschung noch Entsetzen erkennen – nur Interesse.

»Würde das klappen?« fragte er schließlich.

»Es muß klappen!« sagte Munro. »Es ist unsere letzte Hoffnung. Die beiden müssen nach Israel ausgeflogen werden.«

Rudin warf einen Blick auf die Wanduhr. Sie zeigte 6 Uhr 50 an. In 14 Stunden mußte er Wischnajew und den übrigen Politbüromitgliedern gegenübertreten. Diesmal würde es keine indirekten Anschuldigungen geben; diesmal würde der Chefideologe einen formellen Mißtrauensantrag stellen. Rudin nickte langsam.

»Tun Sie es, Mr. Munro«, sagte er, »und sorgen Sie dafür, daß es klappt. Sonst gibt es keinen Dubliner Vertrag, aber auch keine ›Freya‹ mehr.«

Er drückte auf einen Knopf auf seinem Schreibtisch. Sofort öffnete sich die Tür, und ein Major der Kremlgarde erschien auf der Schwelle.

»Ich muß eine Nachricht an die Amerikaner und eine an meine eigenen Leute übermitteln«, sagte Munro. »Die Abgesandten der beiden Botschaften warten in der Nähe des Kremls.«

Rudin erteilte dem Gardemajor einen kurzen Befehl. Der Mann grüßte zackig und trat zur Seite, um Munro den Vortritt zu lassen.

»Mr. Munro!« rief Rudin, als sein Besucher schon an der Tür war.

Munro drehte sich um. Der alte Mann hielt wieder sein Milchglas in der Hand.

»Sollten Sie jemals Arbeit suchen, Mr. Munro«, sagte er grimmig lächelnd, »brauchen Sie sich nur bei mir zu melden. Für Leute mit Talent haben wir immer einen Posten.«

Als die SIL-Limousine den Kreml um 7 Uhr durch das Borowitski-Tor verließ, beleuchtete die Morgensonne den Turm der Basilius-Kathedrale. Zwei schwarze Limousinen warteten am Randstein vor der Kremlmauer. Munro stieg aus dem SIL und sprach kurz mit dem amerikanischen und dem britischen Diplomaten. Bevor er seinen Flug nach Berlin antrat, hatten die Anweisungen bereits London und Washington erreicht.

Punkt 8 Uhr startete die SR-71 mit heulenden Triebwerken auf dem Flughafen Wnukowno II und nahm Kurs auf Berlin, das 1 600 Kilometer weiter westlich lag. Colonel O'Sullivan atmete erleichtert auf, als sie sich wieder in der Luft befanden; er hatte drei Stunden damit verbracht, dem sowjetischen Bodenpersonal, das sich mit verständlicher Neugier auf die Black Bird gestürzt hatte, auf die Finger zu sehen.

»Wohin wollen Sie jetzt?« fragte er Munro über die Bordsprechanlage. »In Tempelhof kann ich nicht landen. Da reicht der Platz nicht.«

»Landen Sie bitte auf dem britischen Stützpunkt Gatow«, sagte Munro.

»Zuerst die Iwans, dann die Tommies«, knurrte der Pilot. »Am besten stellen wir den Vogel gleich öffentlich aus. Anscheinend darf ihn sich heute jeder gründlich ansehen.«

»Falls diese Sache klappt«, antwortete Munro, »braucht die Welt vielleicht keine Black Birds mehr.«

Colonel O'Sullivan war von dieser Aussicht keineswegs begeistert.

»Wissen Sie, was ich dann mache?« rief er. »Dann werde ich ein gottverdammter Taxifahrer. Übung habe ich jedenfalls schon genug.«

Weit unter ihnen blieb die litauische Stadt Wilna zurück. Da sie doppelt so schnell wie die aufgehende Sonne flogen, würden sie um 7 Uhr Ortszeit in Berlin landen.

Es war 5 Uhr 30 – Adam Munro befand sich auf dem Weg vom Kreml zum Flughafen –, als die Bordsprechanlage in der Kapitänskabine der *Freya* summte.

Der Mann, der sich Swoboda nannte, meldete sich, hörte kurz zu und antwortete dann auf ukrainisch. Thor Larsen beobachtete ihn von seinem Platz am Tisch aus mit halbgeschlossenen Augen.

Der Anruf schien den Anführer der Terroristen beunruhigt zu haben, denn er starrte stirnrunzelnd die Tischplatte an, bis einer seiner Leute, maskiert und mit einer Maschinenpistole bewaffnet, hereinkam, um ihn abzulösen.

Swoboda stieg zur Brücke hinauf. Als er nach zehn Minuten zurückkam, war er sichtlich wütend.

»Was ist denn los?« erkundigte sich Larsen. »Schon wieder was schiefgegangen?«

»Der deutsche Botschafter hat sich aus Den Haag gemeldet«, berichtete Swoboda aufgebracht. »Die Russen weigern sich, einem westdeutschen Flugzeug die Luftkorridore nach Berlin freizugeben.«

»Das war doch vorauszusehen«, meinte Larsen. »Oder erwarten Sie etwa, daß die Russen auch noch mithelfen, die beiden Mörder des sowjetischen Flugkapitäns auszufliegen?«

Swoboda schickte den anderen Mann wieder auf die Brücke und nahm Larsen gegenüber Platz.

»Die Briten haben der Bundesregierung angeboten, eine Maschine der Royal Air Force zur Verfügung zu stellen.«

»Dieses Angebot würde ich annehmen«, sagte Larsen. »In

einem britischen Militärflugzeug sind die beiden vor einem ›versehentlichen‹ Abschuß durch sowjetische Jäger sicher. Jetzt haben Sie den Sieg praktisch in der Tasche, Swoboda; setzen Sie ihn nicht wegen einer Bagatelle aufs Spiel. Nehmen Sie das Angebot an.«

Swoboda starrte den Norweger aus geröteten Augen an, als hätte er Mühe zu begreifen. Der Schlafmangel hatte sein Gehirn müde gemacht.

»Sie haben recht«, sagte er. »Ich habe den Vorschlag bereits akzeptiert.«

»Dann ist alles so gut wie überstanden.« Larsen rang sich ein Lächeln ab. »Das muß gefeiert werden.«

Er hatte zwei Tassen Kaffee vor sich stehen, die er eingeschenkt hatte, während er auf Swobodas Rückkehr wartete. Er schob eine Tasse über den breiten Tisch, und der Ukrainer streckte die Hand danach aus. Das war der erste Fehler, der ihm im Verlauf seiner hervorragend geplanten Aktion unterlief...

Thor Larsen stürzte sich mit aller Kraft seiner in den vergangenen 50 Stunden aufgestauten Wut über den Tisch auf den Ukrainer.

Swoboda wich erschrocken zurück, griff nach seiner Pistole, bekam sie zu fassen und wollte schießen. In diesem Augenblick traf eine eisenharte Faust seine linke Schläfe, warf ihn vom Stuhl und ließ ihn rückwärts zu Boden fallen.

Wäre er weniger trainiert gewesen, wäre er bewußtlos liegengeblieben. Aber er hatte eine ausgezeichnete Kondition und war jünger als der Kapitän. Bei seinem Sturz fiel ihm die Pistole aus der Hand und rutschte über den Fußboden davon. Swoboda rappelte sich hoch, um den Norweger abzuwehren, der sich auf ihn warf, und die beiden gingen zwischen Teilen eines zertrümmerten Stuhls und den Scherben zweier Kaffeetassen erneut zu Boden.

Larsen verließ sich auf sein Gewicht und seine Kraft, gegen die sich der Ukrainer mit seiner jugendlichen Gewandtheit wehrte. Er entschlüpfte den Pranken des Norwegers, kam auf die Beine und wollte zur Tür. Er hatte sie fast schon erreicht und griff nach der Klinke, als Larsen sich gegen seine Knie warf und ihm die Beine unter dem Körper wegzog.

Als die beiden Männer wieder hochkamen, standen sie dicht voreinander. Larsen versperrte Swoboda den Weg zur Tür. Der Ukrainer holte zu einem Tritt aus. Sein Fuß traf Larsens Unterleib, und der große Mann krümmte sich zusammen. Aber er erholte sich rasch und stürzte sich noch einmal auf den Mann, der gedroht hatte, sein Schiff zu versenken.

Swoboda wußte, daß die Kabine so gut wie schalldicht war, und so versuchte er gar nicht erst, Hilfe herbeizurufen. Er kämpfte schweigend, rang, biß, kratzte und trat, und die beiden Männer wälzten sich zwischen den Trümmern der Einrichtung über den Teppichboden. Irgendwo in all dem Durcheinander lag die Pistole, mit der sich der Zweikampf hätte entscheiden lassen können, und an Swobodas Gürtel hing immer noch der Oszillator, auf dessen roten Knopf nur einer mit dem Finger zu drücken brauchte, um alles ein für allemal zu beenden.

Nach zwei Minuten war der Kampf zu Ende. Thor Larsen bekam eine Hand frei, packte den sich verzweifelt wehrenden Ukrainer an den Haaren und schlug seinen Kopf gegen ein Tischbein. Swobodas Körper wurde eine halbe Sekunde lang ganz steif; dann sank er schlaff zurück. Aus einer kleinen Platzwunde unter dem Haar sickerte ein dünner Blutfaden über die Stirn.

Thor Larsen keuchte vor Anstrengung. Er kam mühsam auf die Beine und starrte seinen bewußtlosen Gegner an. Vorsichtig machte er den Oszillator vom Gürtel des Ukrainers los, nahm ihn in die linke Hand und trat damit an eines der Fenster an der Steuerbordseite seiner Kabine. Es war das einzige Fenster, das sich öffnen ließ. Larsen machte sich daran, die Flügelmuttern am Rahmen mit der rechten Hand aufzuschrauben. Die erste hatte er bereits gelöst, und er begann mit der zweiten. In einigen Sekunden würde der Oszillator in hohem Bogen aus dem Fenster fliegen und in der Nordsee versinken.

Auf dem Fußboden hinter ihm tastete eine Hand auf dem Teppichboden nach der Pistole. Larsen hatte die zweite Flügelmutter gelöst und öffnete eben das Fenster nach innen, als Swoboda sich mit dem linken Arm mühsam hochstützte, die Pistole hob und schoß.

Der Knall des Schusses in dem geschlossenen Raum war ohrenbetäubend. Thor Larsen taumelte rückwärts, lehnte an der Wand neben dem offenen Fenster und starrte zuerst seine linke Hand und dann Swoboda an. Der Ukrainer saß noch immer auf dem Boden und erwiderte Larsens Blick in ungläubigem Staunen.

Das Geschoß hatte die linke Handfläche des Norwegers durchschlagen – die Hand, in der er den Oszillator gehalten hatte – und hatte ihm Metall- und Plastiksplitter ins Fleisch getrieben. Die beiden Männer starrten einander zehn Sekunden lang mit angehaltenem Atem an und warteten darauf, daß eine Serie dumpfer Explosionen das Ende der *Freya* ankündigte.

Aber die Detonationen blieben aus. Das Geschoß hatte den Mechanismus des Oszillators zertrümmert, bevor der Stromkreis geschlossen war, der per Funksignal die unter Deck angebrachten Sprengladungen hatte zünden können.

Der Ukrainer kam langsam auf die Beine und hielt sich wankend am Tisch fest. Thor Larsen sah fassungslos seine zerschmetterte Hand an, von der Blut auf den Teppichboden tropfte. Dann blickte er dem ächzenden Terroristen in die Augen.

»Ich habe gesiegt, Mr. Swoboda. Ich bin der Sieger! Sie können mein Schiff und meine Besatzung nicht mehr vernichten.«

»Das wissen Sie vielleicht, Kapitän Larsen«, sagte Drake, »und ich weiß es auch. Aber die dort draußen ...«

Er zeigte durchs offene Fenster auf die Kriegsschiffe, deren Lichter im Morgendunst verschwammen.

»... die dort draußen wissen nichts davon. Das Spiel geht weiter. Mischkin und Lasareff *werden* Israel erreichen.«

19

06.00 bis 16.00

Das Westberliner Gefängnis Moabit besteht aus zwei Gebäudekomplexen. Der ältere Teil stammt aus der Zeit vor dem Zweiten Weltkrieg. In den sechziger und zu Anfang der siebziger Jahre, als die Baader-Meinhof-Bande Deutschland mit einer Welle von Terroranschlägen überzog, war ein neuer Flügel errichtet worden. In diesen Trakt hatte man ultramoderne Sicherheitssysteme eingebaut – ausbruchsichere Zellen, Überwachungskameras und elektronisch gesicherte Türen und Gitter.

Am Sonntag, dem 3. April 1983, wurden Dawid Lasareff und Lew Mischkin um 6 Uhr vom Gefängnisdirektor in ihren Einzelzellen geweckt.

»Sie werden entlassen«, erklärte er ihnen knapp, »und heute vormittag nach Israel geflogen. Die Maschine startet um acht Uhr. Seien Sie innerhalb einer Stunde abfahrbereit. Der Transport zum Flughafen hinaus geht um halb acht ab.«

Zehn Minuten später telefonierte der Militärkommandant des Britischen Sektors mit dem Regierenden Bürgermeister.

»Ich bedaure, Ihnen mitteilen zu müssen«, sagte er höflich, »daß ein Start von dem Flughafen Tegel leider nicht in Frage kommt. Erstens ist die auf Ersuchen der Bundesregierung bereitgestellte Maschine eine zweistrahlige HS hundertfünfundzwanzig der Royal Air Force, die auf unserem Militärflugplatz Gatow besser betankt und gewartet werden kann. Und zweitens versuchen wir, Störungen durch einen Massenandrang von Presseleuten zu vermeiden. Absperrmaßnahmen sind in Gatow leichter durchzuführen als auf dem Flughafen Tegel.«

Der Regierende Bürgermeister war insgeheim erleichtert. Wenn die Briten die Verantwortung für die beiden Flugzeugentführer übernahmen, ging eine etwaige Panne ausschließlich zu ihren Lasten – und auch in Westberlin standen demnächst Wahlen vor der Tür.

»Was sollen wir also tun, General?« fragte er.

»London schlägt vor, daß Sie die beiden Männer vom Gefängnis Moabit aus mit einer starken Polizeieskorte direkt nach Gatow bringen lassen. Ihre Leute können sie uns innerhalb der Umzäunung in aller Ruhe übergeben – selbstverständlich gegen Quittung.«

Die Presse war von dieser Regelung keineswegs begeistert. Seitdem am Abend zuvor in Bonn bekanntgegeben worden war, daß die Flugzeugentführer um 8 Uhr freigelassen werden sollten, kampierten über 400 Reporter und Fotografen vor dem Gefängnis Moabit. Auch auf dem Flughafen Tegel warteten ganze Scharen von Bildreportern und suchten nach dem besten Standort für sich und ihre langen Teleobjektive. Sie alle sollten enttäuscht werden.

Der britische Militärflughafen Gatow hat den Vorteil, in einem abgelegenen, einsamen Winkel Westberlins zu liegen: auf dem Westufer der breiten Havel und dicht an der Grenze zur DDR.

In Gatow herrschte schon seit einigen Stunden rege Betriebsamkeit. Kurz nach 4 Uhr war eine RAF-Dominie – die militärische Ausführung des Passagierflugzeugs HS 125 – gelandet. Die Maschine war aus England gekommen und mit Zusatztanks ausgerüstet, um von Berlin über München, Venedig und Athen nonstop nach Tel Aviv fliegen zu können. Bei einer Reisegeschwindigkeit von 800 Stundenkilometern würde die Dominie für die 3 500 Kilometer lange Strecke etwa viereinhalb Stunden brauchen.

Nach der Landung war die Dominie in einen Hangar geschleppt worden, um gewartet und betankt zu werden.

Die Reporter konzentrierten sich so ausschließlich auf das Gefängnis Moabit und den Flughafen Tegel, daß keiner von ihnen auf die schlanke schwarze SR-71 aufmerksam wurde, die um 7 Uhr 03 die Grenzanlagen im äußersten Südwesten der geteilten Stadt überflog und in Gatow landete. Auch diese Maschine wurde rasch in einen Hangar geschleppt, wo Flugzeugmechaniker, die von dem amerikanischen Militärflughafen Tempelhof herübergekommen waren, eilig die Tore schlossen und mit den Wartungsarbeiten begannen. Die SR-71 hatte ihre Aufgabe erfüllt. Der erleichterte Colonel war endlich wieder von Amerikanern umgeben. O'Sullivan konnte es kaum abwarten, die Düsen zum Rückflug in seine geliebten Staaten aufzudrehen.

Sein Passagier verließ den Hangar und wurde von einem jungen Major empfangen, der neben einem Land-Rover wartete.

»Mr. Munro?«

»Ja.« Munro zeigte seinen Ausweis vor, den der RAF-Offizier langsam durchblätterte.

»In der Offiziersmesse warten zwei Herren auf Sie, Sir.«

Diese beiden Herren hätten sich als Beamte der mittleren Laufbahn im britischen Verteidigungsministerium ausweisen können. Nicht zugegeben hätten sie jedoch, daß sie in einem abgeschirmten Laboratorium Versuche anstellten, deren Ergebnisse – falls sie verwertbar waren – sofort als »streng geheim« eingestuft wurden.

Beide Männer waren konservativ gekleidet und hatten Aktenkoffer bei sich. Einer trug eine randlose Brille und war Mediziner – oder war es gewesen, bevor er aus den Reihen der Hippokratesjünger ausscherte. Der andere war sein Untergebener, ein ehemaliger Krankenpfleger.

»Haben Sie die Sachen mitgebracht, um die ich gebeten habe?« fragte Munro ohne weitere Einleitung.

Der Mann mit der Brille öffnete seinen Aktenkoffer und nahm ein flaches Etui von der Größe einer Zigarrenschachtel heraus. Er klappte es auf und zeigte Munro, was darin auf einer Watteschicht lag.

»Zehn Stunden«, erklärte er ihm. »Nicht mehr.«

»Das ist knapp«, sagte Munro. »Verdammt knapp.«

Es war 7 Uhr 30 an einem sonnigen Frühlingsmorgen.

Die vom Coastal Command abgestellte Nimrod zog noch immer ihre Kreise in 15 000 Fuß Höhe über der *Freya.* Sie hatte jetzt nicht nur den Tanker zu beobachten, sondern verfolgte auch den Ölteppich vom Vortag. Der gigantische Ölfleck trieb träge auf dem Wasser und befand sich immer noch außer Reichweite der zur Bekämpfung der Ölpest aufgebotenen Feuerlöschboote, die sich nicht in das Sperrgebiet begeben durften.

Nachdem das Rohöl über Bord gepumpt worden war, hatte die

schwache Nordostströmung den Ölteppich zunächst langsam auf die holländische Nordküste zugetrieben. Diese Bewegung war in der Nacht zum Stillstand gekommen, weil die Windrichtung sich gleichzeitig mit dem Gezeitenwechsel geändert hatte. Noch vor Tagesanbruch war der Ölteppich zurückgetrieben, hatte die *Freya* passiert und lag nun, knapp südlich, zwischen dem Tanker und der holländisch-belgischen Küste.

Die aus Warren Springs entsandten Wissenschaftler an Bord der mit Ölbindemittel beladenen Schlepper und Feuerlöschboote konnten nur hoffen, daß der Seegang schwach blieb, bis sie mit der Bekämpfung der Ölpest beginnen konnten. Falls der Wind plötzlich umschlug oder das Wetter sich drastisch verschlechterte, konnte der vorläufig noch zusammenhängende Ölteppich zerreißen und vom Sturm in nicht mehr bekämpfbaren Einzelteilen gegen die Küsten des Kontinents oder Großbritanniens getrieben werden.

Meteorologen der Küstenstaaten verfolgten besorgt die Annäherung einer Kaltfront, die von der Dänemarkstraße aus nach Süden vordrang und polare Kaltluft mitbrachte, was das Ende des warmen Frühlingswetters und wahrscheinlich Wind und Regen bedeutete. Vierundzwanzig Stunden böiges Wetter genügten, um eine erfolgreiche Bekämpfung der Ölpest zu vereiteln. Die Ökologen konnten nur hoffen, daß der bevorstehende Kälteeinbruch lediglich Nebel brachte.

An Bord der *Freya* näherte die nervöse Spannung sich ihrem Höhepunkt, während die letzten sechzig Minuten bis 8 Uhr verstrichen. Andrew Drake, der zwei seiner Leute in die Kabine beordert hatte, um vor weiteren Angriffen des Norwegers sicher zu sein, hatte zugelassen, daß Larsen seine verletzte Hand mit Material aus dem Erste-Hilfe-Kasten versorgte. Der Kapitän, vor Schmerzen grau im Gesicht, hatte die größten Metall- und Plastiksplitter aus seiner zerschmetterten Hand gezogen, hatte sie mühsam verbunden und trug sie jetzt in einer schwarzen Schlinge. Swoboda, auf dessen Stirn am Haaransatz ein kleines Heftpflaster klebte, beobachtete ihn aus sicherer Entfernung.

»Sie sind ein tapferer Mann, Captain, das kann keiner leugnen«, sagte er. »Aber an der Lage hat sich nicht viel geändert. Ich kann noch immer die gesamteÖlladung ins Meer pumpen lassen, und sobald die Pumpen richtig laufen, eröffnen die Kriegsschiffe dort draußen das Feuer und erledigen den Rest. Falls die Deutschen ihr Wort erneut brechen, setze ich um neun Uhr die Pumpen in Betrieb.«

Punkt 7 Uhr 30 wurden die vor dem Gefängnis Moabit wartenden Reporter für ihre Geduld belohnt. Das Tor an der Kleinen Moabiter Straße öffnete sich zum erstenmal, und hinter einem Streifenwagen kam der gepanzerte Geldtransporter zum Vorschein, in dem die beiden Häftlinge saßen. Die Fotografen machten aus den Fenstern der umliegenden Häuser hastig ihre Aufnahmen, ohne allzuviel auf ihre Filme zu bekommen, und die Reporter stürzten zu ihren Autos, um dem aus drei Wagen bestehenden Konvoi zu folgen.

Gleichzeitig liefen ein Dutzend Fernsehkameras, und Rundfunkreporter sprachen aufgeregt in ihre Mikrofone. Die Reportagen wurden von den Funk- und Fernsehanstalten live gesendet – auch der Bericht des BBC-Reporters in Berlin wurde direkt ausgestrahlt. Seine Stimme hallte durch die Kapitänskabine der *Freya,* wo Andrew Drake, der Mann, der das alles ausgelöst hatte, vor dem Transistorgerät saß.

»Sie sind unterwegs!« stellte er zufrieden fest. »Jetzt muß ich nur noch durchgeben, wie der Empfang in Tel Aviv im einzelnen ablaufen soll.«

Er verließ die Kabine und ging auf die Brücke. Zwei Männer blieben zurück und bewachten den Kapitän der *Freya.* Larsen hockte zusammengesunken auf seinem Stuhl am Tisch und zermarterte sein erschöpftes Gehirn. Die von seiner zerschmetterten Hand ausgehenden Schmerzen stiegen in heißen Wellen in ihm auf.

Der Polizeikonvoi fegte mit heulenden Sirenen durch die Einfahrt zum Flugplatzgelände Gatow, und die Schranke senkte sich vor dem ersten mit Reportern besetzten Verfolgerfahrzeug. Der Pressewagen bremste mit quietschenden Reifen. Dann wurde auch das zweiflügelige Tor des dreieinhalb Meter hohen Maschendrahtzauns geschlossen. Innerhalb weniger Minuten hatten sich

Dutzende von protestierenden Reportern und Fotografen am Tor versammelt und verlangten lautstark Einlaß.

Gatow ist nicht nur ein Fliegerhorst. Auf dem Stützpunkt sind auch britische Armee-Einheiten stationiert, deren Kommandant ein Brigadegeneral ist. Die Torwache bestand an diesem sonnigen Frühlingsmorgen aus Militärpolizisten – vier unerschütterlichen Riesen mit tief in die Stirn gedrückten roten Mützen.

»Das lassen wir uns nicht gefallen!« rief ein *Stern*-Fotograf wütend. »Wir wollen dabeisein, wenn die beiden abfliegen!«

»Schon gut, Fritz«, wehrte Staff Sergeant Farrow gelassen ab. »Wir haben unsere Befehle.«

Die Reporter machten sich auf die Suche nach einer Telefonzelle, um ihre Redaktionen anzurufen. Aufgebrachte Chefredakteure riefen den Regierenden Bürgermeister an, der großes Verständnis für ihr Anliegen zeigte und ihnen versprach, sich sofort mit dem britischen Standortkommandanten in Verbindung zu setzen. Als das Telefon endlich nicht mehr klingelte, lehnte er sich zurück und zündete sich eine Zigarre an.

Auf dem Flugplatz betrat Adam Munro den Hangar, in dem die Dominie stand. In seiner Begleitung befand sich der Oberstleutnant, der die Wartungsstaffeln befehligte.

»Wie sieht's mit der Maschine aus?« fragte Munro den Sergeanten, dessen Leute die Vorflugwartung vorgenommen hatten.

»Alles in Ordnung, Sir«, meldete der erfahrene Mechaniker.

»Nein, das stimmt nicht«, sagte Munro. »Unter einer der Triebwerksabdeckungen dürfte ein elektrischer Defekt verborgen sein, der ziemlich schwer zu beheben ist.«

Der Sergeant starrte den unbekannten Mann verblüfft an und sah dann zu seinem Vorgesetzten hinüber.

»Tun Sie, was er sagt, Barker«, wies der Oberstleutnant ihn an. »Es muß eine Verzögerung aus technischen Gründen geben. Die Maschine darf erst später startklar sein – aber die deutschen Stellen sollen glauben, die Störung sei echt. Nehmen Sie die Triebwerksverkleidung ab, und machen Sie sich an die Arbeit.«

Sergeant Barker wartete seit fast 30 Jahren RAF-Flugzeuge. Er war sich darüber im klaren, daß er den Befehl seines Oberstleutnants auszuführen hatte – auch wenn dieser Befehl auf das Verlangen eines wenig ansehnlichen Zivilisten zurückging, der einen verknitterten Anzug trug und unrasiert war.

Der Direktor des Gefängnisses Moabit war mit seinem Privatwagen nach Gatow hinausgefahren, um sich mit eigenen Augen davon zu überzeugen, daß die beiden Häftlinge an die Briten übergeben und ausgeflogen wurden. Als er hörte, das Flugzeug sei noch nicht startklar, brauste er auf und verlangte die Maschine zu sehen.

Er betrat den Hangar in Begleitung des Flugplatzkommandanten und sah Sergeant Barker bis zu den Schultern im Steuerbordtriebwerk der Dominie stecken.

»Was ist denn los?« fragte er.

Sergeant Barker zog den Kopf aus dem Triebwerk.

»Ein Kurzschluß, Sir. Wir haben ihn vorhin beim Probelauf entdeckt. Aber der Schaden ist bald behoben.«

»Die beiden Russen müssen um acht Uhr in der Luft sein – das ist in zehn Minuten!« sagte der Deutsche. »Um neun Uhr pumpen die Terroristen sonst hunderttausend Tonnen Öl über Bord der ›Freya‹!«

»Ich tue mein Bestes, Sir«, versicherte der Sergeant. »Wenn Sie mich jetzt bitte weiterarbeiten lassen . . .«

Der Fliegerhorstkommandant bugsierte seinen Gast aus dem Hangar. Auch er wußte nicht, was der Befehl aus London zu bedeuten hatte, aber Befehl war Befehl, und er hatte nicht die Absicht, ihm zuwiderzuhandeln.

»Was halten Sie davon, wenn wir jetzt in der Offiziersmesse eine schöne Tasse Tee trinken?« schlug er vor.

»Ich will keine schöne Tasse Tee!« lehnte Gefängnisdirektor Bruckner erbittert ab. »Ich will einen schönen Abflug nach Tel Aviv. Vor allem will ich mit dem Regierenden Bürgermeister telefonieren.«

»Auch das können Sie von der Offiziersmesse aus«, sagte der Kommandant. »Da die Häftlinge nicht noch länger in dem engen Wagen sitzen können, habe ich sie übrigens in die Arrestzellen unserer Militärpolizei bringen lassen. Dort haben sie's schön gemütlich.«

Um 7 Uhr 55 informierte der Kommandant den Berliner BBC-

Korrespondenten in einem persönlichen Gespräch von dem Triebwerkschaden der Dominie. Die Meldung wurde 7 Minuten später als Sondermeldung im Anschluß an die 8-Uhr-Nachrichten gesendet. Sie wurde auch an Bord der *Freya* gehört.

»Sie sollen sich lieber beeilen«, meinte Swoboda.

Adam Munro und die beiden Zivilisten betraten die Arrestzellen der Militärpolizei kurz nach 8 Uhr. In dem Korridor hinter dem Wachraum befanden sich vier Zellen, in denen gelegentlich Arrestanten vorübergehend festgehalten wurden. Mischkin war in der ersten untergebracht, Lasareff saß in der vierten. Der jüngere der beiden Zivilisten ließ Munro und seinen Kollegen in den Zellengang ein, schloß die Tür hinter ihnen und baute sich davor auf.

»Ein letztes Verhör«, erklärte er dem wachhabenden MP-Sergeanten. »Der Geheimdienst interessiert sich für die beiden.« Der Sergeant zuckte mit den Schultern und ging nach nebenan in sein Dienstzimmer zurück.

Munro betrat die erste Zelle. Lew Mischkin, der wieder Zivil trug, saß auf dem Klappbett und rauchte eine Zigarette. Er wußte, daß er nach Israel ausgeflogen werden sollte, aber er war nur bruchstückhaft über die Ereignisse der letzten drei Tage informiert und noch immer nervös.

Adam Munro starrte den Mann an. Er hatte sich vor diesem Treffen fast ein wenig gefürchtet. Hätte dieser Ukrainer nicht die verrückte Idee gehabt, Iwanenko zu ermorden, würde Walentina jetzt ihre Koffer packen, nach Rumänien fliegen, an dem Parteitag teilnehmen, in Mamaia Urlaub machen – und schließlich an einem einsamen Strand von einem Boot an Bord genommen werden. Er sah wieder die Szene in Moskau vor sich: Walentina, die durch die Glastür auf die Straße hinausging, und der Mann in dem grauen Trenchcoat, der aus seinem Versteck trat und ihr folgte.

»Ich bin Arzt«, sagte er auf russisch. »Ihre ukrainischen Freunde, die Ihre Freilassung fordern, verlangen eine amtliche Bestätigung, daß Sie Berlin in gesundem Zustand verlassen und den Anstrengungen der Reise gewachsen sind.«

Mischkin zuckte mit den Schultern und stand auf. Er war nicht auf die vier gestreckten Finger vorbereitet, die seine Magengrube trafen, sah kaum, daß ihm eine kleine Sprühdose unter die Nase gehalten wurde, als er sich zusammenkrümmte, und atmete das aus der Düse strömende Gas willenlos ein. Als das Betäubungsmittel in seine Lunge gelangte, sackte er lautlos zusammen. Munro bekam ihn unter den Achseln zu fassen, bevor er den Fußboden berührte, und legte ihn vorsichtig auf das Bett.

»Das Gas wirkt fünf Minuten lang, nicht länger«, sagte der Zivilist mit der Brille. »Danach wacht er benommen auf, ohne irgendwelche weiteren Nachwirkungen zu spüren. Sie müssen sich also beeilen.«

Munro klappte den Aktenkoffer auf und nahm das Etui mit der Injektionsspritze, dem Wattebausch und dem kleinen Fläschchen Alkohol heraus. Er tränkte den Wattebausch mit Alkohol, machte damit die rechte Ellbogenbeuge des Häftlings keimfrei, hielt die Injektionsspritze hoch und spritzte einen feinen Strahl ihres Inhalts in die Luft, damit keine Luftblasen zurückblieben.

Die Injektion dauerte kaum drei Sekunden; die Wirkung würde etwa zwei Stunden lang anhalten – länger als notwendig, aber die Wirkungszeit ließ sich nicht verkürzen.

Die beiden Männer schlossen die Zellentür hinter sich ab und gingen zur letzten der vier Zellen weiter, in der David Lasareff ungeduldig auf und ab ging.

Das Betäubungsmittel wirkte auch bei ihm augenblicklich. Zwei Minuten später hatte er ebenfalls die Injektion erhalten.

Der Zivilist nahm eine flache Blechschachtel aus der Innentasche seiner Jacke und hielt sie Munro hin.

»Ich lasse Sie jetzt mit den beiden allein«, sagte er reserviert. »*Dafür* werde ich nicht bezahlt.«

Keiner der beiden Häftlinge würde jemals erfahren, daß ihnen etwas injiziert worden war. Es handelte sich um eine Kombination zweier Betäubungsmittel, die in Großbritannien unter dem Namen Pethadene und Hyacine bekannt sind, während die Amerikaner sie als Meperidine und Scopolamine kennen. Kombiniert angewendet haben sie erstaunliche Wirkungen.

Der Patient fühlt sich lediglich ein wenig schläfrig, bleibt aber im übrigen bei Bewußtsein und ist in der Lage und bereit, Anweisungen auszuführen. Außerdem wirkt das Präparat als Zeitraffer, so daß der Patient nach zwei Stunden, wenn die Wirkung abklingt, den Eindruck hat, nur einen kurzen Schwindelanfall gehabt zu haben. Und schließlich führt die kombinierte Eingabe der beiden Mittel zu einem völligen Gedächtnisverlust – der Patient erinnert sich nach Abklingen der Wirkung an nichts, was sich in der Zwischenzeit ereignet hat. Nur ein Blick auf die Uhr verrät ihm, wieviel Zeit verstrichen ist.

Munro betrat wieder Lew Mischkins Zelle. Er half dem jungen Mann, sich aufzusetzen, und lehnte ihn mit dem Rücken an die Wand.

»Guten Morgen«, sagte Munro.

»Guten Morgen«, antwortete Mischkin lächelnd. Sie sprachen russisch, aber Mischkin würde später nichts mehr davon wissen.

Munro klappte die Blechschachtel auf, nahm die zwei Hälften einer mit weißem Granulat gefüllten Kapsel heraus und schraubte sie zusammen.

»Ich möchte, daß Sie dieses Mittel einnehmen«, erklärte er dem jungen Mann und hielt ihm ein Glas Wasser hin.

Mischkin nickte, steckte die Kapsel in den Mund und spülte sie mit einem Schluck Wasser hinunter. Munro nahm eine batteriegetriebene Uhr aus seinem Aktenkoffer und stellte einen Zeitschalter auf der Rückseite ein. Dann hängte er sie an die Wand. Die Uhr zeigte 8 Uhr an, aber ihre Zeiger standen still.

Munro ließ Mischkin auf dem Bett sitzen und ging in Lasareffs Zelle. Fünf Minuten später war er mit seiner Arbeit fertig. Er packte seine Sachen zusammen und verließ den Zellenkorridor.

»Die beiden bleiben isoliert, bis das Flugzeug startklar ist«, erklärte er dem MP-Sergeanten, bevor er das Gebäude verließ. »Niemand darf zu ihnen hinein. Befehl des Kommandanten.«

Andrew Drake sprach zum erstenmal selbst mit dem niederländischen Ministerpräsidenten. Britische Sprachwissenschaftler, die später die Tonbandaufnahme analysierten, stellten fest, daß der Mann aus der näheren Umgebung der englischen Stadt Bradford stammen mußte – aber diese Erkenntnis kam viel zu spät.

»Folgende Schritte müssen bei der Ankunft Mischkins und Lasareffs in Israel eingehalten werden«, gab Drake bekannt. »Ich erwarte, daß Ministerpräsident Golen innerhalb einer Stunde nach dem Start der englischen Maschine bestätigt, daß diese Bedingungen erfüllt werden. Sollte diese Bestätigung ausbleiben, betrachte ich meine Freunde als nicht entlassen.

Erstens: Mischkin und Lasareff werden nach dem Aussteigen zu Fuß und in langsamem Tempo an der Aussichtsterrasse des Empfangsgebäudes auf dem Ben-Gurion-Flughafen vorbeigeführt.

Zweitens: Die Aussichtsterrasse bleibt für die Öffentlichkeit zugänglich. Die israelischen Sicherheitsorgane dürfen weder Ausweiskontrollen noch sonstige Überprüfungen der Besucher vornehmen.

Drittens: Sollten die Häftlinge gegen Doppelgänger ausgetauscht worden sein, erfahre ich innerhalb weniger Stunden davon und werde entsprechend handeln.

Viertens: Drei Stunden vor der Landung der Maschine auf dem Ben-Gurion-Flughafen gibt der israelische Rundfunk die voraussichtliche Landezeit bekannt und teilt mit, daß es allen Interessierten möglich ist, die Ankunft der Häftlinge selbst zu beobachten. Diese Mitteilung erfolgt auf hebräisch, englisch, französisch und deutsch. Das ist alles.«

»Mr. Swoboda«, warf Jan Grayling rasch ein, »alle Ihre Forderungen sind notiert worden und werden sofort an die israelische Regierung weitergeleitet. Ich bin davon überzeugt, daß diese Ihre Bedingungen erfüllen wird. Aber brechen Sie die Verbindung bitte noch nicht ab. Ich habe Ihnen eine dringende Mitteilung von den britischen Stellen in Westberlin zu machen.«

»Ja?« fragte Drake nur.

»Bei der Überprüfung der für den Flug nach Tel Aviv bereitgestellten Maschine der RAF wurde heute morgen während eines Probelaufs ein Defekt in der elektrischen Anlage eines der Triebwerke entdeckt. Ich bitte Sie, mir zu glauben, daß sich dahinter keine Finte verbirgt. Die Mechaniker arbeiten fieberhaft daran, den Defekt zu orten und zu beheben. Aber eine Verzögerung des Abflugs um ein bis zwei Stunden ist nicht zu vermeiden.«

»Falls das ein Trick ist, bekommt Ihre Küste hunderttausend Tonnen Rohöl ab«, knurrte Drake.

»Nein, nein, das ist kein Trick!« beteuerte Grayling eifrig. »Bei jeder Maschine kann einmal ein Defekt auftreten. Natürlich ist es peinlich, daß das gerade in diesem Fall passieren mußte. Aber dieser Defekt ist nun eben einmal aufgetreten – und er wird bereits repariert, während wir hier miteinander sprechen.«

Eine Zeitlang herrschte Schweigen. Drake überlegte.

»Ich verlange, daß der Start von vier Rundfunkreportern in Berlin beobachtet wird. Ich bestehe auf Direktübertragungen durch Berichterstatter der Stimme Amerikas, des Deutschlandfunks, der BBC und der französischen ORTF.«

Jan Grayling war hörbar erleichtert.

»Ich sorge dafür, daß die vier Reporter in den Stützpunkt Gatow eingelassen werden, damit sie über den Start berichten«, versprach er.

»Das will ich hoffen!« antwortete Drake. »Ich verschiebe das Auspumpen um drei Stunden. Ab zwölf Uhr pumpen wir hunderttausend Tonnen Rohöl ins Meer.«

Die Verbindung brach ab.

Ministerpräsident Benjamin Golen saß am Vormittag in Jerusalem in seinem Arbeitszimmer am Schreibtisch. Der Sabbat war vorüber, und für Golen war der Sonntag ein normaler Arbeitstag. Es war bereits kurz nach 10 Uhr – und zwei Stunden später als in Westeuropa.

Der niederländische Ministerpräsident hatte eben erst mit Swoboda gesprochen, als die drei Mossad-Agenten, die sich in einem Apartment in Rotterdam einquartiert hatten, die Forderungen der Schiffsbesetzer bereits nach Israel übermittelten. Sie kamen damit der auf diplomatischem Wege übermittelten persönlichen Botschaft des holländischen Ministerpräsidenten um über eine halbe Stunde zuvor.

Der Sicherheitsberater von Benjamin Golen brachte das Wortprotokoll des Gesprächs zwischen der *Freya* und Den Haag herein und legte es wortlos auf den Schreibtisch. Golen überflog es rasch.

»Was soll das alles?« erkundigte er sich.

»Sie versuchen sich gegen ein Täuschungsmanöver zu schützen«, antwortete sein Berater. »Das wäre natürlich ein auf der Hand liegender Trick: Zwei junge Männer, die Ähnlichkeit mit Lasareff und Mischkin haben, werden an ihrer Stelle nach Israel geschickt.«

»Und wer soll die beiden Freigelassenen hier bei uns identifizieren?«

Der Sicherheitsberater zuckte mit den Schultern.

»Irgend jemand auf der Aussichtsterrasse«, sagte er. »Die Terroristen müssen einen Komplicen in Israel haben, der die beiden auf den ersten Blick erkennt. Noch wichtiger dürfte allerdings sein, daß Mischkin und Lasareff ihrerseits *ihn* kennen.«

»Und wenn sie einander erkannt haben?«

»Dann gibt ihr Mann vermutlich irgendeine Nachricht oder ein Codewort an die Medien, damit die Männer an Bord der ›Freya‹ wissen, daß ihre Freunde sicher angekommen sind. Sollte diese Nachricht ausbleiben, müssen sie annehmen, getäuscht worden zu sein, und dürften ihre Drohungen wahrmachen.«

»Noch einer? Hier in Israel? Das dulde ich nicht!« empörte sich Benjamin Golen. »Wir haben uns verpflichtet, Mischkin und Lasareff aufzunehmen, aber das reicht! Sorgen Sie dafür, daß die Aussichtsterrasse unauffällig überwacht wird. Sollte einer der Zaungäste mit den beiden bei ihrer Ankunft in Verbindung treten, wird er beschattet. Und sobald er seine Meldung abgesetzt hat, wird er festgenommen!«

An Bord der *Freya* verstrich der Morgen mit quälender Langsamkeit. Alle 15 Minuten hörte Andrew Drake, der die verschiedenen Wellenbereiche seines Transistorradios absuchte, die Nachrichten der BBC und die englischsprachigen Sendungen der Stimme Amerikas. Die Meldungen lauteten unverändert gleich: Die Reparaturarbeiten an dem defekten Triebwerk der Dominie waren im Gange, der Start war immer noch nicht erfolgt.

Kurz nach 9 Uhr wurden die vier von Drake angeforderten Rundfunkreporter am Haupttor von Gator eingelassen und von Militärpolizisten zur Offiziersmesse geleitet, wo man sie mit Kaffee und Gebäck bewirtete. Für alle vier wurden Direktleitungen zu ihren Berliner Büros geschaltet, von wo aus die Reportagen zu den jeweiligen Sendern weitergeleitet werden sollten. Keiner bekam Adam Munro zu Gesicht, der im Büro des Platzkommandanten saß und mit London telefonierte.

Im Lee des Kreuzers *Argyll* lagen die Schnellboote *Cutlass, Sabre* und *Scimitar* nebeneinander. Auf der *Cutlass* hatte Major Fallon seine SBS-Truppe um sich versammelt.

»Wir müssen davon ausgehen, daß die zuständigen Stellen die beiden Kerle freilassen«, erklärte er seinen Männern. »Irgendwann in den nächsten Stunden werden sie nach Israel ausgeflogen. Dort dürften sie nach einem Flug von etwa viereinhalb Stunden eintreffen. Das bedeutet, daß die Terroristen die ›Freya‹ heute abend oder im Laufe der Nacht räumen werden – falls sie Wort halten.

Wohin sie wollen, ist noch nicht bekannt, aber vermutlich werden sie Richtung Holland flüchten. Die See zwischen der ›Freya‹ und der holländischen Küste ist frei von Schiffen. Sobald sie drei Seemeilen von dem Tanker entfernt sind, was der äußersten Reichweite ihrer Fernzündung entsprechen dürfte, gehen Sprengmeister der Royal Navy an Bord der ›Freya‹ und entschärfen die Sprengsätze. Aber das braucht *uns* nicht zu kümmern.

Wir schnappen uns die Terroristen. Und *ich* nehme mir diesen Swoboda persönlich vor. Er gehört mir, verstanden?«

Zwölf Männer nickten grinsend. Sie waren für gefährliche Einsätze ausgebildet und fürchteten, um ihr Abenteuer betrogen zu werden. In ihren Adern brannte das Jagdfieber.

»Ihr Kutter ist wesentlich langsamer als unsere Schnellboote«, fuhr Fallon fort. »Sie haben acht Seemeilen Vorsprung, aber ich rechne damit, daß wir sie etwa drei bis vier Meilen vor der Küste eingeholt haben. Die ›Argyll‹ hält uns über die Beobachtungen der Nimrod auf dem laufenden. Und wenn wir nahe genug heran sind, haben wir noch Suchscheinwerfer. London sagt, daß niemand Wert darauf legt, daß wir Gefangene machen. Fragt mich nicht, warum. Vielleicht sollen sie aus Gründen zum Schweigen gebracht werden, von denen wir nichts ahnen. Wir haben den Auftrag erhalten und werden ihn durchführen.«

Einige Seemeilen von ihnen entfernt starrte auch Kapitän Mike Manning ungeduldig auf den Minutenzeiger und wartete auf die erlösende Meldung aus Berlin vom Start der Dominie. Die Nachricht in den frühen Morgenstunden hatte ihn verblüfft, nachdem er die Nacht über auf den gefürchteten Feuerbefehl gewartet hatte, der die Zerstörung der *Freya* und den Tod ihrer Besatzung bedeutet hätte. Die amerikanische Regierung hatte ihren Entschluß vom Vorabend ohne erkennbaren Grund umgestoßen: Washington erhob plötzlich keine Einwände mehr gegen die Freilassung der beiden Flugzeugentführer und dachte offenbar nicht mehr an eine Versenkung der *Freya*, um die Freilassung der Häftlinge zu verhindern.

Manning spürte die Erleichterung geradezu körperlich, die Erleichterung darüber, daß der Mordbefehl zurückgenommen worden war, es sei denn ... Es sei denn, irgend etwas ging noch im letzten Augenblick schief. Denn erst, wenn die beiden ukrainischen Juden wirklich auf dem Ben-Gurion-Flughafen gelandet waren, würde Manning endgültig sicher sein, daß der ihm erteilte Befehl, die *Freya* in ein flammendes Inferno zu verwandeln, der Geschichte angehörte.

Um 9 Uhr 45 erwachten Mischkin und Lasareff in ihren Einzelzellen im Wachgebäude des Stützpunktes Gatow aus ihrer Betäubung – knapp zwei Stunden nach der Injektion des Präparats. Zur gleichen Zeit liefen die Uhren an, die Adam Munro in den Zellen an die Wand gehängt hatte. Ihre Sekundenzeiger kreisten um die Zifferblätter.

Mischkin schüttelte den Kopf und rieb sich die Augen. Er war schläfrig und leicht benommen – aber das war wohl auf die gestörte Nachtruhe, den Mangel an Schlaf und die Aufregung zurückzuführen. Er warf einen Blick auf die Wanduhr: Sie zeigte 8 Uhr 02 an. Mischkin erinnerte sich, daß es auf der Wanduhr im Wachraum 8 Uhr gewesen war, als er und Dawid Lasareff in ihre Zellen geführt worden waren. Er reckte sich, stand auf und begann in der Zelle auf und ab zu gehen. Fünf Minuten später tat Lasareff in seiner Zelle am Ende des Korridors das gleiche.

Adam Munro betrat den Hangar, in dem Sergeant Barker noch immer an dem Steuerbordtriebwerk der Dominie arbeitete.

»Na, wie steht's, Mr. Barker?« fragte er.

Der Flugzeugmechaniker kam unter der Triebwerksabdeckung hervor und sah irritiert auf den Zivilisten hinunter.

»Darf ich fragen, wie lange ich hier noch schauspielern muß, Sir? Das Triebwerk ist hundertprozentig in Ordnung.«

Munro warf einen Blick auf seine Uhr.

»Halb elf«, sagte er. »Ich möchte, daß Sie in genau einer Stunde den Bereitschaftsraum und die Offiziersmesse anrufen und die Maschine startklar melden.«

»Punkt halb zwölf, Sir«, bestätigte Sergeant Barker.

In seiner Zelle sah Dawid Lasareff erneut auf die Wanduhr. Er glaubte, etwa eine halbe Stunde lang auf und ab gegangen zu sein, aber die Zeiger standen auf 9 Uhr. Diese Stunde kam ihm ungewöhnlich kurz vor. Aber in einer Einzelzelle verlor man oft jegliches Zeitgefühl – und Uhren gingen im allgemeinen genau. Weder Lasareff noch Mischkin kamen auf die Idee, daß diese Uhren doppelt so schnell gingen wie alle anderen, um die fehlenden 100 Minuten ihres Lebens aufzuholen, und daß sie ab 11 Uhr 30 MEZ wieder mit allen übrigen Uhren auf dem Fliegerhorst übereinstimmen würden.

Um 11 Uhr telefonierte Ministerpräsident Grayling aus Den Haag mit dem Regierenden Bürgermeister von Berlin.

»Was geht bei Ihnen vor, um Himmels willen?« erkundigte er sich.

»Das weiß ich selbst nicht!« antwortete der Regierende Bürgermeister verärgert. »Die Engländer behaupten, mit ihrer Triebwerkreparatur praktisch fertig zu sein. Warum sie keine Maschine der British Airways genommen haben und von Tegel aus gestartet sind, verstehe ich auch nicht. Wir hätten liebend gern eine Maschine gechartert, um sie mit nur zwei Passagieren nach Israel fliegen zu lassen.«

»Na ja, ich kann Ihnen nur sagen, daß die Terroristen in einer Stunde die Pumpen in Gang setzen, um hunderttausend Tonnen

Rohöl in die Nordsee laufen zu lassen«, sagte Grayling, »und meine Regierung wird die Briten dafür verantwortlich machen.«

»Ich bin völlig Ihrer Meinung«, antwortete die Stimme aus Berlin. »Die ganze Sache ist Wahnsinn.«

Um 11 Uhr 30 klappte Sergeant Barker die Triebwerksabdeckung herunter und stieg von der Arbeitsbühne. Er ging ans Hangartelefon und rief die Offiziersmesse an. Der Platzkommandant meldete sich.

»Fertig, Sir«, sagte der Mechaniker.

Der RAF-Offizier drehte sich zu den Männern im Raum um. Der Gefängnisdirektor und die vier Rundfunkreporter sahen ihn erwartungsvoll an.

»Der Defekt ist behoben«, berichtete er. »Die Maschine startet in einer Viertelstunde.«

Von der Offiziersmesse aus beobachteten sie, wie die schlanke kleine HS 125 aus dem Hangar in den Sonnenschein hinausgezogen wurde. Pilot und Kopilot gingen an Bord und ließen die beiden Triebwerke anlaufen.

Gefängnisdirektor Bruckner betrat die Zellen der Häftlinge, um ihnen mitzuteilen, daß sie in zehn Minuten abfliegen würden. Auf seiner Armbanduhr war es 11 Uhr 35. Die Wanduhren zeigten die gleiche Zeit an.

Die beiden Häftlinge gingen schweigend zu dem Land-Rover hinaus und wurden zusammen mit dem Gefängnisdirektor übers Vorfeld zu dem wartenden Jet gefahren. Ein Quartermaster Sergeant, der außer ihnen der einzige Passagier der Dominie auf dem Flug nach Tel Aviv sein würde, folgte ihnen die Treppe hinauf, als sie, ohne sich noch einmal umzudrehen, das Flugzeug bestiegen und ihre Plätze einnahmen.

Um 11 Uhr 45 schob Oberstleutnant Jarvis die beiden Leistungshebel nach vorn, und die Dominie hob nach kurzer Startstrecke vom Flugplatz Gatow ab. Auf Anweisung der Flugsicherung steuerte sie sofort den Südkorridor nach München an und verschwand im Blau des Himmels.

Gleichzeitig berichteten alle vier Rundfunkreporter ihren Hörern live aus der Offiziersmesse in Gatow. Mischkin und Lasareff waren gestartet und befanden sich auf dem Flug nach Israel und in die Freiheit. Die Forderungen der Besetzer der *Freya* waren nach 48 Stunden erfüllt worden.

Die Berichte wurden in aller Welt gehört, auch in den vier skandinavischen Ländern. In den Wohnungen von zwei Dutzend Offizieren und Seeleuten der *Freya* brachen Ehefrauen und Mütter in Tränen aus, und kleine Kinder fragten ängstlich: »Warum weinst du, Mami?«

Auch an Bord der westlich der *Argyll* liegenden Flottille von Schleppern und Feuerlöschbooten wurde die Meldung mit Erleichterung aufgenommen. Weder die Wissenschaftler und Techniker an Bord noch die Besatzungen hatten sich auch nur die geringste Hoffnung gemacht, mit 100 000 Tonnen Rohöl fertig zu werden.

In Texas vernahm der Ölmillionär Clint Blake die von der NBC verbreitete Meldung, als er am Sonntagmorgen in der Sonne frühstückte, und bemerkte kauend: »Wurde auch höchste Zeit, verdammt noch mal!«

Harry Wennerström hörte die BBC-Reportage in seiner Dachterrassensuite hoch über Rotterdam und grinste zufrieden.

In sämtlichen Zeitungsredaktionen von Irland bis zum Eisernen Vorhang wurden die Montagsausgaben vorbereitet. Ganze Redaktionsteams rekapitulierten noch einmal die *Freya*-Besetzung von den ersten Morgenstunden des Freitags bis zum gegenwärtigen Augenblick. Für die Berichterstattung über das Eintreffen Mischkins und Lasareffs in Israel und die Räumung der *Freya* wurde auf den Titelseiten Platz freigelassen. Mit den letzten Meldungen rechnete man noch vor Redaktionsschluß, der an diesem Tag hinausgeschoben werden sollte.

Um 12 Uhr 20 mitteleuropäischer Zeit erklärte die israelische Regierung sich bereit, die von den Besetzern der *Freya* gestellten Forderungen zu erfüllen und dafür zu sorgen, daß die Ankunft Lasareffs und Mischkins auf dem Ben-Gurion-Flughafen sich in aller Öffentlichkeit vollzog, damit die Identität der freigelassenen Häftlinge festgestellt werden konnte.

In seinem Zimmer im fünften Stock des Hotels *Avia* – fünf

Kilometer vom Ben-Gurion-Flughafen entfernt – hörte Miroslaw Kaminski die Meldung im Radio. Mit einem Seufzer der Erleichterung lehnte er sich in seinem Sessel zurück. Er war am Spätnachmittag des Freitags in Israel eingetroffen und hatte damit gerechnet, seine alten Mitverschworenen schon am Samstag in die Arme schließen zu können. Als er im Radio hörte, daß die deutsche Regierung ihren ursprünglichen Beschluß revidiert hatte und daß die Verhandlungen sich hinauszögerten, blieb ihm nichts anderes übrig, als in seinem Hotelzimmer herumzusitzen und nervös an den Nägeln zu kauen. Jetzt wartete auch er gespannt auf die Landung der Dominie, die um 18 Uhr 15 Ortszeit – 16 Uhr 15 MEZ – erfolgen sollte.

An Bord der *Freya* nahm Andrew Drake die Nachricht vom Abflug der Dominie mit tiefer Befriedigung zur Kenntnis. Alle Müdigkeit war in diesem Augenblick vergessen. Daß die israelische Regierung 35 Minuten später auf seine Forderungen einging, war für ihn nur noch eine Formalität.

»Sie sind unterwegs«, berichtete er Larsen. »In vier Stunden sind sie in Tel Aviv – und in Sicherheit. Nach weiteren vier Stunden – vielleicht schon früher, falls Nebel aufkommt – gehen wir von Bord. Die Marine befreit Sie dann. Man wird Ihre Hand richtig verbinden, und Sie bekommen Schiff und Besatzung zurück . . . Sie haben allen Grund, zufrieden zu sein.«

Der Kapitän lehnte sich auf seinem Stuhl zurück. Er hatte tiefe Ringe unter den Augen. Er wußte, daß er dem Zusammenbruch nahe war. Der Schmerz in seiner Hand war zu einem dumpfen Pochen geworden, das bis zur Schulter zu spüren war, und immer wieder ließen Wellen von Schwindel Übelkeit in ihm aufsteigen. Aber er schloß trotzdem nicht die Augen. Für ihn war dieser Alptraum erst vorüber, wenn der letzte Terrorist sein Schiff verlassen hatte und die letzte Sprengladung entschärft war.

Er warf dem Ukrainer einen verächtlichen Blick zu.

»Und Tom Keller?« fragte er.

»Wer?«

»Mein Dritter Offizier, den Sie am Freitagmorgen an Deck erschossen haben.«

Drake lachte.

»Tom Keller ist unten bei den anderen«, sagte er. »Die Erschießung haben wir nur vorgetäuscht. Einer meiner Leute hat die Sachen Ihres Offiziers angezogen. Geschossen worden ist mit Platzpatronen.«

Der Norweger knurrte nur. Drake warf ihm einen interessierten Blick zu.

»Ich kann's mir leisten, großzügig zu sein«, sagte er, »weil ich der Sieger bin. Ich habe die Regierungen ganz Westeuropas mit einer Drohung herausgefordert, vor der sie kapitulieren mußten, und einen Handel gefordert, auf den sie eingehen mußten. Sie haben es getan, weil ich ihnen keine Alternative gelassen habe. Aber Sie hätten mich beinahe besiegt – Sie sind ganz dicht davor gewesen.

Seit heute morgen um sechs Uhr hätte ein Prisenkommando dieses Schiff jederzeit entern können, ohne auf großen Widerstand zu stoßen. Ohne den Oszillator, den Sie mir genommen haben, war ich machtlos. Zum Glück wußten das die anderen nicht. Aber sie hätten das Schiff gestürmt, wenn Sie sie hätten verständigen können. Sie sind ein tapferer Mann, Captain. Kann ich Ihnen irgendeinen Wunsch erfüllen?«

»Verschwinden Sie von Bord«, verlangte Larsen.

»Bald, sehr bald, Captain.«

Hoch über Venedig nahm Oberstleutnant Jarvis eine geringfügige Kursänderung vor, und der durchs Himmelblau rasende silberne Pfeil flog parallel zur italienischen Küste über der Adria nach Südosten.

»Wie geht's unseren Gästen?« fragte er den Sergeanten.

»Sie sitzen ruhig da und genießen die Aussicht«, berichtete der Quartermaster Sergeant.

»Gut, sorgen Sie dafür, daß es dabei bleibt«, verlangte der Pilot. »Bei ihrem letzten Flug haben sie den Captain erschossen.«

Der QMS lachte meckernd.

»Ich pass schon auf!« versicherte er Jarvis.

Der Kopilot hatte inzwischen die verbleibende Flugdauer berechnet.

»Noch drei Stunden bis zur Landung«, sagte er.

Die Live-Berichte aus Gatow waren auch anderswo auf der Welt gehört worden. In Moskau wurde die Meldung ins Russische übersetzt und in eine Wohnung im Prominentenviertel am Ende des Kutusow-Prospekts gebracht, in der kurz nach 14 Uhr Ortszeit zwei Männer beim Mittagessen saßen.

Marschall Nikolai Kerenski las den maschinengeschriebenen Text und schlug mit der Faust auf den Tisch.

»Sie haben sie freigelassen!« rief er wütend. »Sie haben nachgegeben! Die Deutschen und die Engländer haben schlappgemacht. Die beiden Judenbengel sind nach Tel Aviv unterwegs.«

Jefrem Wischnajew nahm ihm schweigend das Blatt aus der Hand und las die Meldung. Dann trat ein eisiges Lächeln auf sein Gesicht.

»Das bedeutet, daß Rudin erledigt ist, wenn wir heute abend Oberst Kukuschkin vor dem Politbüro berichten lassen«, sagte er. »Unser Mißtrauensantrag findet die Mehrheit, das steht außer Zweifel. Noch vor Mitternacht gehört die Sowjetunion uns, Nikolai. Und in einem Jahr auch Europa.«

Der Marschall der Roten Armee schenkte zwei große Gläser Stolitschnaja ein. Er schob dem Chefideologen ein Wodkaglas hin und hob sein eigenes.

»Auf den Sieg der Roten Armee!«

Wischnajew hob sein Glas, obwohl er so gut wie nie Alkohol trank. Das war eine der seltenen Ausnahmen.

»Auf den Weltkommunismus!«

20

16.00 bis 20.00 Uhr

Vor der israelischen Küste südlich von Haifa nahm die Dominie zum letztenmal einen Kurswechsel vor, ging in den Sinkflug über und steuerte den landeinwärts von Tel Aviv gelegenen Ben-Gurion-Flughafen an.

Sie landete nach genau viereinhalb Stunden Flugzeit um 16 Uhr 15 mitteleuropäischer Zeit. In Israel war es bereits 18 Uhr 15. Die Aussichtsterrasse des Flughafengebäudes war dicht mit Neugierigen besetzt, die darüber staunten, daß sie in ihrem sonst auf strengste Sicherheitsmaßnahmen bedachten Land dieses Schauspiel ungehindert miterleben durften. Die Schaulustigen wurden – wie es die Terroristen an Bord der *Freya* verlangt hatten – nicht kontrolliert. Dennoch waren Dutzende von Mossad-Agenten und Kriminalbeamten im Einsatz. Manche liefen in Uniformen der israelischen Luftfahrtgesellschaft El Al herum; andere verkauften Limonade, leerten Papierkörbe oder saßen am Steuer von Taxis. Kriminalinspektor Avram Hirsch stand vor einem Lieferwagen mit Zeitungen und sortierte Packen, die offensichtlich für den Kiosk in der Haupthalle bestimmt waren.

Nach der Landung rollte die RAF-Maschine hinter einem Follow-me-Wagen zu ihrem Abstellplatz auf dem Vorfeld des Empfangsgebäudes. Dort wartete eine kleine Gruppe von Regierungsbeamten auf die Passagiere aus Berlin.

Ganz in der Nähe war eine Boeing der El Al abgestellt, hinter deren geschlossenen Fenstervorhängen zwei Männer Posten bezogen hatten. Durch schmale Schlitze zwischen den Vorhängen suchten sie die Aussichtsterrasse mit ihren Ferngläsern ab. Beide hatten ein eingeschaltetes Funksprechgerät umhängen.

Irgendwo in der Masse der hundertköpfigen Menge auf der Terrasse stand Miroslaw Kaminski, der sich durch nichts von den harmlosen Neugierigen unterschied.

Einer der israelischen Beamten stieg die wenigen Stufen zur Kabine der Dominie hinauf und verschwand darin. Zwei Minuten später kam er wieder zum Vorschein; hinter ihm traten Lasareff und Mischkin aus der Maschine. Zwei junge Heißsporne von der Jüdischen Verteidigungsliga entrollten auf der Terrasse ein Spruchband, das sie unter ihren Jacken versteckt mitgebracht hatten, und hielten es hoch. Der hebräische Text bestand nur aus einem einzigen Wort: Willkommen! Die beiden begannen zu klatschen, wurden aber rasch von den Umstehenden aufgefordert, sich zu beruhigen.

Mischkin und Lasareff blickten zu den Menschen auf der Terrasse hinauf, als sie von den Regierungsbeamten und zwei Flughafenpolizisten zum Empfangsgebäude geführt wurden. Einzelne Zuschauer winkten; die meisten aber beobachteten die Angekommenen schweigend.

Aus der abgestellten Boeing heraus beobachteten die beiden Kriminalbeamten die Zuschauer in den ersten Reihen, die am ehesten ein Erkennungssignal mit den beiden Freigelassenen austauschen konnten.

Lew Mischkin sah Kaminski zuerst und murmelte etwas auf ukrainisch vor sich hin. Seine Worte wurden von einem Richtmikrofon aufgefangen, mit dem in einem fast 100 Meter entfernten Lieferwagen für Bordverpflegung ein Mann auf die beiden Ankömmlinge zielte. Der Mann, der mit dem gewehrähnlichen Mikrofon ihren Bewegungen folgte, hörte nicht, was Mischkin sagte. Dafür war sein Kollege zuständig, der mit aufgesetztem Kopfhörer neben ihm hockte. Dieser zweite Mann war für diese Aufgabe ausgewählt worden, weil er ukrainisch sprach. Jetzt sagte er ins Mikrofon seines Funksprechgeräts: »Mischkin hat eben mit Lasareff gesprochen. Er hat gesagt: ›Dort oben steht er – fast am Ende, mit der blauen Krawatte.‹«

Die beiden Beobachter in dem abgestellten Flugzeug konzentrierten sich auf das Ende des Besucherbalkons. Zwischen ihnen und dem Empfangsgebäude gingen die Freigelassenen und ihre Begleiter langsam an den wie zu einer Parade aufgereihten Zuschauern vorbei.

Mischkin, der Kaminski als erster erkannt hatte, sah nicht mehr zu ihm hinauf. Lasareff suchte die Gesichter der Menschen auf der Terrasse ab, entdeckte seinen Landsmann und blinzelte ihm zu. Das genügte Kaminski. Er wußte jetzt, daß die beiden dort unten keine Doppelgänger seiner Freunde waren.

»Ich hab ihn!« sagte einer der Männer in der Boeing und gab seine Beschreibung durch:

»Mittelgroß, Anfang Dreißig, braunes Haar, trägt graue Hose, Tweedjacke und blaue Krawatte. Steht als siebter oder achter in der vordersten Reihe am hinteren Ende des Besucherbalkons in Richtung Kontrollturm.«

Mischkin und Lasareff verschwanden im Empfangsgebäude. Da das Schauspiel offenbar zu Ende war, zerstreuten sich die Neugierigen. Sie strömten über die Treppe in die große Halle des Empfangsgebäudes hinunter. Am Fuß der Treppe kehrte ein grauhaariger Mann Zigarettenstummel zusammen. Er machte den Verdächtigen in der Tweedjacke und der blauen Krawatte aus, als der Zuschauerstrom sich an ihm vorbei in die Halle ergoß. Aber er kehrte zunächst ruhig weiter, bis feststand, in welche Richtung der andere ging.

Dann nahm der Grauhaarige ein Sprechfunkgerät aus seiner Jackentasche und sprach hinein: »Verdächtiger zu Ausgang fünf unterwegs.«

Vor dem Gebäude schwang Avram Hirsch einen Packen Zeitungen aus dem Lieferwagen und knallte ihn auf eine zweirädrige Karre, die einer seiner Kollegen hielt. Der Mann mit der blauen Krawatte ging dicht an ihnen vorbei, öffnete den Schlag eines geparkten Mietwagens und setzte sich ans Steuer.

Kriminalinspektor Hirsch schloß die Hecktüren des Lieferwagens, ging nach vorn und stieg auf der Beifahrerseite ein.

»Der VW Golf dort drüben auf dem Parkplatz«, sagte er zu Polizeisergeant Benzur, der am Steuer saß. Der Mietwagen fuhr in Richtung Tel Aviv davon, und der Lieferwagen folgte ihm in 200 Meter Entfernung.

Zehn Minuten später verständigte Avram Hirsch die anderen Polizeifahrzeuge hinter ihnen: »Verdächtiger fährt auf den Parkplatz des Hotels ›Avia‹.«

Miroslaw Kaminski hatte seinen Zimmerschlüssel in der Tasche. Er durchquerte rasch die Hotelhalle und fuhr in sein Zimmer im fünften Stock hinauf. Dort setzte er sich auf die Bettkante, nahm den Telefonhörer ab und verlangte ein Amt. Als das Freizeichen ertönte, begann er zu wählen.

»Er hat eben ein Amt verlangt«, erklärte die Telefonistin Inspektor Hirsch, der neben ihr stand.

»Können Sie feststellen, welche Nummer er anruft?«

»Nein, Inlandsgespräche können durchgewählt werden.«

»Scheiße!« sagte Hirsch. »Los, kommen Sie mit!« Er hastete mit Benzur durch die Halle zum Lift.

Nach dem dritten Klingeln meldete sich das Jerusalemer BBC-Büro.

»Sprechen Sie Englisch?« fragte Kaminski.

»Ja, natürlich«, sagte die israelische Sekretärin am anderen Ende.

»Dann hören Sie gut zu«, forderte er sie auf. »Was ich Ihnen mitzuteilen habe, ist äußerst wichtig. Wenn der Supertanker ›Freya‹ unbeschädigt geräumt werden soll, muß in der ersten Meldung, die heute abend um achtzehn Uhr mitteleuropäischer Zeit vom BBC World Service ausgestrahlt wird, der Ausdruck ›keine Alternative‹ vorkommen. Wird dieser Ausdruck nicht gleich in der ersten Meldung benützt, wird das Schiff gesprengt. Haben Sie das?«

Am anderen Ende herrschte einige Sekunden lang Schweigen, während die Sekretärin des BBC-Korrespondenten mit- schrieb.

»Ja, ich hab's – ›keine Alternative‹. Und wer sind Sie?« fragte sie.

Avram Hirsch stand mit zwei Männern vor Kaminskis Zimmertür. Einer der beiden hielt eine abgesägte Schrotflinte schußbereit. Beide trugen die Uniform von Flughafenangestellten. Hirsch war noch immer wie ein Zeitungsausfahrer gekleidet – grüne Hose, grüne Jacke und grüne Schirmmütze.

Er horchte an der Tür, bis er hörte, daß drinnen der Hörer aufgelegt wurde.

Dann trat er zurück, zog seinen Dienstrevolver und nickte dem Mann mit der Schrotflinte zu.

Der Schütze zielte sorgfältig und schoß das Türschloß heraus.

Avram Hirsch stürzte an ihm vorbei und baute sich mit schußbereiter Waffe vor Kaminski auf.

Hirsch gehörte zu den Sabras, den im Lande geborenen Israelis, aber er hatte als kleiner Junge zu Hause stets Jiddisch oder Russisch gesprochen, denn seine Eltern waren emigrierte russische Juden.

Er hielt den Mann vor sich für einen Russen, denn er hatte keinen Grund, etwas anderes zu vermuten. Deshalb befahl er ihm auf russisch: »*Stoi* – keine Bewegung!« Seine Stimme hallte durch das kleine Hotelzimmer.

Miroslaw Kaminski stand vor seinem Bett und hielt das Telefonbuch in der Hand. Als die Tür aufgesprengt wurde, ließ er es fallen, damit niemand feststellen konnte, auf welcher Seite es aufgeschlagen gewesen war.

Als der Ruf »*Stoi!*« ertönte, hatte er nicht mehr das Hotelzimmer am Stadtrand von Tel Aviv vor sich. Statt dessen sah er ein kleines Bauernhaus in den Ausläufern der Karpaten und hörte wieder die Rufe der Männer in den grünen Uniformen, die das Versteck seiner Gruppe umzingelt hatten. Er starrte Avram Hirsch an, sah seine grüne Uniform und bewegte sich rückwärts auf die offene Balkontür zu.

Er hörte sie wieder durchs Unterholz brechen, hörte ihre endlosen Rufe: »*Stoi . . . stoi . . . stoi . . .*« Er konnte nur noch flüchten wie ein Fuchs, der von den Hunden gehetzt wird – durch die Hintertür des Bauernhauses hinaus und in den schützenden Wald.

Kaminski ging rückwärts auf den winzigen Balkon zu, prallte mit dem Kreuz gegen das Balkongeländer und kippte hinten über. Beim Aufprall auf den 15 Meter tiefer liegenden Parkplatz brach er sich Rückgrat, Becken und Schädel. Avram Hirsch beugte sich übers Geländer und rief zu seinem Kollegen hinunter:

»Warum hat er das getan, verdammt noch mal?«

Die Militärmaschine, mit der die beiden Spezialisten aus dem Labor des Verteidigungsministeriums am Vorabend aus Großbritannien nach Berlin gekommen waren, flog kurz nach dem Start der Dominie nach Westen zurück. Adam Munro sicherte sich einen Platz an Bord und veranlaßte auf Grund seiner Sondervollmachten, daß er in Amsterdam abgesetzt wurde, bevor die Maschine nach London weiterflog.

Er hatte auch dafür gesorgt, daß der Hubschrauber der *Argyll* auf dem Flughafen Schiphol bereitstand, um ihn abzuholen. Um 16 Uhr 30 landete die Westland Wessex wieder auf dem Achterdeck des Lenkwaffenkreuzers. Der Offizier, der Munro begrüßte, betrachtete den ungepflegten Ankömmling mit sichtlicher Mißbilligung, brachte ihn aber sofort zu Kapitän Preston.

Der Kreuzerkommandant wußte lediglich, daß sein Besucher dem Außenministerium angehörte und in Berlin gewesen war, um den Abflug der Flugzeugentführer nach Israel zu überwachen.

»Möchten Sie sich erst ein bißchen frisch machen?« erkundigte er sich.

»Nichts lieber als das«, antwortete Munro. »Haben Sie schon Nachricht von der Dominie?«

»Sie ist vor einer Viertelstunde auf dem Ben-Gurion-Flughafen gelandet«, sagte Kapitän Preston. »Mein Steward könnte Ihren Anzug aufbügeln, und wir finden bestimmt ein Hemd, das Ihnen paßt.«

»Ein warmer Pullover wäre mir lieber«, erklärte Munro ihm. »Hier draußen ist's verdammt kalt geworden.«

»Ja, das kann uns noch Schwierigkeiten machen«, bestätigte der Kommandant. »Von Skandinavien rückt eine Kaltfront nach Süden vor. Wahrscheinlich kommt heute abend Nebel auf.«

Der Nebel, der kurz nach 17 Uhr einfiel, zog als graue Wolkenbank über der Wasseroberfläche aus Norden heran und begleitete den Kaltluftvorstoß, der Polarluft nach Süden führte, wo Land und Meer sich in den letzten Tagen erwärmt hatten.

Als Adam Munro, gewaschen und rasiert und mit einem geliehenen weißen Rollkragenpullover und einer schwarzen Sergehose bekleidet, kurz nach 17 Uhr zu Kapitän Preston auf die Brücke trat, wurde der Nebel bereits dichter.

»Verdammter Nebel!« schimpfte Preston. »Heute scheint wirklich alles für diese Kerle zu arbeiten.«

Um 17 Uhr 30 hatte der Nebel bereits die *Freya* völlig verschluckt und hüllte auch die vor Anker liegenden Kriegsschiffe ein, die einander nur noch auf den Radarschirmen wahrnehmen konnten. Die hoch oben kreisende Nimrod hatte sie und die *Freya* ebenfalls auf ihrem Radarschirm und flog in 15 000 Fuß Höhe noch immer in wolkenlos klarer Luft. Aber das Meer war unter einer grauen Watteschicht verschwunden. Kurz nach 17 Uhr war Gezeitenwechsel, und die hereinkommende Flut nahm den Ölteppich wieder mit nach Nordosten, wo er irgendwo zwischen der *Freya* und der holländischen Küste auf dem Wasser schwappte.

Der BBC-Korrespondent in Jerusalem war ein erfahrener Journalist, der schon lange in Israel arbeitete und dort viele gute Kontakte hatte. Sobald er von dem Anruf erfuhr, den seine Sekretärin entgegengenommen hatte, rief er einen Freund bei einem der Sicherheitsdienste an.

»Das ist also die Mitteilung, die ich nach London weitergeben werde«, schloß er seinen Bericht. »Aber ich habe keine Ahnung, wer bei mir angerufen hat.«

Der Mann am anderen Ende lachte.

»Gib die Meldung ruhig weiter«, riet er dem Korrespondenten. »Die Sache mit dem Anrufer hat sich bereits erledigt. Und vielen Dank für deinen Anruf.«

Kurz nach 16 Uhr 30 wurde auf der *Freya* die Sondermeldung aufgefangen, daß Mischkin und Lasareff auf dem Ben-Gurion-Flughafen gelandet waren.

Andrew Drake lehnte sich mit einem Jubelschrei zurück.

»Wir haben's geschafft!« rief er Thor Larsen zu. »Sie sind in Israel!«

Larsen nickte langsam. Ihm fiel es schwer, einen klaren Gedanken zu fassen, weil seine Hand nach wie vor dumpf und bohrend schmerzte.

»Herzlichen Glückwunsch!« antwortete er sarkastisch. »Vielleicht können Sie jetzt mein Schiff räumen und sich zum Teufel scheren!«

Das Telefon klingelte. Swoboda meldete sich auf ukrainisch. Larsen hörte den Jubel am anderen Ende.

»Vielleicht verschwinden wir früher als Sie denken«, sagte Drake. »Der Ausguck auf dem Schornstein meldet eine dichte Nebelwand, die von Norden heranrückt. Mit etwas Glück brauchen wir nicht bis Einbruch der Dunkelheit zu warten. Der Nebel ist für unsere Zwecke sogar günstig. Bevor wir von Bord gehen, muß ich Sie allerdings leider mit Handschellen an den Tisch fesseln. Aber es wird bestimmt nicht lange dauern, bis Sie von der Navy befreit werden.«

In den 17-Uhr-Nachrichten wurde aus Tel Aviv gemeldet, die Forderungen der Besetzer der *Freya* seien erfüllt worden. Die israelische Regierung werde allerdings die beiden Freigepreßten in Haft behalten, bis die *Freya* unbeschädigt geräumt sei. Sollte dem Schiff oder der Besatzung irgend etwas zustoßen, betrachte die israelische Regierung sich nicht an ihre Zusagen gebunden und werde Mischkin und Lasareff nicht freilassen.

In der Kapitänskabine der *Freya* lachte Drake.

»Diese Drohungen sind überflüssig«, sagte er. »Was aus mir wird, ist jetzt völlig gleichgültig. Diese beiden Männer werden in vierundzwanzig Stunden eine internationale Pressekonferenz geben. Und wenn sie das tun, Captain, wenn sie das tun, sprengen sie die größte Bresche in die Kremlmauern, die die Welt je gesehen hat!«

Larsen starrte nach draußen, wo der Nebel dichter wurde.

»Bei diesem Nebel können die Froschmänner die ›Freya‹ ohne weiteres entern«, stellte er fest. »Ihre Scheinwerfer nützen Ihnen dann nichts mehr. In wenigen Minuten sind keine Blasenbahnen von Kampfschwimmern mehr zu erkennen.«

»Das spielt keine Rolle mehr«, sagte Drake. »Das alles ist jetzt völlig unwichtig. Entscheidend ist, daß Mischkin und Lasareff endlich die Möglichkeit haben, vor der Weltöffentlichkeit zu sprechen. Das war der Zweck unserer Aktion. Das wiegt alle Gefahren auf.«

Die beiden ukrainischen Juden waren vom Ben-Gurion-Flughafen in einem geschlossenen Wagen ins Polizeipräsidium Tel Aviv gefahren und dort in Einzelzellen untergebracht worden. Ministerpräsident Golen war bereit, die eingegangenen Verpflichtungen zu erfüllen und die beiden Männer in die Freiheit zu entlassen, falls dafür die *Freya* und ihre Besatzung freigegeben wurden. Aber er hatte nicht die Absicht, sich von den Terroristen hereinlegen zu lassen.

Für Lasareff und Mischkin war dies die dritte Zelle an einem Tag, aber sie wußten beide auch, daß es die letzte sein würde. Als sie im Korridor voneinander getrennt wurden, blinzelte Mischkin seinem Freund zu und rief ihm auf ukrainisch nach: »Nicht nächstes Jahr in Jerusalem – morgen!«

Von seinem Büro im ersten Stock aus telefonierte der Polizeichef mit dem Polizeiarzt, der die beiden untersuchen sollte. Der Arzt versprach ihm, sofort in das Präsidium zu kommen. In Tel Aviv war es 19 Uhr 30.

Die letzten 30 Minuten bis 18 Uhr verstrichen an Bord der *Freya* quälend langsam. Drake hatte den BBC World Service eingestellt und wartete ungeduldig auf die 18-Uhr-Nachrichten.

Asamat Krim kletterte mit drei Kameraden über eine Strickleiter vom Heck des Tankers in den Kutter hinunter, der wieder neben der *Freya* dümpelte. Die vier Männer begannen mit den Vorbereitungen für die Räumung des Tankers.

Um 18 Uhr erklangen die Glockenschläge von Big Ben aus dem Transistorgerät. Der Nachrichtensprecher meldete sich.

»Hier ist der BBC World Service. In London ist es achtzehn Uhr. Wir bringen Nachrichten – gelesen von Peter Chalmers.«

Die Stimme wurde auch in der Offiziersmesse der *Argyll* gehört, wo Kapitän Preston und die meisten seiner Offiziere sich vor dem Radio versammelt hatten. An Bord der *Moran* hatte Kapitän Manning ebenfalls die Nachrichten eingeschaltet. Sie wurden zugleich in London, Den Haag, Washington, Paris, Brüssel, Bonn und Jerusalem gehört. An Bord der *Freya* saß Andrew Drake unbeweglich da und starrte das Radio an, als wolle er es hypnotisieren.

»Nach der Ankunft der beiden freigelassenen Flugzeugentführer Dawid Lasareff und Lew Mischkin in Tel Aviv erklärte Ministerpräsident Golen heute in Jerusalem, er sehe keine Alternative zu der versprochenen Freilassung der beiden Männer, sofern der Supertanker ›Freya‹ mitsamt seiner Besatzung freigegeben werde...«

»Keine Alternative!« rief Drake. »Das ist das Codewort! Miroslaw hat's geschafft!«

»Was geschafft?« fragte Larsen.

»Er hat sie erkannt. Sie sind's wirklich. Sie sind nicht etwa durch Doppelgänger ersetzt worden.«

Drake ließ sich zurücksinken und atmete tief aus.

»Die Schiffsbesetzung ist zu Ende, Captain. Wir räumen Ihr Schiff, wie Sie bestimmt mit Vergnügen hören.«

In einem Schrank in der Kapitänskabine lagen Handschellen für den Fall, daß der Kapitän gegen irgendein Besatzungsmitglied von seinem Polizeirecht an Bord Gebrauch machen wollte. Das konnte sich bei einer Meuterei als notwendig erweisen oder wenn irgend jemand an Bord den Schiffskoller bekam oder sonstwie unzurechnungsfähig wurde.

Drake legte eine der Handschellen um Larsens rechtes Handgelenk und ließ sie zuschnappen; die andere schloß er um das auf dem Fußboden festgeschraubte Tischbein. Dann legte er den Schlüssel, mit dem sich die Handschellen öffnen ließen, auf das Regal neben der Tür.

»Leben Sie wohl, Captain. Auch wenn Sie's mir nicht glauben: Die Sache mit dem über Bord gepumpten Rohöl tut mir leid. Das wäre nicht passiert, wenn die Idioten dort draußen nicht versucht hätten, mich reinzulegen. Auch das mit Ihrer Hand tut mir leid – aber es wäre ebenfalls nicht nötig gewesen. Wir werden uns nicht wiedersehen, deshalb sage ich Ihnen jetzt Lebewohl.«

Er zog die Kabinentür hinter sich zu, schloß ab und rannte den Niedergang zum A-Deck hinunter. Seine Männer erwarteten ihn auf dem Achterdeck. Er brachte sein Transistorradio mit.

»Alles okay?« fragte er Asamat Krim.

»Alles klar«, bestätigte der Krimtatar grinsend.

»Und das Boot?« wollte Drake von dem amerikanischen Ukrainer wissen. Der andere nickte. »Alles in bester Ordnung.«

Drake sah auf seine Uhr. Es war 18 Uhr 20.

»Gut, hört zu. Um Viertel vor sieben läßt Asamat die Schiffssirene heulen. Das ist das Signal zum Ablegen für den Kutter und die erste Gruppe. Asamat und ich gehen zehn Minuten später von Bord. Ihr habt eure Ausweise und euer persönliches Gepäck bei euch. Sobald ihr die holländische Küste erreicht habt, zerstreut ihr euch. Von nun an ist jeder auf sich selbst angewiesen.«

Er warf einen Blick über die Reling. Neben dem Kutter dümpelten zwei Zodiac-Schlauchboote auf dem nebelverhangenen Wasser. Beide waren in der vergangenen Stunde an Bord des Kutters aufgeblasen und zu Wasser gelassen worden. Eines war das 4,2 Meter lange Fünfmannboot; das andere war drei Meter lang und bot reichlich Platz für zwei Männer. Mit ihren 30 Kilowatt starken Außenbordmotoren machten beide Schlauchboote bei ruhiger See fast 35 Knoten.

»Lange kann's nicht mehr dauern«, sagte Major Simon Fallon, der am Bug der *Cutlass* stand.

Die drei Schnellboote lagen jetzt am Heck der *Argyll* vertäut, so daß sie mit dem Bug in Richtung *Freya* wiesen, die fünf Meilen von ihnen entfernt im Nebel lag.

Die Royal Marines des SBS waren zu je vier Mann auf die Schnellboote verteilt worden und mit Maschinenpistolen, Handgranaten und Messern bewaffnet. Die *Sabre* beförderte außerdem vier Sprengmeister der Royal Navy. Sie sollte die *Freya* ansteuern, sobald die hoch über ihr kreisende Nimrod meldete, daß der Kutter mit den Terroristen abgelegt hatte und mindestens drei Seemeilen von dem Tanker entfernt war. *Cutlass* und *Scimitar* würden die Verfolgung aufnehmen und die Terroristen stellen, bevor sie in dem Gewirr aus Inseln und Wasserläufen südlich der Maasmündung verschwanden.

Major Fallon würde die Verfolgerschiffe an Bord der *Cutlass* anführen. Neben ihm stand – was Fallon durchaus nicht paßte – Mr. Munro vom Außenministerium.

»Sehen Sie zu, daß Sie in Deckung bleiben, wenn wir zu ihnen aufschließen«, riet Fallon ihm. »Wir wissen, daß sie Maschinenpistolen haben, und vielleicht führen sie auch weitere Waffen mit sich. Ich verstehe nicht, warum Sie unbedingt mitkommen wollen.«

»Ich habe ein persönliches Interesse an diesen Burschen«, antwortete Munro knapp. »Vor allem an Mr. Swoboda.«

»Ich auch«, knurrte Fallon. »Und Swoboda gehört mir.«

An Bord der *Moran* hatte Mike Manning die Nachricht von der Ankunft Mischkins und Lasareffs in Israel mit ebensolcher Erleichterung wie Drake auf der *Freya* gehört. Für ihn bedeutete diese Meldung – wie für Thor Larsen – das Ende eines Alptraums: Er würde die *Freya* nun doch nicht beschießen müssen. Manning bedauerte nur, daß die Schnellboote der Royal Navy das Vergnügen haben würden, die Terroristen zu jagen und zu stellen, wenn sie zu fliehen versuchten. Die Nervenanspannung der letzten eineinhalb Tage hatte sich bei dem amerikanischen Kapitän in ohnmächtigen Zorn verwandelt.

»Ich wollte, ich bekäme diesen Swoboda in die Finger!« erklärte er Korvettenkapitän Olsen, seinem Artillerieoffizier. »Ich würde ihm mit Vergnügen eigenhändig das Genick brechen!«

Wie auf *Argyll, Brunner, Breda* und *Montcalm* suchte das Radar der *Moran* unablässig das Meer nach dem Kutter der Terroristen ab, der irgendwann von der *Freya* ablegen würde. Auch um 18 Uhr 15 wies noch nichts auf einen Fluchtversuch hin.

Das noch immer geladene Buggeschütz der *Moran* wurde um wenige Grad geschwenkt, so daß es nicht mehr auf die *Freya*, sondern auf einen Punkt drei Seemeilen südlich des Tankers zielte.

Um 20 Uhr 10 Ortszeit stand Lew Mischkin in seiner Zelle im Keller des Polizeipräsidiums von Tel Aviv, als er plötzlich Schmerzen in der Brust spürte. Er hatte das Gefühl, als wachse in seinem Inneren ein Fels heran. Er wollte noch schreien, aber er bekam keine Luft mehr. Er fiel nach vorn aufs Gesicht und starb auf dem Fußboden seiner Zelle.

Vor der Zellentür hielt ein israelischer Polizeibeamter Wache. Er hatte den Auftrag, alle drei bis fünf Minuten einen Blick in die Zelle zu werfen. Kaum zwei Minuten nach Mischkins Tod sah er wieder durch den Spion. Beim Anblick des unbeweglich auf dem Fußboden liegenden Häftlings stieß er einen lauten Schrei aus und klirrte verzweifelt mit den Schlüsseln, während er die Tür aufzusperren versuchte. Sein Kollege, der am Ende des Korridors vor Lasareffs Zelle Wache hielt, kam ihm auf seinen Ruf hin zu Hilfe. Sie stürzten gemeinsam in Mischkins Zelle und beugten sich über die leblose Gestalt.

»Er ist tot!« sagte einer von ihnen. Der andere lief in den Korridor hinaus und drückte auf den Alarmknopf. Dann hasteten sie zu Lasareffs Zelle, sperrten sie auf und stürmten hinein.

Der zweite Häftling lag zusammengekrümmt auf seiner Pritsche und wurde von Krämpfen geschüttelt.

»He, was hast du?« rief einer der Polizeibeamten, aber er sprach Hebräisch, das Lasareff nicht verstand. Der Sterbende stieß drei Worte auf russisch hervor. Die Beamten hörten sie deutlich und wiederholten sie später vor ihren Vorgesetzten, die diese drei Worte übersetzen konnten.

»KGB . . . Chef . . . tot . . .«

Mehr brachte er nicht heraus. Seine Lippen bewegten sich nicht mehr. Er lag auf der Pritsche und hielt die blicklosen Augen auf die blauen Uniformen vor ihm gerichtet.

Die Alarmglocke rief den Polizeichef, ein gutes Dutzend Beamte aller Dienstgrade und den Polizeiarzt, der noch im Dienstzimmer des Polizeichefs Kaffee getrunken hatte, in den Keller.

Der Arzt untersuchte die beiden Toten rasch. Er konzentrierte sich auf Mund, Rachen und Augen und horchte vergeblich nach Herztönen. Schließlich richtete er sich auf und stapfte aus der zweiten Zelle in den Korridor hinaus. Der Polizeichef folgte ihm mit besorgter Miene.

»Was ist passiert, um Himmels willen?« fragte er den Arzt.

»Genaues kann ich erst sagen, wenn ich eine Autopsie vornehme, aber vielleicht wird mir der Fall auch aus den Händen genommen. Was passiert ist, läßt sich mit wenigen Worten sagen: Die beiden sind vergiftet worden.«

»Aber sie haben doch nichts gegessen!« wandte der Polizeichef ein. »Und nichts getrunken. Sie sollten eben erst ihr Abendessen bekommen. Vielleicht auf dem Flughafen . . . oder im Flugzeug?«

»Nein«, widersprach der Arzt. »Ein langsamwirkendes Gift hätte nicht so plötzlich zum Tod geführt – und vor allem nicht zum gleichen Zeitpunkt. Dazu reagieren menschliche Körper zu unterschiedlich. Beide haben eine starke Dosis eines schnellwirkenden Gifts – vermutlich Blausäure – geschluckt, oder es ist ihnen sonstwie beigebracht worden. Es muß innerhalb von zehn bis fünfzehn Sekunden gewirkt haben.«

»Aber das ist unmöglich!« rief der Polizeichef aus. »Meine Leute haben die ganze Zeit im Korridor Wache gehalten. Die beiden Häftlinge sind gründlichst durchsucht worden, bevor wir sie eingesperrt haben. Mund, After, überall. Sie haben keine Giftkapseln bei sich gehabt. Und außerdem – warum sollten sie sich umbringen? Sie standen kurz vor der Freilassung.«

»Keine Ahnung«, sagte der Arzt. »Jedenfalls sind sie an dem Gift innerhalb weniger Sekunden gestorben.«

»Ich muß das sofort dem Ministerpräsidenten mitteilen.« Der Polizeichef lief in sein Büro hinauf, um zu telefonieren.

Der persönliche Sicherheitsberater des Ministerpräsidenten war wie fast alle Israelis seines Alters ein ehemaliger Soldat. Aber dieser Mann, den Eingeweihte einfach als »Barak« kannten, war niemals ein gewöhnlicher Soldat gewesen. Er hatte seine Offizierslaufbahn als Fallschirmjäger unter dem Befehl Rafael Eytans, des als »Raful« zur Legende gewordenen Kommandeurs der Fallschirmjäger, begonnen. Zuletzt war er Major in General Arik Scharons Eliteeinheit 101 gewesen, bis ihm bei einem Vergeltungsangriff gegen einen Palästinenserwohnblock in Beirut das linke Knie zerschossen worden war. Seitdem war er als Sicherheitsspezialist tätig. Mit seinem Fachwissen und seinem Vorstellungsvermögen ersann er alle nur denkbaren Möglichkeiten, den israelischen Ministerpräsidenten zu ermorden – um ihn dann durch die Umkehrung seiner Schlußfolgerungen vor Mordanschlägen zu beschützen. Er war es, der den Anruf entgegennahm und mit der Hiobsbotschaft in Golens Arbeitszimmer trat, wo der Ministerpräsident noch am Schreibtisch saß.

»In ihren Zellen?« wiederholte der Ministerpräsident ungläubig. »Können Sie sich vorstellen, daß sie das Gift selbst eingenommen haben?«

»Nein, das halte ich für ausgeschlossen«, sagte Barak. »Sie hatten allen Grund, leben zu wollen.«

»Dann sind sie ermordet worden?«

»So sieht's aus!«

»Und von wem?«

»Vom KGB. Einer der beiden hat auf russisch etwas über das

KGB gemurmelt, bevor er gestorben ist. Er hat, wie es scheint, sagen wollen, der KGB-Vorsitzende habe ihren Tod befohlen.«

»Aber das KGB hat gar keine Gelegenheit gehabt, an sie heranzukommen! Vor zwölf Stunden sind die Männer noch im Gefängnis Moabit gewesen. Dann haben die Briten sie in ihre Obhut genommen. Und seit zwei Stunden sind sie bei uns. Wie Sie eben selbst sagten, haben die beiden in der Haft weder feste noch flüssige Nahrung zu sich genommen. Wie soll ihnen dann ein schnellwirkendes Gift beigebracht worden sein?«

Barak rieb sich das Kinn. Seine Augen leuchteten auf, als begriffe er plötzlich etwas.

»Es gibt eine Erklärung«, sagte er. »Eine Kapsel, die die Aufnahme des Gifts durch den Körper um einige Stunden verzögert.«

Er nahm ein Blatt Papier und zeichnete darauf.

»Eine solche Kapsel besteht aus zwei Hälften, die zusammengeschraubt werden, bevor die Kapsel geschluckt wird.«

Golen starrte auf die Zeichnung.

»Weiter!«

»Die eine Hälfte der Kapsel besteht aus Porzellan, das weder von der Magensäure noch von der wesentlich stärkeren Säure, mit der sie gefüllt ist, zersetzt werden kann. Die andere Hälfte besteht aus einem synthetischen Material, das zwar nicht durch die Magensäure, wohl aber durch die stärkere Säure aufgelöst wird. In dieser zweiten Hälfte ist das tödliche Gift enthalten. Zwischen den beiden Teilen befindet sich eine Kupfermembrane. Sobald die Hälften zusammengeschraubt werden, beginnt die Säure, diese Trennschicht aufzulösen. Die Kapsel wird geschluckt. Je nach Stärke der Kupfermembrane dauert es mehrere Stunden, bis die Säure sich durchgefressen hat. Die Säurezünder von Sprengkapseln arbeiten nach dem gleichen Prinzip.

Nachdem die Säure sich durch die Membrane gefressen hat, löst sie das Material der zweiten Kapselhälfte auf und gibt das Gift frei. Das geht sehr schnell. Soviel ich weiß, kann nach dieser Methode der Zeitpunkt der eigentlichen Vergiftung bis zu zehn Stunden hinausgezögert werden. Die unverdauliche Kapsel ist dann bereits im Darm angelangt. Wenn das Gift austritt, wird es sofort vom Blut aufgenommen und zum Herzen transportiert.«

Barak hatte den Ministerpräsidenten schon früher erregt oder verärgert erlebt. Aber er hatte ihn noch nie blaß vor Zorn gesehen.

»Sie schicken uns zwei Männer mit Giftkapseln im Leib?« flüsterte Golen heiser. »Zwei wandelnde Zeitbomben, die nur so lange zu leben haben, bis sie in unseren Händen sind? Dafür läßt Israel sich nicht verantwortlich machen! Geben Sie sofort bekannt, daß die beiden tot sind. Umgehend, verstanden? Und geben Sie auch bekannt, daß bereits eine Autopsie angeordnet worden ist.«

»Falls die Terroristen noch an Bord der ›Freya‹ sind«, wandte Barak ein, »könnten sie auf diese Meldung hin beschließen, nicht von Bord zu gehen.«

»Das hätten die Leute, die Mischkin und Lasareff vergiftet haben, sich überlegen müssen!« sagte Golen unbeeindruckt. »Wenn wir den Tod der beiden nicht gleich bekanntgeben, wird es heißen, sie seien in Israel ermordet worden. Das lasse ich nicht zu.«

Es wurde dunkler, und der Nebel wurde dichter. Er bedeckte inzwischen die Nordsee von der Küste East Anglias bis nach Zeeland und Südholland. Er verbarg die Flottille von Schleppern und Feuerlöschbooten, die westlich der Kriegsschiffe zusammengedrängt lag, und hüllte auch die grauen Kriegsschiffe ein. Er zog in Schwaden um *Cutlass*, *Sabre* und *Scimitar*, die mit leise laufenden Motoren unter dem Heck der *Argyll* lagen und auf ein Zeichen warteten, um loszuhetzen und das Wild zu stellen. Und er umgab den größten Tanker der Welt, der immer noch zwischen den Kriegsschiffen und der holländischen Küste vor Anker lag.

Um 18 Uhr 45 verließen alle Terroristen bis auf zwei die *Freya*. Vier kletterten in das größere der beiden Schlauchboote. Der US-Ukrainer ging an Bord des alten Fischkutters und blickte nach oben.

Andrew Drake, der über ihm an der Reling lehnte, nickte zustimmend. Der Mann ließ den Bootsmotor an und gab probeweise Gas. Der Bug des Kutters zeigte genau nach Westen. Das Ruder war festgezurrt, damit das Boot unbeirrt seinen Kurs hielt. Der Terrorist gab langsam mehr Gas, ließ den Motor aber noch ausgekuppelt laufen.

Einige Meilen entfernt wurde das Motorengeräusch von menschlichen und elektronischen Ohren aufgefangen; knappe Befehle und Anfragen gingen zwischen den Kriegsschiffen, der *Argyll* und der über ihr kreisenden Nimrod hin und her. Das Radar des Aufklärers konnte vorläufig keine Bewegung im Beobachtungsbereich entdecken.

Drake sprach in sein Sprechfunkgerät. Hoch oben auf der Brücke drückte Asamat Krim auf den Sirenenknopf der *Freya*.

Das tiefe Heulen der Sirene erfüllte die Luft und durchbrach die über dem Meer lastende graue Stille.

»Sie versuchen, das Motorengeräusch mit der Sirene zu übertönen«, stellte Kapitän Preston auf der Brücke der *Argyll* fest. »Aber wir haben den Kutter im Radar, sobald er von der ›Freya‹ ablegt.«

Sekunden später kuppelte der Terrorist an Bord des Kutters den Bootsmotor auf die Welle, und der Kutter, dessen Gashebel festgeklemmt war, setzte sich ruckartig in Bewegung. Der Mann sprang hoch, bekam das von der Reling der *Freya* zu ihm herabhängende Seil zu fassen, zog die Beine an und ließ das leere Boot unter sich davonrauschen. Es war in Sekundenschnelle im Nebel verschwunden und pflügte nach Westen durchs Wasser – genau auf die Kriegsschiffe zu.

Der Terrorist ließ sich am Seil in das Schlauchboot hinab, in dem seine Kameraden auf ihn warteten. Einer von ihnen zog an der Anlasserschnur; der Außenbordmotor sprang sofort an und brummte gleichmäßig. Die fünf Männer hielten sich fest, während der Rudergänger Gas gab. Das Schlauchboot reckte seinen Bug aus dem Wasser, umfuhr das Heck der *Freya* und schoß mit aufheulendem Motor über die stille See in Richtung Holland davon.

Der Radarbeobachter der Nimrod ortete den Stahlrumpf des Kutters augenblicklich; das Schlauchboot warf dagegen kein Radarecho zurück.

»Der Kutter hat abgelegt«, teilte er der *Argyll* tief unter ihm mit. »Er kommt genau auf Sie zu!«

Kapitän Preston sah auf sein eigenes Radargerät.

»Ja, ich hab' ihn«, sagte er und beobachtete den kleinen Blip, der sich von dem großen löste, der die *Freya* darstellte.

»Er hat recht, der Kutter hält auf uns zu«, sagte Preston zu seinem Ersten Offizier. »Was haben die Kerle bloß vor?«

Bei voller Leistung machte der leere Kutter etwa 15 Knoten. In 20 Minuten würde er die Kriegsschiffe erreichen, ihre Kette durchbrechen und zu der Bootsflottille vorstoßen.

»Wahrscheinlich bilden sie sich ein, sie könnten an uns vorbeischlüpfen und im Nebel zwischen den anderen Booten verschwinden«, meinte der Erste Offizier. »Sollen wir die ›Cutlass‹ losschicken, um ihn abfangen zu lassen?«

»Ich riskiere keinen einzigen Mann mehr, auch wenn Major Fallon es kaum noch erwarten kann, sich auf die Terroristen zu stürzen«, entschied Preston. »Die Kerle haben bereits ein Besatzungsmitglied der ›Freya‹ erschossen, und die Befehle der Admiralität sind eindeutig. Wir versenken den Kutter durch Geschützfeuer.«

Alles lief so glatt ab wie bei einer Übung. Die vier anderen Kriegsschiffe wurden über Funk gebeten, nicht zu schießen, sondern diese Aufgabe der *Argyll* zu überlassen. Ihre 12,7-cm-Türme vorn und achtern nahmen radargesteuert das Ziel auf und eröffneten das Feuer.

Selbst auf drei Seemeilen Entfernung war das Ziel winzig. Irgendwie überstand es die erste Salve. Weder von der *Argyll* noch von den Schnellbooten aus waren die rings um den Kutter aufsteigenden Wasserfontänen zu beobachten. Was dort draußen im Nebel geschah, konnte keiner sehen. Nur das Radar verfolgte jeden Einschlag und stellte fest, daß das Zielfahrzeug noch schwamm. Aber die Radargeräte konnten nicht erkennen, daß der Kutter keinen Rudergänger hatte und daß sich im Bootsheck keine schreckensbleichen Gestalten zusammendrängten.

Andrew Drake und Asamat Krim hockten schweigend in ihrem Zweimannboot unter dem Heck der *Freya* und warteten. Drake hielt das von der Reling herabhängende Tau fest. Dann hörten sie im Nebel das erste Aufbrüllen der Geschütze der *Argyll*. Drake nickte Krim zu, der den Außenbordmotor startete, und ließ das Tau los. Das leichte Schlauchboot nahm Fahrt auf und glitt über die ruhige See, während die Sirene der *Freya* das Motorengeräusch übertönte.

Krim warf einen Blick auf den wasserdichten Kompaß, den er am linken Handgelenk trug, und hielt etwas mehr nach Süden. Er hatte ausgerechnet, daß sie bei voller Fahrt eine Dreiviertelstunde brauchen würden, um von der *Freya* aus das Inselgewirr von Nord- und Süd-Beveland zu erreichen.

Um 19 Uhr 05 wurde der Kutter von der sechsten Granate der *Argyll* getroffen. Der Volltreffer zerriß das Boot, hob es halb aus dem Wasser und ließ es kentern. Im nächsten Augenblick explodierte der Treibstofftank, und das Stahlboot sank wie ein Stein.

»Volltreffer«, meldete der Artillerieoffizier vom Feuerleitstand tief im Inneren der *Argyll* aus, wo er und seine Leute vor den Radarschirmen saßen. »Der Kutter ist versenkt.«

Der Blip war von den Radarschirmen verschwunden, die jetzt nur noch die *Freya* zeigten. Auf der Brücke schwiegen vier Offiziere einige Sekunden lang bedrückt. Für sie alle war dies das erste Mal, daß ihr Schiff tatsächlich Menschen getötet hatte.

»Die ›Sabre‹ soll abfahren«, befahl Kapitän Preston halblaut. »Sie soll an der ›Freya‹ längsseits gehen und die Besatzung befreien.«

Der Radarbeobachter im schwach beleuchteten Rumpf der Nimrod starrte mit zusammengekniffenen Augen auf seinen Schirm. Er sah alle Kriegsschiffe, alle Boote und die *Freya* an ihrem Ankerplatz östlich der *Argyll.* Aber jenseits der *Freya,* im Radarschatten des Riesentankers, schien sich ein winziger Lichtpunkt nach Südosten zu entfernen. Er war so klein, daß der Mann am Radargerät ihn beinahe übersehen hätte – er war nicht größer als das Radarecho eines Blechkanisters. Nur: Blechkanister machen im allgemeinen keine 30 Knoten Fahrt. Tatsächlich handelte es sich um den Außenbordmotor eines mit äußerster Kraft zur holländischen Küste fahrenden Schlauchboots.

»›Argyll‹, hier Nimrod . . .«

Für die Offiziere auf der Brücke des Lenkwaffenkreuzers war die Meldung des Aufklärers ein Schock. Einer von ihnen lief auf die Brückennock hinaus und rief sie den Marines aus Portland zu, die auf ihren Schnellbooten warteten.

Sekunden später legten *Cutlass* und *Scimitar* ab. Das Hämmern der vier Schiffsdiesel hallte durch den Nebel, als die Boote Fahrt aufnahmen und mit schäumender Bugwelle und breiter weißer Heckschleppe auf die *Freya* zupreschten.

»Schneller, Mann, schneller!« brüllte Major Fallon dem Korvettenkapitän zu, der in dem winzigen Ruderhaus der *Cutlass* neben ihm stand. »Wieviel Fahrt können Sie machen?«

»Bei ruhiger See über vierzig Knoten!« schrie der Offizier zurück.

Nicht schnell genug, dachte Adam Munro, der sich mit beiden Händen an einem Pfosten festhielt, während das Boot wie ein durchgehendes Wildpferd durch den Nebel preschte. Die *Freya* war noch fast fünf Seemeilen von ihnen entfernt, und das leichte Boot der Terroristen hatte weitere fünf Seemeilen Vorsprung. Obwohl die *Cutlass* zehn Knoten schneller war, würde sie eine Stunde brauchen, um das Schlauchboot einzuholen, mit dem Swoboda auf die holländische Küste zulief, wo er in seichterem Wasser vor Verfolgern sicher war und in irgendeiner Bucht an Land gehen konnte. Und er würde die Küste in 40 Minuten erreichen – wenn nicht schon früher.

Cutlass und *Scimitar* rasten blind weiter und zerfetzten den Nebel, der sich achteraus sofort wieder zusammenschloß. In einem vielbefahrenen Seegebiet wäre es selbstmörderischer Wahnsinn gewesen, bei diesen Sichtverhältnissen Höchstfahrt zu laufen. Aber die See war leer. In den Ruderhäusern der Schnellboote erhielten die Kommandanten ständig neue Meßwerte von der Nimrod, die ihnen die *Argyll* übermittelte: ihre Position im Verhältnis zu der vor ihnen im Nebel liegenden *Freya*; die Position der *Sabre*, die auf Parallelkurs an Steuerbord auf den Tanker zulief; Kurs und Geschwindigkeit des Lichtpunktes, der Swobodas Fluchtweg markierte.

Weit östlich der *Freya* schien das Schlauchboot, mit dem Andrew Drake und Asamat Krim sich in Sicherheit brachten, geradezu ideale Bedingungen anzutreffen. Unter dem Nebel war die See besonders ruhig, so daß sie ihre Geschwindigkeit noch steigern konnten. Der Bootsbug ragte weit aus dem Wasser, während das Heck mit dem auf Hochtouren heulenden Motor tief eintauchte.

Dicht neben dem Boot erkannte Drake im Nebel undeutlich die letzten Spuren des Kielwassers, das zehn Minuten zuvor das

Schlauchboot ihrer Kameraden hinterlassen hatte. Seltsam, dachte er. Er hätte nie geglaubt, daß das Kielwasser eines Schiffes so lange zu sehen war.

Auf der Brücke der *Moran*, die südlich der *Freya* vor Anker lag, stand Kapitän Manning ebenfalls vor seinem Radargerät, das ihm die *Argyll* nordwestlich und die *Freya* nordnordöstlich von ihm zeigte.

Zwischen diesen beiden Schiffen liefen *Cutlass* und *Scimitar* mit Höchstfahrt auf den Tanker zu. Weit im Osten konnte er den winzigen Blip des schnellen Boots der Terroristen ausmachen. Der winzige Lichtpunkt war nur mit Mühe zu erkennen. Aber er war da. »Das schaffen sie nie!« stellte er fest, als er sah, wie unendlich langsam sich der Abstand zwischen Jägern und Gejagten verringerte. Er gab seinem Ersten Offizier einen Befehl. Das 12,7-cm-Buggeschütz der *Moran* schwenkte langsam nach Steuerbord, wo das Feuerleitradar das winzige Ziel im Nebel auffaßte.

Auf der Brücke der *Argyl*, von der aus Kapitän Preston die Jagd durch den Nebel verfolgte, erschien ein Matrose. Der Kommandant wußte, daß er seine eigenen Geschütze nicht einsetzen konnte, weil die *Freya* fast genau auf der Linie zwischen der *Argyll* und dem Ziel lag, so daß die Beschießung des Boots zu riskant gewesen wäre. Außerdem störte die Eisenmasse der *Freya* sein Feuerleitradar, das die Richtwerte für die Geschütze lieferte.

»Entschuldigung, Sir«, sagte der Matrose.

»Ja, was gibt's?«

»Eine Sondermeldung im Rundfunk, Sir. Es handelt sich um die beiden Männer, die heute nach Israel ausgeflogen worden sind. Sie sind tot, Sir. Sie sind in ihren Zellen gestorben.«

»Tot?« wiederholte Kapitän Preston ungläubig. »Dann ist ja alles umsonst gewesen! Mein Gott, wer hat die beiden bloß ermordet? Das müssen Sie dem Mann aus dem Außenministerium erzählen, wenn er zurückkommt. Das interessiert ihn bestimmt!«

Die Wasserfläche vor Andrew Drake war weiterhin spiegelglatt. Aber diese seltsame, ölige Glätte der Nordsee erschien ihm auf einmal unnatürlich.

Drake und Krim hatten bereits die Hälfte der Strecke bis zur holländischen Küste zurückgelegt, als ihr Außenbordmotor zum erstenmal aussetzte. Sekunden danach setzte er zum zweitenmal aus und stotterte dann mehrmals. Durch den Leistungsabfall wurde das Schlauchboot sofort langsamer.

Asamat Krim gab verzweifelt Vollgas. Der Motor heulte auf, stotterte wieder und lief dann unregelmäßig weiter.

»Der Motor ist zu heiß!« rief der Tartar Drake zu.

»Unmöglich!« brüllte Drake zurück. »Er läuft stundenlang mit Vollgas!«

Krim beugte sich über Bord und tauchte eine Hand ins Wasser. Er betrachtete seine Handfläche und zeigte sie Drake. Schmieriges braunes Rohöl lief an seinem Handgelenk hinunter und hinterließ Streifen auf seiner Haut.

»Es verstopft die Kühlwasserkanäle«, sagte Krim.

»Das Boot scheint langsamer zu werden«, meldete der Radarbeobachter der Nimrod an die *Argyll*, die die Meldung sofort an die *Cutlass* weitergab.

»Los, los!« drängte Major Fallon. »Wir kriegen sie schon noch!«

Die Entfernung verringerte sich rasch. Das Schlauchboot machte nur noch zehn Knoten.

Weder Fallon noch der junge Kommandant neben ihm konnten ahnen, daß die *Cutlass* auf einen riesigen Ölteppich zuraste, der das Meer vor ihnen bedeckte.

Und sie ahnten nicht, daß das Boot, das sie jagten, sich bereits in diesem Ölsee befand.

Zehn Sekunden später starb der Motor des Schlauchboots ab. Die Stille war unheimlich. In weiter Ferne hörten Drake und Krim das fast unmerklich immer lauter werdende Hämmern der Diesel von *Cutlass* und *Scimitar.*

Krim schöpfte zwei Hände voll Öl aus dem Meer und hielt sie Drake hin.

»Das ist unser Öl, Andrew – das Öl, das wir über Bord gepumpt haben. Wir sitzen mitten drin!«

»Sie haben beigedreht«, sagte der Schnellbootkommandant zu Fallon. »Die ›Argyll‹ meldet, daß sie keine Fahrt mehr machen. Der Teufel mag wissen, warum.«

»Jetzt haben wir sie!« rief Fallon und lud seine Maschinenpistole durch.

An Bord der *Moran* meldete Artillerieoffizier Olsen seinem Kapitän: »Geschütz geladen und gerichtet, Sir.«

»Feuer frei«, befahl Manning ihm ruhig.

Sieben Seemeilen südlich der *Cutlass* eröffnete das Buggeschütz der *Moran* das Feuer. Die Granaten verließen in gleichmäßiger Folge das Rohr. Der Kommandeur der *Cutlass* wurde von der *Argyll* gewarnt, bevor er das Geschützfeuer selbst hören konnte. Die *Cutlass* lief auf den winzigen Lichtpunkt zu, der das Terroristenboot bezeichnete. Der Kommandant zog die beiden Gashebel zurück. Das Schnellboot wurde langsamer, sank tiefer ins Wasser und machte schließlich kaum noch Fahrt.

»He, was soll das?« erkundigte Fallon sich aufgebracht. »Die Kerle sind kaum mehr eine Meile vor uns!«

Die Antwort kam aus der Luft, als die Granaten der *Moran* im Zielgebiet vor der *Cutlass* einzuschlagen begannen.

Die drei Panzersprenggranaten ließen beim Einschlag hohe Wasserfontänen aufsteigen, verfehlten das auf den Wellen tanzende Schlauchboot jedoch um gute 100 Meter.

Die Leuchtgranaten hatten Abstandszünder. Sie detonierten mit blendendweißem Licht hoch über dem Meer und ließen brennende Magnesiumklumpen über ein großes Gebiet herabregnen.

Die Männer an Bord der *Cutlass* beobachteten schweigend, wie der Nebel vor ihnen erhellt wurde. Vier Kabellängen an Steuerbord hatte die *Scimitar* ebenfalls beigedreht und lag unmittelbar am Rand des Ölteppichs.

Das Magnesium fiel ins Rohöl. Die brennenden Metallklumpen, die auf dem Öl schwammen, erzeugten eine Temperatur, die den Flammpunkt des Mubaraq weit überschritt, und setzten den Ölteppich in Brand.

Vor den Augen der Männer auf den beiden Schnellbooten fing das Meer Feuer. Eine riesige, mehrere Quadratkilometer große Fläche begann zu glühen – zuerst dunkelrot, dann heller und heißer.

Der Brand dauerte nur 15 Sekunden, in denen das Meer gleißend aufloderte. Über die Hälfte der 20 000 Tonnen Rohöl fing Feuer und verbrannte. Mehrere Sekunden lang erreichte das Flammenmeer 5 000 Grad Celsius. Die abgestrahlte Wärme trocknete die Myriaden Wassertröpfchen des Nebels in weitem Umkreis in einer Zehntelminute, und die weißen Flammen erreichten eine Höhe von eineinhalb Meter über dem Wasserspiegel.

Die Männer starrten mit schweigendem Entsetzen in das Inferno. Die Brandfläche begann nur 100 Meter vor ihnen, und die Hitze war so groß, daß manche ihre Gesichter mit den Händen bedecken mußten, um nicht versengt zu werden.

Aus dem Flammenmeer zuckte ein Lichtblitz auf, als sei ein Benzintank explodiert. Das brennende Öl wogte und waberte lautlos.

Aus dem Feuer gellte ein Aufschrei übers Meer und in die Ohren der Seeleute und Marines.

»Schtsche ne wmerla Ukraina . . .«

Der Schrei verhallte. Die Flammen sanken in sich zusammen, flackerten noch ein wenig und erloschen. Der Nebel schloß sich wieder.

»Was war das?« fragte der Kommandant der *Cutlass* halblaut. Major Fallon zuckte mit den Schultern.

»Keine Ahnung. Irgendwas Ausländisches.«

Neben den beiden starrte Adam Munro in die erlöschenden Flammen.

»Frei übersetzt«, sagte er, »heißt es: ›Die Ukraine bleibt bestehen.‹«

Nachspiel

In Moskau war es 22 Uhr – 20 Uhr mitteleuropäischer Zeit. Das Politbüro war vor einer Stunde zur entscheidenden Sitzung zusammengetreten.

Jefrem Wischnajew und seine Anhänger wurden allmählich ungeduldig. Der Parteitheoretiker der KPdSU wußte, daß seine Position stark genug war. Jegliche weitere Verzögerung war zwecklos. Mit unheilverkündender Miene erhob er sich.

»Genossen, lange Diskussionen sind schön und gut, aber sie führen zu nichts. Ich habe diese Sondersitzung des Politbüros aus einem ganz bestimmten Grund beantragt: Ich möchte wissen, ob dieses Gremium weiterhin Vertrauen in die Führungskraft unseres geschätzten Generalsekretärs, des Genossen Maxim Rudin, hat.

Wir alle haben die Argumente für und wider den sogenannten Dubliner Vertrag gehört, wir wissen inzwischen alles über die von den Vereinigten Staaten zugesicherten Getreidelieferungen und kennen vor allem den Preis – einen meiner Ansicht nach viel zu hohen Preis –, den wir dafür zahlen sollen.

Und wir haben schließlich gehört, daß die Mörder Mischkin und Lasareff, die nachweislich unseren werten Genossen Juri Iwanenko ermordet haben, nun doch nach Israel gelangt sind. Ich stelle daher folgenden Antrag: Das Politbüro des Zentralkomitees der KPdSU möge beschließen, dem Genossen Rudin das Vertrauen zu entziehen und ihn von seinen Aufgaben zu entbinden. Genosse Generalsekretär, ich verlange, daß über diesen Antrag abgestimmt wird.«

Wischnajew nahm Platz. Die anderen schwiegen. Selbst für die Männer, die das Urteil zu fällen haben, ist der Sturz eines Kremlherrschers ein erschreckender Augenblick. Wie sie selbst sahen alle ihre im Sitzungssaal anwesenden Mitarbeiter atemlos der Entscheidung entgegen.

»Wer für diesen Antrag stimmt . . .«, sagte Maxim Rudin.

Jefrem Wischnajew hob die Hand. Marschall Kerenski folgte seinem Beispiel. Witautas, der Litauer, tat dasselbe. Danach entstand eine mehrere Sekunden lange Pause. Muchamed, der Tadschik, hob ebenfalls die Hand. Das Telefon vor Rudin klingelte. Rudin meldete sich, hörte zu und legte den Hörer auf.

»Ich sollte die Abstimmung eigentlich nicht unterbrechen«, meinte er gleichmütig, »aber was ich eben gehört habe, dürfte einige Genossen interessieren.

Vor zwei Stunden sind die Attentäter Mischkin und Lasareff in den Zellen im Untergeschoß des Polizeipräsidiums von Tel Aviv tot aufgefunden worden. Ein dritter Mann, offenbar ein Komplice, ist aus dem Fenster eines Tel Aviver Hotels gestürzt und erlitt tödliche Verletzungen. Vor etwa einer Stunde sind die Terroristen, die den Tanker ›Freya‹ in der Nordsee besetzt hatten, um die Attentäter zu freizupressen, in einem Meer aus brennendem Öl umgekommen. Keiner von ihnen hat mehr Gelegenheit gehabt, irgend etwas zu verraten. Und keiner von ihnen wird mehr sprechen können . . .

Wenn ich mich recht erinnere, waren wir eben dabei, über einen Antrag des Genossen Wischnajew abzustimmen . . .«

Niemand in der Runde erwiderte seinen Blick. Alle starrten vor sich auf die grünbespannte Tischplatte.

»Und wer stimmt gegen diesen Antrag?« fragte Rudin gelassen.

Wassili Petrow und Dmitri Rykow hoben die Hand. Tschawadse, der Georgier, Schuschkin und Stepanow folgten.

Petrjanow sah die erhobenen Hände, begriff, aus welcher Ecke der Wind wehte, und hob ebenfalls die Hand.

»Ich möchte meiner persönlichen Befriedigung Ausdruck geben«, sagte Komarow, der Landwirtschaftsminister, »daß ich mit vollstem Vertrauen für den Genossen Generalsekretär stimmen kann.« Er hob die Hand.

Rudin lächelte ihm zu. Du Ratte! dachte er. Das zahle ich dir noch heim!

»Dann wird der Antrag mit meiner eigenen Stimme mit acht zu vier Stimmen abgelehnt«, stellte er fest. »Wünscht noch jemand das Wort?«

Keiner meldete sich.

Zwölf Stunden später stand Kapitän Thor Larsen wieder auf der Brücke der *Freya* und suchte das Meer mit den Augen ab.

Die Nacht war aufregend gewesen. Royal Marines hatten den Tankerkapitän, der einem Zusammenbruch nahe war, in seiner Kabine entdeckt und befreit. Die von der Marine entsandten Sprengmeister hatten die Ladungen in den Ballasttanks entschärft und die Sprengsätze vorsichtig an Deck gebracht, damit sie von Bord geschafft werden konnten.

Starke Hände hatten die Stahltür entriegelt, hinter der Larsens Besatzung rund sechzig Stunden lang eingesperrt gewesen war. Die befreiten Seeleute hatten trotz aller Erschöpfung vor Freude gejubelt und getanzt. Bis tief in die Nacht hinein telefonierten sie mit ihren Angehörigen, mit ihren Eltern, Frauen und Kindern.

Ein Marinearzt hatte Thor Larsen noch in der Kapitänskajüte versorgt, so gut das an Bord möglich war.

»Die Hand muß natürlich operiert werden«, erklärte er dem Norweger. »Ich sorge dafür, daß ein Chirurgenteam bereitsteht, wenn Ihr Hubschrauber in Rotterdam landet. Einverstanden?«

»Nein«, murmelte der Kapitän benommen. »Ich fahre auf der ›Freya‹ nach Rotterdam ...«

Der Arzt hatte die Wunde gesäubert, die Hand verbunden und Larsen eine schmerzstillende Spritze gegeben. Er war noch nicht ganz fertig, als sein Patient bereits schlief.

Im Laufe der Nacht waren mehrere Hubschrauber auf der Landeplattform der *Freya* gelandet. Harry Wennerström kam an Bord, um sein Schiff zu inspizieren, die holländischen Rigger trafen ein, um beim Anlegemanöver in Europort behilflich zu sein. Der Pumpenmann hatte die Sicherungen eingesetzt und die Pumpen wieder betriebsklar gemacht. Dann waren alle Ventile geschlossen worden.

Während der Kapitän schlief, untersuchten der Erste und der Zweite Offizier die *Freya* vom Bug bis zum Heck. Der Leitende Ingenieur überprüfte die Maschinenanlage und testete sämtliche Systeme, bis feststand, daß nichts beschädigt war.

Noch in der Nacht hatten die Schlepper und Feuerlöschboote damit begonnen, das Bindemittelkonzentrat auf die Überreste des Ölteppichs zu sprühen. Der größte Teil des Rohöls war in den Flammen aufgegangen.

Kurz nach Tagesanbruch wachte Thor Larsen auf. Der Chefsteward half ihm beim Anziehen. Er hatte bereits die Uniform eines Kapitäns der Nordia Line bereitgelegt, die Larsen an diesem Tag tragen wollte. Larsen schob seine verbundene Hand behutsam durch den Ärmel mit den vier goldenen Streifen und legte den Arm dann in eine aus einem schwarzen Dreieckstuch geknüpfte Schlinge.

Um 8 Uhr stand er mit seinem Ersten und dem Zweiten Offizier auf der Brücke. Die beiden von Maas Control entsandten Lotsen waren ebenfalls anwesend. Sie hatten ihren »braunen Kasten« mitgebracht, der ein von den Instrumenten der *Freya* unabhängig arbeitendes Navigationssystem enthielt.

Zu Thor Larsens Überraschung war die See im Norden, Süden und Westen der *Freya* dicht mit Schiffen aller Größen besetzt. Dort lagen Trawler vom Humber und von der Schelde sowie Fischdampfer aus Lorient, St. Malo, Ostende und Ramsgate. Handelsschiffe aus einem Dutzend Staaten lagen zwischen den fünf Kriegsschiffen und bildeten einen gewaltigen Dreiviertelkreis mit drei Seemeilen Radius, in dessen Mittelpunkt die *Freya* vor Anker lag.

Wenige Minuten nach 8 Uhr begannen die riesigen Schrauben der *Freya* sich zu drehen, und die massive Ankerkette wurde rumpelnd eingeholt. Unter dem Heck des Tankers schäumte weißes Wasser auf.

Über dem Schiff kreisten vier Flugzeuge mit Kameras, die einer gespannt vor den Bildschirmen wartenden Welt zeigten, wie die Meeresgöttin sich in Bewegung setzte.

Als die *Freya* Fahrt aufnahm und am Mast die Reedereiflagge mit dem Wikingerhelm zu flattern begann, brach auf der Nordsee schlagartig ohrenbetäubender Lärm los.

Kleine Sirenen mit dünnem Pfeifton, dumpf dröhnende Baßsirenen und durchdringend heulende Schiffshörner hallten übers Wasser, als an die hundert Kapitäne auf kleinen und großen, friedlichen und todbringenden Schiffen der *Freya* den traditionellen Seemannsgruß entboten.

Thor Larsen blickte auf die mit Schiffen bedeckte Nordsee hinaus und sah dann in Richtung des freien Fahrwassers zur Euro-

Boje Eins. Er wandte sich an den wartenden holländischen Lotsen.
»Lotse, nehmen Sie bitte Kurs auf Rotterdam.«

Am Sonntag, dem 10. April, nahmen in der Saint Patrick's Hall in Dublin Castle zwei Männer an dem großen eichenen Refektoriumstisch Platz, der eigens für die bevorstehende Zeremonie herbeigeschafft worden war.

Von der Minstrel Gallery aus waren Fernsehkameras auf den in grellem Scheinwerferlicht stehenden Tisch gerichtet und übertrugen die Vertragsunterzeichnung in alle Welt.

Dmitri Rykow unterzeichnete die beiden Ausfertigungen des Dubliner Vertrags im Namen der Union der Sozialistischen Sowjetrepubliken und reichte die in rotes Saffianleder gebundenen Urkunden an David Lawrence weiter, der sie im Namen der Vereinigten Staaten von Amerika unterzeichnete.

Innerhalb weniger Stunden liefen die ersten Getreideschiffe, die vor Murmansk und Leningrad, Sewastopol und Odessa vor Anker gelegen hatten, in die Häfen ein.

Eine Woche später verluden die ersten Einheiten der Roten Armee entlang des Eisernen Vorhangs ihre Ausrüstung und begannen mit dem vereinbarten Rückzug von der mit Stacheldraht bewehrten Grenze.

Die Zusammenkunft des Politbüros am Donnerstag, dem 14. April, im Arsenalgebäude des Kremls war zwar eine Routinesitzung, aber die Mitglieder behandelten keineswegs eine Routinesache.

Jefrem Wischnajew betrat den Raum als letzter. Er war von einem Major der Kremlgarde aufgehalten worden.

Als er über die Schwelle trat, blickten ihm die anderen elf Mitglieder alle aufmerksam entgegen. Maxim Rudin saß mit finsterer Miene auf seinem beherrschenden Platz an dem T-förmigen Tisch. Die je fünf Stühle an den beiden Längsseiten waren besetzt. Nur ein einziger Stuhl war frei geblieben: der an der unteren Schmalseite des langen Tisches.

Jefrem Wischnajew ging mit ausdrucksloser Miene langsam weiter, um auf dem Anklagestuhl Platz zu nehmen. Für ihn war dies die letzte Politbürositzung.

Am 18. April lag ein kleiner Frachter zehn Seemeilen vor der rumänischen Küste in der Schwarzmeerdünung. Kurz vor 2 Uhr legte ein schnelles Motorboot von dem Frachter ab und lief mit Höchstfahrt auf die Küste zu. Drei Meilen vor der Küstenlinie drehte es bei, und der Bootsführer griff nach einem Signalscheinwerfer, mit dem er zu dem unsichtbaren Strand hinüberblinkte: dreimal lang, dreimal kurz. Aber von Land kam keine Antwort. Der Mann wiederholte sein Erkennungssignal noch viermal. An Land blieb es dunkel.

Das Motorboot wendete und lief zu dem Frachter zurück. Eine halbe Stunde später war es wieder im Laderaum verstaut, und London wurde über Funk benachrichtigt.

Von London aus wurde der Britischen Botschaft in Moskau eine verschlüsselte Nachricht übermittelt.

»Nachtigall leider nicht am Treffpunkt. Vorschlage Rückkehr nach London.«

Am 25. April trat das Zentralkomitee der KPdSU im Kongreßpalast im Kreml zu einer Plenarsitzung zusammen. Aus allen Sowjetrepubliken waren die Mitglieder – zum Teil über Tausende von Kilometern hinweg – angereist.

Maxim Rudin stand auf dem Podium unter dem überlebensgroßen Leninkopf und hielt seine Abschiedsrede.

Er begann mit einer Darstellung der Krise, mit der die Sowjetunion sich zwölf Monate zuvor konfrontiert gesehen hatte; er malte die seinerzeit drohende, inzwischen aber erfolgreich abgewendete Hungersnot in so düsteren Farben, daß seinen Zuhörern noch nachträglich die Haare zu Berge standen. Vor diesem Hintergrund hob sich die brillante staatsmännische Leistung der Mitglieder des Politbüros um so leuchtender ab, die – unter seiner Führung – Außenminister Dmitri Rykow beauftragt hatten, in Dublin mit den Amerikanern zu verhandeln. Und diese Amerikaner, fuhr Rudin fort, hatten sich nun verpflichtet, nicht nur

Getreide in bisher nie gekannten Mengen, sondern auch modernste Industrieausrüstungen zu Niedrigstpreisen zu liefern.

Die Konzessionen der Sowjetunion in der Abrüstungsfrage wurden mit keinem Wort erwähnt. Das Zentralkomitee klatschte zehn Minuten lang stehend Beifall.

Als nächstes Thema behandelte Rudin den Weltfrieden und erinnerte die Anwesenden an dessen ständige Gefährdung durch die territorialen Ansprüche und das imperialistische Machtstreben des kapitalistischen Westens, die gelegentlich in den Bestrebungen friedensfeindlicher Elemente innerhalb der Sowjetunion Unterstützung fänden.

Das war zuviel. Unruhe kam unter den Zuhörern auf. Aber, so fuhr Rudin mit erhobenem Zeigefinger fort, diese heimlichen Komplicen der Imperialisten seien entlarvt und ausgemerzt worden – dank der steten Wachsamkeit des unermüdlichen Genossen Juri Iwanenko, der vor einer Woche nach langem, tapferen Kampf einem Herzleiden erlegen sei.

Die Todesnachricht wurde mit Ausrufen des Erschreckens und mit Beileidskundgebungen für die Angehörigen des toten Genossen, dem die Rettung zu verdanken war, aufgenommen.

Rudin bat mit einer Handbewegung um Ruhe. Er versicherte seinen Zuhörern, Iwanenko habe schon vor seinem Herzanfall im Oktober vergangenen Jahres einen fähigen Vertreter in seinem unerschütterlich loyalen Kampfgefährten Wassili Petrow gehabt, der die Aufgabe übernommen habe, als sein Nachfolger die Sowjetunion, Vorkämpferin des Völkerfriedens und der Werktätigen aller Länder, vor allen Feinden zu schützen. Auch Wassili Petrow erhielt eine Ovation.

Da die Verschwörung der Friedensfeinde in und außerhalb der Sowjetunion zerschlagen worden sei, fuhr Rudin fort, habe die UdSSR, die seit jeher für Entspannung und Abrüstung eingetreten sei, zum erstenmal seit vielen Jahren ihre Verteidigungsausgaben verringern können. Dank der Wachsamkeit der Partei und des Politbüros und der Erfolge im Kampf gegen die Friedensfeinde könne ab sofort ein größerer Teil des Bruttosozialprodukts für die Produktion von Verbrauchsgütern und den Ausbau gesellschaftlicher Einrichtungen ausgegeben werden.

Auch diesmal wurde zehn Minuten lang geklatscht.

Rudin wartete, bis der Applaus abklang. Er hob die Hände und sprach leiser als zuvor weiter.

Was ihn betreffe, sagte er, so habe er sein Bestes gegeben; und nun sei für ihn die Zeit gekommen, die Verantwortung in jüngere Hände zu legen.

Die Menge schwieg verblüfft. Die Stille war fast mit Händen zu greifen.

Er habe lange schwer gearbeitet, vielleicht zu lange, und auf seinen Schultern große Lasten getragen; das habe ihn Kraft und Gesundheit gekostet.

Die Schultern des Mannes am Rednerpult sanken müde herab.

Mehrere Stimmen riefen: »Nein ... nein ...«

Er sei ein alter Mann, sagte Rudin. Was er sich wünsche? Nichts anderes, als was jeder alte Mann sich wünsche: im Winter am Kaminfeuer zu sitzen und mit seinen Enkeln zu spielen ...

Auf der Diplomatentribüne flüsterte der britische Botschaftskanzler dem Botschafter zu:

»Er trägt verdammt dick auf, finde ich. Dabei hat er schon mehr Leute erschießen lassen, als ich Frühstückseier gegessen habe.«

Der Botschafter zog eine Augenbraue hoch und antwortete ebenso leise:

»Seien Sie lieber froh, daß wir nicht in Amerika sind. Dort würde er jetzt seine verdammten Enkel aufs Podium holen.«

Und deshalb, schloß Maxim Rudin, wolle er seinen Freunden und Genossen nunmehr offen gestehen, daß er nach Auskunft seiner Ärzte nur noch wenige Monate zu leben habe. Mit dem Einverständnis des Zentralkomitees werde er darum die Bürde seines Amtes niederlegen und die ihm noch verbleibende kurze Zeit auf dem Lande und bei seiner geliebten Familie verbringen.

Viele Frauen waren inzwischen in lautes Schluchzen ausgebrochen.

Allerdings sei noch eine letzte Frage zu beantworten, fuhr Rudin fort. Er habe die Absicht, in fünf Tagen – am Monatsletzten – von seinen Ämtern zurückzutreten. Der Tag darauf sei der 1. Mai. An diesem Tag werde ein neuer Mann vor dem Lenin-Mausoleum stehen und die große Parade abnehmen. Wer aber werde dieser Mann sein?

Es solle ein Mann sein, der sich durch Jugend und Kraft, durch Weisheit und grenzenlose Vaterlandsliebe auszeichne; ein Mann, der sich bereits in hohen Ämtern vor Staat und Partei bewährt habe, aber noch nicht von der Last der Jahre gebeugt sei. Die Völker der Sowjetunion, schloß Rudin, könnten sich glücklich schätzen, diesen Mann in Wassili Petrow zu haben . . .

Und so wurde Petrow per Akklamation zum Nachfolger Rudins gewählt. Die Fürsprecher etwaiger Gegenkandidaten wären niedergeschrien worden, wenn sie sich zu Wort gemeldet hätten. Sie verzichteten lieber gleich darauf.

Nach dem dramatischen Finale in der Nordsee hätte Adam Munro auf Sir Nigel Irvines Wunsch in London bleiben oder zumindest nicht nach Moskau zurückkehren sollen. Munro hatte persönlich an die Premierministerin appelliert und um eine letzte Chance gebeten, sich davon zu überzeugen, daß die Nachtigall zumindest außer Gefahr war. Im Hinblick auf seine entscheidende Rolle bei der Bewältigung der Krise war ihm diese Bitte erfüllt worden.

Seit seinem nächtlichen Zusammentreffen mit Rudin am 3. April stand fest, daß er enttarnt war, so daß er in Moskau nicht mehr als Agent eingesetzt werden konnte.

Der Botschafter und sein Botschaftskanzler sahen seine Rückkehr ungern, und Munro war keineswegs überrascht, als er seinen Namen von allen Einladungslisten gestrichen fand und er auch im sowjetischen Außenhandelsministerium plötzlich keinen Gesprächspartner mehr hatte. Er lungerte wie ein einsamer und unerwünschter Partygast herum und hoffte wider besseres Wissen, Walentina werde von sich aus Verbindung mit ihm aufnehmen, um ihm wenigstens mitzuteilen, daß alles in Ordnung sei. Einmal versuchte er, sie zu Hause anzurufen. Sie meldete sich nicht. Vielleicht war sie nur ausgegangen, dachte Munro, aber er wagte keinen zweiten Versuch. Nach dem Sturz Wischnajews erfuhr er, daß seine Gnadenfrist Ende des Monats ablief. Dann würde er nach London zurückgerufen werden und auf eigenen Wunsch aus dem Dienst ausscheiden.

Rudins Rücktrittserklärung schlug bei den Botschaften wie eine Bombe ein, und nachdem die Missionschefs ihre Regierungen benachrichtigt hatten, machten sie sich mit ihren Mitarbeitern daran, alles Wissenswerte über seinen Nachfolger Wassili Petrow in umfassenden Dossiers zusammenzustellen. Munro blieb von dieser hektischen Betriebsamkeit ausgeschlossen.

Deshalb war es um so überraschender, daß in der Britischen Botschaft drei Einladungen zu Rudins Abschiedsempfang im St.-Georgs-Saal im Großen Kremlpalast eintrafen: für den Botschafter, den Botschaftskanzler und Adam Munro. In einem Telefongespräch zwischen einem hohen Beamten im sowjetischen Außenministerium und dem Botschaftskanzler wurde sogar der Erwartung Ausdruck gegeben, daß Munro bestimmt kommen werde.

Der Staatsempfang, mit dem Maxim Rudin verabschiedet wurde, war ein rauschendes Fest. Mehr als hundert Angehörige der sowjetischen Führungsspitze mischten sich unter viermal so viele Diplomaten aus den sozialistischen Ländern, dem westlichen Ausland und der Dritten Welt. Auch die kommunistischen Bruderparteien außerhalb des Ostblocks hatten Delegationen entsandt, deren Mitglieder sich in dem Gewimmel von Abendanzügen, Paradeuniformen, Sternen, Orden und Auszeichnungen nicht recht wohl fühlten. Man hätte glauben können, hier danke ein Zar ab und nicht der Führer des Paradieses der Werktätigen.

Unter den 3 000 Glühbirnen der sechs riesigen Kronleuchter plauderten die Ausländer mit ihren russischen Gastgebern oder zogen sich mit ihnen zu kurzen vertraulichen Gesprächen in die Nischen zurück, in denen die großen zaristischen Kriegshelden mit den St.-Georgs-Rittern von prächtigen Gemälden herabblickten. Maxim Rudin stolzierte wie ein alter Löwe durch den Saal und nahm die guten Wünsche der Abgesandten aus 150 Staaten als wohlverdienten Tribut entgegen.

Munro sah ihn aus einiger Entfernung. Er gehörte nicht zu den Auserwählten, die Rudin vorgestellt wurden, und wäre schlecht beraten gewesen, wenn er sich dem scheidenden Generalsekretär unaufgefordert genähert hätte. Rudin entschuldigte sich schon vor Mitternacht wegen Übermüdung und ließ sich von Petrow und anderen Mitgliedern des Politbüros als Gastgeber vertreten.

Zwanzig Minuten später fühlte Munro eine Hand auf seinem Arm. Hinter ihm stand ein hochgewachsener Major in der Uniform der Kremlgarde, der ihn mit ausdrucksloser Stimme russisch ansprach.

»Kommem Sie bitte mit, Mr. Munro.«

Sein Tonfall ließ keinen Widerspruch zu. Munro war durchaus nicht überrascht. Sein Name war offenbar nur durch einen Irrtum auf die Gästeliste gelangt. Dieser Irrtum war bemerkt worden, und er wurde nun aufgefordert, den Saal zu verlassen.

Aber der Major marschierte nicht zum Hauptausgang voraus, sondern führte Munro durch den hohen, achteckigen St.-Wladimir-Saal, eine Holztreppe hinauf und durch ein bronzenes Gitter auf den im Sternenschein liegenden Oberen Erlöserplatz hinaus.

Der Mann bewegte sich selbstbewußt und unbekümmert durch Korridore und Gänge, die er offenbar gut kannte, während sie den meisten gewöhnlichen Sterblichen verborgen bleiben.

Munro folgte dem Uniformierten über den Platz und in das Terjem-Palais. An allen Toren standen schweigend Wachtposten; alle Türen öffneten sich vor dem Major und fielen hinter Munro ins Schloß. Sie durchquerten die Eingangshalle und den anschließenden Kreuzsaal, an dessen Rückwand der Major vor einer Tür stehenblieb, um anzuklopfen. Als eine barsche Stimme »Herein!« rief, öffnete er die Tür, trat zur Seite und ließ Munro eintreten.

Der dritte Raum des Terjem-Palais, des ehemaligen Wohnsitzes der weiblichen Mitglieder der Zarenfamilie, ist der Thronraum: das Allerheiligste der Zaren, der unzugänglichste aller Räume. Der in Rot und Gold gehaltene Raum mit seinen Mosaiken, dem Parkettboden und dem hochflorigen burgunderroten Teppich ist luxuriöser, kleiner und behaglicher als die meisten anderen Räume. Hier hatten die Zaren völlig ungestört arbeiten oder Gesandte empfangen können.

Maxim Rudin, der aus dem Bittstellerfenster gestarrt hatte, drehte sich um, als Munro hereinkam.

»Ah, Mr. Munro, Sie verlassen uns also, wie ich höre.«

Vor 27 Tagen hatte Munro ihn zum erstenmal gesehen, in seiner Privatwohnung im Arsenalgebäude, im Schlafrock und mit einem Glas Milch in der Hand. Jetzt trug er einen erstklassig geschnittenen dunkelgrauen Anzug – zweifellos aus der Londoner Savile Row – mit dem Leninorden und dem Orden »Held der Sowjetunion« auf dem linken Revers.

»Ja, Herr Generalsekretär«, antwortete Munro.

Maxim Rudin sah auf seine Uhr.

»In zehn Minuten bin ich Ex-Generalsekretär«, stellte er fest. »Um Mitternacht ziehe ich mich offiziell ins Privatleben zurück. Sie wohl auch, Mr. Munro?«

Der alte Fuchs weiß genau, daß ich mich durch die Zusammenkunft mit ihm enttarnt habe, dachte Munro, und daß ich deshalb den Dienst quittieren muß.

»Ja, Herr Generalsekretär, ich kehre morgen nach London zurück, um in den Ruhestand zu treten.«

Rudin kam nicht auf ihn zu und streckte ihm auch nicht die Hand entgegen. Er blieb an seinem Platz stehen, auf dem einst die Zaren in diesem Raum gestanden hatten, dem Mittelpunkt aller Macht im Russischen Reich, und nickte.

»Dann wünsche ich Ihnen alles Gute, Mr. Munro.«

Er drückte auf einen kleinen Onyxklingelknopf in einer Tischplatte. Die Tür hinter Munro wurde geöffnet.

»Leben Sie wohl, Herr Generalsekretär«, antwortete Munro. Er wandte sich bereits zum Gehen, als Rudin ihm noch eine Frage stellte.

»Sagen Sie, Mr. Munro, wie finden Sie unseren Roten Platz?«

Munro blieb verwirrt stehen. Das war eine seltsame Frage an einen Mann, der sich eben verabschiedet hatte. Munro überlegte sich seine Antwort sorgfältig.

»Er ist sehr eindrucksvoll.«

»Eindrucksvoll, ja«, wiederholte Rudin, als wäge er dieses Wort ab. »Vielleicht nicht so elegant wie Ihr Berkeley Square, aber manchmal kann man selbst hier eine Nachtigall singen hören.«

Munro stand reglos da – wie die Heiligen auf dem Deckengemälde über ihm. Seine Magennerven verkrampften sich. Sie war gefaßt worden und hatte bei den Verhören alles preisgeben müssen – selbst ihren Decknamen und die Geschichte mit dem alten Lied von der Nachtigall auf dem Berkeley Square.

»Wird sie erschossen?« fragte er mit rauher Stimme.

Rudin wirkte ehrlich erstaunt.

»Erschossen? Warum sollten wir sie erschießen?«

Munro empfand keine Erleichterung. Also würde die Frau, die er liebte und die er in diesen Tagen in seiner schottischen Heimat hatte heiraten wollen, in ein Arbeitslager transportiert. Das war schlimmer als der Tod. Das bedeutete, daß sie bei lebendigem Leib begraben sein würde.

»Was haben Sie mit ihr vor?«

Der alte Russe zog in gespieltem Staunen die Augenbrauen hoch.

»Was wir mit ihr vorhaben? Nichts haben wir mit ihr vor. Sie ist eine loyale Sowjetbürgerin, eine Patriotin. Und sie hat Sie sehr gern, junger Mann. Sie liebt Sie nicht, verstehen Sie, aber sie hat Sie aufrichtig gern . . .«

»Das verstehe ich nicht«, sagte Munro benommen. »Woher wissen Sie das alles?«

»Sie hat mich gebeten, es Ihnen zu sagen«, antwortete Rudin. »Sie wird keine Hausfrau in Edinburgh sein. Sie wird nicht Mrs. Munro werden. Sie wird Sie niemals wiedersehen. Aber sie will nicht, daß Sie sich Sorgen um sie machen, daß Sie Angst um sie haben. Ihr geht es gut; sie lebt mit allen Privilegien und Ehren in ihrer Heimat, inmitten ihres Volkes. Sie hat mich gebeten, Ihnen zu sagen, daß Sie sich keine Sorgen um sie machen sollen.«

Die beginnende Erkenntnis war so schwindelerregend wie die Angst. Munro starrte Rudin an, während ihm klar wurde, daß der Russe die Wahrheit sagte.

»Sie hat für Sie gearbeitet«, murmelte er heiser. »Sie hat von Anfang an für Sie gearbeitet. Schon bei unserem ersten Treffen im Wald, kurz nach Wischnajews Forderung, Westeuropa zu erobern. Walentina hat für Sie gearbeitet . . .«

Der eisgraue alte Kremlherrscher zuckte mit den Schultern.

»Mr. Munro«, knurrte er, »wie hätte ich Präsident Matthews sonst Botschaften zukommen lassen und zugleich die absolute Gewißheit haben können, daß er sie ernst nimmt?«

Der teilnahmslose Major mit den kalten Augen berührte ihn am Arm; Munro verließ den Thronraum, und die Tür schloß sich hinter ihm. Fünf Minuten später durfte er den Kreml zu Fuß durch eine auf den Roten Platz hinausführende kleine Tür im Erlöser-Tor verlassen. Draußen übten Paradeordner ihre Rolle für den 1. Mai. Die Uhr des Erlöser-Turms über ihm schlug Mitternacht.

Munro wandte sich nach links in Richtung Hotel *National,* um ein Taxi zu finden. Nach hundert Schritten, als er am Lenin-Mausoleum vorbeikam, begann er zur Verblüffung und Empörung eines Milizionärs zu lachen.